LES SAISONS
DE LA VIE

FERN MICHAELS

LES SAISONS DE LA VIE

Traduit de l'américain
par Jean Autret

belfond
216, boulevard Saint-Germain
75007 Paris

Ce livre a été publié sous le titre original
SEASONS OF HER LIFE
par Ballantine Books, a division of Random House, Inc., New York

Si vous souhaitez recevoir notre catalogue
et être tenu au courant de nos publications,
envoyez vos nom et adresse, en citant ce livre,
aux Éditions Belfond,
216, bd Saint-Germain, 75007 Paris.
Et, pour le Canada, à
Édipresse Inc., 945, avenue Beaumont
Montréal, Québec H3N 1W3.

ISBN 2-7144-3229-8

*J'aimerais dédier ce livre
à quelqu'un que j'ai bien connu autrefois*

PROLOGUE

Pour Ruby Connors, le dîner qui suivit la remise de son diplôme de fin d'études secondaires n'eut rien d'exceptionnel, car son père, de toute façon, avait pour habitude d'exiger une table abondamment garnie tous les jours de la semaine. Ce soir-là, il y eut donc au menu : potage, salade, friture de poissons variés, poulet farci rôti accompagné de sauce aux airelles, haricots verts et petits pois du jardin, purée de pommes de terre, fruits frais et gâteau. Un gros gâteau au chocolat bien bourratif, fourré à la crème et richement décoré sur le dessus de petites fioritures de toutes les couleurs.

Son père n'en finissait pas de dire le *Benedicite*, et Ruby avait hâte qu'il eût terminé pour pouvoir commencer à manger : non pas qu'elle eût faim, mais elle désirait être débarrassée au plus vite de la corvée du repas. Quatre fois par semaine au moins, elle régurgitait tout ce qu'elle avait avalé.

Le visage totalement inexpressif, elle regarda son père lui emplir son assiette. Sa sœur cadette, Opal, avait déjà la mort dans l'âme. Comme Opal n'arrivait jamais à finir tout ce qu'on lui servait, on l'obligeait à rester à table jusqu'à huit heures ; puis, de guerre lasse, la mère recouvrait l'assiette de Cellophane pour la lui resservir le lendemain matin au petit déjeuner.

C'était ce que George Connors appelait « nourrir sa famille » : faire servir des repas monstrueux et indigestes.

Opal Connors pleurait, mais Ruby ne versait jamais de larmes. Elle avait appris à se montrer docile, en toutes circonstances. Sinon, la punition tombait, immédiate et terrible. Le jour où elle avait fait choir une poignée de sel par terre, son père l'avait obligée à lécher le sol. A plusieurs reprises, il l'avait battue avec une telle brutalité qu'elle avait eu du mal à marcher pendant plusieurs jours. S'il venait à s'apercevoir qu'elle vomissait après avoir ingéré ces repas gargantuesques, il lui collerait sans doute du ruban adhésif sur la bouche.

Heureusement, demain, tout allait changer : demain, elle allait quitter cette maison, quitter Barstow, Pennsylvanie, pour ne jamais y revenir. Elle irait dans la capitale, à Washington, pour s'installer chez Amber, sa sœur, et prendre un emploi dans l'administration.

Ruby regarda son père, qui emplissait deux verres de lait : un pour elle et un pour sa cadette. Elle avait horreur de boire du lait en man-

9

geant : ça ne faisait que lui bourrer encore plus l'estomac. Et le voilà qui lui imposait le second verre depuis le début du repas : pour qu'elle le prenne en même temps que le gâteau.

Naturellement, ni son père ni sa mère ne firent la moindre allusion au discours d'adieu qu'elle avait prononcé à l'école, ni à la mention bien qu'elle avait obtenue à son examen de sortie. D'ailleurs, elle ne s'était pas attendue à recevoir un concert d'éloges : ce n'était pas le genre de la maison.

Heureusement, Grace Zachary, la voisine des Connors, était venue assister à la cérémonie. Son mari et elle s'étaient assis au premier rang, applaudissant à tout rompre. A la fin de l'allocution de Ruby, elle avait poussé son mari du coude et il avait sifflé entre ses dents avant de crier : « Bravo, Ruby! »

Que de fois Ruby avait regretté de ne pas les avoir pour parents au lieu de ceux que le destin lui avait donnés!

Dès qu'elle eut terminé son gâteau, Ruby demanda la permission de se retirer. George tendit alors le bras et lui allongea une bonne tape sur le poignet en disant :

« Tu restes à table jusqu'à ce que ta sœur ait fini son souper. »

Ruby se sentit presque défaillir. Elle se tourna vers sa mère. Celle-ci fixait sur sa part de gâteau un regard hostile. Ruby se carra sur sa chaise et croisa les mains sur ses genoux.

Depuis plusieurs années déjà, elle savait faire contre mauvaise fortune bon cœur chaque fois que c'était nécessaire, mais, dès que George Connors eut quitté la table pour aller bricoler dans la cabane de jardin, elle bondit de sa chaise et, dans un geste de défi, vida le contenu de l'assiette de sa sœur dans le fourneau à charbon.

Elle resta un moment à observer les flammes qui léchaient la viande et les légumes en émettant de légers chuintements, puis elle lança à sa mère un regard appuyé, l'obligeant à baisser les yeux.

« Mange cette saleté de gâteau, Opal, et cesse de pleurnicher », dit-elle à sa sœur sèchement, mais sans méchanceté.

Se tournant ensuite vers sa mère, elle ajouta :

« Et toi, naturellement, tu vas t'empresser de tout lui cafarder, comme d'habitude. »

Le ton était nettement plus hargneux.

« Tant que j'y suis, continua-t-elle, sache que tout ce que vous m'obligez à avaler, je le régurgite pratiquement tous les soirs. Ça aussi, tu pourras le lui dire. »

Elle sortit de la salle à manger pour monter dans sa chambre. Si elle avait pris le temps de se retourner, elle aurait vu que sa mère avait les yeux pleins de larmes.

Ruby attendit les premiers symptômes d'indigestion, puis elle se précipita dans la salle de bains.

PREMIÈRE PARTIE
LE PRINTEMPS

1
1950

Presque libre. Presque.

Pour la dernière fois, Ruby Connors jeta un coup d'œil circulaire dans sa chambre. Elle allait quitter cette maison, cette pièce, et jamais au grand jamais elle n'y remettrait les pieds!

Son regard tomba sur les rideaux blancs empesés qui pendaient à la fenêtre. Je ne les verrai plus jamais, songea-t-elle avec joie. Plus jamais de piqûres d'épingle. Et je ne verrai plus jamais non plus ce lit de fer peint en blanc avec son couvre-lit hideux, que ma mère a confectionné en assemblant des morceaux d'étoffe provenant des robes de ma sœur aînée. Elle le détestait, ce couvre-lit, autant qu'elle détestait Amber, la sœur aînée en question.

Un jour, elle aurait une jolie chambre, comme celles que l'on peut voir dans le catalogue de Sears & Roebuck. Et aussi une table de toilette recouverte de dentelle blanche, avec des rideaux assortis, qui ne seraient pas amidonnés, ceux-là. Sur le sol, elle mettrait un tapis vert comme une prairie et elle aurait un vrai couvre-lit. Sur les tables et dans tous les coins il y aurait des plantes vertes et des fleurs, surtout des marguerites. Sur sa table de toilette, elle poserait des cadres en argent avec des photos de son chien ou de son chat. Elle voulait créer une ambiance bien vivante, rehaussée par un portrait de Johnny Ray, celui qu'elle avait découpé en cachette dans un numéro de *Photoplay*.

Ruby s'assit au bord du lit, faisant grincer les ressorts. Il régnait une chaleur étouffante dans cette chambre, et pourtant on n'était qu'au début de juin. L'été, c'était un véritable four et l'hiver on y grelottait, à cause des vents coulis provenant du grenier.

Presque libre. Presque.

« Je pars pour ne plus jamais revenir. Jamais-jamais-jamais-jamais-jamais », fredonna-t-elle doucement.

Ses valises étaient prêtes. Elle avait sur elle la médaille pieuse et le scapulaire que sa mère lui recommandait toujours de prendre. Sa robe n'était pas neuve, mais elle était moins passée que les autres, et un ruché de dentelle dissimulait l'ourlet que l'on avait fait en la rallongeant.

Elle examina sa coiffure et la trouva ridicule, avec ses cheveux coupés à la chien. Dès qu'elle le pourrait, elle se ferait faire une permanente et fixerait quelques barrettes de différentes couleurs, ajoutant aussi, peut-être, un ruban ou deux, si c'était la mode à Washington, bien entendu.

Washington! Avait-elle vraiment raison de vouloir se fixer justement dans la capitale ? Elle se le demandait parfois, pour en arriver bien vite à la conclusion qu'elle avait fait le bon choix. De toute façon, il n'était pas question de rester dans ce bled pour travailler à la fabrique de chemises. Elle les voyait bien, les filles qui avaient quitté le collège un ou deux ans avant elle. Quand elles descendaient du bus, près des voies de chemin de fer, elles avaient des bouts de fil collés partout. Et toutes paraissaient harassées et malheureuses !

D'ailleurs, la mère de Ruby disait toujours que les patrons de cette usine exploitaient leurs ouvrières d'une façon éhontée. Ah, évidemment, chez Amber, ça n'allait pas être rose tous les jours non plus. Sa sœur aînée était une vraie pimbêche et une maniaque. Et elle mentait comme un arracheur de dents, pour ne rien arranger ! Mais, de toute façon, rien ne pourrait être pire que de rester dans ce maudit bled pour aller s'échiner dans cette fabrique de chemises.

Ruby porte ses valises dans le couloir. D'une chiquenaude, elle remet le couvre-lit en place, et la voilà qui sort de la chambre à reculons. Elle tend la main vers la porte. Elle hésite : si elle ferme le battant, elle aura cessé d'exister pour ses parents. Ils passeront devant sans jamais penser à elle, tandis que si elle le laisse ouvert ils penseront peut-être : C'est là que Ruby dormait.

Peut-être... Disons une chance sur dix. Ou plutôt une sur cent, Ruby, ne te berce donc pas d'illusions ! Prenant un air de défi, elle claque la porte.

Quel silence dans la maison !

Irma, sa mère, doit être par-derrière, sur la terrasse, occupée à écosser des petits pois pour le dîner. Le père, lui, a dû aller en ville chercher le courrier et faire quelques courses chez A & P. A l'entendre, Irma est incapable d'acheter au meilleur compte chez les commerçants : il faut toujours qu'elle se fasse avoir !

Quant à Opal, elle est sans doute partie à sa leçon de catéchisme. Elle va lui manquer, sa petite sœur. Unies dans l'adversité, elles se sont toujours alliées pour faire front contre les parents et contre Amber. Elle a promis de lui écrire, mais pas question de montrer les lettres aux vieux ! Pour plus de sûreté, Ruby enverra son courrier chez leur grand-mère.

Ça ne va pas être rose tous les jours pour Opal quand Ruby sera partie.

Arrivée dans le couloir qui sépare le rez-de-chaussée en deux parties égales, Ruby tend l'oreille. Son père est-il revenu du travail ? Le battant extérieur de la porte d'entrée grince quand elle l'ouvre, et il fait entendre le même bruit quand elle le referme. Elle attend un moment sur le perron pour voir si on va la rappeler. Une guêpe lui frôle les genoux. D'une tape, elle écrase l'insecte, à main nue, en se disant qu'à sa place Amber aurait poussé des cris d'orfraie, le visage livide de frayeur.

Elle avait le chic, Amber, pour s'attirer la pitié des autres – le samedi, par exemple, quand c'était son tour de nettoyer le perron. Et, naturellement, on demandait à Ruby de le faire à sa place. Maintenant, c'est terminé pour elle, elle n'aura plus besoin de manier la serpillière. A toi de jouer, Opal!

Ruby se précipite au-dehors. Prenant bien garde de ne pas abîmer ses souliers, elle descend la rue en courant, passe devant la scierie, franchit les voies de chemin de fer et longe l'usine où travaille son père, puis le garage de son oncle. Elle traverse le pont et aborde la montée vers la colline. Une odeur de bière éventée provenant du café Bender l'incite à retenir sa respiration tandis qu'elle contourne le pâté de maisons pour se diriger là où habite sa grand-mère.

Un sourire étire les lèvres de Ruby. Cela fait maintenant deux semaines qu'elle va tous les jours dire au revoir à sa grand-mère; mais quand on a décidé de s'en aller pour toujours, il ne faut pas lésiner sur les adieux. De toute façon, elle a absolument besoin d'aller la voir une dernière fois, pour un ultime au revoir.

Presque libre. Presque.

Ruby prend le temps de contempler la maison de l'aïeule. Elle veut en fixer définitivement l'image dans sa mémoire. C'est une bâtisse peu élevée en pierre de taille, entourée d'un muret construit avec le même matériau. Jamais plus elle ne s'assiéra sur ce petit mur, et jamais plus elle ne s'étendra sous le vieux marronnier qui se dresse dans le jardin, devant la maison. Elle peut dire qu'elle l'a aimé, ce vieux marronnier, avec ses branches pendantes qui la recouvraient comme un parasol. La maison de ses parents, elle va s'empresser de l'oublier; mais l'image de celle-ci restera à jamais fixée dans sa mémoire.

Il y a une grande cuisine carrée dont les murs sont tendus d'un papier rose bonbon qui lui a parfois un peu donné le tournis, mais sa grand-mère aime beaucoup les teintes vives. Les appuis de fenêtre soutiennent des pots de terre multicolores garnis de plantes vertes aux feuilles luisantes, et il flotte toujours dans la pièce une odeur de cannelle et d'orange. Les rideaux sont aussi gais que le papier des murs, avec leur bordure rouge de deux centimètres de large. C'est sa grand-mère qui les a confectionnés elle-même. Elle les change deux fois par an, chaque fois qu'elle lave les fenêtres à meneaux.

Mais ce que Ruby aime par-dessus tout, c'est le poêle à charbon, vestige d'une époque révolue, et les marmites posées dessus où mijotent en permanence des écorces d'orange. Cette cuisine, c'est un véritable nid de tendresse, une cuisine d'amour pur.

Évidemment, cette maison est en tous points semblable à celle de ses parents, vu qu'elle a été construite par le même entrepreneur; mais l'amour en a fait quelque chose de tout à fait différent. L'amour! Désormais, il fera toujours partie intégrante de son existence.

« Ruby, c'est toi? interroge sa grand-mère de la terrasse où elle est installée, derrière la maison.

— C'est moi, Bubba », lance Ruby de sa voix flûtée en passant devant le buisson de boules-de-neige.

15

Un jour, elle avait fait un bouquet de ces fleurs pour le mettre dans sa chambre. En le voyant, sa mère l'avait jeté, criant bien fort qu'elle ne voulait pas attirer les bestioles dans sa maison. Un peu plus tard, Ruby avait récupéré les boules-de-neige dans la poubelle.

Ruby planta un baiser sonore sur le front de sa grand-mère.

« Alors, c'est de la tarte aux pommes, ce soir ? »

Son oncle John adorait la tarte aux pommes. L'oncle Hank, lui, préférait la rhubarbe. Il y avait donc, en alternance, une tarte de chaque sorte un soir sur deux.

« Je suis revenue te dire au revoir une fois de plus, annonça Ruby en riant.

— Je savais que tu viendrais ce matin. »

La vieille dame lui adressa un sourire épanoui et reprit :

« Tu es jolie comme un cœur, Ruby. Est-ce que tu as déjeuné ? »

Sa petite-fille ayant acquiescé d'un hochement de tête, elle s'inquiéta soudain :

« Au fait, tu n'as pas peur de faire tout ce trajet en train, jusqu'à Washington ?

— Non. Enfin... un petit peu, peut-être. En réalité, c'est surtout pour Amber que je me fais du souci. Elle doit venir me chercher à la gare et je sais qu'elle n'aime pas ça du tout. Mais j'ai acheté un cadeau pour elle à la coopérative de l'usine, alors elle va avoir intérêt à se montrer gentille avec moi. Naturellement, je vais y mettre du mien, bien sûr. »

Voyant le regard anxieux de l'aïeule, elle comprit que ses propos ne l'avaient pas convaincue.

« Tu sais, Bubba, reprit Ruby, je ne suis plus du tout la même ; je sens qu'il y a au fond de moi quelque chose qui est en train de changer, quelque chose qui a déjà changé, en fait. Et ce n'est pas seulement à cause de mon départ. Il y a autre chose, à mon avis, bien que je ne sois pas capable d'expliquer quoi. C'est peut-être parce que je vais avoir dix-huit ans le mois prochain. En tout cas, quelle qu'en soit la raison, une chose est certaine : c'est que tu n'as pas lieu de te tourmenter à mon sujet. Amber et moi, on va s'entendre comme larrons en foire, c'est sûr comme deux et deux font quatre.

— Je l'espère, marmonna Mary Cozinsky d'une voix à peine perceptible. Mais il faudra que tu sois très ferme avec ta sœur ; ne la laisse jamais te marcher sur les pieds.

— Mais enfin, tu ne vas pas t'inquiéter à mon sujet, tout de même, Bubba ?

— Eh bien si, justement, tous les jours, jusqu'à ce que j'aie acquis la certitude qu'il n'y a aucune raison de se faire du souci. N'empêche que je suis bien contente pour toi, tu sais. Tu te rappelles le jour où nous avons parlé des différentes saisons de la vie d'une femme ? Eh bien, tu es au printemps de ta vie, Ruby, c'est la plus belle des saisons. Tu as toute ton existence devant toi. C'est maintenant que tu vas t'épanouir, étendre tes ailes et devenir la femme merveilleuse que tu ne peux pas manquer d'être un jour. Quand tu auras atteint l'été de ta vie, tu seras mariée et tu auras des enfants à toi. A ce moment-là, j'en suis persuadée, tu auras bien vu comment ces différentes périodes s'enchaînent les unes après les autres. »

Ruby voulut lui dire qu'elle le voyait déjà parfaitement, mais il lui aurait alors fallu admettre que sa grand-mère bien-aimée en était arrivée à la fin de sa saison d'hiver. Cette pensée lui paraissant par trop intolérable, elle préféra changer de sujet.

« Je vais écrire à Opal, mais les lettres seront adressées à ta boîte postale, expliqua-t-elle. Opal te les lira. Elle viendra laver le sol de ta cuisine le vendredi, et le mercredi elle ira à la ferme te chercher ton fromage frais. Elle te cueillera tes myrtilles et t'aidera à faire la gelée dès que tu seras prête. Sais-tu qu'elle repasse le linge comme une vraie professionnelle, Bubba ? Si tu le lui demandes, elle te repassera les chemises du dimanche. Tu peux compter sur Opal, Bubba. »

Après un moment de silence, elle reprit :

« Au fait, il vaudrait mieux que tu fasses pour elle ce que tu as fait pour moi : garde l'argent qu'elle gagnera au lieu de le lui remettre ; sinon, papa l'obligera à le donner à la quête, pendant la messe. »

Les yeux de Ruby se mirent soudain à lancer des éclairs.

« Papa m'a remis sa note, ce matin. Et elle est salée, tu peux me croire. Avec toutes les dépenses auxquelles il va falloir faire face maintenant, entre le loyer, la nourriture, les trajets en bus et tout le reste, il ne me reste plus qu'à trimer tout le reste de mon existence pour pouvoir le payer.

– T'a-t-il donné quelque chose pour ton diplôme ?

– En principe, il aurait dû me faire un cadeau, tu es bien d'accord ? C'est ce que font tous les parents quand on a réussi l'examen de fin d'études secondaires. Eh bien, lui, la seule chose qu'il m'ait donnée, c'est le montant que je lui dois pour les frais que je lui ai occasionnés : entretien, nourriture, etc. Plus l'argent que j'ai donné à la quête de l'église, le dimanche. Et ça pendant dix-huit ans, à raison de dix *cents* par semaine. »

Désespérée par tant de mesquinerie, Ruby fondit en larmes.

« Et combien te réclame-t-il ? demanda Mary en caressant tendrement les cheveux de la jeune fille.

– Rien que pour l'église, cela fait déjà quatre-vingt-treize dollars soixante. Pour le reste, il veut que je lui rembourse six mille dollars. »

Ruby perçut le frisson qui avait traversé le corps de sa grand-mère.

« J'ai un cadeau pour toi, Ruby, lança alors l'aïeule d'une voix chantante. Cesse immédiatement de pleurer, sinon tu auras les yeux bouffis quand tu monteras dans le train. Allez, fais-moi un sourire, Ruby », ajouta-t-elle d'une voix vibrante.

La jeune fille s'essuya alors les paupières avec le bas du tablier de sa grand-mère, humant avec délices le parfum qui s'exhalait de l'étoffe soyeuse.

« Un cadeau ? s'écria-t-elle, une vive lueur scintillant dans ses yeux encore humides. Il est gros comment ?

« – Tout petit, ma chérie. Je suis heureuse de voir que ta robe a une poche. Ce... cadeau doit rester secret. Il faut me promettre que tu n'en parleras jamais à Amber, même si elle t'exaspère au point de te donner envie de lui lancer ses quatre vérités à la figure. Et surtout, pas un mot à ton père. Du moins pour le moment. Un jour, peut-être, quand tu seras heureuse et que tu n'auras plus rien à craindre de lui. Tu me le promets, Ruby ?

– Mais naturellement, Bubba. Tu sais bien que je ne dirai rien à personne. J'ai toujours tenu mes promesses, d'ailleurs. De toute façon, Amber est bien la dernière personne à qui j'aurai jamais envie de faire des confidences, tu dois bien t'en douter. »

Mary porta la main à la poche de son tablier et en sortit une petite boule d'étoffe toute chiffonnée. Ruby comprit immédiatement de quoi il s'agissait. Elle eut un haut-le-corps, et les yeux de la vieille dame scintillèrent. Ruby retint son souffle. Il y avait des années déjà que sa grand-mère lui avait montré le bijou niché dans une boule de coton, elle-même enveloppée avec soin dans le grand mouchoir blanc.

« La bague de la tsarine ! Mon Dieu, elle est encore plus belle que la dernière fois que je l'ai vue... Non, c'est vrai, tu me la donnes ? Je sais bien que tu me l'avais promise, mais je croyais que tu... que tu disais ça uniquement pour me faire plaisir. Et si on me la vole ? s'inquiéta soudain Ruby en tendant la main.

– Maintenant, Ruby, elle est sous ta responsabilité. C'est à toi de veiller à ce qu'elle soit toujours dans un endroit sûr. »

Qu'elle était lourde, cette bague ! Mais on se sentait bien, quand on l'avait là, dans le creux de la main. L'anneau était très large, presque aussi large qu'une phalange à la base du chaton, où s'enchâssait une pyramide arrondie sertie de diamants et de rubis.

Ruby reprit lentement son souffle tout en essayant de compter les pierres qui ornaient le joyau.

« Combien y en a-t-il, Bubba ?

– Mon Dieu, ma chérie, je n'en ai aucune idée.

– A ton avis, est-ce qu'elle vaut deux cents dollars ? » demanda Ruby avec une grande naïveté.

La vieille femme sourit d'un air énigmatique en hochant la tête.

« J'y ferai très attention, je te le jure. Je ne la passerai même pas à mon doigt, c'est promis.

– Tu n'aurais pas l'air très maline si tu la mettais, gloussa l'aïeule. Cette bague ne peut être portée que par des reines ou des princesses. Même la femme du président n'en a pas qui soit seulement à moitié aussi grosse. Tu es la seule à en avoir une semblable, Ruby. »

Du vivant de son grand-père, elle avait entendu conter l'histoire de cette bague pratiquement tous les dimanches après la messe. Et plus l'aïeul buvait de la bière, plus l'anecdote devenait abracadabrante. Et maintenant, pas plus Ruby que sa grand-mère ne savaient avec certitude si la tsarine avait vraiment donné la bague au grand-père pour le récompenser d'un haut fait d'armes, ou si le vaillant militaire ne l'avait

18

pas tout simplement volée, ainsi qu'il le prétendait d'ailleurs immanquablement juste avant de sombrer dans le coma éthylique qui lui était autorisé le dimanche seulement.

« Je crois que si elle la lui a donnée, c'est parce qu'à l'époque il était un cosaque fringant et plein d'audace, n'est-ce pas, Bubba ? »

Mary ne répondit pas : elle se contenta d'esquisser un sourire mystérieux. Puis elle tira de sa poche un petit carré de papier blanc.

« Il y a là-dessus le nom d'un homme qui habite à Washington. Il t'achètera la bague si un jour tu as envie de la vendre. Ton grand-père voulait déjà la lui céder avant de mourir, pour être bien sûr que je ne manquerais de rien ; mais je n'ai pas accepté. Il était tellement fier de cette bague ! Et puis j'ai tes deux oncles, John et Hank, qui s'occupent de moi. »

Regardant ses mains d'un air moqueur, elle ajouta avec un petit gloussement hilare :

« D'ailleurs, j'ai les doigts tellement crochus que je n'ai vraiment rien à faire d'une telle bague. Elle est à toi, mon enfant. Tant pis si ça cause un scandale, après ma mort, quand ton père s'apercevra qu'elle a disparu. »

Les yeux brillants, Ruby enveloppa le joyau dans le mouchoir qu'elle fourra dans sa poche.

« Ce que j'ai hâte d'avoir dix-huit ans ! » s'exclama-t-elle.

Mary lui sourit.

« Tiens, tu ferais mieux de me passer cette coupe de fruits au lieu de vouloir te vieillir ainsi.

— Est-ce que tu crois que quelqu'un m'aimera un jour, à part toi ? » demanda soudain Ruby.

Mary fit semblant de réfléchir.

« Eh bien, vois-tu, à mon avis, les galants vont devoir s'inscrire sur une liste d'attente pour briguer l'honneur de t'emmener au cinéma. »

Ruby eut un petit rire gêné.

« C'est que je suis tellement moche ! Je n'ai rien qui attire le regard. Il faudrait au moins que je me fasse faire une permanente et que j'achète un tube de rouge à lèvres — et aussi, peut-être, des boucles d'oreilles. Je me suis mis trente-quatre dollars de côté, à l'insu de papa, bien sûr. Avec ça, il me semble que je devrais avoir assez pour me payer deux robes neuves et des souliers. Et aussi un soutien-gorge, ajouta-t-elle d'un air mutin. Tu vas voir, ma poitrine va prendre du volume. En ce moment, mes hormones sont un peu paresseuses, mais je sens qu'elles vont se réveiller bientôt. »

La grand-mère éclata de rire, charmée par le visage espiègle de sa petite-fille.

« Maintenant, il va falloir que tu songes à rentrer à la maison, Ruby ; sinon, c'est George qui va venir te chercher ici. Alors, tu me promets d'être bien sage et de te conduire en jeune fille bien élevée ?

— Sois sans crainte, Bubba, tu n'auras jamais à rougir de moi. Et ne t'inquiète pas pour toi, non plus : Opal va veiller au grain. Quant à moi, je ne reviens plus ici, jamais, jamais, jamais, même quand... enfin, tu vois ce que je veux dire. Même à ce moment-là! lança Ruby d'un ton sans réplique.

– Je le sais bien, Ruby. Moi non plus, je ne veux pas que tu reviennes. Je veux que tu te souviennes de moi telle que je suis maintenant et non telle que je serai une fois que les croque-morts m'auront drapée dans leur grand linceul violet. C'est pour ça que je te donne la bague tout de suite, comme ça tu n'as plus aucune raison de venir ici. Envoie-moi quelques photos. Amber m'a écrit l'autre jour qu'elle avait acheté un appareil.

– Papa a piqué une de ces colères! répondit Ruby en gloussant. Mais comme elle a payé la totalité de sa dette, c'est maman qui a écopé. Les photos qu'elle a envoyées, il les a jetées dans le fourneau, en disant que c'était l'œuvre du diable. Pourtant, elles étaient bien. Sur l'une d'elles, on voyait Amber assise sous un cerisier, les jambes croisées. Elle avait la jupe remontée jusque-là », dit Ruby en montrant le milieu de ses cuisses.

Elle tomba à genoux et fixa le visage de sa grand-mère d'un regard passionné.

« Je t'aime, grand-mère, et je ne pense pas pouvoir un jour aimer quelqu'un autant que toi. Tu ne m'as jamais parlé sévèrement, même quand je le méritais. Je penserai à toi tous les jours. Je tiendrai toutes mes promesses et tu n'auras jamais à rougir de moi. Je garderai toujours en moi cette image de toi, telle que tu es là, assise sur ta chaise. Et quand je serai vieille à mon tour, je pèlerai les pommes exactement comme toi, en enlevant toute la peau en une seule fois. »

Elle se rapprocha de l'aïeule pour la prendre dans ses bras.

« Vraiment, demanda-t-elle d'une voix altérée par l'émotion, tu es sûre que ça ne te fait rien si je ne viens pas à ton enterrement?

– Ça me contrarierait de savoir que tu viendras. Si tu venais, il faudrait que tu voies ton père.

– Alors ça, il n'en est pas question, affirma Ruby d'une voix résolue.

– Parfait. Maintenant, va-t'en », dit Mary d'un ton ferme.

Ruby embrassa sa grand-mère une dernière fois, puis elle partit en courant vers la rue. Elle ne voulait pas penser aux larmes qui ruisselaient sur les joues de la vieille femme.

Presque libre. Presque.

Mary Cozinsky se laissa tomber dans son vieux rocking-chair en rotin. L'être qu'elle chérissait le plus au monde disparaissait de son univers, comme tant d'autres auparavant. Elle posa la coupe de fruits sur le sol et sortit son rosaire de la poche de son tablier. Levant les yeux vers le ciel, elle prononça une prière, des mots tout simples qui venaient du cœur.

« Je vous en supplie, mon Dieu, protégez ma petite Ruby, murmura-t-elle. Et si vous jugez utile d'envoyer en enfer mon fils George, je ne contesterai nullement votre décision. »

Elle savait depuis longtemps que cette séparation finirait par se produire, mais elle ne s'attendait pas à ressentir un tel sentiment de vide ni un tel désespoir. Elle avait mis au monde sept enfants et elle les aimait tendrement tous les sept – à l'exception de George, bien sûr. Pourtant, aucun d'eux ne méritait autant d'amour que la petite Ruby.

Dès l'âge de sept ans, aussitôt qu'on lui avait donné la permission de traverser seule la route et les voies de chemin de fer, l'enfant était venue lui rendre visite tous les jours, parfois deux fois par jour. Et, à huit ans, elle avait déjà définitivement conquis le cœur de ses grands-parents.

Un jour, George s'étant formalisé de la fréquence de ces allées et venues, le fringant cosaque lui avait décoché un regard foudroyant avant de déclarer que Ruby était parfaitement libre de venir chez eux aussi souvent qu'elle le voudrait.

George ne se l'était pas fait dire deux fois, car la menace était claire : ou bien il laissait la bride sur le cou à l'enfant, ou bien il renonçait à toucher sa part d'héritage.

Pourtant, il n'en avait pas moins résolu d'exercer de viles représailles, punissant la fillette à tout propos, l'affublant de vêtements grotesques et la privant de toutes sortes de petits plaisirs. Pendant que les autres enfants jouaient avec leurs camarades, Ruby devait lire la Bible (dans laquelle elle avait d'ailleurs caché un roman de Nancy Drew), faire la cuisine, la couture et les commissions pour toute la famille, et se terrer peureusement dans cette infâme cellule qu'on lui avait donnée pour chambre.

Heureusement, il y avait la maison de ses grands-parents où elle pouvait s'épanouir en toute liberté; on ne lui imposait aucune contrainte, et c'était toujours dans le plus grand enthousiasme qu'elle leur rendait les quelques menus services qu'ils attendaient d'elle.

Au début, elle avait refusé les petites sommes qu'ils tenaient à lui remettre : vingt-cinq *cents* par-ci, cinquante *cents* par-là, d'autant que d'autres récompenses la dédommageaient déjà amplement des efforts qu'elle multipliait pour leur faciliter l'existence : desserts délicieux confectionnés avec amour par l'aïeule; et surtout la tendresse de Sam, le vieux bull-dog qui était mort le lendemain du douzième anniversaire de Ruby.

Elle avait d'ailleurs eu un anniversaire particulièrement pénible cette année-là, car quelques jours plus tôt son père lui avait révélé que, si on l'avait prénommée Ruby, ce n'était pas du tout en pensant à la pierre précieuse du même nom, mais uniquement à cause de l'affreux visage rubicond qu'elle avait le jour de sa naissance.

Le vieux Sam était resté des heures auprès d'elle à lécher ses larmes. Quand on avait enterré le chien, un peu plus tard, son grand-père avait dû retenir la fillette de force : elle voulait se mettre avec lui dans le trou que l'on avait creusé pour l'ensevelir.

Elle était si affectueuse, si attachante, la petite Ruby! Souvent, jusque tard dans la nuit, à l'époque où Mikel avait été si malade, juste avant de mourir, ils parlaient d'elle, se demandant quelle vie serait la sienne quand ils ne seraient plus là. Décidé à ne lui faire courir aucun risque,

Mikel avait fait venir Irma, la mère de Ruby, afin de s'entretenir longuement avec elle. Irma, de sa petite voix stridente, avait déclaré qu'elle ne pourrait jamais s'opposer à George et que Ruby devrait se conformer aux volontés de ses parents. Dès ses études terminées, elle irait travailler à Washington où elle logerait avec Amber, sa sœur aînée.

Bien que cela n'eût pas été spécifié, il allait de soi que Ruby devrait alors payer la dette qu'elle avait contractée envers ses parents, exactement comme Amber l'avait fait avant elle. Aussitôt, les grands-parents offrirent de verser eux-mêmes la somme en question, mais Irma s'agita sur sa chaise avec embarras, secouant frénétiquement la tête.

Comme elle avait eu l'audace de demander à ses beaux-parents pourquoi ils s'intéressaient tant à cette gamine, Mikel lui avait décoché un regard méprisant en lui intimant l'ordre de rentrer chez elle.

La porte à peine refermée derrière elle, Mikel avait demandé qu'on lui apporte la bague de la tsarine.

« Ce bijou, tu le donneras à Ruby, quand tu jugeras le moment venu », décréta-t-il alors.

Deux heures après l'enterrement de Mikel, une fois la réserve de bière et de victuailles complètement liquidée, George avait demandé à Mary quand elle comptait vendre la bague. Ce qu'elle lui avait répondu, elle se le rappelait aussi nettement que si la scène avait eu lieu la veille au soir.

« Tu continues sans doute de me considérer comme une Polack arriérée, George, de même que tu as toujours vu en Mikel un cosaque russe abruti par l'alcool. Mais tu te trompes. Ton père a fait un testament, et cette bague m'appartient. Je peux faire ce que je veux avec. »

Sans réfléchir aux conséquences de ses paroles, elle avait même ajouté :

« C'est Ruby qui nous a conseillé de faire un testament ; elle a appris à l'école comment il fallait s'y prendre. »

Ses autres enfants, les frères et les sœurs de George, étaient massés derrière son fauteuil, dans la cuisine, approuvant à grands hochements de tête ; mais lorsque George repartit en entraînant de force derrière lui Ruby, qui se débattait et pleurait à chaudes larmes, aucun d'eux n'intervint. Maintenant que Mikel n'était plus là, personne ne pouvait rien faire.

Cette fois, les représailles exercées contre Ruby se prolongèrent quotidiennement pendant des mois ; mais la fillette réussit à écrire quelques lettres que ses amies allaient porter à l'aïeule pour les lui lire après l'école.

Mary s'essuya les yeux avec son tablier et sourit à travers ses larmes. Elle avait fait tout ce qui était en son pouvoir pour cette enfant. Maintenant, c'était à Ruby, et à elle seule, qu'il appartenait de mener sa propre existence. Après tout, tant qu'elle aurait la bague en sa possession, la jeune fille serait à l'abri du besoin.

Une vive lueur traversa ses yeux embrumés à la pensée de ce qu'elle pourrait donner à Ruby à l'occasion de son dix-huitième anniversaire.

Peut-être, avec l'aide de Hank et de John, réussirait-elle à réunir une centaine de dollars. Elle sourit, imaginant la tête de Ruby en recevant un pareil cadeau, qui lui permettrait de s'acheter tout ce dont elle avait besoin : un vrai sac à main, des bas en Nylon, et peut-être aussi du vernis à ongles et un peu de lingerie fine. Toutes ces choses qui peuvent tenter une jeune fille quand elle vit et travaille dans une grande ville.

Quant à George, Mary résolut de déduire six mille quatre-vingt-treize dollars et soixante *cents* de sa part d'héritage.

Non, elle ne pardonnerait jamais à son fils toutes les cruautés auxquelles il s'était livré à l'encontre de cette malheureuse enfant, bien qu'elle n'ignorât pas que si cet homme était devenu ainsi ce n'était pas uniquement par hasard. Il avait été victime, dans sa jeunesse, d'une agression si horrible qu'elle pouvait à peine en évoquer le souvenir, encore aujourd'hui. Et Dieu sait s'il était difficile de garder un secret dans une petite ville comme Barstow, avec sa rue unique, ses sept boutiques, un minuscule collège, le téléphone commun à tout un groupe de voisins et les commérages incessants dans les clubs de couture et de jardinage.

Et les langues avaient marché bon train, décrivant avec force détails l'agression sexuelle dont George avait été victime, sous les yeux d'une certaine Bitsy Lucas qui, fort amusée par cette scène, avait prodigué ses encouragements à l'agresseur et multiplié les quolibets à l'encontre de l'infortunée victime.

Dès que George était rentré au bercail, Mary avait lu dans ses yeux les outrages qu'il avait subis, faisant ainsi preuve d'une intuition qu'il ne lui avait jamais pardonnée. Il n'avait que onze ans à l'époque, et elle avait dû l'emmener chez le médecin, sans pouvoir cacher la vérité à son mari. Plus jamais, par la suite, le père n'avait pu regarder son fils sans qu'il y ait du dégoût dans ses yeux.

Et, depuis ce jour – était-ce à cause de sa mère ou de Bitsy Lucas ? –, George avait pris les femmes en aversion. Il haïssait sa mère, comme il haïssait Irma et ses propres filles.

Une fois de plus, elle sentit une douleur sourde lui comprimer la poitrine. Et ce vieil imbécile de docteur qui lui recommandait toujours de ne pas se laisser aller à la contrariété. Comment pouvait-on ne pas être contrariée quand on avait quelqu'un comme George Connors dans son entourage ? Il n'y avait plus qu'une seule solution : égrener le rosaire une seconde fois. La bienfaisante prière calma presque immédiatement la douleur qui lui étreignait la cage thoracique.

Ruby ralentit le pas dès qu'elle eut franchi la voie ferrée. La main dans la poche de sa robe, elle caressait du bout des doigts la boule de tissu enfermant la bague, espérant que la bosse ainsi formée ne se voyait pas trop de l'extérieur. Elle tenta d'aplatir au maximum la protubérance en se disant pour se rassurer que son père penserait sans doute qu'elle avait tout simplement roulé son mouchoir en pelote. Mais il y avait des fois où elle se demandait si ce monstre n'avait pas des rayons X à la place des yeux.

Elle passa devant la scierie et remonta la rue menant à sa maison. Ses parents devaient l'attendre en haut du perron, mais elle ne craignait pas d'être en retard car il lui restait encore dix bonnes minutes avant le départ pour la gare.

Retenant son souffle, elle coupa à travers la pelouse des Zachary, leurs voisins immédiats, et alla se poster derrière le tronc d'un gros pin afin d'observer ses parents pendant une minute.

Ils étaient grands, l'un comme l'autre, mais c'était la seule ressemblance qu'il y eût entre eux. Irma était d'une maigreur incroyable avec de grands pieds osseux, des mains rouges et des ongles très courts. Elle avait les cheveux châtains, mais Ruby ne savait jamais quelle était la couleur de ses yeux parce qu'elle vous regardait rarement bien en face. Un brun verdâtre, probablement, ou noisette. Pourtant, elle avait un bon sourire, surtout lorsque Amber faisait quelque chose qui lui plaisait.

Malgré sa grande fatigue, elle travaillait toute la journée sans jamais s'asseoir pour boire la moindre tasse de thé ou de café. Elle n'en avait pas le loisir, en fait, parce que George n'aurait jamais supporté qu'elle se prélasse de la sorte! Il fallait qu'elle nettoie, de haut en bas, tous les jours, la salle de bains comme la cuisine, dont le sol devait être à tout instant d'une propreté irréprochable.

Le lundi était le jour de la lessive; le mardi, celui du repassage; le mercredi, elle cuisait le pain et la pâtisserie, et le jeudi elle changeait les draps et nettoyait les vitres. Le vendredi, elle faisait le ménage de fond en comble, et le samedi il fallait laver le perron et la terrasse, épousseter les pots de fleurs et aller à confesse.

Ses seuls moments de liberté, elle les passait devant la machine à coudre, à moins qu'elle ne raccommodât le linge pendant de longues heures. George prétendait que des mains inactives étaient l'œuvre du diable. S'il en était vraiment ainsi – ce que Ruby ne croyait nullement –, Irma Connors était d'ores et déjà assurée d'avoir sa place au royaume des élus.

Pour l'instant, sa mère paraissait nerveuse, ce qui était toujours le cas quand elle se trouvait au côté de son mari, car elle craignait constamment de dire quelque chose susceptible de lui déplaire. Pour survivre, la seule méthode que connût Irma consistait à obéir à son mari et à tenir sa langue. Mais Ruby n'en pensait pas moins que, dans la mesure où son père n'était pas toujours présent, sa mère aurait au moins pu de temps en temps lui manifester un peu de tendresse; un petit mot gentil, une caresse discrète, un baiser furtif ne risquaient guère de la compromettre.

George faisait les cent pas d'un air bougon. Aussi loin que Ruby se souvînt, son père avait toujours eu cette expression maussade. C'était un homme bâti en athlète, ses longues jambes emprisonnées dans un pantalon de travail au pli impeccable, le torse moulé dans une chemise repassée à la perfection. Les amies de Ruby le trouvaient bel homme, mais elle le jugeait laid, au-dedans comme au-dehors. Il était fort et arrogant, et chaque jour de son existence Ruby avait subi les effets de cette force et de cette arrogance.

De ses yeux froids et perçants, il scrutait le trottoir, guettant sa venue. Même de là où elle était, malgré la distance qui les séparait, Ruby voyait qu'il avait les lèvres pincées de colère : il lui en voulait, à elle, et il en voulait à tout l'univers.

Il n'y avait eu, en tout et pour tout, que deux occasions où l'œil glacé de cet homme s'était adouci : lorsqu'il avait regardé Grace Zachary, leur voisine. Il disait souvent que cette Grace était capable de damner un saint, avec son short ultracourt et son chemisier décolleté.

Sa mère avait beau dire que cette femme était une cocotte, Ruby s'était prise d'affection pour Grace, qui l'appelait volontiers « mon chou » ou « ma jolie ». Et sa sympathie s'était encore accrue le jour où elle l'avait vue tirer la langue à son père et lui décocher une grimace... en profitant qu'il avait le dos tourné.

Voilà l'angélus qui sonne. Midi. Ruby sort de derrière l'arbre et part en courant vers la maison. Pas question d'arriver après le dernier signal de la cloche!

« Tu es en retard, ma fille! » lance George d'une voix rude.

Elle baisse les yeux, étudiant les craquelures qui sillonnent les dalles du perron. Il y a longtemps qu'elle a appris à ne jamais regarder son père en face.

« Où étais-tu, ma fille?

– Je suis allée chez Bubba, pour lui dire au revoir... père. »

Les yeux de George se plissent d'un air soupçonneux.

« Elle t'a donné quelque chose? Un cadeau d'adieu, sans doute?

– Non, père. »

Ruby savait mentir en gardant un visage angélique, mais elle n'en croisa pas moins les doigts, dans la poche de sa robe. Après tout, Bubba n'ayant rien offert à Amber à l'occasion de son départ, son père n'avait aucune raison de penser que Ruby avait bénéficié d'un traitement différent. Pour rendre son mensonge encore plus crédible, elle leva les yeux en ajoutant :

« Ah oui, elle m'a donné un mouchoir, parce que je m'étais mise à pleurer. »

Et elle extirpa de sa poche le carré de tissu blanc qui avait contenu la bague. Elle sentit son cœur battre à grands coups précipités, mais elle ne baissa pas les yeux.

« Tu as nettoyé ta chambre, ma fille?

– Oui, père, ce matin.

– Tu as pris ta Bible?

– Oui, père, hier soir. »

Avant de descendre du train, une fois arrivée à Washington, elle allait la balancer, cette Bible! Et si Amber était assez bête pour lui demander où elle était, Ruby prétendrait qu'on la lui avait volée pendant le voyage. « Ma fille »! Jamais il ne l'appelait autrement que « ma fille ». Ça lui écorcherait la bouche de m'appeler Ruby? Ou « mon chou », ou « mon bijou »...? Elle coula un regard en biais en direction de sa mère, qui détourna les yeux aussitôt.

25

« Va chercher tes bagages et grouille-toi. Ferme la porte sans la claquer, moi je vais sortir la voiture. »

La gorge serrée, Ruby grimpa l'escalier menant à sa chambre. Ferme la porte sans la claquer. Pourtant, ce n'était pas l'envie qui lui manquait, de la claquer cette porte, dût-elle sortir de ses gonds ou voler en éclats.

Naturellement, une fois que Ruby serait partie, ils cesseraient de penser à elle, sauf lorsqu'elle commencerait à leur envoyer les premiers remboursements de sa dette.

Prise d'une subite bouffée de colère, elle envoya valser ses bagages jusqu'au bout du palier. Puis elle referma la porte sans bruit, mais dans un dernier sursaut de révolte elle expédia d'un coup de pied les deux valises dans l'escalier, jusqu'au bas des marches. Elles atterrirent au rez-de-chaussée dans un fracas d'enfer.

Ruby applaudit, et son visage se fendit en un large sourire. Ensuite, elle courut au perron rejoindre sa mère, qu'elle regarda bien en face, comme pour quémander une parole gentille, une remarque personnelle. Elle avait envie de prendre sa mère dans ses bras et de verser quelques larmes, blottie sur sa poitrine, mais elle se retint. Tu dois bien m'aimer un peu, quand même ? se disait-elle, je suis ta fille.

Elle sentit qu'elle pleurait, sans bruit, tout en regardant fixement sa mère. Dépêche-toi, maman, il sera là d'une seconde à l'autre. Rien qu'un mot, un simple coup d'œil, je t'en supplie, maman.

Ruby n'eut pas besoin d'entendre le moteur de la voiture pour savoir que son père arrivait. Il lui suffisait de voir l'expression de soulagement qui apparaissait sur le visage de sa mère.

« Je crois qu'il ne va pas tarder à pleuvoir, lança Irma assez fort pour que George puisse entendre.

— Il ne tombera pas une seule goutte d'eau aujourd'hui, ma femme », rétorqua George d'un ton glacé.

Irma cligna les yeux et lorgna les gros nuages noirs qui s'accumulaient au-dessus de la ville.

« Tu as certainement raison, George », dit-elle.

Ruby porta ses bagages jusqu'à la voiture. Enfin quoi, sa mère n'allait-elle donc même pas lui dire au revoir ?

« Dis au revoir à ta mère, ma fille », ordonna George.

Imitant les inflexions de son père, Ruby répéta sans se retourner : « Dis au revoir à ta mère, ma fille. »

Au moment même où ces mots sortaient de sa bouche, Opal surgit au coin de la maison en criant à pleins poumons :

« Ruby, Ruby ! J'ai bien cru que j'allais arriver trop tard. J'ai demandé à sœur Clementine de me laisser sortir quelques minutes plus tôt. Elle m'a bien recommandé de te dire au revoir de sa part... »

Ruby vit la main de George s'abattre violemment, et Opal reçut la gifle au sommet de sa pommette gauche puis en plein sur la bouche, ce qui la coupa net dans son élan, lui interdisant d'aller jusqu'au bout de son message. Ses yeux se remplirent de larmes.

Ruby prit sa sœur dans ses bras et chuchota :

« Ne pleure pas, surtout ne pleure pas. Ça leur ferait trop plaisir – à lui surtout. Ne leur montre jamais tes larmes. Aussitôt que nous serons partis, va chez Bubba, tu pourras lui rouler sa pâte à tarte. Elle t'attend. Moi, je laisserai cette maudite Bible dans le train. Penses-y ce soir, avant de t'endormir. Maintenant monte sur le perron, je te ferai au revoir en m'en allant. »

Ruby abaissa la vitre, regardant fixement sa mère, qui détourna les yeux. Ruby agita le bras en signe d'adieux vers Opal qui tentait de toutes ses forces de refouler ses larmes.

Presque libre. Presque.

Trois heures après être montée dans le train, quelques instants avant que le convoi ne ralentisse pour s'arrêter en gare de Harrisburg, Ruby commença à se sentir suffisamment d'assurance pour pouvoir se lever et se rendre aux toilettes, sachant que tous les yeux seraient rivés sur elle tandis qu'elle se dirigerait d'un pas chancelant jusqu'au bout du wagon.

Heureusement, à l'aller, les voyageurs lui tourneraient le dos ; en revanche, quand elle regagnerait sa place, il lui faudrait affronter leurs regards étonnés. Car elle savait que son accoutrement ne pouvait que les choquer, de même que sa coiffure, d'un ridicule achevé elle aussi. Jusqu'à ces souliers qui lui paraissaient grotesques, avec leur bande blanche sur le dessus. Quant aux sandwiches aux œufs et à la laitue que sa mère lui avait préparés, elle aurait préféré mourir de faim plutôt que de les manger devant tout le monde. Ils subiraient le même sort que la Bible, et que la pomme, d'ailleurs.

Il lui fallut cinq bonnes minutes pour comprendre comment fonctionnait la chasse d'eau, mais quand elle y fut enfin parvenue un large sourire illumina son visage. Elle en avait des choses à apprendre ! Tout était tellement nouveau pour elle : ce voyage en train, les gens de couleur, les toilettes, ces paysages inhabituels. Comment avait-elle pu ignorer leur existence et se montrer si brillante à l'école ? Parce qu'elle avait été brillante, nul ne pouvait le contester. Il suffisait de voir à quelle rapidité elle écrivait sous la dictée, plus vite que n'importe quelle autre élève, plus vite, même, que son professeur, miss Pipas. Elle pouvait taper près de soixante mots à la minute, sans la moindre faute. D'après miss Pipas, elle était la meilleure élève qu'il y ait jamais eu dans l'établissement.

La tête haute malgré les regards narquois qu'on lui décochait, Ruby regagna son siège et se rassit. A sa façon, miss Pipas avait tenté de la préparer à affronter ce qu'elle appelait le monde extérieur, mais Ruby ne s'était guère montrée coopérative. Elle commençait à le regretter amèrement.

Ruby regarda la nuque des autres voyageurs. Toutes les femmes avaient les cheveux frisés, bien maintenus en place avec du gel ou de la laque. Même les hommes s'étaient mis un produit dans les cheveux.

A l'avant du wagon, il y avait une bande de jeunes qui avaient l'air de bien s'amuser. Ils riaient aux éclats en se taquinant. Ruby aurait aimé se joindre à eux, pendant un petit bout de temps au moins. Elle se rencogna dans son siège et regarda le paysage défiler de l'autre côté de la vitre. Les roues cliquetaient sur les rails selon un rythme qui semblait dire : « Amber, Amber, Amber. »

En dépit de ce qu'elle avait affirmé à sa grand-mère, Ruby savait que les choses iraient très mal entre elle et Amber. Amber ne tenait pas du tout à ce qu'on lui confie la garde de sa sœur, d'autant que George avait dit à Irma : « Dans ta prochaine lettre, préviens ta fille qu'elle devra surveiller étroitement sa jeune sœur. A la moindre incartade, j'irai moi-même là-bas pour les ramener toutes les deux. »

En clair, elles se retrouveraient condamnées, l'une comme l'autre, à aller trimer à la fabrique de chemises du village.

Et on pouvait compter sur lui : il tiendrait parole.

Il n'en est pas question, protesta en silence Ruby, dans un sursaut de révolte. Tu ne me ramèneras jamais sous ta coupe ! Mais pour cela, naturellement, il faudra se montrer docile et faire *exactement* ce qu'Amber dira.

Et pourtant, Dieu sait qu'elle ne peut pas la voir en peinture, cette Amber ! Toutes les raisons de cette haine viscérale sont profondément ancrées en elle, et le simple fait d'y penser lui coupe les jambes et la secoue de tremblements nerveux. Des images reviennent dans sa tête : elle a cinq ans, sa sœur aînée en a huit. Et voilà Amber qui la pousse dans la mare. S'il n'y avait pas eu là un garçon plus âgé, elle serait morte noyée. Et tout ça parce que, ce jour-là, Amber n'avait pas envie de remorquer sa jeune sœur.

Pas plus qu'elle n'avait voulu l'avoir dans son sillage la fois où elle l'avait laissée, le pied coincé dans un aiguillage du chemin de fer, pour aller jouer à la balle avec ses copines. Elle avait eu de la chance, ce jour-là, qu'un vieux mineur vienne l'aider à s'extirper de ce piège, mais elle avait tout de même eu droit à une fessée ensuite, pour avoir abîmé sa chaussure.

Ruby n'avait jamais réussi à comprendre les raisons de la haine que lui vouait Amber, jusqu'au jour où sa grand-mère lui avait expliqué que sa sœur aînée voulait être une enfant unique, s'imaginant sans doute qu'elle aurait ainsi bénéficié d'un amour exclusif.

Le train ralentissait pour s'arrêter en gare de Harrisburg. Devant elle, des jeunes filles sortaient leur argent pour se payer des rafraîchissements et des friandises. Elles portaient des boucles d'oreilles, des bracelets et des robes d'été en crépon gaufré avec sandales assorties. Elles avaient à peu près l'âge de Ruby, à moins qu'elles ne fussent un peu plus jeunes ; mais Ruby restait confondue d'admiration devant l'élégance et l'assurance dont elles faisaient preuve. Ruby était d'ailleurs prête à parier les trente-sept dollars qu'elle avait dans sa valise que leurs parents, le père comme la mère, les avaient embrassées en leur disant au revoir à la gare. Si un jour elle avait des enfants, elle saurait, elle aussi, leur témoigner son intérêt et sa tendresse.

Ruby sortit une pièce de dix *cents* de sa poche pour s'acheter un jus d'orange.

Elle posa la bouteille à terre et sortit la Bible de la valise qui était dans le filet, au-dessus de sa tête. Le moment était venu de se débarrasser de cet encombrant bouquin en le glissant sous son siège. Elle se dit alors qu'il allait falloir penser à en arracher la première page, car son nom y avait été écrit, et elle ne tenait pas du tout à ce qu'on la rapporte chez elle.

Les gens la regardaient comme une bête curieuse, mais Ruby s'en moquait complètement. Elle remarqua toutefois que personne ne s'était offert pour l'aider à remettre la valise dans le filet.

Voyant les deux filles devant elle manger leurs chips en échangeant des plaisanteries, elle pensa aux sandwiches à la laitue et aux œufs que sa mère lui avait donnés. Plutôt mourir que de consommer dans le train, devant tout le monde, des provisions préparées à la maison. Surtout qu'elles dégageaient une odeur qui lui rappelait celle du linge de corps porté par son père et qui empestait la buanderie, le jour de la lessive.

Ruby poussa un soupir de soulagement. La bouteille vide se trouvait maintenant à l'abri des regards, sous son siège, avec la Bible et son sandwich. Elle se renversa en arrière contre le dossier et regarda le paysage. Peu à peu, le bercement du train finit par l'assoupir.

Les filles assises à l'avant poussèrent des glapissements joyeux quand le train arriva dans Union Station, la gare centrale de Washington. L'arrêt fut si brusque que Ruby se sentit projetée en avant, et elle constata avec horreur que la Bible et le sandwich étaient ressortis de leur cachette. Elle se baissa pour chercher la bouteille et vit qu'elle avait été propulsée trois places plus avant. Du bout du pied, elle repoussa les objets compromettants le plus loin qu'elle put en espérant que le couple qui avait voyagé juste derrière elle n'avait rien vu. Mais quand l'homme se fut offert pour lui descendre ses valises du filet, elle comprit qu'au fond personne ne se formaliserait des cadeaux qu'elle pouvait laisser à la compagnie des chemins de fer.

En arrivant dans le hall, elle aperçut Amber adossée nonchalamment contre un mur. Elle posa ses valises à terre pour reprendre son souffle et resta immobile pendant au moins trois minutes, à observer sa sœur aînée. Celle-ci était presque élégante, avec ses cheveux relevés sur le sommet de la tête et sa robe d'été en tissu ultraléger. Ruby admira surtout ses sandales jaunes, car elle n'en avait jamais vu d'aussi belles. Elle se sentit laide, ce qui la mit de fort mauvaise humeur.

Si elle sourit, tout va très bien se passer. Sinon...

« Amber, je suis ici. »

Ruby ouvrit les bras pour donner l'accolade à sa sœur. Amber fit un pas en arrière, les yeux enflammés de colère.

« Ça fait une heure que je t'attends ! »

Elle ne souriait pas. Ruby laissa ses bras retomber le long de ses flancs.

« Le train s'est arrêté plus longtemps que prévu à Harrisburg, il fallait remettre de l'eau ou je ne sais quoi. J'ai entendu un voyageur se plaindre que nous avions du retard, mais ce n'est pas ma faute, Amber, expliqua-t-elle sur un ton conciliant.

– Alors, c'est sûrement la mienne. Figure-toi que j'avais un tas de choses à faire, moi, aujourd'hui; et il a fallu que tu viennes tout gâcher, comme d'habitude. Bon, reste pas plantée là comme un piquet. Reprends tes valises et on s'en va.

– Si tu m'aidais en prenant une des deux valises, on pourrait aller plus vite », grommela Ruby.

Amber s'arrêta net. Ruby, qui pressait le pas pour tenter de la rattraper, fut stoppée dans son élan par cet obstacle imprévu qu'elle bouscula avec une telle force que sa sœur se retrouva les quatre fers en l'air sur le bitume. Elle se confondit en excuses tout en lui tendant une main secourable pour l'aider à se relever.

« Fous-moi la paix! Non mais, regarde ce que tu as fait. La lanière de ma sandale est cassée, maintenant. Ça fait cinq minutes que tu es là et tu as déjà réussi à tout bousiller. Moi, quand je suis arrivée ici, y avait personne pour m'aider. Il a bien fallu que je me débrouille toute seule! »

Ruby s'assit sur une de ses valises, décochant à sa sœur un regard enflammé de colère.

« C'est pas moi qui t'ai demandé de venir me chercher. Je suis parfaitement capable de trouver mon chemin toute seule. Alors, tu peux foutre le camp. J'ai pas besoin de toi.

– Ce serait trop facile, Ruby. Si je te laissais tomber, tu serais fichue d'appeler un agent, et Dieu sait ce que tu lui raconterais. Et, telle que je te connais, tu serais parfaitement capable de téléphoner aux parents pour leur dire que j'ai refusé de m'occuper de toi.

– Non, Amber. Toi, tu le ferais sûrement; mais moi, c'est pas du tout mon genre, affirma Ruby d'une voix suave.

– J'ai l'impression que l'ambiance va être on ne peut plus charmante, lança Amber.

– Alors ça, tu peux le dire, marmonna Ruby. Et moi qui voulais te faire un cadeau, eh bien tu peux toujours te fouiller, ma vieille. Tu l'auras ton cadeau quand les poules auront des dents.

– Excuse-moi, tu disais quoi, là, au juste?

– Je disais, reprit Ruby en détachant bien les syllabes, que tu com-men-ces à m'em-mer-der, toi et tes con-ne-ries. »

Amber éclata de rire, un rire sarcastique qui retentit avec fracas au milieu du brouhaha qui régnait dans le hall de la gare. Elle riait encore quand elles prirent place dans l'autobus qui allait les emmener au YWCA [1].

---

1. Initiales désignant le Centre d'accueil des jeunes filles chrétiennes. *(N.d.T.)*

2

Amber laissa Ruby se coltiner ses deux lourdes valises sans jamais esquisser le moindre geste pour l'aider. Dès qu'elles pénétrèrent dans le hall d'entrée du YWCA où flottait une bonne odeur de café et de cannelle, une de ses amies, une jeune campagnarde originaire de l'Iowa nommée Ethel, se précipita au-devant de Ruby pour offrir son aide, ce qui incita soudain Amber à se montrer un peu plus coopérative : elle condescendit à appuyer sur le bouton pour appeler l'ascenseur.

Ruby faillit pleurer de soulagement en voyant le sourire bienveillant et épanoui d'Ethel. Elle se sentit toute ragaillardie par la chaleur de cet accueil.

Amber lui tendit la clé.

« Tu es dans la chambre 809, au huitième étage. Je t'ai fait ton lit, il ne te reste plus qu'à déballer tes affaires. Si tu as faim, il y a une cafétéria Hot Shoppe à deux pas d'ici. Et n'oublie pas que la réparation de la sandale, c'est toi qui vas la payer, siffla-t-elle en guise de conclusion.

— Oh, je me doutais bien que tu ne me ferais pas de cadeaux, rétorqua Ruby d'une voix égale. Bon, eh bien, maintenant je peux me débrouiller toute seule. Au revoir, Ethel, et merci », ajouta-t-elle d'un ton chaleureux.

Ruby attendit que les deux filles aient repris l'ascenseur pour enfoncer la clé dans la serrure. Elle voulait être seule pour vivre l'important événement qui se préparait.

Avec une lenteur calculée, elle tourna le bouton et franchit le seuil, poussant soudain un énorme soupir de bonheur. Elle avait enfin une chambre bien à elle !

Une chambre à peine plus grande qu'une cellule de nonne, mais il y avait un tapis sur le sol, deux lits jumeaux avec un couvre-lit en plaid et des doubles rideaux assortis qui garnissaient l'unique fenêtre. Elle vit également une commode pourvue de quatre tiroirs et une chaise garnie d'un coussin dont l'étoffe n'allait ni avec le couvre-lit ni avec les doubles rideaux ; mais Ruby ne s'en formalisa aucunement. Un placard recouvrait tout un mur de la chambre et il contenait un compartiment qui pouvait servir de penderie. La glace, immaculée, paraissait comme neuve. Mais, surtout, la porte était munie d'une serrure en parfait état. Pour la première fois de sa vie, Ruby allait vraiment être chez elle !

A peine entrée, et la porte soigneusement refermée derrière elle, elle fit plusieurs fois le tour de son nouveau domaine en virevoltant. Son bonheur était sans mélange. Amber aurait beau faire, elle ne réussirait jamais à lui gâcher sa joie.

Après être allée au bout du couloir pour prendre la première douche de son existence, Ruby se rendit à la cafétéria toute proche. Son hamburger était trop cuit, les frites trop grasses et le Coca-Cola manifestement étendu d'eau ; mais pour elle ce repas fut infiniment meilleur que le plus plantureux des festins préparés par sa mère pour le dimanche midi.

Et puis elle rentra chez elle et dormit paisiblement d'un sommeil sans rêve.

Elle passa la journée du lendemain à visiter la ville. Avant tout, elle alla à l'église de l'Immaculée-Conception pour le cas où ses parents, ou sa sœur aînée, lui demanderaient si elle s'était acquittée de ses devoirs religieux. Elle se jura solennellement que c'était la dernière fois qu'elle mettait les pieds dans la maison du Seigneur.

Le reste du temps, elle marcha au hasard dans la capitale, et ne s'arrêta que pour manger ou se reposer. Quand elle revint au centre, il faisait nuit noire, elle était vannée et sa sœur l'attendait dans le couloir menant à sa chambre.

« Qu'est-ce que tu as donc fabriqué, toute ta journée ?

— Bah, je suis allée à l'église. Ce que tu aurais dû faire aussi, d'ailleurs.

— Arrête de mentir. Tu ne sais pas où elle est, cette église.

— Elle se trouve au numéro 1315 de la 8ᵉ avenue. Mais tu ne le savais peut-être pas toi-même, répliqua Ruby d'un ton faussement enjoué. Que va-t-il penser, papa, quand je le lui dirai ?

— Espèce de sale chipie. Attends que je mette papa au courant de la façon dont tu passes tes journées.

— Je ne demande pas mieux. Maintenant, si tu as encore autre chose à me dire, nous pouvons aller discuter dans ma chambre. »

Amber partit à grands pas vers le bout du couloir et attendit que Ruby lui ouvre la porte. Puis elle s'assit sur l'unique chaise, laissant sa sœur se jucher sur le bord du lit.

« J'ai pris en charge ton voyage en train et j'ai versé un mois de loyer d'avance. Je vais aussi te donner de quoi payer ta nourriture et l'autobus, mais c'est uniquement parce que j'ai promis à maman de t'aider à démarrer.

— Pourquoi ne dis-tu pas la vérité, Amber ? Si tu m'aides, c'est tout simplement parce que papa te l'a ordonné en menaçant de te faire rentrer à Barstow si tu refusais.

— D'accord, c'est exact. Il a également dit que tu devrais me verser intégralement ton salaire. Tu n'as aucune idée de la manière dont il faut s'y prendre pour gérer un budget.

— C'est possible, mais ce n'est pas toi qui vas m'apprendre. Et il n'est pas question, mais alors pas question du tout, que je te donne ma paie. »

Manifestement embarrassée, Amber se trémoussa sur sa chaise. Elle affrontait maintenant une Ruby qu'elle ne connaissait pas, une Ruby qu'elle ne voulait pas connaître.

« Voici vingt-cinq dollars pour ta nourriture et tes frais de transport. Tu pourras me rembourser dès que tu auras touché ta première semaine de salaire. Demain, tu achèteras des tickets de bus. Sois prête à sept heures et demie. Si tu es en retard, je partirai sans toi. Tu passeras un test de dactylo, et ensuite on te convoquera pour un entretien. J'ai dit que tu serais là-bas à huit heures et demie. Au fait, je leur ai annoncé que tu ne te défendais pas mal en sténo, alors t'as intérêt à te montrer à la hauteur.

— Je serai prête. Et ne te fais pas de mouron pour mes performances en sténo, elles sont plus que correctes. Et pour la dactylographie, c'est pareil. Tu te rends compte, si jamais je décrochais un job supérieur au tien avec un salaire plus élevé ! »

Le bonheur de Ruby fut parfait quand elle vit l'expression qui se peignit sur le visage de sa sœur, mais c'est Amber qui eut le dernier mot au moment où elle franchit la porte pour ressortir.

« Je te le souhaite. Comme ça, tu pourras t'acquitter plus vite de ta dette envers papa. »

Cette remarque produisit sur Ruby l'effet d'une douche froide.

Le lendemain matin, une fois descendue dans le hall du rez-de-chaussée, Ruby eut le temps d'avaler une tasse de café et une brioche parfumée à la cannelle avant de voir Amber et Ethel sortir de l'ascenseur. Ethel lui adressa un sourire et elle le lui rendit. Amber était plus renfrognée que jamais.

Elles partirent toutes les trois, Ruby fermant la marche, vers l'arrêt du bus, où elles retrouvèrent tout un groupe de jeunes filles qui montèrent avec elles dans l'autobus qui allait à Fort Meyers, car c'était là que se trouvait l'annexe du ministère de la Marine. Pendant le trajet, Ruby remarqua qu'Ethel la fixait de temps à autre d'un regard étonné. Sans doute se demandait-elle pourquoi les deux sœurs se détestaient à ce point.

Une fois arrivées à l'annexe que l'on appelait aussi le bâtiment n° 2 du Bureau fédéral, Ethel partit de son côté. Quant à Amber, elle fit signe à Ruby de la suivre jusqu'à une porte qui portait l'inscription « Personnel ».

« On t'attend là. Pour retrouver la sortie, tu te débrouilleras toute seule.

— Tu ne pourrais pas me souhaiter bonne chance ou me dire à tout à l'heure, non ? » marmonna Ruby.

Elle trouvait sa sœur très élégante dans sa jupe légère en crépon gaufré et son corsage blanc impeccablement repassé. Elle portait des chaussures à hauts talons, ouvertes sur le dessus, et Ruby désirait tellement avoir les mêmes qu'elle devait se retenir pour ne pas les lui arracher des pieds. Les coutures de ses bas étaient parfaitement rectilignes, et elle arborait fièrement sa montre-bracelet au poignet et une broche au revers de sa jaquette.

Le cœur de Ruby bondissait dans sa poitrine. L'envie est un péché, répétait sans cesse son père. Elle ne croyait pas un mot de ce qu'il racontait ; mais comme sa grand-mère le disait aussi, elle en était arrivée à la conclusion qu'il devait quand même y avoir du vrai là-dedans.

« Tu es très jolie, Amber ; on dirait une actrice comme on en montre dans les magazines. J'ai vu l'ensemble que tu portes dans *Photoplay*. C'était exactement le même, sauf que les rayures étaient roses au lieu d'être bleues. »

Les yeux noirs d'Amber fixèrent Ruby avec un éclat venimeux.

« Mets-toi bien dans le crâne, Ruby, que nous ne serons jamais amies. Pour moi, tu n'es qu'une empêcheuse de tourner en rond, et ce ne sont pas tes compliments à la noix qui y changeront quoi que ce soit. Quant à te souhaiter bonne chance, n'y compte pas. Ici, c'est chacun pour soi. D'ailleurs, si tu es aussi fortiche que tu le prétendais hier soir, tu n'as aucun souci à te faire. »

Ruby sentit sa gorge se nouer soudain. Elle dut faire un gros effort pour répondre.

« Va te faire voir, Amber, réussit-elle enfin à articuler d'une voix vibrante, et j'espère que tu te tordras bien les pieds avec tes hauts talons.

— Attends que j'envoie une lettre aux parents, espèce de petite garce », siffla Amber.

Son visage déformé par la haine prit soudain un air avenant : elle souriait à un jeune homme en uniforme de marin qui venait de la saluer d'un signe de tête.

Pendant une heure, Ruby subit des tests, s'acquittant de chacun d'eux à une vitesse record, et consciente de réaliser de véritables prouesses. L'officier qui dirigeait les opérations levait de temps à autre les yeux en direction de son supérieur comme pour lui dire qu'au moins, cette fois, ils étaient tombés sur le bon numéro.

Dès qu'elle eut terminé, on la fit entrer dans une petite pièce où elle attendit le verdict.

Son cœur battait à grands coups. Allait-on l'engager ? Si les tests étaient le seul critère, elle n'avait absolument rien à redouter ; mais si la présentation et la tenue vestimentaire comptaient davantage, ses chances étaient pratiquement nulles. Elle observa les allées et venues des jeunes femmes dans le couloir. Toutes portaient des toilettes simples, mais fort élégantes. Elle-même n'avait plus qu'une hâte : se précipiter chez le marchand de vêtements le plus proche pour y dépenser ses trente-six dollars.

Une heure plus tard, la directrice du personnel, une femme d'une cinquantaine d'années aux cheveux grisonnants, la convoqua dans son bureau. Elle avait un visage si avenant, si bienveillant, que Ruby eut envie de se précipiter vers elle pour l'embrasser. La femme lui sourit.

« Vous avez fort bien réussi vos tests, miss Connors. Il y a longtemps que nous n'avions pas vu quelqu'un taper aussi vite. En fait, la dictée est impeccable : il n'y a pas une seule faute. Bref, tout est parfait. Pourrez-vous commencer à travailler chez nous dès cette semaine ?

– Oh, oui, madame, répondit Ruby d'une voix haletante.

– J'ai exactement ce qu'il vous faut. Le capitaine Dennison a besoin d'une secrétaire. Vous pourrez prendre votre poste mercredi. »

Mabel McIntyre, la directrice du personnel, fit alors une chose qu'elle n'avait encore jamais faite : elle mentit. Mais elle savait qu'elle n'aurait jamais lieu de le regretter.

« Il nous arrive parfois de donner aux nouvelles une avance sur leur salaire pour leur permettre d'assurer la transition entre... la campagne et les contraintes de la vie en ville. Donc, nous pouvons vous prêter cinquante dollars, miss Connors. Vous me rembourserez à raison de cinq dollars par semaine. Cela vous convient-il ?

– Oh oui, miss McIntyre ! s'exclama Ruby au bord des larmes.

– Parfait. Eh bien, voilà une chose réglée. Si vous voulez bien attendre ici un instant, il faut que j'aille voir le caissier pour qu'il me donne l'argent. »

Mabel McIntyre sortit dans le couloir faire le tour des différents bureaux où travaillaient ses collègues, et Ruby l'entendit qui leur demandait de bien vouloir se défaire de la petite monnaie qu'elles pouvaient avoir sur elles. En ajoutant les dix dollars qu'elle donnait personnellement, elle arriva à la somme de soixante-trois dollars.

De retour à son bureau, elle tendit l'argent à Ruby.

« J'avais fait une légère erreur, c'est soixante-trois dollars que nous pouvons vous remettre. Ah, miss Connors, il vaudrait mieux éviter... Enfin, vous me comprenez...

– Je n'en parlerai à personne, promit Ruby, sachant fort bien d'où venait cet argent.

– Eh bien, c'est donc convenu. Je serai très heureuse de vous accueillir mercredi. Je vous emmènerai au bureau du capitaine Dennison et vous présenterai à lui. Vous vous entendrez fort bien, j'en suis persuadée. »

Ruby se leva et tendit la main à la directrice. Un jour, peut-être pourrait-elle à son tour rendre service à cette femme. En attendant, elle lui remettrait cinq dollars chaque semaine, dès qu'elle aurait touché sa paie, jusqu'à ce que la dette soit entièrement remboursée.

Avant de rentrer au centre, Ruby s'arrêta chez Lerner pour s'y choisir avec le plus grand soin une garde-robe appropriée, aidée en cela par une jeune vendeuse à qui elle avait expliqué sa situation et précisé la somme dont elle disposait.

« Alors, voyons à combien on en est maintenant », dit la vendeuse en additionnant les prix indiqués sur les différentes étiquettes.

Ruby ferma les yeux en croisant les doigts.

« Pas de problème, mon petit. Ça fait quatre-vingt-quatre dollars cinquante. Deux des jupes étaient en solde. »

Ruby poussa un soupir de soulagement.

« Je ne sais comment vous remercier. Vous serez encore là en octobre, quand il faudra acheter les vêtements d'hiver ?

– Bien sûr. Et à Noël aussi. Vous n'aurez qu'à me demander : je m'appelle Nola Quantrell. Bonne chance pour les chaussures. Allez voir chez Henry, un peu plus loin dans la même rue. Les prix sont très raisonnables. »

Une fois dehors, Ruby eut l'impression d'avoir des ailes. Chez Henry, elle acheta des souliers à talons hauts, un peu comme ceux de sa sœur, et une paire de chaussures noires. Juste comme elle s'apprêtait à sortir, mue par une impulsion subite, elle prit également une paire de sandales jaunes.

Son dernier arrêt, elle le fit dans un Super-X où elle consacra le reste de son argent à l'achat d'un produit permettant de se faire des permanentes à domicile – sans oublier les bigoudis, la laque, deux savonnettes et un tube de dentifrice. Constatant qu'il lui restait encore deux dollars, elle repartit au comptoir des cosmétiques pour prendre un tube de rouge à lèvres et une boîte de talc.

C'est d'un pas léger et le cœur en fête qu'elle repartit vers le centre. Son bonheur était si total qu'Amber elle-même n'aurait pu réussir à lui gâcher ces instants d'euphorie.

Une lueur de jalousie flamba au fond des yeux d'Amber, le mercredi matin, quand Ruby apparut dans sa robe d'été à fleurs et ses souliers à talons hauts. Elle s'était entraînée à marcher avec pendant des heures, arpentant sans relâche le couloir menant à sa chambre. Elle s'était également fait sa permanente elle-même. Avec beaucoup de succès, d'ailleurs.

Déjà, Amber n'avait pas digéré que sa sœur cadette soit embauchée comme GS-3, ce qui signifiait qu'elle avait d'emblée un salaire aussi élevé que le sien. Cette tenue gracieuse et estivale ne put qu'attiser sa colère.

« J'espère que t'as pas dépensé l'argent de ta nourriture en fanfreluches, parce que je te préviens que tu n'auras pas un *cent* de plus, même si tu crèves de faim jusqu'à ta prochaine paie.

– Bubba m'a donné des sous avant mon départ, affirma Ruby, mentant avec aplomb.

– Tu parles ! persifla Amber. Tu iras raconter ça à d'autres. »

Elles firent le trajet jusqu'à l'annexe en silence. Amber ne desserra pas les dents, mais Ruby sourit sans désemparer, et elle souriait encore en pénétrant dans le bureau de Mabel McIntyre. Retenant son souffle, elle guetta la réaction de la directrice du personnel. Par la suite, elle se dit que McIntyre était beaucoup trop professionnelle pour se permettre autre chose qu'une lueur d'approbation au fond de ses yeux noirs.

Ruby Connors comprit tout de suite qu'elle avait été adoptée.

Le mois de juin terminé, juillet prit la relève avec son cortège de journées chaudes et ensoleillées, suffisant amplement, avec la nouvelle vie qu'elle menait à Washington, pour assurer à Ruby un bonheur sans mélange. Son dix-huitième anniversaire ne fut marqué par aucun événement spécial, hormis une carte de sa sœur Opal et une autre de sa grand-mère, accompagnée celle-là d'un chèque de cent dollars qu'elle s'empressa de reverser à Amber pour éponger sa dette.

Une fois passé l'éprouvante période de la canicule, trois faits marquants se produisirent dans la vie de Ruby Connors. D'abord, elle se lia d'amitié avec Nola Quantrell, la jeune vendeuse de chez Lerner qui s'était montrée si aimable avec elle. Ensuite, le capitaine Dennison la jugea désormais apte à aller travailler au Pentagone. Après lui avoir donné des informations détaillées sur ce qu'elle aurait à faire là-bas, il rédigea une lettre de recommandation fort élogieuse qu'il lui confia pour qu'elle la remette à ses nouveaux employeurs.

Enfin, sa sœur décida que le moment était venu de quitter le YWCA pour s'installer dans un appartement avec quatre autres jeunes filles, arguant que cette solution serait beaucoup moins onéreuse.

« Je ne comprends vraiment rien à cette histoire, dit Nola Quantrell un jour où elle prenait le café avec son amie. Ta sœur n'a aucune raison de t'obliger à vivre avec elle! Ni avec ses amies! Ne te laisse pas faire, Ruby. Quand tu m'as raconté comment elle s'était conduite avec toi, je ne sais pas ce qui m'a retenue d'aller au centre pour lui dire ses quatre vérités. Je me demande comment tu peux tenir le coup.

— Parfois, je me le demande moi-même. Mais les choses vont peut-être s'améliorer. De toute façon, quand je serai au Pentagone, je travaillerai pour un amiral et je gagnerai beaucoup plus d'argent. J'arriverai même peut-être à en mettre un peu de côté.

— Mais ton loyer sera beaucoup plus élevé, et elle t'obligera à verser davantage à tes parents. Non, crois-moi, il vaut mieux que tu restes où tu es. Tu dépenseras moins et nous pourrons suivre les cours du soir ensemble.

— De toute façon, je les suivrai, ces cours du soir. Est-ce que tu crois que je pourrai trouver du travail chez Lerner le samedi et un soir en semaine ? »

Nola secoua la tête d'un air dubitatif.

« Ce ne serait pas raisonnable du tout, crois-moi. Tu n'y arriverais jamais. Surtout avec les heures supplémentaires que tu fais déjà au bureau.

— Ça va un peu mieux en ce moment, surtout depuis que je t'ai auprès de moi pour me remonter le moral. Tiens, voici la liste qu'Amber a glissée sous ma porte ce matin. Il faut que je paie ma part de nourriture, d'électricité et de loyer. Et, naturellement, je dois participer aux travaux du ménage, sans oublier que, le trajet en bus étant plus long, il faut prévoir un accroissement des dépenses de transport. Bref, ça fait un supplément de quatre-vingts dollars par mois, et il faudra que je rembourse les deux cents dollars qu'Amber me prête pour les frais d'emménagement.

— Et tu acceptes ça ?

— Pas question. Je l'ai appelée au bureau tout à l'heure pour lui dire que je refusais. Tu sais ce qu'elle m'a répondu ? Qu'elle allait téléphoner aux parents ce soir à neuf heures. Du coup, le paternel va m'appeler pour me dire que, si je ne suis pas Amber dans cet appart', il ne me reste plus qu'à faire mes valises pour rentrer au bercail. Seulement, il faudra qu'il m'y traîne de force, Nola.

— Tu n'as qu'à dire à ton paternel que si tu restes au centre tu pourras lui envoyer davantage d'argent, suggéra Nola en allumant une cigarette. Il a l'air tellement radin qu'un argument comme celui-là ne peut pas le laisser indifférent. »

Ruby émit un petit rire sceptique.

« Ouais, mais il ne jure que par Amber. Je vais quand même essayer, remarque ; mais si tu ne me vois pas la semaine prochaine, ne t'étonne pas. Tu sauras où je suis. Bon sang, vivement que j'aie vingt et un ans ! »

Les yeux d'Amber Connors lançaient des éclairs quand Ruby entra dans le hall du centre à neuf heures moins cinq. Amber portait un ensemble d'été jaune, serré à la taille par une large ceinture verte, et elle était chaussée de sandales assorties. Elle avait un peigne turquoise surchargé d'ornements et surmonté d'une plume vaporeuse plantée tout de guingois au sommet du crâne. Ruby faillit éclater de rire, mais, en voyant l'hostilité se refléter dans le regard de sa sœur, elle n'eut plus aucune envie de se laisser aller à son hilarité.

« Je ne veux pas déménager, lança-t-elle par-dessus son épaule en se dirigeant vers l'ascenseur.

— Ce n'est pas à moi qu'il faut dire ça, c'est à papa. Si tu ne viens pas dans l'appartement avec moi, tu peux commencer tout de suite à faire tes valises, parce que dès dimanche prochain il sera là pour te ramener. »

Ruby enfonça le bouton d'appel d'un index rageur.

« Écrase, Amber. Je ne déménage pas, un point c'est tout. Va moucharder à papa si ça t'amuse. »

Elle entra dans l'ascenseur avec Amber sur ses talons. Ruby regarda droit devant elle, ignorant complètement la présence de sa sœur.

« Tu es vraiment la dernière des imbéciles, Ruby. Mais enfin, on n'est pas dans un palace, ici ! On est dans un centre d'accueil complètement pourri. Dans un appartement, on aura de la place pour se retourner, on pourra faire notre cuisine, on aura un frigo. Il y a même un jardin. Et tu auras ta chambre pour toi toute seule. Qu'est-ce que tu veux de plus ?

— J'ai trouvé ici tout ce dont j'avais besoin, j'y suis parfaitement heureuse et c'est dans mes moyens. S'il vous faut une personne de plus, tu n'as qu'à trouver quelqu'un d'autre.

— Mais ce n'est pas possible. Papa t'a placée sous ma responsabilité et, bien que ça ne me plaise pas beaucoup, je ne peux rien y changer. Je ne tiens pas du tout à retourner à Barstow, crois-moi ; mais papa m'obligera à y revenir si jamais tu me fausses compagnie. Alors, il vaudrait mieux que l'on se mette d'accord tout de suite.

– Il y a une chose qui me frappe dans cette histoire, Amber, c'est que tu es la seule à tirer bénéfice de ce nouvel arrangement. Qu'est-ce que j'y gagne, moi, hein ? Je te mets au défi de trouver une seule chose qui soit positive pour moi.

– Ah toi, alors, il faut toujours que tu me mettes des bâtons dans les roues ! Depuis que tu es venue au monde, je n'ai eu que des ennuis à cause de toi ! hurla Amber. Tu ne pouvais pas rester où tu étais, non ? »

Ruby sentit une boule se former dans sa gorge. Elle mobilisa toute son énergie pour trouver le courage de répliquer :

« Demande-le-moi, Amber. Demande-moi de déménager, mais ne dis pas qu'il faut que je le fasse. Et surtout pas de menaces ! Dis-moi que, si je ne participe pas aux dépenses, tu ne pourras jamais y arriver toute seule, mais ne me raconte pas d'histoires en voulant me prouver que c'est mieux pour moi. C'est pour toi que c'est mieux. Reconnais-le donc, Amber. Dis-moi que tu as besoin de moi et je te donnerai ma réponse. »

La bouche d'Amber se crispa et ses yeux se plissèrent. Avec une lenteur calculée, elle articula :

« D'accord. J'ai besoin de toi pour que le déménagement se fasse.
– Pourquoi ?
– Je te l'ai déjà dit.
– Non. Il y a autre chose. Je lis en toi comme dans un livre ouvert, Amber.
– Bon, d'accord : c'est quand même pas un crime d'avoir un petit ami, non ? Ici, on n'a pas le droit d'amener des hommes, tandis que là-bas on aura un salon. »

Ruby éprouva un sentiment de triomphe : c'était donc cela ! Résolue à tirer le maximum d'avantages de la position de supériorité où elle se trouvait maintenant, elle persifla :

« Alors, toi, tu peux dire que tu fais tes coups en dessous. Ainsi donc, tu as déjà un jules. Eh bien, dis donc, il faut qu'il soit sourd, muet et aveugle pour apprécier ta compagnie ! Comment s'appelle-t-il, au fait ? »

Amber répondit automatiquement à la voix impérieuse de Ruby, qui ressemblait tant à celle de son père.

« Nangi Duenas... »

Le ton humble de sa sœur emplit Ruby de joie.

« Quoi ! Ce Philippin qui vient toujours rôdailler dans le hall d'entrée ! »

Incapable de maîtriser l'accès de gaieté qui s'emparait d'elle, elle cria soudain :

« Un Philippin ! C'est la meilleure, celle-là ! Au fond, c'est comme si tu fréquentais un Noir. Mais, dis-moi, c'est par la peau du cou que papa va te ramener au bercail si jamais il apprend ça ! »

Amber lui sauta dessus, la saisit aux cheveux, la pinça et lui assena des coups partout où elle pouvait l'atteindre. Ruby attrapa le peigne turquoise et lui en laboura le bras en même temps qu'elle levait une longue jambe pour enserrer le corps de sa sœur dans un irrésistible étau.

Puis son poing fermé partit vers le haut, cognant Amber au menton. Celle-ci tomba à terre. Assise à califourchon sur sa poitrine, Ruby fut ravie de voir que le sang qui perlait du bras de sa sœur maculait son corsage chiffonné.

« Tu te rappelles les fois où je te flanquais des raclées ? lança Ruby d'une voix haletante. Je peux très bien recommencer, tu sais, rien ne me ferait plus plaisir. Mais au fond ça me fatiguerait plus que ça n'en vaut la peine. O.K., je vais déménager avec toi, mais tu ne me réclameras pas un centime. La différence de loyer, c'est toi qui la paieras. C'est à prendre ou à laisser.

— Papa avait bien raison, haleta Amber. Tu es bel et bien possédée du diable. Mais tu ne l'emporteras pas au paradis, je te le jure. »

Elle se leva avec peine et se dirigea d'un pas chancelant vers la porte que Ruby lui avait ouverte.

« Cause toujours, tu m'intéresses », murmura Ruby en se laissant tomber sur le lit.

Quand Ruby se réveilla le samedi matin, elle eut la certitude qu'elle allait vivre la plus belle journée de son existence. Elle rayonnait de joie, des frissons lui parcouraient la peau et ses yeux bleus comme un ciel d'été resplendissaient de tout leur éclat. Ce jour ne serait pas comme les autres : elle s'achèterait une robe neuve pour aller danser. Que Amber le veuille ou non, elle la mettrait devant le fait accompli. Pas question de lui demander la permission. Ce serait sa première manifestation d'indépendance.

Une brusque inquiétude la saisit : comment la paierait-elle, cette robe, autrement qu'en puisant sur le budget prévu pour la nourriture ? Bah, après tout, elle pourrait bien, pendant une semaine, se nourrir de biscuits et de potages en sachet. Elle n'en mourrait pas.

Une fois de plus, l'œil exercé de Nola passa en revue le stock de robes du magasin, pour tenter de dénicher le modèle qui conviendrait à son amie. Quelque chose qui fût à la fois audacieux et original.

« Attends une minute, je crois qu'il y en a une dans la réserve qui t'ira comme un gant. C'est tout à fait ta taille. La cliente qui l'avait commandée n'est jamais venue la chercher. On devait remettre l'article en rayon hier, je suppose qu'ils ont oublié. »

Ruby fut frappée de stupeur en découvrant la robe. Ah, elle était originale, à n'en point douter et magnifique par-dessus le marché ! Jamais encore elle n'avait vu quelque chose d'aussi beau : il y avait là toutes les couleurs de l'arc-en-ciel, avec une frange de sept centimètres au bas de la jupe. Elle mourait d'envie de l'essayer.

« Mais c'est... de l'indécence pure et simple. Mon père tomberait raide mort s'il me voyait porter ça, jubila-t-elle.

— Ce serait un excellent moyen de te débarrasser de lui, murmura Nola.

— Combien coûte-t-elle ? » demanda Ruby en passant la tête dans l'encolure de la robe.

Nola consulta un registre à la caisse.

« Ça fait... euh, dix-neuf dollars. La cliente qui l'a fait mettre de côté a versé neuf dollars, mais comme elle n'est pas revenue la prendre, tu peux l'avoir pour dix dollars. C'est une affaire en or, Ruby. Tu ne peux pas laisser passer une telle occasion.

— Mais elle ne va pas réclamer son acompte ? s'inquiéta Ruby en lissant le tissu soyeux sur ses hanches, que la robe moulait à la perfection.

— Pas du tout, mentit Nola. Quand on ne revient pas réclamer son acompte dans les délais, on ne peut plus prétendre au moindre remboursement. C'est ton jour de chance, Ruby. »

Les pieds de Ruby touchaient à peine le sol quand elle repartit vers le centre. C'est avec une tendre sollicitude qu'elle accrocha la robe à son cintre, tout en se demandant à quelle autre occasion elle pourrait porter ce superbe assortiment de bâtonnets glacés qui avaient l'air de se fondre les uns dans les autres.

Cinq heures plus tard, son visage chafouin torturé par la jalousie, Amber Connors regardait sa sœur traverser le hall d'entrée sous l'œil admiratif d'Ethel.

Arrivée sur le trottoir, enchantée par la perspective de passer une soirée qui s'annonçait si belle, Ruby partit d'un pas sautillant en direction de l'arrêt de bus où elle avait donné rendez-vous à Nola. Apercevant Nangi, posté juste derrière son amie, elle n'hésita pas à l'aborder.

« Bonsoir, lança-t-elle avec un large sourire. Je suis la sœur d'Amber. Elle vous attend. »

Elle fut récompensée de sa hardiesse par un sourire éclatant qui montrait des dents parfaitement alignées. Mais, ce qui plut surtout à Ruby, ce fut la lueur approbatrice dans les yeux du jeune homme.

« Attends que les marines qui sont sortis en masse de leur caserne nous voient dans toute notre splendeur », lança Nola.

Ruby ne l'avait jamais vue si jolie non plus, moulée dans sa robe ajustée, son visage en forme de cœur mis en valeur par un fond de teint clair, rehaussé au niveau des yeux par une discrète touche de mascara.

Les deux filles partirent d'un grand éclat de rire, et Nola reprit :

« D'après ce que m'a dit une de mes amies, la plupart des filles portent des robes de pensionnaire, avec un col à la Peter Pan. J'ai l'impression qu'à côté d'elles on va jeter un de ces jus ! Tu vas voir que, s'il y en a qui font tapisserie ce soir, ce ne sera sûrement pas nous. »

L'excitation de Ruby monta encore d'un cran quand elle arriva à l'endroit où se tenait le bal. Jamais elle n'avait vu autant de monde. Il y avait certainement plus de mille personnes rassemblées là, dans l'immense édifice.

Prenant la tête, Nola se fraya un chemin à travers les groupes compacts de jeunes hommes revêtus de leur tenue militaire : marins en uniforme d'un blanc immaculé, jeunes aviateurs en bleu horizon, soldats de l'armée de terre en kaki, et marines en vert olive. La plupart des jeunes femmes portaient des crinolines empesées, des robes d'été et des gants blancs.

« A quel étage on va ? cria Nola pour dominer la musique jouée par l'orchestre installé au rez-de-chaussée. Il y a également bal au septième, au cinquième et au troisième.

– On peut commencer par le haut, et on redescendra progressivement.

– D'accord. Prépare ton argent. »

Ruby sortit son quart de dollar qu'elle tendit à la caisse, moyennant quoi on lui apposa un tampon sur le poignet. Elle décida de ne pas se laver les mains pendant au moins deux jours de manière à garder un souvenir de cette nuit mémorable.

Aux sons d'une musique tonitruante, elles se faufilèrent dans la cohue. A quelques pas devant elle, Ruby vit un jeune lieutenant des marines coincer Nola contre un mur. Elle s'apprêtait à châtier l'insolent d'un bon coup de coude dans les côtes quand elle vit que son amie décochait au militaire un sourire enjôleur. Ruby s'arrêta net, ce qui provoqua une collision avec un autre marine qui la talonnait de près. Il s'excusa du regard, tout en criant à tue-tête :

« Andrew Blue. Vous voulez que je vous ouvre la voie ? »

Ruby acquiesça d'un hochement de tête, les yeux fixés sur Nola. Elle s'inquiéta tout à coup à l'idée que ni son amie ni elle n'avaient envisagé la possibilité d'une séparation.

Nola adressa un clin d'œil complice à Ruby tout en attrapant son marine par la taille afin de lui emboîter le pas.

« Bonne idée, s'écria Andrew. Cramponnez-vous à moi, miss Arc-en-Ciel, et nous allons nous propulser jusqu'au septième... étage. »

Sans une ombre d'hésitation, Ruby tendit le bras.

Son père aurait sûrement qualifié cet endroit d'antre du péché. Elle rit avec insouciance. Ce soir, elle se moquait complètement de ce que pouvait penser l'auteur de ses jours.

Andrew était très beau garçon, avec sa taille élancée et ses cheveux blond-roux coupés très court. Son uniforme était impeccablement repassé, le calot bien plié, passé dans la ceinture. Quand il se retournait vers elle, elle voyait des yeux d'un bleu limpide qui lui paraissaient pleins d'humour, et un sourire engageant qui illuminait le visage du jeune homme. Il tortillait des hanches, comme un danseur de rumba, ce qui faisait beaucoup rire Ruby.

« Nous y voilà ! hurla Nola par-dessus son épaule pour dominer les accents de *Pennsylvania 6-5000* que l'orchestre jouait, au moment où le groupe arrivait au septième étage. Non mais, écoute-moi cette musique ! Bon, on se retrouve ici. Je suis Nola, voici Ruby, et voici Alex.

– Et voici Andrew, dit Ruby en riant de tout son cœur.

– Allons danser, lança Andrew en montrant la piste. J'adore la danse. Pas toi ?

– Oh oui », murmura Ruby.

Elle tentait désespérément de se rappeler les instructions prodiguées par Nola. « Tu bascules le bassin vers la gauche, ensuite vers la droite et tu pivotes sur place. Et tu laisses ton cavalier se débrouiller avec le reste. »

Il est vraiment marrant, Andrew Blue, décida Ruby deux heures plus tard tout en se dirigeant vers le mur le plus proche. Elle avait soif, et il lui fallait d'urgence trouver les toilettes. Prise de panique, elle chercha Nola du regard, mais ne la vit nulle part. Devinant sa détresse, Andrew lui proposa :

« Suis-moi. Je sais où ça se tient. »

Quelque part entre le septième et le troisième étage, Ruby perdit Andrew au milieu d'un groupe de marines entourés de filles surexcitées qui riaient comme des collégiennes. Mais elle ne s'affola pas pour autant, tant elle trouvait délicieux le contact de cette jupe soyeuse sur ses jambes. Pendant qu'elle dansait, elle avait vu plus d'une fille la regarder avec envie. Elle leur avait alors décoché un petit sourire supérieur, tant à cause de sa robe que du lieutenant qui la faisait virevolter avec une telle aisance.

Devant les toilettes pour dames, une longue file d'attente se prolongeait jusque dans le couloir. Patiemment, Ruby attendit son tour. Au bout d'un moment, sautillant d'un pied sur l'autre, elle se retourna pour découvrir une paire d'yeux sombres qui la fixaient d'un air amusé.

Il était plus petit qu'Andrew Blue, au moins sept centimètres de différence, avec des cheveux coupés en brosse aussi noirs que de l'ébène. Il avait aussi de grandes oreilles, et Ruby se demanda, stupidement, s'il était capable de les faire remuer. Il n'était pas beau, loin de là ; mais ses yeux bruns, légèrement bridés, paraissaient attirants avec leur éclat chaleureux. Était-il grec ? Il avait la peau bronzée. A moins que la couleur de son épiderme ne s'explique par sa race et non par les effets du soleil ? Oui, il devait être grec, décida Ruby qui n'avait jamais eu l'occasion de rencontrer un Grec de toute son existence.

« Si tu veux y aller, avance, lui cria à l'oreille une fille en robe bleue.
– Pardon ?
– Tu fais la queue pour aller aux toilettes, oui ou non ? »

Calvin Santos éclata alors de rire, découvrant des dents robustes et régulières. Le visage de Ruby s'empourpra lorsqu'il dit :

« Je sais où il y en a d'autres, venez. »

Il lui avait attrapé le bras.

Ruby le suivit docilement. Il l'emmena dans un long couloir qui partait du grand hall et aboutissait à une porte sur laquelle elle lut : BUREAU DE L'ÉTAT-MAJOR.

« Par là, dit Calvin, ajoutant avec un large sourire : Il n'y a personne, donc pas besoin de faire la queue. Je m'appelle Calvin Santos. »

Il s'inclina bien bas, d'une manière assez théâtrale.

« Ruby Connors, énonça Ruby avec nervosité.
– Eh bien, je vous attends ici, Ruby Connors. »

Ruby plongea son regard dans les yeux veloutés et admiratifs qu'il fixait sur elle, et le battement de son cœur lui apprit qu'elle venait de tomber follement amoureuse de cet homme.

« Attends-moi ici, murmura-t-elle. Je t'en prie, attends-moi.
– Jusqu'à la fin des siècles, dit-il d'un ton suave.

« — Pardon ?

— Je disais : Jusqu'à la fin des siècles. Mais j'espère que tu auras fini avant.

— J'en ai pour cinq minutes, répliqua Ruby en levant la main. Trois s'il n'y a personne d'autre que moi à l'intérieur. »

Elle ressortit quatre minutes plus tard, la couture de ses bas impeccablement droite et les lèvres rougies de frais. Calvin était nonchalamment adossé au mur. Pour la première fois, Ruby remarqua qu'il portait un uniforme de l'armée de l'air.

« Tu es la plus jolie fille de toute l'assistance », murmura Calvin.

Ruby s'empourpra de nouveau. La seule personne qui lui eût jamais dit qu'elle était jolie était sa grand-mère. Fallait-il qu'elle lui rétorque qu'il n'était pas mal non plus ? Elle n'en avait aucune idée. Ayant entendu dire un jour qu'avec un sourire on pouvait exprimer n'importe quelle pensée, elle décida de recourir à cet expédient commode.

« Tu veux boire un verre ? proposa Calvin.

— Ce serait avec grand plaisir, dit Ruby d'une voix haletante. Mais on ne pourrait pas aller le boire dehors ? L'atmosphère est irrespirable ici.

— D'accord. J'ai envie de prendre un peu l'air, moi aussi. »

Le cœur de Ruby battait très fort pendant qu'elle attendait le retour de Calvin. Des images se bousculaient dans son esprit fiévreux. Elle se voyait marchant la main dans la main, avec Calvin, dans le port, le long des quais ; ils pique-niquaient ensemble dans le parc de Rock Creek ; ils dansaient joue contre joue. Elle se sentait tellement à l'aise avec lui ! Et pourtant, il avait quelque chose de spécial. En le regardant de plus près, en pleine lumière, elle avait vu qu'il n'était pas américain. Il n'était pas grec non plus. Et puis, elle s'aperçut qu'au fond elle se moquait bien de savoir ce qu'il était au juste. Calvin était un homme séduisant. Rien d'autre ne comptait.

Une fois dehors, caressés par la brise tiède sous le ciel piqueté d'étoiles, les deux jeunes gens marchèrent côte à côte en se partageant une bouteille de Coca-Cola. Ruby avait l'impression de connaître Calvin depuis des années.

« Tu es allé à l'état-major ; tu es donc un officier ! » dit-elle soudain d'un air impressionné.

Tout d'un coup, elle se sentit tout intimidée. Elle s'écarta légèrement de lui.

Calvin fronça les sourcils et se rapprocha d'elle aussitôt.

« Est-ce que j'ai dit quelque chose qui t'a fâchée ? » demanda-t-il avec anxiété.

Et c'est presque d'un air contrit qu'il ajouta :

« En effet, je suis allé à l'école de la Citadelle. Et j'en suis sorti dans les premiers. »

Ruby s'écarta de nouveau. Dans les premiers ! Et pour ne rien arranger, le voilà qui lui demandait à quelle école elle allait.

« L'école publique de Georgetown ? » répéta-t-il d'un air moqueur.

La haine que Ruby éprouvait pour ses parents monta en elle, la suffoquant comme une bouffée de fumée malodorante. Elle aurait dû suivre des cours à la fac, on aurait dû lui donner sa chance. Au lieu de cela, il fallait qu'elle rembourse plus de six mille dollars! De quoi payer les études supérieures auxquelles elle avait droit. Et maintenant, qu'allait-il penser s'il apprenait qu'elle n'était qu'une simple dactylo dans l'administration?

Elle serra les dents et annonça d'une voix glacée :

« Il y a des gens qui ne sont pas assez riches pour se payer des études en fac. Merci pour le Coca. Je vais essayer de retrouver mon amie. Excusez-moi, Calvin. »

« *Ne pleure pas, Ruby*, s'exhorta-t-elle. *Refoule bien vite tes larmes. Ce genre de choses se reproduira. Autant que tu t'y habitues.* »

Frappé de stupeur, Calvin la regarda se faufiler à travers la cohue, regrettant de ne pas être plus grand pour pouvoir mieux la suivre des yeux. Il se rendait bien compte qu'il fallait lui emboîter le pas, tout de suite, sinon il risquait de ne plus jamais la retrouver. Il n'avait pas voulu la vexer en la questionnant ainsi. A Saipan, tous les élèves du secondaire faisaient ensuite des études supérieures.

Tout en se maudissant de sa maladresse, il se lança à sa poursuite. Il était sûr de lui avoir plu, il était prêt à jurer qu'elle n'attachait aucune importance à son origine ethnique. Il comprenait d'autant mieux sa susceptibilité qu'il était lui-même en butte, dans ce pays qui n'était pas le sien, à de nombreuses allusions plus ou moins perfides.

Il lui expliquerait tout cela ; mais d'abord, il fallait la retrouver car, à son grand désespoir, elle avait maintenant disparu de son champ visuel. Il poussa quelques jurons, bien grossiers et bien américains, des expressions qu'il avait apprises à la Citadelle. Il ne se sentit pas mieux pour autant.

Il partit en courant, bousculant quelques officiers sur son passage, se confondant en excuses quand il devait se frayer un chemin au milieu d'un groupe de jeunes filles. Il fallait la retrouver à tout prix.

Après avoir cherché en vain, au cinquième étage, la robe aux couleurs de l'arc-en-ciel, il monta au septième où l'orchestre était en train de jouer *You Go to my Head*. Elle dansait avec un marine, un sous-lieutenant, levant vers lui un visage souriant tandis qu'ils évoluaient avec grâce sur la piste encombrée. Son cavalier lui murmura soudain à l'oreille quelque chose qui la fit éclater de rire.

Lui aussi, il pouvait la faire rire, mais il la voulait pour lui tout seul. Depuis cinq ans qu'il vivait dans ce pays, il avait appris autre chose que la langue. Il savait, par exemple, qu'il n'est pas convenable d'imposer sa présence. Mais, ce soir-là, les circonstances n'étaient plus les mêmes. Ce soir, il allait agir comme l'aurait fait n'importe lequel des jeunes gens ici présents : il allait récupérer sa cavalière! L'énorme pendule fixée au mur lui disait qu'il n'avait plus que cinq minutes avant que l'orchestre attaque le dernier morceau.

Calvin se fraya un chemin en jouant des coudes sur la piste de danse pour taper l'épaule du lieutenant.

« Fous-moi la paix, mon gars, marmonna Andrew d'un ton hargneux.

— Je crois que cette danse m'avait été promise, déclara Calvin d'un ton fort courtois.

— Et moi, je crois que tu te fourres le doigt dans l'œil, mon pote, grinça Andrew. Tire-toi. »

Avant d'avoir eu le temps de dire ouf, Ruby se retrouva dans les bras de Calvin qui l'emportait à l'autre bout de la piste, tandis qu'Andrew se lançait à leur poursuite.

« Celui-là, je vais lui casser la gueule », annonça Andrew d'un ton résolu.

Ruby fut prise de panique. Deux hommes allaient se battre pour elle. Elle releva la tête juste à temps pour voir qu'un MP taillé en armoire à glace avait emboîté le pas à Andrew.

« Je préfère sortir maintenant. On se retrouve dehors, attends-moi », cria Ruby à Calvin.

Calvin regarda d'un air ravi le lieutenant des marines se faire expulser par le MP de la piste de danse. Elle avait dit qu'elle le rejoindrait dehors. Il l'attendrait devant la sortie. « Jusqu'à la fin des siècles », murmura-t-il en se dirigeant vers l'escalier envahi par la foule.

Il faillit bien la rater. S'il la vit, ce fut grâce à une fille en robe vert citron qui criait le nom de Ruby. Cette fois, il se moqua bien de savoir qui il bousculait en se précipitant à sa rencontre.

« Vite, dis-moi où tu habites, cria-t-il.

— Au YWCA, hurla Ruby en réponse.

— Je viendrai te voir à midi. Tu veux bien sortir avec moi ? »

Les secondes d'attente furent horribles, pendant que Ruby prenait sa décision. Il poussa un long soupir de soulagement quand la jeune fille eut acquiescé d'un hochement de tête.

« C'est qui ? demanda Nola avec un petit rire.

— L'homme de ma vie, et je crois qu'il le sait, expliqua Ruby en souriant.

— J'ai l'impression que tu es mordue.

— Toi aussi.

— Il m'a donné rendez-vous demain. On sortira tous les quatre ?

— Bien sûr. »

Un rendez-vous. Un vrai. Ruby défaillait de bonheur.

Deux événements se produisirent dans la matinée du dimanche : Ruby vit sa sœur Amber en compagnie de Nangi, et Andrew Blue laissa dans son casier une lettre annonçant qu'il passerait la prendre vers midi et demi pour l'emmener déjeuner au restaurant.

Quand Ruby arriva dans le hall d'entrée, elle aperçut Amber et Nangi assis côte à côte. Ils avaient l'air d'attendre quelqu'un. Ethel, peut-être. Ruby se cacha dans un coin discret, près de la sortie, se disant que Calvin allait survenir d'un moment à l'autre, bien avant Andrew, sans doute.

Ce fut le contraire qui se produisit. Andrew entra à midi pile et se

46

dirigea tout droit vers Amber qui lui sourit en secouant négativement la tête. Que se passait-il donc ?

Une minute plus tard, Amber prenait l'ascenseur. Ne sachant que faire, Ruby décida d'opter pour une attitude prudente. Elle se tint coite, dans son petit coin.

Quelques instants plus tard, sa sœur était de retour. Tendant l'oreille, Ruby l'entendit alors dire à Andrew :

« Non, elle n'est pas dans sa chambre. Elle a dû se rendre à la dernière messe du matin. Vous pouvez l'attendre ici, si vous voulez, ou aller voir si elle est au Hot Shoppe ; elle y prend parfois une tasse de café. »

« Va-t'en, je t'en supplie, pria Ruby. Vite, fiche le camp d'ici. »

Ethel survint alors, et tout le monde partit ensemble.

Merci, mon Dieu. Mais où était donc Calvin ? Qu'est-ce qu'il pouvait bien fabriquer ? Et Nola, elle n'était pas là non plus ! Pourtant, elle avait rendez-vous avec Alex !

Calvin se montra enfin, encore plus élégant que la veille, la chemise empesée et impeccablement repassée. Une véritable gravure de mode. Ruby le trouva absolument superbe. Nola et Alex arrivèrent sur ses talons, à croire qu'ils s'étaient donné le mot. Vite, Ruby fit les présentations et dirigea ses invités vers la porte avec une telle précipitation qu'ils se bousculèrent presque pour sortir.

« De ce côté, par ici, lança Ruby en tentant de ne pas se laisser aller à la panique.

— On y va, on y va, dit Nola. Où est-ce que tu nous emmènes ?

— Pourquoi n'irait-on pas... euh... à Mount Pleasant ? »

Se tournant vers Calvin, elle expliqua :

« C'est là que je dois m'installer avec ma sœur et quelques-unes de ses amies. Je n'ai pas encore vu la maison ; ça vous ennuierait qu'on y jette un coup d'œil ?

— Nous, on n'y voit pas d'inconvénient », répondirent Alex et Nola avec un bel ensemble.

Quand Ruby se fut retournée pour la troisième fois, Calvin lui demanda si elle avait perdu quelque chose.

« Tu crois que quelqu'un nous suit ? » demanda-t-il en regardant à son tour par-dessus son épaule.

Incapable de dissimuler la moindre de ses pensées, Ruby lui exposa le motif de son anxiété.

« Tu lui avais donné rendez-vous ? s'enquit Calvin d'un air malheureux.

— Mais non, pas du tout ! s'indigna Ruby. Pourquoi aurais-je fait une chose pareille ? C'est à toi que j'avais donné rendez-vous.

— C'est que je ne tiens pas du tout à me faire abîmer le portrait, marmonna-t-il. Ce serait la première fois.

— Moi non plus, je n'y tiens pas plus que toi, tu peux le croire ! » s'exclama Ruby.

Après avoir une nouvelle fois inspecté les alentours, Calvin lui prit la main en lui assurant qu'il n'y avait aucun danger. Elle poussa un grand soupir de soulagement.

Quand ils eurent atteint Mount Pleasant, Ruby regarda à peine la maison de Kilbourne Place où elle allait devoir emménager. A l'extrémité de la rue se trouvait un jardin public où ils se rendirent pour s'asseoir dans l'herbe et parler. On se mit alors en quête de crèmes glacées et de cacahuètes pour calmer les estomacs qui commençaient à crier famine. Ruby était aux anges. Jamais de toute son existence elle n'avait été aussi heureuse. Elle avait quelqu'un dans sa vie. Enfin !

« Ils ont l'air de bien s'entendre, tous les deux, murmura Calvin en hochant la tête en direction de Nola et d'Alex, qui ne cessaient d'échanger des plaisanteries en riant aux éclats.

– Nola est une excellente amie, tu sais, expliqua Ruby. Elle a beaucoup de goût et espère devenir un jour une styliste renommée. Et moi, quand j'aurai fait fortune, je serai sa meilleure cliente. Elle vient d'une famille de dix-neuf enfants – dont certains adoptés, bien sûr : elle a passé toute son enfance à coudre et à défaire les ourlets. »

Calvin s'était assis dans l'herbe. Les bras encerclant ses genoux, il fixait sur Ruby un regard impénétrable.

« A quoi penses-tu ? demanda-t-elle en souriant.

– Je pensais à... Enfin, je me demandais si nous ne pourrions pas...

– Nous sentir plus à l'aise ? C'est que je ne suis pas très douée pour le badinage, c'est la première fois que je... Enfin, que je sors avec un garçon. Mais après tout, il suffit d'être soi-même, sans aller chercher midi à quatorze heures. Au fait, tu es d'où, toi ? »

Le visage de Calvin se rembrunit soudain.

« Selon toi, d'où est-ce que je suis ?

– Au début, j'ai cru que tu étais grec. Mais, en fait, ça m'est bien égal. Ce qui compte, c'est ce qu'il y a dans la tête et dans le cœur des gens. Est-ce que ça t'embête de ne pas être américain ?

– Parfois, avoua Calvin d'un air déconfit. Je suis philippin. Je viens de Saipan, et ça fait plus de cinq ans que je ne suis pas retourné au pays. »

Il fixait sur Ruby un regard anxieux, épiant ses réactions.

« C'est terrible, ça. Et ta famille ne te manque pas trop ? Tu leur écris ? As-tu le mal du pays ? »

Les mains de Calvin se crispèrent sur ses genoux.

« Euh, oui et non », dit-il enfin.

Puis, d'une voix mal assurée, il lui confia qu'il serait prêt à renoncer à la moitié du temps qu'il lui restait à vivre pour pouvoir être un véritable Américain, rien que quelques instants, juste assez longtemps pour voir quelle serait l'attitude des Américains envers lui.

Il détourna son regard, l'air malheureux.

Alors, Ruby lui parla de sa propre enfance et des rapports orageux qu'elle entretenait avec ses parents. Puis elle lui prit la main.

« Eh bien, tu vois, moi aussi j'ai des problèmes. Au fond, nous avons un point commun : nous ne sommes bien dans notre peau ni l'un ni l'autre. »

Sur ces mots elle se leva, souriante.

« Maintenant, on pourrait peut-être marcher un peu. Je me sens tout ankylosée. »

Il se mit aussitôt debout, et ils partirent la main dans la main.

« On se retrouve ici tout à l'heure », lança-t-elle par-dessus son épaule en direction de Nola, qui lui adressa un signe de la main.

Ils déambulèrent dans le parc, en balançant leurs mains jointes, riant de tout et de rien.

Elle avait quelqu'un.

Mais, ce bonheur-là, il allait falloir le payer, un jour ou l'autre.

« Et puis, après tout, on verra bien, marmonna-t-elle entre ses dents.

— Pardon ?

— Euh, je disais : On le voit bien, cet écureuil qui court après sa queue », lança Ruby avec aplomb.

Calvin renversa la tête en arrière et partit d'un grand éclat de rire.

L'après-midi passa ainsi, à une vitesse record. Sachant qu'Amber était sortie avec Ethel et Nangi, Ruby se sentait un peu libérée de la surveillance constante que sa sœur exerçait sur elle ; mais comme Calvin ne proposait rien pour prolonger la soirée, elle prit les devants.

« Il faut que je rentre ; c'est presque l'heure du souper.

— Ah bon ? » Calvin paraissait déçu.

« Qu'est-ce que tu avais prévu pour ce soir ?

— Bah, je vais lire le journal, à moins qu'il n'y ait un film potable au cinéma. Ça te dirait de m'accompagner ? se risqua-t-il à demander.

— J'espérais bien que tu me le proposerais », avoua Ruby en riant.

A Barstow, il avait toujours été hors de question d'aller au cinéma. Les salles obscures n'étaient qu'une invention de Satan pour ouvrir le chemin à la luxure. George Connors dixit.

« On joue *Un tramway nommé Désir*, dans la 14e rue. Et, près de Dupont Circle, il y a *African Queen* au programme. Lequel préfères-tu ? »

Lui serrant très fort la main, il ajouta :

« A ton avis, faut-il demander à Nola et à Alex s'ils veulent venir avec nous ? »

Ruby n'y tenait pas particulièrement. Elle préférait être seule avec Calvin ; mais, au bout de quelques instants de réflexion, elle se dit qu'il serait peut-être moins risqué, quand sa sœur lui poserait des questions sur son emploi du temps, de pouvoir dire qu'elle était allée au cinéma avec trois autres personnes.

La proposition fut acceptée par l'autre couple.

« Et on pourrait peut-être casser une petite graine avant, ajouta Alex. Horn et Hardart, ça vous dit ? C'est moi qui régale, je viens de toucher ma solde ! »

Le dîner fut merveilleux. Décidément, tout est formidable, décida Ruby, quand on peut partager avec des amis. Le repas terminé, elle aurait été incapable de se souvenir de ce qu'elle avait mangé.

Elle retint son souffle et agrippa le bras de Nola quand Marlon Brando apparut sur l'écran. Un sacré balèze ! Elle adora le moment où il lance son « Salut, Stella ! ». Elle rit de bon cœur. Mais ce qu'elle apprécia le plus, ce fut de sentir le bras de Calvin autour de ses épaules. Comme Alex opérait la même manœuvre avec Nola, les deux filles poussèrent un soupir de bonheur.

Une fois sorti du cinéma, le groupe se scinda en deux. Nola et Alex prirent le trolley et Ruby partit à pied avec Calvin.

Elle veut rester en tête à tête avec moi, conclut-il alors.

Ce que j'ai mal aux pieds, pensait Ruby. Mais elle ne pouvait tout de même pas le laisser dépenser encore de l'argent pour elle. C'était lui qui avait donné le pourboire à la serveuse du restaurant, bien qu'Alex ait payé l'addition. Sans doute les deux officiers étaient-ils préalablement convenus de procéder ainsi, car il n'y avait pas eu de discussion entre eux à la fin du repas. En tout cas, Calvin n'avait rien d'un radin.

Elle allait en avoir, des choses à raconter à sa grand-mère dans sa prochaine lettre !

Au carrefour de la 9e rue et de la rue F, Ruby s'immobilisa sous un réverbère.

« Je crois qu'il vaudrait mieux que je finisse le trajet toute seule, pour le cas où ma sœur m'attendrait dans le hall. Quand elle a quelque chose à dire, elle se moque bien de savoir où elle est et qui risque de l'entendre... J'ai passé une soirée formidable, Calvin. Et toi ?

— Oui, moi aussi, murmura le jeune homme. Tu sortiras encore avec moi ?

— Bien sûr. Depuis que je suis arrivée dans cette ville, je meurs d'envie de visiter le zoo. Je pourrais préparer un pique-nique. Samedi ou dimanche ?

— Les deux », s'empressa de dire Calvin, retenant ensuite son souffle comme s'il craignait de s'entendre opposer un refus.

Un moment, elle crut qu'il allait l'embrasser, mais elle vit à ses yeux qu'il était pris de panique. Il recula d'un pas en enfonçant ses mains dans ses poches.

« Okay, lança Ruby avec bonne humeur. Je te verrai samedi à l'entrée du zoo. A midi, ça va ?

— Midi, c'est parfait. Bonne nuit, Ruby. Et bonne semaine !

— Bonne nuit, Calvin », dit Ruby, et elle s'éloigna à grands pas.

Quand Ruby eut disparu, Calvin jeta autour de lui un regard circulaire pour essayer de se repérer. Il décida de marcher un peu. Il voulait penser à Ruby tout à son aise.

Oui, mon gars, se dit-il. Tu as eu une journée formidable. Ruby était amoureuse de lui. Oui, parfaitement !

Sifflotant un air à la mode, il accéléra insensiblement l'allure. Il voulait regagner sa caserne et se mettre au lit en pensant à Ruby, au plaisir qu'il aurait à l'embrasser... ou à faire autre chose avec elle...

Avant même d'atteindre sa chambre, il avait réussi à se convaincre qu'il était un authentique Américain. Sinon, une fille comme Ruby n'aurait jamais accepté de rester avec lui toute une journée. Et les amis de Ruby s'étaient comportés envers lui comme s'il avait été l'un des leurs.

Fort heureusement, grâce à l'un de ses ancêtres, Calvin avait du sang samoan dans les veines, ce qui expliquait sa taille relativement élevée. Il n'avait rien de commun avec ces minus, ces minables tout juste bons à faire le larbin ou les aides-cuistots dans les mess d'officiers ou de sous-officiers.

Il avait une nana, maintenant, sa petite amie bien à lui, une fille réelle et pleine de vie, qui aimait lui tenir la main, qui lui souriait avec tendresse et qui le comprenait.

Jamais encore il n'avait eu, comme aujourd'hui, l'impression d'accéder au statut de citoyen américain.

Ruby entra dans le centre, le visage rayonnant. Elle s'arrêta net quand elle vit sa sœur, assise dans l'un des fauteuils orange avec Andrew Blue installé à côté d'elle. Amber souriait, et Andrew souriait aussi. Ruby sentit son estomac se nouer. Quand Amber avait décidé de faire du charme, elle était capable d'amadouer le plus féroce des fauves de la jungle.

— Vous m'attendiez ? demanda-t-elle d'un ton dépourvu d'aménité.

— Andrew t'attend depuis midi, expliqua Amber d'une voix aussi peu aimable, sans laisser au marine le temps d'ouvrir la bouche.

— Midi ! Mais pourquoi ? Je n'avais rien promis... Il est resté ici pendant dix heures ? répliqua Ruby d'un air incrédule.

— Où étais-tu passée, Ruby ? » questionna Amber d'une voix sévère.

Ruby mourait d'envie de lui dire de s'occuper de ses oignons.

« Je suis allée au parc avec Nola, et ensuite nous avons été au cinéma. Nous sommes dimanche aujourd'hui, alors je suis tout de même bien libre de faire ce qui me plaît. Et toi, tu étais où, Amber ? » demanda-t-elle d'une voix suave.

Avant qu'Amber ait eu le temps de répondre, Andrew intervint à son tour.

« Je sais parfaitement que nous n'avions pas rendez-vous, et je suppose que rien ne m'autorisait à rester dans le quartier toute la journée ; mais je m'étais dit que ça te ferait peut-être plaisir de sortir avec moi. Bon, il va falloir que je parte, sinon je vais rater le dernier bus qui me ramène à ma base. On se voit samedi prochain ?

— Elle en serait ravie, roucoula Amber. Tu n'as rien de prévu pour samedi, n'est-ce pas, Ruby ?

— Je suis désolée, Andrew, je ne serai pas libre. Mais c'est très gentil de ta part d'être resté à m'attendre comme tu l'as fait. »

Mon Dieu, qu'il avait l'air malheureux ! Et quelle fière allure il avait, avec son uniforme impeccablement repassé ! Un vrai soldat d'opérette. Tripotant nerveusement sa casquette, il s'efforçait de sourire.

« Que dirais-tu de dimanche ? lâcha-t-elle enfin.

— D'accord ! Ça te dirait qu'on passe la journée à Glen Echo ? »

Ruby accepta d'un signe de tête.

« Formidable. On se voit donc dimanche ? On prendra le petit déjeuner avant d'aller à l'église, et ensuite en route pour le parc. A onze heures, d'accord ? »

De l'air de quelqu'un qui est pris d'une idée subite, Andrew se tourna alors vers Amber pour lui demander :

« Ça te plairait de venir aussi ?

— Non, répondit Amber en souriant. J'y suis allée aujourd'hui. Merci tout de même pour ton invitation, Andrew, tu es bien aimable. »

Dès que la porte se fut refermée sur Andrew Blue, Amber attrapa sa sœur par le bras et l'entraîna vers l'ascenseur.

« Viens un peu par ici, dit-elle en appuyant un index rageur sur le bouton d'appel. J'ai l'impression que nous avons un compte à régler, toutes les deux.

— Fous-moi la paix, Amber. Je n'ai aucun compte à te rendre. »

Quand elles furent entrées dans la chambre de Ruby, Amber se posta près de la porte, prête à prendre la poudre d'escampette en cas de besoin. Ruby attendit sans rien dire.

« Si j'ai décidé qu'il fallait nous installer ailleurs, c'est en partie à cause de toi, Ruby. Papa m'a bien recommandé de ne jamais te faire confiance. D'après lui, tu risques de mal tourner à la première occasion, et je ne peux pas te surveiller efficacement ici. Tu profites que nous sommes à des étages différents pour t'éclipser en douce, comme tu l'as fait aujourd'hui. Demain, je téléphone aux parents pour les mettre au courant. Car, permets-moi de te dire que tu as de drôles de fréquentations. Cette Nola, par exemple, elle m'a l'air d'une pas grand-chose ! »

D'instinct, Ruby comprit qu'il ne servirait à rien de prendre la défense de son amie. Elle préféra garder le silence en fixant un regard lourd de menaces sur sa sœur, qui recula d'un pas.

« En revanche, Andrew Blue me fait très bonne impression. Tu peux sortir une fois par semaine avec lui. Je dirai à papa que c'est un garçon très bien élevé. Il m'a parlé de sa famille, ce sont des chrétiens pratiquants. Ah, quelle tête tu as faite quand il t'a proposé de t'emmener à l'église ! Tu n'es qu'une moins-que-rien, Ruby. Papa a raison, tu finiras par griller en enfer. »

Ruby avança d'un pas et posa une main ferme sur la porte pour empêcher Amber de battre en retraite.

« Tu as raison. J'irai sans doute en enfer. Et tu sais pourquoi ? Parce que je vais te faire la peau. Tant pis si on me condamne à la chaise électrique, j'aurai eu la satisfaction d'avoir débarrassé le monde de la plus immonde des garces ! Et ça, dis-le au paternel de ma part.

— Oh, je le lui dirai, sois sans crainte. Et je lui dirai aussi que tu tiens des propos orduriers.

— Orduriers ! La faute à qui ? Tu sais comment on parle dans les bureaux de la marine. Le capitaine Dennison dit " Bordel " cent fois par jour. Son patron appelle toutes les femmes des pétasses. Les hommes de troupe, eux, ils traitent tout le monde de trou du cul. Voilà ce qu'on entend à l'état-major de l'US Navy. Et qui m'a fait rentrer dans ce lieu de perdition ? C'est toi, avec la bénédiction du vieux ! Alors, tu pourras lui raconter tout ce que tu voudras, je m'en fous complètement. »

Foudroyant sa sœur d'un regard meurtrier, elle reprit à mi-voix, en articulant bien chaque mot :

« Et ne te mêle plus jamais de dire à Pierre, Paul ou Jacques que je sortirai avec lui. Ce ne sont pas tes oignons. Pour cette fois, je passerai le dimanche après-midi avec Andrew Blue, parce qu'il est sympa et qu'il m'a attendue pour rien toute la journée. Mais ne recommence pas ce petit jeu, sinon je me chargerai d'expliquer à cette espèce de nabot qui te court après quel genre de teigne tu peux être, malgré tes airs de sainte-nitouche. »

Elle dut s'interrompre pour reprendre son souffle.

« Tu peux faire ce que tu voudras, fulmina Amber. Tes saloperies ne m'atteignent aucunement. »

Ruby fixa sur sa sœur un regard triomphant.

« Les saloperies ne sont pas toujours là où tu le crois. Le paternel, par exemple, qui est toujours fourré à l'église de Saint-Barnabas... eh bien, il ne rêve que d'une chose : coucher avec Grace Zachary. Je l'ai vu un jour, qui la déshabillait du regard. Grace lui a tiré la langue dès qu'il a eu le dos tourné. Maman était témoin, d'ailleurs. C'est un sacré sournois, ce type, et tu es son portrait tout craché.

— Langue de vipère ! Mais tu ne perds rien pour attendre, fais-moi confiance », tempêta Amber.

Quand elle fut sortie, Ruby referma violemment la porte derrière elle et resta un moment songeuse. Les insultes de sa sœur l'avaient blessée. Son père pouvait bien penser d'elle ce qu'il voulait, elle n'en avait cure ; mais l'opinion d'Amber ne manquait pas de l'affecter, quoiqu'elle fût incapable de dire pourquoi.

La mort dans l'âme, Amber mit ses pièces de monnaie en tas sur la petite étagère surmontant le téléphone. Comme tous les lundis, elle allait devoir rendre compte à ses parents des événements de la semaine. Avoir Ruby sous sa coupe ne lui facilitait pas la tâche, bien entendu, et maintenant que le moment tant redouté était arrivé elle sentit que la migraine tenace qui ne l'avait pas lâchée de toute la journée se prolongerait sans doute jusqu'au lendemain.

Il était onze heures moins cinq, le bon moment pour appeler, car ses parents se couchaient à onze heures pile, et elle savait que la conversation ne s'éterniserait pas. Son père raccrochait toujours au bout de quatre-vingt-dix secondes.

A la troisième sonnerie, George Connors décrocha, comme d'habitude...

« George Connors. »

Jamais le moindre bonsoir. Aucune formule de politesse.

« Bonsoir papa, c'est Amber. Comment vas-tu ? Et maman, comment va-t-elle ? Je ne suis pas trop en retard, j'espère ?

« – Non, ma fille. Tu as cinq minutes avant que nous montions nous coucher. Ta mère va très bien. »

Il ne disait jamais comment il allait, lui, et ne demandait jamais non plus des nouvelles de la santé de sa fille. Amber inspira un bon coup, prenant son courage à deux mains.

« Papa, j'ai un problème avec Ruby. Elle se conduit d'une manière abominable. Tu... enfin, elle jure comme un charretier et refuse de m'écouter. »

Elle avait pris un ton suppliant. Pourquoi ? Elle aurait été bien incapable de le préciser.

« Ma fille, j'ai mis Ruby sous ta responsabilité. Cherches-tu à me faire comprendre que j'ai eu tort ? »

Sans attendre qu'elle tente de se justifier, il poursuivit :

« C'est à toi de montrer ton autorité. Tiens-la bien en main et châtie-la comme elle le mérite. Mais je me demande si j'ai eu raison de vous laisser aller en ville toutes les deux. »

La menace était voilée, mais Amber s'aperçut que ses genoux tremblaient sous elle.

« Le prochain week-end, je n'ai rien de prévu. Et ta mère aimerait que nous allions faire un tour à Washington... Tu avais autre chose à me signaler ?

– Non, père.

– Eh bien, je vais te souhaiter une bonne nuit. Et ce n'est plus la peine de me tenir des propos de ce genre au téléphone – à moins que tu ne tiennes à ce que je tire les conséquences qui s'imposent, si tu te révèles incapable de t'acquitter correctement de la mission que je t'ai confiée.

– Excuse-moi, père », murmura Amber.

Mais son père avait déjà raccroché. Amber regarda sa montre. Deux minutes et trente secondes exactement. Pourquoi était-elle déçue ? S'était-elle attendue à un mot gentil ? Croyait-elle qu'il allait l'appeler par son nom au lieu de lui donner du « ma fille », comme il le faisait constamment ?

Un vent de panique la saisit soudain. Elle ne voulait pas retourner à Barstow. Sous aucun prétexte, elle n'irait travailler dans la fabrique de chemises. Et pourtant, si jamais son père décidait de venir la chercher à Washington, elle n'aurait jamais le courage de lui résister. Elle avait beau être majeure, maintenant, puisqu'elle aurait vingt-deux ans dans quelques semaines, elle savait qu'elle se conformerait docilement aux volontés de son père.

L'image de Ruby lui décochant un pied de nez la fit sourire. Ruby, elle, avait beaucoup plus de caractère. Il faudrait que George Connors l'emmène de force, elle se débattrait, elle lui donnerait des coups de pied s'il le fallait.

Vivement que je me marie, songea-t-elle. Nangi avait fait allusion à un mariage éventuel, ajoutant même qu'il repartirait dans son pays avec son épouse. Mais il s'agissait là d'une simple possibilité. Il n'avait pas formulé sa demande en bonne et due forme.

Évidemment, son père la renierait, mais il ne pourrait rien contre elle. Et c'était cela le plus important !

Le ciel roulait à gros nuages gris et menaçants. Ce n'est pas le jour à aller au zoo, décida Ruby en sortant du lit. Pourtant, la météo prévoyait de belles éclaircies.

Elle croisa les doigts :

« Pourvu que la journée ne soit pas gâchée ! »

Elle regarda un moment le panier en rotin que Nola lui avait prêté pour qu'ils puissent pique-niquer dans le parc, une fois la visite du zoo terminée.

« Je vais m'arrêter chez le traiteur du coin de la rue pour lui demander du jambon et des sandwiches au fromage, ainsi que du Coca-Cola, des œufs durs et quelques pêches. Ah, peut-être aussi un carré de fromage et des pommes de terre chips ! »

Elle était pleine aux as, pour reprendre l'expression favorite de Nola. La veille, en même temps qu'elle avait touché sa paie, le capitaine Dennison lui avait remis une enveloppe contenant vingt-cinq dollars et une carte de visite sur laquelle il avait écrit qu'elle était la meilleure secrétaire qu'il eût jamais eue. En outre, il lui souhaitait bonne chance avec son nouveau patron, l'amiral Query, dans les services duquel elle commencerait à travailler le lundi suivant.

Dès qu'elle aurait touché son chèque, après le déjeuner, elle irait voir la directrice du personnel pour lui verser le reliquat de sa dette. Puis elle consacrerait ses sept derniers dollars à l'achat des provisions pour le pique-nique.

Il ne lui resterait plus rien, mais au moins elle ne devrait plus d'argent à personne, n'était-ce point l'essentiel ?

Elle ouvrit la fenêtre. Un air humide et lourd s'engouffra dans sa chambre. Elle referma au moment où d'énormes gouttes de pluie commençaient à tomber. Les feuilles ne bougeaient pas. Elle se rappela les paroles de sa grand-mère : elle disait toujours que, si l'on pouvait voir le dessous des feuilles, il y aurait un orage ; et que, s'il tombait des soucoupes, cela signifiait que l'averse ne durerait pas. Ruby croisa les doigts.

Fort heureusement, une fois habillée et coiffée, elle constata que le temps s'était nettement amélioré. Elle poussa un soupir de satisfaction et descendit prendre son petit déjeuner au Hot Shoppe.

Sa sœur était déjà installée dans un coin de la salle, un livre ouvert devant elle. Elle leva les yeux en apercevant Ruby.

« J'espère que tu n'as pas l'intention de me gâcher ma journée, Ruby, lança-t-elle d'un ton sec.

– Pas du tout. Je voulais simplement te demander la permission d'aller au zoo cet après-midi. Et aussi de pique-niquer dans le parc. Nola m'a prêté un grand panier. »

Amber réfléchit longuement avant de répondre.

« Est-ce que tu y vas avec ton amie ? » demanda-t-elle enfin d'un air réprobateur.

A la manière dont elle avait prononcé « amie », on aurait dit qu'il s'agissait d'un mot obscène.

Ruby acquiesça d'un hochement de tête.

« En tout cas, reprit Amber, il n'est pas question que tu rentres après souper comme l'autre fois.

– Ah bon ? J'avais pourtant bien envie d'aller au cinéma voir *African Queen*. Il ne peut rien m'arriver de fâcheux pendant que je regarde un film, tout de même ! »

Amber réfléchit encore pendant une bonne minute. Le zoo, passe encore : le pique-nique, elle n'y voyait pas d'objection non plus ; mais le cinéma...

« Il va falloir que tu aies d'autres fréquentations, déclara-t-elle enfin. Comme je te le disais l'autre jour, je n'aime pas du tout cette fille. »

Ça y est, ça va recommencer, songea Ruby.

« Quand nous aurons emménagé à Mount Pleasant, je ne veux plus te voir te commettre avec elle. »

Ruby était prête à toutes les concessions pour ne plus subir la présence d'Amber. Se contentant de hocher la tête, elle tourna les talons, résolue à prendre son petit déjeuner ailleurs.

Ruby passa d'abord dans une épicerie fine de la 9ᵉ rue où elle remplit le panier de Nola avec d'appétissantes victuailles. Puis elle alla poster les lettres qu'elle avait écrites à Opal et à sa grand-mère.

Elle avait prévu de se rendre à pied au zoo, mais le panier était si lourd qu'elle finit par prendre un trolley qui la déposa à l'entrée dans Woodley Road.

Il faisait un temps merveilleux maintenant. Le soleil avait fini par imposer sa loi dans un ciel que ponctuaient seulement, de place en place, quelques boules cotonneuses, toutes blanches. Elle se sentait dans une forme éblouissante et trouvait sa toilette fort séduisante, grâce à Nola qui avait agrémenté son ensemble estival en plaid rose et bleu de bordures en dentelle blanche au niveau des jambes, du col et des poches, pour lui donner une touche plus originale, convenant parfaitement, d'après elle, à la personnalité de Ruby.

Nola lui avait même prêté ses sandales blanches, les astiquant au point qu'elles paraissaient achetées de la veille. Elle lui avait également donné pour la journée deux peignes fort joliment décorés.

Ruby attendit longtemps devant la grille, scrutant avec anxiété la foule qui se pressait pour entrer. A quelques pas de là s'élevait la musique aigrelette d'un orgue de Barbarie. Éblouie par l'éclat de la lumière, elle regretta de ne pas avoir mis de lunettes de soleil.

Au bout d'une éternité, elle aborda un couple de personnes âgées pour demander l'heure.

« Il est treize heures, mon petit, répondit la dame aux cheveux blancs comme neige. Vous attendez quelqu'un ? »

Ruby rougit comme une pivoine, baissant les yeux vers son panier de provisions.

« Votre ami vous attend peut-être à l'une des autres entrées, suggéra le vieux monsieur.

– Les autres entrées ? répéta Ruby étonnée. Vous voulez dire qu'il y en a d'autres que celle-ci ?

– Bien sûr, mon petit. »

On lui indiqua alors l'itinéraire à suivre pour se rendre à Hawthorne et à Cathedral. Ruby partit aussitôt, le panier lui ballottant dans les jambes.

Il l'attendait sûrement ailleurs. Elle se sentait toute bête. Elle aurait dû se renseigner avant. Pourvu que Calvin ne décide pas lui aussi d'aller voir ailleurs ! Ils risquaient de jouer à cache-cache pendant bien longtemps.

« Il a peut-être cru que je lui avais posé un lapin », murmura-t-elle en contournant une grosse dame qui suivait à grand-peine deux énormes molosses tirant sur leur laisse comme des forcenés.

Ruby et Calvin s'aperçurent en même temps. La contrariété de Ruby disparut comme par enchantement dès qu'elle vit l'expression anxieuse de Calvin.

« Je t'attendais à l'entrée de Woodley », expliqua-t-elle d'une voix haletante. Une certaine agressivité transparaissait derrière ses paroles.

Après tout, il aurait bien pu s'inquiéter de savoir s'il y avait une ou plusieurs entrées, non ?

« Excuse-moi, balbutia-t-il. A aucun moment, il ne m'est venu à l'idée qu'il pouvait y avoir d'autres portes. Je commençais à croire que tu avais décidé de remettre cette visite à plus tard.

– Écoute, Calvin, tu ne vas pas encore... laisser entendre que je te suis supérieure ? Tu t'es trompé, c'est certain, mais moi aussi. Alors, n'en parlons plus ! D'accord ? »

Calvin saisit la main de Ruby et la serra très fort.

« Je m'apprêtais à partir à ta recherche », déclara-t-il.

Il mentait, elle en avait la certitude. En fait, il s'apprêtait à attendre jusqu'à quatre heures, en plein soleil, sans jamais se poser la moindre question tant il avait confiance en elle.

« Ah oui ? s'étonna-t-elle. Et tu serais parti quand ?

– Tu ne me crois pas, n'est-ce pas ? En fait, ce qui m'étonne, c'est que tu consentes à sortir avec moi », poursuivit-il d'un air piteux, resserrant encore son étreinte autour des doigts de Ruby.

L'espace d'un bref instant, Ruby eut l'impression que c'était elle qui le protégeait, qu'elle jouait un peu le rôle d'une mère auprès de ce jeune homme timide. Elle comprenait fort bien, d'ailleurs, qu'il fût si peu sûr de lui. N'en était-elle pas au même point ?

Il fallait à tout prix faire naître un sourire sur le visage de Calvin, sinon leur journée risquait d'être complètement fichue.

« Je regrette de ne pas avoir d'appareil photo pour pouvoir tirer ton portrait, Calvin.

– Pour avoir un souvenir de moi ? demanda-t-il, les lèvres pincées.

– Eh bien, oui, tout à fait. Tu vois, j'ai acheté un album à photos pour ma sœur, mais elle s'est montrée tellement désagréable que j'ai décidé de ne pas le lui donner. C'est stupide, non ? D'ailleurs, tu es si beau avec ce costume bleu horizon que j'aurais bien voulu faire mes premières photos en te prenant comme modèle. Ah, si j'avais un appareil !

– J'en ai un, moi. Je l'apporterai la prochaine fois, d'accord ?

– D'accord. J'achèterai la pellicule, proposa Ruby. Et nous ferons faire deux tirages de chaque cliché, un pour toi et un pour moi.

– Formidable. Je l'apporterai demain. Parce qu'on se revoit demain, bien entendu !

– Euh, attends un peu, Calvin. Tiens, asseyons-nous là un moment. Il faut que je te dise quelque chose. Surtout, ne le prends pas mal. Tiens-moi la main et regarde-moi pendant que je te parle. Et ne fais pas ta tête de cochon », ajouta-t-elle en utilisant l'une des expressions favorites du capitaine Dennison.

Calvin l'écouta, le visage fermé, pendant qu'elle lui expliquait que, si elle envisageait de sortir de temps à autre avec Andrew Blue, c'était uniquement pour que ce dernier lui serve d'alibi auprès de sa sœur. Ainsi, elle pourrait continuer de voir Calvin au moins un jour sur deux chaque week-end.

Elle vit à sa mine qu'il n'appréciait pas du tout. Pourtant, il finit par hocher la tête.

« Et tu vas sortir souvent avec ce gus ?

– Le moins possible. Vois-tu, Calvin, je ne tiens pas du tout à ce que mon père m'ordonne de rentrer à Barstow. Je n'ai donc pas le choix. »

Calvin la regardant sans rien dire, elle s'inquiéta à son tour.

« Est-ce que tu as l'intention de sortir avec... d'autres filles ? demanda-t-elle d'un ton hésitant.

– Grands dieux, non. Moi, je n'ai de comptes à rendre à personne. Je peux faire ce que je veux. Ne t'inquiète pas, Ruby, je comprends très bien.

– Écoute, je l'ai assez vu, ce zoo. Allons dans le parc, je commence à avoir faim. »

Poussant un grand soupir, il s'empara de la main de Ruby. Arrivés au parc, ils se trouvèrent au milieu d'une dizaine d'autres couples qui, le panier de pique-nique à la main, cherchaient eux aussi un coin ombragé pour déjeuner tranquilles. Dans les arbres, les oiseaux gazouillaient gaiement et les écureuils sautillaient dans l'herbe, détalant à toute vitesse quand quelqu'un s'approchait un peu trop à leur goût. Ruby éclata de rire en montrant du doigt un minuscule écureuil qui ne parvenait pas à courir aussi vite que ses compagnons. Calvin s'arrêta pour le regarder. Une douce euphorie l'envahit quand Ruby posa la tête sur son épaule.

Il étala la nappe avec un soin méticuleux, prenant la précaution de bien lisser les angles et d'aplatir les plis qui s'étaient formés au milieu. Quand Ruby eut sorti les victuailles, il les disposa géométriquement. Cette passion pour la symétrie agaça Ruby sans qu'elle pût s'expliquer pourquoi. Après tout, il s'agissait d'un simple pique-nique, non d'un exercice militaire! Il fallait laisser un peu de place à la fantaisie et à l'improvisation, que diable!

Elle se demanda ce que ce pauvre Calvin ferait si les fourmis envahissaient la nappe. Pris de panique, il se mettrait sans doute à tout remballer pour chercher un autre emplacement. Elle ne put s'empêcher de rire en imaginant le tableau.

Une heure plus tard, comme aucune fourmi ne s'était manifestée, elle ramassa les miettes de leurs sandwiches pour les disposer sur un morceau de papier sulfurisé qu'elle plaça sur un coin de la couverture.

« C'est pour créer une diversion », expliqua-t-elle en riant.

Quand elle se retourna, Calvin s'était adossé à un arbre, prenant toute la place. Où allait-elle appuyer son dos? Regardant autour d'elle, elle vit comment les autres couples avaient résolu le problème : parfois, c'était la fille qui avait la tête sur les genoux du garçon; d'autres fois, c'était le garçon qui avait la tête sur les genoux de la fille. Elle sentit alors qu'elle ne courrait aucun danger en imitant ses voisines, quelle que fût la solution adoptée.

Calvin l'invita d'un geste à s'asseoir tout contre lui. Puis il passa un bras autour de son épaule. Elle s'appuya contre sa poitrine.

Son cœur bondissait à tout rompre. Cette fois, les choses paraissaient vraiment bien engagées : elle était assise à côté d'un garçon qui la tenait étroitement enlacée, et d'une minute à l'autre il allait l'embrasser. D'instinct, elle comprit que Calvin n'était guère plus expert qu'elle en matière de baisers. Il y aurait donc quelques maladresses de part et d'autre; mais quelle importance, après tout? Il suffisait d'y aller progressivement, en prenant bien son temps, et ils apprendraient ensemble.

Elle se sentait en sécurité avec lui. Andrew Blue, lui, se serait mis à la tripoter, ou à tenter de la tripoter, mais ce n'était pas du tout le genre de Calvin. Elle chassa vite de son esprit l'image du marine. Le lendemain, il serait bien assez tôt pour veiller au grain.

Elle se blottit contre Calvin, l'œil fixé sur le couple qui se trouvait un peu en contrebas. Ceux-là n'y allaient pas de main morte! Hypnotisée, elle vit deux jambes dorées par le soleil se dresser vers le ciel tandis que la fille se trémoussait dans tous les sens sur la couverture. Quant au garçon, on aurait cru qu'il avait quatre mains et non deux, tant elles étaient partout à la fois.

Elle entendit Calvin inspirer profondément et se rendit compte que son bras s'était encore resserré autour d'elle. Elle se nicha plus profondément au creux de son épaule; des pensées étranges s'insinuèrent en elle, pensées que son père aurait qualifiées de diaboliques.

Ruby leva la tête. Vus sous cet angle, les yeux de Calvin paraissaient plus larges, et il y avait en eux un éclat inaccoutumé. Et lui, que voyait-il dans ses yeux?

Il ne lui laissa pas le loisir de se le demander plus longtemps, car il l'embrassa, écrasant sa bouche avec ses lèvres, mais il n'avait pas très bien visé. Le rire qui jaillit de la gorge de Ruby s'arrêta net au moment où il lui écarta les lèvres avec sa langue.

Elle se pressa un peu plus contre lui, en tournant légèrement la tête pour que le contact de leurs bouches soit plus aisé. Elle allongea les bras pour enserrer complètement la taille de Calvin. Sa langue avait un goût de pomme.

Le cri que Calvin poussa soudain la fit sursauter. Rouge de confusion, elle s'aperçut que, de son bassin, elle lui comprimait le bas-ventre. Elle se sentit responsable de la protubérance qui tendait l'étoffe de son pantalon.

« Bon sang, grogna-t-il en se tournant de l'autre côté.

— Quelque chose qui ne va pas ? s'inquiéta-t-elle.

— Non, tout va très bien. C'est seulement que tu es une fille bien, et les garçons, ils... Enfin, il y en a qui font des bêtises avec celles qui ne demandent pas mieux. Mais toi, ce n'est pas ton genre, j'en suis sûr. Et quand je pense à ce marine avec qui tu vas sortir demain, je me dis que, lui, il ne va pas prendre de gants. Ce ne sera pas comme avec moi.

— Comment le sais-tu ? questionna Ruby, peu satisfaite du tour que prenait la conversation.

— Je le sais, un point c'est tout. Des gars comme lui, il y en a dans ma caserne. Ils ne pensent qu'à coucher avec les filles et ils se vantent de leurs exploits au mess, pendant les repas. Et ils en racontent de drôles, crois-moi ! »

Ruby ne voyait pas très bien de quoi il voulait parler, mais elle comprit que lui la respecterait. Elle en conçut une certaine satisfaction.

« Je crois qu'il va falloir que nous nous embrassions davantage, dit-elle enfin d'une voix hésitante. Pas forcément tout de suite ni même aujourd'hui, mais un de ces prochains jours. Sinon, comment pourrons-nous être sûrs que nous nous plaisons bien ensemble ?

— Oh, moi, je suis déjà fixé. Je sais que tu me plais beaucoup. Si j'étais sûr que tu puisses un jour avoir un petit penchant pour un gars comme moi, on pourrait même très bien se marier ensemble. Nous aurions une fille qui te ressemblerait et un garçon qui nous ressemble-rait, à tous les deux. »

Ruby fixa sur lui un regard passionné.

« Pourquoi ne veux-tu pas que le garçon ne ressemble qu'à toi ? Si nous nous marions, je voudrais qu'il soit ton portrait tout craché.

— Je ne veux pas qu'il subisse ce que j'ai dû subir moi-même. Je pré-férerais qu'il ne se distingue pas trop des autres.

— Eh bien, moi, je serais heureuse s'il était un autre toi-même. Et je ferais en sorte qu'il soit persuadé, tous les jours que le bon Dieu fait, d'être le garçon le plus beau du monde. Je n'ai pas du tout envie que mes enfants soient élevés comme je l'ai été. Je veux les aimer et partager leurs activités, et je les écouterai toujours quand ils me diront quelque chose. Dès l'instant où ils voudront se confier à moi, je me mettrai immédiatement à leur disposition. Je serai leur mère et leur amie, je sais que je peux être les deux. Et toi, quelle sorte de père crois-tu pouvoir être ? demanda-t-elle avec anxiété.

— Un père intransigeant.

– Ce ne sera pas le cas si tu te maries avec moi, rétorqua Ruby d'un ton narquois. D'ailleurs, ajouta-t-elle, il se peut fort bien que je ne me marie jamais. »

Calvin se rembrunit.

« Pourquoi ?

– D'abord, je ne tiens pas du tout à avoir une vie de couple du genre de celle de mon père et de ma mère. On dirait qu'ils se détestent. En revanche, mes grands-parents étaient très heureux en ménage. Ils riaient beaucoup et, physiquement, ça avait l'air de bien coller entre eux. Tu sais, il faut vraiment être sûr d'aimer quelqu'un pour envisager de se marier avec lui. »

Elle se demandait comment étaient les parents de Calvin. Formaient-ils un couple uni ? Calvin n'avait pas l'air disposé à lui donner la moindre information à ce sujet.

Finalement, au lieu de répondre, il se pencha vers elle et l'embrassa à pleines lèvres. Ce fut un baiser doux et prolongé, annonciateur de bien des félicités futures.

Elle leva vers lui un regard enflammé.

« J'ai beaucoup aimé ça », dit-elle sans la moindre gêne.

Calvin renversa la tête en arrière, et il partit d'un grand éclat de rire qui lui fit venir les larmes aux yeux. Ruby songea qu'elle était en train de vivre un moment précieux, dont elle se souviendrait tout le reste de son existence.

« Viens, je t'emmène dîner quelque part. Remets-toi un peu de rouge à lèvres. Y aurait-il un endroit où on pourrait laisser ce panier sans être obligés de retourner au centre ?

– On va dîner ? Où ça ? Dans un vrai restaurant ou à la cafétéria Hot Shoppe ?

– Chez Hogates, au bord du Potomac. Au coin de la 9e rue et de Maine Avenue. On y déguste les meilleurs fruits de mer de la ville. Je crois que tu vas aimer. A moins que tu ne préfères un autre endroit ?

– Ce qui compte, ce n'est pas le lieu, c'est la compagnie. Et du moment que c'est toi qui invites, c'est à toi de choisir le restaurant. »

Elle allait dîner dans un grand restaurant. Elle en aurait, des choses à raconter à Nola et à sa grand-mère ! Non qu'elle aimât particulièrement le poisson, mais elle pouvait très bien apprendre à l'apprécier, si Calvin y tenait.

« A moins qu'on n'aille dans un restaurant chinois, suggéra-t-il alors, comme si un doute l'avait soudain saisi.

– Si ça te tente, moi je ne demande pas mieux, au contraire. Je ne suis jamais allée dans un restaurant chinois. Tu serais d'accord ?

– Bien sûr que je serais d'accord. Nous irons au Dragon. Et la semaine prochaine, nous en essaierons un autre. »

Quand ils furent arrivés devant le Dragon, Ruby montra le panier du pique-nique d'un air embarrassé.

« Je leur dirai que notre chat se trouve à l'intérieur », dit Calvin.

Rabattant le couvercle en riant, il se ravisa :

« Ou plutôt non. En regardant le maître d'hôtel dans les yeux, je lui chuchoterai que nous transportons là-dedans un matériel militaire ultrasecret.

– Je préfère le coup du chat », répondit Ruby en pouffant.

Il a le sens de l'humour, constata-t-elle avec ravissement.

Un Chinois d'une cinquantaine d'années, dont le menton s'ornait d'une longue barbe qui s'étalait en éventail, regarda le panier avec insistance mais ne fit aucun commentaire. Calvin leva les yeux au ciel et Ruby eut toutes les peines du monde à ne pas éclater de rire.

Ruby commanda du chop-suey et Calvin opta pour le chow-mein. Ils mangèrent indifféremment dans une assiette ou dans l'autre et burent tout le contenu de la théière. Les litchis leur parurent doux et frais à souhait. Ruby en raffola et en mangea six. Calvin arrêta après le second. Ils gardèrent pour la fin les gâteaux secs contenant les minces feuilles où étaient inscrites les prédictions d'avenir.

« Tu lis la tienne d'abord, Calvin. »

Il cassa le biscuit en deux pour extraire la minuscule feuille de papier et regarda le message d'un œil attentif.

« Alors, qu'est-ce que ça raconte ? » demanda Ruby avec impatience.

Calvin dut s'éclaircir la gorge à deux reprises.

« Je lis : L'amour de votre vie est assis tout près de vous. »

Son visage s'empourpra jusqu'aux oreilles, qui devinrent rouges comme des pommes.

« C'est tout à fait romantique. »

Elle brisa son biscuit à son tour, certaine d'y trouver un message du même genre que celui de Calvin. Elle dut le lire deux fois, puis une troisième.

« Et moi, j'ai : Vous y êtes presque. Qu'est-ce que ça veut dire, à ton avis ? »

Il avait l'air embarrassé.

« Je crois qu'il y a une coquille, finit-il par conclure.

– Tu as raison. Finalement, j'ai l'impression qu'il ne faut pas prendre ces trucs trop au sérieux. Tu pourras me donner le tien quand même ? Je les collerai dans mon album. »

Il était neuf heures vingt quand ils se séparèrent. Calvin devait rentrer à sa caserne, car il prenait son service à onze heures. Au tout dernier moment, Ruby se retourna pour lui lancer :

« Je penserai à toi demain. Si tu veux me voir au centre le soir, je serai dans le hall à dix heures.

– Je n'y manquerai pas », promit Calvin.

Une fois dans l'autobus, Calvin trouva la nuit chaude et agréable, aussi chaude et aussi agréable que s'il avait eu Ruby assise tout contre lui, comme dans le parc. Il leva la tête vers les millions de minuscules étoiles qui brillaient au firmament, sachant que la jeune fille était probablement en train de les contempler elle aussi.

A cet instant précis, il avait la conviction qu'il pouvait accomplir toutes les prouesses du monde, devenir un personnage de premier plan si Ruby lui accordait sa confiance. Mais s'il avait besoin qu'elle croie en lui, n'était-ce pas parce qu'il ne pouvait se passer de son appui, parce qu'il avait besoin de pouvoir se reposer sur elle ?

Il se renversa contre le dossier de son siège, saisi d'un brusque sentiment d'impuissance. Ruby, elle, n'avait pas besoin de béquilles. Elle avait du cran, elle savait ce qu'elle voulait. Ce qui ne l'empêchait pas d'avoir le sens de l'humour. Il y avait bien longtemps qu'il n'avait pas ri autant que ce jour.

Dieu, qu'il était heureux ! Et il le serait encore plus le lendemain, quand il la verrait à dix heures et qu'elle lui raconterait la détestable journée qu'elle avait passée avec le marine.

Avant de prendre son service, il se doucha et revêtit un uniforme propre. Il était aussi méticuleux sur le chapitre de la tenue que sur le reste. Il avait horreur du laisser-aller, car il ne voulait en aucune circonstance prêter le flanc à la critique, ni même susciter le moindre étonnement. Il voulait se fondre dans la masse des anonymes, éviter à tout prix de se faire remarquer, tout en souhaitant que l'on reconnaisse ses mérites.

Satisfait de son apparence, il sortit de sa chambre et se dirigea au pas de gymnastique vers le bureau où il passerait les huit prochaines heures.

A peine s'était-il installé à sa table de travail qu'une pensée horrible s'imposa à lui. Jamais il ne pourrait être pour Ruby le roc, le point d'ancrage solide que la plupart des hommes constituent pour la femme de leur vie, car il était incapable d'infléchir lui-même le cours de son existence. Ce qui l'inquiétait le plus, c'était que Ruby se suffisait parfaitement à elle-même.

L'idée que la femme qu'il aimait n'avait pas besoin de lui fit monter en lui un véritable accès de fièvre. Une sueur froide perla à son front. Au fond, elle avait passé la journée à flatter son amour-propre, et lui l'avait laissée faire. Il avait besoin de sa force, des propos stimulants qu'elle lui tenait. En somme, il se servait d'elle.

Incapable de supporter cette idée plus longtemps, il la refoula bien loin, dans les méandres de son subconscient.

Aussitôt réveillée, Ruby se dit qu'elle avait devant elle une journée exécrable. D'ailleurs le ciel était gris, et elle avait beau tendre l'oreille, aucun chant d'oiseau ne lui parvenait.

Elle n'avait aucune envie de se lever, aucune envie de rencontrer Andrew Blue ou d'aller à l'église. Elle voulait rester couchée dans son lit pour penser à Calvin. En songeant aux baisers qu'ils avaient échangés la veille, elle sentait une douce tiédeur monter en elle. Elle sourit en revoyant ses oreilles toutes rouges, et son souffle se fit plus court en se remémorant l'image de ce couple qui faisait l'amour juste au-dessous d'eux, dans le parc.

Elle enfouit son visage dans l'oreiller pour étouffer le rire qui la gagnait en s'imaginant en train de faire l'amour avec Calvin. Il était tellement méticuleux qu'il voudrait sans doute garder son uniforme impec-

cablement repassé pendant toute la durée des opérations. Manifestement, il était aussi inexpérimenté qu'elle en la matière. Ah, ça serait
vraiment du joli! L'idiote montrant la marche à suivre à l'ignorant!

En revanche, Andrew Blue devait être un véritable expert, et elle était
certaine qu'il allait se montrer entreprenant tout au long de cette maudite journée. Comment s'y prendrait-elle pour modérer son ardeur?

Calvin et Andrew. Andrew et Calvin. Calvin, Andrew et Ruby. Un
triangle. Elle faisait partie d'un triangle. Elle s'étira avec volupté,
presque fière des mauvaises pensées qui l'assaillaient. Sans doute des
pensées identiques à celles que pouvait avoir Grace Zachary.

Grace avait été la première personne à lui parler de ce qui se passait
entre les hommes et les femmes. La première et même la seule, en fait,
car Ruby ne savait rien d'autre que ce que lui avait dit Grace.

« Tu vois, mon petit, lui avait-elle expliqué, faire l'amour c'est aussi
naturel que manger son petit déjeuner. Pour certains, cela se réduit à un
bol de corn flakes; mais, pour d'autres, il s'agit d'un véritable festin,
comme ceux que je sers à Paul tous les matins : des gaufres avec du
sirop d'airelles, des œufs brouillés encore un peu baveux, avec le bacon
juste bien croustillant, les toasts tartinés de confiture maison et d'un
beurre délicieux, le jus d'une orange tout spécialement pressée pour lui,
et un café qui répand sa délicieuse odeur dans toute la maison. Pour
moi, faire l'amour avec Paul, c'est aussi bon que tout ça. »

Le visage transfiguré par la tendresse, elle avait ajouté :

« Tout le monde en ville me prenait pour une traînée parce que
j'aimais bien m'amuser, mais quand je me suis mariée avec Paul j'étais
encore vierge. Dans ce bled, il y a un tas de culs bénits qui voient le mal
partout, mais ils ne se privent pas de faire les quatre cents coups en
cachette, tu peux m'en croire. En tout cas, Paul et moi, on forme un
couple très uni, et je n'ai pas l'impression qu'il y en ait d'autres aussi
réussis que le nôtre dans cette ville maudite. Tu as bien compris ce que
je t'ai expliqué, Ruby?

— Je crois, oui. En somme, d'après toi, il vaut mieux rester vierge
jusqu'au mariage, hein?

— Si tu attaches de l'importance à l'opinion des autres, c'est préférable, en effet. Mais si tu es vraiment amoureuse et que tu te fiches de ce
qu'on pense autour de toi, alors vas-y, ne te prive pas. La vie est trop
courte pour se soucier du qu'en-dira-t-on.

— Pourtant, toi, tu as attendu! »

Grace avait ri de bon cœur.

« Crois-moi, j'ai bien failli sauter le pas en de nombreuses occasions,
mais il y avait toujours quelque chose qui me retenait. J'étais vraiment
mordue, et ça doit être cela qui m'a incitée à patienter. Il y a une
énorme différence entre la bagatelle et l'amour, tu sais, Ruby. »

Ruby trouvait Grace très jolie avec ses cheveux blonds coiffés à la
diable et ses grands yeux bleus de bébé. Elle avait une peau fine et lisse
dont elle prenait grand soin. Ses longs doigts se terminaient par des
ongles enduits d'un vernis rose, tirant sur le rouge, qu'elle utilisait également pour les ongles de ses pieds.

« Ce qu'elle peut faire poule de luxe ! » disait toujours le père de Ruby.

Grace inclina la tête et posa les mains sur ses hanches.

« As-tu envie de sauter le pas ? » demanda-t-elle avec un large sourire.

Ruby rougit jusqu'aux oreilles.

« Oh, non, je voulais seulement savoir... Une fois, j'ai demandé à ma mère, mais elle a failli avoir une syncope.

— Tu ne m'étonnes qu'à moitié, répondit Grace en pouffant. Et ton père ? »

Ruby fit une grimace de dégoût.

« Est-ce que tu me vois demander quoi que ce soit à mon père, Grace ?

— Non, mon petit. Je ne te vois pas du tout. Et je te conseille même, une fois que tu auras quitté cette ville, de ne plus jamais y remettre les pieds.

— Fais-moi confiance, on ne sera pas près de m'y revoir. Je t'enverrai une carte postale, et si jamais je trouve quelqu'un pour la bagatelle ou pour le grand amour, je t'écrirai juste avant... de faire quoi que ce soit. »

Au point où elle en était maintenant, Ruby se demandait si le moment n'était pas venu d'écrire à Grace.

Andrew l'attendait en bas, en compagnie d'Amber. Il se leva d'un bond en la voyant sortir de l'ascenseur.

« Ce que tu es jolie, Ruby ! s'exclama-t-il.

— Tu es prêt ? demanda-t-elle d'un ton glacial. Bon, eh bien, en route pour l'église », enchaîna-t-elle en coulant vers Amber un regard oblique.

Elle attendit une réaction de la part de sa sœur, mais celle-ci se contenta de les suivre des yeux tandis qu'ils franchissaient la porte.

Quand ils eurent fait quelques pas, sous une pluie battante, elle annonça :

« Écoute, Andrew, je n'ai pas du tout envie d'aller à la messe, alors si tu veux assister à l'office, tu es libre. Moi, je t'attendrai à la cafét'.

— Bon Dieu, il n'en est pas question J'ai dit ça l'autre jour seulement pour me faire bien voir de ta sœur. J'ai tout de suite compris qu'elle était du genre cul bénit et compagnie.

— Quelle clairvoyance ! Permets-moi de te dire que tu n'y es pas du tout ! »

Elle lui révéla quelques détails sur la personnalité de sa sœur, ce qui provoqua chez le jeune lieutenant un étonnement bien compréhensible.

« Maintenant, Andrew, je vais te prévenir d'une chose. Si jamais tu parles avec elle d'autre chose que de la pluie et du beau temps, je ne t'adresserai plus jamais la parole. Et pendant que j'y suis, j'ajouterai que je déteste qu'on décide de mon emploi du temps à ma place et sans me consulter. J'espère que tu en prends bonne note et que je n'aurai pas à te le rappeler. »

Andrew s'arrêta net et la considéra avec surprise.

« J'ai l'impression que tu ne me portes guère dans ton cœur. Comment se fait-il donc, dans ces conditions, que tu acceptes de sortir avec moi ? C'est à cause de ta sœur ?

Ruby fut tentée de lui dire la vérité, mais en voyant son regard inquiet elle se résolut à ne pas trop le brusquer.

« Un peu, oui, reconnut-elle tout de même. Tu apprécies, toi, que les gens prennent des décisions à ta place ?

– Si tu penses que c'est ce qui s'est passé, laisse-moi te présenter mes excuses les plus sincères. Bon, et si on recommençait tout à zéro ? Ne pourrait-on pas passer simplement la journée ensemble en essayant de prendre un peu de bon temps ? »

Juste à la limite de son champ visuel, quelque chose attira l'attention de Ruby, mais quand elle se retourna elle vit seulement des parapluies ouverts qui masquaient le visage des passants se hâtant sous l'averse dans l'avenue encombrée.

« Prends mon bras et approche-toi de moi, tu seras mieux abritée », cria Andrew pour dominer le bruit du déluge.

Ruby posa la main sur son avant-bras non sans jeter un bref coup d'œil alentour. Elle avait encore l'impression que quelqu'un la surveillait.

Ils entrèrent dans le premier Hot Shoppe venu pour y prendre leur petit déjeuner, et commandèrent des gaufres à la confiture de fraise. Ni l'un ni l'autre n'eut le moindre regard pour la cathédrale où ils étaient censés assister à la messe. Ils prirent trois tasses de café, pour rester le plus longtemps possible à l'abri des intempéries. Une fois de plus, Ruby crut voir quelqu'un qui l'observait sur le trottoir d'en face.

Ruby se tourna vers Andrew et lui sourit.

« Il vaudrait mieux que nous partions maintenant, dit-elle. Des gens attendent que nous libérions la place.

– Ils n'avaient qu'à faire comme nous et arriver plus tôt. Nous sommes très bien ici. N'aie crainte, j'allongerai un bon pourboire à la serveuse.

– On ne va pas à Glen Echo ?

– Non. Avec le temps qu'il fait, ça va être fermé. A mon avis, on ferait mieux d'aller au Capital pour voir Johnny Ray. Tu aimes ce qu'il fait ?

– Quoi ? On va le voir en chair et en os ? J'ai son portrait dans ma chambre. Je n'arrive pas à le croire !

Andrew rit de bon cœur.

« Tiens, on dirait que j'ai eu la main heureuse. J'ai racheté deux tickets à un collègue ce matin. Il paraît que sa copine n'aime pas Johnny Ray. Sixième rang, de face. On ne peut pas trouver mieux, annonça-t-il, ravi de voir Ruby fixer sur lui un regard éperdu de reconnaissance.

– Tu es vraiment formidable. Tu mériterais que je t'embrasse, ici même, devant tout le monde.

– Chiche ! »

Il le ferait, ce salopard, se dit Ruby. Qu'il y ait du monde ou non, ça ne le gêne pas du tout. Mais elle se refusait à de telles démonstrations, même pour Johnny Ray.

« Non mais, pour qui me prends-tu ? demanda-t-elle d'une voix glaciale.

— Je croyais que toutes les filles aimaient bien qu'on les embrasse. Je dois me tromper. Eh bien, n'en parlons plus. D'accord ?

— D'accord. »

Ruby finit son café en se maudissant à l'idée qu'il lui faudrait aller aux toilettes cinq ou six fois pour éliminer tout ce liquide. En se levant, elle jeta un nouveau coup d'œil vers le trottoir d'en face. Elle sentit son cœur bondir dans sa poitrine. Elle avait reconnu la silhouette de Calvin.

Elle observa la rue un moment, écarquillant les yeux pour percer le rideau de pluie. La silhouette s'éloigna, le visage dissimulé par le parapluie. Ruby poussa un soupir de soulagement en se dirigeant vers le sous-sol. Décidément, elle était obsédée par l'image de Calvin. Si elle n'y prenait pas garde, elle allait le voir partout toute la journée.

A l'instant précis où Johnny Ray sortit de scène, sous les acclamations des spectateurs, Andrew Blue saisit Ruby à bras-le-corps et l'embrassa à pleine bouche. Ce fut un baiser brusque et violent, douloureux même, car leurs deux nez s'étaient cognés, et Ruby resta à suffoquer pendant une longue minute. Vraiment, ce fut pour elle un moment bien désagréable et elle ne le lui envoya pas dire.

« C'était seulement pour se mettre en train, attends un peu », répliqua Andrew en prenant doucement le visage de la jeune fille entre ses deux mains. Il s'approcha lentement, la regardant droit dans les yeux, et de sa bouche il chercha les lèvres frémissantes.

Cette fois, elle était prête et elle écarta les lèvres pour accueillir sa langue. Elle ouvrit tout grands les yeux juste au moment où les lumières se rallumaient dans la salle. Elle avait encore l'impression que quelqu'un la surveillait.

« C'était mieux, cette fois ? demanda Andrew d'un ton moqueur.

— Pas vraiment », répondit Ruby avec une grande franchise.

Andrew émit un ricanement méprisant, dissimulant à peine son irritation.

Il était plus de six heures quand ils émergèrent sur le trottoir. Ruby observa les alentours, examinant les têtes qui se cachaient sous les parapluies. Il pleuvait toujours.

A une centaine de mètres de distance, la tête enfoncée dans le col de son imperméable, Calvin suivait le couple pas à pas. Il avait assisté au spectacle, assis deux rangs derrière Ruby et Andrew. Si la personne qui se trouvait juste devant lui n'avait pas été obèse, il aurait franchi d'un bond l'obstacle des sièges pour casser la figure à ce marine. Ce salopard avait osé embrasser la fille qu'il aimait. Il se demanda si Ruby comparait les caresses du marine à celles de l'aviateur, et il s'inquiéta de savoir ce qu'elle avait préféré.

Maintenant, ils allaient sans doute dîner quelque part. Ce maudit marine allait lui en mettre plein la vue en l'emmenant dans un restaurant chic.

Calvin sentait la colère s'accumuler en lui à la perspective d'être de nouveau obligé de monter la garde dehors, sous la pluie, au moment où il commençait enfin à se sécher. A aucun moment il ne se dit que le plus raisonnable serait d'abandonner la surveillance pour rentrer au quartier. Ruby était à lui, et ce n'était pas cet abruti de marine qui la lui soulèverait.

« Que préfères-tu, un restaurant français ou un steak-house ? » demanda Andrew à Ruby.

Le ton de sa voix indiquait clairement qu'il était encore sous le coup des remarques désobligeantes qu'elle lui avait adressées.

Ruby réfléchit un instant. Elle n'avait jamais mangé dans un restaurant français. Elle se demanda si c'était cher. Dans l'affirmative, si elle n'aimait pas ce qu'on lui servait, elle serait quand même obligée de le manger, pour justifier la dépense.

« Est-ce que c'est cher ? » interrogea-t-elle.

Voyant le visage de son compagnon se rembrunir, elle se hâta d'ajouter :

« Ne crois pas que je veuille à tout prix te faire dépenser de l'argent. Seulement, si je n'aime pas la nourriture française... »

Elle n'acheva pas. Maintenant, il avait l'air gêné, presque vexé.

La pluie tombait de plus belle, et dégoulinait des bords du parapluie comme une auréole de cascades miniatures. Ruby trouva la comparaison amusante et elle ne put s'empêcher d'ajouter :

« C'est agréable de marcher sous la pluie, hein ? Ça fait très romantique. »

Andrew la regarda bouche bée, l'air stupide.

« Quand ça crachine, d'accord ; mais quand il tombe des hallebardes comme maintenant ! J'ai les chaussures complètement trempées, et les tiennes doivent l'être aussi. Mon pantalon est à tordre, et ce foutu parapluie commence à laisser passer l'eau. Je ne vois vraiment pas ce qu'il y a de romantique là-dedans. »

Ruby se raidit.

« Tu as parfaitement raison, Andrew. Je suis mouillée jusqu'aux os et toi aussi. Ce que tu aurais dû faire ce matin, c'est me téléphoner pour me dire que notre rendez-vous était annulé. Tu regrettes de ne pas l'avoir fait et je le regrette aussi, tu peux me croire. Alors, si tu n'y vois pas d'inconvénient, je vais rentrer au centre pour me changer. Merci pour le petit déjeuner et pour le spectacle. J'y ai pris un très grand plaisir – ce qui ne veut pas du tout dire que j'ai apprécié ta compagnie, d'ailleurs. Au revoir. »

Elle partit en courant vers un trolleybus qui venait de s'arrêter au milieu de la rue.

Au moment où elle glissait le ticket dans la fente, elle perçut un mouvement confus derrière elle. Ah non! s'indigna-t-elle intérieurement, il ne va pas me suivre comme un toutou!

Elle se retourna, prête à lancer une remarque acerbe, et vit Calvin, le visage fendu jusqu'aux oreilles par un large sourire.

« Tu me suivais, grinça-t-elle. Toute la journée, tu m'as suivie, n'est-ce pas? J'ai cru te voir à plusieurs reprises.

— Eh oui! reconnut Calvin non sans une certaine fierté. J'ai voulu rester avec toi, bien que tu sois en sa compagnie. Tu es fâchée?

— Non, dit-elle en riant. Mais il ne se prend pas pour de la petite bière, ce type! Et il ne sait même pas embrasser, par-dessus le marché. Tu as dû voir qu'il ne s'en est pourtant pas privé.

— Oui, j'ai même failli lui voler dans les plumes. »

Ruby était si heureuse d'entendre cet aveu qu'elle adressa à Calvin un sourire rayonnant. Elle glissa un bras sous le sien.

« Je suis trempée et toi aussi. Qu'est-ce qu'on fait?

— On descend de ce trolley à la noix pour marcher sous la pluie. Tu veux ma veste? »

Il espérait qu'elle refuserait. Elle accepta.

Pendant que Ruby et Calvin pataugeaient dans les rues de la ville en riant et s'éclaboussaient dans les flaques, comme des gamins désobéissants, Andrew Blue regagnait en maugréant la chambre qu'il occupait dans la caserne des marines.

Il accueillit avec un sourire forcé les plaisanteries de ses collègues qui l'attendaient près du casier où il rangeait habituellement ses affaires.

« Non mais, regardez qui arrive, les gars, ricana Mike Moss. Ça a pas dû marcher très fort, pour qu'il rentre aussi tôt. Alors, Blue, raconte! Qu'est-ce qui s'est passé?

— Ouais, raconte, insista Jack Davis, qui sourit en regardant la feuille de papier fixée sur la porte du placard d'Andrew Blue. Une ligne verticale de X révélait le nombre de ses conquêtes féminines : il y en avait soixante-sept; une deuxième colonne surmontée de la lettre V indiquait que sept jeunes filles vierges figuraient à ce palmarès. Une troisième colonne, destinée à recenser les échecs essuyés par le séducteur, était restée vide. Les quatre autres marines avaient des feuilles semblables sur leur casier, mais aucune ne présentait un tableau de chasse aussi impressionnant.

Comprenant, à la mine renfrognée de leur camarade, qu'il serait dangereux d'ironiser davantage, Chris Pape poussa du coude Brian Peters pour lui faire signe d'arrêter la mise en boîte.

Andrew n'avait plus que son gilet de corps sur lui, et il s'apprêtait à saisir sa savonnette quand Mike Moss lui tendit un crayon.

« Il y a un commencement à tout, mon gars. Alors, tu vas nous mettre un beau zéro bien rond dans la colonne des E. Et ensuite, tu vas tout nous raconter dans le détail. Sans rien oublier, s'il te plaît.

— Fous-moi la paix, Moss, j'ai pas le cœur à rigoler.

— Blue n'a pas eu sa ration de minettes aujourd'hui, les gars. On va essayer de le consoler. Que l'un d'entre vous aille lui chercher un cornet de glace, comme ça il aura quelque chose à lécher. »

Brian éclata d'un gros rire.

« Je vous ai dit de me foutre la paix », grinça Andrew.

Ce manque de sportivité ne fut pas du tout apprécié. Les cinq gaillards avaient conclu un pacte. Si Andrew ne le respectait pas ils le harcèleraient jusqu'à ce qu'il finisse par leur dire ce qui s'était passé. Mais comment pourrait-il leur expliquer que la fille qu'il avait draguée au bal des officiers lui préférait un macaque venu des Philippines ? Un foutu Asiatique aux yeux obliques, une espèce de Chinetoque à la manque ?

Primo il allait passer pour un imbécile et secundo il n'avait plus aucune chance de toucher les cent dollars qu'ils avaient mis en jeu. Car, avant leur mutation dans un autre service, il fallait avoir marqué cent coups au but, dont dix avec des pucelles, sans avoir jamais subi le moindre échec.

Mais enfin, bordel, pour qui se prenait-elle donc, cette pétasse ?

La touffeur du mois d'août finit par laisser la place, septembre arrivant enfin, à une chaleur plus douce et surtout plus sèche. Ruby adorait l'automne. A Barstow, les enfants s'apprêtaient à retourner en classe. Opal entrait en quatrième cette année. Ensuite, elle n'aurait plus que quatre ans à demeurer sous la coupe de George et d'Irma.

Ruby s'était inscrite à deux cours du soir, le mardi et le mercredi. Elle voulait s'initier aux méthodes de gestion d'entreprises et se perfectionner en comptabilité, envisageant également de suivre, un peu plus tard, quelques séances d'initiation à la profession d'agent immobilier. Elle n'avait pas une idée très précise de l'utilité qu'aurait pour elle ce complément de formation, mais elle parvenait ainsi à meubler ses soirées d'une façon intéressante, au lieu de rester à compter les jours en attendant de voir Calvin pendant le week-end.

Elle était tombée amoureuse de Calvin, bien qu'elle ne lui en eût rien dit. En revanche, celui-ci ne parlait jamais d'autre chose que de son amour pour elle. Ils passaient ensemble des heures merveilleuses, et elle avait horreur de devoir rentrer au centre quand les soirées touchaient à leur fin.

Lorsqu'elle eut emménagé dans sa nouvelle demeure, elle se rendit compte que la cohabitation était moins pénible qu'elle ne l'avait redouté. Les filles qui logeaient sous le même toit qu'elle étaient faciles à vivre. Le plus bizarre, c'était qu'Amber avait nettement relâché sa surveillance, sans doute – du moins, Ruby en était-elle persuadée – parce qu'elle était amoureuse elle aussi ; l'amour, comme d'un coup de baguette magique, semblait lui avoir rogné les griffes.

Peut-être aussi Amber avait-elle peur que Ruby n'aille raconter à leur père que Nangi la retrouvait dans l'appartement presque tous les soirs. Un jour, elle avait brusquement caché sa main dans sa poche en remarquant que Ruby la regardait. Voulait-elle dissimuler la bague que Nangi venait de lui passer au doigt ?

Ruby avait également l'impression que les relations d'Amber avec

Nangi n'étaient plus uniquement platoniques, surtout quand elle voyait les regards béats que sa sœur dirigeait parfois vers son soupirant.

Finalement, quels que fussent les motifs de cette trêve, Ruby en attribuait le mérite exclusif à la présence du jeune Philippin.

La seule ombre au tableau, c'était la nécessité de sortir de temps en temps avec Andrew Blue.

Elle passait le samedi avec lui pour sortir le dimanche avec Calvin, et la semaine suivante elle faisait l'inverse. Le marine n'était pas vraiment désagréable, mais il avait la main baladeuse. Elle avait dû le gifler à plusieurs reprises quand ses doigts fureteurs remontaient trop loin au-dessus du genou. Il réagissait toujours en l'accusant d'être une allumeuse, mais elle n'en avait cure. Et il fallait toujours qu'il revienne à la charge, inlassablement.

Quand il l'embrassait, elle n'éprouvait aucune espèce de plaisir. Il était trop brutal dans ses manières, et on voyait clairement qu'il ne pensait qu'à la mettre dans son lit.

Ce jour-là était un dimanche, et c'était le tour d'Andrew de la sortir. Assis sur le muret qui entourait le jardin de la maison, Ruby attendit qu'il annonce ce qu'il avait projeté pour la journée.

Levant une main en l'air, il déclara, l'œil étincelant :

« Aujourd'hui, nous sortons des sentiers battus. Nous sommes invités à un cocktail. Une réception tout ce qu'il y a de plus sélect. Tu vois le genre : amuse-gueules en veux-tu en voilà, et liquide à gogo, bière, gin, vin, vodka ou whisky. Euh, voyons... Oui, je crois que tu as tout à fait la toilette qui convient. »

L'œil critique dont il la toisait démentait l'indulgence du propos, mais par ailleurs Ruby n'avait rien contre un tel programme.

« Il faut que je sois rentrée à six heures, prévint-elle, parce que c'est mon tour de faire la popote. Et, par-dessus le marché, il faut que je potasse mes cours, j'ai un examen mercredi.

— Nous avons amplement le temps, la rassura Andrew avec un large sourire.

— Et pas d'entourloupes, Andrew. J'en ai ras le bol d'être obligée de rester sur la défensive chaque fois que nous sortons ensemble. Je te préviens qu'au premier geste déplacé je rentre ici immédiatement, et plus question de sortir de nouveau avec toi.

— Mais pourquoi tu continues de me voir, Ruby, si je te déplais à ce point ? Je suis un type tout à fait normal, et c'est tout à fait normal pour un type d'avoir envie de caresser une fille et de l'embrasser. T'es vachement coincée, dans ton genre, tu sais ! »

Ruby lui renvoya la question du tac au tac :

« Si tu me trouves si bégueule, pourquoi persistes-tu à vouloir sortir avec moi ?

— Mais c'est parce que tu me plais. Parole, je trouve que tu es une fille bien ! »

Elle le regarda avec étonnement. Pour une fois, il avait l'air sincère.

Ils partirent main dans la main pour monter dans un tramway qui se dirigeait vers le centre-ville.

« Ça se tient où, cette réception ? demanda Ruby.

— A l'Ambassador Hotel, au coin de la 14e rue et de l'avenue K. Tu connais ? »

Trouvant cette question parfaitement stupide, elle se contenta de secouer négativement la tête. Puis elle demanda :

« Il y aura beaucoup de monde ? »

Andrew haussa les épaules.

« Quand on sera arrivés là-bas, je te le dirai. »

Le hall de l'Ambassador Hotel était fort joliment décoré. Si Nola avait été là, elle aurait sans doute décrété que la direction avait fait preuve d'un goût exquis. Ruby admira particulièrement les natures mortes accrochées au mur ainsi que les cuivres impeccablement astiqués. Et on enfonçait les pieds dans la moquette comme s'il s'agissait d'un tapis de plume.

Ruby avait l'impression d'avoir beaucoup de classe, en traversant le hall au bras d'Andrew. Plusieurs couples se retournèrent sur leur passage en les fixant d'un œil approbateur. Il est vrai qu'Andrew avait le don d'attirer les regards, avec son physique hollywoodien. Si elle avait été amoureuse de lui, Ruby aurait trouvé cet instant fascinant ; mais en l'occurrence elle se contenta d'apprécier à sa juste valeur le plaisir qu'elle éprouvait à marcher bras dessus, bras dessous avec un bel officier dans le hall de cet hôtel cossu.

Toutefois, dès l'instant où elle vit Andrew s'arrêter devant une porte et introduire une clé dans la serrure, elle comprit qu'il lui avait monté un bateau. Le cocktail n'existait pas. En réalité, il avait retenu une chambre pour eux deux.

Frémissante d'indignation, elle barra l'entrée. Voilà donc pourquoi les gens la dévisageaient dans le hall ! Ils savaient. Pour quelle autre raison y aurait-il eu un militaire dans un établissement de ce genre ?

« Tu es un beau salaud, Andrew ! explosa-t-elle.

— Attends une minute, Ruby. On pourrait au moins entrer et discuter un moment, maintenant que la chambre a été payée. Je sais ce que tu penses et tu as parfaitement raison ; mais essaie de comprendre, toi aussi. Depuis le temps que tu me fais marcher, je deviens dingue, moi ! Et à la pensée que tu sors une fois sur deux avec ce connard de Philippino, ça me rend nerveux, tu ne peux pas savoir.

— Est-ce que par hasard tu nous suivrais, quand je suis avec Calvin ? »

En voyant son air gêné, elle explosa de nouveau :

« Non, mais quel salaud ! Et sournois avec ça ! Un don juan comme toi qui s'abaisse à ce genre de procédé ! Tu me dégoûtes, tiens, et je ne veux pas rester ici une seconde de plus.

— Ruby, laisse-moi t'expliquer...

— Tu m'expliqueras dans l'ascenseur ou dans la rue, mais pas dans cette chambre.

— Je voulais simplement donner une leçon à l'autre...

— Ça suffit ! Tais-toi, veux-tu ?

– Pour l'amour du ciel, parle moins fort, le détective de l'hôtel va finir par rappliquer », la conjura Andrew en appliquant la paume de la main sur sa bouche pour étouffer ses éclats de voix.

D'un grand moulinet de son coude, Ruby se libéra, assenant de l'autre main un violent coup de poing dans le ventre du marine. Puis elle lui écrasa le pied à deux reprises, de toutes ses forces, avant de tourner les talons, les yeux étincelant de fureur :

« Et ne remets jamais tes sales pattes sur moi, compris. Je redescends pour aller signaler ta conduite au réceptionniste, et aussitôt après je téléphone à ton capitaine pour lui dire comment tu m'as entraînée ici, après m'avoir raconté une histoire à dormir debout.

– Bon sang, écoute-moi, à la fin! Je n'ai rien fait de mal, que je sache. Tu pousses des cris d'orfraie pour pas grand-chose, je t'assure. Je n'ai jamais violé qui que ce soit, et je n'ai pas l'intention de commencer aujourd'hui. »

Il commit alors une erreur de jugement en lui attrapant le bras. Ruby ferma le poing et lui décocha un direct en plein sur le nez. Le sang jaillit.

« Ça t'apprendra à me traiter de la sorte! Je ne suis pas une marie-couche-toi-là, figure-toi! »

Andrew Blue avait parié avec les officiers qui partageaient sa chambre que ce jour-là serait le grand jour, qu'il viendrait enfin à bout des résistances de Ruby Connors; maintenant, il se maudissait d'avoir recouru à un tel stratagème. Cette fille était devenue une obsession pour lui. Depuis le temps qu'elle lui tenait la dragée haute, il voulait en finir une fois pour toutes. Jamais encore il ne s'était heurté à une telle résistance.

Deux semaines plus tôt, un dimanche, il l'avait suivie toute la journée, et quand il l'avait vue embrasser le Philippin à bouche que veux-tu il avait compris que cette paysanne mal dégrossie le faisait marcher, qu'elle se servait de lui comme d'un paravent pour pouvoir sortir impunément avec l'autre.

Mais il n'allait pas se laisser manœuvrer comme un bleu, ça non! Pas question de s'effacer pour laisser la place à un Philippino, ce minus qui n'avait rien entre les jambes! Il avait donc décidé de frapper un grand coup.

Maintenant, il le regrettait. Il le regrettait parce que, quand il avait dit à Ruby qu'elle était une fille bien et qu'elle lui plaisait, il n'avait dit que la stricte vérité. Elle lui plaisait. Elle était franche, directe et foncièrement honnête. Et à présent, non seulement il avait perdu son pari, mais en plus il risquait d'avoir perdu Ruby à jamais.

Il voulut se lancer à sa poursuite pour lui demander pardon, mais il fallait d'abord étancher le sang qui jaillissait de ses narines et qui risquait de tacher son bel uniforme.

« Pauvre imbécile! » marmonna-t-il en faisant couler de l'eau froide sur un gant de toilette.

Que pouvait-il faire ? Le plus simple n'était-il pas de s'allonger sur le lit, pour dormir ? Après tout, quand on prend une chambre à l'hôtel, c'est aussi pour ça !

En sombrant dans les bras de Morphée, il se demanda s'il n'était pas en train de tomber amoureux de cette petite pécore qui se nommait Ruby Connors.

Une fois dehors, Ruby aspira l'air frais à grandes goulées tout en se dirigeant vers la cabine téléphonique la plus proche. Elle mit une pièce de dix *cents* dans la fente en priant ardemment pour que Calvin se trouve à la caserne en ce moment précis. Quand elle entendit sa voix au bout du fil, un sanglot lui déchira la gorge.

« Je suis au centre-ville. Veux-tu venir me retrouver au carrefour de la 14ᵉ et de K ? »

L'angoisse qui transparaissait dans sa voix alarma Calvin.

« Ne reste pas dehors. Va m'attendre dans un café ou un salon de thé. J'y serai dans une heure. Ne t'inquiète pas, je te trouverai », affirma-t-il d'un ton rassurant.

Soixante-dix minutes plus tard, il s'exclamait avec indignation :

« Il en a du culot, le salaud ! J'espère qu'il ne t'a pas fait mal ? »

Son bras solide lui enveloppait l'épaule.

« Non. C'est lui qui a le plus souffert. J'aurais voulu que tu voies son nez, Calvin. Le sang giclait partout. Pourvu que je ne lui aie rien cassé !

— Ne t'inquiète pas pour lui. As-tu vraiment l'intention de te plaindre auprès de son capitaine ? demanda-t-il en fronçant les sourcils.

— Ça serait peut-être mieux. Qu'est-ce que tu en penses, toi ?

— Ça sera porté sur son dossier, mais puisqu'il ne s'est rien passé ce serait peut-être un peu vache.

— Ainsi tu prends son parti ? s'indigna-t-elle.

— Mais non, je suis de ton côté, bien sûr. Seulement, c'est tout son avenir qui serait compromis, tu comprends ? Écoute, enchaîna-t-il en changeant de ton, je ne sais plus très bien où j'en suis, aujourd'hui. J'ai même un cafard de tous les diables. »

Ruby fut soudain saisie d'inquiétude.

« Ah bon ? Qu'est-ce qui t'arrive ?

— Je viens d'apprendre que je vais être muté.

— Où ça ? Et quand ?

— Dans deux semaines. A la base aérienne de Beale, en Californie. C'était ça ou bien Ladd Field, en Alaska.

— En Californie ! Mais c'est aux antipodes ! Oh, mon Dieu, Calvin ! » s'écria Ruby, les yeux emplis de larmes.

Calvin avait envie de pleurer, lui aussi.

« Et si on se mariait ? suggéra-t-il soudain.

— Quoi ? Tu voudrais qu'on se marie ?

— Eh bien oui. Comme ça, tu viendrais avec moi en Californie. Tu n'as pas envie de m'accompagner ? »

Ruby s'essuya les yeux. Le mariage était hors de question... Elle était mineure, et son père n'accepterait jamais de signer l'autorisation.

« Je n'ai pas vingt et un ans, Calvin. Mes parents... ma sœur...

— Mais tu m'as dit qu'ils ne connaissent pas mon existence. Si tu... disparaissais purement et simplement, en laissant un mot d'explication pour que la police ne se lance pas à ta recherche... comment pourraient-ils te retrouver ? Je peux très bien pourvoir tout seul à tes besoins, Ruby, j'ai un brillant avenir devant moi. Je finirai sans doute par devenir général un jour. Nous serons logés à la base.

— Je ne vais quand même pas rester à me tourner les pouces.

— Tu pourras travailler, si tu y tiens. On demandera à un juge de paix de nous marier, et par la suite on fera un mariage religieux, quand il n'y aura plus de risques. Tu ne m'aimes donc pas, Ruby ? demanda-t-il en fixant sur elle un regard pénétrant.

— Bien sûr que je t'aime. Seulement, moi, je n'ai jamais pensé au mariage. Je n'ai que dix-huit ans, et aucune expérience de la vie. Mes parents... enfin, mon père finira par retrouver ma trace, j'en suis persuadée, et il me tuera, ça ne fait pas l'ombre d'un doute.

— Il n'aura rien à dire, si nous sommes mariés. Je te protégerai, Ruby, je te le jure. Tu veux bien m'épouser, dis ? Tu me réponds seulement oui ou non, pour le reste on verra plus tard. »

Elle hésitait. Il attendait sa réponse, l'œil suppliant. Soudain, elle sentit ses jambes fléchir sous elle, ses bras pendaient le long de ses flancs comme des poids morts. Le simple fait d'imaginer Calvin face à son père lui apparaissait comme un cauchemar. Andrew Blue aurait pu braver George Connors ; ce pauvre Calvin, lui, ne faisait vraiment pas le poids. Pauvre Calvin !

Mais, en voyant les épaules de Calvin s'affaisser dès qu'il eut lu dans ses yeux tous les signes du refus, elle s'entendit prononcer « Oui ! »

Il fut saisi d'un bonheur délirant.

Enveloppant de son bras les épaules frémissantes de Ruby, Calvin entraîna la jeune fille dans une longue errance à travers la ville, et ce fut un bavardage sans fin, les projets les plus fous s'enchaînant les uns aux autres. Ils ne savaient plus où ils étaient, mais peu leur importait !

Finalement, après plusieurs heures de déambulation, ils entrèrent dans Rock Creek Park, le lieu de promenade que Ruby affectionnait entre tous à Washington. A la nuit tombée, leur plan d'action était définitivement arrêté.

« C'est simple, Ruby. Avant tout, il faut éviter d'éveiller les soupçons de ta sœur, donc tu ne fais absolument rien d'inhabituel. Écris à ta grand-mère si tu veux, mais ne lui dis rien de nos projets. Moi, je vais prendre ton billet pour la Californie. Tu veux y aller comment, par le train ou en avion ? Par le train, il te faudra près d'une semaine.

— L'avion ? Voyons, Calvin, je n'ai jamais pris l'avion, moi. Je suis certaine que je serai malade. Mais auras-tu assez d'argent pour me payer le voyage ? Et où est-ce que je logerai ?

— J'ai assez d'argent, sois sans crainte. Pour le logement, je te trouverai une pension de famille, à moins que tu n'ailles au YWCA. Fais-moi confiance, Ruby, je t'en prie.

— Je ne demande pas mieux, Calvin... mais tout cela est tellement soudain... Et pour mon travail, qu'est-ce que je fais ? Je ne peux pas laisser tomber l'amiral Query sans le prévenir. J'aurai peut-être besoin de sa recommandation pour trouver autre chose en Californie.

— Oui, évidemment. Il vaut mieux que tu le préviennes, en effet. L'amiral ne va quand même pas écrire à ta famille. Tu ne risques rien de ce côté. Pour l'appartement, il n'y a pas de problème non plus. Tu as payé ta part de loyer jusqu'au 1er octobre ? »

Ruby acquiesça d'un signe de tête.

« Bon. Elles n'auront qu'à se débrouiller pour te trouver une remplaçante. Alors, Ruby, tu crois que tu vas pouvoir tenir jusqu'au bout sans leur mettre la puce à l'oreille ?

— Oui. Je me suis pas mal défendue avec Andrew, non ? Je m'en tirerai très bien, Calvin... Oh, mon Dieu, reprit-elle avec nervosité, quand je pense que je vais me marier... Quelle aventure !

— Je crois que le mieux serait que tu arrives en Californie huit jours après moi, comme ça j'aurais le temps de chercher un logement pour toi. Ah ! il ne faut pas oublier le problème de l'autorisation parentale. Il ne faudrait pas que je m'attire des histoires avec mon capitaine ni avec l'aumônier de la base. Y a un gars dans ma compagnie... comment dire ?... il a imité la signature des parents de sa femme, sur le formulaire. C'est passé comme une lettre à la poste. Évidemment, lui, il était blanc. Tandis que moi... Oui, on risque d'avoir un problème, il faut que tu en sois bien consciente, Ruby. »

Elle s'impatienta soudain.

— Calvin, il faut que tu perdes cette habitude de te considérer comme différent de tes collègues ou de moi, sous prétexte que nous sommes blancs et toi asiatique.

— Mais enfin, Ruby, je ne suis pas comme vous autres, il faut bien le reconnaître. »

Plaçant sa main à côté de celle de Ruby, il demanda :

« Alors, elle est de quelle couleur, ma peau ? Et la tienne ? »

Ruby ne put s'empêcher de pouffer.

« Moi, je suis blanc bronzé, et toi tu es marron clair. Où est la différence ?

— D'accord, admettons, dit-il d'un ton peu convaincu. En tout cas, on ne pourra peut-être pas se marier tout de suite, avec la paperasse qu'il faut. Ça risque de nous prendre un mois au moins. Ça ira quand même ?

Ruby fit oui d'un hochement de tête, bien qu'elle sentît le doute l'assaillir de nouveau.

« Et ta famille, Calvin ? Qu'est-ce que tu vas dire à tes parents ?

— Une fois que nous serons mariés, je leur enverrai une photo de nous. Je suis sûr qu'ils seront contents et ils finiront par s'habituer, même si ça leur prend un certain temps. Ma mère est une personne très gentille, très accommodante, et son seul désir est que je sois heureux. Ce sont des gens très simples, Ruby, ajouta-t-il d'une petite voix timide.

– Je vais les aimer beaucoup, Calvin. Je leur écrirai toutes les semaines, comme à ma grand-mère. Et un jour nous ferons connaissance. Moi et ta famille, je veux dire, parce que mes parents il n'est pas question que tu les rencontres. Tu le comprendras aisément, j'espère.

– Bien sûr. Tu crois que nous avons oublié quelque chose ? »

Ruby agita les doigts juste sous son nez.

« Ah oui ! fit Calvin, le visage fermé. Eh bien, malheureusement, il n'y aura pas de bague de fiançailles. »

Ruby dut se retenir pour ne pas fondre en larmes.

« Ce n'est pas grave, dit-elle enfin. J'ai beaucoup mieux que ça. » Elle lui parla de la bague de la tsarine, ajoutant :

« Je veux la porter le jour où nous nous marierons. Nous dirons à tout le monde que c'est toi qui me l'as offerte pour nos fiançailles. D'accord ?

– Si tu veux, Ruby. Je n'y vois aucun inconvénient. Pourtant, un jour, je t'offrirai une vraie bague de fiançailles. C'est promis.

– Est-ce que tu porteras une alliance ?

– Tu penses bien que oui !

– Parce que je n'ai pas du tout envie que ces Californiennes de malheur te mettent le grappin dessus.

– Je t'aime, Ruby », dit Calvin d'une voix tremblante.

La voix de Ruby ne fut pas plus ferme lorsqu'elle procéda à la même déclaration, mais c'était surtout parce qu'elle n'était pas certaine que les mots exprimaient vraiment son sentiment. Pourtant, quelques secondes plus tard, elle se sentait déjà plus sûre d'elle. Oui, elle l'aimait, Calvin, de tout son cœur et de toute son âme. Les doutes qui l'avaient troublée se dissipèrent dans la brise tiède du soir.

Mon Dieu, que cette soirée est belle, avec la voûte céleste piquetée d'étoiles ! se disait Ruby en sortant du centre où elle venait de suivre son cours de comptabilité pour aller prendre le trolley qui la ramènerait à Mount Pleasant.

L'automne à Washington lui paraissait différent de ceux qu'elle avait connus en Pennsylvanie. Ici, le climat était plus chaud, et les feuilles rougissaient plus tôt que dans le Nord.

Elle aimait vraiment cette ville. D'abord, elle appréciait l'indépendance dont elle jouissait maintenant, et elle se plaisait beaucoup en compagnie des filles qui partageaient avec elle la maison de Mount Pleasant. Quant à l'amitié de Nola, elle lui apparaissait de plus en plus précieuse.

Elle avait hâte qu'arrive le printemps pour admirer les cerisiers du Japon couverts de ces fleurs exotiques qu'elle aimait tant. Elle appréciait également beaucoup ces cours du soir qui lui apprenaient tant de choses, grâce à des professeurs qu'elle trouvait à la fois intéressants et chaleureux. Quant à l'amiral Query, travailler en sa compagnie était un privilège irremplaçable; chaque matin, elle se dépêchait de se rendre à son bureau pour se trouver auprès de lui. En fait, il n'y avait rien dans l'existence qu'elle menait ici qu'elle n'allait regretter dès qu'elle aurait quitté la ville; mais l'amour de Calvin était plus fort que le reste. Elle était prête à tout abandonner pour lui.

Oui, elle était de plus en plus désireuse de se marier avec lui. Il était donc normal qu'elle éprouve cette nervosité et cette anxiété qui ne la quittaient plus depuis quelques jours. Elle s'attendait à une explosion de joie de la part de Nola quand elle lui annoncerait la nouvelle, mais son amie s'était cantonnée dans un silence soucieux. Par la suite, Ruby avait découvert que cette inquiétude n'était pas motivée par son mariage, mais par les problèmes auxquels la pauvre Nola était elle-même confrontée.

Nola était enceinte; et Alex, le garçon qu'elle fréquentait, était parti quatre semaines plus tôt pour rejoindre sa nouvelle affectation dans le Middle West.

« Je retourne chez mes parents, Ruby. J'espère que ma mère me reprendra à la maison et fera tout son possible pour me venir en aide. Naturellement, il faudra que je trouve du travail là-bas. Je ferai des ménages ou du repassage, s'il le faut.

— C'est dommage, tu pouvais espérer faire une si brillante carrière dans la haute couture!

— Des châteaux en Espagne, Ruby. La réalité, c'est ce bébé qui va naître, et maintenant je n'ai plus le choix. Mais peut-être qu'un jour... Sait-on jamais. »

Sortant une grande feuille de carton, elle ajouta :

« Tiens, regarde, j'avais fait une esquisse de la robe que je te destinais pour le bal des Moissons. C'est dommage que tu ne puisses pas y aller. Mais, si tu te maries, tu auras peut-être besoin d'une robe. J'ai pris la liberté de la signer. Jure-moi... sur la tête de ta grand-mère que, si tu fais faire cette robe un jour, tu choisiras un tissu bleu ciel, quelque chose de clair et d'éblouissant.

— As-tu assez d'argent pour rentrer chez toi? » s'inquiéta Ruby.

Nola haussa les épaules.

« J'ai vingt et quelques dollars, reprit Ruby. Disons que je te les prête si tu es trop fière pour les accepter en cadeau. Et que se passera-t-il si tes parents...

— Mes parents m'aiment beaucoup. Ils vont être très déçus au début, pendant quelques mois sans doute, mais ils aiment tellement les enfants qu'un beau bébé tout neuf... Bref, je suis sûre que ma mère sera enchantée de l'élever.

— As-tu prévenu Alex? Sait-il que tu es enceinte? Comment a-t-il pu partir ainsi, en abandonnant... C'est sa chair et son sang.

— Il a quitté la ville avant que j'aie pu avoir la certitude que j'attendais un enfant. De toute façon, Alex est un esprit indépendant. Il ne tient pas à s'encombrer d'une femme et d'un bébé. Il faut que je me débrouille toute seule, Ruby.

– Tu sais que tu peux compter sur moi.

– Je ne veux pas que tu t'inquiètes pour moi. Tu as déjà tes propres problèmes. Je partirai samedi. Mes bagages sont bouclés. Non, vois-tu, Ruby, ce qui me déplaît le plus, c'est de devoir rentrer au pays dans des conditions aussi peu glorieuses. Tout le monde était tellement persuadé que j'allais conquérir le monde! J'aurai vraiment l'air d'une gourde. Tous mes rêves complètement anéantis, c'est dur, tu sais », dit-elle en fondant en larmes.

Ruby la serra dans ses bras.

« On va passer la soirée de vendredi ensemble. Rien que nous deux! J'annulerai mon rendez-vous avec Calvin. Et samedi, je lui demanderai de venir avec moi t'accompagner jusqu'à la gare routière. Je veux être avec toi quand tu partiras. Ensuite, nous ne serons pas près de nous revoir, sans doute.

– Nous ne nous reverrons certainement jamais, lança Nola d'une voix empreinte de tristesse.

– Mais si, nous nous reverrons. Un jour, tu deviendras riche et célèbre, et tu pourras me retrouver sans problème. Il te suffira de contacter les services de l'armée de l'air en donnant le nom, le grade et le numéro matricule de Calvin. »

Nola nota l'adresse de ses parents sur le calepin de Ruby.

« Tu vas me manquer beaucoup, tu sais, Ruby, dit-elle. On s'écrira, hein ? Il ne faut surtout pas se perdre de vue, comme cela se produit si souvent en pareil cas.

– Compte sur moi, affirma Ruby avec une détermination farouche.

– Tu es heureuse ?

– J'aime Calvin. »

Ruby fut surprise du ton sur lequel elle avait prononcé ces paroles : à croire qu'elle voulait se convaincre elle-même de l'authenticité de son amour.

« En fait, reprit-elle, je suis morte de frousse, Nola. Je suis obligée de tout plaquer pour lui. J'ai annoncé mon départ à l'amiral Query tout à l'heure. Je me suis mise à chialer comme une madeleine. Il m'a donné son mouchoir, et depuis je n'arrête pas de pleurnicher. Je lui ai dit la vérité, et il m'a répondu que j'étais trop jeune pour me marier.

– Il a été plutôt sympa, alors ?

– On ne peut plus charmant. Sa femme m'invite à déjeuner demain. Sans doute veut-elle me dissuader de faire ce qu'elle considère comme une bêtise. Évidemment, je ne peux pas refuser d'y aller, ce ne serait pas poli. Je lui ai fait du baratin : je lui ai dit que mes parents avaient signé l'autorisation. J'ai une peur bleue qu'il leur téléphone. Je n'aurais sans doute pas dû le mettre au courant, mais il a été tellement gentil avec moi que je ne pouvais pas le laisser tomber comme une vieille chaussette. Oh! là! là! ce que j'ai la trouille! Il est vraiment fichu de les prévenir, tu sais, vieux jeu comme il l'est.

– Eh bien, demain, tu n'auras qu'à supplier Mrs. Query de ne pas le faire, suggéra Nola avec une pointe d'impatience. Excuse-moi, Ruby, mais je suis crevée. J'ai dû rester debout toute la journée et j'ai les chevilles enflées. Il est temps d'aller au dodo. Alors, on se voit vendredi soir, comme ça tu me tiendras au courant de ce qui s'est passé. Où est-ce qu'on se retrouve ?

— Dans un bistro, on pourra picoler un peu, ça nous remontera le moral... Oui, tu comprends, nous allons l'une comme l'autre changer notre existence du tout au tout, on pourrait arroser ça. MacGyver's, dans la 16ᵉ rue, ça te va ? Il faudra soigner notre mise, pour paraître plus de vingt et un ans, comme ça on nous servira peut-être. »

L'amiral Query passa la tête à la porte de son bureau et la rentra aussitôt, ce qui fit presque pouffer Ruby. On dirait vraiment une tortue de mer, songea-t-elle. Il aurait pu sonner ou l'appeler, mais il préférait le contact personnel.

Elle se leva et saisit son bloc sténo.

« Vous voulez dicter une lettre, amiral ?

— Non, Ruby, je veux vous parler. Croyez-vous pouvoir me considérer comme un vieil oncle, rien que quelques minutes ? »

Intriguée par ce préambule, Ruby se contenta de hocher la tête.

« Y a-t-il quelque chose qui ne va pas ? demanda-t-elle.

— Je ne sais pas, Ruby. J'ai peur que vous ne fassiez une bêtise. Vous êtes tellement jeune, mon enfant, vous avez toute la vie devant vous. Le mariage est une chose très sérieuse. Les enfants arrivent vite et l'argent ne tarde pas à manquer. Il faut s'accrocher et le caractère s'en ressent. En plus, comme épouse de militaire, vous ne resterez jamais en place, vous ne pourrez jamais avoir de racines. Vos enfants devront sans cesse abandonner leurs amis. Vous avez bien réfléchi, Ruby ?

— Oui, monsieur. Vous êtes vraiment inquiet à mon sujet, amiral Query.

— Bien sûr que je suis inquiet. Si j'avais une fille dans votre situation, je lui parlerais exactement de la même manière. Maintenant si vous êtes convaincue du bien-fondé de votre décision, je n'insisterai pas davantage, cela va de soi, et je ne ferai rien pour contrecarrer vos projets, bien entendu.

— Merci, amiral. Vous allez beaucoup me manquer. Je vous écrirai pour vous tenir au courant. Est-ce que vous me répondrez ? demanda Ruby en souriant.

— Si on m'envoie quelqu'un qui sait taper, oui. Et même si je n'ai personne, je prendrai ma plume pour tracer quelques mots, assura-t-il en souriant.

— J'attendrai vos lettres avec impatience, amiral.

— Ça me donnera de l'occupation. Vous savez qu'ils envisagent de me mettre sur la touche. Ils me trouvent trop vieux, tout juste bon pour la retraite. Ma femme prétend que j'en suis ravi, mais elle se fourre le doigt dans l'œil jusqu'au coude », grommela-t-il d'un air narquois.

Ce qu'il pouvait être gentil, cet homme ! Toujours galant et courtois. Vieille France, c'est l'expression qui venait à l'esprit de Ruby chaque fois qu'elle pensait à lui. Un jour où elle était passée au bureau pour emmener son mari déjeuner en ville, Mrs. Query lui avait dit qu'elle n'avait jamais vu celui-ci sans cravate, sauf pour se mettre au lit.

« Vous m'avez l'air bien pensive, Ruby, reprit l'amiral d'un ton étonné.

— Excusez-moi, amiral. Je pensais à ce que votre femme m'avait dit un jour à votre sujet.

— Ce n'est pas de moi qu'il s'agit en ce moment, Ruby. Mais de vous. Je veux que vous me déclariez solennellement que vous aimez ce jeune homme de tout votre cœur et de toute votre âme, et alors je ne me mêlerai plus de rien. Il faut que vous soyez sûre de vous, Ruby. La famille est une institution sacrée, il faut tout faire pour être en mesure de la respecter, quoi qu'il arrive.

— Je suis d'accord avec vous, amiral, et croyez bien que la famille que je vais fonder sera sacrée à mes yeux. Je ne parle pas de mes parents, parce que... voyez-vous... Il ne s'agit pas du tout d'un couple comparable à celui que vous formez avec votre épouse. Mon père... enfin, mon père... est... n'est pas... »

Ruby n'eut pas besoin de préciser davantage. L'amiral Query s'était levé de sa chaise pour lui prendre la main.

« Je crois avoir compris. S'il y a quoi que ce soit que nous puissions faire pour vous, moi ou ma femme, bien entendu, n'hésitez jamais à faire appel à nous. Promettez-le-moi, Ruby.

— C'est promis, balbutia Ruby en s'essuyant les yeux.

— Maintenant, allez vous préparer à retrouver Mrs. Query pour le déjeuner. Je crois savoir qu'elle a l'intention de vous emmener dans un restaurant très chic. Ah, au fait, est-ce qu'il y a encore de la réglisse ?

— Oui, mais Mrs. Query m'a bien recommandé de ne pas vous en donner.

— On ne le lui dira pas. Allez en chercher, Ruby.

— Un bâton ou deux ?

— Deux, bien sûr. Et un autre pour tout à l'heure. »

Il inclina le buste, dans un geste chevaleresque qui fit pouffer Ruby encore davantage.

« Ah, c'est une vraie saloperie, la guerre », marmonna-t-il en refermant la porte derrière lui.

Ruby était soulagée. Il ne préviendrait pas ses parents. Tout s'annonçait désormais sous les meilleurs auspices.

La soirée du vendredi, en compagnie de Nola, fut loin d'être aussi joyeuse que Ruby l'avait espéré.

« On a l'air de deux vrais bonnets de nuit, toutes les deux ! constatat-elle en buvant une gorgée de son cherry-brandy.

— Excuse-moi, Ruby. Dès le matin, je suis prise de nausées qui durent toute la journée, expliqua Nola avec lassitude. Je ne peux plus rien manger. Mais vas-y, toi, ne te gêne pas pour moi.

— Je n'ai pas très faim non plus.

« – Mon Dieu, Ruby, pourvu que je ne sois pas malade dans l'autocar demain. Calvin va bien ?

– Très bien. Il nous rejoindra demain à la gare routière. Au fait, tiens, prends ça, dit Ruby en posant quelques billets sur la table. Il y a là vingt-sept dollars. J'aurais préféré pouvoir te donner davantage.

– Ruby, il n'est pas question que j'accepte cet argent !

– Si, tu le prends. J'y tiens absolument, Nola. Je t'en prie ! Bon, allez, on s'en va. Tu viens ? »

Ruby se fit naturellement un devoir de payer l'addition. Il fallait que Nola garde son argent, elle allait en avoir grand besoin. Pourtant, Ruby gardait confiance dans l'avenir de son amie. Nola réussirait à s'en sortir ; elle avait du cran, de la volonté et de l'intelligence à revendre. Et aussi des parents affectueux et dévoués. Tout finirait donc par s'arranger pour elle.

Le lendemain matin, Calvin et Ruby aidèrent Nola à s'installer à bord de l'autocar qui allait l'emmener dans le Michigan. Les deux filles étaient en larmes quand elles s'embrassèrent pour la dernière fois en se promettant de s'écrire et de garder le contact.

« Surtout, dis-moi si c'est un garçon ou une fille, pour que je choisisse la couleur qui convient. »

Ruby pleura comme elle n'avait jamais pleuré de son existence. Et les larmes ruisselaient encore sur son visage quand le bus émergea du tunnel pour s'engager dans l'avenue brillamment éclairée par le soleil de septembre.

« Ne pleure pas, Ruby. A te voir, on croirait qu'elle est morte, intervint Calvin. Elle rentre chez elle, rien de plus. Tu peux lui écrire tous les jours si tu le veux, et vous trouverez bien un moyen de vous revoir un jour. »

C'est avec une légère contrariété qu'il ajouta :

« Je ne pensais vraiment pas que tu tenais à elle à ce point !

– C'est mon amie, Calvin. Elle m'a aidée, oui, vraiment aidée au moment où j'en avais le plus besoin. Mais ça ne servirait à rien de t'expliquer... »

Faisant volte-face, elle se tourna vers lui.

« Finalement, je vais quand même te le dire. »

Après s'être mouchée avec vigueur, elle se lança.

« Quand je suis arrivée ici, tout fraîchement débarquée de mon trou en Pennsylvanie, je ne connaissais personne, à part ma sœur qui ne pouvait pas me voir en peinture. Je n'avais pas de travail et j'étais fagotée comme l'as de pique. Grâce à Nola, la cambrousarde que j'étais, pour reprendre l'expression d'Andrew Blue, a pris peu à peu figure humaine. Ma sœur n'a pas levé le petit doigt pour me sortir du pétrin ; mais Nola, elle, si elle n'avait pas assez d'argent pour me dépanner, elle en empruntait à quelqu'un d'autre pour me le donner. Elle a le cœur sur la main, et maintenant qu'elle est partie, j'ai l'impression de ne plus avoir d'amie.

– Mais je peux être ton meilleur ami, moi, Ruby, protesta Calvin en lui saisissant la main.

« — Bien sûr, s'exclama Ruby en le prenant dans ses bras, mais tu es un garçon ! Avec Nola, c'était différent ! »

Elle s'aperçut alors que Calvin s'inquiétait parce qu'elle lui froissait sa cravate et le col de sa chemise. Il hochait du menton et lui tapotait la tête tout en s'écartant insensiblement. Pauvre Calvin ! Il était vraiment obsédé par un désir constant d'offrir au monde une image irréprochable.

Dès qu'elle fut arrivée devant la maison qu'elle partageait avec les autres filles, Ruby monta droit dans sa chambre et enfouit son visage dans son oreiller pour pleurer tout à son aise. Mais était-ce seulement sur le départ de son unique amie qu'elle pleurait ainsi ? Elle n'aurait pas pu le jurer.

Au bout d'un moment, elle se ressaisit et gagna la salle de bains. Elle avait les yeux rouges et bouffis. Elle décocha une grimace à l'image que lui renvoyait le miroir. Ce qu'elle pouvait être moche ! Comment Calvin pouvait-il l'aimer ? Pourquoi l'aimait-il, au fait ?

« Parce qu'il a besoin de ma force, songea-t-elle presque malgré elle. Je suis plus solide et plus coriace que lui. Je joue auprès de lui le rôle d'une mère, je le rassure en lui disant qu'il est un être merveilleux. C'est uniquement pour cela. »

Assise sur le rebord de la baignoire, la tête dans les mains, elle poursuivit cet étrange dialogue avec elle-même :

« Mais t'aime-t-il vraiment ? T'aime-t-il comme Paul Zachary aime Grace ?

— Il le prétend.

— Et tu le crois ?

— Il n'a aucune raison de te mentir.

— Et toi, Ruby, tu l'aimes, Calvin ?

— Bien sûr, voyons. Sinon, je n'envisagerais jamais de l'épouser.

— Tu en es vraiment certaine ? Moi, je dirais plutôt que tu es prête à faire n'importe quoi pour ne plus jamais tomber sous la coupe de tes parents. N'importe quoi.

— De toute façon, je ne suis plus chez eux et je me trouve parfaitement heureuse ici. Je n'ai aucun besoin de me marier pour me libérer.

— Évidemment, reprit la voix, mais si tu te maries ton père ne peut plus rien contre toi. En revanche, tant que tu resteras ici, il te tiendra en son pouvoir. Ici ou ailleurs, bien entendu. Allons, admets-le, ce qui te fascine, c'est que Calvin est un homme cultivé, qui a reçu une instruction supérieure à la moyenne. Et bien qu'au début tu aies eu l'impression qu'il allait te dominer, tu te rends compte maintenant que c'est toi qui as barre sur lui, que ce fringant lieutenant n'a pas une once de bon sens et qu'il a constamment besoin qu'on lui tienne la main. Alors, tu as vraiment envie de passer ta vie à materner un nourrisson ? A le relever en lui époussetant son bel uniforme chaque fois que la vie lui aura fait mordre la poussière ? Reconnais-le, c'est un canard boiteux !

— Tu vas la fermer, oui ? grinça Ruby, les dents serrées. Cesse de débiter de pareilles insanités.

— D'accord, je me tais, chuchota la voix, mais je veux d'abord que tu me dises pourquoi tu l'aimes, pourquoi il te plaît, ou pourquoi tu le plains quand il est malheureux. Donne-moi une seule raison valable.

— Je l'aime parce que j'ai toujours l'impression qu'il désire ma présence. Et je me sens bien quand il tend la main pour me toucher. Il est doux, il est gentil. Mon père, lui, quand il tendait la main, c'était pour me cogner. Je l'aime, Calvin. Et je veux me marier avec lui. Maintenant, fous-moi la paix. Je vais me coucher. »

Le lendemain, Ruby écourta son repas à la cafétéria et rentra plus tôt à son bureau pour écrire à Grace Zachary. Après avoir consulté la pendule, elle constata qu'elle avait également le temps de faire une lettre pour Opal et pour sa grand-mère. Dans les lignes destinées à sa sœur, elle se contenta de donner des détails pittoresques sur la vie qu'elle menait à Washington, mais elle ne toucha pas un mot de Calvin. Le risque eût été trop grand.

À quatre heures de l'après-midi, la sonnerie du téléphone retentit.

« Ici le bureau de l'amiral Query, déclara-t-elle de sa voix neutre et professionnelle.

— Ruby ? Calvin à l'appareil. »

Elle sentit son cœur battre à grands coups. Il l'appelait sûrement pour lui annoncer qu'il avait changé d'avis. Mais pourquoi avait-il donc cette manie de se présenter d'une manière aussi officielle ?

« Écoute, ma chérie... » — encore une chose qu'elle détestait : qu'on l'appelle ma chérie. Elle avait un nom, tout de même ! — « Je ne sais pas ce qui s'est passé, mais finalement je ne vais pas me rendre en Californie à bord d'un appareil militaire. Je suis autorisé à prendre un vol commercial, ce qui nous permet de voyager ensemble. Au lieu d'attendre une semaine, tu peux donc partir avec moi. J'ai assez d'argent pour te payer l'hôtel là-bas, en attendant qu'on se marie. C'est formidable, non ? Il ne reste plus que cinq jours, Ruby. Je voulais qu'on en discute avant de prendre ton billet. Tu es d'accord pour qu'on fasse comme ça ? » demanda-t-il d'un ton anxieux.

Pendant quelques secondes, Ruby eut du mal à reprendre son souffle.

« C'est à voir, articula-t-elle enfin.

— Je comprends, s'écria Calvin d'un air ravi. Ton patron est à côté de toi et tu ne peux pas me parler. Bon, je te verrai demain soir. »

Ruby hocha la tête, oubliant que Calvin ne pouvait pas la voir.

« D'accord », dit-elle enfin.

Cinq jours. Cent vingt heures. Sept mille deux cents minutes. Quarante-trois mille...

« Cinq jours ! » aboya-t-elle.

L'amiral Query passa son crâne chauve dans l'entrebâillement de la porte.

« Quelque chose qui ne va pas, Ruby ?

— Non, monsieur. J'ai simplement fait une faute. Mais je vais la corriger. Je déteste faire des fautes, ajouta-t-elle entre ses dents.

— Personne n'est parfait, Ruby. Même pas moi », dit l'amiral.

Ruby avait à peine eu le temps de rouvrir son bloc-notes que le téléphone sonnait de nouveau.

C'est avec un certain agacement qu'elle prononça la formule rituelle :
« Ici le bureau de l'amiral Query.

— Ruby, dit une voix anxieuse au bout du fil. Je te téléphone pour te demander si tu accepterais que nous sortions à quatre ce soir, nous deux et ton amie avec son fiancé.

— Désolée, Andrew, mais Nola est repartie dans le Michigan. On peut prendre un café tous les deux, si tu veux, quand j'aurai fini mon service.

— Parfait. Comment se fait-il que tu ne m'envoies pas promener ? demanda Andrew d'un ton soupçonneux. Je croyais que tu m'en voulais à mort.

— Mais non. Je ne suis pas rancunière à ce point. Écoute, je ne peux pas prolonger la conversation, ce n'est pas ma ligne personnelle. On se retrouve donc chez Sally, avenue K, à cinq heures et demie. Ce n'est pas trop tôt pour toi ?

— Je préférerais six heures. Tu as bien reçu mes fleurs et ma boîte de chocolats ?

— Oui, merci. J'accepte tes excuses, mais tu n'avais pas besoin de faire tous ces frais, Andrew. »

Un déclic s'était produit sur la ligne, quelques secondes plus tôt. Une troisième voix retentit soudain :

« Félicitations, jeune homme. Si vous ne rendez pas cette jeune fille heureuse, vous aurez affaire à moi. Je sais que dans l'aviation vous êtes des durs à cuire, mais tout marin que je suis je ne m'en laisserai pas conter. Avec les salutations de l'amiral Clark Query.

— Mais qu'est-ce qui se passe... ?

— Il faut que je raccroche. Alors, c'est entendu : à six heures chez Sally, Andrew », s'écria précipitamment Ruby d'une voix altérée par la panique.

Maintenant, Andrew était au courant ! Comment allait-il réagir ? Quel parti allait-il tirer de cette information ? Mon Dieu, quelle catastrophe !

Andrew Blue arriva devant chez Sally à six heures moins le quart. Il entra sans attendre dans la salle du café-restaurant.

Tout le reste de l'après-midi, il avait réfléchi au sens qu'il fallait donner aux paroles de l'amiral Query. Il n'était pas nécessaire de sortir de West Point pour comprendre ce que cette vieille baderne avait voulu dire. Ruby projetait d'épouser le Philippin, et l'abruti d'amiral était au courant de la situation.

Et dire que, s'il n'avait pas téléphoné, il n'en aurait jamais rien su !

Pour lui qui, depuis toujours, avait l'habitude de constamment remporter la palme, la pilule était dure à avaler. Premier en tout, au base-ball comme au foot, il s'était maintes fois entendu répéter que dans la vie il fallait s'arranger pour être dans le camp des gagnants. Et il se faisait coiffer au poteau par ce Jaune : c'était à crever de dépit !

« Une bière ! lança-t-il à la serveuse qui avait accouru à sa table. J'attends ma copine. »

Voyant la serveuse esquisser un sourire narquois, il l'obligea à baisser les yeux, en la regardant fixement. Pour lui, Ruby était toujours sa conquête.

Il regrettait maintenant de ne pas avoir cuisiné davantage Ruby à propos de cet enfoiré de Chinetoque. Mais, vaniteux comme il l'était, il aurait eu l'impression de s'abaisser plus bas que terre. Car enfin, c'était quoi ce prétendu aviateur, avec ses allures de danseur mondain ? Mais qu'est-ce qu'elle lui trouve donc ? Comment peut-elle préférer une pareille lopette à un athlète d'un mètre quatre-vingt-dix, tout en muscles, quatre-vingts kilos sans un gramme de graisse, s'il vous plaît...

Non, c'est le coup du mariage qui a dû faire la différence. Vois-tu, Andrew, tu t'es laissé distancer comme un bleu parce que tu as été trop honnête, toi. Mais il n'est peut-être pas trop tard, après tout. Sait-on jamais, avec les gonzesses ?

Seulement, en a-t-il suffisamment envie, de cette Ruby, pour lui sortir le grand jeu ? Et si elle le prend au mot, il va se retrouver avec une bonne femme sur les bras. Et avant d'avoir eu le temps de dire ouf, il sera enfoncé jusqu'au cou dans les couches sales, les morveux qui braillent, les plats trop cuits, la soupe à la grimace ! Et pour la liberté, bien le bonsoir !

Faut réfléchir, Andrew. Qu'est-ce que tu vas gagner, toi, dans tout ça ? D'accord, t'en pinces pour elle, admettons. Mais est-ce que c'est une raison pour te mettre la corde au cou ?

Il achevait sa deuxième chope de bière quand Ruby franchit la porte du café-restaurant. Faisant claquer ses doigts, il rappela la serveuse :

« On se grouille ! » lança-t-il suffisamment fort pour qu'on l'entende d'un bout à l'autre de la salle remplie uniquement de civils.

Andrew adressa un sourire chaleureux à Ruby tout en l'observant avec attention. Oui, finalement, elle ferait une femme d'officier tout à fait acceptable. A condition de s'en donner la peine, évidemment, on pouvait en tirer quelque chose, de ce trognon. Non qu'elle fût belle à proprement parler, mais elle était plutôt gentillette et elle avait des yeux formidables, avec de longs cils très excitants, comme il les aimait.

Et ce soir, elle avait de jolies couleurs qui ne devaient rien aux fards. Elle portait un corsage empesé parfaitement blanc avec un petit ruban de velours sous le col. Après une journée de travail bien remplie, il n'y avait pas le moindre faux pli. Il aima ses mains, avec leurs ongles blancs qui brillaient. Il se demanda si elle tapait bien, si elle était une bonne dactylo, et il lui posa la question... Non qu'il tînt vraiment à le savoir, mais il fallait bien dire quelque chose, pas vrai ?

Ruby sourit, mais son sourire était un peu forcé.

« Oh, je tape environ soixante mots à la minute. Sans fautes. Et toi, tu sais taper ? »

Andrew se renversa en arrière.

« En fait, oui. Je tape à la machine. Cela te surprendra sans doute, mais je sais aussi tricoter. L'entraîneur de mon équipe de football, au lycée, exigeait que tous ses joueurs sachent tricoter. Ça développe les muscles de la main. Et pour moi qui étais trois-quarts arrière, c'était très important. Un jour, j'ai fait un châle afghan. Ma mère l'a mis sur le dossier de sa chaise favorite.

— De quelle couleur il est ?

— Quelle couleur ? Euh... Vert et jaune. Pourquoi ? C'est important ?

— Non, c'est juste histoire de causer. Tu ne m'as jamais dit grand-chose sur toi-même.

— Nous autres, les marines, on est tous comme ça. On n'aime pas se vanter, dit-il en bombant le torse.

— Est-ce que tu lis ?

— Tout ce qui me tombe sous la main.

— Dommage que je n'aie pas su tout ça avant.

— Il te suffisait de me le demander. Moi, je n'ai pas voulu te détailler mes prouesses, tu aurais dit que je cherchais à t'en mettre plein la vue. Je voulais que tu m'aimes pour moi-même.

— Comment aurait-ce pu être possible, si je ne te connaissais pas ? Encore maintenant, qu'est-ce que je sais de toi, au juste ? Que tu aimes lire, que tu sais tricoter et que tu as la main baladeuse. Ce n'est pas grand-chose, quand on songe qu'on sort ensemble depuis deux mois.

— Et l'aviateur, tu le connais mieux ?

— Bien sûr. Lui a fait ce qu'il fallait pour que je puisse le connaître.

— Tu ne t'es jamais intéressée à moi. Tu me l'as dit toi-même. Tu as même admis que tu te servais de moi pour pouvoir sortir avec lui. Tu crois que ça m'a fait plaisir, quand tu m'as appris ça ? C'était vraiment pas chic de ta part, tu sais, Ruby. »

Elle rougit.

« Oui, je sais. Excuse-moi. C'était à cause de ma sœur.

— Ah, au fait, puisqu'on parle de ta sœur. Je crois l'avoir vue l'autre jour. Elle travaille bien au Pentagone avec toi, hein ? Il fallait que j'aille porter un message de la part de mon capitaine. Mais elle ne m'a pas vu. »

Vas-y, Andrew, sinon t'as plus aucune chance. Les copains l'ont bien dit : Faut attaquer par le biais de la frangine.

« Amber travaille à l'annexe de la Marine. »

Andrew fit signe à la serveuse. Cette fois, il ne fit pas claquer ses doigts.

« Bon, alors, on va prendre deux sandwiches à la salade et aux crevettes, deux pommes à l'huile et du chou rouge à la vinaigrette. Vous me donnerez une autre canette, et la demoiselle prendra une bière au gingembre. »

Elle était déjà repartie, quand il dirigea son regard vers Ruby. Elle paraissait surprise. Il avait peut-être eu tort de passer la commande à sa place. Garde l'initiative, se conjura-t-il.

Andrew prit un air profondément peiné.

« C'est moi qui t'avais vue le premier, Ruby, souviens-toi. Est-ce que c'est ma faute s'il a fallu que tu ailles aux toilettes pour y rencontrer ce type ? Bon, je reconnais qu'après j'ai été un peu trop entreprenant, d'accord ; mais tous les garçons en sont là, tu sais. »

Penché en avant, il scrutait la jeune fille, s'efforçant de démêler les émotions qui se lisaient sur son visage.

Ruby ne savait que dire. Andrew lui saisit les mains. D'un geste brusque, elle se libéra aussitôt. Andrew prit un air pathétique.

« Je suis un brave type, tu sais. Je suis très gentil avec les chiens et les petits garçons. Autrefois, j'étais boy-scout. »

Décidément, elle ne réagissait à rien de ce qu'il pouvait lui raconter.

« Tu devais éprouver un petit quelque chose pour moi, puisque tu acceptais que nous sortions ensemble. Même si c'était pour que je te serve de paravent. Voyons, ce type, Ruby, qu'est-ce que tu sais de lui ? Si j'ai bien compris ce que ton patron racontait au téléphone, vous allez bientôt vous marier... Ce serait pour quand ?

— C'est pas tes oignons, Andrew, protesta Ruby d'un air malheureux.

— Mais si, ça me regarde, figure-toi. Quand on aime, on a le droit de savoir.

— Tu ne sais rien de moi. Comment pourrais-tu m'aimer ?

— C'est vrai, je ne sais pas grand-chose ; mais je n'ai pas voulu aller trop vite, ni risquer de te bousculer. Pas question pour moi de profiter de toi. Oui, je sais, le coup de l'hôtel, tu ne l'as pas digéré, mais grâce à ça je me suis rendu compte que tu étais une fille bien, que ça valait le coup de se battre pour toi. Ruby, je t'en supplie, réfléchis à ce que tu vas faire. Ne persiste pas dans cette voie, tu vas commettre la plus grosse bêtise de ta vie... C'est pour bientôt, hein ?

— Dans cinq jours. Et maintenant, tu peux aller trouver ma sœur pour tout lui raconter. C'est ça que tu mijotes, n'est-ce pas ? Mais ça ne marchera pas. J'ai pris ma décision, et si tu t'en mêles tu auras droit à ma haine éternelle. Si tu tenais un peu à moi, comme tu ne cesses de le dire, tu voudrais que je sois heureuse, non ?... Écoute, la salade de crevettes et le chou rouge, je déteste. Si tu avais eu un minimum d'éducation, tu m'aurais consultée avant de passer la commande. »

Ruby chercha de la petite monnaie dans son sac et posa un dollar et dix *cents* sur la table.

« Au revoir, Andrew.

— Alors, elle s'est tirée, dit la serveuse hilare en mastiquant son chewing-gum. Vous autres, les marines, vous êtes tous pareils. J'en étais sûre moi, qu'elle vous laisserait tomber, dès l'instant où vous avez décidé pour elle. Je l'ai vu à sa tête. »

Elle posa l'addition sur la table et partit rejoindre son poste en roulant les hanches.

On bat en retraite et on se regroupe sur des positions préparées à l'avance, décida Andrew.

Il avait encore cinq jours devant lui.

C'est avec un dédain mal dissimulé qu'Andrew Blue prit place dans la queue qui s'étirait devant le comptoir de la cafétéria, à l'annexe de la Navy. Sanglé dans son uniforme de marine, il offrait un spectacle aussi incongru qu'un renard au milieu d'une basse-cour. Il s'en moquait comme de sa première chemise, d'ailleurs. La seule chose qui comptait à ses yeux, c'était de mener à bien la petite manœuvre qu'il avait concoctée. Il savait qu'en procédant ainsi il allait manquer d'élégance, mais c'était bien le cadet de ses soucis.

Il était midi moins cinq, et la plupart des dactylos et des secrétaires se trouvaient déjà sur les lieux pour sacrifier au rite du sacro-saint déjeuner. Parcourant du regard les différents mets proposés, Andrew opta pour un sandwich au fromage et une tasse de thé glacé. Pas question, en effet, de se lancer dans un repas en règle, car il n'avait pas l'intention de prolonger outre mesure son incursion en ces lieux.

Une fois servi, il se dirigea vers une table libre prévue pour quatre personnes d'où il pouvait surveiller les allées et venues. Les filles le regardaient à la dérobée d'un air surpris, se demandant sans doute ce que ce beau ténébreux pouvait avoir à faire ici.

« Mais c'est de la merde ! » marmonna-t-il en mastiquant la première bouchée de son sandwich, sans quitter un instant des yeux l'entrée de la cantine.

Trois minutes plus tard, Amber Connors faisait son apparition en compagnie de son amie... Edna... Ellie, un truc dans ce genre-là... Non, Ethel. Il attendit qu'elles aient garni leur plateau puis, dès qu'elles arrivèrent près de sa table, il se dressa de toute sa hauteur, US marine jusqu'au bout des ongles.

« Miss Connors, dit-il, juste assez fort pour qu'Amber puisse entendre. Quelle bonne surprise ! »

D'un geste, il désignait sa table encore aux trois quarts libre, alors que les places se raréfiaient alentour. Le visage d'Amber s'épanouit en un large sourire.

C'est avec grâce et courtoisie qu'il recula les chaises de ces demoiselles pour qu'elles puissent s'asseoir.

« Ça alors, si je m'attendais à vous rencontrer ici ! Et moi qui pensais que j'allais devoir manger seul.

— Quel bon vent vous amène dans l'annexe, Andrew ? » demanda Amber en dépliant sa serviette.

Telle une maîtresse de maison accomplie, elle ajouta :

« Vous connaissez Ethel, n'est-ce pas ?

— Tout à fait, et croyez bien que tout le plaisir est pour moi. »

Son large sourire diffusait en direction des deux filles. Amber rayonnait de satisfaction et Ethel avait rougi jusqu'aux oreilles.

On parla du temps, des saisons qui présentaient toutes un charme particulier, des vacances qui n'allaient plus tarder maintenant. On n'avait pas vraiment grand-chose à se dire, mais Andrew réussit adroitement à amener la conversation sur lui et sur Ruby.

« Je l'aimais vraiment beaucoup, et elle va me manquer énormément », dit-il en insufflant à sa voix la dose de regret qui convenait aux circonstances.

Amber piqua sa fourchette dans une feuille de laitue.

« Ah, vous allez être muté ? »

Le ton n'exprimait pas un intérêt exagérément marqué. En fait, elle s'en fichait éperdument.

Andrew agita un index narquois dans sa direction.

« Oh, la petite cachottière! »

Comme Amber se rengorgeait, prenant sans doute cette remarque pour un compliment, il ajouta avec une indignation feinte :

« Non, je parlais de Ruby. Alors, vous approuvez son projet ? »

Voyant l'air surpris d'Amber, il joua la confusion totale.

« Quoi, vous n'êtes pas au courant ? Mon Dieu, quel maladroit je fais! Ah, il n'y a que moi pour gaffer pareillement. Seulement, vous comprenez, comme vous êtes sa sœur, je croyais... »

Ethel s'était arrêtée de mastiquer.

« Mais de quoi parlez-vous donc ? demanda Amber en posant sa fourchette en travers de son assiette.

— Allons, miss Connors, ne m'en veuillez pas si j'ai dit quelque chose qui... Écoutez, je vous présente mes excuses, dit-il en posant sa serviette près de l'assiette. J'ai pris la voiture de l'état-major, et il faut que je la rende immédiatement. Au revoir. J'ai été très heureux de partager ce repas avec vous.

— Attendez! s'exclama Amber, prise soudain de panique. Expliquez-vous donc, à la fin.

— Écoutez, je suis moi-même le premier surpris. Mais comme Ruby se marie demain, je pensais que vous... Remarquez, cela n'a rien de dramatique. Ce sont des choses qui arrivent tous les jours, même dans les familles les plus unies. »

Il bafouillait. C'était son truc favori avec les filles, qui adoraient avoir l'impression de l'intimider au point qu'il ne savait plus ce qu'il racontait. Il souriait gauchement, se balançant d'un pied sur l'autre. Il remarqua qu'Ethel avait cessé de manger. Quant à Amber, le rouge de la colère avait envahi son front.

Tournant les talons, il murmura par-dessus son épaule :

« Vous direz bien des choses de ma part à Ruby, et transmettez-lui tous mes vœux de bonheur avec son... son Philippin.

— Son Philippin! répéta Amber en s'étranglant. Revenez, Andrew! lança-t-elle d'une voix impérieuse.

— Impossible, miss Connors. Il est tard. Voyez-vous, dans cette histoire, c'est le meilleur qui a gagné. J'ai fait de mon mieux, mais j'avais à faire à trop forte partie. »

Amber le suivit des yeux jusqu'à la porte, imitée en cela par toutes les dactylos présentes dans la salle.

Ethel avait recommencé à manger, mais elle gardait les yeux baissés. Amber reprenait peu à peu son souffle, non sans difficulté. Ruby se mariait demain ? Cela ne pouvait être qu'une blague. Pourtant, le marine n'avait pas eu l'air de plaisanter.

« Mon Dieu! lâcha enfin Amber.

— Ruby t'aurait prévenue si...

— Elle! Elle a toujours fait ses coups par en dessous! Elle veut me fausser compagnie, manifestement. Mais si elle croit que je vais me laisser faire, elle se trompe. »

Se levant d'un bond, elle se tourna vers son amie.

« Il faut que j'y aille, Ethel. Je vais téléphoner à mes parents. Mais non, au fait, pas tout de suite : mon père ne rentre pas avant quatre heures, et je ne peux pas annoncer à ma mère une nouvelle comme celle-là !

— Amber, attends ! s'exclama Ethel d'une voix pressante. Pourquoi faut-il que tu les préviennes ? Manifestement, Ruby a voulu tenir ses projets secrets. Si elle est amoureuse, pourquoi t'opposer à son bonheur ? Moi, si c'était ma sœur, je ne dirais rien à personne. A mon avis, ce ne sont pas tes affaires.

— Ruby a été placée sous ma responsabilité, siffla Amber.

— Elle peut très bien se passer de toi, tu le sais parfaitement. Je me rappelle que quand elle est arrivée ici, en juin, elle était comme nous. Maintenant, elle a un emploi supérieur au nôtre, elle gagne plus à elle seule que nous deux réunies. Elle suit des cours du soir et elle s'habille avec beaucoup de goût... Amber, elle essaie d'être heureuse, comme nous le faisons toutes. »

Amber repoussa son plateau d'un geste brusque.

« Tu ne comprends pas, Ethel. Mon père...

— Ton père ne peut plus rien contre toi. Tu es majeure, maintenant, il n'a rien à t'imposer contre ton gré. Avant d'aller dire quoi que ce soit sur Ruby, regarde ce que tu fais toi-même. Nangi aussi est un... Enfin, tu vois ce que je veux dire. »

Ethel enfourna une feuille de laitue dans sa bouche et la mâcha méthodiquement, mais ses yeux restaient fixés sur Amber.

« Oublie ce que t'a dit Andrew Blue », conclut-elle avec élan.

Amber se rassit, le dos calé contre le dossier de sa chaise. Décidément, tout le monde prenait la défense de Ruby. Pourquoi donc ? Suivre le conseil d'Ethel revenait à encourir la disgrâce paternelle. Il la renierait, lui interdirait de remettre les pieds chez lui. Maintenant déjà, elle se demandait s'il ne la haïssait pas, comme il haïssait Ruby, Irma et sans doute aussi Opal. En fait, il devait détester toutes les femmes.

Mais enfin, comment Ruby s'y était-elle donc prise pour monter son coup en douce ? Sans Andrew, Amber n'aurait jamais rien su. Secrètement, elle admirait la rouerie de sa sœur.

Et puis, il y avait un autre aspect du problème : si sa sœur disparaissait pour se marier, elle, Amber, aurait un sacré boulet de moins à traîner. Plus jamais la moindre entrave, la liberté totale, quoi !

Amber saisit son plateau et sourit à son amie, sa seule et unique amie.

« Tu parlais de qui, là au juste ? Andrew Blue ? Qui c'est, celui-là ? »

Ethel éclata de rire, et les deux jeunes filles sortirent de la salle à manger.

3

Tenant le courrier apporté par le facteur bien serré dans son poing, le cartable battant contre ses cuisses fluettes, Opal Connors court chez sa grand-mère. L'école est finie. Elle va enfin pouvoir lire la lettre de sa sœur! Sa grand-mère en a une aussi. Elle va être drôlement contente d'avoir des nouvelles de Ruby.

Son front s'assombrit soudain. Il va falloir qu'elle écrive à Ruby pour la prévenir que grand-mère ne va pas bien du tout. Elle a de plus en plus de mal à respirer. Le docteur vient la voir tous les deux jours maintenant, quand ce n'est pas tous les jours. Et elle a beaucoup de médicaments à prendre! L'oncle Hank a toujours un air catastrophé quand il regarde sa mère, et l'oncle John n'ose plus s'éloigner du logis.

Quant à Opal, elle a dû changer ses habitudes, elle aussi. Le matin, avant d'aller à l'école, elle passe chez sa grand-mère pour prendre la liste des commissions qu'elle dépose à l'épicerie. A midi, elle apporte les provisions et lui confectionne un sandwich ou lui fait chauffer un bol de soupe. Puis elle retourne à l'école.

Le soir, il faut relever le courrier à la boîte postale et retourner à la petite maison pour préparer le souper et faire un peu de ménage. Ensuite, en route chez les parents, car il faut songer à faire ses devoirs et apprendre ses leçons.

En somme, elle a pris la suite de Ruby, sauf que sa sœur s'occupait aussi du linge qu'elle lavait et repassait. Et quand les deux frères faisaient des heures supplémentaires, l'été, c'était Ruby qui tondait la pelouse.

Opal est à bout de forces. Mais ce qui l'épuise surtout, c'est de garder secret le mauvais état de santé de sa grand-mère. Elle voudrait bien pouvoir se plaindre auprès de quelqu'un, dire à quel point elle est fatiguée. Et elle aimerait aussi avoir le temps de sauter à la corde et de jouer à cache-cache ou à la marelle, comme les autres enfants de son âge.

Hors d'haleine, elle frappa à la porte de la cuisine.

« C'est moi, Bubba, il y a une lettre de Ruby. Bubbaa!

– Chut! » fit Mrs. Matia, la voisine de sa grand-mère en posant son index sur ses lèvres. Ta grand-mère est au lit. Elle... elle a eu une crise.

– C'est quoi, une crise?

– Eh bien, c'est... Enfin bref, elle est très malade. Opal, tu ferais mieux de rentrer chez toi. Tu fais trop de bruit ici, ça va la fatiguer inutilement. Tu m'entends, Opal ?

– Oui, madame, chuchota Opal. Est-ce qu'elle va mourir ?

– C'est plus que probable, déclara Mrs. Matia sans ménagement. Il vaut mieux que tu ailles prévenir ton papa et ta maman. Allez, va-t'en vite, maintenant. »

Opal regarda les lettres qu'elle tenait dans sa main. Ne valait-il pas mieux les laisser là, pour que ses oncles puissent les lire ? A moins de les emporter, comme ça elle en prendrait connaissance ce soir, dans sa chambre ? Le front plissé par son effort de concentration, elle finit par décider qu'elle garderait la sienne, mais qu'elle confierait l'autre à la voisine pour qu'elle la donne à Hank ou à John.

« Mrs. Matia, pourriez-vous porter cette lettre dans la chambre de Bubba ? Mes oncles la lui liront ce soir ou demain. Quand elle a des nouvelles de Ruby, elle se sent toujours beaucoup mieux.

– D'accord, je vais la lui monter. Et toi, tu diras à ton père qu'il va falloir qu'il vienne s'occuper de sa mère. C'est quand même pas aux voisins de faire toutes les corvées. J'ai déjà à m'occuper de ma famille, moi. Il pourrait au moins envoyer sa femme.

– Je le lui dirai, madame », dit Opal en glissant sa lettre dans son livre de géographie.

Les larmes coulaient sur les joues de la fillette quand elle arriva devant l'atelier de monuments funéraires. Jamais elle n'y était entrée, pas plus que Ruby ou Amber d'ailleurs.

Elle monta les deux marches menant au bureau de Mr. Riley, le patron de la petite entreprise. Il n'y avait personne. D'un pas hésitant, elle se dirigea vers l'étroite porte donnant sur l'atelier. Le crissement des ciseaux attaquant la pierre retentit à ses oreilles.

Elle regarda avec étonnement le large dos et le bras musclé de son père qui taillait un gros bloc de marbre. Était-ce déjà la tombe de Bubba qu'il préparait ?

Elle attendit que le bruit s'interrompe un instant.

« Papa », lança-t-elle d'une petite voix tremblante.

George Connors pivota brusquement et fixa sur sa fille des yeux enflammés de colère qui la pétrifièrent de terreur.

« Mrs. Matia m'a dit de te dire que... Bubba avait eu... une crise et qu'elle... qu'elle va sûrement mourir. Elle m'a dit de te dire que c'est pas aux voisins de s'occuper d'elle, qu'il faudrait que tu y envoies maman. »

Opal tourna les talons et s'enfuit en courant. Elle savait qu'elle allait se faire fouetter pour avoir eu l'audace d'entrer dans l'atelier où travaillait son père, mais cela lui était bien égal parce que ensuite elle aurait la lettre de Ruby pour la consoler. Elle pourrait la garder sur son cœur toute la nuit, en la relisant autant de fois qu'elle en aurait envie.

Elle coupa à travers les jardins du voisinage et aperçut Grace Zachary qui était en train d'arracher des mauvaises herbes dans un parterre de fleurs.

« Salut, Opal, lança la jeune femme en riant. Oh, mais qu'est-ce qu'il y a, ma chérie ? » demanda-t-elle, soudain inquiète, en voyant les larmes qui ruisselaient sur les joues de sa petite voisine.

Opal la mit alors au courant de la situation, ajoutant en guise de conclusion :

« Je sais qu'il va me fouetter, mais je ne pouvais pas faire autrement que de lui répéter ce que Mrs. Matia m'avait chargée de lui dire, tu ne crois pas ?

— Bien sûr que non. Tu as bien fait, ma chérie, répondit Grace en prenant la fillette dans ses bras. Écoute, le mieux maintenant, c'est que tu rentres vite chez toi. Passe par la porte de derrière et monte tout de suite dans ta chambre avant que ton père n'arrive. Dépêche-toi, mon petit chou. »

Blottie au haut des marches, Opal entendit son père rentrer. Ses parents discutaient entre eux. Elle aurait bien voulu que sa mère parle plus fort. La voix de son père parvenait jusqu'à elle, mais elle ne saisissait pas les paroles. Une seule chose était sûre, c'est qu'il était très en colère.

Soudain, les sons lui parvinrent plus distinctement. Ses parents étaient dans le vestibule. Ils se dirigeaient vers l'escalier. Vite, en se glissant sur les fesses pour faire moins de bruit, elle regagna sa chambre et rabattit doucement la porte en la laissant entrebâillée. Elle entendit sa mère qui disait :

« Je vais changer de robe.

— C'est pas la peine. Une mourante se fiche pas mal de la tenue qu'on peut avoir. Et grouille-toi d'aller là-bas avant que l'autre commère ne se mette à colporter des ragots sur notre compte. »

Et lui, s'indigna Opal en son for intérieur, il ne va pas y aller ? C'est sa mère, tout de même, non ?

« Et si ta mère... demande pourquoi tu n'es pas venu, qu'est-ce qu'il faut que je lui dise, George ?

— Elle ne va pas te le demander, t'inquiète pas, déclara George d'un ton sans réplique. Et tâche de remettre la main sur la bague avant que mes frères rappliquent. Ça va être le moment idéal pour fouiner un peu partout, il n'y aura personne pour te mettre des bâtons dans les roues. Et sous aucun prétexte tu ne reviens les mains vides ! »

Ils étaient sur le palier. Pourquoi donc étaient-ils montés au premier ? Ah oui, sa mère était allée dans sa chambre pour prendre ses chaussures. A cette heure de la journée, elle avait toujours les pieds enflés et congestionnés. Elle allait sûrement souffrir pour marcher jusqu'à l'autre bout du village. Opal avait envie de lui crier de ne pas partir, mais elle se souvint du martinet dont son père se servait quand il était en colère après elle. Mieux valait éviter la correction, finalement.

Elle courut à la fenêtre et vit son père qui partait à grands pas ; il retournait à son atelier, sans attendre sa femme qui avançait tout doucement, en boitillant, à cinquante mètres en arrière.

Un accès de folle gaieté s'empara d'Opal, qui se mit à danser dans la chambre. Pour la première fois de sa vie, elle était seule à la maison. Elle pouvait faire tout ce qu'elle voulait, dire ce qui lui passait par la tête, même des gros mots si elle en avait envie. Mais elle se rendit vite compte que dans cette maison-là rien ne la tentait vraiment. Rien d'autre que de lire la lettre de Ruby et de feuilleter son livre de bibliothèque. Peut-être allait-elle aussi répondre à la lettre, mais il faudrait qu'elle achète un timbre. Jusque-là, c'était toujours sa grand-mère qui les lui donnait. A moins qu'elle ne demande à Grace Zachary de lui en prêter un ?

Mary Cozinsky sait qu'elle va mourir. Mais ce qu'elle ne comprend pas, c'est pourquoi il faut si longtemps pour passer de vie à trépas. Elle, ce qu'elle veut, c'est en finir pour rejoindre Mikel au plus vite. Elle a tellement de choses à lui raconter !

Or, en ce moment, elle ne peut plus rien dire : aucun son ne sort de ses lèvres ; mais, quand elle sera au ciel, elle aura retrouvé l'usage de la parole. Dieu y pourvoira.

Elle a un mal fou à respirer et elle se rend compte que quelque chose cloche dans toute la partie gauche de son corps. Elle ne sent pas une moitié de son visage, elle ne peut remuer ni le bras ni la jambe. Oui, il est grand temps de partir, de quitter cette terre ! Elle s'en ira sans regret. La seule chose qu'elle aurait voulu pouvoir faire, c'est revoir Ruby et Opal. Opal est venue tout à l'heure, mais elle n'a pas pu monter dans la chambre. Ce rabat-joie d'Adélaïde le lui a interdit.

Elle n'a aucune idée de l'heure qu'il peut être. Sa vision est tellement brouillée qu'elle ne distingue pratiquement plus rien. Quelle importance, d'ailleurs, puisqu'il n'y a rien à voir. Elle est seule, maintenant. Le docteur est passé tout à l'heure, puis il est reparti. Et ses fils ne sont pas encore rentrés du travail. Quand ils seront là, ils appelleront le reste de la famille. Ruby, elle, ne viendra pas. Elle ne la verra plus jamais.

Elle a du mal à fixer ses pensées. Le cerveau ne doit pas bien fonctionner non plus. A certains moments, elle voit les choses clairement et, quelques instants plus tard, c'est le noir complet.

Tiens, du bruit. On marche dans la chambre. S'agit-il du docteur ou d'Adélaïde Matia ? Mais non, cette voix, ce n'est pas celle d'Adélaïde, c'est la voix d'Irma. Grand dieu, Irma, sa belle-fille ! Qu'est-ce qu'elle baragouine donc ? Je ne veux pas l'entendre ! Ni elle ni George ! Et George, il est là, lui ? Il ne faut pas qu'il entre dans cette chambre ! Au fait, qui est George ? Et Irma ?

Mary étouffe, elle essaie de tousser.

« Je vais vous aider », dit une voix douce.

Des mains robustes essaient de la redresser, de caler des oreillers derrière sa tête. Qui cela peut-il donc être ?

« Voilà, ça va aller mieux, maintenant. Je serais venue plus tôt, mais je ne savais pas, dit la voix douce. Ils n'auraient pas dû vous laisser là toute seule. Ce docteur n'est vraiment pas raisonnable. »

Mary sent quelque chose de frais sur son front. Il y a une brûlure dans sa poitrine, comme si on lui appliquait un fer chauffé au rouge. Ah, si seulement elle pouvait voir !

La voix douce est en train de murmurer quelque chose. On remonte la couverture, et cette sensation de fraîcheur revient de nouveau.

« Je suis sûre que vos filles vont arriver d'un instant à l'autre. Hank et John vont venir, eux aussi. »

Irma aurait bien voulu passer davantage de temps avec la mère de George mais, étant donné le travail qu'elle avait à la maison, elle n'avait jamais le loisir de venir chez sa belle-mère. D'ailleurs, elle sentait que sa présence n'était pas souhaitée dans cette demeure, à cause de son mari.

Elle éprouvait pourtant de la sympathie pour cette vieille dame – une sympathie qui n'était pas réciproque, car Mary lui reprochait d'être molle et inefficace. Amber lui avait dit un jour que sa grand-mère la traitait de paillasson.

Irma reconnaissait le bien-fondé de cette accusation. En fait, elle était pire que cela encore, car elle s'aplatissait comme une esclave devant son mari. Par force, bien entendu, sous peine d'encourir sa colère. Quand George était furieux, il ne se possédait plus. Elle en avait fait la triste expérience à trois reprises déjà, et elle n'éprouvait nullement l'envie de renouveler l'aventure.

Un jour, elle ne se rappelait même plus pourquoi, il l'avait traînée dans la cave et battue comme un forcené, la laissant pour morte sur le carreau. Elle aurait dû aller voir le docteur ensuite, elle avait besoin qu'on panse ses plaies, mais toute la ville aurait su ce qui s'était passé.

Le plus terrible, c'est qu'après elle avait dû dormir dans le lit de l'homme qui l'avait aussi sauvagement frappée. Amber avait alors cinq ans, et Ruby avait eu deux ans justement ce jour-là.

Cette nuit-là, juste après que George se fut soulagé en elle, elle prit conscience qu'il était parfaitement capable de battre ses enfants avec la même violence. Il fallait à tout prix faire l'impossible pour que cela n'arrive jamais. Alors, naturellement, elle avait prié, à longueur de journée, en faisant son ménage. Elle avait pleuré toutes les larmes de son corps, mais en vain.

Ce qu'elle voulait éviter à tout prix, c'était de prodiguer la moindre marque d'affection à ses enfants; si jamais elle les choyait, si elle avait l'air de prendre leur défense, il se vengerait sur elles... Elle ne savait pas comment, mais ce serait terrible. Peut-être même les tuerait-il. Elle ne pouvait pas mettre en danger la vie de ces petits êtres qu'elle aimait tant. Ils étaient beaucoup plus précieux que cette bague de la tsarine qu'il l'avait envoyée chercher.

Elle ne lèverait pas le petit doigt pour la trouver, cette bague, pas question de voler quoi que ce soit à une mourante. Pas même pour George, pas même pour ses enfants. Et s'il la battait pour avoir désobéi, tant pis.

Irma approcha sa chaise du lit et se tourna de manière à voir par la porte ouverte ce qui se passait dans le couloir. Elle saisit la main de sa belle-mère et se mit à parler sans savoir si la vieille dame l'entendait ou non. Au fond, cela n'avait aucune importance. L'essentiel, pour elle, était de dire ce qu'elle avait sur le cœur. Mais elle se rendait bien compte que, si ça la soulageait sur le moment, aussitôt qu'elle serait rentrée chez elle tout recommencerait comme avant.

Mary gît sur sa couche, complètement inerte. Elle entend des mots sans suite, des mots qui n'ont aucun sens, mais elle apprécie la douceur de la voix qui les prononce.

Il fait de plus en plus noir dans la chambre, et la voix semble s'éloigner peu à peu. Sa poitrine est comme un gigantesque ballon de baudruche trop gonflé et prêt à exploser. Soudain, l'espace d'une fraction de seconde, un éclair de lucidité jaillit en elle. Mikel l'attend, mais il veut qu'elle fasse quelque chose. Quoi donc ? Il essaie de le lui dire, mais la lumière dorée qui brille derrière lui est si intense qu'elle parvient à peine à le voir. Il montre quelque chose. Elle veut aller le rejoindre, elle essaie d'atteindre cette clarté qui illumine un lieu où l'on ne souffre plus. Elle va le rejoindre, son cosaque, et ils chevaucheront de nouveau à travers la steppe pour retrouver tous ceux qui y sont allés avant eux.

Quoi ? crie-t-elle en silence. Que faut-il que je fasse avant de pouvoir traverser ?

Ah oui, les lettres, bien sûr. Mikel lui montre les lettres qui sont sur le buffet. Alors, pendant cette fraction de seconde, elle mobilise l'atome d'énergie qui est resté en elle pour obliger sa bouche déformée à prononcer les mots qu'il attend d'elle. Et les voilà qui jaillissent de sa bouche tordue, ces syllabes à peine compréhensibles : « Les lettres de Ruby ! »

Et elle s'en va, avec l'agilité d'une jeune fille ; d'un pas dansant, elle se réfugie dans les bras de Mikel qui l'attend, inondé de lumière, auréolé de nimbes dorés.

Irma bondit de sa chaise, bien que ses pieds meurtris et boursouflés puissent à peine la soutenir. Elle s'agrippa au rebord du buffet et vit la pile de lettres. Puis elle se tourna vers le lit, les joues ruisselantes de larmes.

Elle fit le signe de la croix et s'approcha doucement de la morte pour lui fermer les paupières, afin de cacher ces grands yeux qui la regardaient fixement.

Il fallait appeler le prêtre. Elle aurait dû le faire depuis longtemps. Une fois de plus, elle allait encourir la fureur de son mari, qui ne lui pardonnerait jamais une telle négligence. Mais toute faculté d'initiative était complètement étouffée en elle. En avait-elle d'ailleurs jamais été capable ?

Les dernières paroles de Mary revinrent à sa mémoire avec une netteté stupéfiante. Les lettres de Ruby. Elle s'approcha du buffet en chancelant et saisit les minces feuillets. Où donc pouvait-elle les cacher ? Mais, avant de les soustraire aux regards des autres, elle mourait d'envie de les lire elle aussi. Au moins une ou deux. Pourquoi ne pas subtiliser la dernière ? Elle dissimulait les autres. Et il fallait aussi appeler le prêtre. Dans son affolement, elle se pencha au-dessus de sa belle-mère pour la bénir. Cela ne ferait sans doute pas le même effet, mais c'était quand même mieux que rien.

Aussi vite que ses pieds meurtris purent la porter, elle descendit au rez-de-chaussée. De vifs élancements lui torturaient les chevilles, cependant elle continua son chemin, se cramponnant à la rampe pour ne pas tomber. D'une main tremblante, elle décrocha le combiné pour appeler le presbytère et, d'une voix mal assurée, elle informa l'ecclésiastique du décès de Mary Cozinsky. Ensuite, elle prévint son mari, qui lui demanda aussitôt si elle avait trouvé la bague.

« Elle n'est pas dans sa chambre. Mrs. Matia a été dans la maison pendant un bon moment, alors je n'ai pas pu chercher comme je l'aurais voulu. Je vais jeter un coup d'œil maintenant, avant l'arrivée du père Flavian. »

Il allait falloir se dépêcher, car George avait de grandes jambes. D'abord, dissimuler les lettres. Après avoir cherché une cachette pendant un moment, elle décida de les glisser au fond du poste de TSF. Personne ne le ferait marcher pendant un bon bout de temps, maintenant que la famille était en deuil. Quant à la lettre qui était au-dessus de la pile, la dernière en date, elle la plia soigneusement en quatre et l'enfouit dans la poche de sa robe.

Ah, si seulement elle avait pu enlever ses chaussures ! Mais le prêtre allait arriver, maintenant. Il n'était plus temps.

Il faudrait aussi appeler les pompes funèbres ; mais était-ce vraiment à elle de le faire ? Elle remonta les marches avec peine. En passant dans le vestibule, elle jeta un coup d'œil au miroir. Quelle mine affreuse elle avait ! Et qu'elle était laide ! Elle avait été jolie autrefois, tout le monde la complimentait toujours sur son teint. Ses trois filles ressemblent beaucoup à ce qu'elle a été à vingt ans. Opal sera une véritable reine de beauté dans quelques années. Amber n'est pas mal du tout non plus. Quant à Ruby, elle fera toutes les conquêtes masculines qu'elle voudra sitôt qu'elle aura réussi à se débarrasser de l'amertume et de la fureur qu'elle a accumulées en elle.

Si je n'ai jamais rien fait pour vous défendre, c'est pour que vous puissiez survivre, murmura Irma en traversant le couloir pour regagner la chambre ensoleillée où gisait sa belle-mère.

Si elle avait eu le choix, à cet instant précis, sans la moindre hésitation elle aurait suivi Mary Cozinsky dans ce havre de paix dont personne n'était jamais revenu.

Une fois de plus, elle se demanda pourquoi elle avait épousé George Cozinsky. Il ne s'appelait pas encore George Connors, à l'époque de son mariage. C'est plus tard qu'il avait décidé d'américaniser son patronyme. Pourquoi donc avait-elle commis une pareille stupidité ? Elle aurait dû voir tout de suite que cet homme était un démon. Que derrière son visage avenant, ses manières charmantes et son masque de chrétien pratiquant se cachait une âme vile et monstrueuse.

« C'est un garçon très bien. » Tel était le refrain que ses parents entonnaient sans cesse. Ils ne tarissaient pas d'éloges sur George, et elle avait fini par les croire, d'autant que ses amies trouvaient aussi qu'il constituait un fort beau parti. Il était sûr de lui, avec un rien d'arrogance, et il avait l'air décidé à lui plaire. Ils faisaient de longues randonnées à pied, pique-niquaient en pleine nature, louaient un canoë et se tenaient la main dans le noir au cinéma. Il disait qu'il l'aimait, qu'il voulait l'épouser. Elle était aux anges, et toutes ses amies l'enviaient.

Ses parents lui avaient offert un mariage fastueux, et les cadeaux avaient afflué. Puis ils étaient partis en voyage de noces aux chutes du Niagara. Le début du cauchemar.

C'est au cours de cette horrible semaine qu'elle avait découvert la sauvage brutalité qui était en lui. Au lit, d'abord, bien sûr; mais aussi dans la vie de tous les jours.

Deux semaines après le mariage, il changeait de nom, ce qui suscita bien des réflexions désobligeantes à son endroit, en ville et dans la ville d'Irma. Il avait encore de temps en temps des accès de tendresse à l'égard de sa femme, mais il n'écoutait jamais ce qu'elle lui disait.

Toute forme d'affection cessa après la mort des parents de la jeune femme. Fille unique, elle héritait de la maison – celle où ils vivaient à présent – ainsi que d'une somme de quatre mille dollars. Cet argent, elle n'en avait jamais vu la couleur, et encore maintenant elle ignorait où il était passé.

Son plus cher désir était de remettre la main dessus pour pouvoir s'enfuir. S'enfuir? Pour aller où? Pour quoi faire? A moins qu'Amber et Ruby n'acceptent de la prendre chez elles? Mais il aurait d'abord fallu qu'elles lui accordent leur pardon, et rien ne prouvait qu'elles le feraient un jour. Et puis, il y avait Opal. Pas question d'abandonner Opal!

Dans le miroir, Irma aperçut le père Flavian en bas, au pied de l'escalier.

« Je vous en prie, mon père, montez. La mort a été si soudaine! Je regrette de ne pas vous avoir appelé plus tôt, mais...

– Ne vous inquiétez pas, Irma. Ce qui est fait est fait. Je suis certain que le Seigneur l'a déjà accueillie auprès de lui. Mary était une femme très pieuse, et le Seigneur est plein de miséricorde. »

Pendant que le prêtre s'occupait de la morte, Irma resta à attendre sur le palier. Elle se sentait si faible qu'elle devait s'appuyer à la rampe pour ne pas tomber.

Hank et John apparurent dans l'embrasure de la porte d'entrée. Ils montèrent les marches, passant devant elle en la saluant d'un signe de tête. Elle vit qu'ils avaient les yeux pleins de larmes.

Quelques secondes plus tard, George arrivait à son tour, le visage fermé, l'œil sec. Il entra dans la chambre sans même lui faire l'aumône d'un regard.

« Ne vous donnez pas la peine de m'accompagner en bas, Irma, je vais me débrouiller tout seul », dit le prêtre en sortant.

Irma acquiesça d'un hochement de tête reconnaissant.

Elle alla retrouver les trois frères au chevet de la morte.

« Je n'ai pas appelé les pompes funèbres, leur dit-elle, j'ai pensé que...

— Tu penses toujours de travers, Irma, lança George d'une voix rogue. Téléphone-leur tout de suite.

— Non, Irma, intervint Hank d'un ton glacé. C'est George l'aîné, c'est à lui de le faire. Il veut toujours bénéficier des privilèges de l'âge, autant qu'il en assume les responsabilités. »

Insensiblement, il s'était rapproché de George, imité par son autre frère. Ils étaient l'un et l'autre aussi grands et aussi musclés que leur aîné, et ils avaient dix ans de moins. S'ils le voulaient, ils pouvaient le terrasser d'un coup de poing. Depuis longtemps déjà, Irma savait que George ne pouvait jouer les terreurs qu'auprès des femmes.

Elle le vit reculer devant les deux colosses, les yeux baissés, et en conçut une satisfaction secrète, tout en sachant qu'il se vengerait sur elle plus tard; mais elle n'en avait cure.

« Je lui tenais la main, en lui parlant, et... elle s'est endormie. Je suis arrivée auprès d'elle dès qu'Opal m'a prévenue. Je regrette de ne pas avoir été plus efficace.

— Est-ce qu'elle a dit quelque chose ? » demanda Hank, le plus jeune des trois frères.

D'une voix à peine perceptible, le dos tourné à George, Irma répondit :

« Elle a dit... très clairement... les lettres de Ruby. C'est tout. Elles étaient sur le buffet; je les ai cachées dans le poste de radio. »

Elle ajouta : « J'ai gardé la dernière, celle qui était au-dessus du paquet. »

Les deux frères hochèrent la tête d'un air approbateur.

« Je vais lui faire sa toilette, déclara Irma. Montrez-moi où sont ses affaires. Tout sera prêt quand les pompes funèbres arriveront.

— Ses vêtements sont dans cette armoire, expliqua John. Sa robe du dimanche, celle qu'elle mettait pour aller à l'église, est accrochée dans le placard. Elle nous a fait jurer que nous ne laisserions pas les croque-morts l'envelopper dans ces draperies violettes qu'ils utilisent d'ordinaire. »

Se tournant vers Hank, il reprit :

« On va faire un brin de toilette, nous aussi, mais dans la salle de bains du bas. »

Il regarda de nouveau sa belle-sœur.

« Mon Dieu, Irma, qu'est-ce que tu as aux pieds ?

— Oh, ce n'est rien. Ils sont toujours un peu enflés à cette heure de la journée. Quand je suis à la maison, je mets des pantoufles; mais comme je suis venue ici à pied... »

Les yeux de John s'agrandirent de stupéfaction :

« Tu es venue à pied ? George ne t'a pas amenée en voiture ?

— Eh non, je travaille, moi, figurez-vous, rétorqua George d'une voix cinglante. Et ne vous occupez pas des pieds de ma femme, ajouta-t-il sans aménité.

— Mais il faut quand même bien voir ce qu'elle a, dit Hank en poussant doucement Irma vers l'unique chaise de la pièce. John, va chercher les pantoufles de maman pour Irma. »

Il tira doucement sur les souliers de cuir pour les enlever, et Irma crut qu'elle ne pourrait pas retenir un cri de douleur. Libérés de leur gangue, les pieds parurent enfler encore davantage. Irma tenta de refouler les larmes qui emplissaient ses yeux, mais n'y parvint pas. Cela aussi, elle allait le payer cher.

Les deux frères la fixaient d'un œil consterné.

George lui-même paraissait surpris.

« Ne bouge plus, Irma. Nous allons faire notre toilette et nous nous occuperons de maman, tu es trop mal en point pour le faire toi-même. Et nous te ramènerons chez toi en voiture. »

Irma ne réagit pas. Elle ne savait que dire.

« Toi alors, tu peux dire que tu en tiens une sacrée couche », lui déclara George d'un ton glacial quand ils se retrouvèrent en tête à tête.

L'expression de mépris qu'elle lut dans les yeux de son mari lui donna la chair de poule.

Opal se recroqueville sur elle-même, en haut de l'escalier. Il va se passer quelque chose de terrible : c'est l'oncle Hank qui a ramené maman en voiture de chez Bubba. Elle a un mal fou à marcher.

Allongée de tout son long sur le palier, Opal observe la scène entre les barreaux de la rampe. Voilà papa qui arrive : il lève la main et l'abat de toutes ses forces sur la tête de sa femme, qui tombe à terre, déséquilibrée par la violence du choc.

Opal se rapproche encore de la première marche, mais elle ne va pas tarder à regretter d'avoir fait tant d'efforts pour ne rien perdre de la scène. Son père a ouvert la porte de la cave, puis enlevé le lourd ceinturon de cuir qui maintient son pantalon. Maintenant, elle n'entend plus que le choc sourd d'un corps qui dévale les marches du sous-sol.

Au comble de l'épouvante, la fillette regagne sa chambre en rampant et s'écroule sur le lit, la tête enfouie dans son oreiller.

Irma est allongée de tout son long sur le sol humide de la cave. Elle a la gorge nouée. Tout juste si elle parvient à balbutier :

« Pourquoi fais-tu ça, George ? Qu'est-ce que tu me reproches ?

— Tu m'as complètement ridiculisé devant mes frères avec ta stupide histoire de pieds. Je vais être la fable de toute la ville ; toutes les bonnes femmes du patelin vont aller crier sur les toits que je t'ai empêchée de consulter un docteur et que ce sont mes frères qui ont été obligés de s'occuper de toi. Tous nos voisins t'ont vue descendre de la voiture. Et, pour aggraver encore ton cas, voilà que tu n'es même pas fichue de trouver cette foutue bague. Tu ne vaux pas mieux que tes filles, tu ne fais jamais ce qu'on te dit. »

Il donne un violent coup de ceinture à une solive du plafond et un claquement horrible retentit, semblable à la détonation d'une arme à feu.

Irma se traîne sur le sol pour essayer de s'éloigner, mais il se baisse soudain et l'attrape par le col de la robe pour l'obliger à se relever. Il la maintient d'une poigne solide, sinon elle tomberait comme une masse. Il arrache la robe qui se fend en deux, jusqu'au niveau de la ceinture. Une nouvelle traction, et cette fois la déchirure se prolonge jusqu'à l'ourlet du bas.

La lettre de Ruby, qu'Irma avait pliée en deux avant de la glisser dans sa poche, vient de tomber à terre. George lâche prise si brusquement qu'Irma, en s'écroulant, va donner de la tête dans un tonneau à bière.

Cette fois, George est dans une colère folle. Jamais encore sa femme ne l'a vu ainsi. Il écume de rage, les yeux lui sortent des orbites, des taches écarlates marquent son visage rendu hideux par la fureur.

« Debout, Irma. Alors, tu ne voulais pas que je la voie, cette lettre, hein ? »

Irma tient à peine sur ses jambes, mais elle le fixe avec aplomb.

« C'est exact. Je ne voulais pas te la montrer. »

La gifle qu'elle reçoit sur l'oreille est si violente qu'elle sent que son tympan a dû céder. Elle tombe, mais n'essaie même pas de se relever.

George s'accroupit sur ses talons et agite les feuillets sous le nez de sa femme.

« Je vais te la lire, Irma », dit-il avec un calme inquiétant.

Irma se recroqueville sur elle-même, prise de panique. Elle ne sait ce qu'elle doit redouter le plus : le déchaînement effréné de la fureur ou cette froide détermination aux intonations menaçantes.

Chère Bubba,

Je t'écris ces quelques lignes de mon bureau, pendant l'heure du déjeuner. Je viens de finir deux autres lettres, une pour Opal et l'autre pour Mrs. Zachary. Aujourd'hui, on n'est vraiment pas bousculés par le travail.

Il y a du nouveau. Je peux te le dire à toi, parce que je sais que tu sauras garder mon secret. Quant à Opal, j'espère qu'elle tiendra sa langue, sinon il pourrait lui en cuire. O.K., tu es prête ? Alors voilà : je pars pour la Californie mardi prochain avec Calvin Santos. Nous allons nous marier le plus tôt possible, sans doute d'ici une ou deux semaines. Tu ne peux pas savoir comme je suis heureuse ! Personne, pas même Amber, n'est au courant.

Calvin, c'est le garçon dont je t'ai déjà parlé. Il vient de Saipan. Il est autrement plus séduisant que Nangi, un Philippin lui aussi, avec qui Amber sort en ce moment. Je suis d'ailleurs certaine que Nangi et Amber sont amoureux l'un de l'autre : il suffit de voir leurs airs de tourtereaux.

Nous avons tout prévu dans le moindre détail pour être bien sûrs que ça marche comme sur des roulettes. Tu sais, Calvin est un as dès qu'il s'agit de mettre à exécution quelque chose qui lui tient à cœur.

Naturellement, le paternel n'est pas près de voir la fameuse somme d'argent qu'il prétend m'avoir avancée. Pas question pour moi de fonder un foyer avec une pareille dette sur les reins, surtout qu'en fait je ne lui dois rien. Je crois que tu avais raison quand tu me disais qu'il était complètement maboul. Il a beau être mon père, tu ne peux pas savoir à quel point je le déteste. C'est terrible à dire, je le reconnais ; mais c'est vrai, et je me fiche complètement de ce qu'il va penser.

Il a fallu que je laisse tomber Andrew. J'ai un peu mauvaise conscience, quoique je doute parfois que ce soit vraiment un type bien. C'est un obsédé, il ne pense qu'à m'embrasser et à me toucher. Calvin et lui, c'est le jour et la nuit. Calvin me respecte. Oui, il me respecte autant que son uniforme. Ce qui n'est pas peu dire !

Bon, il va falloir que je reprenne le collier. Mon patron va arriver d'une minute à l'autre, et il n'est pas question d'empiéter sur le temps que je dois à l'administration.

Bubba chérie, tu as toujours voulu me voir heureuse. Eh bien, je le suis ! Mes vœux les plus chers se réalisent. Je vais me marier avec l'homme que j'aime !

Opal m'a écrit récemment que tu n'allais pas très bien, mais sans me donner de détails. J'espère que ce n'était qu'un malaise passager. Surtout, prends bien tes pilules pour la tension. Je t'écrirai aussitôt après mon arrivée en Californie. Ce sera mon premier voyage en avion, tu te rends compte !

Opal, c'est à toi que je m'adresse maintenant. Surtout, déchire cette lettre aussitôt que tu l'auras lue à Bubba. Et ce n'est pas la peine que tu m'écrives à Washington. Attends que je te donne ma nouvelle adresse.

Je vous aime de tout mon cœur, toutes les deux. Dites bien des choses de ma part à oncle John et à oncle Hank. Je pense souvent à eux. A vous deux aussi, bien entendu !

Mille baisers,
Avec toute ma tendresse,
Ruby

« Alors, tu l'as entendue, la lettre que ta fille a écrite, Irma ? Tu as bien saisi tous les mots ? »

Irma, terrorisée par cette voix glacée, qui souffle vers elle un relent de haine concentrée, se recule autant qu'elle le peut en s'efforçant de s'asseoir.

« Tu ne peux plus rien y faire, maintenant, gémit-elle avec une trace de défi.

– Oh que si ! »

Son lourd brodequin à la pointe renforcée par une pièce métallique part en avant, la frappant en plein dans les côtes. Irma perd connaissance, mais lui continue de cogner.

Ce n'est que longtemps après – combien de temps au juste ? elle n'en a aucune idée – qu'elle perçoit dans une sorte de brouillard une voix qui l'appelle par son nom. Des bras robustes l'ont saisie, ils l'emportent dans l'escalier. Elle entend Opal qui pleure et Grace Zachary qui lance des exclamations indignées. C'est Paul, le mari de Grace, qui l'a prise dans ses bras.

« Paul, chuchote Irma, emmenez-moi dans ma chambre au premier étage. Grace et Opal pourront... m'aider. Je vous en prie. Si j'ai besoin d'un médecin, faites-le venir ici. Je vous en prie, Paul.

— Fais ce qu'elle te demande, Paul, dit Grace. Si tu essaies de la transporter en voiture, tu risques de lui faire encore plus mal. Opal, appelle le docteur et dis-lui... dis-lui que ta mère est tombée dans l'escalier de la cave. Dépêche-toi, ma chérie. »

Grace resta un moment chez les Connors, pendant qu'Opal se lavait la figure et se brossait les dents. Le Dr Ashley venait de repartir, affirmant qu'Irma se rétablirait peu à peu, à condition toutefois de ne pas commettre d'imprudence. Malgré les paroles rassurantes du praticien, Opal avait encore l'air inquiète. Peut-être voulait-elle parler de la scène horrible à laquelle elle avait assisté en partie.

« Il faut que je dise mes prières, Grace. Cela ne te dérange pas trop ?

— Mais non, pas du tout. »

Les larmes aux yeux, Grace écouta la longue liste des êtres chers que l'enfant recommandait au Seigneur, terminant son énumération par ces émouvantes paroles :

« Je sais que Tu avais besoin de Bubba auprès de Toi et je crois que Tu as eu raison de laisser Ruby se marier. »

Elle fit alors le signe de croix et se glissa dans son lit.

« Maman va bien, Mrs. Zachary ? Elle ne va pas mourir, n'est-ce pas ?

— Ta maman va très bien. Enfin, elle ira très bien dans quelque temps. Je crois que ton père devra cesser de travailler pour s'occuper d'elle. Pour l'instant, d'après ce que m'a dit ta mère, il est parti à Washington ; mais il sera sans doute revenu demain. Ne t'inquiète pas, je vais rester à côté de toi jusqu'à ce que tu te sois endormie.

— Demain, c'est mon anniversaire, annonça Opal d'une voix embrumée par le sommeil. Bubba m'avait acheté un cadeau la semaine dernière. Je me demande ce que c'est. Tu as une idée, toi ? »

Mon Dieu, non, aucune ! Fouillant ses souvenirs, Grace essaya de se rappeler ce qu'elle aurait souhaité qu'on lui donne à l'âge d'Opal. C'est avec un sourire qu'elle répondit enfin :

« Sans doute une licorne dorée avec un gros diamant au bout de sa corne, et peut-être aussi une rangée de rubis autour de son cou. Et pourquoi pas, voyons, des émeraudes sur les sabots des pattes de derrière ; et des opales, oui, de vraies opales sur les sabots de devant ? »

Le sourire qui éclaira le visage de la fillette réchauffa le cœur de Grace.

Il était bien tard quand elle décida enfin de quitter la chambre d'Opal. Elle s'éloigna dans le couloir sur la pointe des pieds pour voir comment allait Irma avant de rentrer chez elle.

« Merci pour tout, Grace, murmura Irma.

— Ce n'est rien. Je reviendrai demain matin préparer le petit déjeuner et habiller Opal pour l'école. »

La lumière brûla toute la nuit dans la cuisine des Zachary. La radio marchait en sourdine, et il flottait une bonne odeur de pâtisserie. A quatre heures, le gâteau fut suffisamment refroidi pour que l'on puisse procéder au surglaçage, sur une épaisse couche de crème; puis Paul planta des bougies roses et des boutons de rose en sucre.

« Alors, qu'est-ce que tu en penses? demanda Grace quelques instants plus tard, après avoir noué le ruban qui ornait le minuscule étui contenant son cadeau.

— Je crois qu'à côté de ça la licorne aurait vraiment fait piètre figure. Bon, allons-y maintenant. On va le déposer sur la table de leur cuisine. »

Pouffant comme des enfants, ils traversèrent leur jardin pour gagner la porte de derrière des Connors. Grace ouvrit le battant tout doucement, et Paul posa le gâteau au milieu de la table pendant que Grace mettait son petit cadeau juste à côté.

Puis ils rangèrent quatre petites bouteilles de limonade dans le frigo, une pour chacun : Opal, Irma, Grace et Paul.

Étroitement enlacés, ils repartirent chez eux. Soudain, Grace glissa sur l'herbe humide, entraînant Paul dans sa chute. Ils roulèrent sur le terrain en pente, dans les bras l'un de l'autre, jusqu'au moment où ils arrivèrent sur leur propre pelouse.

« Qu'est-ce que tu en penses, ma chérie? On l'a fait pratiquement partout, sauf ici. Ça ne te tente pas?

— Si ça ne te dérange pas d'avoir les fesses mouillées, moi je ne demande pas mieux », dit Grace en ôtant son slip.

Ils firent l'amour avec douceur et tendresse. Puis ils restèrent un long moment immobiles, serrés l'un contre l'autre, regardant les étoiles qui constellaient le firmament.

Sept heures moins dix. Branle-bas de combat pour les occupantes de la maison de Kilbourne Place. On s'agite en tous sens, les unes s'habillent tandis que d'autres attendent leur tour d'aller dans la salle de bains.

Ruby, encore en pyjama, explique à Ethel qu'elle peut faire sa toilette tout de suite.

« Moi, j'ai tout mon temps, je ne travaille pas aujourd'hui. »

Voyant l'air étonné de son amie, elle n'hésite pas à mentir :

« Tu comprends, je n'ai pas fermé l'œil de la nuit à cause de ces maudites crampes. Je tiens à peine debout. »

Ethel sourit et la remercie. Ruby se dirige vers la cuisine pour prendre une tasse de café et un bol de céréales.

On sonne. C'est l'affolement. Ethel part en courant dans le couloir, suivie de près par Ruby. Des portes s'ouvrent, des silhouettes drapées dans des peignoirs et surmontées de chevelures garnies de bigoudis emboîtent le pas aux deux jeunes filles.

Si l'on sonne, c'est qu'il y a de la visite. Il faut donc faire vite disparaître tous les objets un peu trop intimes. Ruby ramasse sa trousse de manucure et son vernis à ongles, et coince un coussin sous son bras. Le tout va voler dans le fond d'un placard. Ethel attrape le sèche-cheveux et le balance derrière le canapé. Jane pousse du pied, sous le même canapé, les journaux de la veille qui traînaient à terre. Amber saisit deux bouteilles de Coca-Cola, trois tasses en carton et des serviettes en papier, et elle se précipite dans la cuisine avec son butin. Anna arrange les magazines sur la table basse et expédie d'un coup de pied la corbeille de bureau au fond d'une penderie. Sally fourre deux chaussettes dépareillées au fond de la poche de son peignoir, puis elle ramasse deux pantoufles et autant de souliers destinés à des pieds gauches.

« Quarante secondes ! clama Ethel d'une voix triomphante. On fait des progrès à chaque fois. »

Elle avait l'air si heureuse que Ruby ne put s'empêcher de rire.

C'était vraiment agréable de vivre en aussi joyeuse compagnie, bien qu'Amber et Ethel fussent les seules à entretenir des relations vraiment amicales. Les quatre autres filles, tout comme Ruby, fréquentaient au-dehors, sans chercher à approfondir leurs rapports avec les autres colocataires. Mais la bonne entente régnait en permanence, chacune mettant un point d'honneur à s'acquitter des tâches qui lui incombaient.

« Avec l'odeur de fauves qu'il y a là-dedans, on se croirait au zoo en plein mois d'août », grommela Anne avec bonhomie.

De la porte de sa chambre, Amber lança :

« Quelqu'un attendait une visite si tôt ? »

Des « non » véhéments fusèrent de toutes les bouches. Évitant soigneusement de regarder sa sœur, elle décréta alors :

« Bon, eh bien, je vais aller ouvrir. »

La sonnette tinta de nouveau, avec insistance.

« Ça doit être une erreur », cria l'une des filles du fond de l'appartement.

Amber s'était postée à la fenêtre de la grande salle. En s'étirant un peu le cou, elle réussit à distinguer la haute silhouette de l'homme qui se tenait sur le trottoir, devant leur porte. Elle vacilla sous le choc, puis, délaissant son poste d'observation, elle se rua dans le couloir, les yeux agrandis par l'effroi.

« Ruby, cria-t-elle, c'est papa ! Mon Dieu, il est au courant ! Pourtant, je te jure que je ne lui ai rien dit. Demande à Ethel. Je te le jure, Ruby ! »

Ruby était livide. Elle ne mettait pas un seul instant en doute les affirmations de sa sœur : la panique qui s'était emparée d'Amber plaidait trop en faveur de sa sincérité. Mon Dieu, que fallait-il faire ?

« Il s'est peut-être passé quelque chose de grave à la maison, hasarda Ruby sans grande conviction, auquel cas il viendrait nous chercher. Mais cela ne sert à rien de le laisser attendre à la porte. Il a dû conduire toute la nuit et rester un bon moment à observer la maison. Il sait donc que nous sommes encore là. »

L'esprit à la dérive, elle s'efforçait pourtant de garder une certaine logique.

« Va te cacher quelque part, Ruby, déclara Amber. Je lui dirai que tu es partie hier soir. Je ne veux pas retourner à la maison. Toi non plus, bien sûr... Qu'est-ce qu'il faut faire, mon Dieu ?

– Lui tenir tête. D'ailleurs, toi, tu n'as aucun souci à te faire, tu es majeure. Et moi, je n'irai pas non plus ! »

Elle referma le haut de son pyjama et s'engagea dans le couloir.

« Ruby, attends, supplia Amber. Je t'en prie, attends une toute petite minute. Tu ne comprends pas bien la situation. Si nous refusons de rentrer, il va... maman va... Ruby, écoute-moi. Tu étais trop petite, toi, mais je me rappelle qu'un jour... oh, mon Dieu, je me rappelle... »

Elle lui décrivit la scène à laquelle elle avait assisté à l'insu de ses parents. Ruby la regardait avec stupéfaction. L'horreur qui se lisait sur le visage de sa sœur lui indiquait clairement qu'elle disait la vérité.

La sonnerie aigrelette du téléphone brisa le silence qui venait de s'installer. L'une des filles décrocha, écouta un bref instant ; puis, se tournant vers Ruby, elle annonça :

« C'est quelqu'un qui dit s'appeler Grace Zachary. »

Amber s'appuya contre le mur, livide.

« Mon Dieu ! Et Nangi qui va venir me chercher pour me conduire en voiture au bureau !

– Amber, approche-toi pour écouter ce qu'on va nous dire. »

Les deux filles se penchèrent en avant, de chaque côté du combiné, l'appareil n'étant pas muni d'écouteur supplémentaire. Quand Ruby raccrocha, elles étaient blêmes l'une et l'autre. Ensuite, elles coururent à la fenêtre du salon.

« Il a l'air tout à fait normal, s'écria Ruby. Bubba est morte, et le voilà qui rapplique. »

Elle se demanda s'il n'était pas venu réclamer la bague. Et elle se dit que c'était aujourd'hui l'anniversaire d'Opal.

« Tiens, voilà Nangi qui descend de voiture, Amber. Amber, regarde-moi ! Tu as entendu ce que je viens de dire ? Nangi descend de voiture et... je te le donne en mille, voilà Andrew Blue qui se pointe aussi. Amber, pour l'amour du ciel, dis quelque chose. Il faut que tu m'aides.

– Moi, je me dis que plus on va le laisser poireauter dehors, plus il sera furieux. Ouvre-lui donc la porte, et les autres en profiteront pour partir. »

Toutes les filles, Ethel en tête, attendaient dans le vestibule. Dès que la porte fut ouverte, elles sortirent en file indienne – Andrew, Nangi et George Connors s'étant mis sur le côté pour les laisser passer. Puis les trois hommes entrèrent à leur tour, l'un derrière l'autre.

Ils se retrouvèrent tous les cinq dans le salon. Nangi, manifestement très impressionné, alla se poster près d'Amber. Andrew resta au centre de la pièce, nullement intimidé par la stature de George Connors qui, à vrai dire, n'était pas plus grand ni plus musclé que lui.

« Remballez vos affaires, et en vitesse », lança George d'un ton sans réplique.

Amber, telle une automate, commença à battre en retraite vers la porte. Ruby, qui s'était aussitôt élancée dans sa direction pour l'empêcher de bouger, eut la satisfaction de voir que Nangi lui avait posé une main sur l'épaule.

« Pas question. Nous ne bougeons pas de là! répliqua Ruby d'une voix rauque.

— Ce n'est pas le moment de m'échauffer la bile, les filles. Je vous ai dit de remballer vos frusques, alors, allez-y et que ça saute! Et le Nègre, là, qui c'est? demanda-t-il en désignant Nangi.

— Ce n'est pas un Nègre, protesta Ruby. Quant à Amber, elle n'est pas obligée de t'obéir, elle a vingt et un ans. Et moi, je n'ai aucune envie de rentrer à la maison et je ne rentrerai pas. Nous savons ce que tu as fait à maman. Amber m'a raconté comment tu l'as traitée autrefois, et Grace Zachary vient de nous téléphoner pour nous dire que tu lui avais cassé une côte et perforé un poumon. Elle ne peut plus bouger, et tu lui as abîmé une oreille. Si nous repartons avec toi, tu nous feras la même chose.

— Je vous ai dit, les filles, de remballer vos affaires, et je ne vous le répéterai pas. Ne m'obligez pas à appeler la police. Quant à toi, Ruby, tu vas me donner le nom de ce garçon avec qui tu avais projeté de t'enfuir. Allez, grouillez-vous, n'abusez pas de ma patience. »

Andrew Blue se déplaça légèrement pour se poster au côté de Ruby.

George plissa le front, ses yeux rétrécis en deux fentes au reflet inquiétant.

« En fait, je n'ai pas besoin que tu me donnes son nom, ma fille. Je l'ai ici, ironisa-t-il en sortant de sa poche la lettre que Ruby avait envoyée à sa grand-mère. Calvin Santos, encore un Jaunâtre dans le genre de celui-là », ajouta-t-il en hochant la tête en direction de Nangi.

Il se dirigea vers le téléphone et décrocha lentement, sans quitter des yeux le petit groupe. Après quoi, il demanda à l'opératrice de lui passer la base de l'US Air Force de Washington, en indiquant son nom et l'adresse de la maison de Kilbourne Place. Dès qu'il fut en communication avec le standardiste, il dit qu'il désirait parler à l'officier ayant sous ses ordres le lieutenant Calvin Santos.

Ruby était à la torture. La chose que Calvin redoutait le plus était sur le point de se produire, et elle ne pouvait rien faire pour l'empêcher.

« Pardonne-moi, Calvin », murmura-t-elle à mi-voix.

Puis elle adressa un regard suppliant à Andrew en disant :

« Fais quelque chose. Aide-moi, je t'en prie! »

Mais le marine restait cloué sur place, horrifié.

Ruby sursauta quand elle entendit son père décliner son identité d'un ton autoritaire à son correspondant.

« J'exige une intervention immédiate. Votre subordonné a projeté d'enlever ma fille et de l'emmener avec lui en Californie. Or, elle est mineure, elle a tout juste dix-huit ans. Faites le nécessaire de votre côté, comme je le fais du mien. Je n'attends ni excuses ni explications, mais je suis prêt à porter plainte si la situation l'exige. Et j'attends un rapport circonstancié sur la suite donnée à cette affaire. Il devra m'être envoyé à mon adresse, en Pennsylvanie. »

Il précisa ses coordonnées d'une voix hachée, fixant un regard meurtrier sur ses filles médusées.

« Et ce rapport, ce n'est pas dans une semaine qu'il me le faut, c'est demain », ajouta-t-il avant de raccrocher d'un geste brutal.

Se tournant vers Andrew, il demanda :

– Et vous ? Vous êtes qui, au juste ? »

Peu enclin à se laisser impressionner par une telle apostrophe, le marine prit les choses de haut :

« Moi, monsieur ? Je suis le gars qui passe tous les matins pour vider les poubelles. Ah, pour le cas où vous désireriez le savoir, j'ai plus de vingt et un ans, et mon supérieur hiérarchique est un général à quatre étoiles qui n'a pas pour habitude de s'aplatir devant des rigolos de votre espèce. Mais si c'est mon nom que vous voulez savoir, sachez que je n'en ai pas. »

George fit un pas en arrière. Ruby redressa les épaules. Elle était parfaitement consciente que personne n'avait jamais parlé à son père sur ce ton. Lui, sa spécialité, c'était de brutaliser les femmes. Toute sa vie, il avait soigneusement évité ce genre de confrontation avec des représentants du sexe fort.

« Je crois que vous feriez mieux de partir, monsieur, reprit Andrew avec un calme inquiétant.

– Oui, intervint alors Nangi de sa voix raffinée d'homme cultivé. Je pense que vous devriez faire exactement ce que le lieutenant vous a dit. Je ne suis plus tout à fait un novice dans la pratique des arts martiaux, et je pourrais vous tuer d'un simple revers de la main. »

Ruby en resta bouche bée. Andrew fixa un regard surpris sur le Philippin. Amber prit le bras de son fiancé.

Ruby se rapprocha d'Andrew. Elle aurait été bien incapable de dire pourquoi.

Nangi continua sur sa lancée :

« Votre fille et moi avons décidé de nous marier.

– Vous êtes bien l'homme qu'elle mérite, persifla George. Elle n'a jamais rien su faire de ses dix doigts. Quant à toi... », commença-t-il en se tournant vers Ruby.

Elle ne le laissa pas finir.

« Je ne suis bonne à rien, je le sais très bien. J'espère que tu es heureux maintenant que tu as gâché ma vie. En tout cas, je ne pars pas avec toi. Je ne remettrai jamais les pieds à la maison. Et si tu t'avises de toucher un seul cheveu de maman, j'appelle le shérif. Grace et Paul sont au courant de ce qui s'est passé dans la cave. Si ça se renouvelle, ils me préviendront aussitôt, Opal aussi. Tu ne me fais plus peur. Quant au papier où tu as inscrit le montant de ma dette, tu peux en faire ce que tu veux. Je ne te dois pas un centime, et je dirai même que c'est toi qui dois six mille dollars à Amber – ceux que tu lui as extorqués. Je trouverai un moyen de te faire rendre gorge, aie confiance, même si je dois y consacrer le reste de mon existence. »

Elle se rendait bien compte que, si Andrew et Nangi n'avaient pas été présents, il aurait fallu qu'elle suive son père. Et Amber aussi. Mais l'essentiel, maintenant, c'était qu'elle était libre. Elles étaient libres toutes les deux.

« La porte est ici, cher monsieur », dit Andrew en ouvrant le battant avec un respect feint.

Ruby crut qu'elle allait rire, mais en fait elle se mit à pleurer, des sanglots nerveux qui lui secouaient le corps, tandis que les larmes coulaient à flots sur son visage. Amber pleurait aussi, le front appuyé contre la poitrine de Nangi.

Tous quatre restèrent ensuite un moment debout près de la porte, le visage collé à la large vitre.

« Regarde comme il est grand ! s'exclama Amber d'une voix éplorée. Et il ne se retourne même pas pour nous regarder une dernière fois. Oh, mon Dieu, nous n'avons plus de père, gémit-elle. Ruby, il faut le rappeler, c'est notre père, tout de même. »

Ruby sentit ses épaules s'affaisser, tandis qu'elle regardait son père ouvrir sa voiture. Il casa ses longues jambes sous le volant avant de refermer la portière.

« Maintenant, il va nous regarder. Il sait que nous sommes ici, que nous avons les yeux fixés sur lui. Il nous a reniées. Et il s'apprête à repartir.

— Ruby, nous ne le reverrons plus jamais », murmura Amber.

Ruby passa une langue sèche contre l'intérieur de ses lèvres, surprise de constater qu'elle n'avait plus de salive.

« Je sais », répondit-elle dans un souffle.

Sa main tressaillit quand elle entra en contact avec celle de sa sœur.

« Nous sommes libres, parvint-elle à dire d'une voix rauque. Nous n'aurons plus jamais aucune raison de nous tourmenter à cause de lui.

— Et maman, Ruby ? Et maman ?

— Je ne sais pas, Amber.

— Lieutenant, si vous n'avez rien prévu d'autre pour l'immédiat, je serai très heureux de vous offrir le breakfast, dit Nangi à mi-voix en éloignant les deux jeunes filles de la porte. Pendant ce temps-là, ces jeunes personnes pourront se remettre de leurs émotions. »

Andrew se tourna vers le fringant petit Philippin et lui adressa un large sourire :

« Pourquoi pas ? Je n'ai pas pour habitude de refuser ce genre d'invitation. »

Ruby pleura abondamment, en pensant à sa grand-mère, à Opal et à Calvin dont la carrière était désormais gravement compromise. Quant à leur projet de mariage, il n'y fallait plus songer.

Amber s'apitoya sur son propre sort et sur celui de sa mère.

« Je vais m'habiller pour aller au Sacré-Cœur, déclara soudain Ruby. Il est trop tard pour la messe du matin, mais nous... enfin, je peux dire un rosaire. Tu veux venir avec moi, Amber ? »

Celle-ci acquiesça d'un signe de tête, l'air malheureux.

Elles enfilèrent le couloir côte à côte.

« Dis donc, il paraît être un sacré gaillard, ton Nangi. C'est vrai qu'il est capable de tuer quelqu'un d'une simple gifle ? demanda Ruby uniquement pour entendre le son de sa propre voix.

— Absolument, confirma Amber non sans fierté. Tu sais, Ruby, Andrew m'a l'air très bien. Enfin, j'ai l'impression qu'il ferait un parti tout à fait potable. Quant à l'autre, c'est vraiment dommage pour lui... Ça va lui faire un de ces coups !

— As-tu la moindre idée de ce que je ressens en ce moment ? questionna Ruby.

— Non, pas vraiment.

— Eh bien, je suis complètement vidée. Bubba n'est plus, papa est parti pour toujours, et Calvin est rayé de mon existence. Même s'il était possible de réparer tout le mal qui a été fait, je n'arriverais jamais à l'aéroport à temps. En ce moment, l'avion doit être en train de décoller.

— Demain, Ruby, demain tu pourras téléphoner. Tu pourras expliquer à Calvin ce qui s'est passé. S'il est un peu débrouillard, il trouvera une solution pour que vous puissiez repartir du bon pied. Je suis sûre que, dès qu'il aura débarqué en Californie, il t'appellera. Et tout s'arrangera.

— Non, il ne téléphonera pas, Amber. Je connais Calvin. En ce moment, il est persuadé que je l'ai laissé tomber. Il doit se dire qu'il n'est pas assez bien pour moi. Ça a toujours été son obsession. Et si sa carrière est fichue à cause de moi, ça ne va pas améliorer les choses, tu peux me croire. »

Comme elle chancelait sur ses jambes, sa sœur lui prit le bras pour la soutenir.

« Qu'est-ce qui t'arrive ? demanda Amber avec inquiétude.

— Je pensais à Bubba, je... »

Elle ne put achever, sa voix s'était brisée. La mort de sa grand-mère l'affectait terriblement. Elle ne pouvait même pas en parler.

« Écoute, Ruby, en principe, tu avais parfaitement raison de dire que nous n'avions rien à lui rembourser, mais ce n'est pas très réaliste. Si tu ne paies pas, c'est maman qui en subira les conséquences. Il se vengera sur elle, c'est sûr comme deux et deux font quatre. Es-tu prête à avoir ce poids sur la conscience ?

— Au fait, comment t'y es-tu prise, toi, pour te libérer de ta prétendue dette ?

— C'est Nangi qui m'a avancé l'argent.

— Pourquoi ne me l'as-tu pas dit ? Tu aurais pu me prévenir !

— À quoi bon, qu'est-ce que ça aurait changé ?

— Oui, de toute façon, maintenant il est trop tard. »

Malgré tous ses efforts pour ne plus penser à son chagrin, l'image de sa grand-mère restait ancrée en Ruby. Elle n'allait plus jamais revoir Bubba. Jamais plus elle ne sentirait le doux contact de ses bras qui la protégeaient si merveilleusement ! Elle revit sa grand-mère peler les

111

pommes, en une seule fois, assise sur la terrasse de derrière. Sa gorge se serra à l'idée qu'elle ne pourrait même plus retourner dans cette maison où elle avait connu de tels instants de bonheur. Ce n'était plus possible, parce qu'elle en avait décidé ainsi : elle était interdite de séjour à Barstow.

« Et maman, que va-t-elle devenir ? s'inquiéta Amber.

– Ça, c'est son problème », rétorqua Ruby d'un air indifférent.

Elle se demandait ce que ses oncles feraient du fauteuil en rotin qui était sur la terrasse, derrière la maison.

« Elle va...

– Elle va quoi ? Elle n'a jamais levé le petit doigt pour nous défendre. Elle ne m'a même pas dit au revoir quand je suis partie. Jamais la moindre caresse, jamais le moindre baiser. Quand j'ai eu mes premières règles, ça l'a laissée complètement indifférente, c'est Bubba qui a dû me montrer comment on fixait la serviette. Elle aurait dû m'expliquer comment il fallait que je me comporte avec les garçons, ce qu'il fallait leur dire, ce qu'ils attendaient de moi. Que dalle ! Une mère, tout de même, ça devrait être un peu une amie pour sa fille, non ? Je n'ai appris qu'une chose grâce à elle, c'est qu'il faut avoir des tripes pour survivre. Maman, elle, elle n'a rien dans le ventre. La première fois qu'elle s'est fait tabasser, elle aurait dû prévenir la police.

– Toute la ville l'aurait su. Tu imagines ce qu'auraient dit les gens... Et papa, lui, il...

– Arrête, Amber, persifla Ruby. Quand tu as quelque chose dans le crâne, tu n'en démords pas, c'est plus fort que toi. Moi, j'ai mon opinion là-dessus et je m'y tiendrai. »

Changeant soudain de ton, elle enchaîna d'une voix anxieuse :

« Je me demande s'ils vont l'affubler de l'une de ces horribles robes violettes ! »

Elle se rendait compte qu'elle ne le saurait jamais. Et qu'elle ne recevrait plus de lettres d'Opal. Des larmes brûlantes lui piquaient les paupières quand elle referma la porte de sa chambre, se réfugiant dans la solitude, fatiguée de la présence d'Amber qui lui tapait de plus en plus sur les nerfs avec ses jérémiades incessantes.

Calvin Santos scrute la foule qui se presse dans le hall de l'aéroport. Ruby est en retard, de cinq minutes déjà. Et pourtant ils ont synchronisé leurs montres, à la seconde près, comme pour le déclenchement d'une opération militaire. Ils ont tenu compte de tous les impondérables : salle de bains occupée, mauvaise volonté du chauffeur de taxi, embouteillage sur le trajet, intempéries. Il a même accordé dix minutes de plus à Ruby pour le cas où elle déciderait d'avaler des céréales ou de grignoter des toasts chez elle au lieu d'attendre d'être avec lui pour prendre une pâtisserie danoise à la cafétéria de l'aéroport.

Non, ce retard n'est pas normal.

Il sent la sueur perler sous sa chemise chaque fois qu'il consulte sa montre. Elle a dû découvrir qu'il avait un vague lien de parenté avec

Nangi Duenas. Pourquoi le lui a-t-il donc caché? Il a beau fouiller sa mémoire, il ne trouve pas une seule raison valable justifiant ce manque de franchise. A moins que ce ne soit Nangi qui lui ait demandé de garder le secret?

Quelle idée il a eue, aussi, de mettre son cousin au courant de ses projets. Il a eu beau lui faire jurer sur la tête de son père, de son oncle et de tous les prêtres qu'il a dans ses relations qu'il n'en soufflerait pas un mot à Amber, ce crétin n'a rien eu de plus pressé que de tout raconter à sa dulcinée. Et Ruby a dû surprendre leurs messes basses!

Non, finalement, Ruby doit lui en vouloir à mort parce qu'il lui a caché ce fameux lien de parenté. Et lui, s'il n'en a pas parlé, c'est parce qu'il espérait que Nangi le renseignerait, grâce aux informations données par Amber, sur l'état des relations que Ruby entretenait avec Andrew Blue.

Ou alors, Ruby s'est ravisée parce qu'il n'est pas assez bien pour elle, tout simplement, et Nangi n'y est absolument pour rien.

Il regarde de nouveau sa montre. Et s'il téléphonait là-bas? Au moins, il en aurait le cœur net... Non, entendre de telles paroles, ce serait trop dur. Pas question pour lui de subir pareille humiliation. Mieux vaut rester dans le flou.

Et pourtant, il était si sûr qu'elle allait venir! Jamais l'ombre du plus petit doute ne l'avait assailli. Il en pleurerait de désespoir. Car il l'aime, Ruby. Il l'aime de toute son âme. C'est d'ailleurs ce qu'il a dit à Nangi qui lui a confié en retour qu'il aimait Amber, qu'ils allaient se marier au printemps.

Calvin s'était senti si bien quand il avait révélé son secret à son cousin, et Nangi lui avait donné une tape dans le dos en plaisantant, disant qu'on lui aurait donné le bon Dieu sans confession, à ce petit polisson! Quel bien ça lui avait fait de se dire qu'enfin il avait trouvé quelqu'un qui s'intéressait vraiment à lui!

En réalité, Ruby lui a menti; elle ne veut pas de lui, finalement. Parce qu'il n'est pas à sa hauteur.

Eh bien, tant pis! si elle se ravise, ce sera à elle d'appeler. Il ne tient pas du tout à se faire moucher parce qu'il aura pris la moindre initiative.

Calvin souffre comme un damné, mais il prend une résolution farouche : jamais plus il ne se fiera à qui que ce soit. La place qu'il avait réservée dans son cœur à Ruby Connors, il va la fermer complètement au monde extérieur. Comme cela, au moins, elle sera toujours là, avec lui.

La voix de George a des inflexions tellement normales qu'Irma se blottit contre ses oreillers. Il est rentré il y a quelques minutes, juste à temps pour échanger quelques mots avec le Dr Ashley qui sortait de la maison, sa visite terminée. Elle n'a pas pu entendre ce qu'ils se sont dit.

«Tu as besoin de quelque chose, Irma?»

Elle fait non de la tête.

« Elle est où, Opal ? »

Irma passe sa langue sur ses lèvres desséchées par le traitement que lui a prescrit le médecin.

« Ton frère est venu la chercher. Comme elle ne pouvait m'être d'aucune utilité, je lui ai dit qu'elle pouvait partir. Grace Zachary m'a donné un coup de main. »

George déclare, plus aimable que jamais :

« Si Opal ne pouvait pas t'aider, tu as bien fait de la laisser prendre un peu l'air. Mais je ne veux pas que la mère Zachary mette les pieds ici. Ce qui se passe chez moi ne la regarde en aucune façon. Tu m'entends ? Maintenant, si tu n'as besoin de rien, je vais aiguiser la lame de la tondeuse pour rafraîchir la pelouse avant qu'il ne pleuve. »

Irma enfonce sa tête dans l'oreiller.

« Et les filles... ? demande-t-elle à mi-voix.

— Il n'est plus question que Ruby se marie – dans l'immédiat du moins. Ces deux filles, c'est de la mauvaise graine, Irma. Elles tiennent de toi. Elles se sont acoquinées avec des étrangers, des espèces de Nègres ou des Chinetoques, enfin bref des Philippins. L'un de ces petits salopards a eu l'audace de m'informer qu'il se mariait avec ta fille aînée. Quant à l'autre, j'ai téléphoné à son commandant pour lui dire ma façon de penser. Vois-tu, Irma, ces deux petites traînées, je les ai reniées, elles ne remettront plus jamais les pieds ici, et elles ne viendront pas à l'enterrement de leur grand-mère. Nous n'avons plus qu'une seule fille, maintenant. »

Il parle d'un air détaché, comme s'il énonçait des faits incontestables, et Irma comprend qu'il n'y a pas à discuter le bien-fondé de sa décision.

« Vous autres, les bonnes femmes, reprend-il, il n'y en a pas une pour rattraper l'autre. Au fond de vous-mêmes, vous êtes toutes aussi dépravées que la pute qui habite la maison d'à côté. Il n'y a qu'une chose qui vous intéresse et vous ne pensez qu'à ça, pas vrai ? »

Irma ferme les paupières. Elle voudrait mourir. En ce moment même. Quand elle rouvre les yeux, elle voit par la fenêtre son mari debout dans l'atelier, occupé à aiguiser la lame de sa tondeuse. Rien d'anormal dans cette occupation. Elle l'a vu plus de cent fois, de la fenêtre de la cuisine, préparer ainsi la tonte de sa pelouse. Tout en observant son mari, elle songe à toutes les lettres que Ruby a envoyées à sa grand-mère. Elle se demande ce qu'il pouvait bien y avoir dedans. Sans doute le récit de différents épisodes de sa nouvelle vie, dont Ruby voulait informer l'aïeule et sa jeune sœur. Jamais Opal ne lui a répété le moindre détail de l'existence menée par Ruby à Washington. Pourquoi ? Est-ce parce que Dieu a voulu la punir ?

Irma s'arrache soudain à ses sombres pensées : son mari est en train de faire quelque chose d'inhabituel. Il vient de jeter sur son établi la lame de la tondeuse. Il lisse ses cheveux en arrière et remonte son pantalon d'un air résolu. Irma porte sa main à sa bouche. George sort de l'atelier, il traverse la pelouse, il se dirige vers la maison des Zachary.

Jamais au grand jamais elle ne l'a vu mettre les pieds sur le terrain des voisins, mais c'est pourtant ce qu'il fait maintenant ; il marche d'un pas décidé vers la porte de leur cuisine. Il est sorti de son champ visuel, et pourtant elle sait où il va et ce qu'il va faire. Elle pousse un cri aussi sonore que le permet sa gorge desséchée, mais il n'y a personne pour l'entendre.

Dès qu'elle a entendu des pas sur la terrasse de derrière, Grace s'est retournée, délaissant le fourneau sur lequel elle fait bouillir les dernières grappes de raisin de l'automne afin d'en faire de la gelée pour l'hiver.

C'est Paul qui rentre, sans doute. Un sourire radieux illumine son visage. Quand elle voit que ce n'est pas son mari, sa main gauche, qui tient une cuiller en bois, reste levée en l'air, immobile. Sa première pensée est que l'état d'Irma a empiré ; ensuite, elle se dit que George a dû trouver le petit cadeau qu'elle avait fait à Opal pour son anniversaire. Il vient sans doute la remercier de sa délicate attention.

Et puis, elle voit ses yeux. Et elle devine la raison exacte de sa visite.

Elle fait un pas en arrière, brandissant la cuiller en bois sans se soucier de la gelée brûlante qui tombe sur le carrelage.

« Il faut que vous sortiez tout de suite d'ici, George. Sortez immédiatement ! Paul va arriver d'une minute à l'autre. Il va vous tuer, George. »

Paul est parti faire les courses. Et il a emmené le chien ! Elle est à la merci de cette brute, elle s'en rend parfaitement compte.

Faut-il se battre ? Si elle résiste, il lui fera subir le traitement qu'il a déjà infligé à sa femme. Mais elle ne va quand même pas rester passive ! Pas question de se laisser... Ah non ! Pas ça !

« Salope ! lance George d'une voix sifflante. Espèce de sale traînée, putain !

– Sortez d'ici ou j'appelle au secours ! »

Face au danger, elle cherche désespérément à atteindre, derrière elle, le couteau de boucher qu'elle laisse toujours près de la planche à découper.

Trop tard ! George a compris la manœuvre. Il allonge la main et saisit le haut de sa robe maintenue par des épaulettes. D'un coup sec, il déchire l'étoffe légère, mettant à nu la poitrine généreuse de sa voisine. Grace pousse un cri et tente de cacher ses seins avec ses bras, en tenant toujours sa cuiller qui goutte sur elle.

Elle se sent encore plus vulnérable ainsi, et recule de quelques pas, cherchant à tâtons quelque chose qui lui permettra de passer à l'offensive. Elle trébuche contre l'escabeau dont elle s'est servie tout à l'heure pour aller chercher la paraffine en haut du placard.

Il est sur elle ! Il arrache le bas de la robe et la petite culotte rouge. D'une main, il la cloue au sol tandis que, de l'autre, il déboucle fébrilement la ceinture de son pantalon.

Grace se débat, de toutes ses forces, bien qu'elle se rende compte de l'inutilité de sa résistance. Il n'est pas question d'accepter une situation aussi abominable. Mais plus elle tente de le repousser, plus il s'excite.

115

Il a tout du fauve affamé et furieux quand il la pénètre, pétrissant férocement ses seins ou malaxant d'une poigne vigoureuse ses fesses rebondies.

« Ça t'apprendra à t'occuper de tes oignons, espèce de petite salope ! »

Elle pousse des gémissements de douleur. Et lui, il continue son va-et-vient en ahanant, le visage rougi par l'effort et la concentration. Une pensée horrible s'impose soudain à Grace : et s'il restait collé à elle ? S'il allait crever, là allongé sur elle, et qu'elle ne puisse plus jamais se débarrasser de lui ?

Il geint, lui aussi, il halète, pousse des grognements de bête. Quand enfin lui échappe un long soupir de porc en extase, Grace sait qu'il en a terminé. Elle se laisse rouler sur le côté et se rapproche de la porte. Lui, il est à genoux, il remonte son pantalon d'une main, et de l'autre il se maintient tant bien que mal en équilibre.

Cramponnée au chambranle de la porte, Grace entend le bouillonnement de sa gelée de raisin qui mijote sur le fourneau. Les dernières grappes de la saison. Celles dont Paul raffole. Elle s'essuie les yeux avec le dos de sa main. Pas question d'attendre que Paul le tue lui-même !

Elle court vers le fourneau, si vite qu'elle manque de tomber au moment où elle attrape la bassine. Elle se brûle les mains – tant pis. Il est debout maintenant, mais en équilibre instable. D'un geste ample, elle jette le contenu du récipient vers lui, visant au-dessous de la ceinture, au niveau du bas-ventre.

Le hurlement de douleur qu'il pousse la fait sursauter, mais elle n'en reste pas là. Elle saisit la poêle à frire près du fourneau et lui en assène un coup violent sur le sommet du crâne. Et, pour faire bonne mesure, elle lui jette au visage la paraffine qui était en train de fondre dans une casserole.

Grace est hors d'haleine, mais sa peur a disparu. Elle a la situation bien en main. Une fois de plus, elle se demande si la brute ne va pas crever là, sur le carrelage de sa cuisine.

« Alors, Mr. Connors, on veut jouer au petit soldat ! Mais il faudrait d'abord apprendre à couvrir ses arrières, crache-t-elle avec mépris. Maintenant, sors de ma cuisine, espèce de salaud, et n'y remets plus jamais les pieds. Tu t'es conduit comme un soudard ; mais, tu vois, je t'ai administré un traitement approprié, hein, Georgie ? continue-t-elle d'une voix hystérique. Tu ne pourras plus jamais recommencer ! »

A travers ses larmes, elle regarde George qui gagne la porte d'un pas chancelant. Jamais, de toute son existence, elle n'a vu des yeux aussi pleins de haine. Elle l'entend dégringoler les marches de la terrasse en proférant des jurons. Et elle rit, d'un rire qui retentit bizarrement à ses oreilles.

Puis elle s'assoit par terre en pleurant, les pieds pataugeant dans la flaque de gelée qui a déjà refroidi.

Ce qui vient de se produire... ne s'est vraiment produit que si... elle continue d'y penser. Et cela tuerait Paul. Et Paul tuera George si elle le met au courant. Paul ira en prison et, elle, sa vie sera fichue. Et les braves gens de la ville iront colporter que c'est sa faute à elle, qui ne cessait d'aguicher son voisin.

Pas question de gâcher l'existence de Paul avec cette histoire. Il ne la verrait plus jamais de la même manière. Même s'il dit que cela n'a pas d'importance, il y pensera sans cesse. Rien ne sera plus jamais pareil. Elle aime trop son mari pour lui faire cette peine.

« Il ne s'est rien passé », répète Grace inlassablement tout en nettoyant la cuisine et les marches de la terrasse. Du moment que Paul ne sait pas, rien ne compte.

Le Dr John Ashley s'apprêtait à fermer son bureau quand le téléphone sonna. Il écouta avec attention et fit une petite grimace incrédule, puis un large sourire s'étala sur son visage.

« J'arrive tout de suite. »

Elle est bien bonne, celle-là ! George Connors qui s'ébouillante en faisant de la gelée de raisin. Un macho comme lui devant les fourneaux.

A peine avait-il eu le temps de sortir sa trousse qu'un second appel lui parvint. Cette fois, c'était Grace Zachary qui s'était brûlé les mains en prenant une casserole sur le feu.

La situation devenait cornélienne. Mais il ne balança pas longtemps.

« Tant pis si je me conduis comme un salaud, marmonna-t-il en sortant du garage sa voiture poussive, mais je vais commencer par Grace. L'autre, il attendra. »

George ne participa pas à la veillée funèbre ce soir-là, pas plus qu'il n'assista aux obsèques de sa mère qui se déroulèrent trois jours plus tard. Il était à l'hôpital, entouré par une équipe de docteurs – parmi lesquels ne figurait aucun spécialiste – qui essayaient de traiter ses blessures et de réparer son pénis.

Un mois plus tard, le responsable de l'équipe médicale regarda ses collègues et dit :

« A mon avis, on ne peut plus rien pour lui. Il faudra qu'il urine avec une sonde le restant de ses jours, un point c'est tout. »

Tout le monde opina du bonnet.

« Mettez-le dans une chambre particulière. Je crois qu'il préfère être seul. »

L'existence avait repris son cours pour Ruby Connors. Une vie ponctuée de longues méditations pendant lesquelles elle énumérait toutes les bonnes raisons qu'elle pouvait avoir d'envisager l'avenir avec confiance.

Elle pensait beaucoup à Nola et à Calvin, mais elle ne pleurait pas plus leur départ que la mort de sa grand-mère. Elle avait résolu d'aller de l'avant sans se retourner, de chasser de sa mémoire la visite inattendue de son père dans la maison de Kilbourne Place.

« La seule utilité du passé, c'est de te fournir une expérience qui te servira par la suite », se répétait-elle fréquemment.

Un matin, elle se regarda longuement dans le miroir fixé contre la porte de sa chambre.

« Je crois, Ruby, que tu es devenue adulte du jour au lendemain. »
Se penchant un peu plus vers son image, elle ajouta :
« Ouais, c'est sûr. Le moment est venu de reprendre les choses en main. »
Pivotant sur ses talons, elle fit face au calendrier accroché au mur : il semblait lui faire signe.
« C'est le moment de foncer », dit-elle encore.
Elle sourit, fit un pas hésitant, puis un autre.
« Mon heure est arrivée, je suis prête, conclut-elle à mi-voix. Je suis fin prête. »

Ruby Connors pénétra dans l'été de sa vie, les épaules droites et la tête haute.

DEUXIÈME PARTIE

L'ÉTÉ

4

1953

Washington, D.C.

La maison sise au 1454 de Monroe Avenue avait moins de caractère que celle de Kilbourne Place, mais le quartier ne manquait pas de pittoresque, avec cette artère bordée d'arbres qui débouchait dans la 14ᵉ rue, où l'on trouvait toutes sortes de commerces.

Ce que Ruby aimait par-dessus tout, c'était la terrasse donnant sur la rue. Elle y passait les heures chaudes des soirs d'été, installée dans un fauteuil en rotin, en compagnie des propriétaires Rena et Bruno, à discuter de tout et de rien.

Bruno était fier de sa connaissance de la langue anglaise, bien qu'elle fût limitée à l'essentiel. Et Ruby s'émerveillait toujours devant la prouesse de ces deux étrangers : à peine installés aux États-Unis, ils avaient réussi en un temps record à se rendre acquéreurs de deux maisons, celle-ci et celle de Kilbourne Place, et à toucher des loyers qui leur permettaient d'arrondir confortablement leurs fins de mois.

Quant à Ruby, elle en était, sur le plan financier, au même point que deux ans plus tôt, quand Amber avait épousé Nangi avant de partir avec lui à Saipan. Bruno et Rena, eux, n'étaient là que depuis dix-huit mois, et ils avaient déjà deux maisons et chacun deux emplois. Ce qui prouvait bien que, lorsqu'on veut s'en donner la peine, on arrive toujours à atteindre le but que l'on s'est fixé.

Ici, Ruby avait une chambre pour elle toute seule. Elle avait choisi exprès la plus petite, afin de ne pas être obligée de la partager. Avec les autres locataires, si sympathiques fussent-elles, elle n'entretenait pas de véritables liens d'amitié, et c'était très bien ainsi : les amies véritables, comme Nola autrefois, on souffre trop quand elles s'en vont.

Ruby envoya promener ses souliers et s'assit sur son lit, en proie à une profonde tristesse. Un coup d'œil au calendrier fixé au dos de sa porte lui avait rappelé, en rentrant dans sa chambre, que deux ans auparavant, jour pour jour, son père avait resurgi dans sa vie, compromettant à jamais son départ pour la Californie et son mariage avec l'homme qu'elle aimait. Oh, Calvin, où es-tu ?

Des larmes lui brûlèrent les paupières. Elle les essuya avec colère. Tu m'as cruellement déçue, Calvin. Pourquoi n'as-tu jamais téléphoné ? Tu ne m'as même pas envoyé une carte postale ! Si tu m'avais vraiment aimée, tu m'aurais donné une chance de m'expliquer !

Ruby s'assit en tailleur sur le lit, à la manière des Indiens. En fait, dire que sa situation financière n'avait connu aucune amélioration depuis deux ans n'était pas absolument exact : elle avait hérité de sa grand-mère une somme de trois mille dollars, que son père n'avait pas réussi à lui soustraire. Il avait bien tenté de le faire, mais les oncles de Ruby avaient pris la défense de la jeune fille, et obtenu que l'argent soit gardé en réserve sur un compte spécial dont elle pourrait disposer à sa majorité.

Elle avait pu voir le texte du testament, le notaire lui en avait envoyé un exemplaire. Amber et Opal avaient reçu chacune cent dollars, et la part de son père s'était élevée à un peu plus de cinq cents dollars.

Pourtant, elle ne se considérait pas quitte de sa dette envers lui ; c'est pourquoi elle mettait un point d'honneur à lui envoyer de l'argent au début de chaque mois. Finalement, elle considérait qu'elle avait eu de la chance, comparée aux autres jeunes filles de son âge. Elle disposait d'un petit capital, avait toujours en sa possession la bague de la tsarine, pouvait compter sur un salaire modeste, certes, mais régulier, et avait un toit solide au-dessus de sa tête.

Et surtout, elle n'avait de comptes à rendre à personne, bien que la solitude lui pesât parfois. Ce soir, elle avait envie de faire des folies : elle allait téléphoner à Nola pour lui demander des nouvelles de sa filleule. Elle ne l'avait pas eue au bout du fil depuis plus de quatre mois et elle commençait à s'inquiéter. Oui, elle allait l'appeler. Nola lui remonterait le moral en lui parlant du bébé et des orphelins adoptés par ses parents, qui vivaient sous le même toit qu'elle.

Les larmes de Ruby coulèrent de nouveau. Bon sang, pourquoi ne pouvait-elle jamais être heureuse ? *Calvin Santos, je t'en veux à mort !* Elle retint un sanglot. Pourquoi n'a-t-il pas voulu m'accorder sa confiance ? Tu ne savais rien de moi, espèce de...

Elle se moucha avec détermination. Si sa grand-mère était là, elle lui conseillerait de redresser le menton et de repartir de l'avant.

Elle descendit au salon pour téléphoner à Nola. Elle avait besoin d'entendre tout de suite une voix amicale ; pas question d'attendre onze heures du soir, même si cela permettait de bénéficier du tarif de nuit.

Elle eut un petit pincement au cœur en entendant la voix lasse de Mrs. Quantrell, la mère de son amie, à l'autre bout du fil. Puis elle fut prise de panique en apprenant que Nola était partie en Europe avec le bébé.

« En Europe ? s'écria Ruby, consternée. Pourquoi ? Que s'est-il passé ? Quand est-elle partie ? »

L'explication était simple : Mr. Quantrell avait contacté les services de l'armée de l'air pour demander les coordonnées d'Alex, lequel était ensuite venu dans le Vermont afin d'épouser Nola. Et il avait emmené sa femme en Allemagne, où il venait d'être affecté.

« Tout s'est passé tellement vite que nous avons à peine eu le temps de nous retourner. Mais je suis certaine qu'elle vous écrira, Ruby. »

Les battements de son cœur s'étant enfin apaisés, Ruby demanda :

« Alors... est-elle heureuse, Mrs. Quantrell ?

— Je le crois, mon enfant. Le bébé va enfin avoir un père. Pour Alex, évidemment, ça n'a pas été très facile au début, mais je crois qu'il va s'y faire. »

La voix de la brave femme s'éclaircit soudain, et elle ajouta d'un ton plus guilleret :

« Nola est ravie de pouvoir visiter la France, et surtout d'aller voir les boutiques des grands couturiers. Depuis le temps qu'elle en rêvait ! Voulez-vous me laisser un message que je lui transmettrai dans ma prochaine lettre ? »

Des choses à dire à Nola, Ruby en avait des centaines, mais ce n'était pas vraiment le moment.

« Dites-lui... recommandez-lui bien d'être heureuse et de ne pas m'oublier. Au revoir, Mrs. Quantrell. »

A peine eut-elle raccroché que Ruby fondit de nouveau en larmes. Maintenant, elle n'avait plus aucune illusion à se faire. Comme Calvin Santos, Nola lui avait été enlevée sans espoir de retour.

« Ruby, Ruby, tu pleures ? Que se passe-t-il donc ? »

C'était Rena, sa propriétaire, qui, de sa voix douce à l'accent étranger, tentait de la consoler.

Rena Musad était égyptienne. Ce jour-là, elle portait un sari émeraude et des sandales assorties ainsi qu'un diadème orné de plumes. De lourds bracelets tintaient à ses poignets. A trente-cinq ans, elle était mince et souple comme un roseau : elle ne pesait pas plus de quarante kilos, mais on lisait au fond de ses yeux réglisse une force et une détermination peu communes.

Elle écouta avec la plus grande attention les paroles de Ruby qui, soulagée d'avoir enfin trouvé une confidente, lui racontait d'une voix entrecoupée de sanglots les épisodes marquants de son existence. Quand elle en vint à parler des trois mille dollars que lui avait légués sa grand-mère, Rena battit des mains avec ravissement.

« Mais voyons, mon joli petit pigeon, il faut que tu fasses travailler cet argent. Et le meilleur investissement serait d'acheter une maison. On va en discuter avec Bruno. Tu es là à pleurer comme une madeleine, au lieu de faire marcher ta petite cervelle. Tu n'es pourtant pas sotte. Comment se fait-il que tu n'y aies pas pensé toute seule ?

— J'y ai déjà songé. Pas plus tard qu'aujourd'hui, d'ailleurs, c'est pour ça que j'ai voulu parler à Nola. Je voulais lui offrir mon aide – lui avancer des fonds pour s'acheter un magasin, par exemple. Finalement, je serais portée à croire que c'est la divine providence qui t'a envoyée près de moi. Ce n'est pas ton impression ? »

Rena n'avait aucune idée de ce que pouvait être la divine providence. Les huit bracelets qui alourdissaient chacun de ses poignets se mirent à tintinnabuler de plus belle quand elle agita le courrier sous le nez de Ruby.

« Tiens, au fait, si je suis venue, c'est pour t'apporter ces deux lettres. Elles viennent de ce marine qui ne cesse de t'écrire. Pendant que tu les liras, je vais descendre préparer le dîner pour Bruno et j'en profiterai pour lui parler de notre affaire. Le mieux sera de téléphoner à l'agent immobilier qui nous a vendu nos maisons. C'est un garçon très honnête, tu pourras te fier entièrement à lui, Ruby. »

Elle marqua un temps d'arrêt puis ajouta, avec un petit sourire entendu :

« Si tu fais affaire avec lui, je te demanderai de me payer une commission de trente-cinq dollars. »

Ruby hocha la tête d'un air absent et Rena frappa le sol d'un pied joyeux. C'est alors que Ruby vit le diamant incrusté dans le gros orteil de Rena et les trois bracelets sertis de rubis qu'elle portait à la cheville. Elle en resta bouche bée.

« Oui, expliqua sa logeuse, j'ai pris pour habitude de porter sur moi ce que j'ai de plus précieux. J'ai beau aimer Bruno comme une folle, je me méfie un peu de lui car il commence à s'américaniser. Il ne faut pas se fier aux hommes. Jamais. Souviens-toi de cela. Et rappelle-toi aussi que tes biens doivent toujours être à ton nom et à ton nom seul... A tout à l'heure, je reviens aussitôt que possible.

— Rena, attends... Tu veux dire que vos maisons sont toutes les deux à ton nom ? Et Bruno, il trouve ça normal ?

— Je ne lui ai pas laissé le choix. D'ailleurs, il n'est pas du tout doué pour les affaires. Lui, c'est plutôt le genre artiste. »

Elle éclata d'un rire joyeux et descendit dans son appartement du rez-de-chaussée, chacun de ses pas ponctué par le tintement de ses bijoux.

Ruby resta un long moment à s'interroger sur les conseils donnés par sa propriétaire. Puis, alors qu'elle s'apprêtait à ouvrir la première lettre, deux des jeunes filles qui logeaient au même étage qu'elle rentrèrent de leur travail. Elles discutèrent quelques instants. Ensuite, l'une d'elles annonça qu'elle attendait de la visite et demanda si elle pouvait disposer du salon pour la soirée. Ruby acquiesça distraitement et se réfugia dans sa chambre afin de retrouver un peu de tranquillité.

La première lettre d'Andrew n'avait qu'une page et demie. Ruby ne put s'empêcher de sourire en la lisant. Et elle parcourut la seconde avec le même plaisir. Andrew avait de l'esprit, il fallait le reconnaître. En un sens, elle appréciait qu'il lui écrive ainsi, car ces missives lui rappelaient qu'il y avait encore quelqu'un, dans ce vaste monde, qui la connaissait et s'intéressait à elle.

Andrew était venu à deux reprises la voir à Washington, au cours des dix-huit derniers mois. Naturellement, elle ne se faisait aucune illusion : ces déplacements dans la capitale étaient motivés par des missions qu'il effectuait au Pentagone pour le compte de ses supérieurs, et il en profitait pour faire un détour jusque chez elle. N'empêche qu'elle éprouvait un certain plaisir à l'entendre jurer qu'il avait fait tout ce chemin, de la Caroline du Nord jusqu'au district de Columbia, uniquement pour ses beaux yeux. Et maintenant, il lui annonçait une prochaine visite, dans quelques semaines.

Oh Calvin, où es-tu donc ?

Comme les autres jours, les filles prirent ensemble leur repas dans la salle à manger. Puis la corvée de la vaisselle dura exactement douze minutes. Ce soir-là, c'était le tour de Ruby de balayer par terre et de porter la poubelle dans la ruelle, à l'arrière de la maison. Quand elle revint, empruntant la petite porte donnant sur l'escalier de service, Rena l'attendait sur le palier.

Elles entrèrent dans la cuisine. Ruby ne put s'empêcher de cligner les yeux, éblouie par les vives couleurs des bibelots, des calendriers et des enluminures de toutes sortes qui ornaient la pièce.

Assis devant la table, Bruno mangeait seul, son assiette posée sur un papier d'emballage. Rena ne voulait pas partager son repas, parce qu'elle se prétendait incapable de supporter les borborygmes, et les bruits de bouche et de déglutition, voire d'éructation, de son compagnon. Elle n'avait pas envie de gâcher son dîner, affirmait-elle. Ruby admirait l'équanimité de cet homme qui tolérait sans broncher les remarques les plus blessantes pour son amour-propre. En fait, pensait-elle, c'est Rena qui s'américanise, et non Bruno!

Celui-ci sourit de toutes ses dents, avant de s'attaquer avec voracité à un magma graisseux – apparemment des feuilles de vigne enveloppant une espèce de farce à base de riz. Un soir, Ruby avait accepté de partager les délectables spécialités concoctées par Rena; mais elle avait payé sa témérité d'une colique carabinée qui avait duré plusieurs jours.

Bruno était à peine plus grand que sa femme, elle-même haute comme trois pamplemousses. Et il avait un corps tout rond. Il portait son crâne chauve et luisant comme un roi sa couronne. Ses yeux sombres évoquaient les mousses au chocolat que Rena servait au dessert, et ils brillaient en permanence, même quand il se fâchait contre sa moitié, ce qui lui arrivait à longueur de journée. Ce n'était certes pas un adonis, avec ses fossettes, son nez de vautour et son menton perdu dans les replis de graisse qui lui servaient de cou; mais ses mains fascinaient Ruby : elles ressemblaient à de gros jambons prolongés par des saucisses. Somme toute, elle le trouvait sympathique.

« Assieds-toi donc », lança Rena tout en furetant dans la cuisine.

Elle resservit de la limonade à Bruno et lui subtilisa son assiette qu'il avait à peine eu le temps de vider. Le reste de la vaisselle était déjà en train de tremper dans une cuvette emplie d'eau savonneuse.

Ruby se jucha sur le bord d'une chaise en chrome recouverte d'un plastique framboise. Elle attendit, refusant d'un geste le verre de limonade que Rena venait de poser devant elle sur un napperon.

« Tiens, dit cette dernière en lui tendant une feuille de papier, j'ai tout écrit là-dessus : le nom de l'agent immobilier qui nous a vendu nos maisons, la documentation sur la banque où nous avons fait notre emprunt et tous les renseignements dont tu pourras avoir besoin. Demain, à cinq heures et demie, nous irons voir l'agent pour qu'il nous emmène visiter deux maisons. Bruno est d'accord pour procéder à tous les travaux qui pourraient apparaître nécessaires, moyennant une modeste rétribution. Nous te donnerons un coup de main, sois tranquille. Quant à moi, enchaîna-t-elle d'un ton grandiloquent, je t'aiderai à faire la décoration intérieure – également contre une somme minime. Alors, qu'en penses-tu, Ruby ? N'est-ce pas une bonne idée ?

– Vous me prenez un peu au dépourvu, protesta Ruby. Moi, ça ne me déplaisait pas de savoir que mon argent était disponible à la banque. Enfin, je... je n'avais pas envisagé... Mais vous ne croyez pas qu'une seule maison, déjà... parce que deux... tout de même...

– Ridicule. Il faut que tu fasses travailler ton argent. Si les loyers que tu encaisses sont suffisamment élevés, ça te créera des liquidités qui te rembourseront peu à peu tout l'argent que tu as avancé. Tu n'as pas à hésiter, Ruby. L'année prochaine, tes maisons auront pris de la valeur, et l'année suivante encore davantage. »

Les bracelets de Rena cliquetaient tandis qu'elle agitait les bras avec véhémence pour donner plus de force à ses arguments. Ruby remarqua que Bruno hochait la tête pour montrer son approbation. Il était beaucoup moins stupide que sa femme ne le laissait entendre.

« Deux ! s'exclama Rena d'un ton sans réplique. Tu gagnes bien ta vie puisque, après avoir payé ton loyer et ta nourriture, sans te priver de quoi que ce soit, tu arrives encore à mettre de l'argent de côté ! Deux ! répéta-t-elle. Après tout, il n'y aura peut-être même pas de travaux à y faire. Il ne te restera plus qu'à afficher quelques annonces au Pentagone et, avant d'avoir eu le temps de dire ouf, tu auras des locataires à la pelle. Tiens, je te donnerai un modèle de bail. »

Bruno éructa discrètement en se frottant la panse avec satisfaction. Il se leva péniblement de la chaise en plastique et alla s'incliner bien bas devant sa femme.

« Grâce à toi, j'ai fait un excellent repas, ma petite colombe. »

Rena gloussa joyeusement quand il lui prit la main pour la porter à ses lèvres, appliquant sur le bout de ses doigts un baiser chuintant.

« Tiens, une nouvelle bague. Formidable ! Et combien elle a coûté, celle-là ? »

Rena gonfla ses joues en faisant la grimace. Si Ruby ne l'avait pas mieux connue, elle aurait pu croire que sa propriétaire était soudain prise d'une rage de dents. Elle réprima un sourire en l'entendant répondre :

« Si je la revendais, on pourrait vivre pendant deux ans sans rien faire...

– Demain, il faut que tu achètes la même pour l'autre main, ma colombe. »

Rena ne tenait plus en place. Elle nettoya la toile cirée framboise qui recouvrait la table, fourra dans la poubelle le papier d'emballage maculé de taches de graisse et plongea dans l'eau de vaisselle les quelques plats oubliés près de l'évier. Puis elle se mit à taper dans ses mains dans un grand tintamarre de bracelets en folie.

« Au lit, tout le monde ! Il faut que je réfléchisse aux papiers que nous collerons sur les murs des maisons de Ruby. »

Ruby leur adressa un petit signe et s'engagea dans l'escalier menant à sa propre cuisine. Elle n'était guère emballée par la précipitation avec laquelle Rena prenait les décisions à sa place. Elle aurait voulu pouvoir discuter de tout cela avec quelqu'un d'autre. Andrew, par exemple, quand il viendrait à Washington; mais il faudrait encore attendre quelques semaines. Pourrait-elle retarder jusque-là le déclenchement des opérations ?

Elle se demanda soudain s'il serait sage de mettre Andrew dans la confidence. Sans doute que non. Elle regretta alors de ne pas avoir suivi les cours de formation d'agent immobilier qu'on lui avait proposés un an auparavant. Peut-être n'était-il pas trop tard pour s'y inscrire ?

De toute façon, elle irait à la bibliothèque pour voir quels ouvrages pourraient la renseigner utilement. Mais il fallait agir vite !

A dix heures moins le quart, elle était dans sa chambre avec une pile de livres qu'on lui avait recommandés. Elle les regarda sans les ouvrir, ses yeux se portant de temps à autre sur les deux lettres d'Andrew reçues le même jour. Elle se demanda si elle allait lui répondre maintenant ou se plonger dans la lecture de l'un de ces ouvrages.

Elle ne se sentait jamais très à l'aise quand il fallait prendre une décision dans laquelle Andrew se trouvait impliqué, même s'il ne s'agissait que de tracer quelques lignes sur une feuille de papier...

Elle se tourna vers le calendrier accroché à sa porte et ses pensées se portèrent de nouveau sur Calvin. Pourquoi souffrait-elle donc toujours autant ? Ce n'était pas normal. Elle enfouit son visage dans l'oreiller.

« Il aurait mieux valu que tu meures, Calvin, j'aurais fini par me résigner à notre séparation, comme cela s'est produit pour ma grand-mère. La mort, c'est quelque chose de... définitif. Tandis que là... rien n'a vraiment été résolu. Il y a un lieu, dans ce vaste monde, où tu te trouves en ce moment, tu es vivant, aussi vivant que je le suis moi-même, mais c'est exactement comme si nous étions morts l'un et l'autre. »

Elle jeta les lettres d'Andrew Blue à l'autre bout de la pièce et repoussa la pile de livres sur le plancher.

Une fraction de seconde plus tard, elle était accroupie devant le tiroir du bas de sa commode, rassemblant d'une main fébrile tous les souvenirs qu'elle avait conservés de sa brève idylle avec Calvin. Moins d'une minute après, cartes postales, calepin, photos, témoins dérisoires d'un amour révolu, gisaient au fond de la corbeille à papier.

Les yeux secs, Ruby alla dans la ruelle jeter ce fatras à la poubelle.

« Maintenant, tu es mort, Calvin, murmura-t-elle en remettant le couvercle. Tu es mort et bien mort. »

De retour dans sa chambre, elle écrivit une lettre à Andrew Blue, riant d'avance en imaginant la tête qu'il ferait à la lecture de ce texte alerte et fourmillant de détails pittoresques, si différent des messages froids et gourmés qu'elle lui avait envoyés jusqu'alors.

Après avoir relu l'ensemble, elle décida d'ajouter un post-scriptum où elle disait qu'elle attendait sa visite avec impatience et qu'elle prévoirait quelque chose pour le week-end – en précisant bien toutefois, dans un post-post-scriptum, qu'il ne serait pas question de faire l'amour.

Elle posta la lettre en se rendant à son travail le lendemain matin.

Le soir, elle retrouva Rena chez Hal Murdock, au coin des rues 31 et P. Jamais encore elle n'avait rencontré quelqu'un qui ressemblât à ce point à un porcelet bien gras. Il parlait du coin de la bouche dans une langue que Ruby comprenait à peine, bien que ce fût indiscutablement de l'anglais. Elle le trouva fort antipathique et eut la surprise de constater que son aversion était partagée par Rena, ce qui l'amena à conclure que celle-ci avait lu les mêmes documents que Ruby : ceux qui disaient qu'il n'est pas nécessaire d'aimer son agent immobilier, du moment qu'il propose des affaires valables à ses clients.

Une heure plus tard, Ruby avait vu les maisons qui étaient à vendre. L'une, donnant sur la rue O, comportait trois chambres, un sous-sol aménagé et un patio entouré de murs ; et l'autre, sur Poplar Street, avait été convertie en logements convenant pour deux familles.

Les yeux de Ruby se mirent à briller, comme ceux de Rena, quand elle pensa au loyer que tout cela pourrait lui rapporter. Quant à Hal, il rayonnait littéralement, et ses dents en or étincelaient comme celles d'un barracuda.

De retour chez Hal — en fait, son cabinet n'était rien d'autre qu'une sordide arrière-boutique —, Ruby regarda la liasse de papiers qu'il lui tendait pour qu'elle les lise. Elle jeta un regard affolé en direction de Rena.

« Demain, il fera jour, intervint celle-ci. Il faut que nous étudiions vos propositions, et nous demanderons ensuite au notaire de miss Connors de nous donner son avis. Non que nous n'ayons pas confiance en vous, mais on n'est jamais trop prudent, n'est-ce pas ? »

Hal approuva avec véhémence, mais Ruby le trouva plutôt nerveux par la suite, ce qui ne fit qu'accroître sa méfiance.

« Autant que vous nous disiez tout de suite ce qui cloche dans la maison de Poplar Street, déclara Ruby. On l'a visitée en coup de vent et, comme par hasard, vous n'aviez pas la clé du sous-sol.

— Il est envahi par l'eau chaque fois qu'il pleut, expliqua Hal en grimaçant. Je n'ai pas de clé parce que l'assurance a pris l'affaire en main.

— Il me semble, dans ces conditions, que le prix doit être diminué, reprit Ruby. Écoutez, contactez les propriétaires demain et voyez si vous ne pouvez pas nous faire une offre qui tienne compte des travaux à effectuer. Si nous n'arrivons pas à nous mettre d'accord pour la maison de Poplar Street, il va sans dire que je ne prendrai pas l'autre non plus. Eh bien, à demain donc, à la même heure, et merci de nous avoir consacré votre temps. »

Une fois dans le trolley, Rena se tourna vers Ruby en riant.

« Dis donc, tu m'avais bien caché ton jeu, toi. Non mais quelle assurance ! " Eh bien à demain, donc, à la même heure. " J'ai cru qu'il allait avaler son cigare ! Il va te laisser ces baraques pour une bouchée de pain, tu vas voir. Quand je pense à ce qu'on a pu être godiches, Bruno et moi, le jour où on a traité avec ce type. On a payé recta, sans discuter, comme des bleus qu'on était. Quant à cette histoire d'eau dans la cave, avec une bonne pompe on en viendra à bout. Bruno s'en chargera pour trois fois rien. »

Changeant de ton, elle fixa sur Ruby un regard admiratif.

« Quand je pense que tu vas être propriétaire, ça me fait tout drôle, Ruby. C'est formidable, tu sais, d'avoir sa maison à soi. Évidemment, il y a du travail, mais tu verras : sur le bail des locataires, on écrira en toutes petites lettres que ce sont eux qui sont responsables de tout.

— Comment ça, de tout ?

— De tout ! »

Rena prenait un petit air supérieur, comme un chat qui vient d'attraper une souris.

« Ah, je vois que tu n'as pas lu le bail que je t'ai fait signer ! Eh bien, vois-tu, Ruby, il va falloir que tu adoptes très vite cette règle de conduite : ne jamais signer quelque chose qui ne te plaît pas ou que tu ne comprends pas. Et arrange-toi toujours pour avoir un bon notaire pour te conseiller. Même si tu dois y laisser des plumes, tu seras toujours gagnante en fin de compte. Pour gagner de l'argent, il faut commencer par en dépenser... à bon escient, naturellement, et en regardant bien où on met les pieds.

— Je m'en souviendrai », promit Ruby tout en se demandant avec une vague inquiétude quelles clauses compromettantes elle avait bien pu accepter en signant son bail sans le lire dans le détail.

Pendant les jours qui suivirent, Ruby passa par des alternatives d'exaltation et de découragement, qui aboutissaient immanquablement à des accès de frayeur indicible. Ses nuits étaient envahies de démons nommés Hal, Rena et Bruno. Avait-elle raison de se lancer dans une telle aventure ?

Après s'être demandé plus de cent fois si sa grand-mère aurait approuvé la façon dont elle disposait de cet héritage, elle décida de ne plus se tourmenter ainsi. De toute façon, elle ne serait pas plus pauvre qu'elle l'était déjà, et si les choses tournaient au vinaigre elle pourrait toujours vendre la bague de la tsarine, ce qui lui permettrait de voir venir pendant un bon bout de temps.

Elle signa donc les actes de vente, la mort dans l'âme, malgré les assurances de Hal qui lui affirmait sur tous les tons qu'elle réalisait une excellente affaire. Elle versait mille dollars comptant sur chaque maison et si la banque acceptait de lui consentir un prêt pour le reste, à un taux de quatre pour cent, elle accéderait quarante-cinq jours plus tard au statut envié de propriétaire. Compte tenu des différents frais et des commissions ou défraiements à verser à Rena et à Bruno, elle s'en tirait sans toucher aux deux cent trente-trois dollars qu'elle avait sur son compte courant.

Deux jours avant la signature, elle avait, à titre d'essai, affiché une annonce au Pentagone. Il y avait déjà eu huit candidats désireux de louer une chambre ou un appartement aux adresses qu'elle avait indiquées, et une douzaine de collègues s'étaient également manifestés en lui demandant encore quelques jours pour réfléchir.

La visite d'Andrew Blue était prévue pour le lendemain et elle ne savait trop quelle attitude adopter envers lui maintenant qu'elle avait décrété officiellement la « mort » de Calvin Santos.

« Montre-toi un peu, Ruby, sois positive, donne-lui une petite chance. Tu as vingt et un ans maintenant, il est donc temps pour toi de voir comment tu vas mener ta barque. Et de faire le nécessaire pour ne pas risquer de rester vieille fille. »

Après tout, Andrew pensait encore à elle, au bout de deux longues années, et elle avait tenu bon elle aussi. Cela devait signifier quelque chose! Surtout maintenant qu'elle avait tiré un trait sur son premier soupirant.

Elle venait de s'acheter une robe neuve, en pensant plus ou moins consciemment à Andrew, bien entendu. C'était déjà un pas dans la bonne direction. Demain elle se montrerait gaie, heureuse de le voir et accommodante. Elle lui ferait comprendre qu'elle était disposée à le voir plus souvent, s'il le souhaitait. Et ensuite, elle modifierait le ton de ses lettres. Bref, à partir de demain, tout allait changer dans leurs relations. Calvin Santos appartenait désormais au passé. Andrew Blue n'avait plus qu'à bien se tenir!

Pendant la nuit, elle pleura dans son sommeil.

Andrew Blue cracha dans le chiffon qu'il tenait à la main et finit d'astiquer ses chaussures déjà resplendissantes. US marine de la tête aux pieds, il offrait au monde sa silhouette élancée, sanglée dans un uniforme immaculé et impeccablement repassé. Et il en était fier.

Il était prêt à retrouver Ruby Connors. Depuis son transfert au Camp Lejeune, la jeune fille avait fini par faire partie de son univers familier; il trouvait donc normal de lui consacrer quelques jours de permission et de faire, à ses frais, le voyage jusqu'à Washington pour lui rendre visite.

Il aurait été bien incapable d'expliquer pourquoi il était resté en relation avec elle. Un moment, il avait cru qu'il l'aimait; mais finalement il n'en était plus aussi sûr, quoiqu'elle ne le laissât pas tout à fait indifférent. Sinon, comment aurait-il pu continuer de lui écrire tous les dix jours? Surtout quand on voyait ce qu'elle répondait : des mots, rien que des mots, sans aucune signification. Le soleil brille... L'amiral Query a dit ceci ou cela... Ma propriétaire s'est encore payé un diamant aujourd'hui... Il paraît qu'il va y avoir de l'orage demain. Des balivernes. Lui aurait aimé quelque chose de beaucoup plus personnel.

Pour une petite provinciale qui n'était jamais sortie de son trou, il trouvait qu'elle avait drôlement bien su s'adapter aux manières de la ville. Certes, elle avait toujours été fort soignée de sa personne, mais la dernière fois qu'il l'avait vue il en était resté comme deux ronds de flan. Quel charme, quelle élégance! Elle avait pris un ou deux kilos, mais là où il le fallait, sans plus, et sa coiffure lui allait à ravir. Elle portait même des boucles d'oreilles, des petites boules dorées qui se balançaient dès qu'elle remuait la tête.

130

Comme on disait dans l'armée, Ruby, elle avait de ça! Il aimait d'ailleurs voir les regards admiratifs des autres quand il se promenait avec elle. Ce n'était pas une beauté fatale, certes, mais elle avait de la classe et il la désirait... En fait, il n'avait jamais cessé de la désirer.

Il sentait que cette fois les choses allaient bouger. Le ton de sa dernière lettre le laissait présager, à croire que quelqu'un d'autre l'avait écrite. Il avait même ri plusieurs fois en la lisant. Elle avait dû finir par en prendre son parti et par tirer un trait sur ses projets de mariage avec le Philippin. Il se souvenait encore de ce matin où le père Connors était venu faire son numéro; cependant il y avait bien des choses qu'il ignorait. Il avait interrogé Ruby à plusieurs reprises mais elle se refusait à toute explication, et il s'était résigné à l'idée qu'il y aurait toujours pas mal de zones d'ombre pour lui dans cette histoire.

S'il venait passer le week-end à Washington, ce n'était pas uniquement pour les beaux yeux de Ruby. Il voulait poser quelques jalons, car son colonel lui répétait sans cesse que s'il se mariait il aurait de fortes chances d'obtenir une promotion, à condition de se tenir à carreau bien entendu. Pour le remercier de certains « services rendus », son supérieur hiérarchique était prêt à le proposer au grade supérieur en le faisant bénéficier d'une recommandation personnelle. Le colonel ayant le bras long, sa promesse avait de fortes chances de se réaliser.

Hélas, à la simple évocation de ces « services rendus », Andrew sentait l'inquiétude monter en lui. S'il se faisait prendre, il risquait la dégradation et la révocation à vie. Qui aurait pu imaginer qu'un colonel de marine qui allait passer général de brigade d'un jour à l'autre nourrissait une telle passion pour les jeunes filles à peine nubiles? Andrew en avait conçu un dégoût profond mais, fidèle en cela aux règles de la discipline militaire, il avait gardé le silence. Pour être très franc, la principale raison de sa discrétion était qu'il espérait monter ainsi en grade plus vite. Quand on est dans l'armée, la main droite doit ignorer ce que fait la main gauche. Il faut savoir jouer de diplomatie si on veut grimper dans la hiérarchie.

N'empêche qu'Andrew s'en voulait un peu d'encourager le colonel dans ses turpitudes. Seule une bonne promotion lui permettrait désormais d'échapper aux griffes de ce vicelard. Il fallait donc faire avancer les choses du côté de Ruby. C'était sa meilleure chance de s'en sortir.

Tandis qu'il faisait le trajet de Quantico à Washington, à bord d'une voiture qu'il avait réussi à s'approprier en racontant pas mal de bobards à un major de ses amis, il se demandait comment réagirait Ruby si elle apprenait la manière dont il menait sa carrière militaire. Allait-elle être impressionnée par sa promotion ultrarapide au grade de capitaine dans un an ou deux?

En franchissant le pont de la 14e rue, il en arriva à la conclusion que, quoi qu'il fasse, il ne parviendrait jamais à impressionner Ruby Connors. Et il ne comprenait pas pourquoi.

Depuis le temps qu'il était dans l'armée, il aurait dû avoir de nom-

breux amis mais il n'en était rien. Il retrouvait souvent de bons camarades au mess des officiers pour boire une bière ou un bourbon, mais
leurs relations n'allaient jamais plus loin. Cet homme était un solitaire.

Avec Ruby, tout changerait. Elle nouerait des liens d'amitié avec les
femmes des autres officiers et ils cultiveraient ainsi un cercle de relations
qui aurait l'avantage de le présenter comme un élément stable. Rien de
tel que le mariage, décidément.

Cette réflexion lui fit froncer les sourcils et amena sur ses lèvres un
sourire sarcastique. Le mariage! Eh oui, finit-il par reconnaître, et aussi
un enfant, voilà qui arrangerait encore mieux les choses. Cela supposait
un grand pas en avant, mais il s'y sentait prêt. Sa carrière l'exigeait. Si
Ruby acceptait de coopérer, ils pourraient convoler avant que l'année ne
s'achève, ce qui lui permettrait de bénéficier d'une déduction fiscale. A
la fin de novembre, au Thanksgiving, ou le jour de Noël, ce serait
l'idéal, finalement. Comme ça, il serait sûr de toujours se rappeler leur
anniversaire de mariage.

Andrew roulait bon train. Elle marchait bien, la voiture de son ami.
S'il se mariait, il leur faudrait une auto à eux aussi, un petit modèle, de
préférence, pour que Ruby puisse la conduire. Naturellement, comme
elle était incapable de tenir un volant, il faudrait qu'il lui apprenne.

Bon sang, il raisonnait déjà comme si le mariage était décidé. Mais
Ruby pouvait encore ruiner tous ses beaux projets : il suffisait qu'elle
dise non.

Il s'engagea dans Monroe Street et commença à essayer de repérer les
numéros des maisons. Il aperçut Ruby juste au moment où il venait de
voir la plaque de laiton fixée à une colonne blanche, au-dessus de la
rampe du perron. Elle se balançait dans un vieux rocking-chair en rotin.
Un froid intense s'abattit sur ses épaules, ses mains trempées de sueur
glissèrent sur le volant. Il voyait Ruby telle qu'elle serait dans cinquante
ans : installée sur une terrasse dans un fauteuil en rotin. Sa bouche se
dessécha et il eut toutes les peines du monde à avaler sa salive.

Alors, Andrew Blue, tu désires encore devenir capitaine? Et tu tiens
vraiment à échapper aux griffes du colonel Lackland?

« Affirmatif! » marmonna-t-il entre ses dents en rangeant la voiture le
long du trottoir.

Dès qu'il eut atteint le fauteuil à bascule, il prit Ruby dans ses bras et
la souleva d'une poigne solide.

« Que je ne te voie plus jamais là-dedans, toi, hein! Tu as tout de la
vieille grand-mère! »

Il souriait, mais le ton de sa voix ne contenait aucune trace d'humour.

Ruby éclata de rire.

« Ça me fait plaisir de te revoir, Andrew. J'avais tellement hâte que
tu arrives. Tu es là pour combien de temps? »

Il retint son souffle. Elle est contente de me voir, c'est nouveau, ça.
On l'a changée, Ruby, c'est pas possible!

« Jusqu'à minuit dimanche soir. Si tu as du temps devant toi et rien
de particulier à faire, j'ai l'impression qu'on va pouvoir s'éclater, tous
les deux. J'ai soixante dollars à te consacrer. »

132

Il lui décocha un large sourire et ajouta :

« J'ai fait des économies pour pouvoir te sortir un peu. »

En fait, il avait gagné quarante-six dollars au crap deux jours plus tôt. N'empêche qu'il avait réussi à ne pas toucher à cet argent depuis.

« Où tu l'as eue, cette voiture ? » demanda Ruby d'un ton joyeux. La tête lui tournait un peu quand elle se rassit.

Andrew partit d'un grand rire.

« Ça, c'est une autre histoire. Elle appartient à un commandant de Quantico à qui je l'ai comme qui dirait " empruntée ". Oh, j'ai quand même pris la précaution de remplir quelques papiers... Si le major n'en a pas besoin pour le week-end, ça passera à l'as, sinon j'aurai de petits problèmes au retour. Mais n'y pensons pas pour l'instant. »

Ruby eut un bref rire nerveux.

« Je ne suis jamais allée en prison, dit-elle.

— Moi non plus », déclara Andrew en lui prenant le bras.

Quatorze heures plus tard, Andrew garait la Nash le long du trottoir de Monroe Street.

« J'ai passé une excellente journée, Ruby », dit-il à mi-voix en se penchant vers elle.

Il avait cru qu'elle se déroberait, mais il n'en fut rien. Il était de plus en plus intrigué par le changement qu'il constatait dans son comportement.

« Moi aussi, Andrew. Tu peux être très sympa quand tu ne cherches pas à draguer sans arrêt. N'en tire toutefois pas des conclusions trop hâtives. Mais si tu veux m'embrasser pour me souhaiter une bonne nuit, je n'y vois pas d'inconvénient.

Qui a dit que je voulais t'embrasser ? »

Six mois plus tôt, Ruby aurait réagi vivement à cette taquinerie. Elle se contenta de hausser les épaules.

« Tant pis pour vous, lieutenant, dit-elle d'un ton dégagé en faisant mine de descendre de voiture.

— Hep, pas si vite, protesta Andrew. Je raccompagne toujours les filles que je sors jusqu'à leur porte, et c'est là que je les embrasse. Je n'ai pas pour habitude de m'épancher dans les voitures. Mais enfin, quand finiras-tu par comprendre que je ne suis pas du tout le genre de gars que tu imagines ? »

Ruby sourit dans le noir.

« Eh bien, c'est fait, Andrew », répondit-elle en se penchant vers lui pour l'embrasser à pleine bouche.

Avant qu'il ait eu le temps de réagir, elle avait déjà bondi hors de la voiture pour parcourir la moitié de la distance qui la séparait des marches du perron. Il se lança à sa poursuite et la rattrapa près de la porte.

« Alors, dit-il, c'est toi qui prends les initiatives maintenant ? »

Elle leva les mains vers lui.

« Je ne te comprends pas, Andrew. Tu voulais m'embrasser, oui ou non ?

« — Mais enfin, Ruby, pendant deux ans tu n'as pas cessé de me repousser et maintenant tu me sautes au cou. Mets-toi à ma place!

— Allez, Andrew, ne complique rien et embrasse-moi encore », ordonna-t-elle.

Il s'exécuta et elle se serra contre lui, réclamant d'autres baisers. Puis elle s'écarta d'un air résolu.

« A demain, lança-t-elle d'un ton déterminé.

— C'est ça, à demain. Je t'emmènerai dans des endroits chics, pomponne-toi bien », recommanda-t-il en redescendant le perron deux marches à la fois.

A six heures le lendemain soir, à l'issue d'un dîner aux chandelles qu'il avait tout juste réussi à payer, Andrew demanda à Ruby si elle accepterait de l'épouser. Elle ne broncha pas, n'émit aucune protestation, ne détourna même pas les yeux ; bref, elle ne laissa percevoir aucun signe de trouble apparent. Elle pensait à tous les bons moments qu'ils avaient passés ensemble depuis la veille au matin et se disait qu'il était bien agréable d'avoir quelqu'un auprès de soi. Et elle constatait que le souvenir de Calvin ne l'avait guère effleurée ces deux derniers jours, ce qui ne laissait pas de la rassurer.

Regardant Andrew bien en face au-dessus de la flamme vacillante des bougies, elle déclara d'une voix posée, qu'aucune émotion ne semblait altérer :

« Ce ne serait peut-être pas une mauvaise idée.

— Dois-je comprendre que la réponse est affirmative ? »

Ruby acquiesça d'un signe de tête.

Andrew fit la grimace d'un catcheur qui vient de recevoir un coup de pied dans le bas-ventre, mais un sourire un peu forcé ne tarda pas à prendre le relais.

Elle lui rendit son sourire. Il avait l'air mal en point, mais elle ne se sentait guère mieux. Elle avait envie de s'enfuir en hurlant de ce maudit restaurant.

« Ce serait pour quand ? » demanda-t-elle d'un air détaché.

Andrew haussa les épaules.

« C'est la femme qui décide, en général », rétorqua-t-il sur le même ton.

Ce fut au tour de Ruby de hausser les épaules.

« Je n'ai personne à inviter, à part quelques copines et mes propriétaires.

— Et moi, je ne connais plus personne ici. Autant que ce soit toi qui te charges de tout. Il vaudrait mieux que ce soit réglé avant la fin de l'année. Ça te va ?

— Bien sûr. »

Elle se dit qu'ainsi elle aurait le temps d'entrer en possession des deux maisons et de prendre avec Rena les dispositions nécessaires pour que cette dernière en assure la gestion. Dans quarante-cinq jours, elle signerait l'acte de vente, et ensuite il lui faudrait une petite semaine pour déménager et laisser aux filles le temps de trouver une nouvelle locataire.

« Et où habitera-t-on ?

— J'attends ma nouvelle affectation. Mais ne t'inquiète pas, de toute façon, le logement sera assuré. Les appartements mis à la disposition des militaires ne sont pas des plus luxueux, mais on est quand même certain d'avoir l'essentiel. J'ai un peu d'argent de côté, pas des mille et des cents, mais de quoi voir venir.

— La cérémonie coûtera cher ?

— Non, il suffit de demander à un juge de paix de nous unir. On peut faire un voyage de noces le temps d'un week-end en nous réservant de prendre de vraies vacances par la suite. Évidemment, pour les meubles, on aura besoin d'un peu de liquide, tu ne crois pas ? »

Ruby hocha affirmativement la tête.

« Ça t'ennuierait si on se dispensait d'acheter les bagues de fian-çailles ?

— Non, pas du tout.

— Je t'en achèterai une par la suite », promit-il.

Deux ans plus tôt, il aurait pu en avoir à la pelle, des bagues ornées de diamants : celles que les camarades récupéraient, après avoir rompu avec leurs fiancées; ils les jouaient au crap, et Andrew aurait pu en gagner une à tous les coups. Maintenant, les filles n'étaient plus si bêtes; elles gardaient la bague, quoi qu'il arrive. Depuis plusieurs mois, il n'en voyait plus la couleur sur les tables de jeu.

« Est-ce que tu... comptes mettre une alliance ? » demanda Ruby avec un soupçon d'inquiétude dans la voix.

Il n'a pas intérêt à dire non, songea-t-elle.

« Bien sûr, voyons. Il faut que tout le monde sache dans mon régi-ment que j'ai convolé en justes noces ! »

Ruby n'était pas convaincue, mais elle ne laissa transparaître aucune trace de son scepticisme.

« Allons-nous-en de là, suggéra Andrew. Nous vivons des instants tout à fait uniques, il faut que nous soyons seuls maintenant. »

Les bougies étant déjà plus qu'à moitié consumées, Ruby chercha du regard autre chose qu'elle pourrait emporter, pour avoir un souvenir de cette soirée mémorable – une pochette d'allumettes marquée au nom de l'établissement, par exemple. Andrew avait dû lire dans ses pensées. Il moucha la bougie du bout des doigts et la lui tendit.

« Très romantique comme souvenir, n'est-ce pas ? Moi, je prendrai les allumettes. »

Il se força à sourire et se mit debout pour aider Ruby à se lever de sa chaise.

Une fois installé au volant de la voiture du major, Andrew reprit l'initiative.

« On pourrait aller faire un tour dans le port de plaisance ? La nuit est douce, il fait trop bon pour rester dans la voiture. A moins que tu ne préfères aller au cinéma ?

– J'aimerais bien, oui », dit Ruby d'une petite voix timide.

Mais ne vaudrait-il pas mieux parler du mariage, faire des projets, marcher en se tenant la main, par exemple ? Déjà, en ce moment, elle aurait dû être assise beaucoup plus près de lui, au lieu de se blottir contre la portière. En posant peut-être une main sur son genou ?

« Tu aimes l'automne, Andrew ?

– Ouais. Je crois même que c'est ma saison préférée.

– Moi aussi. J'adore descendre Rhode Island Avenue sous le tunnel formé par les arbres en automne. Les couleurs sont d'une splendeur à te couper le souffle. Je crois que je regretterai Washington, dit-elle, la gorge nouée.

– Ce n'est qu'une ville comme beaucoup d'autres. Ce n'est pas comme si tu y étais née, tout de même.

– Pour moi, si. A Barstow, je ne me sentais pas vraiment chez moi. C'est à Washington que j'ai vécu le plus intensément, et la ville me manquera énormément.

– Dans l'armée, on est chez soi partout. C'est une vraie famille et on se fait des tas d'amis, surtout dans le corps des marines, tout le monde se tient les coudes.

– Oh, je sais, dit-elle, bien qu'elle fût convaincue qu'il avait tendance à embellir la réalité. Est-ce que tu veux que nous discutions de la date du mariage ? Il y a quand même quelques problèmes dont il faudrait que nous parlions. Aurons-nous des enfants tout de suite ou préfères-tu attendre un peu ? Est-ce que je vais pouvoir trouver du travail ? J'ai aussi l'impression qu'il nous faudra de l'argent pour les meubles et les appareils ménagers. Tu sais, Andrew, ça fait plusieurs années que je suis totalement indépendante et je tiens à gérer moi-même mon budget, sans avoir besoin de demander de l'argent à quelqu'un. Comment cela se passera-t-il avec toi ? J'ai lu dans des magazines féminins que la femme reçoit de son mari une certaine somme toutes les semaines, mais qu'elle doit ensuite lui dire ce qu'elle a fait de cet argent... Ah, il faut que je te prévienne aussi que je n'ai toujours pas fini de payer ma dette envers mon père. Il faudra donc que je travaille pour m'en libérer complètement. Est-ce que tu y vois une objection ?

– Bon sang, mais oui, naturellement. Qu'est-ce que tu me racontes là ? Quand tu l'as foutu à la porte de chez toi, il y a deux ans, tu lui as dit que tu ne lui devais plus rien ! »

Ruby n'apprécia pas du tout le ton hargneux qu'il avait pris pour lui parler. Elle rétorqua avec vivacité :

« Oui, je le lui ai dit, mais il n'empêche que je lui dois toujours cet argent... Pour moi, c'est comme une dette d'honneur. Si je refuse de la lui payer, cela veut dire que je ne vaux pas mieux que lui. Si tu penses que cela risque de créer des problèmes entre nous, autant que tu le dises tout de suite. »

Andrew serra les dents.

« Tu lui envoies combien par mois ?

– Dix dollars par semaine. Pour l'instant, j'ai remboursé tout juste

136

mille deux cents dollars. Ça va me prendre encore beaucoup de temps. Mais ne t'inquiète pas, tu n'auras rien à verser de ta poche. Je m'en charge. Seulement, ne me demande pas de revenir sur ma décision. Elle est irrévocable. »

Le moment était peut-être venu pour elle de parler des deux maisons qu'elle venait d'acheter, pour détendre un peu l'atmosphère. Andrew paraissait tellement contrarié! Ruby se posa à peine la question. Les maisons étaient à elle, et à elle seule; elle les avait achetées avant même qu'Andrew ne lui propose de l'épouser. Avec l'argent des loyers, elle aurait sûrement de quoi payer sa dette, elle n'aurait même pas besoin de travailler, en fait.

« C'est à toi de voir, grommela-t-il en baissant la vitre de sa portière. C'est ton problème. Le mien, maintenant, c'est de rendre c'te putain de voiture à son propriétaire. Ensuite, je ferai du stop pour réintégrer la base d'Andrews. »

Il lui prit la main et la serra longuement.

« Cela t'ennuierait si je te ramenais chez toi tout de suite? »

Elle se rapprocha de lui, leurs épaules se touchèrent.

« Pas du tout, dit-elle dans un souffle. Nous venons de passer un week-end merveilleux et tu as un long trajet devant toi. D'ailleurs, le dimanche soir, j'ai toujours beaucoup à faire pour préparer la semaine qui s'annonce. J'ai mes cours à revoir, aussi. »

Décidément, pour la romance ils étaient aussi doués l'un que l'autre. Elle avait l'impression d'avoir une tonne de briques sur l'estomac. Quant à Andrew, il n'avait vraiment pas l'air dans son assiette non plus.

« Es-tu vraiment certain de vouloir te marier? » demanda-t-elle à brûle-pourpoint.

Sous le coup de la surprise, Andrew faillit envoyer la voiture dans le décor.

« Pourquoi me poses-tu une question aussi ridicule? s'exclama-t-il, indigné.

— Parce que tu n'as vraiment pas l'air heureux, tu sais. J'ai de plus en plus l'impression que tout est déjà réglé comme du papier à musique, qu'il n'y a aucune place pour les projets à deux, les sourires et la fantaisie. On est là, comme un couple de vieux installés dans leurs pantoufles qui lisent leur journal chacun de son côté. Tu ne m'as même pas dit que tu m'aimais. Alors, pourquoi veux-tu m'épouser au juste, hein? Tu peux me le dire? »

Le visage d'Andrew s'était figé, tout d'un coup.

« Écoute, Ruby, réussit-il enfin à articuler, figure-toi que je n'ai encore jamais demandé quelqu'un en mariage. S'il y a des règles à observer, une procédure à suivre, eh bien je ne les connais pas. Si tu veux que je me jette sur toi, en arrachant tes vêtements, conformément à l'image que tu as sans doute de moi, c'est d'accord. J'arrête la voiture sur le bas-côté et je passe à l'action. Seulement, vois-tu, je préfère observer une certaine réserve parce que je me méfie de moi. De toute façon, sois certaine d'une chose : je ne te demanderais pas de m'épouser si je ne t'aimais pas. Je te propose de partager ma vie et je te promets de prendre soin de toi tant que je vivrai moi-même. Ce qui est tout à fait normal quand on envisage de se marier avec quelqu'un. Je sais bien qu'il y aura parfois des moments difficiles, qu'il faudra se battre et tout ; mais, dès l'instant où je t'ai rencontrée à ce bal, j'ai compris que tu étais la femme de ma vie. Ça, c'était il y a deux ans et demi... et je suis toujours là. Qu'est-ce que tu veux de plus ? »

Ruby sentit le picotement des larmes derrière ses paupières. Ce qu'il disait était vraiment très bien, mais en fait il ne s'agissait que de mots... Y avait-il des sentiments derrière ? Pas sûr.

« D'accord, dit-elle à mi-voix.

– Alors, ça va mieux maintenant ? »

Ruby secoua la tête, craignant de trahir son désarroi si elle prononçait la moindre parole.

« Écoute, je vais essayer de revenir par ici dans quelques semaines et nous pourrons faire des projets plus précis. J'aurai alors davantage de détails sur ma prochaine affectation. Mais pour l'instant, nous sommes encore sous le choc, l'un comme l'autre. Au fait, je ne me souviens pas que tu m'aies dit que tu m'aimais, toi non plus », ajouta-t-il d'un ton maussade.

Ruby se contenta d'utiliser le même argument que lui :

« Je n'aurais jamais accepté de t'épouser si ce n'avait pas été le cas. »

Le mensonge était si monstrueux que les mots faillirent lui rester en travers de la gorge. Elle n'aimerait plus jamais personne. Plus jamais.

Andrew paraissait mal à l'aise. Il saisit soudain la main de Ruby et la serra de toutes ses forces en hurlant à pleins poumons :

« On va se marier, bordel de merde ! Réjouissez-vous, bonnes gens ! »

Ruby rit de bon cœur et il sourit, heureux de voir qu'il avait prononcé les paroles qu'elle attendait.

L'hilarité de Ruby redoubla quand il se mit à entonner la chanson fétiche des marines. Elle se joignit à lui, mêlant sa voix claire et mélodieuse aux accents plus rudes d'Andrew, qui chantait faux comme une casserole. Tels deux écoliers pris en faute, ils s'interrompirent en même temps quand la voiture se rangea le long du trottoir, devant la maison où logeait Ruby.

Andrew descendit aussitôt et se précipita vers l'autre portière pour permettre à sa passagère de sortir à son tour. S'inclinant bien bas, il lui offrit son bras pour l'accompagner jusqu'à la porte d'entrée, puis il l'enlaça et l'embrassa avec fougue. Quand il la relâcha, une minute plus tard, elle était à bout de souffle. Andrew, lui, respirait avec la régularité d'un coureur de fond, ce qui plut fortement à Ruby.

« Vous me plaisez beaucoup, Ruby Connors, murmura Andrew en s'écartant d'elle. Je... je t'écrirai ou je te téléphonerai. Tu ne comptais pas bouger d'ici dans les semaines à venir, n'est-ce pas ?

– Non non, répondit Ruby en lui souriant dans le noir. Ce week-end a été très agréable, Andrew. J'espère que tu passeras me voir si tu reviens dans la région.

– Bien entendu ! » s'exclama-t-il, partant à reculons pour descendre les marches.

A deux reprises, il trébucha et faillit tomber ; mais chaque fois il réussit à reprendre son équilibre à la dernière seconde, au grand amusement de Ruby.

« Bonne nuit, lança-t-il enfin à mi-voix.

– Bonne nuit, Andrew. »

Une fois dans sa chambre, Ruby sentit que son esprit partait à la dérive. Elle venait de s'engager à épouser un homme qu'elle n'aimait pas. Elle pensa à Irma pendant un moment. N'est-ce pas en effet dans ce genre de situation qu'une fille a le plus besoin de parler à sa mère ? Si seulement Nola avait été là ! Elle en arrivait presque à regretter de ne pas pouvoir se confier à Amber. Mon Dieu, elle avait complètement perdu la raison !

Sa solitude la déprimait. Ah, de quelle sottise ne s'était-elle pas rendue coupable en ne cherchant pas à se faire des amies ? Elle aurait dû sortir davantage, aller au bal, même toute seule ! Au lieu de cela, elle s'était enterrée comme une taupe.

Jusque-là, elle s'était distinguée des autres filles de son âge dans la mesure où celles-ci ne rêvaient que de se faire passer la bague au doigt. Maintenant, elle partageait leurs préoccupations. Comme elles, elle allait se marier uniquement pour se caser. Elle aurait bien voulu savoir ce que disaient les statistiques sur les chances de survie de ces unions dictées par le simple désir de ne pas rester célibataires.

Sois maudit, Calvin, tout cela est ta faute.

Essuyant ses larmes d'un revers de la main, elle se mit à genoux pour ouvrir le tiroir du bas de sa commode. C'est là qu'elle avait rangé l'unique carte d'anniversaire qu'elle avait reçue cette année. Envoyée par Amber. D'abord surprise au-delà de toute mesure, elle avait compris en l'ouvrant pourquoi cette garce d'Amber la lui avait écrite. Il y avait en effet un paragraphe disant que Calvin était venu en permission à Saipan et qu'à aucun moment il n'avait demandé de nouvelles de Ruby. Ensuite, il avait été affecté à une base aérienne en Méditerranée. Amber annonçait également qu'elle était enceinte et que l'accouchement était prévu pour le début de décembre. Sur une feuille à part, il y avait la liste des objets qui pourraient être utiles au bébé.

Accroupie sur ses talons, Ruby se balançait d'avant en arrière en pleurant toutes les larmes de son corps. Amber allait avoir un bébé. Amber était mariée. C'était plus qu'elle n'en pouvait supporter.

« C'est pas juste. Si Amber elle-même peut être heureuse et aimée, comment se fait-il que personne ne m'aime, moi ? Qu'est-ce que j'ai fait de mal ? »

Elle referma le tiroir avec force. Elle avait envie de jeter la carte postale dans la corbeille à papier, mais elle décida de s'en abstenir : ce rectangle de carton était la seule chose qu'Amber lui eût jamais donnée. Elle allait envoyer un cadeau pour le bébé en y joignant une carte qu'elle signerait « tante Ruby ». Cette pensée amena un sourire sur ses lèvres. Non, finalement, elle mettrait « tante Ruby Blue ». Ruby Blue. Tante Ruby. Elle se gargarisa un moment de ces formules magiques.

Elle tenta de s'endormir, mais ses efforts restèrent vains. A deux reprises, elle se leva pour aller à la salle de bains. Quand la pendule posée sur sa commode indiqua minuit, elle était encore en train de s'agiter et de se retourner entre ses draps. Et elle savait pourquoi.

Elle se glissa hors du lit et enveloppa son corps tremblant dans une robe de chambre. Sur la pointe des pieds, elle sortit par la porte de la cuisine et descendit l'escalier de service pour aller jusque dans la ruelle où se trouvait la poubelle. Elle souleva le couvercle : il n'y avait plus rien. Les souvenirs de Calvin qu'elle y avait jetés avaient disparu.

Les joues ruisselantes de larmes, elle s'assit sur les marches de la terrasse de derrière, remarquant à peine la fraîcheur de la nuit. Elle sanglota bruyamment, essuyant son visage, entre deux hoquets, avec les manches de sa robe de chambre.

Au bout d'un moment qui lui parut une éternité, elle entendit Rena qui arrivait par-derrière. Elle pleura de plus belle, ses bras entourant ses genoux.

« Chut ! murmura Rena en s'asseyant à côté d'elle. Si tu veux te confier à moi, je sais fort bien écouter. »

Ruby lui parla de la proposition de mariage que lui avait faite Andrew, des sentiments qu'elle éprouvait pour cet homme et de la manière dont elle s'était débarrassée des souvenirs de Calvin. Et, pleurant toujours, elle répéta à plusieurs reprises qu'elle voulait une mère, qu'elle avait besoin des conseils d'une mère.

« Donc, tu aimes toujours ce jeune homme. On n'oublie jamais son premier amour. Je te comprends très bien, dit Rena à voix basse. Mais je crois pouvoir t'aider. Excuse-moi, Ruby, je reviens tout de suite. »

Quelques minutes plus tard, elle réapparaissait avec un petit paquet.

« Je crois que ceci t'appartient. Je n'ai pas pour habitude de faire les poubelles, mais je t'ai vue hier soir. Tu avais l'air tellement désespérée que j'ai décidé de regarder ce que tu jetais. Maintenant, je ne regrette pas d'avoir récupéré ces reliques. Tu n'es pas encore prête à renoncer à ce jeune homme. Demain, il faudra que tu fasses tout ce qui est en ton pouvoir pour retrouver sa trace. Tu ne pourras pas épouser le marine tant qu'il subsistera le moindre espoir de renouer avec Calvin. Tu me comprends, Ruby ? »

Ruby hocha la tête d'un air désespéré.

« Il est à l'autre bout du monde. Si je n'ai pas pu entrer en contact avec lui tant qu'il était stationné en Californie, comment pourrais-je le retrouver au milieu de la Méditerranée ?

— Tu travailles à la Navy, Ruby. Il y a certainement, dans les bureaux, quelqu'un qui peut te renseigner. Il suffit de consulter les dossiers.

— C'est quand même incroyable : chaque fois que j'aime quelque chose ou quelqu'un, il se produit un événement qui me l'enlève au bout de très peu de temps. C'est ce qui s'est produit avec Calvin, comme avec

Nola et avec Bubba. D'un autre côté, Andrew ne me déplaît pas. Je me vois très bien l'épouser et avoir des enfants de lui. Et si je ne l'aime pas, au moins j'aurai la certitude qu'il ne me sera pas enlevé », gémit Ruby.

Rena ne savait que dire ; elle se rendait bien compte qu'elle n'avait pas la fibre maternelle : comment aurait-elle pu conseiller cette jeune femme en détresse ?

« Écoute, déclara-t-elle, demain, avant de partir travailler, je veux que tu appelles ta mère. Malgré les problèmes qu'il y a eu entre vous, je suis sûre qu'elle saura te donner la réponse que tu cherches. Une mère a toujours une communauté d'intérêts et de sentiments avec sa fille. Tu me promets de lui téléphoner ? »

Ruby acquiesça sans grande conviction. Rena ne connaissait pas Irma. Pourtant, Ruby sentait confusément qu'elle n'avait rien à perdre en reprenant contact avec sa mère. De toute façon, elle était prête à tenter n'importe quoi pour se libérer de cette incertitude qui la tourmentait et lui paralysait l'esprit.

Rena se leva, déclarant avec entrain.

« Allez, c'est l'heure de se mettre au lit. J'ai tellement froid que j'en ai les dents qui claquent. Viens, Ruby, demain tu as du pain sur la planche. Tu verras, tout finira par s'arranger. Amène-toi », lança-t-elle en agitant les mains comme pour refouler des poussins vers leur poulailler.

Ruby remonta les marches menant au premier étage en serrant contre elle le paquet restitué par Rena. Elle n'avait pas l'intention d'en passer le contenu en revue. Il lui suffisait de l'avoir en sa possession.

En se blottissant sous ses draps pour essayer de s'endormir, elle se dit qu'elle venait de ressusciter Calvin Santos d'entre les morts.

Le lendemain matin, Ruby attendit que les autres filles soient parties pour aller dans le salon. Elle s'assit sur le canapé jaune citron et regarda les aiguilles de sa montre. Son père partait travailler à sept heures. Elle décida d'attendre un quart d'heure, pour laisser à sa mère le temps de débarrasser la table de la vaisselle du petit déjeuner. Opal serait encore dans sa chambre, préparant ses livres pour aller en classe.

Les secondes s'égrenèrent lentement : les aiguilles de sa Timex bougeaient à peine. Ruby fut prise de violents tremblements quand elle demanda le numéro à l'opératrice. La sonnerie retentit sept fois à l'autre bout du fil avant que sa mère ne vienne décrocher. Ruby dut se racler la gorge à deux reprises avant de pouvoir émettre le moindre son.

« Maman, c'est Ruby. J'ai besoin de te parler. Je t'en prie, ne raccroche pas. Papa est parti, alors il n'y a aucune raison pour que tu refuses de m'écouter. »

En fait, il y en avait une : Millie, l'opératrice, qui devait les espionner. Et Irma en était parfaitement consciente. Non, finalement, l'idée de téléphoner n'était pas aussi bonne qu'elle en avait l'air.

« Maman, je vais me marier. Dans le courant du mois de décembre. Je voulais que tu le saches. Je t'ai aussi appelée pour te poser une question. Je ne voulais pas te déranger, mais il s'agit de quelque chose de très important pour moi. Est-ce que tu aimais papa quand tu t'es mariée avec lui ? Moi, je ressens un petit quelque chose pour Andrew, mais ça n'a rien à voir avec mes sentiments pour Calvin. Seulement, papa a tout gâché. Ce qui s'est passé pour toi... Est-ce que ça risque de m'arriver si j'épouse Andrew ?... Maman, dis quelque chose, je t'en prie, pour l'amour du ciel, je suis ta fille. Il n'y a personne d'autre que toi qui puisse me conseiller. Écoute, je sais que tu as peur. Quitte cette maison en emmenant Opal avec toi. L'oncle John vous aidera... Maman, es-tu encore là ? Mais enfin, bon sang, je parie que tu ne sais même pas qu'Amber va avoir un bébé. Oui, parfaitement, en décembre. Maman, le ciel ne va pas te tomber sur la tête si tu m'adresses la parole seulement une fois ! Maman, je t'en supplie, rien que pour cette fois, aide-moi. »

Comme aucune réponse ne se faisait entendre, elle ajouta :

« Bubba avait raison : tu n'es qu'une chiffe molle, tu es morte de trouille à l'idée de déplaire à ton seigneur et maître. J'espère bien ne jamais devenir comme toi. Je préférerais me supprimer, tiens ! Allez, au revoir, maman ! »

D'un geste rageur, elle raccrocha le combiné.

Pas un seul mot. Elle n'avait rien dit d'autre que « allô ». Peut-être même avait-elle raccroché au bout de quelques secondes. En ce cas, Ruby avait parlé pour les murs.

Un profond désarroi lui tordit l'estomac. Elle crut qu'elle allait vomir. Et si cette commère de Millie criait sur les toits ce que Ruby avait dit à sa mère ? George Connors aurait vent de ce qui s'était passé et il se vengerait sur sa femme. Mon Dieu, Ruby, ce que tu as pu être bête !

Une folle envie de pleurer, de crier, de casser quelque chose la saisit soudain, qui ne put se traduire que par un sentiment de culpabilité encore accru. Accablée par ce fardeau, elle partit lentement vers l'arrêt d'autobus.

Elle se retrouvait toute seule, livrée à elle-même, comme toujours. C'était à elle de décider, qu'elle se trompe ou non, quitte à payer ensuite le prix de ses erreurs. *Jusqu'à ce que la mort nous sépare.* La prison à perpétuité, voilà ce qui l'attendait maintenant si elle se mariait avec Andrew.

Ruby s'affaira toute la matinée pour liquider les dossiers en souffrance. A onze heures, elle demanda à l'amiral Query si elle pouvait prolonger d'une heure sa pause-déjeuner. Quarante-cinq minutes plus tard, elle était à l'annexe de la Navy, ce qui lui rappela le premier jour où elle y était venue avec Amber. Elle se demanda si les quelques personnes avec qui elle avait travaillé à l'époque étaient encore là. Sans doute : les fonctionnaires ne s'incrustaient-ils pas dans leur poste jusqu'au jour où ils partaient à la retraite ? A moins que la mort ne vienne les en arracher prématurément. Cette pensée ne contribua pas à lui remonter le moral.

Les yeux de Mabel McIntyre se mirent à briller quand Ruby se présenta à elle.

« Vous vous souvenez de moi, miss McIntyre ? »

La directrice du personnel hocha la tête en souriant.

« Très bien, Ruby. Ça ne vous ennuie pas que je vous appelle Ruby, n'est-ce pas ? »

Elle posa son regard clair sur l'ensemble pied-de-poule et le corsage blanc admirablement coupés de son ancienne protégée.

« J'espère que vous êtes venue ici pour solliciter un emploi dans nos bureaux.

— Non, et croyez que je le regrette bien. En fait, je... je suis venue vous demander un service, miss McIntyre. Si vous... enfin, si c'est contraire au règlement... je ne veux pas que vous ayez de problèmes à cause de moi. Seulement, c'est tellement important, vous comprenez... Voilà, j'aurais besoin de retrouver quelqu'un qui est dans l'aviation. Croyez-vous pouvoir m'aider ? » balbutia Ruby, son visage perdant peu à peu ses couleurs tandis que ses yeux luisaient de larmes naissantes.

Les joues roses de Mabel se gonflèrent soudain tandis que ses bouclettes grises semblaient se mettre au garde-à-vous. Elle avait grossi, mais son visage respirait toujours la même bienveillance ; pourtant, le regard qu'elle jeta à la jeune fille se teinta soudain d'une pitié un peu condescendante.

Je suis en train de la décevoir, se dit Ruby avec effroi, tandis que son ex-directrice s'emparait d'un crayon.

« Nom, grade et numéro matricule ? » demanda-t-elle d'un ton impersonnel.

Ruby débita sans hésiter les indications désirées.

« Voyez-vous, miss McIntyre, ce n'est pas ce que vous croyez... Enfin, je veux dire, je ne sais pas ce que vous pensez, mais si j'étais à votre place, je me dirais que... Eh bien, ce n'est pas cela. J'ai besoin de rentrer en contact avec le lieutenant Santos avant de me marier.

— Pour une future mariée, vous n'avez pas l'air follement heureuse », commenta Mabel sans ménagement.

Ruby hocha la tête.

« Je n'ai pas encore bien réalisé. Ça s'est fait tellement... C'était hier soir... Andrew m'a fait sa demande hier soir et je... j'ai dit oui, mais...

— Vous voulez être bien sûre. Je comprends, Ruby. Écoutez, je vais faire de mon mieux. Je pourrai vous rappeler à votre bureau ? »

Ruby acquiesça et inscrivit sur un papier le numéro du poste où on pouvait la joindre.

« Je devrais avoir le renseignement demain vers midi. Ça ira ?

— C'est parfait. Je ne parlerai de cela à personne, murmura Ruby.

— Moi non plus. Nous dirons que c'est notre petit secret, d'accord ?

— Merci, miss McIntyre. Je vous suis très reconnaissante de ce que vous faites pour moi. Si je peux vous rendre le moindre service, n'hésitez pas.

— Soyez heureuse, Ruby. »

Mabel se pencha au-dessus de son bureau.

« Regardez-moi bien. Il y a tellement longtemps que j'appartiens à ce service que je fais partie des meubles, maintenant. Je suis une vieille fille qui attend la retraite. La seule chose que je possède, c'est un deux-pièces à Arlington, et je n'ai que deux vieux matous pour tous compagnons. J'ai laissé passer l'occasion de me marier un jour parce que je m'imaginais pouvoir trouver mieux. Je m'étais trompée. Alors, n'ayez pas peur, suivez les impulsions de votre cœur, mon petit. Voilà le meilleur conseil que je puisse vous donner, si ringard puisse-t-il paraître. »

Sans trop savoir comment, Ruby réussit à survivre le reste de l'après-midi et toute la matinée du lendemain. Mabel McIntyre l'appela à deux heures de l'après-midi.

Retenant son souffle, Ruby nota avec frénésie les indications données par la directrice du personnel.

Soudain, Mabel baissa la voix pour ajouter sur un ton confidentiel :

« A votre place, Ruby, j'essaierais de trouver un prétexte pour appeler la base Clark de l'US Air Force. Votre patron, il est bien un passionné des échecs, n'est-ce pas ? Dites-lui qu'il y a là-bas un officier qui est un véritable champion; inventez quelque chose de ce genre. Il va falloir jouer de finesse, je suis sûre que vous aurez une idée. Mon Dieu, et c'est moi qui vous donne de pareils conseils! De toute façon, bonne chance! »

Finalement, donc, Calvin se trouvait à la base aérienne de Clark, dans les Philippines, après avoir été stationné en Allemagne. Ensuite, il était question de l'envoyer à Yokota, au Japon.

Jetant un rapide coup d'œil au planisphère accroché au mur, elle vit qu'il lui faudrait attendre jusqu'à sept heures du soir au moins pour appeler les Philippines, qui avaient douze heures d'avance sur l'est des États-Unis.

Elle se tortura longtemps la cervelle, cherchant un prétexte qui lui permettrait d'appeler cette base en utilisant la ligne militaire à laquelle son bureau était relié. Si elle se faisait prendre, elle risquait la porte. Son instinct lui disait de foncer, quelles qu'en fussent les conséquences; mais la logique, dont la voix avait nettement plus de mal à se faire entendre, lui conseillait de prendre son temps et de trouver une excuse plausible pour justifier cet appel.

« Bon sang, mais qu'est-ce qui te prend, Ruby ? Tu n'as donc plus aucun amour-propre ?

— Non, je n'en ai aucun, dès qu'il s'agit de Calvin.

— Mais tu vas te couvrir de ridicule. S'il avait voulu reprendre contact avec toi, il l'aurait fait depuis longtemps. Pense donc, deux ans et demi!

— Il faut quand même que je tente quelque chose. S'il ne s'est pas manifesté, c'est sans doute parce que son capitaine le lui a interdit, après les menaces proférées par mon père. Allez, il faut essayer, ne serait-ce qu'une seule fois. Le mariage est une chose trop grave... il faut que je sois vraiment sûre qu'il ne veut plus me voir. »

144

Le prétexte, elle finit par le mettre au point, quelques minutes plus tard.

Depuis plusieurs semaines, l'amiral Query se faisait beaucoup de soucis au sujet d'un prochain tournoi d'échecs l'opposant notamment à un général du corps des marines qui, selon l'amiral, avait atteint un niveau quasi professionnel.

Ruby passa la tête à la porte du bureau de l'amiral :

« Monsieur, je viens d'avoir une idée qui pourrait peut-être vous être utile pour votre partie d'échecs de la semaine prochaine. Une de mes amies m'a dit qu'il y a un lieutenant stationné à Clark Air Force Base, aux Philippines, qui est un supercrack aux échecs. Il ne peut pas encadrer les marines, mais il a un faible pour la Navy. Il paraît qu'il a déjà affronté un tas d'officiers généraux des quatre armes. Si vous voulez, je pourrais l'appeler après sept heures ce soir pour lui demander des tuyaux. Ça ne me dérange pas de partir un peu plus tard.

— C'est une idée géniale, Ruby. Que ferais-je sans vous ? Justement, hier soir, je disais à Mrs. Query que je n'arriverais jamais à me passer de vos services. Surtout, prenez soigneusement en note tout ce qu'il vous dira.

— Bien sûr, monsieur ».

Pourvu qu'il ne s'avise pas, par la suite, de vouloir entrer lui-même en contact avec cet officier imaginaire ! songea Ruby avec une pointe d'inquiétude.

A six heures précises, le cœur battant à grands coups, Ruby appela l'opératrice du Pentagone et demanda son numéro aux Philippines. En attendant qu'on établisse la connexion, elle suçota une longue pelure d'orange pour tenter de se calmer les nerfs. Quand retentit à l'autre bout du fil une voix marquée par un fort accent sudiste, elle faillit s'évanouir.

« Clark Air Force Base. Aviateur Cummings à l'appareil. »

Ruby prit une voix assurée pour déclarer avec autorité :

« Ici le bureau de l'amiral Query, au Pentagone. L'amiral aimerait parler au lieutenant Calvin Santos. »

L'aviateur prit un ton respectueux à la mention du nom de l'amiral :

« Il va falloir que je vous prie d'attendre un moment, madame, le temps que je voie si je peux localiser le lieutenant. Il n'est que six heures du matin ici, précisa-t-il.

— L'amiral m'a dit que les militaires sont debout dès cinq heures du matin. Faites diligence, aviateur. »

Ruby attendit, le front constellé de gouttes de sueur. Cinq minutes s'écoulèrent, suivies de cinq autres, encore plus interminables, jusqu'au moment où la voix du sudiste se fit de nouveau entendre à l'autre bout du fil. Le cœur de Ruby cognait à tout rompre.

« Le lieutenant Santos est en métropole, madame. Voulez-vous laisser un message ?

— En métropole ? Vous voulez dire aux États-Unis ? glapit Ruby, oubliant complètement qu'elle était censée appeler pour les besoins du service. Et où donc, s'il vous plaît ?

— Je n'en ai aucune idée, madame.

— Aviateur, ceci n'est pas une réponse que l'amiral Query jugera satisfaisante. Vous avez intérêt à mieux vous renseigner pour me dire où il se trouve exactement. Je ne quitte pas.

— Mais, madame, il va falloir que je réveille le supérieur hiérarchique de ce lieutenant, objecta l'aviateur d'un ton inquiet.

— Si je vous comprends bien, aviateur, vous préféreriez que ce soit l'amiral Query qui le réveille lui-même. Si vous ne le saviez pas encore, l'amiral n'aime guère les tire-au-flanc. »

Ruby sourit en entendant l'aviateur grommeler :

« Et moi, je vais me faire botter le cul. Le major Oliver m'a dit de ne le réveiller que si la base flambait. Oh, excusez-moi, madame, j'oubliais qu'il y avait une dame au bout du fil. Je l'appelle tout de suite, ne quittez pas. »

Ruby ne put s'empêcher de se demander quel châtiment l'US Navy réservait aux employées qui se servaient du nom de leur patron pour résoudre leurs problèmes personnels, mais elle n'en attendit pas moins la suite des événements, tambourinant sur sa table du bout des doigts. Elle touchait au but. Il était aux États-Unis. Elle pourrait l'appeler, lui proposer de venir la voir. Une brusque bouffée d'espoir lui réchauffa le cœur.

« Ici le major Oliver », aboya une voix.

Pour la seconde fois, Ruby raconta son boniment, mais elle n'entendit qu'à moitié les protestations du major vitupérant ces maudits marines qui s'imaginaient pouvoir faire marcher l'univers entier à la baguette.

« Le lieutenant Santos est en permission. Il est parti il y a une semaine à destination des États-Unis.

— Nous savons déjà tout cela, major. Mais l'amiral Query veut qu'on lui dise exactement où le lieutenant Santos se trouve en ce moment précis.

— Charleston Air Base, en Caroline du Sud. C'est là qu'il s'est présenté à son arrivée en métropole. Il est possible qu'il y ait laissé l'adresse du lieu où il se rendait en permission. Ce sera tout, miss ?

— Oui, merci, major. »

Ruby crut entendre un ricanement à l'autre bout du fil. Elle serra son bloc-notes contre sa poitrine, le cœur battant. Calvin était tout près, en Caroline du Sud. Fallait-il tenter de le contacter maintenant ou valait-il mieux attendre demain matin ? Elle se renversa contre le dossier de sa chaise en se forçant à respirer bien à fond. Elle avait l'impression de se réveiller d'un sommeil prolongé.

Un éclat inaccoutumé luisait dans son regard, et sa voix trahissait une allégresse indicible quand elle demanda sa seconde communication. Utilisant encore le nom de l'amiral Query, elle attendit que l'aviateur de Charleston consulte ses registres. L'éclat et l'allégresse s'éteignirent immédiatement quand elle entendit la voix du planton lui annoncer :

« Le lieutenant Santos s'est présenté à la base il y a une semaine, avant de partir en permission. Mais il n'était pas tenu de nous indiquer sa destination, madame. Il réside actuellement dans l'État de Caroline du Sud ; c'est la seule chose que nous soyons à même de préciser. L'amiral souhaite-t-il laisser un message à l'intention du lieutenant Santos ? »

De sa voix le plus neutre possible, Ruby donna alors le numéro de son bureau en demandant que l'on prévienne Calvin de cet appel dès son retour de permission. Puis elle rassembla ses notes et les plia avec soin avant de les ranger dans son sac à main.

Dans l'autobus, qui la ramenait chez elle, Ruby ne cessa de se répéter qu'il n'y avait plus rien à espérer. Au tréfonds d'elle-même, elle savait que Calvin ne pouvait pas lui pardonner, qu'il lui en voulait pour le mal que George Connors lui avait fait en alertant son supérieur hiérarchique.

Tu aurais pu m'écrire une lettre, Calvin ; quelques mots, simplement pour me dire que tu ne me haïssais pas.

C'est seulement quand elle fut dans sa chambre, sa porte bien refermée sur le monde extérieur, qu'elle se reprocha de manquer de suite dans les idées. Puisqu'elle avait pris une décision, pourquoi donc agissait-elle ainsi ? Elle faisait preuve de malhonnêteté vis-à-vis d'Andrew. Si elle avait accepté de l'épouser, elle n'avait plus aucune raison d'aller chercher ailleurs, au moment même où elle était censée procéder aux préparatifs du mariage. De toute façon, elle était persuadée qu'on lui avait menti à Charleston. Ils savaient très bien où Calvin était parti en permission.

Elle sentit la nausée monter en elle. A l'évidence, elle n'aurait plus jamais de nouvelles de Calvin Santos. Elle l'avait blessé beaucoup trop profondément ; le connaissant comme elle le connaissait, elle savait qu'il ne tenterait rien qui risque de rouvrir cette blessure.

Va donc au diable, Calvin. Va rôtir en enfer ! Pourquoi donc n'as-tu pas voulu me faire confiance ?

Les jours se traînèrent avec une lenteur désespérante, les uns après les autres, et Ruby eut toutes les peines du monde à en venir à bout, le regard constamment fixé sur la montre ou sur le calendrier. Le dernier jour de la permission de Calvin, elle se contraignit à appeler l'église de la Sainte-Trinité pour demander qu'on prévoie la cérémonie du mariage le 10 décembre à trois heures de l'après-midi.

Le soir de ce même jour, elle téléphona à Andrew pour savoir si la date et le lieu lui convenaient. Il lui annonça alors que sa permission de trois jours lui avait été confirmée. Ils parlèrent quelques minutes encore, et Andrew profita de l'occasion pour l'informer qu'il lui écrivait aussitôt après avoir raccroché.

Ruby prit un air ravi, d'autant que les autres filles se trouvaient alors dans le salon. Elles étaient toutes très heureuses pour elle, et peut-être même un peu envieuses. Ruby avait demandé à Rena d'être sa demoiselle d'honneur, et celle-ci s'était empressée d'accepter.

Le lendemain, Calvin serait de retour aux Philippines. D'ailleurs, étant donné le décalage horaire, c'était déjà le lendemain aux antipodes de Washington, ce qui supposait donc que Calvin était certainement au courant du message qu'elle avait laissé.

Finalement, son stratagème avait marché au-delà de toute espérance : elle était allée à la bibliothèque pour emprunter un livre sur les échecs, et son patron avait fait ses choux gras des différentes tactiques dont elle avait pris note. Il avait gagné son tournoi contre le général des marines en s'imaginant que c'était grâce au coup de téléphone donné par Ruby au fameux officier de la base des Philippines. Du coup, il lui avait offert un bouquet de fleurs pour la remercier.

Ruby ne ferma pas l'œil de la nuit, l'esprit à la dérive. Elle pensa à Barstow et à ses parents, et aussi à Opal, se demandant ce qu'elle était devenue. Elle essaya d'imaginer la joie d'Amber et de Nangi qui allaient recevoir un bébé en guise de cadeau de Noël. C'était exactement ce qu'elle aurait voulu pour elle : une vraie famille avec un sapin bien décoré, un nid douillet où elle se serait toujours sentie la bienvenue.

Il était cinq heures du matin quand elle entra dans la salle de bains afin de se préparer à aller au bureau. La tension à laquelle elle avait été soumise la semaine précédente lui faisait payer un lourd tribut : les traits tirés et le visage hagard, avec d'énormes poches ombrées sous les yeux, elle offrait une image qui ressemblait bien peu à celle d'une future épouse.

La journée lui parut interminable, les minutes et les secondes s'égrenant avec une telle lenteur qu'elle se crut à plusieurs reprises sur le point d'exploser. Chaque fois que le téléphone sonnait, elle inspirait à fond avant de décrocher pour tenter de se composer une attitude professionnelle. A midi, au lieu d'aller déjeuner à la cafétéria, elle demanda à une collègue d'un bureau voisin de lui rapporter un sandwich, qu'elle se contenta de regarder sans songer à en avaler la moindre bouchée. Sous aucun prétexte, elle ne serait sortie du bureau : elle voulait être là au cas où Calvin appellerait.

A six heures du soir, elle était encore à sa table, et à six heures et demie elle remettait de l'ordre dans ses dossiers. A sept heures, elle tapa pour la seconde fois une lettre personnelle que lui avait dictée l'amiral et qui comportait onze fautes rien que dans sa première page. Elle la roula en boule et la jeta dans la corbeille. A sept heures et demie, elle remit la housse sur sa machine à écrire et souffla sur son bureau pour en chasser une pellicule de poussière qui existait seulement dans son imagination.

Puis elle passa un peigne dans ses cheveux et se repoudra le bout du nez.

Calvin aurait dû appeler depuis longtemps. Avec les douze heures de décalage horaire, il était sept heures cinquante du matin là-bas. Lui qui était si soucieux de ne jamais commettre le moindre impair risquant de nuire au bon déroulement de sa carrière, il ne pouvait négliger de réagir à un appel émanant d'un amiral, même s'il se souvenait que Query était le nom du patron de Ruby.

Il était huit heures moins deux lorsque Ruby, l'épaule basse, le pas traînant, referma derrière elle la porte du bureau. Elle avait dans la gorge une boule aussi grosse qu'une balle de golf. Ses yeux brûlaient quand elle prit place dans l'ascenseur. Si la porte ne s'était pas refermée avec un tel fracas, elle aurait entendu la sonnerie du téléphone qui tintait dans son bureau. Une sonnerie qui se répéta dix-huit fois avant que le silence ne se rétablisse.

Ruby marcha dans la nuit, heureuse que l'obscurité dissimule la honte qui s'était emparée d'elle. Quelle idiote elle avait été!

Le lendemain, elle envoya une carte postale à ses parents pour les informer de son mariage imminent. Les larmes roulaient sur ses joues lorsqu'elle laissa tomber le rectangle de carton dans la boîte aux lettres.

« Je t'en prie, maman, sois heureuse pour moi. Pense à moi de temps en temps. Si tu n'y arrives pas, prends ton courage à deux mains et fais-en voir de dures à papa. »

George Connors jette le courrier sur la table. Du regard, il défie sa femme de le ramasser. Elle n'y touche pas. Comme si de rien n'était, elle continue de peler les pommes de terre.

« Tu as parlé aux nouveaux voisins, Irma ?

— Non, George. Je les ai entendus se plaindre des taches de raisin qu'il y avait sur le linoléum de la cuisine et sur les marches de la terrasse de derrière. J'étais en train de secouer mon balai dans le jardin. Ils ont dit qu'ils allaient gratter les marches et remplacer le lino.

— Il était usé ?

— Je n'en sais rien.

— Je vais reprendre le travail la semaine prochaine. Mon infirmité ne me gêne plus et ils ont besoin de moi pour tailler les monuments.

— Je n'en doute pas un seul instant, George. Mr. Riley dit toujours que tu es le meilleur tailleur de pierre qu'il ait jamais vu. »

Les yeux de George Connors se plissent d'un air méfiant.

« Comment le sais-tu, Irma ?

— C'est toi qui me l'as dit, George.

— Ruby Connors va se marier, Irma. Avec un marine. Elle a envoyé une carte.

— Tu approuves ce mariage, George ?

— Je n'ai rien à approuver ou à désapprouver. Je n'ai plus de fille nommée Ruby Connors... Opal est en train de se dévergonder, Irma.

— Je lui parlerai, George.

— Il y a sur la table une lettre qui t'est adressée. Elle vient de Grace Zachary, Irma. »

Le couteau a glissé sur une pomme de terre. Il entaille le pouce d'Irma.

« Tu l'as lue, George ?

— Non, je me suis dit que tu allais me la lire. Mais il vaudrait peut-être mieux la déchirer sans l'ouvrir. Qu'est-ce qu'elle pourrait avoir d'intéressant à te raconter, de toute façon ? »

Irma regarde la goutte de sang qui a taché une pomme de terre. Elle tient le couteau solidement dans sa main. Elle lève la tête.

« Peut-être ne peut-elle plus garder son secret. Peut-être qu'elle veut me dire comment tu l'as violée et me confier que c'est elle qui t'a arrosé avec la gelée brûlante... Tu savais qu'Amber avait eu un bébé, George ?

— Monte là-haut tout de suite, Irma. Tu vas voir de quel bois je me chauffe.

— Je n'en ai pas la moindre envie. Ne t'avise pas de lever la main sur moi. Si tu me frappes, je te tuerai pendant ton sommeil... Tu veux des carottes ou des petits pois ?

— Les deux, répond George en se rapprochant de la table. Qu'est-ce que tu as osé dire ?

— J'ai dit que, si tu lèves la main sur moi, je te tue. Ne crois pas que ce sont des paroles en l'air. Tes frères seront de mon côté, et toute la ville approuvera mon geste si je raconte ce que tu nous as fait à tous. Tu es le diable en personne, George. »

La main de George part en avant pour se saisir du bras d'Irma, mais elle l'a vue venir. Elle braque vers lui le couteau, la pointe en avant. Séparée de son mari par la chaise de cuisine, elle brandit le couteau comme une épée.

« Je parle sérieusement, George. Maintenant, va changer de caleçon, tu pues la pisse ! Ton tube a encore dû se boucher. Et mon courrier, je vais le lire... Quel dommage que Grace t'ait laissé la vie sauve ! Toute la nuit, j'ai prié pour que tu meures. Je me suis juré que je te tuerai moi-même. Oui, je ne sais pas quand je le ferai, mais je le ferai, sois-en sûr. Peut-être la semaine prochaine, peut-être demain.

A ta place, j'irais m'installer dans la chambre de Ruby. Oui, tu devrais prendre la chambre de Ruby. Allez, George, Georgie, ne reste pas planté là à me regarder comme ça ! Tu as attiré la honte et le malheur sur cette maison. Honte à toi, Georgie, dit Irma en agitant un doigt dans sa direction. Honte à toi, oui, honte à toi ! »

Malgré la touffeur accablante qui s'est abattue sur la région, la base aérienne de Clark bourdonne comme une ruche en pleine activité. Calvin Santos lui-même se sent parcouru par des ondes quasi électriques. Dans sa main, il a le message que lui a transmis le major, et les souvenirs affluent à sa mémoire.

Il se rappelle tous les efforts qu'il a faits pour renouer le contact avec elle : la fois où il a téléphoné, à Washington, au bureau du Pentagone. Seulement, Ruby n'était pas là ce jour-là et c'était l'amiral Query qui avait pris la communication. La liaison n'était pas bonne, et il avait été obligé de crier, d'autant que Ruby l'avait autrefois prévenu que son patron était dur d'oreille. Bref, le message n'était pas passé. Il avait retéléphoné à deux ou trois reprises sans plus de succès. Et toujours ce maudit décalage horaire qui ne faisait que compliquer les choses !

Alors, il avait écrit deux lettres envoyées à la maison de Kilbourne Place, et toutes deux lui avaient été retournées car leur destinataire n'habitait plus à cette adresse. Il avait écrit à l'annexe de la Navy mais, son courrier lui ayant été réexpédié, il en avait conclu que Ruby ne travaillait plus dans les bureaux de l'administration.

Un mois jour pour jour après son arrivée en Californie, il avait été muté en Allemagne. Il avait décidé de tenter une ultime démarche en écrivant chez les parents de Ruby à Barstow, avec l'espoir qu'on ferait suivre la lettre. Espoir déçu, une fois de plus.

Mais pourquoi donc Ruby n'avait-elle pas communiqué sa nouvelle adresse aux services de la poste ?

Et maintenant, voilà que Ruby a réussi à retrouver sa trace. Malheureusement, il est trop tard. Une impression de dégoût envahit soudain Calvin. Il sent que sa tête est en train de chavirer. Les doigts crispés sur le combiné, il demande le numéro qu'on lui a laissé. Comment va-t-il s'y prendre pour annoncer à Ruby qu'il est marié ? Il ne le croit pas encore lui-même. En fait, il n'a jamais voulu le croire. Et, tout en attendant que la communication s'établisse, il pense à son épouse...

Eve Baylor avait sept ans de plus que lui. Elle venait de Charleston, en Caroline du Sud. Il l'avait rencontrée au club des Officiers de Charleston. Elle avait tout de suite attiré son attention parce qu'elle avait l'air aussi malheureuse que lui. Il lui avait fallu trente bonnes minutes pour rassembler suffisamment de courage : il s'était alors dirigé vers sa table, persuadé d'avance qu'elle le repousserait. Pourtant, elle avait accepté de se faire offrir à boire. Elle s'était montrée polie, sans plus. Au bout d'une heure d'une laborieuse conversation, elle avait fini par lui dire qu'elle détestait les hommes, et Calvin s'était cru obligé de rétorquer qu'il ne pouvait pas supporter les femmes. Ni l'un ni l'autre n'avaient expliqué les raisons de leur aversion.

Un semblant d'amitié avait pris racine dans leurs solitudes respectives. Elle était institutrice, et la façon autoritaire et intransigeante dont elle s'exprimait ne manquait pas d'agacer le jeune officier. Il n'en continuait pas moins de la voir car, grâce à elle, il pouvait meubler de longues heures condamnées à l'ennui. La considérant comme une amie, il avait eu envie de lui parler de Ruby, mais quelque chose l'en avait dissuadé.

A aucun moment, il n'avait désiré la prendre dans ses bras ou lui donner le moindre baiser. En son for intérieur, il la trouvait laide et froide, et plaignait sincèrement le malheureux qui serait un jour amené à la mettre dans son lit.

Pourtant, il entretenait avec elle des relations cordiales. Il lui rapportait toutes sortes de potins sur ses collègues, s'aventurant même parfois à lui raconter quelques histoires un peu osées ; mais elle ne réagissait jamais ainsi qu'il l'avait espéré, ce qui l'incitait à penser qu'elle était non seulement frigide, mais également bégueule.

Ce qui l'ennuyait, en fait, c'était qu'elle appartînt à la secte des baptistes du Sud. Tout ce qui la concernait l'ennuyait d'ailleurs plus ou moins.

Pourtant, au bout de quelques mois, Calvin avait fini par s'accoutumer à sa langue de vipère, à ses habitudes de maniaque et à ses manières acerbes de dragon coincé. S'il se sentait à l'aise avec elle, c'était uniquement parce qu'elle ne lui inspirait pas le moindre sentiment.

Ce n'était pas plus compliqué que cela.

Un jour, elle l'invita à passer le dimanche chez ses parents. Jamais, dût-il vivre cent ans, il n'oublierait cette journée.

Ayant pris l'autobus près de sa base, il était descendu à une centaine de mètres de sa destination. En voyant la maison des parents d'Eve, il ne put s'empêcher de pousser un cri d'admiration. Superbe! Un authentique petit manoir, avec une terrasse qui en faisait tout le tour et des vitraux aux fenêtres! Les azalées et les chênes du jardin avaient au moins cent ans d'âge.

Il ne parvenait même pas à imaginer quel bonheur on pouvait éprouver à grandir dans une maison aussi merveilleuse que celle-là. Son enthousiasme et sa stupéfaction l'empêchèrent de remarquer les pavés qui manquaient dans l'allée, la peinture qui s'écaillait dans la véranda et les taches de moisi qui souillaient le sol de la terrasse. Pendant qu'il admirait les vitraux, il ne voyait pas que les huisseries étaient rongées par la pourriture.

La porte en chêne massif grinça quand Eve le fit entrer dans le vestibule. Il y flottait une odeur d'eucalyptus à laquelle se mêlaient l'urine de chat et les relents de cette pommade qu'il utilisait pour se décontracter les mollets après une longue marche. C'est à ce moment-là qu'il commença à respirer par la bouche.

Un feu d'enfer brûlait dans la cheminée massive en pierre de taille. Une forte envie de s'enfuir s'empara de lui, mais il se campa solidement sur le parquet de chêne en attendant qu'Eve le présente à sa famille.

Persuadé que son amie avait déjà parlé de lui à ses parents, il fut quelque peu surpris de voir l'effet produit par son apparence physique. Le père, dirigeant sur lui un visage dépourvu de toute expression, ne lui tendit même pas la main. Calvin le regarda fixement, avec insistance, espérant que l'autre baisserait les yeux, mais en vain. Ce colonel en retraite aux cheveux coupés en brosse avait une apparence redoutable. Et des préjugés raciaux d'un autre siècle. Il secoua la tête d'un air que Calvin jugea méprisant.

La mère d'Eve, c'était Eve avec trente ans de plus. Elle se dressait de toute sa hauteur, chaque cheveu bien à sa place, la face et le cou abondamment poudrés. Calvin dut se retenir de lui demander de retirer son masque. Vêtue de mauve fade, avec une robe sans le moindre décolleté, elle portait un camée qui attirait l'attention sur sa gorge squelettique. Elle avait les yeux les plus froids et le visage le plus austère que Calvin eût jamais vus.

Quant à Bea, la sœur, elle ressemblait tellement à Eve qu'on aurait pu les prendre pour des jumelles. Tout sourire de bienvenue était également absent de ses traits rébarbatifs.

Les présentations terminées, tout le monde s'assit au salon, et Eve offrit à Calvin un verre de vin qu'il renversa quand un énorme chat noir se percha d'un bond sur son épaule. Irene, la mère, clappa de la langue avec agacement et ordonna à Bea de « nettoyer cette saleté ». Eve emplit de nouveau le verre de Calvin tandis que Timothy, le père, secouait la tête d'un air réprobateur. Calvin se dit alors que tout le monde devait avoir une bien piètre opinion de lui dans la maison.

Le silence était plus qu'inconfortable : mortel semblait encore un terme trop faible. Les pieds joints et les mains croisées sur les genoux, Eve ne faisait rien pour détendre l'atmosphère, tandis que sa sœur essuyait le sol avec une serpillière.

Sept minutes plus tard, comme mue par un signal tacite convenu à l'avance, la famille se leva d'un bond et partit en file indienne vers la salle à manger, qui était aussi sombre que sinistre.

Calvin y retrouva l'odeur de chat et de liniment. La poussière recouvrait le buffet en acajou ainsi que l'immense lustre de cristal suspendu au-dessus de la table. Sa visite gênait leurs habitudes, et ils ne faisaient rien pour le mettre à l'aise. Eve montra du doigt un siège à côté d'elle. Il voulut l'aider à s'asseoir, mais elle le devança et rapprocha elle-même sa chaise de la table.

Calvin risqua un œil oblique vers Irene au moment où celle-ci prononçait le bénédicité. Ses lèvres minces remuaient à peine. Elle affirmait remercier Dieu de leur avoir donné la nourriture qu'ils s'apprêtaient à consommer, mais le ton était agressif et rancunier, comme si elle ne tenait pas le moins du monde à partager le pain avec leur invité.

Croyant bien faire, Calvin se signa, et il fut récompensé de son initiative par trois paires d'yeux braqués sur lui, chargés d'hostilité et d'indignation. Bien qu'il ne pût voir Eve, Calvin était sûr qu'elle apportait sa contribution à la réprobation générale.

Mais enfin, qu'est-ce que je fais dans cette galère ?

« Nous n'avons pas l'habitude de parler pendant le repas », annonça Timothy Baylor avec une fureur contenue. Cette fureur se dirigerait contre Eve dès qu'il aurait quitté les lieux, Calvin en aurait mis sa main au feu.

Après le dîner, pendant qu'il se rafraîchissait dans la salle de bains, il entendit les femmes parler de lui dans la cuisine – leurs voix lui parvenant distinctement grâce aux conduits qui faisaient circuler l'air chaud dans toute la maison.

Il prêta l'oreille, l'épaule basse. Les deux sœurs se traitaient mutuellement de vieilles filles.

« Si tu ne peux vraiment pas trouver mieux que ça, intervint la mère, tu n'as que ce que tu mérites. Tu vas couvrir la famille de honte. Ton père a failli en avoir une attaque d'apoplexie. De quel droit te permets-tu d'amener des ostrogoths pareils sous notre toit ? Ton grand-père employait des esclaves qui avaient la peau plus claire que lui. Mais enfin, tu n'as aucun amour-propre, Eve, c'est pas possible ! Les voisins l'ont vu entrer ici. Qu'est-ce qu'ils vont penser de nous ?

Le visage de Calvin s'enflamma. Il s'assit sur le siège des toilettes pour calmer le tremblement de ses jambes. Eve aurait pu prendre sa défense tout de même ! Et qu'est-ce qu'ils s'imaginaient ? Son amitié pour elle était toute platonique, il n'avait aucunement l'intention de la demander en mariage !

Il avait la main sur le bouton de la porte quand il entendit Bea crier :

« J'ai eu l'occasion de me marier, moi aussi ; seulement Jason ne vous a plu ni à toi ni à papa, parce qu'il boitait. Vous prétendiez qu'il déparerait dans la famille. Résultat, maintenant, il est marié, il s'est fait construire une maison et il est vice-président de la banque de Charleston. Vous avez détruit ma vie !

— Ça suffit comme ça, coupa Irene. Ce n'est quand même pas notre faute, à ton père et à moi, si vous n'avez pas de mari. On dirait que vous n'êtes pas fichues d'intéresser un homme normal. »

Calvin fit claquer la porte de la salle de bains derrière lui et sortit en trombe de la maison. Il était déjà arrivé à la grille quand il se rendit compte qu'Eve lui avait emboîté le pas.

« On va toujours au cinéma mercredi ? »

Calvin s'arrêta net et pivota sur ses talons.

« Et moi qui croyais que nous étions amis ! Pour l'amour du ciel, pourquoi m'as-tu fourré dans un tel guêpier ? Si c'est ça l'hospitalité des gens du Sud, tu peux te la garder !

— Tu ne m'as pas répondu, Calvin. Allons-nous au cinéma mercredi, oui ou non ?

— Pourquoi ? Tu avais d'autres rendez-vous inscrits sur ton agenda ? ironisa Calvin.

— Ça veut dire oui ou non, ça ?

— Moi, j'y vais. Si tu veux y venir aussi, tu me verras devant le cinéma. »

Que pouvait-il dire d'autre ?

Les mois qui suivirent ne furent guère différents des précédents. Il retourna deux fois à la maison des Baylor, sans pouvoir s'expliquer pourquoi il s'infligeait une pareille torture.

Le jour où Timothy Baylor l'appela « mon garçon » comme s'il s'était adressé à un esclave, Calvin comprit qu'il ne serait jamais adopté par la famille. Il annonça à Eve qu'il ne remettrait plus les pieds chez elle.

« Personne ne t'y oblige », se contenta-t-elle d'observer.

Trois mois plus tard, un samedi après-midi où ils s'étaient attablés à la terrasse d'un café, Calvin annonça qu'on le renvoyait aux Philippines.

« Il ne s'agit pas d'une affectation définitive, précisa-t-il ; dans six semaines, je serai de retour. Je pars lundi. Si tu veux, je t'écrirai. »

Il la regarda longuement, cette femme qui, au fond, était restée une étrangère pour lui. Il la considérait comme son amie, mais ils n'avaient jamais rien partagé d'autre qu'un dîner, une tasse de café ou un film. Peut-être que, si elle avait été plus jeune ou plus jolie, ou si elle avait eu le sens de l'humour, il aurait fait davantage d'efforts ; mais, pour résumer leur étrange relation, ils n'étaient que deux êtres solitaires qui partageaient leur solitude de temps en temps.

Il se demanda si elle lui manquerait, s'il souffrirait de se retrouver seul dans un pays lointain. Et c'est alors qu'il dit quelque chose dont il ne se serait jamais cru capable, quelque chose de tellement stupide qu'il aurait voulu s'arracher la langue dès que les mots furent sortis de sa bouche. Il demanda :

« Tu veux qu'on se marie ? »

Aucun sourire n'éclaira le visage ingrat qu'elle tournait vers lui, aucune lueur d'excitation n'apparut dans ses yeux, contrairement à ce qui s'était produit quand il avait posé la même question à Ruby quelques mois plus tôt. Eve avait pris un air pensif, perplexe même, comme si elle n'était pas bien sûre d'avoir entendu la question.

« Bah, répondit-elle enfin. Pourquoi pas après tout ? C'est peut-être une bonne idée.

— Tu trouves ? s'étrangla Calvin. Je... je... je croyais que tu haïssais les hommes ? Je suis bien un homme, non ? »

Bon sang, quelle idée il avait eue là !

« Tu as bien dit que tu haïssais les femmes, toi ! Au moins, nous avons ça en commun. C'est que, vois-tu, je ne rajeunis pas, moi, expliqua-t-elle sans détour, et j'aimerais bien avoir un enfant. Comme tu n'as pas l'air d'avoir beaucoup de succès auprès du beau sexe, et que je suis prête à t'accepter tel que tu es, il ne te reste plus qu'à m'accepter telle que je suis.

— Et tes parents ? objecta Calvin en ultime recours.

— Tu ne les verras pas, alors tu n'as aucune raison de t'inquiéter. Leur attitude, c'est leur problème à eux, ce n'est pas le tien. Évidemment, ils ne te considéreront jamais comme un membre de la famille, il faut que tu le comprennes bien. »

Calvin se demandait si son cœur n'allait pas exploser dans sa poitrine. Il fallait se sortir de ce traquenard, à n'importe quel prix.

« Il vaudrait mieux attendre mon retour. Comme ça, nous aurons eu le temps d'y réfléchir, chacun de notre côté. Il s'agit là d'une affaire sérieuse, et je ne veux pas que tu te brouilles avec ta famille à cause de moi. Comme tu le dis si bien, je n'ai guère de succès auprès du beau sexe ; et, comme le disait ta mère dans la cuisine l'autre jour, tu n'as pas le chic pour harponner les hommes, toi non plus. »

Cette dernière remarque fut dite avec suffisamment d'amertume, malgré l'air contrit qu'il avait cru bon de prendre, pour qu'Eve marque le coup par une contraction subite de la bouche.

S'il y avait une chose qu'Eve Baylor redoutait plus que tout au monde, c'était de rester vieille fille. Dans le Sud, une femme n'existait pratiquement pas tant qu'elle n'avait pas la possibilité de mettre « madame » devant son nom de famille. Pour être respectée, elle devait avoir un mari et, si possible, au moins un enfant.

« Je n'ai nul besoin d'un délai de réflexion, Calvin. Si tu envisages sérieusement cette union, sache que c'est également mon cas. Nous pouvons donc prendre notre décision dès maintenant, sans attendre ton retour. Tu voudras que je me convertisse au catholicisme, n'est-ce pas ? »

Calvin hocha la tête sans conviction.

« Dans ce cas, j'irai au catéchisme pendant ton absence. Comme ça, dès que tu seras revenu, on pourra se marier au presbytère de ton curé – pas à l'église, bien sûr, mes parents en feraient une maladie. D'ailleurs, je ne leur dirai pas que je veux me convertir. Ils le sauront toujours assez tôt. Alors, envisages-tu sérieusement de m'épouser, Calvin ? »

Il se racla la gorge. Maintenant, son honneur était en jeu. A la suite d'un coup de tête, d'une impulsion qu'il n'avait pu contrôler, toute sa vie changeait de direction, elle basculait dans l'inconnu. Avait-il parlé sérieusement ? Bien sûr que non ! Seulement, il ne voyait pas comment il allait pouvoir se dépêtrer d'une telle situation sans passer pour un plaisantin ou pour un mufle.

« Bah, je l'envisage aussi sérieusement que toi, finit-il par articuler.

— Bon, l'affaire est conclue. J'irai le plus tôt possible voir le curé pour que nous nous mettions d'accord sur les horaires des séances de caté-chisme. Je t'écrirai pour te tenir au courant.

— Mais tu n'as pas mon adresse.

— J'attendrai que tu me la donnes, et ensuite je t'écrirai. Ça va bien, Calvin ? Tu m'as l'air un peu pâle, tout d'un coup...

— Ça va très bien. Mais un tas de choses me préoccupent.

— Tu veux que nous en discutions ? Si tu as des secrets que tu sou-haites partager avec moi, tu peux te soulager la conscience, proposa-t-elle.

— Pourquoi le ferais-je ? Je ne me souviens pas que tu m'aies confié le moindre secret, toi. Je me rappelle seulement que, d'après ta mère, il y a eu avant moi un long cortège d'hommes qui se sont trouvés mêlés à ta vie. Tu veux que nous en parlions ?

— Non, pas du tout. Nous repartons de zéro. Tu t'occupes de tes affaires, et moi des miennes. Ah, tout de même, Calvin, il y a une chose que je tiens à mettre tout de suite au clair : je veux que tu me donnes ta parole que tu ne me seras jamais infidèle. Je veux ta parole d'officier et de gentleman. »

Calvin haussa les épaules.

« Je te la donne très volontiers. Et toi ?

— Tu n'as aucune raison de te faire du souci à mon sujet, Calvin. Je déteste effectivement les hommes. Alors, si jamais tu me trompes, j'aime autant te prévenir que je t'en ferai voir de toutes les couleurs. Aussi longtemps que tu vivras. »

Calvin frissonna malgré la chaleur du soleil.

« De toute façon, dans la mesure où je hais les femmes, je ne crois pas que tu auras jamais le moindre reproche à m'adresser. »

Comme convenu, il avait été de retour à Charleston au bout de six semaines ; et ils s'étaient mariés le samedi suivant, à quatre heures de l'après-midi. Les parents d'Eve n'avaient pas assisté à la cérémonie, ce dont Calvin n'avait pas un instant songé à se plaindre.

Une heure après le mariage, ils partirent en voyage de noces pour Columbia à bord de la guimbarde poussive qu'Eve s'obstinait à conduire. Leur lune de miel fut un fiasco complet. Chaque fois que, par la suite, Calvin se remémora leur nuit de noces, il sentit le rouge de la honte et de l'humiliation lui monter au front.

156

Inquiet, mais tout de même plutôt émoustillé, il ne prit pas la peine d'ôter le pyjama et le caleçon qu'il avait achetés en prévision de cet événement mémorable. Légèrement euphorique, il chevaucha Eve et éjacula au bout de quelques secondes. Il se retira alors, la mine déconfite en entendant Eve s'exclamer :

« Je croyais que tu savais t'y prendre ! »

Sa confusion était telle qu'il en perdit le sens de la mesure.

« Tu m'as l'air drôlement expérimentée, toi ! Et moi qui te croyais vierge ! »

Elle le chassa loin d'elle, d'une vigoureuse poussée.

« J'étais loin de m'imaginer que tu étais puceau. A l'âge que tu as, les hommes ont tout de même un minimum d'expérience ! A te voir ainsi vêtu, on croirait que tu t'apprêtes à partir en haute montagne. »

Ils continuèrent à échanger des propos peu amènes jusqu'au moment où, comprenant le danger de la situation, Eve entreprit de recoller les morceaux.

« Calvin, nous sommes l'un et l'autre très énervés. Nous nous sommes dit des choses que nous ne pensions pas. En tout cas, moi, je ne les pensais pas. Je suis prête à assumer la moitié des torts. Seulement, tu comprends, ce n'est pas facile de se marier contre la volonté de ses parents, surtout par ici ; dans le Sud, on n'a pas la même mentalité que dans le Nord. J'ai dit des choses très désagréables et je le regrette. Je suis prête à tirer un trait sur tout ce qui a été dit ce soir et à faire de mon mieux pour que tu ne sois plus jamais déçu. »

Coulant vers lui un regard oblique, elle décida de jouer davantage la corde sensible.

« Rends-toi compte, j'ai changé de religion pour toi et tu sais bien que l'Église catholique interdit le divorce. Je me suis convertie, Calvin, et je ne connais pas beaucoup de femmes qui en auraient fait autant. »

Comme il restait impassible, elle insista encore :

« Il faut bien voir les choses en face, Calvin. Tu es différent de moi. Tu n'es pas un Blanc comme moi, tu es le produit d'une culture différente, tu viens des antipodes. Tu vois, on aurait dû discuter de tout ça avant. Malgré nos différences, je t'accepte tel que tu es ; et toi, il faut que tu m'acceptes aussi. Nous ferons un nouvel essai. Pas tout de suite, bien sûr. Demain, ce sera très bien ; ou après-demain, comme tu voudras. »

Si elle avait souri, si elle avait parlé d'une voix plus douce, Calvin se serait peut-être laissé attendrir. Mais s'il capitula finalement, ce fut uniquement parce qu'il savait qu'il serait excommunié par l'Église s'il demandait le divorce. Il se contenta de hocher la tête, craignant de se trahir s'il parlait. Ils se défièrent du regard, et ce fut Eve qui baissa les yeux la première.

Calvin tira les couvertures de son côté et se prépara à s'endormir. Mais, au lieu de penser à ce qui venait de se passer, ce fut l'image de Ruby Connors qui le hanta. Il se demandait comment se serait déroulée leur nuit de noces.

Cinq jours après, Calvin montait dans l'avion qui l'emmenait aux Philippines, laissant sur place sa femme qui le rejoindrait un mois plus tard.

En épousant Eve Baylor, il avait commis la plus grave erreur de sa vie. Il le savait, et Eve le savait aussi.

Calvin revint à la réalité quand l'opérateur lui annonça que le Pentagone ne répondait pas. Il essuya la sueur qui lui coulait dans les yeux. Bien sûr que le Pentagone ne répondait pas ; il était huit heures du soir. Il arrivait parfois que Ruby fasse des heures supplémentaires, mais elle ne dépassait jamais sept heures. Comme l'opérateur lui demandait s'il désirait laisser un message, il répondit :

« Non, je rappellerai plus tard. »

Il resta à regarder le téléphone pendant cinq bonnes minutes. Il pourrait rappeler le soir même, son service terminé ; mais à quoi cela l'avancerait-il ? Il avait réagi tout de suite, par pur réflexe, après avoir eu le message ; mais, d'ici ce soir, il aurait réfléchi et mesuré la vanité d'une démarche qui ne pouvait mener nulle part.

Un vieux proverbe remonta à sa mémoire. Que disait-il, déjà ? Ah oui : Ne réveillez pas le chat qui dort. Téléphoner à Ruby ne servirait à rien. Il était marié, il avait renoncé à son droit au bonheur.

« Je suis navré, Ruby, murmura-t-il. Pardonne-moi. »

Tous les jours se ressemblent maintenant, se disait Ruby en regardant les vitrines de la 14e rue pour trouver des idées afin de constituer son trousseau. Elle se contenterait du strict minimum, mais elle tenait tout de même à faire l'emplette de quelques articles de lingerie. Elle s'était déjà laissé tenter par une chemise de nuit en mousse de dentelle noire d'une indécence qui l'avait fait rougir jusqu'aux oreilles quand elle l'avait essayée. Elle l'avait montrée aussitôt après à Rena, qui avait applaudi d'un air ravi en déclarant que c'était coquin à souhait.

Les autres locataires de la maison organisèrent en son honneur une soirée à laquelle furent conviées quelques collègues de bureau – sans oublier Rena, bien entendu. Prévoyant qu'on lui ferait des cadeaux, elle avait mentionné, mine de rien, au cours des conversations précédant l'événement, un certain nombre d'objets dont elle aurait besoin, tout en se limitant à ceux qui ne risquaient pas de peser trop lourd sur les budgets modestes de ses compagnes.

Ruby regarda longuement une robe qui, selon elle, conviendrait fort bien pour son mariage, mais qui était affreusement chère. Elle se rappela alors les conseils que lui prodiguait toujours Nola. « Tu achètes un modèle très simple et très classique, et tu ajoutes les fioritures toi-même. »

Observant la petite merveille offerte à la convoitise des candidates au mariage, Ruby calcula que pour quelques dollars elle pourrait se procurer la garniture en dentelle et les boutons ornés de perles minuscules qui lui conféraient tout son charme. Naturellement, elle allait s'user les yeux à coudre ces divers accessoires sur la robe – à condition, de plus, d'en trouver une qui convînt.

Elle voulait que son mariage soit une réussite, et en fait les choses se présentaient plutôt bien. Rena avait proposé d'organiser la réception dans sa salle à manger, qui pouvait accueillir une bonne douzaine de personnes. Les colocataires avaient décidé de confectionner elles-mêmes un vaste choix de canapés et d'amuse-gueules en tout genre, et du coup Rena offrit le champagne, ce qui lui valut un large sourire de la part de Bruno. Connaissant l'avarice de sa propriétaire, Ruby en conçut une grande surprise et se demanda si elle n'allait pas se voir réclamer une contribution financière sous un prétexte quelconque.

Trois jours avant de devenir enfin propriétaire de ses deux maisons, Ruby, qui n'avait toujours pas trouvé la robe adéquate, sortit son livre de comptes. Pour l'instant, il n'y avait pas eu de mauvaise surprise et, une fois son trousseau payé, il lui resterait encore soixante-dix dollars à la banque. En outre, elle avait trouvé des locataires qui désiraient s'installer chez elle le plus tôt possible.

Rena lui avait demandé si elle comptait mettre son futur mari dans la confidence.

« Et comment vas-tu faire pour payer tes remboursements mensuels et toucher les loyers à son insu ? » demanda-t-elle avec curiosité.

Il fut donc décidé que – moyennant une modeste redevance naturellement –, Rena percevrait les loyers, déposerait l'argent sur un compte au nom de Ruby et se chargerait elle-même, pour quelques dollars de plus, de payer les mensualités à la banque. Le directeur de cet établissement se laissa convaincre de l'opportunité de cet arrangement lorsqu'on lui fit valoir que Ruby allait devoir résider dans un autre État.

Finalement, une fois défalquées toutes ces dépenses, y compris les différentes commissions versées à Rena, il restait encore une soixantaine de dollars par mois à Ruby.

Elle convint avec le directeur de la banque que quarante dollars seraient versés à ses parents le premier de chaque mois – les vingt dollars restants étant déposés sur son compte-épargne personnel.

C'est avec une certaine satisfaction qu'elle ressortit du bureau de cet important personnage. Elle ne serait pas obligée de prélever le moindre *cent* sur la solde d'Andrew. Et elle n'avait rien à se reprocher : les arrangements effectués avant la date de son mariage ne concernaient qu'elle et elle seule. Tout le monde le lui avait confirmé, y compris Rena et le directeur de la banque.

Elle était si absorbée par ses pensées qu'elle faillit ne pas voir la robe exposée à la devanture d'une boutique de la 14ᵉ rue. Certes, le tissu ne paraissait pas suffisamment solide pour résister au premier lavage, mais elle ne coûtait que neuf dollars. De plus, elle correspondait exactement au modèle que Ruby recherchait : une taille de guêpe et une jupe évasée, sans excès toutefois. Fermant les yeux, elle essaya d'imaginer quel serait l'effet produit une fois qu'elle y aurait ajouté les perles et les boutons. Si elle ne surchargeait pas trop, se conformant ainsi aux pratiques des grands professionnels que Nola prenait pour modèles, elle aurait une création qu'aucune mariée ne rougirait de porter.

Une fois à l'intérieur du magasin, elle se rendit compte qu'elle pourrait sans difficulté ajouter les perles, coudre un ruban et mettre de la dentelle partout où elle le souhaitait. En outre, elle eut la bonne surprise de constater que la robe était soldée et qu'on la lui laissait pour un dollar de moins. Et elle savait ce qu'elle ferait de ce dollar : Nola lui avait dit un jour que la plus jolie coiffure qu'une mariée puisse porter était très facile à confectionner soi-même : il suffisait de se procurer un petit cerceau de brodeuse et d'y attacher des plumes, des rubans et des perles. En y fixant un filet en voile beige, l'effet obtenu serait incomparable.

Si elle ne se trompait pas dans ses calculs, sa toilette de mariage n'allait pas lui coûter plus de douze dollars!

En ressortant de la boutique, Ruby murmura :

« Oh, Nola, tu m'en as appris, des choses! Je suis sûre que tu serais fière de moi si tu me voyais me débrouiller comme je le fais en ce moment. »

Poussant un long soupir, Ruby repartit vers son logis.

Les dernières formalités nécessaires pour que Ruby puisse prendre possession de ses deux maisons durèrent une heure et demie. Elle quitta l'étude du notaire avec deux trousseaux de clés et deux chèques totalisant cent soixante-dix-huit dollars qu'elle avait versés en trop antérieurement comme provisions sur les primes d'assurances et les notes de gaz et d'électricité.

Elle s'arrêta chez un serrurier pour faire confectionner trois jeux de clés – un pour Rena, un pour la banque et un qu'elle conserverait personnellement. Puis elle se rendit à la banque pour y remettre les papiers que le notaire lui avait confiés. Elle esquissa un sourire dubitatif quand le responsable du service la félicita de son acquisition et lui souhaita la bienvenue en tant que nouvelle cliente.

En descendant Pennsylvania Avenue, Ruby s'aperçut que de légers flocons de neige constellaient son manteau bleu marine. Elle avait toujours aimé la neige, mais cette fois elle pria le ciel pour qu'il envoie plutôt de la pluie. S'il neigeait, il lui faudrait déblayer les marches d'accès aux maisons ainsi que les allées. A moins qu'elle ne paie le mari de Rena pour qu'il le fasse à sa place. Bon sang, elle n'avait pas pensé à ces petits problèmes auparavant! Et il y aurait aussi les feuilles mortes à ratisser en automne et la pelouse à tondre à la belle saison. Que de frais en perspective!

Elle remonta le col de son manteau de laine, noua son écharpe sur sa tête et hâta le pas, courant presque sur le trottoir. Heureusement, l'amiral Query lui avait donné son après-midi, sinon il aurait encore fallu qu'elle paie Rena pour que celle-ci aille réceptionner les meubles commandés chez le brocanteur.

Elle était enfin en vue de sa chère maison. Elle se mit à courir pour de bon, les yeux brillants, jusqu'aux marches du perron. *Sa* maison! C'était la première fois qu'elle avait quelque chose à elle.

Lentement, pour mieux savourer le plaisir que ce geste lui procurait, elle introduisit la clé dans la serrure et tourna le bouton de la porte. Elle franchit le seuil, savourant le spectacle de ces pièces vides qui s'étalaient devant elle. Aussitôt la porte refermée, elle battit des mains avec ravissement et se mit à danser dans la salle de séjour :

« Mon Dieu ! Tout cela est à moi. A moi et rien qu'à moi ! Pas mal pour une provinciale complètement demeurée ! »

Son rire se prolongea tout le temps qu'elle passa en revue les différentes pièces, imaginant l'effet produit une fois qu'elles seraient meublées.

Soudain, elle se rembrunit. Ah, si seulement elle avait eu quelqu'un avec qui partager ce paradis ! Le nom d'Andrew s'était présenté à son esprit, elle le chassa aussitôt. Non, pas Andrew ! Amber ? Encore moins, elle prendrait des airs supérieurs en critiquant tout ! Opal ou Nola auraient apprécié, bien sûr. Ou Calvin. Au fait, dans deux ans, Opal serait en âge de quitter Barstow. Si elle décidait de partir pour Washington, elle pourrait venir habiter ici !

« Et pas question de lui réclamer un loyer ! »

Tout s'arrangeait merveilleusement, grâce à l'argent que lui avait laissé sa grand-mère !

Elle courut de nouveau d'une pièce à l'autre, allumant les lumières et faisant couler l'eau des robinets. Elle tira la chasse d'eau dans les deux salles de bains, rien que pour le plaisir d'entendre l'eau gargouiller dans les tuyaux. Pour elle, ce bruit de plomberie était le plus beau du monde.

« Bon Dieu, je n'arrive pas à y croire ! » répétait-elle en dansant dans les salles vides.

Jamais elle n'avait détenu un secret de cette envergure.

Vingt minutes plus tard, un gros camion jaune portant la mention « Meubles d'occasion » écrite en lettres rouge vif se rangea le long du trottoir. Moins d'une heure après, la maison était garnie de ses meubles. Le soir même, elle dormirait chez elle.

« Je vous retrouve à la maison de O Street », dit-elle au chauffeur du camion.

Elle ne se sentait plus de joie en fermant la porte de sa première maison. Personne n'allait la lui reprendre, non, personne !

Elle était redevenue une petite enfant, courant et sautillant sur le trottoir pour gagner sa seconde maison en brique rouge. Regardant par-dessus son épaule, elle vit le camion jaune surgir au carrefour devant elle. Elle accéléra l'allure. Il fallait qu'elle arrive la première pour ouvrir la porte et retrouver le même plaisir que précédemment, la sensation d'être la seule à posséder cet irremplaçable trésor !

Et tout recommença : elle courut dans les pièces vides, alluma les lumières, ouvrit les robinets...

Il faisait nuit quand Ruby tendit au chauffeur du camion un billet de cinq dollars pour le remercier d'avoir bien voulu monter les lits dans les deux maisons.

Elle s'était muée en femme d'affaires !

Les jours passaient plus vite et le froid s'intensifiait à mesure qu'approchait la date prévue pour le mariage.

Andrew Blue arriva à Washington le vendredi après-midi, veille du grand jour. Rena et Bruno mirent gracieusement leur chambre à sa disposition, moyennant une modeste compensation financière. Ruby, qui avait tenu à lui énumérer les différentes circonstances dans lesquelles elle avait dû mettre la main à la poche pour satisfaire la cupidité de ses propriétaires, se rendit compte au dernier moment, et à sa grande confusion, qu'elle avait failli trahir son secret concernant les deux maisons dont elle venait de se rendre acquéreur.

Du coin de l'œil, elle observa son fiancé pendant qu'il plaisantait avec Rena et les autres locataires. Il était si beau garçon! C'était vraiment l'US Marine dans toute sa splendeur, avec ce rien d'arrogance qui conférait à ce corps d'élite un prestige envié de tous.

Elle fut soudain prise de fou rire en se rappelant que ses compagnes avaient prévu de chanter l'hymne des marines à la place de la marche nuptiale après la cérémonie. L'idée lui vint qu'elle n'avait jamais vu Andrew autrement que sanglé dans son uniforme fraîchement repassé. Elle se demanda, en rougissant comme une collégienne, s'il avait du poil aux jambes.

Elle sentit qu'il la regardait, comme pour la jauger. Elle sourit, se demandant s'il appréciait le spectacle qu'elle lui offrait. C'est alors qu'elle le vit lever le pouce d'un air approbateur. Elle courut à lui et le serra contre elle, impulsivement. Surpris, il commença par reculer légèrement, puis il l'étreignit à son tour. Il fixait sur elle un regard plein de chaleur et de tendresse. C'est alors qu'elle le regarda bien en face et, lui décochant une œillade éloquente, elle murmura d'un air enjôleur :

« Plus que vingt-trois heures!

– Tu n'as pas honte! » plaisanta-t-il.

Levant les bras en l'air comme pour masquer la bouffée de désir qui montait en lui, il cria :

« Ce soir, c'est moi qui régale! »

Le dîner fut succulent, et Andrew se conduisit en hôte gracieux et spirituel. Bien avant la fin de la soirée, Rena flirtait outrageusement avec lui et les compagnes de Ruby fixaient sur eux un regard plein d'envie. Bruno, qui s'était mis au diapason, faisait la cour à ses locataires, l'une après l'autre. Ruby observa leur manège avec amusement et décida, quand ils sortirent du restaurant, qu'elle avait finalement eu la main heureuse en choisissant Andrew pour époux...

Une fois que tout le monde eut réintégré la maison de Monroe Street, Rena attendit qu'Andrew ait embrassé Ruby sur la joue pour l'entraîner vers sa chambre en clappant de la langue pour marquer sa désapprobation.

« Ça suffit comme ça, vous deux. Maintenant, tu ne revois plus la mariée avant demain matin. »

Pour donner encore plus de force à son injonction, elle saisit Andrew par le bras et le tira de toutes ses forces en direction de la chambre qu'elle avait décorée en bleu, blanc et rouge, à son intention, avec des drapeaux américains tendus un peu partout. Il fit en direction des murs un salut impeccable, puis porta la main à sa bouche pour ne pas pouffer.

Une fois la pièce plongée dans le noir, il se déshabilla, ne gardant que ses sous-vêtements, et se glissa sous la couette. A la même heure, le lendemain, il aurait une épouse qui s'appellerait Ruby Blue. En s'enfonçant peu à peu dans un sommeil agité, il se demanda s'il tomberait amoureux de Ruby une fois le mariage consommé. Il finit par conclure, au moment où les vapeurs du sommeil commençaient à lui embrumer le cerveau, que si Ruby avait assez d'amour pour deux, ses sentiments à lui n'avaient que bien peu d'importance. Il subviendrait aux besoins de son épouse en lui donnant tous les enfants qu'elle désirerait. Que pouvait-elle souhaiter de plus ?

Ruby marchait de long en large dans sa chambre, les yeux fixés sur ses valises et sur sa robe de mariée accrochée près de la porte. Le jour de ses noces était déjà arrivé. Si elle le voulait, elle pouvait encore fuir, il en était encore temps. Elle pouvait se réfugier dans l'une de ses maisons pour y dormir : personne, à part Rena, ne connaîtrait le lieu de sa cachette, et Ruby savait qu'elle pouvait compter sur la discrétion de sa propriétaire.

La panique montait en elle, mais il n'était plus question de se dérober : elle s'était engagée envers Andrew, il fallait aller jusqu'au bout. Elle finirait bien par tomber amoureuse de lui. De toute façon, elle s'était fait le serment de se comporter comme la meilleure des épouses.

Au fond, ce que j'éprouve maintenant, conclut-elle, c'est une nervosité parfaitement légitime. Toutes les futures mariées sont passées par là.

Il serait très bien, ce mariage, simple mais tout à fait réussi. Son gâteau de noces, confectionné par Rena – moyennant une modeste redevance –, était superbe. Il y avait même au sommet un marié et une mariée en plastique. Bruno avait accepté de prendre des photos avec son Brownie Hawkeye. Ruby les ferait développer et tirer aussitôt après qu'elle se serait installée dans le logement qui leur était alloué à Camp Lejeune.

Elle regarda un long moment la petite pile de cadeaux posée près de la porte du placard. Elle était restée abasourdie en voyant la superbe parure de lit que lui avaient envoyée l'amiral Query et sa femme et qu'elle avait reçue par la poste la veille. Mabel McIntyre lui avait offert deux magnifiques chandeliers en cristal. En la remerciant, elle l'avait serrée si fort contre sa poitrine que la pauvre femme avait dû se dégager en riant, « pour ne pas mourir étouffée ». Mais le cadeau qu'elle préférait provenait de la mère de Nola.

Ruby se laissa tomber sur les genoux et ouvrit le carton, émue jusqu'aux larmes. A l'intérieur, il y avait un couvre-lit fabriqué entièrement à la main, que Nola avait confectionné en découpant des pièces dans les vêtements portés autrefois par les enfants. Elle avait brodé un nom sur chaque petit carré de tissu. Mrs. Quantrell expliquait également dans sa lettre que ce petit chef-d'œuvre conviendrait parfaitement pour le lit de l'enfant que les jeunes mariés ne manqueraient pas d'avoir un jour.

Ruby s'essuya les yeux du revers de la main. Il y avait aussi des morceaux de sacs de farine, semblables à ceux que récupérait sa grand-mère pour confectionner des torchons et des tabliers.

Elle avait montré ses cadeaux à Andrew, et en voyant le couvre-pied il s'était récrié :

« Mais qu'est-ce que c'est que cette horreur ? C'est bon à foutre à la poubelle, ce truc ! »

Les hommes comme Andrew ne pouvaient pas comprendre. Calvin, lui, aurait sûrement apprécié, car il avait du cœur, et le sens de la famille.

Les yeux de Ruby s'embuèrent une seconde fois. Bon, il fallait cesser de s'attendrir de la sorte, sinon elle aurait les yeux rouges pour le mariage. D'ailleurs, dans la nouvelle existence qui l'attendait, il n'y avait aucune place pour la sentimentalité.

Elle se dirigeait vers la salle de bains quand Rena la rattrapa avec le courrier.

« Il y a une lettre pour toi, Ruby. C'est ta sœur. »

Elle l'ouvrit à regret, pleine d'appréhension : Amber allait sûrement s'arranger pour lui gâcher sa journée. Elle la lut pendant que sa baignoire s'emplissait.

Chère Ruby,

Le berceau est arrivé cette semaine. Il est très joli. Nangi l'a assemblé aujourd'hui. Je n'ai encore rien décidé pour la garniture, car je ne sais pas s'il faut du bleu ou du rose.

Pour faire ses courses ici, ce n'est pas comme aux États-Unis. On ne trouve rien de ce qu'on cherche, mais maintenant que j'ai le catalogue de *Sears and Roebuck* je pourrai commander ce que je veux. Merci de me l'avoir envoyé.

J'ai reçu ta lettre m'annonçant que tu te maries avec Andrew Blue. J'espère que tu es amoureuse de lui, Ruby, parce que autrement votre mariage risque fort de courir à la catastrophe. Mais je ne sais pas pourquoi je te dis ça, tu n'as jamais voulu m'écouter.

Nangi a reçu une carte – en fait, un faire-part de mariage – envoyé par son cousin. Donc, Calvin s'est marié le mois dernier avec une sudiste nettement plus âgée que lui. Sans doute s'agit-il de l'une de ces créatures superbes, comme on en voit parfois dans les États du Sud. Il est maintenant aux Philippines, et elle va l'y rejoindre très bientôt.

Tu vois, Ruby, il ne t'aimait pas, sinon il ne se serait pas marié avec une autre. Et, manifestement, tu ne l'aimais pas non plus, sinon tu n'épouserais pas Andrew. A tout hasard, je joins une photo de Calvin et de sa jeune femme ; il vient de nous l'expédier. Personnelle-

164

ment, je trouve qu'elle a tout de la vieille fille complètement racornie. Nangi prétend même qu'elle aurait l'âge d'être sa mère.

Je t'aurais bien envoyé un cadeau de mariage, mais je n'ai rien trouvé de valable à t'offrir. Dis-moi ce que tu aimerais et je passerai une commande sur le catalogue.

Envoie-moi ta nouvelle adresse pour que je puisse te prévenir quand le bébé arrivera.

Ta sœur,
Amber

Ruby replia la lettre et la remit dans son enveloppe. Puis elle prit la photo et l'examina sous la lampe qui surplombait le lavabo. Après l'avoir observée un long moment, elle la déchira en minuscules morceaux qu'elle jeta dans la cuvette des toilettes.

Elle prit un bain et s'habilla, ensuite elle descendit retrouver les invités avec qui elle parla et rit de façon très naturelle. Seule Rena parut s'apercevoir que Ruby avait quelque chose d'inhabituel, mais elle ne fit aucune remarque, se contentant de lui tapoter le bras ou l'épaule d'un geste maternel.

Devant le presbytère, les invités jetèrent des poignées de riz sur les deux jeunes mariés tout en entonnant l'hymne des marines avec plus d'enthousiasme que de justesse mélodique ou rythmique. Ruby sourit en rentrant la tête dans les épaules, comme le font toutes les jeunes mariées pour se protéger du riz qui pleut sur elles. Andrew rit de fort bon cœur pendant que Bruno photographiait à tour de bras.

Puis Mr. and Mrs. Andrew Blue prirent la pose afin que Bruno puisse faire le portrait officiel du couple – celui que, d'après lui, il faudrait agrandir pour l'encadrer et le mettre à la place d'honneur, dans le salon.

« Que le champagne coule à flots », ordonna Bruno en débouchant l'une des deux bouteilles que sa femme avait prévues avec sa parcimonie habituelle. Il avait d'ailleurs pris la précaution d'en acheter quatre de plus, pour parer à toute éventualité, sachant que sa femme trouverait facilement un moyen de les payer sans grever en rien leur budget.

Andrew dansa et flirta avec toutes les filles, sous le nez de Ruby qui, de son côté, dansa dans les bras de Bruno jusqu'à en perdre haleine. Les canapés disparurent bien vite, ainsi que le gâteau de noces et le champagne.

A sept heures du soir, Rena déclara la réception terminée.

« Mettez-vous en ligne, mesdemoiselles, pour que Ruby jette son bouquet », ordonna-t-elle en prenant elle-même place dans le rang ainsi formé. Ce ne fut une surprise pour personne de voir qu'elle réussissait à sauter plus haut que tout le monde pour saisir le bouquet de roses blanches qui avait volé des mains de Ruby.

« Si je ne m'abuse, cela signifie que je vais devoir divorcer d'avec

Bruno pour me remarier, déclara-t-elle en riant. Qu'est-ce que tu en penses, toi, Andrew ? demanda-t-elle d'un air faussement innocent.

— Je ne crois pas au divorce, répliqua Andrew.

— C'est bien dommage, rétorqua Rena du tac au tac. Et ta femme, qu'en pense-t-elle ? »

Andrew dut admettre qu'il n'en savait rien, ajoutant toutefois que, selon lui, Ruby croyait dur comme fer au caractère sacro-saint de l'institution du mariage.

« Eh bien, je crois, Andrew, que tu pourrais bien avoir des surprises. J'ai l'impression que tu ne la connais pas très bien, notre petite Ruby.

— Je la connais suffisamment, rétorqua-t-il sans chercher à dissimuler la contrariété que faisait naître en lui le tour pris par cette conversation.

— En matière de mariage, lieutenant, on ne peut jamais être certain de rien. Souviens-toi bien de ces paroles. Bon, enchaîna-t-elle sur un ton différent — en frappant dans ses mains et en faisant ainsi tinter joyeusement la douzaine de bracelets qui ornaient ses poignets —, alors, il vous a plu, ce mariage ? Personnellement, je l'ai trouvé merveilleux.

— En effet, il a été merveilleux, et Ruby se joint à moi pour vous remercier tous les deux. Nous n'oublierons jamais à quel point vous avez été gentils avec nous. »

Mr. et Mrs. Andrew Blue firent de grands gestes d'adieux à l'adresse de leurs invités tout en s'installant dans le taxi qui était venu les attendre pour les emmener dans la suite qu'Andrew avait retenue à l'hôtel Ambassador. Après y avoir partagé un souper nuptial, les deux époux pourraient s'adonner aux joies que leur licence de mariage les autorisait à goûter.

Dès que l'automobile eut commencé à rouler, Andrew prit la main de Ruby et enfouit son visage contre le cou de la jeune femme. Celle-ci rougit violemment.

« Mais j'ai le droit de faire ça, maintenant. Je peux faire ce que je veux, nous sommes mariés », lui chuchota Andrew à l'oreille.

Ruby sourit et chuchota en réponse :

« Seulement si je suis d'accord. »

Andrew eut un mouvement de recul, l'œil soupçonneux.

« Ça veut dire quoi, ça ? » demanda-t-il.

Ruby sourit de nouveau.

« Que je suis une personne et non une chose. Ce n'est pas parce que nous sommes mariés que je t'appartiens corps et âme. N'oublie jamais cela, Andrew. »

Les paroles de Rena tintèrent de nouveau aux oreilles d'Andrew. Il n'était pas au bout de ses surprises avec la jeune femme.

Il ne lui restait maintenant qu'à tenter de la persuader de la pureté de ses intentions.

« Écoute, protesta-t-il, je ne voulais pas dire que... tu étais désormais à ma merci. Non, simplement que, comme nous sommes mariés, nous pouvons faire tout ce que nous voulons.

166

« — Nous le pouvons, c'est cela, Andrew. Nous, c'est-à-dire moi tout autant que toi. Ce qui veut dire que chacun de nous devra toujours tenir compte de l'avis de l'autre. Tu comprends ?

— A mon avis, suggéra Andrew, le mieux sera de reprendre cette discussion à l'hôtel. »

Ruby sourit et hocha la tête en signe d'acquiescement, mais il y avait dans son expression quelque chose qui ne manquait pas d'inquiéter le jeune marié.

« Qu'y a-t-il, Ruby ? J'ai l'impression que quelque chose te tracasse. Hier soir, tout allait très bien, et ce soir tu n'es plus la même. Est-ce que tu crois que nous avons commis une erreur en nous mariant ? Tu peux me le dire. Si nous en discutons, cela te permettra peut-être de modifier ton point de vue.

— Excuse-moi, j'espérais que tu ne t'en apercevrais pas. J'ai essayé... Je ne voulais pas que notre mariage en soit affecté, mais il s'agit d'une affaire de famille. J'ai reçu ce matin une lettre d'Amber qui m'a bouleversée. Excuse-moi. »

Elle lui saisit le bras et posa la tête sur son épaule.

« Eh bien, c'est mieux comme ça », dit Andrew en lui caressant la cuisse.

« Nous sommes arrivés », s'exclama soudain Andrew.

Ruby se redressa sur le siège, ouvrant tout grands ses yeux qu'elle avait gardés à demi fermés. Déjà ? Dans quelques minutes, dès qu'Andrew aurait accompli les formalités d'usage au bureau de la réception et fait monter les bagages dans la chambre, elle se retrouverait seule avec son mari pour affronter cette nuit de noces tant redoutée. Elle tenta d'avaler sa salive malgré la boule qui lui obstruait la gorge.

Dès que la porte se fut refermée derrière le chasseur, Andrew serra Ruby contre lui et lui décocha un regard concupiscent.

« On attend le dîner ou on se met au lit tout de suite ?

— Euh, je croyais que tu avais commandé un repas. J'ai faim, moi. Je n'ai rien pu manger tout à l'heure, tellement j'étais nerveuse. D'ailleurs, tu n'as rien avalé non plus, à ce qu'il m'a semblé. »

Mon Dieu, pourquoi donc parlait-elle d'une voix aussi angoissée ?

« Tu as l'air absolument morte de frousse », remarqua Andrew avec un calme olympien.

Forcément, il n'a aucune raison d'avoir peur, lui! s'indigna Ruby. Il faisait ça tout le temps. Il avait des années d'expérience derrière lui, tandis que pour elle... c'était vraiment la première fois.

« Eh bien, oui, j'ai peur, reconnut-elle, et je ne suis pas prête... Non, pas prête du tout à... enfin, à ça, dit-elle d'une voix si forte qu'elle eut l'impression que ses paroles ricochaient sur les murs.

— Ce n'est pas grave, nous n'avons aucune raison de nous bousculer. On va casser une petite graine sans se presser dans quelques minutes et, en attendant qu'ils préparent tout, on prendra un apéritif en discutant tranquillement. Est-ce que je t'ai dit que tu étais jolie comme un cœur tout à l'heure ? Tu l'es encore maintenant, remarque, mais quand je t'ai vue apparaître dans cette robe de mariée, j'ai failli en tomber à la renverse. J'ai l'impression que la journée t'a coûté pas mal de fric, hein ?

— Plutôt, oui ; je n'ai plus un sou sur mon compte en banque, avoua Ruby en riant.

— Au fait, quand tu feras développer les photos, il m'en faut une pour mettre sur mon bureau, au travail, et une que je garderai dans mon portefeuille. Quant à celle qui a été prise devant l'église, on la fera agrandir pour l'appartement, d'accord ? »

Ruby fut touchée. En fait, elle s'était attendue à tout sauf à ce genre de requêtes, de la part d'Andrew.

« Dommage que Nola n'ait pas pu venir à notre mariage, dit-elle sur un ton de regret.

— Écoute, Ruby, je suis vraiment désolé d'avoir réagi comme je l'ai fait quand tu m'as montré le couvre-lit. Je n'avais pas bien vu ce que cela pouvait signifier pour toi. Mais comment veux-tu que je comprenne si tu ne te confies pas à moi ? Je ne pouvais pas deviner, tout de même! Tu sais, je suis un grand sentimental, dans mon genre, malgré les apparences.

— Andrew !

— Oui ?

— Tu ne m'as pas prise dans tes bras pour franchir le seuil. »

L'espace d'un instant, il resta muet, l'air déconcerté.

« Ce n'est pas un oubli de ma part, dit-il enfin d'un ton peiné. Nous sommes ici dans un hôtel ; ce n'est pas l'endroit où nous allons vivre désormais, donc il n'y avait aucune raison de sacrifier à ce rite. Pour l'amour du ciel, Ruby, croyais-tu vraiment que je pouvais oublier quelque chose d'aussi important ? »

L'explication paraissait plausible, et il avait l'air sincère malgré la mine piteuse qu'il n'avait pu s'empêcher d'arborer.

« Eh bien, moi, j'aurais préféré que tu le fasses ici, dit Ruby sans chercher à dissimuler sa déception. De toute façon, c'est trop tard maintenant.

— Laisse tomber, Ruby, on ne va pas se gâcher la soirée à cause de cette histoire.

— D'accord.

— Tu dis ça à contrecœur. Tu m'en veux, hein ?

— Mais non, pas du tout. »

Se rendant soudain compte qu'elle avait pris un ton agressif, elle se mit à genoux pour passer les mains sur l'épaisse moquette gris tourterelle. Non, elle ne voulait pas leur gâcher cette soirée.

« Je n'ai jamais vu un aussi beau tapis ; regarde comme c'est profond et souple. »

Elle envoya promener ses chaussures en riant.

« C'est merveilleux, reprit-elle. Tout est très joli, ici. Je suppose que c'est l'appartement qu'ils réservent toujours aux jeunes mariés.

— Étant donné le prix qu'ils m'ont demandé, il y a intérêt à ce que ce soit bien », marmonna Andrew à mi-voix.

Ruby examina la chambre qui lui parut d'une élégance raffinée, avec son couvre-lit en satin aux tons mauve et gris perle, légèrement plus clair que la moquette. Deux chaises étaient garnies d'un tissu soyeux, assorti au couvre-lit et aux doubles rideaux, mais rayé. Une commode en bois blond et une énorme psyché, juste en face du lit, complétaient l'ameublement.

Dans le miroir, Ruby voyait l'image d'Andrew qui la regardait. Elle pivota sur ses talons, la bouche étirée par un large sourire, ce sourire forcé qu'elle avait arboré toute la journée.

Son regard fut attiré par le téléphone, un combiné d'un noir luisant qui ne comportait pas le cadran des appareils auxquels elle était habituée. Andrew décrocha et donna ses instructions pour le repas qu'on allait leur apporter.

« Et maintenant, on va se prendre un petit apéritif, dit-il après avoir raccroché. Les toasts que nous nous sommes portés, tout à l'heure, chez ta propriétaire, ça comptait pour du beurre. Maintenant que nous sommes en tête à tête, ça va avoir une tout autre signification. »

Il déboucha sans la moindre difficulté la bouteille de champagne qu'il avait apportée. Bruno, lui, avait eu un mal fou à ouvrir la sienne, ce qui avait amené sur les traits d'Andrew une grimace dédaigneuse. Ruby se demanda s'il faisait toujours tout avec la même aisance. L'idée qu'il pouvait être parfait la contraria un peu, mais elle réussit à garder le sourire.

« A notre santé ! »

Ruby but d'un trait le contenu de son verre qu'elle tendit aussitôt pour se faire resservir. Les yeux d'Andrew s'agrandirent de surprise.

« En principe, ça se déguste à petites gorgées, murmura-t-il.

— Pourquoi ? demanda Ruby avant de lamper son deuxième verre avec la même rapidité. Qui a donc bien pu prétendre une stupidité pareille ?

— Eh bien... si c'est un bon champagne, on est censé le savourer. Comment veux-tu que je sache qui a dit cela ? Quelqu'un qui s'y connaissait en vins, je suppose.

— Quand on ne sait pas quelque chose avec certitude, on ne dit rien. A t'entendre, on croirait que ça ne te plaît pas de me voir boire du vin de cette façon, énonça Ruby en articulant chaque mot avec soin. Moi, je préfère boire tout d'une traite. C'est comme ça que je l'apprécie le mieux. Selon moi, les marines ne peuvent pas prétendre tout savoir. »

Andrew fit la grimace, comme si on venait de lui marcher sur le pied.

« Je n'ai jamais dit que les marines savaient tout », déclara-t-il avec aigreur.

Cette fois, ce fut Ruby qui emplit elle-même son verre, mais elle ne le vida pas tout de suite. Elle se demandait avec inquiétude si ses yeux étaient aussi hagards qu'elle en avait l'impression. Apparemment, ce n'était pas une bonne idée de boire du champagne en apéritif.

Elle regarda son mari, qui se dandinait d'un pied sur l'autre, l'air embarrassé. Elle montra alors la chaise qui se trouvait en face d'elle. Andrew se laissa tomber dessus et acheva son vin en une seule gorgée.

« Parle-moi de notre futur appartement. Il est bien ? As-tu rencontré les voisins ? Quelle sorte de meubles as-tu trouvés ? Combien de pièces y a-t-il ?

— Tu ne préfères pas attendre un peu pour te rendre compte par toi-même ? Je n'y connais absolument rien en décoration. Tout ce que je sais, c'est qu'il est pourvu en meubles et en appareils ménagers. Il y a trois pièces et une salle de bains, avec une quatrième pièce qui est trop petite pour faire autre chose qu'un simple débarras.

— Nous n'avons rien à y mettre », objecta Ruby.

Exaspéré, Andrew leva les mains au ciel.

« Eh bien, nous le laisserons vide. Est-ce tellement important, Ruby ? »

Ruby vida sa coupe.

« Ça a de l'importance si on nous oblige à payer pour une pièce qui ne nous sert à rien. Ça ne t'est donc même pas venu à l'idée. Et moi qui croyais que les marines avaient de la jugeote.

— Qu'est-ce qui te prend de critiquer les marines, tout d'un coup ? Je ne vois vraiment pas où tu veux en venir. »

Ruby poursuivit, sans entendre :

« Il nous faudrait de la musique. Comment se fait-il que tu n'y aies pas pensé, Andrew ? Jusqu'à présent, cette soirée manque de romantisme, déclara-t-elle en agitant la serviette comme pour donner plus de force à son propos. Mais tu n'es pas très romantique de nature, n'est-ce pas ? Pourtant, ç'aurait été bien qu'il y ait de la musique!

— En voilà assez, Ruby, je commence à en avoir marre, éclata Andrew. Nous sommes sur le point de commencer notre nuit de noces, et la seule chose dont tu sois capable c'est de boire comme un trou en me balançant des vannes. Si tu penses avoir eu tort de m'épouser, je peux te ramener à Monroe Street sans tarder. J'aimerais que tu te décides une fois pour toutes. »

Ruby fit un effort pour redresser les épaules.

« Je me suis engagée pour la vie et je suis catholique. Je ne sais pas si j'ai eu tort ou non. C'est trop tard! Trop-tard, trop-tard, trop-tard, trop-tard. »

Andrew semblait sur le point de se jeter sur sa jeune épouse pour la rosser quand le chasseur frappa à la porte avec le repas de noces. Il contint sa colère tandis que l'homme disposait les plats et les couverts, plongeant une seconde bouteille de champagne dans un seau à glace. Son travail achevé, il s'éclipsa discrètement, refermant doucement la porte derrière lui.

De la mangeaille, songea Ruby avec dégoût. En s'approchant de la table, elle eut l'impression qu'elle allait revivre un de ces repas de famille, comme elle en avait connu chez ses parents.

« Je fais le service », annonça Andrew avec empressement.

Il disposa sur les assiettes, avec la louche, des carottes rouge vif, des pois minuscules d'un vert éclatant et des petites pommes de terre toutes blanches constellées de microscopiques particules de menthe verte. Les deux minces côtelettes d'agneau paraissaient cuites à souhait et appétissantes au possible. Il beurra un petit pain et le tendit à Ruby dans un geste plein d'élégance.

Comme Andrew s'apprêtait à s'asseoir, Ruby agita l'index dans sa direction d'un air taquin.

« Dis donc, Andrew, tu n'oublierais pas quelque chose, par hasard ? »
Elle lui tendit son verre bien haut.

« Tu as déjà assez bu comme ça », rétorqua Andrew avec humeur.
Mais Ruby agita son verre de plus belle, juste sous le nez de son mari.

« C'est peut-être vrai, mais il n'empêche que j'en veux encore, figure-toi. J'espère que tu n'as pas l'intention de jouer les rabat-joie, parce que moi j'en ai ma claque des gens qui font la morale aux autres, j'aime autant te prévenir tout de suite. »

Andrew s'exécuta et elle lampa son verre d'un trait, demandant aussitôt qu'il le lui remplisse de nouveau.

Andrew s'assit et attaqua le contenu de son assiette. Ruby tenta de percer une carotte avec sa lourde fourchette d'argent mais, après avoir essuyé plusieurs échecs, elle abandonna la fourchette pour prendre une cuiller à soupe. Voyant le regard horrifié que lui décochait son mari, elle pouffa soudain.

« Il faudrait vraiment que je te prenne en photo, tout de suite, murmura Andrew d'un ton hargneux. Je suis sûr que tes enfants apprécieraient un jour.

— Un jour, un jour... D'ici là, de l'eau aura coulé sous les ponts. De toute façon, je ne leur cacherai pas la vérité. Et toi, qu'est-ce que tu leur raconteras, Andrew ?

— Mais de quoi parles-tu donc ? » demanda-t-il avec colère.

Ruby s'efforçait d'ouvrir grand ses yeux, mais ses paupières retombaient malgré elle.

« La vérité, la vérité! En principe, on la respecte toujours chez les marines, non ? L'honneur, la justice, semper fidelis... tout ce galimatias... Je vais être malade, marmonna-t-elle en se levant de sa chaise avec maladresse.

— Bon sang! » grogna Andrew en bondissant de sa chaise pour l'aider à gagner la salle de bains.

Il se mit à genoux et soutint la tête de sa femme pendant qu'elle se vidait l'estomac. Entre les haut-le-cœur, elle répétait inlassablement :

« Je suis désolée. Quel dommage que tu ne comprennes pas! Non, tu ne peux pas comprendre! »

Puis elle se pencha en arrière, s'asseyant sur ses talons, et fixa Andrew de ses yeux pleins de larmes.

« Je ne pensais pas que ce serait si pénible. Je suis désolée, vraiment désolée. »

Bien qu'elle fût encore loin d'être dégrisée, elle se rendait compte qu'elle parlait beaucoup trop. Si elle avait eu assez de forces, elle aurait couru se cacher quelque part pour dissimuler sa honte.

Andrew l'aida à se relever et la coucha sur le lit, retournant ensuite à

la salle de bains pour y prendre un gant de toilette. Il lui essuya doucement le visage en murmurant avec douceur :

« Je suis désolé, moi aussi, Ruby. J'aurais dû me soucier davantage
de ce que tu risquais de ressentir. Bon, ça va aller maintenant. Dors et
demain nous discuterons. Je m'en rends compte maintenant, il faudra
que nous ayons une conversation. Moi, je vais dormir dans un fauteuil,
ou par terre ; ça n'a aucune importance. »

Ruby se redressa sur son séant avec effort et écarta les bras. Les
larmes ruisselaient sur son visage. Elle voulait dire quelque chose, elle
avait besoin de... de quoi ?

« Je suis désolée, mais tu ne peux pas comprendre... J'ai voulu... j'ai
essayé... Oh, ce que j'ai mal ! »

Andrew resta longtemps assis sur le lit, tenant sa femme dans ses
bras. De temps à autre, il lui frôlait les cheveux avec son menton. Il
aimait l'odeur propre et douce qui se dégageait d'elle. Il éprouvait le
besoin pressant de la protéger ; elle était si vulnérable, telle qu'il la
voyait maintenant, endormie entre ses bras. Comme un enfant ou un
petit chien. Il ne parvenait pas à identifier avec précision le sentiment
qu'il éprouvait pour cette jeune femme, mais il avait envie d'y réfléchir
pour essayer de voir clair en lui-même.

Il se déplaça avec précaution, pour éviter de la réveiller, et réussit à
lui caler la tête sur l'oreiller. Il se pencha alors vers elle et déposa un
baiser sur sa joue. Il n'avait pas encore remarqué les cernes noirs qu'elle
avait sous les yeux... Il l'embrassa sur l'autre joue, puis alla chercher
une couverture rose et moelleuse dans l'armoire pour l'étaler sur elle.

Toute la nuit, Andrew veilla auprès de sa femme endormie. Chaque
fois qu'elle remuait, chaque fois qu'elle geignait, il se levait de sa chaise
pour courir jusqu'au lit et ramener en arrière les mèches tombées sur
son front ou lui tapoter doucement l'épaule. Il aurait bien voulu savoir
ce qui la tourmentait à ce point pour tenter de résoudre le problème.

Au petit matin, Andrew détourna son regard du lit pour le diriger
vers la fenêtre que commençait à éclairer la pâle lueur de l'aube, semblable à un fantôme s'efforçant de renaître à la vie. Il allait devoir
prendre une douche pour revêtir un uniforme propre. Sa montre lui
indiquait qu'ils avaient encore trois heures devant eux avant de monter
à bord de l'avion qui les emmènerait en Caroline du Nord. Il se
demanda avec inquiétude s'il ne serait pas obligé d'entreprendre ce
voyage tout seul.

Cette pensée le tourmenta sans qu'il fût capable de dire pourquoi : il
s'était tellement répété qu'après tout le mariage ne faisait pas vraiment
partie de ses priorités immédiates. Mais il avait besoin de Ruby. Lui qui
n'avait jamais eu besoin de personne, il éprouvait une impression
bizarre en constatant ce phénomène dont il ne consentirait à parler sous
aucun prétexte. Car un marine n'a jamais besoin de personne d'autre
que de lui-même, c'est bien connu.

Il avait beau se répéter ce principe inculqué en lui depuis son incor-
poration, il n'en était pas moins conscient de son absurdité totale.

Une heure plus tard, Andrew et son épouse étaient attablés dans la salle à manger de l'hôtel, devant une énorme cafetière en argent. Ruby, la bouche pâteuse, se força à articuler :

« Andrew, je suis désolée pour ce qui s'est passé cette nuit. Je ne sais pas pourquoi je me suis comportée de cette façon. Je vais essayer de me le faire pardonner d'une manière ou d'une autre... »

Andrew versa le café d'une main qui ne tremblait pas.

« Mets beaucoup de sucre et de crème dedans, dit-il d'un ton paternel. Et cesse de te tracasser.

— Tu ne peux pas savoir à quel point je m'en veux. Pourquoi ne m'as-tu pas empêchée de boire autant de vin ? Je n'ai pas l'habitude d'en ingurgiter de telles quantités, et comme je n'avais rien mangé ça m'a rendue malade.

— J'ai fait de mon mieux pour t'arrêter, mais tu n'as rien voulu entendre. Évidemment, j'aurais pu t'allonger une bonne gifle, mais ce n'est pas du tout mon style. Il va quand même falloir que nous ayons une petite conversation tous les deux. A t'entendre, j'ai nettement eu l'impression que tu regrettais de t'être mariée avec moi. Si tel est effectivement le cas, dès que tu as fini ton petit déjeuner, je te ramène à Monroe Street. Tu pourras demander l'annulation du mariage. Tu as dit un tas de choses que je n'ai pas comprises ; mais, si l'on en croit le proverbe, les paroles prononcées sous l'effet de l'ivresse sont toujours révélatrices de la vérité.

— Qu'est-ce que j'ai dit ? demanda Ruby dans un souffle.

— Tu n'arrêtais pas de me balancer des vannes et de t'en prendre aux marines. Et tu as répété je ne sais combien de fois que je ne comprenais pas et que tu étais désolée. Et puis, tu as dit quelque chose dont je n'arrive toujours pas à saisir la portée. Selon toi, tu ne t'attendais pas à ce que ce soit aussi douloureux. Ça t'ennuierait beaucoup de m'expliquer à quoi tu faisais allusion ? »

Ruby buvait son café à petites gorgées, souhaitant de toute son âme qu'il lui reste dans l'estomac.

« Excuse-moi, Andrew, je ne me souviens plus de rien. Je n'ai pas la moindre idée de ce que ça pouvait vouloir dire. Je devais m'excuser d'avoir trop bu. A partir de quel moment est-ce que j'ai commencé à divaguer ? » demanda-t-elle après avoir hésité un moment.

Andrew grimaça un sourire.

« Au fond, c'est un peu ma faute, concéda-t-il. J'avais oublié de te prendre dans mes bras pour franchir le seuil de la chambre et tu ne m'as pas envoyé dire ce que tu pensais de cette omission. Après ça, tout est allé de mal en pis. Bref, je te réitère la proposition que je t'ai faite tout à l'heure : si tu penses avoir commis une erreur en te mariant avec moi, il n'est pas trop tard pour revenir à la case départ.

— Non, Andrew, tu n'y es absolument pour rien, et je ne tiens pas du tout à faire annuler ce mariage. Mais si toi tu as le moindre regret...

— Bon sang, non. Ah, il y a tout de même une chose que je vais te demander, Ruby, c'est que tu me promettes de ne plus jamais insulter le

173

corps des marines. N'oublie pas que tu es femme d'officier, donc officier toi-même : tu es un peu le prolongement de ma personne, et tout ce que tu dis se réfléchit forcément sur moi. Il faut que tu te mettes bien ça dans la tête.

– Oui, bien sûr. Mais ne crains rien, ce qui s'est passé la nuit dernière ne se reproduira plus jamais. Tu n'auras plus la moindre raison de te formaliser de mon comportement ou de mes paroles. »

Le prolongement de sa personne ? Elle n'était pas certaine que cette façon de présenter les choses correspondît à ses vœux les plus chers.

Ruby s'assit près du hublot, car Andrew préférait le siège le plus proche de l'allée. Son cœur battait à une cadence record. Elle planta les pieds fermement sur le plancher de l'avion, prête à freiner de toutes ses forces et à se lancer à corps perdu dans le décor, s'il le fallait, comme les gamins de Barstow dans leurs caisses à roulettes quand ils dévalaient à tombeau ouvert les raidillons du village.

Ruby promena son regard autour d'elle. Personne n'avait l'air affolé. Des voyageurs blasés, des militaires et même des enfants en bas âge, chacun s'installait comme s'il s'agissait d'une simple excursion dominicale. Il faut à tout prix que je garde la tête froide, conclut-elle.

« Pense au temps que nous allons économiser si nous prenons l'avion au lieu du bus ou du train. Si tu réussis à te détendre, tu trouveras le voyage très agréable, avait déclaré Andrew avec une autorité que Ruby avait eu du mal à accepter.

– Tu sais, Andrew, il est tout à fait normal que je ne sois pas très rassurée. Ce sera la première fois que je prendrai l'avion. D'ailleurs, je te ferai remarquer que je ne me plains pas. J'essaie de prendre les choses avec philosophie. Seulement, il y a des fois où il faut faire preuve de compréhension avec moi.

– Mon seul souci est de chercher à te faciliter l'existence. C'est à cela que servent les maris – bien que je ne sois pas vraiment ton mari, au sens plein du terme, ajouta-t-il dans un murmure. J'espère que, la nuit prochaine, tout se passera au mieux.

– Ne t'inquiète pas, tout se passera très bien », dit Ruby à mi-voix.

Incroyable, je suis encore en vie, se dit Ruby en descendant la passerelle pour sortir de l'avion.

« Attends-moi près de la porte, Ruby, pendant que je récupère les bagages. Nous prendrons un taxi pour aller à la base. Cette fois, nous arrivons au but, bientôt nous pourrons nous installer chez nous. »

La mort dans l'âme, Ruby se dirigea vers la sortie. Tout le monde souriait autour d'elle, tous paraissaient heureux de retrouver des parents, des grands-parents ou des amis. Une femme âgée, l'air avenant, traînait derrière elle une lourde valise. Ruby s'empressa de lui ouvrir la porte et offrit de lui porter son bagage jusqu'au bord du trottoir. Puis elle lui adressa un large sourire qui réchauffa le cœur de la brave dame comme un rayon de soleil printanier.

« Merci, mon petit, vous avez été très gentille.

– Ça va aller, maintenant ? » s'inquiéta Ruby.

La vieille dame la rassura d'un hochement de tête.

Andrew surgit alors et siffla à l'oreille de Ruby :

« Je croyais t'avoir dit de rester près de la porte – c'est-à-dire à l'intérieur, et non sur le bord du trottoir pour aider une bonne femme qui pouvait faire appel à n'importe qui d'autre. Je te le répète encore une fois, Ruby, tu as le grade d'officier, tout comme moi. Il faut que tu t'en souviennes !

– Essaies-tu de me faire croire que je n'avais pas le droit d'aider cette vieille dame ? rétorqua Ruby avec indignation.

– Bon, ça suffit comme ça. Laisse tomber, Ruby.

– Sûrement pas. Tu cherches la bagarre, non ? Eh bien, si tu la veux, tu l'auras. Je n'aime pas du tout ton attitude, Andrew. Tu n'as absolument aucune compassion, et j'en arrive à me demander si tu n'as pas une patate à la place du cœur.

– Les gens nous regardent, Ruby, et ça ne me plaît pas du tout. Je porte un uniforme et des galons ; et toi, comme je te l'ai déjà dit, tu les portes aussi, même s'ils sont invisibles. »

Ruby préféra mettre un terme à la discussion. Elle adressa un petit signe d'adieu à la vieille dame d'un air malheureux.

Le trajet en taxi jusqu'à la base se fit en silence. Andrew resta immobile, le visage fermé, les mains bien à plat sur les genoux. Ruby s'était blottie dans un coin, l'estomac noué. Le sang battait à ses tempes à un rythme qui paraissait s'accélérer de minute en minute. Elle voulait inscrire ces instants dans sa mémoire pour pouvoir les relater par la suite à ses enfants dans le moindre détail. Elle ne voyait rien d'autre qu'un alignement confus d'arbres bordant une route toute plate, et devant elle, la nuque du chauffeur. Elle éprouvait les mêmes sensations qu'un jeune chien blessé et malade. Un jeune chien en quête d'affection et de compassion, et qui avait besoin d'un petit mot gentil.

Au bout d'un laps de temps qui lui parut interminable, une secousse la projeta en avant. Le taxi venait de s'arrêter à l'entrée du camp. Andrew montra son laissez-passer, et le caporal qui montait la garde le salua avec élégance. Ruby fut impressionnée par la raideur et la précision du salut que son mari adressa au factionnaire. Elle se demanda si elle n'était pas censée l'imiter, puisqu'elle portait le même grade que lui. Elle ne se rendit compte qu'elle avait posé la question à haute voix que lorsque Andrew eut murmuré en réponse :

« C'est la remarque la plus stupide que j'aie jamais entendue sortir de ta bouche, Ruby. »

Le dédain que ses yeux exprimaient alors lui parut à peine supportable. Elle rentra dans sa coquille et ne prononça plus un mot.

Ruby était préparée à tout, sauf au spectacle que lui offrait la résidence à laquelle ils étaient affectés. La sensation de dégoût qui lui tenaillait le ventre remonta à une telle vitesse qu'elle dut porter la main à sa bouche pour refouler la bile qui menaçait de jaillir. Andrew s'avança à grands pas, mais elle resta en arrière pour tenter de mieux voir la série d'appartements minables qui se côtoyaient devant elle. Elle chercha des arbres, mais il n'y en avait aucun. Quelques buissons étiques et mal taillés agitaient au vent leurs branches dénudées. Son regard s'attarda sur une trottinette rouge, toute rouillée, amputée de sa roue avant, qui gisait sur la pelouse, devant une porte d'entrée. A quelques pas de là, des patins à roulettes tout aussi rouillés avaient été oubliés par leur propriétaire, qui avait dû partir sans se soucier de savoir ce qu'il laissait traîner derrière lui.

« Tu as l'intention de rester plantée là toute la journée ? lança Andrew par-dessus son épaule. Je croyais que tu voulais que je te prenne dans mes bras pour franchir le seuil. »

Machinalement, comme un robot, Ruby avança de quelques pas. Elle crut voir un rideau s'abaisser soudain à une fenêtre de l'appartement voisin. Elle avait envie de pleurer.

Elle regarda Andrew exercer une violente poussée sur la porte. Il posa les valises et revint sur ses pas pour la soulever de terre. Quelques instants plus tard, elle était au milieu d'un petit local carré comme une boîte.

La porte s'étant refermée avec fracas, Ruby se retrouva sur ses jambes presque immédiatement. Elle regarda autour d'elle d'un air incrédule. Andrew, lui, avait pris les valises le plus naturellement du monde, pour les porter dans une pièce qui devait sans doute être destinée à servir de chambre.

Ruby ravala le cri qui jaillissait de sa gorge. Elle ne pouvait pas vivre ici. Elle ne voulait pas rester là-dedans ! Dans cette baraque horrible et lugubre. Il y avait sur les vitres une telle couche de crasse qu'il était impossible de distinguer quoi que ce soit à travers. Et nulle part trace de balai ou de pelle à poussière.

Ruby se dirigea vers la cuisine. Elle était aussi peu attirante que les autres pièces de l'appartement. Apparemment, le fourneau avait rendu l'âme, et le réfrigérateur, qui aurait dû être blanc – on n'en faisait jamais d'une autre couleur –, arborait une teinte jaune pisseux de fort mauvais aloi. Ruby referma la porte de la cuisine avec une telle violence que les vitres de la fenêtre se mirent à trembler.

Ses talons s'accrochèrent au revêtement de sol. Elle chancela, mais réussit à recouvrer son équilibre sans toucher quoi que ce soit. Elle ne put réprimer un haut-le-corps. Le linoléum, dont la couleur défiait toute tentative de description, était craquelé, bosselé et complètement usé au milieu de la pièce. Des marques de fusain délimitant un jeu de marelle ornaient une partie de sa surface. Du bout du pied, Ruby ouvrit la porte d'un placard et poussa un cri en voyant une famille entière de rongeurs courir se mettre à l'abri. Tremblant de tous ses membres, elle se réfugia dans les bras de son mari.

« Des souris, haleta-t-elle. Il y en a toute une tribu !

– On va poser des pièges. Écoute, Ruby, il va falloir que je me présente à mes supérieurs. J'en ai pour une heure ou deux. Tu pourrais peut-être en profiter pour essayer de mettre un peu d'ordre là-dedans ? Le service du logement a dû se mélanger les pinceaux. D'habitude, on nous donne toujours un appartement impeccable. »

Sur un ton guilleret, il ajouta :

« Arrange ça comme tu as pu le faire dans les autres appartements où tu t'es déjà installée. Vous autres, les filles, vous avez le coup pour rendre un intérieur pimpant. Je te revois dans un petit moment. Je rapporterai un peu de bouffe, comme ça tu n'auras pas à t'inquiéter pour le dîner. »

Ruby fixa sur son mari qui s'en allait un regard effaré. Rendre cet intérieur pimpant ! Mais comment ? Dieu du ciel, dites-moi comment il faut que je m'y prenne !

La réponse lui fut donnée quelques minutes plus tard, grâce à sa voisine la plus proche. Comme on frappait à la porte, Ruby alla ouvrir précipitamment, saisie du fol espoir que c'était son mari qui revenait l'aider. Quand elle vit le visage souriant d'une jeune femme qui se présentait comme sa voisine, les larmes qu'elle avait réussi à contenir jusque-là jaillirent de ses paupières.

La jeune femme ouvrit les bras et Ruby s'y précipita en sanglotant.

« Je suis désolée, hoqueta-t-elle. J'aurais préféré faire votre connaissance dans d'autres circonstances ; c'est tellement horrible ici...

— C'est abominable, en effet, renchérit sa voisine avec un rire joyeux. Je dirais même que c'est tout bonnement écœurant, ajouta-t-elle en jetant un coup d'œil à la ronde. Vous êtes arrivés avant le passage de l'équipe chargée du nettoyage. Mais ce n'est pas grave ! Avec de l'eau, du savon et aussi un peu de peinture, tout sera bientôt impeccable, faites-moi confiance. »

Elle sourit et se présenta :

« Je suis Dixie Sinclaire, et je suppose que vous êtes Mrs. Blue. Mon mari m'a dit que vous veniez de vous marier. »

Elle avait prononcé toutes ces paroles d'une seule traite.

Le visage de Ruby s'éclaira ; elle se sentait déjà mieux. Vraiment, sa nouvelle voisine était fort sympathique.

Elle était bien potelée, sans être obèse, et elle avait la mine la plus avenante que Ruby eût jamais vue. Ses yeux pétillaient d'intelligence, et ses bouclettes noires et drues couronnaient comme un halo un visage fort joli, éclairé par un sourire rayonnant qui vous accueillait et vous réchauffait tout à la fois. Quand elle parlait, ses mains remuaient constamment, comme pour ponctuer chacun de ses propos. Plus petite que Ruby, elle lui arrivait à l'épaule.

« Bon, dit-elle d'un ton guilleret, je crois qu'on a intérêt à se mettre au travail sans tarder, et plus tôt vous aurez changé de vêtements mieux ça vaudra. Pendant que vous ôterez cette élégante toilette pour passer des frusques plus appropriées, je vais aller chercher les copines et vous verrez qu'à l'heure du dîner cet appartement sera complètement métamorphosé. C'est toujours ainsi qu'on procède quand des nouveaux venus arrivent à la base. Nous mettons en commun nos talents, et quand votre mari rentrera il croira que c'est vous qui avez tout fait. Quel gage de bonheur! Évidemment, je dois reconnaître honnêtement que cette fois-ci on aura plus de travail que d'habitude. O.K., je reviens dans une petite dizaine de minutes. »

Elles revinrent à cinq, avec des seaux, des balais, du savon et de l'eau de Javel. Deux énormes poubelles disposées au milieu de la pièce principale furent emplies presque instantanément. Ruby ne tarda pas à se rendre compte que Dixie avait d'incontestables talents d'organisatrice, car elle dispensait les consignes et les recommandations sans que rien puisse échapper à son regard vigilant.

« Et maintenant, attaquons le plat de résistance! » lança-t-elle en renversant une eau savonneuse bien chaude sur le linoléum de la cuisine.

Ruby sourit de toutes ses dents. Elles étaient merveilleuses, ses voisines, car, non contentes de lui apporter leur aide, c'était également elles qui fournissaient le savon et les produits de nettoyage, offrant même de lui prêter tout ce dont elle aurait besoin tant que les lieux ne seraient pas devenus d'une propreté irréprochable. Ruby accepta tout sans la moindre hésitation dès qu'une petite rousse nommée Monica lui eut apprit que, deux semaines plus tard, la même opération était programmée en faveur d'une autre famille qui viendrait s'installer quatre portes plus loin.

« Nous avons pour règle d'unir nos efforts, expliqua une autre voisine nommée Christine. Nous nous rendons constamment service en gardant les enfants et en faisant les commissions des unes et des autres. Il n'y a que comme ça que nous pouvons espérer venir à bout des tâches qui nous reviennent en essayant de faciliter le travail de nos maris — ce qui fait partie de nos obligations, n'est-ce pas?

— Et eux, demanda Ruby avec curiosité, à quoi passent-ils leur temps pendant que nous nous affairons ainsi? »

Toutes s'arrêtèrent net dans leurs occupations et fixèrent sur elle un regard insistant. Elle comprit qu'elle venait de gaffer.

« Oui, reprit-elle d'un air confus. Je voulais dire... comment s'occupent-ils... »

Dixie s'empressa de saisir la balle au bond.

« Eh bien, ils jouent aux cartes, ils boivent des martinis et de la bière, et ils considèrent que nous ne faisons rien d'autre que notre devoir. Mais ils savent quand même reconnaître nos mérites, rassure-toi. Tout se passe comme s'il y avait un accord tacite entre eux et nous. Il ne faut tout de même pas oublier que ce sont des officiers, conclut-elle en ponctuant sa démonstration d'un geste véhément.

— C'est que, voyez-vous, moi, je suis novice en la matière. Je n'ai jamais connu personne qui soit mariée avec un officier, alors si je fais un faux pas, surtout, signalez-le-moi; pour rien au monde, je ne voudrais causer le moindre désagrément à mon mari ou à l'une d'entre vous. J'ai vraiment l'impression que je vais avoir besoin de votre aide, conclut Ruby d'un air contrit.

178

– Mais nous sommes là pour ça, Ruby. Tu vas te faire parmi nous des amies qui te resteront fidèles pour la vie. L'armée est une grande famille, parfois plus fiable que les parents unis par le sang. On ne sait jamais ce qui peut arriver. Ton mari peut se faire muter ailleurs du jour au lendemain, à des milliers de kilomètres d'ici. Eh bien, dans quelques années, tu retrouveras peut-être l'une ou l'autre d'entre nous dans une base située aux antipodes. Tu t'y feras très bien, tu verras. Et puis, nous organisons des petites soirées entre nous, surtout pendant les vacances, et à la belle saison on part de temps en temps en pique-nique. Tu ne peux pas imaginer ce que c'est agréable.

– Évidemment, intervint la jeune femme qui s'appelait Christine, il y a parfois des moments très durs, par exemple quand ton mari est muté ailleurs. Il faut alors quitter tous ses amis, s'installer aux cent mille diables et s'y constituer un nouveau réseau de relations. Demain, on va te commander un lino tout neuf et on demandera l'intervention de l'équipe de peintres. Naturellement, ça ne veut pas dire que tout sera terminé en quelques jours.

– Jane, expliqua Christine d'un ton enjoué, est très forte pour confectionner les housses, et elle nous a appris à installer les cordons des tringles chemins de fer. Quant à Monica, elle a des doigts de fée pour l'installation des voilages et des doubles rideaux. Tu verras, les meubles fournis par la coopérative auront l'air neufs une fois qu'on les aura garnis de cretonne. Nous nous sommes cotisées pour nous acheter une machine à coudre. Dans moins de quinze jours, cet appartement sera devenu un vrai petit bijou, aussi coquet qu'une bonbonnière. Tu peux te fier à nous. »

Ruby envisageait l'avenir avec de plus en plus de confiance.

« Ce qui est bien, aussi, reprit Dixie d'un air rayonnant, c'est que tous les pavillons ont la cuisine orientée à l'est. Crois-moi, c'est drôlement agréable de prendre son petit déjeuner ou de faire la pause café, à onze heures du matin, dans une pièce ensoleillée. »

Trois heures plus tard, Sue, une jolie blonde qui venait d'Orlando, en Floride, lançait :

« Bienvenue au Camp Lejeune, Ruby Blue. »

Toutes les jeunes femmes embrassèrent Ruby à tour de rôle en lui jurant une amitié éternelle.

« Merci, je suis heureuse d'être ici. »

Ruby se rendit compte qu'elle avait prononcé ces mots avec une sincérité totale. Une seconde plus tard, elle sursauta en entendant la sonnerie du téléphone. Elle regarda les autres filles, qui ne cachèrent pas l'amusement que leur causait sa surprise.

« Je parie que tu ne t'étais même pas aperçue qu'il y avait le téléphone ici », lança Monica.

Ruby le reconnut bien volontiers.

« Le téléphone est une nécessité absolue pour une femme d'officier, expliqua Monica. Tu vois, là, ce doit être ton mari qui t'appelle. »

Tout en se précipitant vers l'appareil pour décrocher, Ruby faillit éclater de rire en voyant ses amies mettre un doigt sur leurs lèvres pour s'imposer un silence total.

« Qu'est-ce que je fais ? Eh bien, je suis en train de... nettoyer... Tu reviens dans deux heures ? Non, ce n'est pas un problème... Des sandwiches ? Oui, ce sera parfait, Andrew. D'accord, je te vois dans deux heures. »

Dixie applaudit avec allégresse.

« Formidable, on va pouvoir aller chez moi pour prendre le café. Et il n'est pas question que tu te contentes de sandwiches pour le dîner. Nous avons toutes préparé de bons petits plats, nous allons les partager. J'ai fait du pain de bonne heure ce matin, alors tu peux déjà compter sur une miche de pain maison. Monica, elle, a préparé une salade et, tu peux me croire, les salades de Monica, avec leurs petits dés de bacon bien croustillants, quand on y a goûté on s'en souvient toute sa vie. Christine a fait un rôti en croûte accompagné d'une sauce à se mettre à genoux devant. Quant à Sue, sa spécialité, c'est le chausson aux pommes et elle t'en a réservé un. Si on ajoute les haricots verts aux amandes et aux beignets d'oignons de Gertie, et la bouteille de vin que nous avons achetée en commun, un vin de table, bien sûr, mais tout à fait honorable, je crois que je n'aurai rien oublié. »

Émue aux larmes, Ruby avala sa salive avec effort.

« Je ne sais vraiment pas comment vous remercier, balbutia-t-elle, la gorge serrée. Sans vous, cette première journée à la base aurait été un vrai désastre. Je crois... euh, non, je suis sûre que je vais me plaire ici », ajouta-t-elle du fond du cœur.

Pendant que les jeunes femmes récupéraient leur matériel de nettoyage, Dixie prit Ruby à part.

« A mon avis, dit-elle, nous allons former une bonne paire d'amies, toi et moi, Ruby. Je ne sais pas pourquoi, mais j'ai l'impression que nous avons été l'une et l'autre taillées dans le même rouleau de tissu, comme dirait ma mère. »

Ruby prit Dixie dans ses bras.

« Oui, nous allons nous entendre à la perfection, toutes les deux. »

Ruby avait mis la table. Le rôti en croûte chauffait doucement dans le four bien nettoyé, tandis que la salade et les légumes restaient au frais dans le réfrigérateur. La chambre accueillante avait été garnie de draps impeccables qui fleuraient la lavande. La radio égrenait en sourdine une musique douce et discrètement rythmée.

Ruby enleva avec soulagement sa tenue de travail pour enfiler une robe qu'elle venait de repasser. Par la suite, elle prendrait un bain, car elle désirait se sentir fraîche et dispose pour affronter enfin sa... nuit de noces.

Elle eut encore le temps de s'affairer une dizaine de minutes dans la cuisine avant qu'Andrew ne pousse la porte d'entrée.

« Super ! s'exclama-t-il. Je savais que tu étais formidable, mais j'ignorais que tu étais capable de faire des miracles. Bravo, Ruby! Comment as-tu réussi à t'en sortir aussi bien? Et c'est notre souper qui sent bon comme ça? Allons, explique!

— C'est grâce aux voisines! Elles ont été merveilleuses, Andrew! Moi, je n'aurais jamais réussi à tout faire. Dans quelques jours, nous aurons un intérieur aussi coquet que le leur. Et elles nous ont donné un tas de bonnes choses à manger. Il y a même un chausson aux pommes, Andrew.

— J'ai l'impression qu'on ne va pas avoir besoin de ces trucs-là, alors, dit-il en posant sur le comptoir un sac en papier contenant des sandwiches.

— Je les mangerai demain midi, lança Ruby en riant. Ouf, ça va mieux que tout à l'heure, tu sais. Nous avons pris le café ensemble dans la cuisine de Dixie, notre voisine immédiate. »

Andrew eut un large sourire. Il avait ôté sa cravate, et sa veste était soigneusement pliée sur le dossier d'une chaise. Ruby se dit qu'il n'avait jamais été aussi séduisant. Elle ressentait un peu le même genre de vibrations que celles que Calvin avait fait naître en elle.

Andrew attira Ruby dans ses bras et se pencha vers elle pour l'embrasser tendrement.

« J'aime bien me détendre quand j'ai fini mon service. Pour toi, ça signifie que je veux mes pantoufles, un verre et une cigarette. Si tu ne peux pas fournir à la demande, c'est le moment ou jamais de me prévenir. »

Il avait prononcé ces paroles sur un ton si taquin que Ruby ne put s'empêcher de rire.

« Je suis parfaitement capable d'assurer, mon lieutenant, dit-elle en lui adressant un salut presque aussi impeccable que celui dont son mari avait gratifié le factionnaire à l'entrée du camp, le matin même.

— En tout cas, tu seras privée de vin », murmura Andrew d'une voix à peine perceptible en coinçant la bouteille entre ses jambes pour la déboucher.

Le dîner fut électrique – chaque parole, chaque geste étant investi d'un double sens. La dernière bouchée avalée et la bouteille complètement vidée, Ruby était à bout de nerfs. Andrew lui-même fut incapable de lire son journal jusqu'au bout. Il écouta l'eau qui coulait du robinet, le tintement des assiettes et des couverts dans l'évier, et les pas de Ruby sur le lino décrépit. Il avait envie d'elle; il la voulait maintenant.

« Laisse tomber, Ruby; tu pourras faire la vaisselle demain. Il est temps de songer à d'autres choses. »

Ruby pivota sur ses talons, les mains couvertes de mousse de savon.

« Je... je voudrais bien prendre un bain. Avec tout ce que j'ai fait cet après-midi, ce n'est pas du luxe, tu peux me croire. Tu veux en prendre un aussi? Tu n'as qu'à y aller maintenant, pendant que je finis la vaisselle. Tu dis toujours qu'à partir de cinq heures ta barbe a déjà repoussé. Tu pourrais peut-être en profiter pour te raser. »

Andrew l'écoutait en souriant.

181

« O.K. Je vais y aller le premier, et j'en profiterai pour me donner un petit coup de rasoir. Je n'en ai pas pour plus de dix minutes, conclut-il en lui décochant un regard complice.

— Parfait, parfait. Moi, je termine ici, et je prendrai le relais dans la baignoire. »

Vingt minutes plus tard, Ruby enfilait sa chemise de nuit transparente dans la salle de bains, les nerfs tendus au maximum. Quand elle voulut tourner le bouton de la porte pour sortir, ses doigts tremblaient si fort qu'elle dut faire appel à son autre main pour réussir à ouvrir le battant. Andrew allait la voir presque nue, à travers le voile arachnéen dont elle s'était parée; il allait la toucher... partout.

Elle poussa la porte si fort qu'elle faillit perdre l'équilibre, l'étoffe légère de la chemise de nuit volant autour d'elle en un tourbillon soyeux. Cette fois, il n'était plus question de reculer, même si elle en éprouvait subitement l'envie.

Une habitude profondément enracinée en elle lui fit éteindre la lumière en pénétrant dans la chambre.

« Viens ici, Ruby », murmura doucement Andrew en se poussant sur le côté pour lui faire de la place.

Elle se glissa dans le lit et ramena vite les couvertures jusqu'à son menton. Elle sentait le corps dévêtu d'Andrew contre le tissu léger de sa chemise de nuit, et ce contact lui incendiait les membres, bien qu'elle fût parcourue de frissons incontrôlables. Elle était partagée entre le désir d'en finir le plus vite possible et la volonté de savourer les plaisirs qu'elle sentait si proches, maintenant.

Elle enfouit son visage dans le creux de l'épaule d'Andrew et se frotta le nez contre sa peau.

Il lui parlait, murmurant des mots qu'elle avait du mal à saisir. Confusément, elle comprit qu'il lui disait combien elle était jolie, que sa chemise de nuit l'avait séduit et qu'elle avait produit sur lui un effet extraordinaire quand elle était entrée dans la chambre.

Il la touchait, passant la main dans ses cheveux, tandis qu'avec sa jambe il remontait délicatement la chemise de nuit le long des cuisses de Ruby.

Sa langue était... partout, et maintenant Ruby n'avait plus la tête au creux de son épaule. Les bretelles de sa chemise de nuit étaient tombées, et ses seins surgissaient sans entrave. Elle comprit qu'il fallait réagir, prendre une initiative, mais ne sut que faire. D'une voix tremblante, qu'elle reconnut à peine, elle réussit pourtant à dire :

« O.K., je suis prête.

— A quoi? demanda Andrew en s'esclaffant.

— A le faire!

— Je veux t'aimer, seulement t'aimer », chuchota-t-il doucement d'un air presque protecteur.

Ruby eut l'impression que ces mots venaient de très loin. Elle se demanda s'il l'aimait vraiment, s'il ne voulait pas simplement dire qu'il désirait lui faire l'amour. Passant les doigts dans les épaisses mèches blondes d'Andrew, elle l'embrassa avec fougue, explorant avec sa langue les recoins de cette bouche suave que le vin parfumait encore. Elle voulait lui faire comprendre qu'il pouvait la prendre maintenant, qu'elle se donnait à lui.

« Tu as entendu ce que j'ai dit, Ruby ?

– Oui, oui, j'ai entendu », murmura-t-elle tout en se serrant contre lui avec une fougue renouvelée.

Andrew rejeta les couvertures au loin et se mit sur le dos, l'amenant au-dessus de lui, et elle le chevaucha, prenant appui sur ses genoux, l'aidant avec sa main à pénétrer en elle. Puis elle imprima à son corps un mouvement de va-et-vient, les yeux fixés sur le visage d'Andrew qui la regardait avec émerveillement. De ses mains, il accompagnait le mouvement des hanches, l'aidant à se soulever. Elle lui offrait son corps, joignant sa bouche avide aux lèvres qu'il lui tendait.

C'est en même temps qu'ils trouvèrent ce qu'ils cherchaient, partageant leur jouissance, certains désormais que ce serait toujours l'un avec l'autre qu'ils connaîtraient ces instants de volupté suprême.

La brise agitait doucement les vitres qui paraissaient isoler du monde extérieur les époux blottis l'un contre l'autre. Andrew caressait les mèches dorées en les écartant du visage de Ruby. Soudain, il colla ses lèvres à la nuque de sa femme. Elle poussa un soupir et détendit ses membres. En sombrant dans le sommeil, il murmura :

« Bon sang, qui aurait jamais pu croire ça ? »

Ruby resta éveillée toute la nuit, le regard fixé sur le plafond. Elle ne bougea qu'une fois, pour éteindre la lampe. Comment donc avait-elle pu faire ce qu'elle avait fait sans être vraiment et totalement amoureuse ? Et elle en avait tiré du plaisir. Souviens-toi bien de cela, Ruby, tu y as pris plaisir et tu en as voulu davantage. Déjà, à cet instant précis, elle était prête à recommencer, pour éprouver de nouveau cette merveilleuse sensation d'embrasement de son être le plus intime.

Peu avant le lever du jour, elle s'enfonça dans un demi-sommeil, ravie de la vie nouvelle qui s'annonçait.

« Je vais être la meilleure épouse qu'un militaire ait jamais eue au monde », se promit-elle d'une voix assoupie.

Les semaines qui suivirent furent euphoriques pour Ruby. Elle passait ses journées à travailler à la remise en état de son appartement, avec ses amies, faisant ses courses à l'économat, mitonnant des petits plats à bon marché mais bien nourrissants, et faisant l'amour deux fois par jour avec son mari.

C'était avec Dixie qu'elle s'entendait le mieux, sans doute à cause de la proximité des deux logements. Sa nouvelle amie était toujours prête à l'accompagner partout, le sourire aux lèvres, l'humeur égale, avec un sens de l'humour qui ne se démentait jamais.

Toutefois, quelque chose intriguait Ruby. Elle avait remarqué que Dixie boitait légèrement. Elle espérait que leurs relations finiraient par devenir suffisamment intimes pour que la jeune femme se confie à elle. Quand les autres lui apprirent que Dixie avait vingt-huit ans et qu'elle était mariée depuis sept ans déjà, Ruby ne put s'empêcher de manifester sa surprise, d'autant qu'elle avait nettement l'impression que ses compagnes étaient au courant d'un secret qu'elles ne voulaient pas lui confier.

La curiosité de Ruby atteignit son point culminant la semaine précédant Noël, quand une invitation lui parvint, de la part de la femme du capitaine Everly, qui la conviait à déjeuner « avant de procéder à la décoration d'un sapin de Noël ».

Elle courut aussitôt chez sa voisine, mais Dixie ne répondit pas. Elle frappa une seconde fois, puis appela. Faisant le tour du pavillon, elle alla à la porte de la cuisine et fut surprise de voir que tous les rideaux avaient été tirés, sur l'arrière de la maison comme sur le devant.

Elle regagna son appartement en toute hâte pour téléphoner à Dixie, mais personne ne répondit à son appel. Elle attendit une heure et renouvela sa tentative. Peine perdue. Incapable de surmonter l'anxiété qui s'était emparée d'elle, elle alla voir Christine et lui expliqua la situation, brandissant le carton d'invitation qu'elle avait reçu. Comme Christine détournait son regard d'un air embarrassé, elle comprit qu'il se passait quelque chose d'anormal.

« Pour l'amour du ciel, Christine, explique-lui, cria alors Monica, elle aussi dans la cuisine où elle confectionnait des guirlandes avec des rameaux de gui et de houx.

— Qu'y a-t-il à expliquer ? demanda Ruby.

— Je crois que tu sauras la vérité suffisamment tôt, murmura Christine en mettant la cafetière sur le fourneau. En fait, cette histoire ne nous regarde pas, c'est pourquoi nous évitons d'en parler. Nous nous contentons d'être présentes chaque fois que Dixie a besoin de nous. »

Ruby sentit son cœur battre à grands coups. Dixie devait avoir une maladie grave, mais ne voulait pas que l'on se tourmente à son sujet.

« Vous en avez trop dit ou pas assez, insista-t-elle. Vous savez, je peux sans doute lui être de quelque secours.

— Non, je ne le crois pas, déclara Christine avec amertume. D'ailleurs, Hugo n'apprécierait pas que quelqu'un vienne fourrer le nez dans son ménage. Et nos maris ne seraient pas d'accord non plus.

— Elle est malade ? demanda Ruby en portant à ses lèvres la tasse de café que Christine venait de lui emplir.

— Bien sûr que non, rétorqua Christine avec agacement.

— Alors, qu'y a-t-il, pour l'amour du ciel ? »

Monica jeta à terre la guirlande qu'elle était en train de confectionner.

« Eh bien, voilà. Nous savons... enfin, nous soupçonnons que Hugo a la main un peu leste. Il frappe Dixie à des endroits qui ne se voient pas. C'est à cause de cela qu'elle s'est mise à boiter. Il n'y a rien que nous puissions faire, rien d'autre que lui manifester notre amitié. Quand... quand Hugo se met à la tabasser, elle s'enferme chez elle pendant plusieurs jours, elle refuse de voir qui que ce soit. Elle ferme ses rideaux pour s'isoler complètement du monde extérieur. Nous, on va frapper à sa porte, on l'appelle au téléphone, comme tu viens de le faire toi-même sans doute, mais elle ne répond jamais. Au moins, en tout cas, elle sait que nous... que nous ne la laissons pas tomber. Mais lui, c'est une vraie brute ! » conclut Monica avec véhémence.

L'estomac de Ruby s'était contracté. Elle posa la tasse de café sur la table dont elle saisit les bords pour pouvoir retrouver son équilibre.

« Mon père... battait ma mère, balbutia-t-elle d'une voix étranglée.

— Je savais bien qu'il ne fallait pas le lui dire, dit Christine en passant un bras autour des épaules tremblantes de Ruby. Respire bien à fond, Ruby. Et surtout, ne laisse pas voir à Dixie que tu es au courant. Elle est tellement fière. Tu promets de garder le secret ? »

Ruby acquiesça d'un signe de tête. Elle regagna son appartement en frissonnant, mais ce n'était pas à cause du froid.

Elle voulut s'occuper l'esprit, de n'importe quelle façon, pour essayer de ne pas penser aux malheurs de sa meilleure amie. Un gâteau, oui, elle allait confectionner un gâteau pour Andrew, avec du chocolat et de la Chantilly, la recette qu'il aimait entre toutes.

Si elle parvint à chasser de son esprit l'image de Dixie, elle ne réussit pas à éviter de penser à Hugo Sinclaire. Elle l'avait déjà rencontré à plusieurs reprises, bien entendu, sans jamais le trouver sympathique. Andrew ne l'aimait pas non plus, mais il ne lui avait pas manifesté son aversion, sans doute parce qu'il s'agissait d'un collègue du corps des marines.

En cherchant un fouet à pâtisserie dans un tiroir, Ruby se demanda pourquoi personne n'était jamais allé signaler au supérieur de Hugo la façon dont il traitait sa femme.

Elle esquissa une grimace désabusée. Parce que personne ne voulait se mêler de ce qui ne le regardait pas. Pourquoi sa propre mère n'avait-elle jamais dit à qui que ce soit que son mari la battait ? Était-ce parce qu'elle avait honte, était-ce par faiblesse ? Ou bien parce qu'elle savait qu'il n'y avait rien à faire ? A moins que ce ne fût parce que personne ne voudrait intervenir, de toute façon.

Ruby aurait bien voulu savoir à quoi s'en tenir. Elle n'avait aucune idée de ce qu'elle pourrait faire, mais elle était décidée à faire quelque chose – en évitant toutefois de révéler à Dixie qu'elle était au courant de ce qui se passait, car elle ne voulait pas compromettre leur amitié.

Tout en battant ses œufs en neige, elle se dit qu'elle parlerait de ce problème à Andrew. Andrew était la seule personne avec qui elle pouvait en discuter.

Elle vida la pâte dans un moule qu'elle glissa dans le four de la cuisinière, et regarda la pendule. Si elle se dépêchait, elle aurait le temps de prendre un bain rapide, puis de se poudrer et de se parfumer avant le retour de son mari. Elle avait appris une chose, durant ces quelques semaines de vie commune : elle pouvait amener Andrew à sourire et à faire de lui tout ce qu'elle désirait à condition de savoir le prendre. Et la meilleure façon de procéder consistait à l'émoustiller et à assouvir ses appétits dès qu'ils se retrouvaient au lit. Bref, ne jamais se dérober au devoir conjugal – en prenant les devants si nécessaire.

Et pour venir en aide à son amie, elle était prête à jouer le grand jeu.

Quand Andrew pénétra dans la cuisine odorante, une heure plus tard, il trouva sa femme occupée à démouler un gâteau qui sentait presque aussi bon qu'elle. Il leva les sourcils avec intérêt et l'embrassa avec délices.

« Si tu es bien sage, Andrew, tu auras le droit de lécher le fouet et le saladier, promit Ruby. Mais il faut d'abord que je te dise quelque chose. »

Elle prit l'invitation à déjeuner que lui avait envoyée Alice Everly et la lui tendit. Il leva les sourcils une seconde fois.

« Il faudra que tu te trouves une toilette appropriée. Et surtout, tu feras attention à tes propos. C'est la femme de mon chef.

— J'en suis parfaitement consciente, Andrew. J'ai toujours agi en conséquence, d'ailleurs, et il y a des jours où elle me colle tellement de corvées que c'est tout juste si je peux rentrer à temps ici pour te préparer ton souper. La capitaine Alice me charge de rédiger son courrier, elle m'a nommée secrétaire de ses œuvres de charité, et hier elle m'a téléphoné pour me dire – oui, me dire, Andrew, pas me demander – de recruter d'autres femmes de lieutenant afin de collecter des vêtements usagés et des jouets d'occasion qu'elle distribuera le jour de la fête de Noël. Alors, tu vois que tu n'as pas lieu d'avoir peur que je te mette dans une situation embarrassante.

— C'est pourtant ce que tu viens de faire, rétorqua Andrew d'une voix acide. Tu viens d'appeler la femme du capitaine la capitaine Alice : pourquoi ne dis-tu pas tout simplement Mrs. Everly ? Te rends-tu compte de l'effet que ça produirait si tu disais ça devant elle par inadvertance ?

— Mais enfin, je suis pas idiote à ce point-là, Andrew. J'ai compris son manège, tu sais. Elle se sert de moi pour se faire valoir auprès de la femme du commandant Carter, laquelle se sert d'Alice pour se faire mousser aux yeux de la femme du colonel Moses, laquelle fait elle-même des pieds et des mains pour en mettre plein la vue à la femme du général Frankel. C'est comme ça que ça marche, Andrew.

— Et tu trouves quelque chose à y redire ? demanda Andrew avec humeur.

— Oui, mais seulement auprès de toi. Tu es mon mari, Andrew. Pourquoi n'aurais-je pas le droit de te dire ce que je pense ? Quand tu as un problème, je te prête une oreille attentive, et il m'arrive parfois de trouver la solution. En fait, en ce moment, c'est moi qui ai un problème et je voudrais bien que tu m'écoutes. Assieds-toi, je vais aller te chercher une bière et tes pantoufles. Je t'en prie, Andrew, c'est très important pour moi.

— Bon, d'accord, mais j'espère que tu ne vas pas me demander la lune. »

Ruby fut soudain prise d'inquiétude. Andrew n'était pas dans un bon jour. Le moment n'était sans doute pas bien choisi pour lui parler de Dixie, mais les malheurs de son amie lui tenaient tellement à cœur qu'elle décida de ne pas attendre davantage.

Assise aux pieds d'Andrew, elle se pelotonna contre lui, les bras passés autour de ses jambes. Tout en lui racontant ce qu'elle avait sur le cœur, elle observait le visage de son mari et le vit s'assombrir, puis blanchir, pour s'empourprer soudain sous l'effet d'une colère subite.

« Voyons si j'ai bien compris ton histoire, articula-t-il, le regard enflammé d'indignation. D'après toi, Hugo tabasse sa femme et tu veux intervenir pour l'empêcher de continuer. Seulement, moi, je vais me trouver impliqué dans cette affaire et devenir la fable de toute la base en moins d'une heure. Désolé, Ruby, mais Hugo est un collègue et je n'ai aucune envie de compromettre sa carrière pour une connerie plus ou moins imaginée par des bonnes femmes en mal de sensations. Tu m'as bien compris, Ruby : je t'interdis formellement de te mêler de cette histoire. »

Les yeux de Ruby scintillèrent dangereusement. Elle détacha ses bras des jambes d'Andrew et se leva, pour le dominer de toute sa hauteur, observant alors l'expression de malaise qui transparaissait sur son visage. Décidément, l'amiral Query avait raison. Il lui avait dit un jour que quand on était assis on se trouvait en position d'infériorité devant quelqu'un qui était debout. Elle exploita son avantage au maximum.

« Alors, pour toi, si une jeune femme est estropiée par son mari, c'est une chose tout à fait normale ? Elle peut très bien vivre le reste de sa vie entre les mains d'une brute ? Aucun homme n'a le droit de se conduire ainsi avec sa femme, qu'il soit un marine ou... ou je ne sais quoi d'autre.

— Et s'il lui flanque une torgnole par-ci par-là, quel mal y a-t-il à cela ? C'est sûrement parce qu'elle le mérite. Rien ne prouve après tout que c'est lui qui l'a estropiée, hein ? Cela ne te regarde pas, Ruby, et moi, encore moins. Laisse tomber, Ruby, laisse tomber immédiatement. »

Elle se pencha vers lui, le fixant droit dans les yeux :

« Et si je refuse, demanda-t-elle à mi-voix avec une ardeur concentrée, vas-tu me flanquer des coups de poing, Andrew ? Ou me donner quelques torgnoles, comme tu dis si bien, sous prétexte que je mérite d'être giflée ? Si c'est comme ça que tu vois les choses, je te préviens que tu vas avoir une sacrée surprise, parce que moi je suis prête à rendre coup pour coup. »

Andrew cligna les yeux.

« Tu es complètement parano, Ruby. Il faut toujours que tu ramènes tout à tes parents, sous prétexte que ton paternel flanquait des roulées à ta mère. Je te comprends, remarque, mais il faut que tu te rendes compte que cette fois le cas de figure est tout à fait différent. Tu envisages tout simplement de compromettre gravement la carrière de Hugo, et la mienne par la même occasion. Laisse-les donc régler leurs problèmes tout seuls. Si Dixie l'avait vraiment voulu, elle aurait été assez grande pour trouver une solution. »

Maintenant, Andrew s'était levé, et c'est lui qui dominait sa femme.

« Autre chose, Mrs. Blue. Si j'ai envie de te coller une calotte, je n'irai pas te demander la permission. C'est ma prérogative, parce que je suis ton mari. Je ne dis pas que je le ferai, je tiens seulement à préciser que j'aurais parfaitement le droit de le faire. »

Ruby ne baissa pas les yeux. D'une voix dangereusement glaciale, elle rétorqua, sur le même ton :

« Si jamais tu lèves la main sur moi, que ce soit justifié ou non, je fiche le camp pour ne plus jamais revenir.

— Ah oui, vraiment ?

— Vraiment. Non sans avoir d'abord signalé à ton supérieur hiérarchique la façon dont tu t'es conduit. »

Andrew fit une moue de dégoût. Manifestement, le tour pris par la conversation ne lui plaisait pas du tout, d'autant qu'il était parfaitement conscient que Ruby était prête à mettre à exécution les menaces qu'elle venait de proférer.

« Et où irais-tu donc ? » demanda-t-il d'un ton courroucé.

Un sourire énigmatique se dessina aux commissures des lèvres de Ruby. Elle songeait à ses deux maisons de Washington. Maintenant, elle ne doutait plus d'avoir eu raison de taire à son mari l'existence de ces deux propriétés.

« Oh, ce ne sont pas les points de chute qui me manquent, rassure-toi. Qu'il te suffise de savoir que je n'hésiterais pas une seule seconde à ficher le camp d'ici. Pour ce qui est d'avoir des tripes, sois tranquille, j'en ai autant que n'importe lequel de tes marines. Et ne t'imagine surtout pas que tu peux me faire peur. »

Pour toute réponse, Andrew se lança comme un fou dans la cuisine et saisit le gâteau qu'il jeta avec violence contre le réfrigérateur. Puis il propulsa ses pantoufles à l'autre bout de la pièce, enfila ses chaussures et sa veste, et sortit de l'appartement en claquant la porte si fort derrière lui que Ruby crut que toutes les vitres allaient voler en éclats.

« Va au diable, Andrew ! » cria-t-elle en commençant à réparer les dégâts qu'il avait causés.

S'imaginait-il vraiment avoir le droit de la frapper ? S'était-elle fourrée dans le même genre de guêpier que celui où sa mère se trouvait depuis tant d'années ?

Elle mangea toute seule dans la cuisine, un livre emprunté à la bibliothèque de la base calé contre le sucrier. Ses yeux ne cessaient d'aller se fixer sur la pendule accrochée au mur. Elle resta longtemps assise, une fois la vaisselle terminée. Elle but deux tasses de thé et mangea neuf gâteaux secs et une banane. Depuis quelque temps déjà, elle avait un appétit féroce.

A dix heures, elle se déshabilla pour passer une robe de chambre et s'installa dans la salle avec son livre pour y attendre son mari.

Andrew revint à minuit moins dix, complètement ivre, un sourire niais aux lèvres. Jamais elle n'aurait pu imaginer qu'un homme puisse se mettre dans un état pareil. Bien qu'elle se sentît un peu responsable de ce qui s'était passé, elle n'en continua pas moins de fixer la page qu'elle avait lue cent fois au cours des deux heures qui venaient de s'écouler.

« Allez, chérie, on oublie tout et on va se coucher. Je veux te faire l'amour, déclara-t-il avec un large sourire.

— Tu es complètement paf, Andrew. Ce n'est pas ainsi qu'on résoudra notre problème. Il va falloir qu'on en parle sérieusement, mais pas ce soir. Appuie-toi sur moi, je vais t'aider, dit-elle en lui offrant son bras.

— Ton aide, tu peux te la garder », grinça Andrew en se dirigeant vers la chambre d'un pas incertain.

Au lieu de le laisser en paix, elle voulut lui faire la leçon.

« Eh bien, toi qui es toujours si soucieux de faire bonne impression sur les autres, je me demande ce que penseraient ceux qui te verraient dans cet état. Les gens vont dire que je me suis mariée avec un pochard, un ivrogne. Rappelle-toi que je porte le même grade que toi. Quelle honte !

— Boucle-la, lança Andrew, et fous-toi au pieu ! »

Une demi-heure plus tard, Ruby pleurait dans son oreiller tandis qu'Andrew ronflait avec ardeur. Il l'avait pratiquement violée, mais elle était restée entièrement passive, résignée à subir les outrages de cet ivrogne.

C'était leur première dispute, et elle se rendait bien compte, en dépit de ses bravades, qu'elle avait perdu la bataille. Elle pleura longtemps, en silence, dans le noir.

Le lendemain matin, elle feignit de dormir et ne se leva pas pour préparer le petit déjeuner d'Andrew. Elle n'avait pas pu imaginer d'autre manière de marquer son hostilité. Elle s'attendait à moitié que son mari vienne la secouer pour la réveiller, mais il n'en fit rien. Il ne l'embrassa pas avant de partir. C'était sa façon à lui de montrer qu'il ne voulait pas céder.

Il était huit heures et demie quand Ruby se leva, mais malgré l'heure elle regretta aussitôt d'avoir posé le pied par terre. Elle réussit à gagner la salle de bains juste à temps pour se soulager de la nourriture qu'elle avait ingurgitée la veille. Elle dut y retourner cinq fois.

A midi, elle était si malheureuse qu'elle faillit fondre en larmes. Il avait été prévu qu'elle irait au club des Officiers pour s'occuper de la collecte des vêtements avec Alice Everly. Ensuite, elle devait retrouver ses amies chez l'une d'entre elles pour aider à emballer les jouets de Noël destinés aux enfants déshérités de la ville.

Il n'y avait qu'une solution : appeler Alice Everly pour annuler en prétextant un malaise subit. Mais elle se demanda ce qu'elle préférait, finalement : y aller en dépit de ses nausées ou écouter à l'autre bout du fil le silence glacial qui accueillerait ses doléances. Elle opta donc pour la première solution.

Quand elle revint chez elle, à cinq heures et demie, elle était aussi harassée que si elle avait essuyé un ouragan en chemin. Elle remarqua qu'aucune lumière n'était allumée chez Dixie, tandis que des dizaines d'ampoules multicolores clignotaient autour de la porte de son propre appartement qu'elle avait décoré pour Noël. Elle mourait d'envie d'aller frapper chez sa voisine, mais elle entendit soudain derrière elle le gravier crisser sous les pas pesants d'un homme. C'était Hugo Sinclaire qui remontait l'allée.

« Comment ça va, Ruby ? demanda-t-il aimablement en se dirigeant vers son propre logement. Ça fait une paie qu'on ne s'est pas vus. Tout est déjà prêt pour Noël, à ce que je vois, ajouta-t-il en pointant son doigt vers les lampes.

— Où est Dixie ? demanda Ruby en claquant des dents à cause du froid. La maison est plongée dans l'obscurité.

— C'est sans doute parce qu'elle a la migraine. La lumière lui fait mal aux yeux, murmura-t-il avec bonne humeur.

— J'ai frappé à sa porte hier, et elle n'a pas répondu, insista Ruby.

— Elle ne répond jamais quand elle a une crise.

— Elle ne m'a jamais dit qu'elle avait des accès de migraine, objecta Ruby d'un ton glacial.

— Est-ce que vous vous imaginez vraiment qu'elle va vous raconter tous ses petits secrets ? Chacun a droit au respect de sa vie privée, que diable ! »

Son ton s'était sensiblement modifié, et Ruby eut la certitude qu'il la fixait avec insistance dans le noir.

« Si vous avez un secret, soyez assuré que personne n'est au courant. Dixie n'est pas du genre à se confier à qui que ce soit », crut-elle bon de préciser.

Elle se tourna vers sa porte, puis lança par-dessus son épaule :

« Au fait, Hugo, avant-hier soir, j'entendais votre radio de ma cuisine. Et le programme n'était pas piqué des vers, croyez-moi. J'ai essayé de capter la même émission sur mon appareil, mais il n'y a rien eu à faire. »

Fourre ça dans ta poche et mets ton mouchoir par-dessus, se dit-elle avec hargne en tournant la clé dans sa serrure. En fait, elle n'avait rien entendu, mais elle espérait bien qu'il allait commencer à se poser des questions.

« C'est moi ! lança-t-elle à la cantonade après avoir refermé la porte derrière elle.

— C'est pas trop tôt », répondit Andrew.

Il se tenait près de la porte de la cuisine, les vêtements protégés par un tablier, et se frottait les mains avec ardeur.

« Chère madame, reprit-il, je vous ai préparé un de ces petits plats qui va vous faire vibrer de la tête aux pieds. En fait, j'ai récupéré ce qu'il y avait dans le frigo et j'ai fourré tout ça dans une omelette. Ça n'a pas très belle allure, mais il y a suffisamment d'épices pour que ça ait quand même un goût. Je t'ai aussi préparé du thé et j'ai pris un gâteau au chocolat à l'économat... pour compenser celui que j'ai écrabouillé hier soir. Je suis désolé, Ruby, vraiment désolé. Pour tout. Je n'avais pas le droit de... Dis-moi que tu ne m'en veux pas.

— Je ne t'en veux pas, Andrew, je suis seulement déçue. Merci d'avoir préparé le dîner. Je ne pensais pas arriver aussi tard, mais Mrs. Everly a ses petites habitudes bien à elle, et elle prétend que les femmes d'officier ne devraient jamais servir le dîner avant huit heures du soir. D'après elle, c'est plus classe, plus cosmopolite. Comprenne qui pourra.

— Elle a dit ça ?

— Exactement. Pour elle, il n'y a que les ploucs qui mangent à six ou sept heures. Je crois que les ploucs, ce sont les lieutenants. Est-ce que tu veux qu'on attende huit heures pour manger, dorénavant ? demanda-t-elle, sachant d'avance qu'il allait répondre par l'affirmative.

— Bien sûr, pourquoi pas ? Je peux prendre une petite collation en rentrant, ça me permettra de tenir. Écoute, ça te dirait d'aller au cinéma demain soir ?

— Comment veux-tu qu'on fasse, si on dîne à huit heures ? surtout que j'ai une réunion pour la banque alimentaire. Noël va arriver dans quelques jours, et grâce à Mrs. Everly je t'assure que je n'ai plus beaucoup de temps libre. En plus, j'ai l'impression qu'un virus court dans l'air en ce moment.

— C'est sûrement Dixie qui t'a refilé le sien, dit Andrew avec bonne humeur. Eh bien, nous irons au cinéma après les fêtes. Tu t'acquitteras de tes obligations, et moi je m'occuperai de la préparation des repas, c'est bien le moins que je puisse faire. Après dîner, tu n'auras qu'à te mettre au lit avec un bon bouquin. Je m'occuperai de la vaisselle. Je n'ai pas envie que tu tombes malade pour notre premier Noël, et Alice Everly m'en voudra à mort si tu es trop faible pour assurer ta part de travail. »

Ruby se retint de prononcer la remarque acerbe qui lui brûlait les lèvres. Elle s'assit à table sans rien dire.

Finalement, l'omelette d'Andrew était plutôt appétissante, surtout qu'il avait planté sur les bords une brindille de persil et une fine tranche de carotte. Elle adressa à son mari un sourire approbateur.

« Ça n'a pas l'air mauvais du tout, assura-t-elle.

— Ruby, hier soir, j'ai dit un tas de choses stupides et tu m'as répondu sur le même ton. Ensuite, je suis allé me soûler et je me suis plutôt mal conduit une fois de retour à la maison. Es-tu prête à tout oublier pour repartir de zéro ? »

Elle en avait gros sur le cœur et, si elle s'était écoutée, elle aurait volontiers vidé son sac. Mais maintenant, elle savait à quoi s'en tenir sur ce que son mari attendait d'elle, et elle conclut que cela ne servirait à rien de dire quoi que ce soit. Elle se contenta donc de hocher la tête en signe d'acquiescement.

Ils firent l'amour deux fois pendant la nuit, et une fois encore le lendemain matin. Ruby feignit de tirer grand plaisir de ces accouplements et simula l'orgasme les trois fois.

Tant bien que mal, Ruby réussit à venir à bout des fêtes de fin d'année et de toutes les réceptions qui émaillèrent cette période hautement agitée. Pourtant, le jour de Noël ne fut pas aussi joyeux qu'elle l'avait espéré. Elle imputa son manque d'entrain à la fatigue, à l'attitude d'Andrew et au fait que Dixie n'était présente à aucune de ces festivités.

Ce ne fut que deux jours après le nouvel an que Dixie vint frapper à la porte de Ruby, une assiette de petits gâteaux à la main et un cadeau bien emballé dans la poche de sa robe.

Elle n'a pas changé, se dit Ruby en embrassant son amie avec chaleur tout en l'invitant à entrer dans la cuisine. Elle mit aussitôt le café à chauffer et, au moment où le délicieux arôme commençait à envahir la pièce, elle courut à la salle de bains. Quand elle revint, Dixie souriait.

« Alors, c'est pour quand, toi ? demanda son amie d'un air joyeux.

— Quoi donc ? s'enquit Ruby sans comprendre.

— Eh bien, le bébé, pardi ! C'est pas formidable, ça ? Moi aussi, je suis enceinte. Je m'en suis aperçue une semaine avant Noël. Juste au moment où j'ai eu cette affreuse migraine, la plus douloureuse que j'aie jamais eue. Je n'ai pas pu bouger de toutes les vacances. Naturellement, Hugo n'a pas voulu assister aux festivités qui étaient prévues, et il a fallu que je le mette à la porte pour l'obliger à faire au moins acte de présence. Alors, as-tu déjà pris rendez-vous avec un gynéco ? Sinon, on pourrait s'arranger pour y aller ensemble. »

Ruby restait confondue de surprise. Mon Dieu, mais qu'elle était donc stupide ! Laissant le café refroidir dans sa tasse, elle saisit le calendrier qu'elle feuilleta pour revenir à la page de novembre. Puis, sur ses doigts, elle compta les jours. Comment avait-elle pu ne s'apercevoir de rien ?

« C'est pas croyable, gémit-elle. Sans toi, Dixie, je serais encore persuadée que j'ai été contaminée par je ne sais quel virus de la grippe ou autre. Je suis enceinte ! s'exclama-t-elle d'un ton incrédule.

— Et tu ne t'en étais pas aperçue ? Eh bien, mes félicitations tout de même. Quant à moi, j'espère le garder jusqu'au bout, cette fois. J'ai déjà fait trois fausses couches. Qu'est-ce que tu voudrais, un garçon ou une fille ? »

Prise au dépourvu, Ruby lâcha sans réfléchir :

« Un garçon. Mais une fille, ça serait très bien aussi. Au fond, ça m'est bien égal. »

Buvant son café à petites gorgées, elle demanda soudain :

« Et Hugo, il est content que tu sois enceinte ?

— Très. Les trois autres fois, ça coïncidait avec des mutations, et je faisais une fausse couche dès que nous arrivions à notre nouvelle affectation. Elles étaient sans doute provoquées par le déménagement. Tout remballer pour aller s'installer ailleurs, c'est toujours très fatigant, il faut se baisser, soulever des trucs lourds. Heureusement, cette fois, je n'ai pas l'impression qu'on va nous transbahuter aux cent mille diables, mais je touche du bois... J'aimerais bien avoir un garçon, moi aussi, mais finalement ça m'est égal du moment que le bébé se porte bien.

— Mais pourquoi êtes-vous mutés sans arrêt comme ça ? Les autres restent en place au moins pendant un an, parfois deux, d'après ce que j'ai pu comprendre. »

Dixie haussa les épaules pour marquer son ignorance.

« Quand l'ordre arrive, il faut l'exécuter, on n'a pas le choix. Hugo a dû changer de poste sept fois en huit ans. Il faut bien s'y faire ! »

Ruby trouva étrange l'explication fournie par son amie. Pourtant, elle ne la questionna pas davantage.

« Et si on allait faire un petit tour à pied ? proposa Dixie. Il fait frisquet, mais il y a un peu de soleil. Ça nous ferait du bien à l'une comme à l'autre. J'ai eu pas mal de nausées, ces jours-ci, et toi tu as une mine de papier mâché. »

Elle repartit chez elle chercher un manteau.

« Un bébé ! Un bébé, se répéta Ruby, une fois seule. Le bébé d'Andrew et mon bébé à moi. »

Elle se demanda comment Andrew allait prendre la nouvelle. Elle n'en avait aucune idée. Quand la lui annoncerait-elle ? Ce soir ? Ne valait-il pas mieux consulter d'abord le docteur de la base ? Elle décida d'attendre la confirmation du praticien.

Elles marchèrent longtemps, jusqu'à ce qu'un peu de couleur revienne aux joues de Dixie, qui se déclara alors incapable de faire un pas de plus. Ruby chercha du regard un endroit pour s'asseoir, mais n'en vit aucun.

« Crois-tu pouvoir rentrer ? Tu peux t'appuyer sur moi. Je suis désolée, Dixie, je ne pensais pas avoir fait tant de chemin.

— Ne t'inquiète pas, je vais y arriver. Seulement, il ne faudra pas aller trop vite. C'est toujours cette maudite jambe qui me joue un de ses tours favoris.

— Comment est-ce arrivé ? » demanda Ruby avec ingénuité.

Elle vit son amie se raidir.

« Un accident tout bête, expliqua enfin Dixie après une seconde d'hésitation. Je suis tombée de ma chaise, dans la cuisine, et je me suis fracturé la hanche. Sur le coup, j'ai cru que je m'étais seulement fait un bleu, mais au bout de quelques jours j'ai fini par aller voir un docteur. Et voilà le résultat. Mais ne prends pas cet air désolé, Ruby. J'ai horreur qu'on s'apitoie sur mon sort.

— Oh, ce n'est pas de la pitié, Dixie. Non, j'étais seulement en train de me dire que je n'aurais pas dû t'entraîner aussi loin, c'est tout. »

Tu parles si elle est tombée d'une chaise ! se disait-elle en fait. Hugo avait dû la bousculer, puis lui interdire d'aller se plaindre à qui que ce soit.

Quand Dixie parla de nouveau, il y avait dans sa voix une angoisse à peine dissimulée.

« J'espère, dit-elle, que Hugo ne va pas encore se faire muter avant un bon moment. Maintenant que j'ai la chance de t'avoir pour amie.

— Surtout que nous sommes enceintes toutes les deux en même temps. Ça va nous rapprocher encore. Il faudra que tu m'apprennes à tricoter, Dixie. J'ai vu ce que tu faisais au crochet. Tu te défends drôlement bien ! On pourra faire des brassières, des chaussons et des bonnets. On va passer de bons moments toutes les deux, Dixie... Pourvu que tes migraines ne te reprennent pas ! Elles se produisent à quelle fréquence, ces crises ? »

Prise au dépourvu, Dixie ne sut trop que répondre.

« Euh... Ça dépend de... ça dépend du temps qu'il fait, hasarda-t-elle enfin sans grande conviction. Il y a des fois, aussi, où ça se produit quand je mange trop de sucreries. »

Elle parlait trop vite, maintenant, évitant de regarder Ruby en face.

« Parfois, reprit-elle, ça arrive au moment des règles. En tout cas, désormais, je suis tranquille de ce côté !

— Surtout, la prochaine fois que ça t'arrive, cogne au mur pour me prévenir, ou téléphone-moi tout de suite. »

Elles marchèrent un long moment en silence, puis Ruby annonça soudain :

« Nous sommes presque arrivées. Je vais nous préparer une bonne tasse de café. Ça nous fera du bien à l'une comme à l'autre. Bon sang, ce que je voudrais pouvoir me payer une voiture !

— Moi aussi ! Ça me faciliterait drôlement l'existence !

— Il y aurait pas un truc ou un autre qu'on pourrait faire pour avoir un peu d'argent de poche ? »

Dixie secoua négativement la tête.

« Même s'il y en avait, nos maris n'accepteraient jamais que nous ayons un emploi. Hugo en tout cas s'y refuse farouchement. Les femmes d'officiers ne travaillent pas. Andrew a dû te dire la même chose.

— Bien sûr. Mais tu ne peux pas savoir à quel point ça m'est pénible de toujours tirer le diable par la queue. Quand j'étais jeune fille, j'avais un salaire plus que modeste, mais au moins j'étais seule à vivre dessus. Maintenant, il faut que je m'occupe d'Andrew, et bientôt il va y avoir un bébé. Ça mettrait quand même un peu de beurre dans les épinards si je trouvais quelque chose à faire.

— C'est un cercle vicieux, Ruby. La seule façon d'avoir de l'augmentation, c'est de monter en grade. Mais alors, il faut recevoir davantage, s'habiller mieux, acheter des viandes de qualité supérieure, etc. Et maintenant que nous avons choisi cette existence, il n'y a plus moyen de faire autrement.

— Sait-on jamais ? Je vais réfléchir au problème. Il doit y avoir un moyen de gagner de l'argent sans que nos maris aient lieu d'en prendre ombrage. Et puis, s'ils ne sont pas contents, quelle importance ? Du moment qu'il y a de l'argent à la banque et du steak sur la table, c'est le principal.

— En ce qui me concerne, en tout cas, c'est sans espoir. Hugo refuse catégoriquement de me laisser travailler. Bon sang, nous voilà enfin arrivées. Oh ! là ! là ! ce que j'ai hâte de m'asseoir ! J'ai les pieds complètement morts. Surtout, Ruby, ne fais rien qui risque de t'attirer des ennuis. Tu me le promets ?

— Mais oui, bien entendu », convint Ruby tout en prenant la résolution de n'en faire qu'à sa tête.

Au cours des jours qui suivirent, Ruby ressentit de plus en plus fort les effets de sa grossesse. Ses nausées du matin, ses nausées de l'après-midi et ses nausées du soir commencèrent toutefois à s'atténuer pendant la première semaine de février, à son grand soulagement ; mais son poids se mit alors à baisser de manière spectaculaire et, quand elle alla passer la visite à la clinique de la base, elle apprit avec stupeur qu'elle ne pesait plus que quarante et un kilos. Elle avait une mine affreuse, avec son visage blême, ses traits tirés et d'horribles demi-lunes sous les yeux qu'aucun fond de teint ne parvenait à effacer.

Bien qu'il ne fût pas vraiment inquiet, Andrew lui avait fait remarquer à plusieurs reprises qu'elle ressemblait de plus en plus à un épouvantail.

Dixie, en revanche, arborait une mine superbe, resplendissante de santé. Sa chevelure abondante et lustrée encadrait un visage où brillaient des yeux emplis de bonheur. Elle ne souffrait d'aucun désagrément et mangeait plus que son mari. Quand commença le quatrième mois de sa grossesse, elle avait déjà gagné près de cinq kilos, tandis que Ruby, dès la treizième semaine, en avait perdu plus de trois. Dixie affichait une joie tellement insolente que Ruby en vint à envier son amie qui pourtant claudiquait de plus belle.

Elles sortirent ensemble de la clinique, Dixie avec un flacon de vitamines et Ruby avec la confirmation du docteur qu'elle était bien enceinte. On était le 13 février, la veille de la Saint-Valentin.

« Qu'est-ce que tu vas mettre pour la sauterie demain ? » demanda Ruby tandis qu'elles regagnaient lentement leurs demeures.

Dixie partit d'un franc éclat de rire.

« Il n'y a plus rien qui m'aille. Monica m'a donné un ensemble de maternité rouge et blanc, qui serait tout à fait dans l'esprit de la petite fête, si tu vois ce que je veux dire ; mais ça m'ennuie un peu de mettre déjà des vêtements de grossesse. Tout le monde va trouver que je cherche à me faire remarquer. »

Elle eut un petit rire et ajouta :

« Oh, Ruby, tu ne peux pas imaginer à quel point je vais l'aimer, ce bébé ! Je vais le choyer, le bercer, le serrer dans mes bras à tout bout de champ. Je l'adore déjà, fit-elle en se tapotant le ventre. J'ai demandé à Hugo si nous pourrions mettre son berceau dans notre chambre, mais il pense que le bébé devrait avoir sa pièce à lui. Finalement, je me dis que le mieux serait peut-être d'aménager en nursery le petit réduit qui donne sur notre chambre. Il n'est pas aussi grand que chez toi mais après tout, du moment qu'on peut mettre un petit lit et une commode, c'est l'essentiel... Je n'ai jamais été aussi heureuse. Tu dois l'être aussi, toi, n'est-ce pas ?

— Oui, évidemment, répliqua Ruby sans grande conviction. Si je n'avais pas ce problème de poids, je serais sans doute aussi euphorique que toi.

— Attends, je vais te faire une bonne tasse de thé. Avec quelques biscuits et une banane, ça te retapera en moins de deux. Et après, tu feras une petite sieste.

— Avant, il faut que j'écrive une lettre à l'amiral Query et à sa femme. Ils viennent en Caroline du Nord dans une dizaine de jours. Ils ont une maison à Chapel Hill. L'amiral Query connaît d'ailleurs très bien le général Frankel; ils jouent souvent au golf et aux échecs ensemble. Bref, il a été convenu qu'on dînerait tous les six. Non, mais tu te rends compte? Le général Frankel et sa femme vont venir aussi. J'ai bien essayé de me défiler, mais il n'y a rien eu à faire. J'ai peur d'annoncer la nouvelle à Andrew. Il va falloir que je serve un gigot ou une dinde, un truc qui sorte de l'ordinaire, en tout cas. C'est sûrement à cause de ça que je suis si nerveuse. Je n'ai même pas de vaisselle correcte, ni de nappe un peu fantaisie à mettre sur la table. C'est horrible! » gémit Ruby.

Dixie posa une tasse de thé sur une petite table, près de la chaise de Ruby.

« Écoute-moi, Ruby, ces deux grosses légumes ont été autrefois de simples lieutenants, comme Andrew, et leurs épouses n'avaient pas un sort plus enviable que le tien. Ils n'ont sûrement pas oublié leur jeunesse. En tout cas, le fait qu'ils veuillent venir ici le prouve amplement. Alors, à ta place, je ne chercherais nullement à mettre les petits plats dans les grands. Quelque chose de bon mais de simple suffira amplement. Et si tu réussis à rester toi-même, tout marchera comme sur des roulettes. Fais-moi confiance, Ruby. Pendant que tu fais ta petite sieste, je vais me mettre en quête d'une nappe correcte et essayer de trouver des verres et des assiettes qui vont avec. Et ne prends pas la peine de nettoyer la maison de fond en comble avant l'arrivée de tes invités. Tout le monde va mettre la main à la pâte », promit Dixie avec entrain.

Dès la tombée de la nuit, tout le camp savait que les Blue allaient recevoir chez eux un amiral et le général commandant de base. Quand la nouvelle parvint aux oreilles d'Andrew, il réussit à masquer son étonnement, mais il courut au téléphone le plus proche pour appeler Ruby qui confirma la véracité de ces dires.

« Mais enfin, Ruby, tu aurais pu me prévenir! protesta Andrew. Où allons-nous trouver l'argent pour leur payer le restaurant?

— C'est moi qui ferai la cuisine, Andrew. Je leur préparerai un navarin d'agneau aux choux de Bruxelles, tu sais bien, cette recette qui m'a valu le premier prix au concours culinaire de la base. Je leur ferai aussi du pain à l'ail. Nous n'aurons que le vin à acheter. D'ailleurs, c'est l'amiral qui s'est invité, en précisant qu'il amenait aussi le général. Tu sais dire non à un général, toi? De toute façon, tu n'as aucune raison de t'inquiéter : les Query sont des gens charmants. Tout se passera à la perfection, conclut-elle d'une voix mal assurée.

— Mais tu te rends compte? Pour qui est-ce que je vais passer aux yeux des autres, moi, maintenant?

— Les autres vont simplement penser qu'ils aimeraient bien être à ta place. De toute façon, si ça te met plus à l'aise, tu n'auras qu'à dire la vérité, à savoir que l'amiral et sa femme sont des amis à moi. Bon, excuse-moi, Andrew, mais il faut que je te quitte. Mrs. Everly m'a bien recommandé de l'appeler le plus tôt possible. On aura tout le temps de discuter ce soir, quand tu rentreras, d'accord ? »

Elle l'entendit proférer des jurons à mi-voix juste avant qu'elle ne raccroche.

Elle dormit jusqu'à cinq heures et demie, heure à laquelle Andrew regagna ses pénates. En voyant sa femme couchée, il pensa immédiatement qu'elle était malade : ce n'était pas dans ses habitudes de se mettre au lit l'après-midi. A moins qu'elle n'eût pas trouvé d'autre solution pour se remettre de la surprise provoquée par l'annonce de la visite de l'amiral. Quant à lui, une fois surmonté le choc initial, il était plutôt fier que sa femme comptât de telles huiles parmi ses relations.

Finalement, ce dîner ne pourrait lui apporter que des avantages !

Ruby se réveilla en entendant le tintement assourdi de la vaisselle qu'il remuait dans la cuisine.

« Andrew, c'est toi ?

— Tout juste. Je te préparais quelque chose à boire en faisant le moins de bruit possible. »

Elle bâilla.

« Je n'arrive pas à croire que j'aie pu m'endormir ainsi. C'est sans doute à cause de... Andrew, tu veux bien venir ici ? J'ai quelque chose à te dire ?

— Quoi ? Il y a encore du nouveau ? s'enquit-il en feignant une extrême inquiétude.

— Exactement. Je suis allée voir le docteur cet après-midi. Je suis enceinte. J'espère que cela ne te contrarie pas. »

Andrew se laissa tomber lourdement sur une chaise.

« Un gosse ! Ça alors, je vais être père ! Elle est bien bonne, celle-là !

— Dois-je comprendre que tu n'es pas contrarié ? demanda Ruby en riant.

— Mais non, voyons, bien sûr que non. Il va falloir réduire les dépenses, mais nous pouvons y arriver. C'est donc pour ça que tu n'étais pas bien, ces derniers temps. Comment vas-tu ? Qu'a dit le docteur ?

— Il m'a recommandé de prendre un peu de poids, à condition de ne pas dépasser cinquante kilos. J'en ai perdu trois ou quatre, alors je peux en regagner une douzaine, je crois. Heureusement, les nausées sont finies, maintenant.

— Crois-tu que ce sera un garçon ? questionna Andrew d'un ton puéril.

— Si ce n'est pas une fille, ce sera forcément un garçon. Il n'y a pas de troisième possibilité. »

Il est ravi, se dit Ruby avec soulagement. Dieu merci. Maintenant, elle n'avait plus qu'à se mettre au diapason.

« Tu es heureuse, Ruby ?

— Bien sûr que je suis heureuse. Tu te rends compte, un petit enfant bien à nous ! Seulement, il va falloir que je me ménage, maintenant.

— Et comment ! Et pour commencer, je vais prévenir Mrs. Everly qu'elle devra se passer de tes services au cours des neuf prochains mois.

197

Personne ne devra t'imposer quoi que ce soit, ce sera à toi de décider de quoi tu as envie. Viens, ma chérie. »

Ruby se laissa glisser à terre et se blottit dans les bras de son mari. Ils parlèrent pendant des heures, de tout et de rien, se touchant, s'embrassant et se chatouillant en riant comme des gamins. Ils ne firent pas l'amour, ils n'en avaient pas besoin. Jamais ils ne s'étaient sentis aussi près l'un de l'autre.

Il fallut exactement six jours à Ruby pour que son appétit revienne, et dès lors rien ne put l'arrêter. Elle mangeait tout ce qui lui tombait sous la main, et quand la nourriture venait à manquer elle en demandait à Dixie, qui n'était que trop heureuse de rendre service à son amie.

Les autres femmes d'officier lui apportaient qui des assiettes de biscuits maison, qui des fruits secs ou des assortiments de bonbons et des bocaux de cornichons. Ruby acceptait tout. Le jour du grand dîner, elle avait retrouvé son poids, à cinq cents grammes près.

Les Query et les Frankel avaient annoncé qu'ils arriveraient à sept heures du soir. Grâce aux efforts conjugués de toutes les voisines, l'appartement reluisait, fleurant bon la résine et l'encaustique au citron.

« Juste avant l'arrivée de tes invités, mets ces peaux d'orange au-dessus de la veilleuse du chauffe-eau. Ainsi, une bonne odeur se répandra dans toute la maison, avait recommandé Sue en lui donnant les peaux des oranges que ses enfants avaient mangées au petit déjeuner le matin même.

— Tiens, prends aussi ce chauffe-plat. Il fera un effet du tonnerre au milieu de ta table. Qu'est-ce que tu en dis, Ruby ?

— Il est parfait, convint Ruby avec un sourire nerveux. J'ai un de ces tracs !

— Ruby, tu es l'héroïne de la base. Tout le monde ne parle plus que de ce dîner, et il va sans dire que nous sommes toutes très jalouses. Des événements pareils, ça ne se produit qu'une fois dans une vie. Demain, tu seras célèbre. Tiens, où est Dixie ? »

Le sang de Ruby ne fit qu'un tour. Jusqu'alors, affairée comme elle l'était par les préparatifs du repas, elle n'avait pas remarqué l'absence de son amie. Elle jeta un regard autour d'elle et vit que ses amies s'activaient sans avoir l'air de remarquer quoi que ce soit.

« Je... enfin, elle doit avoir un accès de migraine. Il paraît que les crises sont horribles. »

Devant le silence embarrassé de ses compagnes, elle préféra orienter la conversation vers ses propres problèmes, décrivant la manière dont elle utiliserait le débarras pour l'aménager en nursery.

Dès la fin de l'après-midi, quand la table fut enfin dressée, resplendissante avec sa porcelaine et ses cristaux d'emprunt, les amies de Ruby prirent discrètement congé.

« Bonne chance, Ruby, lança Gertie par-dessus son épaule avant de sortir. Appelle-nous dès qu'ils seront partis. Nous voulons tous les détails : chaque mot, chaque geste. Ça pourrait nous être utile si nous avions un jour l'occasion de recevoir de grosses légumes.

– Je ne vous ferai grâce de rien, promit Ruby, vous pouvez compter sur moi. »

A cinq heures et demie, le seau à glace était sur la table, elle avait fini de préparer le navarin et le four chauffait doucement. Elle avait également pris son bain pour qu'Andrew eût le temps de se raser et de s'habiller.

Elle ne put s'empêcher de sourire en le voyant entrer, maudissant le cirage qu'il venait d'utiliser pour faire briller ses chaussures : elles lui paraissaient encore trop ternes à son gré.

Ruby appliqua une fine couche de vaseline sur le cuir verni, lui donnant l'éclat d'un miroir au soleil de midi.

« Où donc es-tu allée pêcher cette idée ? demanda Andrew sans chercher à dissimuler sa surprise.

– Les copines, expliqua Ruby en riant.

– Comment peux-tu être aussi calme, Ruby ? Moi, je suis mort de frousse. Tu te rends compte, un amiral et un général à notre table ! Est-ce que tu vas leur dire que tu es enceinte ?

– Ce ne sera pas la peine. Ils s'en apercevront tout de suite, du moins leurs épouses. »

Les Frankel arrivèrent dans une voiture de service quelques minutes après les Query. Il y eut de grandes embrassades, on se serra la main avec effusion et quelques éclats de rire retentirent, que l'on put entendre à trente mètres à la ronde.

Ruby vit tout de suite dans le général Frankel un homme affable bien que peu exubérant. Il avait un teint fleuri, contrastant avec sa robuste chevelure blanche qui entourait son visage comme un halo. Le vert de ses yeux rappelait l'herbe au printemps.

Les présentations terminées, le petit groupe s'assit, et commença alors le petit jeu des « Tu te souviens quand... ». On rit beaucoup et, au bout d'un moment, Ruby eut la satisfaction de constater que ces gens importants se sentaient tout à fait comme chez eux dans cet intérieur modeste. Leur simplicité et leur bonne humeur achevèrent de la mettre à l'aise. Andrew se détendait visiblement, lui aussi.

« Venez vous asseoir ici, mon petit, lui dit soudain Janet Query en montrant une place sur le divan entre elle et la femme du général. J'espère que vous ne vous êtes pas donné trop de mal pour nous recevoir. Nous nous rappelons très bien la vie que nous menions en tant qu'épouses de lieutenant et croyez-moi, à l'époque, la solde était beaucoup moins élevée que maintenant. »

Ruby sourit.

« Soyez tranquille, Mrs. Query. Je me suis contentée de vous préparer le plat qui m'a valu un prix au concours de cuisine du camp.

– Ah, je vois que ce genre de concours existe encore. Moi, j'ai gagné quelque chose aussi, autrefois. J'avais mijoté un bœuf bourguignon, mais on ne m'avait décerné que le troisième prix. Il est vrai qu'à l'époque je n'avais pas les moyens de jouer les cordons bleus. »

Elle marqua un temps d'arrêt, puis reprit avec élan :

« Vous savez, Ruby, il y a longtemps que je voulais vous écrire que l'amiral est complètement perdu depuis que vous l'avez quitté. Il a eu six secrétaires entre le moment où vous êtes partie et son départ en retraite le 1ᵉʳ janvier de cette année. Le soir, quand il rentrait au logis, il n'était pas à prendre avec des pincettes. Vous l'avez trop gâté, cet homme. C'est d'ailleurs lui qui a eu l'idée de venir vous rendre visite. Une idée à laquelle je me suis ralliée bien volontiers, se hâta-t-elle de préciser. Il voulait s'assurer que vous étiez en de bonnes mains et que le corps des marines prend bien soin des jeunes femmes qui lui sont confiées.

— Et votre bébé, c'est pour quand ? » demanda Arlene Frankel avec intérêt.

Surprise par la question, Ruby rougit et balbutia :

« Pas avant six mois.

— C'est merveilleux, lança Janet Query avec un bon sourire.

— Vous voulez un cigare, lieutenant ? proposa soudain le général Frankel de sa voix de stentor.

— Avec plaisir, mon général.

— Vous nous enverrez un faire-part, Ruby ? demanda Janet.

— En fait, Mrs. Query, je voulais vous demander si vous et l'amiral vous ne consentiriez pas à... Vous voyez ce que je veux dire. Croyez-vous pouvoir... ?

— Mais ce sera avec grand plaisir, dit Janet en riant. Clark n'a encore jamais eu l'occasion d'être parrain.

— Merci, monsieur, dit Andrew avec effusion.

— Tout le plaisir est pour moi, jeune homme. »

On s'assit autour de la table et Ruby s'entendit décerner compliment sur compliment dès qu'on eut goûté à son navarin d'agneau. Tout se déroula donc sans la moindre anicroche, jusqu'au moment où, vers la fin du repas, un coup violent ébranla le mur de la cuisine, accompagné d'un cri étouffé venant de l'appartement voisin.

Ruby avait dressé la tête, fixant son mari qui lui adressait un regard perçant. Elle se mordit la lèvre tandis qu'Andrew informait la société que leurs voisins réglaient toujours leur radio à un niveau élevé. L'amiral Query interrogea son hôtesse du regard. Elle comprit qu'il ne croyait pas un mot de l'explication fournie par Andrew.

« Merveilleux, ce repas, Ruby, dit-il alors, cherchant manifestement à détendre l'atmosphère. Qu'y a-t-il pour le dessert ?

— Clark ! » s'exclama sa femme avec indignation.

Ruby s'esclaffa, mais son hilarité sonnait faux.

« J'ai fait un gâteau au chocolat fourré aux noix et à la pâte de guimauve. Mais, si vous préférez quelque chose de plus léger, j'ai aussi de la salade de fruits. »

Elle avait toujours l'oreille tendue vers ce qui se passait chez sa voisine. C'était plus fort qu'elle.

Janet Query remarqua son air préoccupé.

« Qui sont-ils, vos voisins immédiats ? demanda-t-elle.

— De quel côté ? » s'enquit Ruby d'un ton faussement innocent.

Janet pointa le doigt vers le mur de la cuisine. Perdant instantanément tout contrôle d'elle-même, Ruby referma le réfrigérateur avec une telle violence que les bouteilles et les boîtes contenues dans la contre-porte se heurtèrent bruyamment.

« Il s'agit de Hugo Sinclaire et de sa femme, répondit vivement Andrew. Elle s'appelle Dixie, c'est bien ça, Ruby ?

— Oui. Dixie attend un bébé elle aussi, expliqua Ruby en se retournant pour prendre les assiettes à dessert sur une étagère au-dessus de sa tête.

— Ce sont des gens charmants, reprit Andrew. D'ailleurs, tout le monde a été très gentil ici. Nous nous sommes tout de suite sentis comme chez nous, n'est-ce pas, Ruby ?

— Exactement, approuva-t-elle en découpant le gâteau en portions égales. Le café va être prêt dans une minute, annonça-t-elle d'une voix qu'elle reconnut à peine.

— Je connais très bien Hugo, dit alors le général Frankel d'un air pensif. Un officier remarquable. Il doit d'ailleurs bénéficier bientôt d'une promotion. »

L'amiral Query pivota sur sa chaise.

« Ruby, y a-t-il quelque chose qui ne va pas ?

— Moi ? Oh, non, amiral Query. Je me demandais simplement si vous aviez assez mangé. Je vais vous servir le gâteau. La pâtisserie, c'est mon péché mignon », ajouta-t-elle en souriant.

Elle se rendait bien compte que son ancien patron n'était pas dupe, mais elle ne voyait pas ce qu'elle pouvait faire de mieux. Quant à Andrew, il allait sûrement lui faire une scène, dès que les invités seraient partis, se disait-elle avec inquiétude.

« J'ai mis un peu de chicorée dans le café, amiral. Il me semble me rappeler que c'est ainsi que vous le préférez », ajouta-t-elle en lui tendant le plat à gâteau.

Elle servit ensuite le café d'une main tremblante.

L'amiral Query regarda le général. Ils n'échangèrent aucune parole ni aucun signe de connivence, mais il apparut clairement qu'ils trouvaient bien étrange le comportement de leur jeune hôtesse.

Dès que les assiettes et les tasses eurent été vidées, les deux hommes sortirent pipe et cigares pendant que leurs épouses, malgré les protestations véhémentes de Ruby, insistaient pour participer au lavage de la vaisselle.

« Si tu tiens absolument à fumer ce barreau de chaise, Clark, je crois que tu n'as plus qu'à aller faire un tour dehors, lança Janet Query d'un ton qui n'avait rien à envier à celui qu'utilisait son mari quand il donnait un ordre à l'un de ses subordonnés.

— Et toi, Ed, il en va de même pour ta pipe, ajouta Arlene en souriant. Ruby attend un bébé et la fumée risque de l'incommoder. Allez, fichez le camp tous les deux. Nous resterons entre femmes.

— Lieutenant, vous êtes libre de vous joindre à nous. J'ai grand besoin de me dégourdir les jambes, et une petite promenade dans le quartier ne pourra que me rappeler de bien agréables souvenirs. Naturellement, si vous préférez rester avec votre femme pendant que nos épouses font la plonge, nous vous comprendrons parfaitement. »

Le ton du général indiquait clairement qu'Andrew devait plutôt opter pour la seconde suggestion, ce qu'il fit sans hésiter.

Une fois dehors, dans l'air froid de février, Ed Frankel se tourna vers son vieil ami.

« Allez, accouche, Clark. Qu'est-ce qu'il y a ?

— Mais je n'en sais rien, Ed. Il se passe sûrement quelque chose d'anormal dans l'appartement des voisins. Tu ne t'en es peut-être pas aperçu parce que tu ne connais pas Ruby aussi bien que moi. Son mari a très bien compris, lui aussi ; bref, l'atmosphère a changé du tout au tout quand on a entendu ce boucan de l'autre côté de la cuisine. On a même poussé un cri, et ça ne venait pas de la radio, tu peux me croire. On aurait dit que quelqu'un avait été projeté violemment contre un mur.

— Bon sang, Clark, me suggères-tu qu'il va falloir espionner les voisins des Blue ?

— Nous sommes sortis pour faire une petite promenade digestive. Envoie ton chauffeur chercher ton tabac à pipe, dis-lui que tu l'as oublié chez toi, comme ça nous aurons le champ libre.

— Ah oui ? Et ensuite, qu'est-ce qu'on fait ?

— On se promène. Et si tu as besoin de bésicles, tu fais comme moi, tu les mets. »

Joignant le geste à la parole, Query ajusta sur son nez les lunettes qu'il évitait de porter en public par coquetterie. Aussitôt, le monde extérieur lui apparut avec une grande netteté, en particulier l'appartement occupé par les voisins des Blue qui avaient tiré leurs doubles rideaux, tout comme les Blue eux-mêmes. Il se dit alors qu'il serait tout à fait possible, au retour, de se tromper de porte et d'aller frapper chez les autres par inadvertance. Il fit part de son idée à son vieil ami.

« On va vraiment passer pour des imbéciles, protesta Frankel.

— Quand on a le grade de général, on peut se permettre ce genre de méprise sans prêter le flanc à la critique, mon cher.

— Je crois avoir deviné ce que tu penses. L'affaire pourrait être grave, finalement.

— Surtout si tu en tires les conséquences qui s'imposent. Ruby nous a dit que cette jeune femme attendait un bébé, et j'ai bien l'impression que son mari la traite sans aucun ménagement, c'est le moins que l'on puisse dire. As-tu envie d'avoir ça sur la conscience ? S'il était sous mes ordres, j'aime autant te prévenir qu'un salopard pareil ne ferait pas long feu dans la base. Évidemment, si, comme je l'espère, il n'a rien à se reprocher, tu n'as aucune raison de le pénaliser de quelque manière que ce soit. Mais naturellement, tu es ici chez toi, je te laisse prendre tes responsabilités. »

Le général tira une longue bouffée de sa pipe et déclara d'un air pensif :

« Le problème, c'est que ce Sinclaire est inscrit sur le tableau d'avancement. J'ai déjà rédigé un rapport on ne peut plus élogieux sur ses états de service, en me fiant aux recommandations de son supérieur hiérarchique. Si tes soupçons se vérifient, il va falloir que j'annule tout le processus de promotion.

— Je le sais bien, Ed. A toi de décider. »

Cinq minutes plus tard, ils étaient revenus à leur point de départ. Query se dirigeait vers le logement des Blue quand la porte de l'appartement voisin s'ouvrit à toute volée. Hugo Sinclaire s'arrêta net. Le général Frankel s'avança alors avec une vivacité surprenante pour un homme de son âge et adressa au jeune lieutenant un salut très sec auquel ce dernier ne put faire autrement que de répondre, ce qui lui interdit de refermer derrière lui.

L'amiral et le général en profitèrent pour regarder ce qui se passait à l'intérieur et distinguèrent nettement une forme humaine accroupie sur le sol.

« Bonsoir, lieutenant, dit le général en se dirigeant vers l'entrée des Blue. J'ai habité dans cet appartement moi-même, autrefois », lança-t-il par-dessus son épaule.

Il entendit plus qu'il ne vit la porte des Sinclaire se refermer derrière lui. Aucun des deux hommes ne souffla mot de l'affaire une fois qu'ils eurent regagné l'appartement des Blue.

Une demi-heure plus tard, ils prenaient congé de leurs hôtes en les remerciant de leur accueil.

« Surtout, Ruby, recommanda Janet Query en l'embrassant, prévenez-nous aussitôt que le bébé sera né. »

Puis, se penchant vers la jeune femme, elle lui murmura à l'oreille :

« Tout va très bien se passer. Faites-nous confiance. »

Ruby ne comprit pas à quoi la femme de l'amiral faisait allusion.

« Je vous passe un coup de fil demain ou après-demain pour vous dire quand vous pourrez vous joindre à mes cours destinés aux futures mères, promit Arlene Frankel.

— Merci, Mrs. Frankel. J'y assisterai avec grand plaisir. Mon amie Dixie pourra-t-elle y venir également ?

— Mais oui, bien sûr », répondit Arlene Frankel sans la moindre hésitation.

Deux jours plus tard, Ruby revenait de l'économat, les bras chargés de provisions, quand elle vit le camion de déménagement s'arrêter devant l'appartement voisin. Elle posa ses paniers à terre et courut jusqu'à la porte d'entrée pour demander où étaient les Sinclaire.

« Ils sont partis. Nous avons reçu hier soir l'ordre de venir chercher leurs affaires.

— Quoi ? Ils sont partis pour de bon ?

— Ma jolie, ils ne sont plus là, c'est tout ce que je peux vous dire. Et

203

nous avons reçu la mission de transporter leurs meubles à la base du désert de Mojave.

— Mais ce n'est pas possible, gémit Ruby.

— Écoutez, mon petit, c'est très volontiers que je resterais ici à bavarder avec vous, mais nous avons plus de trois mille bornes en perspective et il faut que tout soit arrivé là-bas dans les meilleurs délais. Pour vous consoler, vous n'avez qu'à vous dire que vous allez avoir de nouveaux voisins. »

Ruby entra dans le logement des Sinclaire. Les yeux pleins de larmes, elle passa d'une pièce à l'autre. Arrivée dans le réduit qui devait servir de nursery, elle vit sur les murs des décalcomanies illustrant des chansons pour enfants. Du bout des doigts, elle suivit les contours d'un dessin représentant Peter Pan.

Dixie ne lui avait pas dit au revoir. Pourquoi ? Une idée la traversa soudain. Peut-être son amie avait-elle glissé une lettre d'adieux sous sa porte. Elle courut chez elle, mais dut se rendre à l'évidence. Il n'y avait rien non plus.

Elle téléphona à ses amies. Quand elle eut raccroché, elle se rendit compte qu'il se passait quelque chose d'anormal. Toutes savaient que Dixie et Hugo étaient partis. Elles le savaient, mais n'avaient pas jugé bon de la prévenir.

Pourquoi ?

Elle pleurait encore, pelotonnée dans un coin du canapé, quand Andrew rentra du travail. Elle avait laissé toutes les lumières éteintes et n'avait rien préparé pour le souper.

« Tu te rends compte, Andrew, elle ne m'a même pas dit au revoir. Comment a-t-elle pu me faire une chose pareille ? geignit-elle en martelant les coussins de ses poings fermés. Tu savais quelque chose, toi, Andrew. Toutes les filles étaient au courant : leurs maris les avaient prévenues. Dis-moi la vérité !

— Ruby, je te jure que je ne savais rien. Évidemment, je n'ignorais pas que Hugo avait demandé sa mutation immédiate, mais au train où vont les choses dans l'armée, et en particulier dans le corps des marines, rien ne pouvait se décider avant plusieurs semaines. Justement, je voulais t'en parler ce soir. Enfin, aux dernières nouvelles, et sous toutes réserves, Hugo aurait demandé son transfert parce qu'il a appris que sa promotion avait été refusée. »

Voyant le désespoir qui se lisait sur le visage de sa femme, il se hâta d'ajouter :

« Je t'assure, ma chérie, que tu as tort de prendre ça au tragique. Dixie ne méritait pas ton amitié. Si elle avait eu un tant soit peu de considération pour toi, elle ne serait pas partie ainsi, comme une voleuse. Qu'est-ce que ça lui coûtait de t'envoyer un mot vite fait ou de te passer un coup de fil ?

— Si je me tourmente ainsi, ce n'est pas seulement à cause de Dixie. Les autres filles me font la gueule depuis quelques jours. L'atmosphère a complètement changé dans le camp, et pas en mieux, crois-moi. Et ne viens pas me dire que tout ça c'est seulement dans ma tête. Pour Dixie, je suis persuadée que c'est ce salaud de Hugo qui n'a pas voulu qu'elle vienne me dire au revoir. Et pourquoi lui a-t-on refusé sa promotion, finalement, lui qui était si certain de l'avoir ?

— Qui sait ? Il a peut-être fait une sottise au dernier moment! Dans l'armée, c'est comme ça, au moindre pet de travers, on t'expédie à Pétaouchenoque. »

5

Ruby ouvrit la porte de son appartement et la referma aussitôt. Pas question de sortir par un vent pareil pour aller jusqu'à l'autre bout de la base. Le mois de mars, manifestement, ne voulait pas faillir à sa réputation. Heureusement, il ne faisait pas froid : on sentait que le printemps ne tarderait pas à pointer le bout de son nez. Hier, Ruby avait vu des crocus mauves au milieu du jardin de ses voisins. Ce n'étaient plus les Sinclaire, bien entendu. Maintenant, la maison que Dixie s'était donné tant de mal à décorer était occupée par la famille Galen.

Penny Galen avait sa voiture à elle, une DeSoto de couleur crème, ce qui la plaçait immédiatement dans une catégorie supérieure à celles de toutes ses voisines. Elle avait aussi des toilettes très chic et des chaussures coûteuses, avec sac à main assorti. Ses deux enfants, âgés de quatre et six ans, avaient l'air de sortir tout droit d'un catalogue de mode. Leurs meubles aussi avaient beaucoup de style : un canapé bleu pâle en brocart et des fauteuils recouverts du même tissu. La classe, en quelque sorte, pour reprendre le terme utilisé par les filles pour décrire l'intérieur des Galen.

Penny Galen arborait des ongles longs de deux centimètres, enduits d'un vernis identique à celui qu'elle se mettait sur les doigts de pied. Elle allait chez le pédicure une fois par semaine, à New Barn, et en profitait pour faire refaire sa coiffure, toujours impeccable avec ses cheveux gonflants teints en blanc. (D'après Monica, il fallait dire « platinés ».) Christine se demandait comment elle faisait pour s'essuyer le derrière, avec des ongles aussi longs, et Monica prétendait qu'elle laissait derrière elle un sillage parfumé qui envahissait toute la base.

Non, manifestement, Penny Galen n'était pas des leurs, comme elle l'avait marqué dès que les filles s'étaient présentées chez elle pour lui offrir de l'aider à emménager.

« Merci, avait-elle répondu d'un air condescendant, mais j'ai du personnel. »

Le personnel en question, c'était une femme de ménage d'une cinquantaine d'années, une Polonaise de New Barn qui venait le mardi et le samedi pour astiquer et laver à grande eau.

Dès le premier jour, elle avait clamé haut et fort qu'elle était la fille unique d'un officier supérieur : un colonel qui avait pas mal d'entregent. Dave, son mari, n'avait pas l'intention de croupir longtemps à un grade subalterne et ne se souciait guère de fréquenter de simples lieutenants. Les filles avaient aussitôt battu en retraite en rougissant, se jurant bien de ne jamais remettre les pieds chez de pareils snobs. Piquée au vif, Gertie avait tout de même pris le temps de lancer que le général Frankel et l'amiral Query étaient des amis personnels des Blue, chez qui ils dînaient fréquemment. Ruby s'était alors retenue de gifler Gertie en voyant le regard calculateur que Penny lui avait lancé. Elle n'avait rien à faire d'une amie comme Penny Galen.

Par la suite, après avoir réfléchi à cet incident, elle en avait conçu un certain doute sur les motivations de Gertie. La camaraderie d'autrefois avait disparu. Certes, les filles l'invitaient toujours à venir prendre une tasse de café chez elles, ou à partager leur repas de temps en temps, mais l'atmosphère avait changé. Ruby avait l'impression qu'elles se tenaient constamment sur leurs gardes et qu'elles surveillaient leurs propos, de la même façon qu'elles surveillaient leurs dépenses. Ruby en était presque arrivée à les envoyer promener, pour rester chez elle, toute seule, à lire ou à faire le ménage.

Maintenant, elle avait constamment les nerfs à fleur de peau, elle se sentait seule, elle pleurait pour un rien. Le docteur affirmait que ces crises de larmes n'étaient pas anormales : chaque femme vivait sa grossesse différemment.

Andrew annonça un jour que Dave Galen était un prétentieux qui affirmait à qui voulait l'entendre qu'il avait un bâton de maréchal dans sa giberne.

« Ne leur parle pas », conseilla-t-il à Ruby.

C'était le ton qu'il avait pris quand il lui avait recommandé la prudence avec Dixie. Mais, cette fois, Ruby était d'accord.

« Et si elle vient frapper à ma porte, qu'est-ce que je fais ?

— Dis-lui carrément que tu ne tiens pas à la fréquenter. Tu n'as aucune raison de le cacher, après tout.

— Ce n'est pas si facile, Andrew. Tu m'as toujours dit que j'étais investie du même grade que toi et qu'il fallait se mettre bien avec tout le monde parce qu'on ne sait jamais sous les ordres de qui on risque de se trouver un jour ou l'autre. D'après toi, il ne faut jamais se faire d'ennemis.

— Fais ce que tu veux, Ruby, mais souviens-toi des Sinclaire. C'est sur nous que ça retombe toujours, automatiquement. Je le sens. Je n'ai pas tellement la cote, en ce moment, auprès des copains de la base, tu peux me croire. »

Elle le fixa longuement d'un air interrogateur. Il la rendait responsable de la situation. Elle en fut très malheureuse.

« Oui, je sais bien, concéda-t-elle enfin, tout ça, c'est ma faute ! »

Elle était pourtant persuadée de ne pas avoir commis le moindre faux pas à propos de Dixie et de Hugo ; mais puisque ça faisait plaisir à Andrew de le croire, pourquoi l'aurait-elle privé de cette satisfaction ?

Les jours suivants se succédèrent avec une lenteur désespérante, et Ruby souffrit de plus en plus de la solitude. Elle souligna chaque date d'un trait rouge, sur son calendrier, sans savoir pourquoi. Elle grossissait de façon alarmante, mais sans cesser pour autant d'ingurgiter les gâteaux au beurre et au chocolat qu'elle aimait tant.

Il faisait un peu moins froid et, les averses d'avril ayant ameubli la terre des jardins, il était désormais possible de planter des fleurs. Ruby s'acquittait de cette tâche en début de soirée, à l'heure où Penny Galen rentrait dans son appartement pour servir à sa famille un dîner de choix. Elle rencontrait encore ses autres voisines une ou deux fois par semaine, mais elle souffrait toujours d'un sentiment d'exclusion. Que de fois elle avait eu envie de leur demander ce qu'elles lui reprochaient, dans l'espoir qu'elles changeraient d'attitude à son égard ! Mais elle savait d'avance ce qu'elles lui répondraient : on n'avait rien contre elle, elle s'imaginait des choses qui n'existaient pas.

Dans la base, on ne parlait plus que de ce fameux tableau d'avancement qui allait être connu d'un jour à l'autre. La femme de Kent Aldridge était tellement persuadée que son mari serait promu qu'elle avait organisé une petite fête pour le jour où la décision serait rendue officielle. Evelyn Aldridge le clamait haut et fort : Kent méritait de passer capitaine. On ne parlait plus de Hugo Sinclaire. Quant à Ruby, on lui avait demandé de préparer une salade aux neuf haricots : sa contribution au menu de la soirée.

Elle avait de plus en plus l'impression que les relations qu'elle entretenait avec la femme du général Frankel, et qui s'étaient encore développées dans le cadre des cours dont bénéficiaient les futures mamans, suscitaient bien des jalousies auprès des épouses des collègues de son mari. Elle prenait parfois le thé avec Arlene Frankel, qui l'emmenait avec elle à l'économat ou la faisait ramener dans la voiture de service du général. Mrs. Frankel lui donnait même des leçons de conduite. Un jour, Penny Galen vit Ruby descendre de la voiture du général. Ruby dut se retenir pour ne pas faire un pied de nez à cette snobinarde ; elle se contraignit toutefois à lui adresser un bref salut, plein de raideur, et entra chez elle sans lui parler.

Arlene Frankel l'ayant prise à part pour lui demander si quelque chose n'allait pas, Ruby avait commencé par nier qu'il y eût un problème, mais les mots n'avaient pas tardé à se déverser malgré elle. Elle parla du souci que lui causait son poids, avoua que les autres lui manifestaient beaucoup de froideur, se plaignit de l'insistance manifestée par Penny Galen pour s'immiscer dans sa vie privée, et déplora le départ précipité de Dixie qui « avait déménagé sans même lui dire au revoir ».

Les yeux de la générale s'étaient soudain attristés.

« Ma chère Ruby, la vie des épouses de militaires n'est pas toujours facile, tu as dû t'en apercevoir bien des fois. Mais tu es courageuse, Ruby ; Janet et Clark me l'ont répété maintes fois. Tu surmonteras ces épreuves, car tu as toutes les qualités qu'il faut pour cela. Affronte les problèmes sans crainte ; et si un jour la chance te favorise, profites-en, sans te poser de questions. En ce qui concerne ton amie Dixie, elle a eu tort de ne pas éprouver suffisamment d'amitié à ton égard pour ne pas juger bon de te prévenir de son départ. Ne regarde pas en arrière, ma chère enfant, tourne-toi vers l'avenir. Maintenant, si tu y tiens, je peux très bien m'arranger pour savoir où les Sinclaire ont été mutés. Ainsi, tu pourras écrire à ton amie. »

Les épaules de Ruby se redressèrent.

« Non merci, Mrs. Frankel. Je préfère ne pas renouer le contact. »

Arlene Frankel sourit.

« Bravo, Ruby. C'est exactement ce que j'aurais dit à ta place. Mais il va bientôt être l'heure de faire le dîner; je vais demander à mon chauffeur de te ramener chez toi. Si tu as le moindre problème, promets-moi de m'appeler immédiatement. Ne te soucie pas de la différence de grade. Tu me le promets ? »

Ruby hocha la tête en signe d'assentiment. Désormais, elle avait quelqu'un qui la protégeait.

La journée du 15 avril commença sous un soleil éclatant bien que la météo eût annoncé de la pluie. Il faisait chaud – une vraie journée de printemps, se dit Ruby en commençant à préparer la salade aux neuf haricots qu'on lui avait demandé d'apporter pour la petite fête en l'honneur de Kent Aldridge. La soirée devait avoir lieu au club des Officiers et, depuis deux jours, Ruby confectionnait des banderoles portant des messages de félicitations destinés à l'heureux promu.

Elle ferma hermétiquement la boîte en plastique contenant sa salade et poussa un soupir de soulagement. Il ne lui restait plus qu'à se rendre à l'économat, car il lui fallait du lait et du pain pour le petit déjeuner du lendemain.

Elle donna un coup de brosse à ses cheveux courts et bouclés, et elle s'apprêtait à franchir la porte quand le téléphone sonna.

« C'est toi, Ruby ?

– Qui veux-tu que ce soit, Andrew ? Qu'est-ce qui se passe ?

– Écoute, il faut que je te voie immédiatement. Viens jusqu'à l'économat; je t'attends devant l'entrée. Ne tarde surtout pas, Ruby. »

Il y avait dans la voix d'Andrew un ton pressant qu'elle n'avait encore jamais entendu.

« Je pars tout de suite, mais il me faut au moins un quart d'heure.

– Ne parle à personne en chemin, O.K. ?

– D'accord, d'accord. Dès que tu auras raccroché, je pourrai partir. »

Vingt minutes plus tard, elle arrivait à l'économat. En voyant la surexcitation dont son mari semblait être la proie, elle sentit son cœur battre à grands coups dans sa poitrine.

« Viens par ici, dit-il, comme ça personne ne pourra nous entendre... Il y a du nouveau, Ruby. C'est moi qui ai eu la promotion au lieu de Kent Aldridge. Tu te rends compte de ce que ça implique ?

– Et moi qui ai fait la salade aux neuf haricots pour ce soir ! »

Une boule s'était formée dans sa gorge. Elle ne parvenait plus à avaler sa salive.

« Et la petite fête qu'on avait prévue pour arroser la promotion de Kent ?

– Au diable la fête. Mais je ne t'ai pas encore tout dit. Tu veux entendre la suite ? »

Ruby se mit à trembler des pieds à la tête. Elle hocha la tête.

« J'ai été bombardé aide de camp de Frankel. Le gus qui occupait le poste depuis des années part en retraite le 1er mai. Comme Frankel s'en va en Corée, il va falloir que je l'y accompagne. Mais enfin, Ruby, tu m'écoutes, oui ? Alors, tu vois à quel résultat on arrive quand on a des amis haut placés ?

– Attention, Andrew ! Tu ne vas pas me reprocher ta promotion, tout de même ! Si tu n'en veux pas, tu refuses, immédiatement et sans délai. Dis-leur que tu es très bien là où tu es en ce moment. Alors, là, elle est bonne celle-là ! Tu me fais traverser tout le camp pour m'engueuler ? Tu as perdu une bonne occasion de te taire, Andrew. »

Là-dessus, elle tourna les talons pour rentrer chez elle.

« Si tu veux déjeuner demain matin, tu as intérêt à prendre du pain et du lait. Moi, je retourne à la maison, ajouta-t-elle.

– Ruby, attends. Je ne te reproche rien. Mais tout le monde est déjà en train de raconter dans la base que j'ai damé le pion à Hugo et coiffé Kent au poteau grâce à tes relations. Et le pire, c'est qu'il va falloir que j'aille en Corée sans toi. Tu vas rester ici toute seule. Tu seras toute seule quand tu auras le bébé. Tu as réfléchi à ça, Ruby ?

– Au fond, Andrew, même si tu étais ici, je serais seule quand le bébé naîtra. Toi, tu resteras dans la salle d'attente à faire les cent pas jusqu'à ce qu'on vienne te dire si c'est un garçon ou une fille. Je crois pouvoir me débrouiller seule, capitaine Blue. »

Elle lui adressa un salut réglementaire impeccable.

Andrew sourit de toutes ses dents. Ses yeux bruns étincelèrent quand il lui rendit son salut.

« Tu es la première personne à m'appeler capitaine. Ça m'a fait rudement plaisir. Bon, maintenant, il faut que j'y retourne. Ça va, toi ?

– On ne peut mieux, mon capitaine. Eh bien, à tout à l'heure, au dîner. Rappelle-toi que nous avons de la salade aux neuf haricots. Et n'oublie pas de prendre du pain et du lait.

– Puisque tu es venue jusqu'ici, tu peux aller les chercher, Ruby.

– Non, il faut que je réfléchisse à tout ça. Je n'ai aucune envie de rencontrer quelqu'un qui serait au courant. Je veux examiner seule comment il convient de réagir. Et toutes mes félicitations, Andrew. Je crois que nous allons nous montrer dignes de *notre* nouveau grade. »

Son mari partit d'un grand éclat de rire.

Dès qu'Andrew eut tourné les talons pour regagner le quartier général, Ruby commença à se poser quelques questions.

« Et moi, qu'est-ce que je fais, maintenant ? murmura-t-elle. Est-ce que j'appelle les filles ou est-ce que je reste dans mon coin à attendre de voir si elles vont m'appeler ? »

De retour chez elle, elle s'assit sur le canapé, regardant tantôt le Tupperware contenant la salade, tantôt le téléphone comme pour l'inciter à sonner. Elle savait qu'il resterait muet, mais cela ne l'empêchait pas d'espérer.

Andrew partait pour la Corée et la laissait seule dans ce camp. Elle ne lui avait pas demandé pour combien de temps. Le savait-il seulement ? Sans doute Mrs. Frankel pourrait-elle le lui dire. Fallait-il l'appeler pour la remercier ? Peut-être Mrs. Frankel allait-elle lui téléphoner la première pour la féliciter ? Cela paraissait plus vraisemblable.

Ainsi donc, Andrew allait l'abandonner. Oh, évidemment, elle n'en mourrait pas, mais elle souffrirait certainement de la solitude. Heureusement, cette absence ne durerait sans doute pas plus d'un an. Douze mois, ce n'est pas long, finalement, surtout que le bébé l'occuperait bien. Question d'habitude, après tout.

Elle fixait toujours le téléphone, qui demeurait obstinément silencieux. S'il sonnait maintenant, ce ne serait pas pour lui annoncer quelque chose d'agréable. Elle ne pourrait entendre que des propos amers et déplaisants. Elle décrocha le récepteur et le posa sur la table.

Elle s'assit à la table de la cuisine. Le plus difficile serait de se comporter comme si rien n'avait changé. En fait, elle était restée la même. Elle n'avait pas changé, *elle*.

« En tout cas, je n'ai pas l'intention de me terrer dans mon coin, ça c'est sûr. »

Elle saisit le récepteur et composa le numéro d'Evelyn Aldridge.

La sonnerie retentit sept fois avant qu'Evelyn ne consente à répondre. Elle avait dû pleurer, Ruby s'en aperçut tout de suite au timbre rauque de sa voix. Elle serra les doigts plus fort sur le combiné.

« Evelyn, ici Ruby. Je t'en prie, ne raccroche pas. Écoute, Andrew ne savait même pas qu'il figurait sur le tableau d'avancement. Nous étions tous persuadés, Andrew le premier, que c'était dans la poche pour Kent.

— Voilà qui est facile à dire, Ruby Blue, mais nous savons toutes pourquoi ces... ces grosses légumes sont venues manger à ta table. Tu es une sacrée petite lèche-bottes, n'est-ce pas ? Tu n'avais vraiment pas besoin de me téléphoner, Ruby. Tu cherches uniquement à me narguer, hein ? Eh bien, tu as réussi. C'est tout juste si j'ai eu la force d'aller au club des Officiers tout à l'heure pour enlever les inscriptions et les banderoles. Personne n'a plus confiance en toi, Ruby, personne. Et puis tiens, pour que la petite fête soit complète pour ton mari et pour toi, je vais t'apprendre une nouvelle qui vous fera sûrement plaisir : Dixie Sinclair a perdu son bébé il y a une semaine. Réjouis-toi, Ruby et n'oublie pas de le dire à ton Andrew quand vous arroserez tous les deux cette promotion qui aurait dû revenir à mon mari. Et inutile de me retéléphoner, d'accord ?

— Oui, je ne t'importunerai plus, Evelyn », murmura Ruby en raccrochant le combiné.

Dixie avait perdu son bébé. Comment le savaient-elles ? Des larmes lui brûlèrent les yeux, puis débordèrent, ruisselant sur son visage, suivies par d'énormes sanglots qui l'étouffaient et lui déchiraient la poitrine.

« Mais pourquoi m'en veulent-elles toutes ? cria-t-elle. Suis-je donc aussi méchante que le prétendait mon père ? Pourquoi s'en prennent-elles à moi ? »

211

Andrew était assis au bar du club des Officiers, ses longues jambes bien calées sur la barre du haut tabouret, au côté de son supérieur hiérarchique, le lieutenant-colonel Lackland.

C'était son colonel qui l'avait invité, il n'était donc pas question de refuser. Il buvait son whisky sec, comme son supérieur.

Leur présence en ces lieux, il s'en rendait compte maintenant, avait été calculée pour avoir lieu en même temps que celle des filles venues enlever les banderoles à la gloire de Kent Aldridge. Lackland était une ordure de première classe, et il en était fier.

« Alors, quel effet ça fait, Blue ? » demanda-t-il d'un air chargé de sous-entendus.

Andrew comprit tout de suite à quoi son supérieur faisait allusion, mais il ne voulut pas lui donner la satisfaction de montrer son embarras.

« Très agréable, mon colonel. Après tout, si je suis entré dans les marines, c'est pour rouler ma bosse à travers le monde entier. »

Un large sourire fendant son visage d'une oreille à l'autre, il ajouta :
« Et merci de m'avoir invité.

– Vous n'arriverez jamais au grade de colonel, capitaine, reprit Lackland d'un air hargneux. J'y veillerai personnellement. »

Andrew pivota sur le tabouret pour lui faire face.

« Vous voulez parier ? Je suis parfaitement capable d'y arriver avant vous. J'ai de la mémoire, moi aussi, et je saurai m'en servir, mon colonel. »

Il s'était mis debout, dominant de la tête son supérieur hiérarchique et, le visage souriant, pour donner le change aux autres clients du bar, il murmura à l'oreille de Lackland :

« Quand on s'ennuiera un peu, là-bas, à l'autre bout du monde, le général et moi, j'ai l'impression qu'on aura de fort intéressants sujets de conversation. Autrement dit, ne cherchez pas à me nuire, sinon vous risquez que ça vous retombe sur le bec. C'est vous qui avez un problème, pas moi. Et puis, tenez, finalement, je paie ma consommation », ajouta-t-il en posant deux billets sur le comptoir.

Il rentra lentement, l'esprit déjà fixé sur cette terre lointaine qui s'appelait la Corée. Au moins, il ne risquait pas d'y laisser sa peau. En tant qu'aide de camp du général Frankel, il ne se trouverait jamais sur la ligne de front. Et son avancement était désormais assuré, s'il savait se montrer indispensable à son supérieur hiérarchique.

Finalement, il était plutôt heureux de la tournure que prenaient les événements ; il allait pouvoir reprendre ses bonnes petites habitudes de célibataire.

Depuis quelque temps, il trouvait Ruby plutôt pénible ; elle commençait à l'étouffer dans cet univers étriqué et routinier.

La perspective d'avoir bientôt un enfant n'était évidemment pas pour lui déplaire, mais il préférait ne pas être là aux derniers moments de la grossesse, quand sa femme aurait un corps complètement déformé. Il en avait marre de l'entendre se lever cinq fois par nuit pour aller aux toilettes, ou de voir sa mine de papier mâché quand elle avait des brûlures d'estomac ou des crises de vomissements. Quand le bébé pleurera la nuit, je serai ailleurs, se dit-il avec une satisfaction égoïste.

Quand il reviendrait en Amérique, l'enfant aurait grandi, il n'y aurait plus besoin de rester à veiller sur lui vingt-quatre heures sur vingt-quatre.

Et puis, il n'était pas mécontent non plus de laisser derrière lui une femme enceinte. Elle ne serait pas assez appétissante pour les célibataires entreprenants qui résidaient dans la base et, après la naissance du bébé, elle aurait trop à faire pour envisager de courir à gauche et à droite.

Pourtant, son allégresse se modéra quelque peu quand il se rendit compte que Ruby lui manquerait peut-être par moments. Au lit, par exemple, car elle se pliait à tous ses caprices, à n'importe quelle heure du jour et de la nuit. En outre, elle se levait en même temps que lui, préparait son petit déjeuner, maintenait l'appartement dans un état de propreté impeccable et mitonnait des petits plats aussi peu coûteux qu'appétissants. Et le soir, blottis l'un contre l'autre sur le canapé, ils se plongeaient dans un bouquin ou se faisaient la lecture. Ces moments d'intimité lui manqueraient, de même que les promenades qu'ils faisaient de temps en temps le soir. Mais finalement, il réussirait très bien à surmonter les inconvénients de la solitude, ou alors il ne s'appelait plus Andrew Blue !

Il allongea de nouveau le pas, enfonça ses mains au fond de ses poches et se mit à siffler avec allégresse.

Il était encore d'excellente humeur quand il ouvrit la porte pour entrer chez lui. Ruby, affalée sur le canapé, pleurait toutes les larmes de son corps. Il sentit son estomac se révulser. Bon Dieu, ce qu'il pouvait avoir horreur de ces bonnes femmes quand elles chialaient ainsi !

Il s'assit à côté d'elle en la serrant dans ses bras. Il n'en avait plus pour longtemps à supporter ce genre de scène. Il pouvait se montrer charitable pour l'une des dernières fois.

« Voyons, qu'est-ce qu'il y a ? demanda-t-il avec douceur.

— Dixie a perdu son bébé, hoqueta Ruby.

— Et c'est pour ça que tu pleures ?

— C'est Evelyn Aldridge qui me l'a dit. A l'entendre, on aurait pu croire que c'était ma faute. Je n'aurais jamais dû lui téléphoner, mais je voulais essayer de la consoler pour qu'on ne s'en prenne pas à toi. Je n'appellerai plus personne ! Je me fiche éperdument de ce qu'elles pensent, toutes autant qu'elles sont. Je m'en fous ! » ajouta-t-elle en articulant chaque mot avec soin.

Bon Dieu, ce qu'il était content de déguerpir, de laisser cette petite sotte se dépatouiller avec ses problèmes de collégienne !

« Allons, fais-moi un sourire. Écoute, il n'est pas impossible que Dixie ait un problème, quelque chose dans son organisme qui l'empêche de garder les bébés jusqu'au bout. Ce n'est pas notre faute, et je refuse de te voir assumer des responsabilités de ce genre ! »

Ruby releva brusquement la tête.

Ce n'est pas sur elle qu'elle rejette la responsabilité, se dit-il, c'est sur moi !

Elle se dégagea de son étreinte et se leva.

« Qu'est-ce qu'il y a pour dîner ?

— De la salade aux neuf haricots, annonça-t-elle brièvement.

— Vraiment ? Je ne savais pas qu'il y avait neuf espèces de haricots différentes », marmonna Andrew en se dirigeant vers la salle de bains pour prendre sa douche et se changer.

Ruby en était presque à son sixième mois de grossesse quand son mari lui dit au revoir devant la porte de la maison. Elle avait les yeux secs, et son corps était agité de vibrations dont elle ne s'expliquait pas l'origine.

« Tu me manqueras beaucoup, Ruby. Je t'écrirai. Pas très souvent, sans doute, mais je t'écrirai. C'est juré.

— Moi, je t'écrirai deux fois par semaine, promit Ruby.

— Dès que le bébé sera né, dis au docteur d'appeler le service des transmissions, comme ça je serai prévenu immédiatement. J'ai déjà tout réglé. Tu n'oublieras pas, hein, ma chérie ?

— Aucun problème, Andrew. Tu as pensé à prendre la boîte de cigares ?

— C'est la première chose que j'ai mise dans mon sac. La deuxième a été ta photo. »

C'était vrai.

La voiture de service du général s'arrêta au bord du trottoir. Le chauffeur, un soldat de première classe sanglé dans un uniforme impeccable, sauta à terre et salua avec énergie. Andrew lui rendit son salut, et le jeune militaire commença à entasser les bagages d'Andrew dans le coffre.

« Reste là, ne bouge plus, chuchota Andrew à Ruby. Je veux garder gravé en moi le souvenir de toi, telle que tu es ici. »

Il déposa un baiser léger sur la joue de Ruby.

« Écris-moi, cria-t-il.

— Je t'écrirai deux fois par semaine », répéta-t-elle, plantée devant sa porte.

Elle regarda la voiture kaki, son drapeau orné d'une étoile flottant au vent, disparaître peu à peu de sa vue.

L'appartement était plongé dans un profond silence, à peine troublé par la radio qui égrenait en sourdine une musique douce que Ruby n'entendait même pas. Elle passa en revue les différentes pièces. La vaisselle du petit déjeuner était encore sur la table. Les journaux de la veille au soir jonchaient le sol. Le lit n'était pas fait, et la serviette humide dont s'était servi Andrew restait suspendue à la porte de la salle de bains. Il allait lui falloir une heure, peut-être un peu plus, pour tout remettre en ordre, à moins qu'elle ne commence par récurer la salle de bains que son mari avait laissée très sale.

Sans réfléchir davantage, Ruby prit un seau jaune vif dans l'étroit placard à linge et le remplit d'eau. Quarante-cinq minutes plus tard, plus rien n'indiquait qu'un homme s'était servi de la salle de bains.

« Et ça va rester comme ça pendant toute l'année à venir », marmonna Ruby.

Revenue dans la cuisine, elle monta de deux décibels le son de la radio. Maintenant, elle pouvait enfin écouter la musique et les nouvelles.

« Longue vie à toi, Ruby Blue, dit-elle en levant au-dessus de la table sa tasse de café. Je te promets de penser à toi, Andrew, au moins une fois par jour. De temps en temps, je ferai un effort pour rêver de toi et je t'écrirai régulièrement. Bref, je serai la fidèle gardienne de ton foyer. »

Que pouvait-on lui demander de plus ? Pouvait-elle exiger autre chose d'elle-même ?

6

A mesure que l'été approchait, le temps passait plus vite, aurait-on dit.

Ruby regardait les arbres se parer de leur verte splendeur comme pour donner de l'ombre aux fleurs tendres, à peine écloses, qu'elle avait plantées devant et derrière son austère appartement.

Le soleil avait un éclat plus vif, songeait-elle, maintenant qu'Andrew était parti. Chaque journée, chaude et ensoleillée, débouchait sur une autre journée tout aussi radieuse et éclatante.

Certes, Andrew lui manquait, mais pas au point de la faire sombrer dans le désespoir. Elle tint parole et lui écrivit de longues lettres enjouées, deux fois par semaine, et elle en reçut une toutes les trois semaines.

Elle dévorait tout ce que la bibliothèque pouvait lui proposer : romans, biographies et ouvrages sur les soins à apporter aux jeunes enfants. Quand elle ne lisait pas, elle allait assurer la permanence à la brigade des Femmes de capitaine. Elle apprit rapidement qu'elle pouvait obtenir tout ce qu'elle voulait en prétextant qu'elle avait les pieds enflés, la nausée ou une migraine atroce. Tous les malaises étaient pris en considération étant donné son état. Mais cela ne l'empêchait pas de s'acquitter consciencieusement – surtout le soir, quand elle était seule – des tâches qu'on lui confiait : mise à jour du courrier, classement des ouvrages et tenue des livres de comptes.

Elle mangeait avec appétit ; un peu trop, peut-être. A la fin du septième mois, elle avait grossi de vingt kilos. Elle décida de se mettre au régime, dans l'intérêt du bébé, mais s'octroya quelque licence, le dimanche, engouffrant une livre entière de fondants qu'elle confectionnait elle-même.

Presque tous ses actes étaient dictés par le souci d'assurer au futur bébé le maximum de bien-être. Qu'il s'agît d'un garçon ou d'une fille, elle le portait au fond de son ventre, elle en revendiquait la possession, il était à elle, il faisait partie d'elle-même et il ne la quitterait jamais. Jamais, au grand jamais.

Outre les lettres qu'elle adressait à Andrew, elle en envoyait à la mère de Nola, à Mabel McIntyre et à Janet Query. Elle en écrivait aussi à ses sœurs, mais ne les expédiait jamais.

Le soir, à la fraîche, elle travaillait dans le réduit qu'elle destinait au nouveau-né. Elle en était arrivée maintenant à tracer à la main, comme Dixie l'avait fait dans l'appartement voisin, les paroles de chansons enfantines à l'intérieur d'une bande d'un mètre de hauteur qui faisait le tour de la pièce.

Elle avait acheté d'occasion un berceau et un rocking-chair qu'elle avait décapés avant de les recouvrir de plusieurs couches de laque blanche. Il lui avait fallu plus de quinze jours pour peindre les murs et le plafond, car elle se fatiguait très vite. Mais maintenant, elle en avait terminé et elle avait décidé, ce soir-là, de s'installer dans le fauteuil à bascule pour coudre des cordons sur le petit édredon qu'elle avait confectionné à la main.

Ensuite, il ne lui resterait plus qu'à raccommoder les déchirures des rideaux du berceau et elle en aurait fini avec ses préparatifs. La chambre serait prête pour l'arrivée du bébé.

Au début, elle avait envisagé de mettre le berceau dans sa propre chambre, mais quand elle avait fait part de son intention à Andrew, il lui avait répondu si vite qu'elle en avait été stupéfaite. « Non, non et non, avait-il écrit. Les bébés doivent avoir leur chambre et je ne veux pas, j'insiste bien là-dessus, Ruby, je ne veux pas que l'on installe le nôtre près de notre lit. »

Après avoir longuement réfléchi au problème, elle avait fini par donner raison à son mari. Elle dormirait dans la nursery, sur un lit de camp, au début du moins, jusqu'au moment où l'enfant ferait ses nuits complètement : de cette manière, elle serait tout de suite auprès de lui en cas de besoin. Inutile d'en informer Andrew. Quand il rentrerait, elle aurait depuis longtemps réintégré le lit conjugal.

Depuis qu'Andrew était parti, elle avait réussi à mettre de côté cent vingt-cinq dollars, et maintenant qu'elle avait le permis de conduire elle voulait s'acheter une voiture pour pouvoir aller où bon lui semblerait avec le bébé. Comme elle avait demandé conseil à l'amiral Query sur le choix du modèle qui lui conviendrait le mieux, il débarqua chez elle une semaine plus tard et l'emmena chez Havelock où elle acheta une Ford qui, au dire du vendeur, avait servi seulement une fois par semaine pour emmener ses anciens propriétaires à la messe du dimanche.

L'amiral souleva le capot, puis estima que les affirmations du concessionnaire lui paraissaient vraisemblables. Après avoir supervisé en personne la vidange du moteur, la vérification de la pression des pneus et le lavage de la carrosserie, il déclara le véhicule apte à recevoir sa nouvelle propriétaire, qui eut un peu de mal à se caser sur le siège, à cause de son ventre protubérant qu'elle ne parvenait pas à glisser devant le volant.

Depuis quelque temps, l'amiral se comportait avec elle comme un véritable père. Un de ces jours, il faudrait qu'elle trouve un moyen de manifester sa reconnaissance, à lui et à sa femme.

Grâce à la voiture, le monde s'ouvrait devant elle. Elle pourrait se promener un peu partout et voir des choses qu'elle ne connaissait que par ouï-dire. Rien ne l'empêcherait d'aller en pique-nique avec le bébé quand le temps serait beau, ni de partir à l'aventure le jour où elle en aurait envie.

Par moments, Ruby avait l'impression de vivre dans une sorte de cocon. Elle trouvait très agréable cette indépendance que le destin lui accordait pour la seconde fois. Pourtant, sa fidélité envers Andrew avait beau être sans faille, il n'y en avait pas moins des moments où elle pensait encore à Calvin. Elle se demandait où il était et ce qu'il faisait. Il y avait longtemps qu'Amber n'avait pas écrit, et dans sa dernière lettre elle n'avait pas fait la moindre allusion au cousin de son mari.

Après avoir rêvassé sur la vie qu'elle aurait pu mener avec lui, allant jusqu'à entretenir avec son ancien soupirant des conversations imaginaires, Ruby décida de mettre fin à ces pratiques : elle risquait de perdre tout contact avec la réalité. Une fois de plus, par le simple jeu de sa volonté, elle enfouit le souvenir de Calvin Santos au plus profond de son âme.

Elle attendait, ce qui renforçait encore son impression que toute sa vie, jusqu'à maintenant, avait été consacrée à l'attente de quelque chose.

Ruby était étendue dans la chaise longue, les pieds calés sur un cageot en bois. Au-dessus de sa tête, une masse menaçante de nuages gris-noir partait de côté et d'autre comme si elle ne parvenait pas à décider dans quelle direction aller. Ruby entendit au loin un roulement inquiétant. La météo avait annoncé qu'un orage accompagné de pluies violentes allait s'abattre sur la région vers la fin de l'après-midi.

La brise se mua en un vent violent et un éclair rageur zébra le ciel, juste en face d'elle. Croyant sentir l'odeur de la terre incendiée et de l'herbe roussie, Ruby jugea prudent de se mettre à l'abri. Manifestement, les services météo avaient fait preuve d'un optimisme excessif : il était à peine plus de midi.

Au moment où elle atteignait sa porte d'entrée, elle crut entendre la voiture de Penny Galen. Penny, depuis quelque temps, rapportait toujours le courrier de Ruby pour lui éviter un déplacement pénible dans son état.

« Ah, te voilà ! Je me préparais justement à aller chez toi. Tu as un vrai courrier de ministre aujourd'hui, Ruby, dit Penny en lui tendant un paquet de lettres.

— Merci beaucoup, Penny. Tu es bien aimable.

— Ça va, Ruby ? Il ne te reste plus que quelques jours, je crois. En tout cas, tu as mon numéro de téléphone. Dave ou moi, nous serons très heureux de t'emmener à la clinique dès que le moment sera venu. »

Elle paraissait si sincère que Ruby acquiesça d'un hochement de tête.

Il faisait noir comme à l'intérieur d'une cave, maintenant. Dès qu'elle fut entrée chez elle, Ruby ouvrit les doubles rideaux et alluma la lumière. Si la météo s'était trompée sur l'heure de déclenchement de l'orage, elle avait vu juste quant à son intensité, car la pluie ne tarda pas à s'abattre sur le camp, martelant les vitres avec une telle force que Ruby se pelotonna dans un coin du canapé, impressionnée par la violence des éléments déchaînés.

Cinq minutes plus tard, la lumière s'éteignait, et Ruby se mit en quête de bougies. Les lettres qu'elle avait sur les genoux étant tombées à terre, elle poussa un grognement exaspéré en posant la bougie sur un guéridon. Si elle se penchait, elle risquait bien de ne pas pouvoir se relever. Elle avait un peu l'impression de se comporter comme un bébé morse tandis qu'elle s'efforçait, de la pointe du pied, de redresser les lettres afin d'incliner ensuite le buste sur le côté pour les ramasser une à une.

Au bout d'un moment qui lui parut une éternité, elle se laissa tomber sur le canapé, le souffle court, l'estomac crispé par l'effort. Penny avait raison : elle avait vraiment beaucoup de courrier.

Ses yeux s'agrandirent quand elle vit qu'Amber avait changé d'adresse. Elle sourit en voyant le nom de Mabel McIntyre au dos de la deuxième lettre, et sentit son cœur lui manquer en découvrant celui d'Opal sur la troisième. Elle décida de commencer par lire celle-là.

Elle avait été tapée à la machine dans toutes les règles de l'art. L'adresse figurant au verso était celle d'un appartement de Connecticut Avenue, à Washington, D.C.

Chère Ruby,

Je n'en ai pas cru mes oreilles quand j'ai rencontré Mrs. McIntyre et qu'elle m'a demandé si j'étais de la même famille que toi ou Amber. C'est elle qui m'a donné ton adresse. Bon sang, Ruby, j'ai bien cru que je n'aurais plus jamais de tes nouvelles ! Te voilà donc mariée. J'en suis très heureuse pour toi. J'ai failli piquer une crise quand elle m'a dit qu'Amber avait un bébé et que tu en attendais un toi-même. J'avais donc des neveux et je n'en savais rien.

J'espère que tu es heureuse, Ruby. Je sais, en revanche, que Amber ne l'est pas. Elle ne saura jamais l'être. Elle a souvent écrit à la maison, au début, mais papa renvoyait ses lettres sans les lire.

Au bout de deux mois, elle a cessé de donner de ses nouvelles. Je t'en prie, écris-moi pour me dire comment elle va et si elle a eu un garçon ou une fille.

Grace et Paul Zachary ont déménagé à Pittsburgh, où ils tiennent un nouveau magasin. Papa prétend que Grace était enceinte quand elle est partie, mais il ne s'agit sans doute là que d'un bruit sans fondement. Les gens se sont toujours acharnés à dire du mal des Zachary, mais moi, je les aime bien tous les deux. Grace s'est montrée tellement serviable envers maman !... et envers moi !

Maman va bien. Enfin, disons qu'elle est toujours la même. Je crois qu'elle a pleuré quand je suis partie, à moins que je n'aie pris mes larmes pour les siennes ! Pas le moindre baiser ni la moindre caresse, bien entendu. Quant à papa, il m'a tout bonnement collée dans le train et il est parti sans se retourner. Ils ne me manquent ni l'un ni l'autre, pas plus que Barstow.

J'ai logé quelque temps au YWCA, comme tu l'avais fait toi-même, et puis je me suis installée dans un appartement avec quatre copines. C'est autrement plus sympa, Ruby, tu peux me croire. Ce qu'on peut s'amuser, par moments ! On est toutes des filles de la campagne, mais il n'y en a pas une qui sache faire la cuisine. Enfin, on arrive quand même à se débrouiller.

Je me suis trouvé un petit ami. Mon patron est commandant et quand son frère, qui est à Annapolis, est venu le 4 juillet, nous avons été présentés l'un à l'autre. Il s'appelle Bill Barton, et il est aspirant de marine. Il m'écrit régulièrement, et on se voit de temps en temps. Il est vraiment superbe avec son uniforme. Et qu'est-ce qu'il embrasse bien ! Il me plaît énormément.

Je me demande si tu as été prévenue de l'accident qui est arrivé à papa ; je vais donc te le raconter. Tu vas peut-être objecter que cela ne t'intéresse pas, mais il faut bien que je remplisse cette lettre !

Bref, c'est arrivé le jour où il est allé vous voir, Amber et toi, à Washington. Une fois rentré à la maison, il s'est rendu chez Grace pour lui donner un coup de main à je ne sais quoi, et une grande marmite de confiture bouillante lui est tombée sur le ventre et entre les jambes. Mon Dieu, quelle horreur ! Il est resté à l'hôpital pendant je ne sais combien de temps et on lui a fait subir un tas d'opérations qui n'ont rien donné. Bref, il a maintenant un appareil pour uriner.

Personne ne m'en a jamais rien dit, remarque, mais j'ai vu un jour maman nettoyer le bazar et ça m'a mis la puce à l'oreille. Il a aussi une drôle de façon de marcher. Mais il est toujours aussi sévère et hargneux. Il y a des fois où il reste plusieurs semaines sans desserrer les dents. Mais je suppose que tu te moques pas mal de tout ce qui peut le concerner.

J'aurais voulu que tu sois là quand on a lu le testament de Bubba. Elle a dit que ta dette envers papa était réglée, mais je sais que tu continues d'envoyer de l'argent. Moi aussi, je paie la mienne. Je ne remettrai plus jamais les pieds à la maison, même pour Noël. Je vais envoyer un cadeau à maman, mais je n'achète rien pour papa.

L'oncle John et l'oncle Hank pensent beaucoup à toi. Je suis allée leur dire au revoir en cachette. Mais la maison n'est plus la même depuis que Bubba n'est plus là. L'oncle Hank dit qu'ils vont la vendre. N'est-ce pas affreux ?

Et voilà ce que j'avais à te raconter, Ruby. Oh, ce que tu as pu me manquer après ton départ ! Je crois que j'ai pleuré toutes les nuits.

J'ai fait comme toi, dans le train, avant d'arriver à Washington : j'ai caché la Bible sous une banquette.

Tu veux que je t'en dise une bien bonne ? Il y a des fois où Amber me manque !

Surtout, écris-moi. Il ne faut pas que nous perdions le contact. Si tu as l'adresse d'Amber, envoie-la-moi pour que je puisse lui donner des nouvelles. Au fond, c'est ma sœur, elle aussi. Je veux pouvoir me dire que j'ai deux sœurs et savoir où elles sont.

Je t'aime très fort, Ruby, et je pense à toi tous les jours.

Ta sœur,
Opal

Du dos de la main, Ruby s'essuya les yeux.

« Toi aussi, tu m'as manqué, Opal, murmura-t-elle. J'espère avoir l'occasion de te le dire un jour. »

Elle remit la lettre dans l'enveloppe, puis fut prise d'une crise de fou rire qui la secoua tellement qu'elle dut vite porter la main à son ventre : Opal amoureuse d'un aspirant de marine qui embrassait à la perfection !

La lettre de Mabel McIntyre ne comportait qu'un court paragraphe où elle annonçait qu'elle avait pris la liberté de donner à Opal l'adresse de Ruby et exprimait l'espoir de ne pas avoir commis d'impair. Elle demandait aussi à la future maman de la prévenir dès que le bébé serait arrivé.

L'enveloppe envoyée par Amber pesait comme du plomb dans la main de Ruby. Elle hésita longuement à l'ouvrir, mais finit par se dire qu'il y avait peut-être à l'intérieur une photo de la petite fille de sa sœur aînée. Elle n'avait vu qu'une fois un portrait de sa nièce, pris le jour de son baptême, mais l'enfant était tellement emmitouflée dans ses vêtements qu'on ne distinguait que son petit minois chiffonné, réplique exacte du visage de sa mère.

Ruby changea de position sur le canapé, pour tenter de se mettre plus à l'aise, mais la crispation qui lui tenaillait le ventre ne faisait que s'accentuer. Si elle s'allongeait, elle avait des brûlures d'estomac ; si elle se tenait debout, c'était son dos qui lui faisait mal. Et si elle restait encore un moment assise, elle ne pourrait plus se redresser.

« Calme-toi, Ruby, murmura-t-elle ; ne bouge plus et ouvre-moi cette bon Dieu de lettre. »

Au-dehors, l'orage s'était déchaîné, mais Ruby, plongée dans sa lecture, n'y prêtait plus attention.

Chère Ruby,

Cela fait des semaines que Nangi me harcèle pour que je réponde à ta dernière lettre. Celui-là, il ne me laisse pas un seul instant en paix, dès que je ne vais pas aussi vite qu'il le voudrait.

La dernière fois que je t'ai écrit, je te demandais ce que tu pensais du nom que j'avais donné au bébé et tu ne m'as pas répondu. Je trouve Angela très joli, mais nous avons fini par nous décider pour Angel.

J'ai l'impression que tu m'en veux toujours, comme du temps où nous étions à Barstow. C'est vraiment loin tout ça, Ruby. Il faut savoir tirer un trait. Si tu n'aimais pas ce nom, tu aurais dû me le dire.

Nous avons ici un temps chaud et ensoleillé, mais il y a des jours où l'humidité est vraiment oppressante. Je mets une couche-culotte au bébé, un point c'est tout. La chaleur lui irrite la peau, mais heureusement le talc lui fait du bien.

J'ai reçu une lettre d'Ethel. Elle me charge de te féliciter pour ton mariage. Elle a toujours eu beaucoup d'admiration pour Andrew, et elle espère que tu seras heureuse. Elle se marie en octobre avec un fermier du Montana.

Nous avons reçu une lettre de Calvin accompagnée d'une photo de son dernier fils. Je la joins à la présente, mais je te demanderai de nous la retourner car Nangi est un collectionneur passionné qui passe un temps fou à mettre ses albums à jour. Pour l'esprit de famille il est vraiment imbattable, à tel point qu'il y a des fois où je dois me tenir à quatre pour ne pas piquer une crise de nerfs.

Bref, pour Calvin, je t'imagine déjà sur des charbons ardents : tu dois te demander ce qu'il devient, hein ? Eh bien, rassure-toi, c'est un garçon qui monte, je peux te le garantir. En ce moment, il doit même être en train de voler. Eh oui, il va devenir pilote. Il ne veut plus se contenter d'un emploi de gratte-papier et il a été accepté à l'école de pilotage. Nangi est très fier de lui. Dans sa lettre, Calvin ne nous a pas demandé de tes nouvelles. Il dit, en revanche, que son épouse est une très bonne mère. Si tu veux mon avis, d'ailleurs, elle a plutôt l'air d'être sa grand-mère. Enfin, pas celle de Calvin, celle du petit.

Je suis de nouveau enceinte. Au début, je ne voulais pas le croire. Nangi est heureux comme un roi. Il veut avoir neuf enfants, pour pouvoir constituer une équipe de base-ball ! Ce qu'il est bête, par moments !

Je n'ai plus grand-chose à te dire pour l'instant. Ici, c'est le calme plat. Rien à voir avec ce qui se passait en Amérique.

N'oublie pas de nous prévenir dès que le bébé sera né, et surtout envoie une photo que Nangi pourra coller dans son album. Il va falloir que j'y aille. Angel est en train de réclamer son jus d'orange à cor et à cri.

Ta sœur,
Amber

Ruby approcha la photo de la bougie. Angel avait un véritable visage d'ange, avec des cheveux noirs comme de la réglisse. Dommage qu'elle fût un peu grasse, avec son double menton ! Ruby fronça les sourcils : Amber et Nangi étaient tous les deux très minces. La petite fille avait une face vraiment lunaire. Mais elle était bien mignonne tout de même.

Ruby reprit son souffle avant de sortir l'autre photo. Le bébé semblait avoir deux mois. Il n'avait rien d'attirant et ne semblait même pas propre. Elle fixa le portrait un long moment, se demandant pourquoi ses cheveux pointaient ainsi en l'air comme des piquants de hérisson. Il avait les yeux et les cheveux foncés de Calvin, et une silhouette plutôt allongée. Un de ses pieds dépassait de sa longue robe... Le bébé de Calvin! Un bref instant, Ruby eut envie de le trouver laid, mais finalement elle sentit la honte monter en elle.

L'amour secret et inconditionnel qu'elle éprouvait encore pour Calvin avait repris le dessus.

« Je suis certaine que c'est un très joli bébé, Calvin, et je suis sûre que tu l'aimes de tout ton cœur », murmura-t-elle. Des larmes de frustration lui brûlaient les yeux. Il fallait qu'elle cesse de s'apesantir sur Calvin et sur sa famille, en dépit de tous les efforts que faisait Amber pour retourner sans cesse le couteau dans la plaie!

Il fallait mettre une nouvelle bougie dans le chandelier, mais Ruby hésitait à quitter le petit nid qu'elle s'était creusé au fond du canapé. Elle se rendit compte alors qu'elle avait de plus en plus mal. Elle aurait dû marcher, remonter au moins jusqu'au bout de la rue. Le manque d'exercice était sans doute responsable de l'ankylose qui lui paralysait les membres. Peut-être devrait-elle manger quelque chose. La flamme de la bougie commençait à vaciller, l'odeur âcre de la fumée montait jusqu'à ses narines.

Elle réussit à se mettre debout, mais soudain elle eut peur de perdre l'équilibre. La tête lui tournait. Elle se dirigea vers la salle de bains en prenant bien soin de protéger la flamme. Si jamais la lumière s'éteignait, elle se retrouverait dans une obscurité totale, et elle n'avait pas suffisamment confiance en elle pour être bien certaine de surmonter cette épreuve.

Arrivée près du siège des toilettes, elle sentit un liquide tiède lui inonder les jambes, mouillant les socquettes qu'elle avait aux pieds.

« Ça alors! » murmura-t-elle.

Le souffle de ses paroles avait éteint la bougie. L'envie d'uriner était de plus en plus pressante, mais il était plus urgent de refaire de la lumière. Elle repartit à tâtons vers la cuisine pour y prendre une bougie qu'elle fixa au fond d'une tasse. Puis elle regarda ses socquettes et ses sandales. C'est à ce moment précis qu'elle comprit ce qui s'était passé dans la salle de bains : elle avait perdu les eaux.

Ayant rejoint à grand-peine la salle où se trouvait le téléphone, elle décrocha et constata qu'il n'y avait pas de tonalité. Elle se raidit et fut prise de peur en regardant la vitre et l'ouragan qui se déchaînait au-dehors. Que pouvait-elle faire? Des photos qu'elle avait vues dans le *National Geographic* surgirent à son esprit : des femmes trimant dans des champs qui s'arrêtaient soudain, juste le temps d'accoucher de leur bébé et de nouer le cordon avant de reprendre leur travail.

Elle frissonna et tenta de se rappeler toutes les consignes que son docteur lui avait données. Mais à aucun moment il n'avait envisagé la possibilité que l'enfant naisse à la maison, ni que la mère accouche toute seule.

« Andrew, j'aurais dû te tuer! C'était pas prévu dans le programme, ça! gémit-elle. Oh, mon Dieu, mon Dieu! »

Il ne lui restait plus qu'à essayer de gagner la demeure des voisins en espérant qu'ils pourraient l'emmener à l'hôpital.

Allait-elle vraiment se risquer au-dehors ? La réponse à cette question lui parvint à peine une seconde plus tard. Une explosion secoua la cuisine : une énorme branche venait de s'abattre à travers les vitres, pulvérisant l'encadrement pourri de la fenêtre. Ruby hurla de terreur, trébucha et ne réussit qu'à grand-peine à retrouver son équilibre. Un spasme violent lui tordit le ventre. Les contractions avaient commencé. Elle desserra les dents et inspira à fond, juste avant la secousse suivante.

Les gouttes de sueur perlaient sur son front et roulaient sur sa poitrine. Pour la première fois de sa vie, Ruby était incapable de penser clairement. Fallait-il éponger la flaque qu'elle avait laissée dans la salle de bains ou tenter de colmater la fenêtre de la cuisine ? Fallait-il s'allonger ou s'asseoir ? Ne valait-il pas mieux rester debout ?

Même si sa vie en avait dépendu, elle aurait été incapable de se souvenir du moindre des préceptes qu'on lui avait inculqués au cours des stages préparatoires à la maternité. Une peur panique la clouait sur place, les mains crispées sur l'estomac.

Ses yeux roulèrent dans leurs orbites quand un gigantesque éclair illumina le ciel. Le fracas du tonnerre, le martèlement incessant de la pluie lui donnaient l'impression d'être emprisonnée entre les griffes d'un monstre affamé.

Son ventre se contractait douloureusement, à intervalles réguliers. Elle aurait dû chronométrer, mais pour y parvenir, il aurait fallu porter la bougie jusque dans la chambre afin de voir la pendulette posée sur la table de nuit ou sa montre qui, par malheur, se trouvait juste à côté. Ruby ne la mettait plus au poignet depuis plusieurs jours, car le bracelet la serrait trop.

Les contractions cessèrent aussi vite qu'elles avaient commencé. Ruby inspira à fond. Un répit, mais pour combien de temps ? Il fallait faire quelque chose !

Les jambes écartées, comme un canard, elle gagna sa chambre en se dandinant, tenant la bougie très haut au-dessus de sa tête. Elle avait envie de pleurer. Jamais encore elle n'avait éprouvé un tel sentiment d'impuissance – même à Barstow, quand son père la fouettait pour un oui ou pour un non. A cette époque-là, en effet, elle pouvait affirmer sa volonté ; son cerveau fonctionnait parfaitement et elle avait la ressource de se réfugier chez Bubba, qui ne manquait jamais de la consoler de ses malheurs. Une lumière avait toujours brillé au bout des longs tunnels qu'elle avait traversés, alors que présentement elle ne distinguait aucune issue. Avoir un bébé, c'était bien autre chose que de subir une punition. Elle avait besoin d'aide, un besoin urgent.

Elle tenta une nouvelle fois de téléphoner. Toutes les lignes de la base avaient dû être coupées, mais ce n'était évidemment pas dans les logements du personnel qu'on les rétablirait en priorité. Il fallait donc à tout prix trouver un autre moyen de donner l'alerte.

Au-dehors, l'orage battait son plein, et le vacarme était si fort que Ruby plaqua ses mains sur ses oreilles. Elle n'avait jamais rien entendu de tel.

« Je te hais, Andrew Blue ! C'est ta faute, tout ça ! Est-ce que c'est moi qui voulais avoir un bébé ? Je n'y étais pas prête ! Et maintenant qu'il faudrait me porter secours, où es-tu ? J'ai besoin d'aide, hurla-t-elle, à l'aide ! Oh oui, je te hais. Et si jamais ça se passait mal ? Hein ? Oh, mon Dieu, mon Dieu ! »

Elle se traîna jusqu'au placard à balais et sortit une serpillière. Puis elle frappa de grands coups dans le mur de la cuisine, celui qui était mitoyen avec l'appartement des Gallen. En l'absence de réaction, elle partit dans sa chambre pour tenter d'alerter de la même manière les autres voisins, les Sims, dont la cuisine donnait de ce côté. Elle abandonna au bout de quelques minutes, s'étant rappelé que Don Sims était en permission et que sa femme en avait profité pour aller passer quelques jours chez des amis.

Ruby s'efforçait maintenant de colmater avec des oreillers et des serviettes la brèche provoquée par la branche monstrueuse qui avait envahi la moitié de la cuisine. Elle y déploya tant d'énergie qu'elle eut ensuite tout juste la force de regagner le canapé pour s'effondrer sur les coussins. Il fallait réfléchir, échafauder un plan d'action, mais pour cela elle avait besoin de garder l'esprit clair.

Le bébé pouvait naître d'un instant à l'autre. Si les contractions reprenaient et se prolongeaient pendant des heures, elle aurait une chance d'obtenir de l'aide ; mais dans le cas contraire elle devrait se débrouiller toute seule.

Plus tard, quand je repenserai à cette journée, ça me fera bien rire, se dit-elle, les dents serrées. Plus tard peut-être, mais pour l'instant tu es en plein dedans, Ruby Blue, et on ne te donnera pas une seconde chance. Quand ce bébé sera prêt à sortir, il sortira, sois-en bien convaincue !

Ayant un peu rassemblé ses esprits, elle chercha les dernières bougies qu'elle avait portées dans sa chambre et réussit à les allumer toutes. Puis elle repartit vers la cuisine pour récupérer un maximum de serviettes qu'elle étala sur son lit. Dans la salle de bains, elle emplit d'eau une cuvette et la posa sur la table de nuit. Ensuite, elle sortit des ciseaux pour pouvoir couper le cordon ombilical.

Soudain, elle vacilla sur ses jambes : la douleur revenait, l'envahissant de ses ondes successives, gagnant chaque seconde en intensité. Sans trop savoir comment, elle réussit à ôter ses sandales et ses chaussettes détrempées, puis sa jupe, sa combinaison et sa culotte. Elle se hissa sur le lit en gémissant et parvint à s'allonger. Elle aurait dû chronométrer les contractions pour pouvoir respirer et souffler aux bons moments ; mais il n'y avait personne pour la guider, personne pour la soutenir. Et il n'y aurait personne pour lui éponger le front, pour ramener ses cheveux en arrière, pour lui tenir les mains.

« Je te hais, Andrew Blue. Jamais les choses n'auraient dû se passer ainsi », eut-elle la force de crier.

En plein milieu d'une contraction, si douloureuse qu'elle en perdit le souffle, elle se rappela qu'en principe on aurait dû la raser. Elle s'empressa d'en rire, de crainte d'en pleurer.

A cinq heures trois minutes du matin, juste au moment où l'orage commençait à se calmer, Ruby Blue, exultante mais épuisée, donna naissance à une petite fille de treize livres qu'elle baptisa immédiatement Martha Mary Blue, en souvenir de sa grand-mère.

Andrew Blue geignait et gémissait... de plaisir, sous les caresses que lui prodiguait la petite Coréenne.

« Ça te plaire, grand G.I. américain ? Moi continuer, tu verras. Toi rester bien tranquille et moi te rendre heureux. »

Andrew gémit encore, au comble de l'extase.

Elle s'appelait Soong Lee et elle avait seize ans. Son frère qui en avait dix-sept et demi l'avait vendue à Andrew deux semaines après son arrivée en Corée. Le prix était de vingt-cinq dollars par mois plus deux cartouches de cigarettes.

Soong Lee lavait et repassait le linge d'Andrew, elle cirait ses chaussures, nettoyait sa chambre, faisait la cuisine et astiquait les meubles quand elle n'était pas au lit avec lui. Elle était si experte dans l'art de faire l'amour qu'Andrew en était devenu fou. Comparée à Soon Lee, Ruby paraissait bien fade.

C'était une vraie petite magicienne, une magicienne nue, aux yeux doux et veloutés, et elle lui faisait des choses merveilleuses. Il aurait voulu qu'elle ne s'arrête jamais. Elle l'emmenait vers des horizons et sur des sommets qu'il n'aurait pas un instant imaginés. Avec ses doigts, sa langue et ses longs cheveux d'ébène, elle opérait de tels miracles qu'il ne pouvait que s'extasier et gémir : « Encore, encore, continue. Si jamais tu fais ça avec quelqu'un d'autre, je te tue. »

Il était sincère. Mais elle s'arrêta pourtant, l'implorant de ses yeux de velours.

« Mon frère dit toi payer plus. Américains avoir plein dollars. Moi, très bonne pour Américains. »

Andrew revint aussitôt sur terre.

« On a conclu un marché. S'il ne joue pas franc jeu, je vais lui botter le train à ton frangin. Dis-le-lui de ma part.

— Non, mon frère, c'est le chef. Lui, parler, moi, obéir. Soldat américain avoir tué papa et maman. Kim dit toi payer. Toi pas payer, moi partir.

— Combien ? aboya Andrew.

— Trois cartouches de cigarettes. Trente dollars. Pas beaucoup pour soldat américain, très important pour Kim. Toi payer ? » demanda-t-elle avec anxiété.

Andrew grimaça un sourire.

« Si je paie, qu'est-ce que tu feras pour moi ? »

Elle le lui montra. A plusieurs reprises.

Dès qu'Andrew eut sombré dans un profond sommeil, Soon Lee sauta à bas du lit. Ses yeux de velours exprimaient la haine et le mépris en se fixant sur l'homme nu qui dormait.

« Espèce de salopard de Yankee ! » grinça-t-elle.

226

Quelques secondes plus tard, vêtue d'un pantalon trop grand et d'un pull kaki, elle partait en coup de vent. Elle avait trois heures, peut-être quatre pour aller faire la même chose avec un autre salaud de Yankee et revenir juste au moment où cet imbécile de marine se réveillerait.

Ruby était assise dans le fauteuil à bascule avec sa petite fille sur les genoux, quand les hommes de la Military Police entrèrent par l'arrière en l'appelant à grands cris. Elle avait finalement réussi à téléphoner et, quelques minutes plus tard, on l'emmenait à l'hôpital où le docteur déclara que la mère et la fille étaient en parfaite santé.

Il préféra toutefois placer l'enfant en milieu stérile, étant donné le nombre de microbes et de bactéries auxquels elle avait été exposée. Ruby ne protesta pas. Elle ne voulait plus qu'une chose : un bon bain, du repos, et l'assurance qu'on allait prévenir Andrew qu'il avait une petite fille toute neuve.

Malheureusement, il fallut deux jours entiers pour informer son mari. Des problèmes de priorité, avait-on expliqué au docteur.

Quand Ruby se réveilla, fraîche et dispose, après avoir dormi douze heures d'une traite, elle fut étonnée de voir les fleurs, les cartes, les cadeaux qui emplissaient sa chambre. Elle fondit en larmes et pleurait encore lorsque la femme du général arriva, tenant à la main un paquet et un ours en peluche.

Arlene Frankel serra la jeune accouchée dans ses bras et murmura en caressant ses cheveux encore plaqués par la sueur :

« Je l'ai vue, Ruby. Elle est absolument magnifique. Ils m'ont autorisée à la regarder. Elle est en milieu stérile pour l'instant, mais l'infirmière m'a dit que tu pourras la voir dès que tu en auras envie. Il suffira que tu ailles dans le couloir. Elle est belle, Ruby. Je suis désolée que les choses se soient passées ainsi... C'était la volonté de Dieu, sans doute. Quand j'ai appris ce que tu as enduré, ça m'a mise hors de moi. Il faut que tu le saches, Ruby, je ne crois pas que j'aurais été capable de faire ce que tu as fait. Ton mari va être fier de toi, très fier. Ah, au fait, la fenêtre de ta cuisine a été réparée. Ma pauvre enfant, tu as dû avoir une de ces peurs ! »

Ruby était aux anges. Qu'il était donc agréable de se trouver blottie dans les bras de quelqu'un, de se faire choyer, dorloter !

« Je ne pourrai pas la nourrir moi-même, annonça-t-elle tristement. D'après le docteur, ce ne serait pas prudent, étant donné les circonstances.

— C'est tellement plus commode de nourrir les bébés au biberon ! Du lait Carnation, du sirop Karo et de l'eau bouillie, voilà ce que ton petit bout de chou boit en ce moment. Et elle a englouti les cent vingt grammes sans se faire prier, crois-moi. Quand je pense au courage que tu as manifesté, je n'en suis pas encore revenue. Ce soir même, j'écris au général pour lui dire que tu t'es comportée comme un vrai soldat. Tiens, voilà l'infirmière. Je crois que c'est l'heure de la toilette. Repose-toi bien, Ruby, je repasserai te voir demain. »

Pendant la deuxième journée qu'elle passa à l'hôpital, elle n'entendit que des commentaires flatteurs sur l'appétit et la vitalité de son bébé : « Elle n'en a jamais assez », dit une infirmière tandis qu'une autre renchérissait : « Elle fait son rot comme un nourrisson de six mois. » Une troisième annonça que la petite suçait son pouce tandis que l'infirmière de nuit déclarait qu'elle dormait comme un ange. Ruby se rengorgea, attendant avec impatience le moment où on lui montrerait enfin sa fille.

Le troisième jour, elle le consacra à son courrier. Pour la lettre qu'elle voulait écrire à Andrew, il faudrait qu'elle soit d'abord rentrée chez elle. Comme il voudrait connaître dans le moindre détail ce qui s'était passé, elle avait besoin de se retrouver au calme, dans sa chambre, afin de lui raconter par le menu les épreuves qu'elle avait traversées et lui faire comprendre ce qu'il y avait de miraculeux dans la naissance de leur petite fille.

Le quatrième jour, le bon de sortie fut signé par Arlene Frankel en personne. Le chauffeur de la générale déposa les cadeaux et les fleurs dans la voiture pour les transporter jusqu'à l'appartement ; à la suite de quoi, il revint chercher la jeune maman et son bébé.

Arlene Frankel tint à les accompagner, restant juste assez longtemps pour s'assurer que l'installation se déroulait sans anicroche.

« Ruby, j'ai pris la liberté de te faire envoyer deux caisses de lait en boîte et un peu de sirop. Il y a une douzaine de biberons sur ta table de cuisine et un appareil qui te permettra de les stériliser. Je peux te le faire si tu veux, mais je suppose que tu préfères t'en occuper toi-même.

– En effet, Mrs. Frankel. Je veux tout faire moi-même. Je tiens à m'occuper entièrement de ce bébé. C'est mon bébé, et j'ai l'impression que le bon Dieu a voulu me faire une faveur spéciale. Je ne peux pas vraiment expliquer ce que je ressens. Merci, merci pour tout. »

Dès que la porte se fut refermée derrière la générale, Ruby se précipita vers le berceau et attrapa le bébé endormi. Elle couvrit de baisers la petite tête duveteuse. Un quart d'heure plus tard, elle remettait sa fille sur son matelas et, à une vitesse dont elle ne se serait jamais cru capable, elle lava et stérilisa les biberons, préparant ensuite assez de lait pour nourrir son enfant pendant deux jours. Dès que les biberons eurent été posés dans le bac refroidisseur, elle courut de nouveau au berceau et reprit son bébé sur ses genoux pour le bercer avec un bonheur indicible.

« Tu es à moi, à moi toute seule, murmura Ruby avec une grande douceur. Je ne te quitterai jamais. Je prendrai soin de toi jusqu'à ma mort. Oui, je vais bien m'occuper de toi. Je t'aime tant, ma petite Martha chérie. Et je sais que tu ne me quitteras jamais. Je vais être la meilleure mère du monde. Je veux que tu m'aimes comme moi je t'aime. Personne, dans l'univers entier, ne t'aimera jamais comme moi je t'aime ; même si tu te maries, je t'aimerai toujours davantage. »

Tenant son enfant dans ses bras, elle la berça avec une ferveur joyeuse.

Ruby était plus heureuse qu'elle ne l'avait jamais été de son existence.

Quatre semaines après le premier anniversaire de Martha, Andrew apprit qu'il allait rentrer aux États-Unis avec le général Frankel. Auparavant, les deux officiers s'arrêteraient à Hawaii, où ils resteraient en permission de détente pendant quelque temps.

Andrew retrouverait donc Ruby à Hawaii, où elle viendrait l'attendre avec le bébé. La famille serait enfin réunie.

Le front plissé de rides profondes, il prit dans son casier la pile de lettres que lui avait envoyées sa femme. Il y en avait au moins deux cents, car fidèle à sa promesse elle lui en avait écrit deux et même parfois trois par semaine, noircissant quatre ou cinq feuillets chaque fois. Elle lui relatait, d'ailleurs, des faits sans intérêt, le temps qu'il faisait, les pets de travers du mouflet, le nombre de biberons qu'il ingurgitait. Il se souvenait encore du luxe de détails avec lequel elle avait raconté la naissance de Martha et les épreuves qu'elle avait dû surmonter ce jour-là. Il avait lu le début en diagonale mais, quand les précisions s'étaient faites un peu techniques, il avait froissé les feuillets avec dégoût. Avait-il besoin de savoir qu'elle avait mis plein de sang sur les serviettes, avec des caillots aussi compacts que des morceaux de foie ?

Andrew regarda la feuille de papier blanc étalée devant lui. Alors, qu'est-ce que je vais te raconter de beau, Ruby ? Elle se plaignait qu'il ne lui dise jamais rien dans ses lettres qu'elle trouvait toujours trop courtes. Leur fille, prétendait-elle, n'allait pas tarder à se mettre dans la tête que son père ne s'occupait pas d'elle !

Andrew fit la grimace. Il imaginait Ruby en train de montrer sa page d'écriture à la mouflette en clappant de la langue d'un air réprobateur. Ce qu'elle pouvait être chiante !

Une heure après, il en avait terminé avec cette corvée. Comme d'habitude, il ne disait rien de bien important. Il s'ennuyait d'elle, il avait hâte de voir Martha. Il faisait chaud et il leur rapporterait un tas de cadeaux de Corée. Il ne prenait aucune permission pour pouvoir passer avec elles le maximum de temps quand il rentrerait. Il était vraiment impatient de la prendre dans ses bras. Et en bas de la page, comme toujours, il écrivit : « Bons baisers, Andrew. »

Il posa la lettre dans le plateau « départ » et s'empressa de ne plus y penser.

Il songea au mois d'abstinence qu'il venait de vivre depuis que Soong

Lee était partie en pleine nuit, après qu'il lui avait dit qu'il ne se considérait nullement responsable de la grossesse qu'elle venait de lui annoncer. Il lui avait même allongé une bonne torgnole, et il ne l'avait pas revue depuis.

Il sifflota tout le long du chemin qui le menait au garage où la jeep du général l'attendait. Dans un an, le drapeau qui flottait à l'avant s'ornerait d'une seconde étoile, et lui, il aurait des feuilles d'érable sur le col de son uniforme. Pour les obtenir, il lui suffirait de rester indispensable à son général et de dissiper le doute qu'il avait lu un jour dans les yeux de son supérieur hiérarchique. Une fois à Hawaii, tout s'arrangerait. Dès que la petite famille serait réunie, il se conduirait comme un mari modèle. En attendant...

La semaine précédant l'anniversaire de Martha, Ruby reçut de son mari une lettre lui annonçant que son séjour outre-mer serait prolongé de quelques mois.

> « J'ai été muté au KMAG (groupe militaire coréen), en tant que conseiller auprès du corps des marines coréens. Je me suis porté volontaire, expliquait-il, parce que le général m'a clairement laissé comprendre qu'il espérait une telle initiative de ma part. Tu vas donc recevoir un contrordre, mais il faut que tu prennes les choses avec philosophie. Tu adoreras notre nouveau logement... »

Ruby lut la lettre à haute voix à sa fillette de onze mois, qui concentrait d'ailleurs toute son attention sur une pile de cubes aux couleurs éclatantes. Lorsque le fragile échafaudage s'écroula, elle rampa vers sa mère pour lui faire comprendre qu'elle voulait qu'on le reconstruise. Ruby s'exécuta avec un sourire indulgent, énumérant chaque couleur, décrivant chaque forme. Martha applaudit et fit tout basculer une seconde fois.

Quand Martha, quelques instants plus tard, se fut lassée de ce petit jeu, Ruby la coucha dans son berceau, un biberon plein de lait coincé entre ses doigts potelés, le couvre-lit fait main remonté jusqu'au menton. Et la maman adressa à l'enfant un regard chargé de tendresse.

Elle lisait la lettre d'Andrew pour la seconde fois quand on frappa à la porte. Pensant que c'était une de ses amies, elle cria : « Oui, entre! »

« Caporal Wagoner, dit un jeune militaire en ôtant sa casquette. Vous êtes bien Mrs. Ruby Blue? »

Ruby ayant fait oui de la tête, il reprit :

« J'ai un message pour vous, de la part du quartier général, madame.
– Merci, caporal. »

Un message pour elle. Sa main se mit à trembler dès qu'elle eut commencé à lire. En fait, il s'agissait d'une lettre d'Andrew qui avait été recopiée par le bureau des communications. Le ton était sec et sans réplique. Ruby battit des paupières, de surprise d'abord, puis de colère.

« Alors ça, c'est le comble! » s'exclama-t-elle soudain. Au lieu de prolonger de trois ou quatre mois son séjour en Extrême-Orient, comme il le lui annonçait dans sa dernière lettre, Andrew en prenait encore pour six mois. Et elle, il fallait qu'elle ramasse ses cliques et ses claques pour aller l'attendre dans leur nouveau logement ! Départ dans une semaine, le jour de l'anniversaire de Martha !

« Non mais, comment crois-tu que je vais pouvoir faire ça, Andrew ? » marmonna-t-elle d'un ton furieux.

Elle ne savait même pas où il se trouvait, ce nouveau logement. Elle l'apprit quelques instants plus tard en tournant la page.

« A Hawaii ! Et ma voiture ? Et où vais-je prendre l'argent pour tout ça ? »

Arlene Frankel ne lui avait à aucun moment parlé d'une prolongation de séjour pour son mari ou pour Andrew. En ce moment, elle était à Hawaii où elle avait rejoint son mari qui bénéficiait d'une permission. Le général retournerait-il ensuite en Corée, ou avait-il chargé Andrew de rester sur place après lui pour régler les affaires en cours ?

Cinq jours ! Hors de question ! D'autant que Ruby avait prévu une petite fête pour l'anniversaire de Martha. Les Query étaient invités.

« Andrew, tu ne me feras jamais croire que ce n'est pas toi qui as mijoté ça. Autrement, Mrs. Frankel m'aurait prévenue depuis longtemps. »

Elle fut soudain prise de panique, comme le jour où Martha était arrivée, en plein cœur de la tourmente. Une fois à Hawaii, où logerait-elle ? Le document ne mentionnait nulle part la possibilité de se faire héberger par l'armée ; il faudrait résider en dehors de la base, donc prévoir des dépenses plus importantes qui ne lui seraient pas remboursées intégralement. Étant donné la pagaille manifeste qui régnait dans les services, elle risquait de se retrouver à la rue. On lui avait raconté d'abominables histoires sur les conséquences que pouvait avoir l'impéritie des bureaucrates militaires.

Elle décrocha son téléphone et, prenant un ton professionnel dont elle n'avait pas usé depuis qu'elle ne travaillait plus pour l'amiral Query, elle exposa ses doléances, exprimant sa surprise devant la nécessité qu'on lui imposait de déménager toutes ses affaires, avec un bébé d'un an, dans un délai aussi bref. Il ne pouvait s'agir que d'une erreur.

« Et ma voiture, capitaine, qu'est-ce que je vais en faire ? »

Les explications de l'officier furent longues et peu convaincantes. Comme Ruby revenait à la charge, il déclara d'un ton péremptoire :

« Mrs. Blue, en tant qu'épouse de militaire, vous n'avez qu'une solution : rentrer dans le rang et faire ce qu'on vous dit. »

C'est à ce moment précis que Ruby se dit qu'elle pouvait parfaitement tout remballer et repartir pour Washington, D.C. Cette fois, elle en avait ras le bol du corps des marines et des officiers stupides qui voulaient lui faire appliquer des règlements sans queue ni tête.

« Écoutez, capitaine, lança-t-elle d'un ton rageur, il va falloir trouver un autre argument, sinon je ne pars pas. Je peux très bien libérer dans une semaine l'appartement que j'occupe maintenant, ce n'est pas un problème ; mais ce ne sera pas pour aller à Hawaii. J'irai avec ma voiture à Washington, D.C., où je sais pouvoir me loger. Et je vous laisserai la responsabilité d'expliquer la situation à mon mari et au général Frankel. Merci de votre attention, capitaine. »

Elle raccrocha le combiné avec une telle force que le cendrier favori d'Andrew tomba à terre et se brisa en mille morceaux.

A sept heures sept minutes, le soir même, le colonel Peters frappait à la porte de Ruby. Il battit des paupières quand elle vint lui ouvrir, portant dans ses bras une fillette blonde qui semblait avoir sommeil. Une femme semblable à beaucoup d'autres, finalement.

« Oui ? fit-elle d'un ton interrogateur.

— C'est moi que vous avez eu au téléphone ce matin, Mrs. Blue. Je suis le colonel Peters. Tout est arrangé : nous allons pouvoir vous loger. Un de mes hommes vous apportera votre billet d'avion demain. Il y aura à l'aéroport d'Oahu quelqu'un qui vous attendra pour vous conduire à Pearl Harbor. Vous disposerez d'un pavillon dans la base militaire. Votre voiture vous sera expédiée, mais elle arrivera quelques jours après vous. Vous n'emporterez que vos effets personnels et ceux de l'enfant. Des déménageurs professionnels viendront ensuite tout emballer dans des caisses. Si un article venait à être endommagé pendant le transport, il suffirait de nous envoyer un état du préjudice que vous avez subi, et vous seriez immédiatement remboursée. Vous bénéficiez de la priorité maximale, Mrs. Blue. Les meubles du général Frankel et les vôtres seront expédiés en même temps. Le voyage durera environ vingt-quatre heures. Cela vous convient-il, Mrs. Blue ?

— Euh... oui... Mais je ne... Oui, ça me convient, merci.

— Tout le plaisir est pour moi, Mrs. Blue. »

« Elle peut dire qu'elle a de la chance, celle-là, d'avoir des grosses légumes dans ses relations », marmonna le colonel Peters en se glissant au volant de la voiture flambant neuve qu'il venait enfin de toucher après trois mois de négociations acharnées.

8

Ruby s'installa dans un logement si propre, si impeccable cette fois qu'elle en resta muette d'étonnement. Elle se demanda si elle devait cette bénédiction au fait que son mari était capitaine ou à l'intransigeance qu'elle avait manifestée au téléphone avec l'officier de la base.

La première chose qu'elle fit fut d'écrire à Amber, à Opal et à la banque de Washington. Ensuite, elle alla retenir une boîte postale pour être certaine que le courrier qu'elle recevrait de la banque ne courrait aucun risque d'être perdu.

Elle n'avait pas téléphoné aux Frankel pour éviter de les déranger dans leurs retrouvailles. Elle aurait bien voulu qu'on lui donne des nouvelles de son mari, mais elle craignait vraiment de se montrer indiscrète. De toute façon, sachant où Ruby était installée, Mrs. Frankel ne tarderait pas à se manifester un jour ou l'autre.

Bien qu'elle fût très touchée par l'accueil que lui avaient réservé les jeunes femmes de la base, qui avaient organisé un repas typique en son honneur, elle déclina toutes les invitations aux cocktails et aux goûters qui lui furent prodiguées. Elle voulait visiter l'île et apprendre le maximum de choses sur les mœurs des habitants. Elle apprécia beaucoup la plage, avec ses eaux d'un bleu étincelant, et passa de longues journées au soleil avec Martha qui pataugeait dans les vagues et jouait sur le sable avec délices. Jamais Ruby n'avait été aussi heureuse.

Un mois jour pour jour après son arrivée, on frappait à sa porte. Ruby jeta un coup d'œil nonchalant à la pendulette posée sur sa table de nuit. Qui pouvait bien lui rendre visite si tôt dans la matinée ? Pieds nus, nouant à la hâte la ceinture de son peignoir, elle se dirigea vers le vestibule en protestant à mi-voix contre les importuns qui n'hésitaient pas à tirer les gens du lit sous les prétextes les plus futiles.

Ses yeux s'agrandirent de stupéfaction quand elle eut reconnu l'officier responsable de l'hébergement du personnel. Son cœur se mit à battre à grands coups : elle pressentait un malheur.

« Madame, il va falloir que vous libériez les lieux avant midi aujourd'hui même. Si j'en crois ce document, ajouta-t-il en montrant une lettre en trois exemplaires, vous avez été logée ici par erreur. Je suis profondément désolé, mais il n'y a aucune autre solution. Cet appartement était réservé à un colonel et à sa famille. Le bureau de l'hébergement vient seulement de s'en apercevoir.

— Je ne comprends pas! Mais il n'est pas question que je m'en aille d'ici. J'ai un bébé d'un an et je n'ai pas d'autre point de chute. J'ai dépensé tout mon argent dans le déménagement et la solde de mon mari ne m'a pas encore été versée. Comment pouvez-vous me demander une chose pareille?

— Madame, je me contente de transmettre les ordres et vous devrez obtempérer exactement comme je le fais moi-même. Aujourd'hui à midi. Je regrette profondément que cela vous pose des problèmes. »

Là-dessus, il fit un demi-tour impeccable et repartit.

Ruby claqua la porte à toute volée. Martha poussa un gémissement.

Pour la première fois depuis la naissance de sa fille, Ruby n'y prêta aucune attention : elle composait fébrilement le numéro du bureau de l'hébergement. Quelques minutes plus tard, elle savait qu'elle n'avait pas d'autre solution que de vider les lieux. Pour aller où? elle n'en avait aucune idée.

Elle fut saisie de panique. Elle avait exactement vingt-trois dollars et quarante-sept *cents* sur son compte. Elle avait payé le loyer la veille, et pour se faire rembourser il lui faudrait attendre des mois, noircir des tonnes de paperasses. Par-dessus le marché, elle avait rempli le réfrigérateur de denrées de toutes sortes. Qu'allait-elle faire de cette nourriture? Elle ne résisterait pas à la chaleur plus de quelques heures!

Dans un état second, elle s'habilla et habilla sa fille. Elle oublia de se laver le visage et de se brosser les dents. Comme un robot, elle sortit les vêtements et le linge des tiroirs, et les entassa dans des valises qu'elle empila à l'arrière de sa voiture, Martha accrochée à ses jupes.

Au bout d'une heure, ses larmes de désespoir se muèrent en une colère irrépressible. Comment pouvait-on lui faire subir un pareil traitement? Ce n'était ni juste ni normal! Tout son être était raidi par la fureur tandis qu'elle portait le reste de ce qu'elle pouvait prendre jusqu'à la voiture. Il faudrait qu'elle laisse les meubles, les ustensiles de cuisine et les jouets de Martha, faute de place. Elle avait juste assez d'espace pour se glisser sur le siège et asseoir sa fille à côté d'elle.

Puisqu'il fallait partir, elle partirait, mais pas avant d'avoir dit ce qu'elle avait à dire. Les doigts crispés sur le volant, elle se dirigea vers le bureau d'hébergement.

Elle entra comme une furie, tenant Martha dans ses bras, et vida son cœur avec une telle violence que tous les hommes présents la fixèrent d'un air consterné. Arrivée au bout de sa tirade, elle conclut :

« Et vous avez le culot de prétendre que vous êtes des marines! Vous devriez avoir honte! Puisque aucun d'entre vous n'a suffisamment de conscience pour éprouver cette honte, laissez-moi vous dire que c'est moi qui suis morte de honte! Oui, j'ai honte pour vous! »

Puis elle prit sa carte d'identité militaire et son permis de circuler dans la base, les déchira en mille morceaux et jeta les débris à terre.

« Voilà tout le cas que je fais des marines! » hurla-t-elle, en faisant volte-face pour sortir à grands pas, serrant bien fort dans ses bras Martha qui se cramponnait à son cou en geignant.

Elle remonta dans sa voiture et franchit le portail de l'enceinte à la vitesse d'une tornade. Elle avait l'impression d'être abandonnée de tous.

« Andrew, je te déteste. Je sais bien que les militaires commettent parfois des erreurs, mais quelque chose me dit que tout ce qui arrive là est ta faute. Il y a déjà longtemps que Mrs. Frankel aurait dû me donner de ses nouvelles; si elle ne l'a pas fait, c'est sûrement à cause de toi. »

Elle fondit en larmes. Comment pouvait-elle accuser Andrew qui était en Corée, à des milliers de kilomètres de là ? N'était-il pas une victime du système, tout comme elle ? Mais c'est au corps des marines qu'elle en voulait, en fait. Ces maudits marines, ils pouvaient bien aller au diable.

Elle avait d'abord eu l'intention de se rendre en ville, mais elle se retrouva au bord de la mer. Pendant que Martha s'amusait sur le sable avec une petite pelle en plastique, Ruby s'assit, la tête entre les mains, et réfléchit. Il fallait à tout prix chercher une solution. Elle n'allait tout de même pas dormir sur la plage !

Elle regrettait maintenant de n'avoir pas entretenu des relations plus suivies avec les autres femmes de la base. Pourquoi donc ne s'était-elle pas rendue à leurs dîners et à leurs cocktails ? Parce qu'il aurait fallu payer une baby-sitter pour garder Martha, et elle n'avait pas les moyens d'envisager de telles dépenses. D'ailleurs, rien ne prouvait que ces pimbêches auraient accepté de l'aider. Au fond, la solidarité entre femmes d'officier n'était qu'une façade, un mythe qui leur rendait plus supportables les contraintes de la vie militaire. Chacun ne pensait jamais qu'à soi. Comme un leitmotiv, les paroles de sa grand-mère retentissaient à ses oreilles : « La seule personne sur laquelle tu puisses compter, c'est toi-même. »

Ruby s'essuya les yeux et se leva sous le coup d'une résolution subite : pas question de rester là ! Il fallait faire quelque chose.

Martha se débattit comme un vrai petit diablotin quand Ruby se mit à essuyer le sable qu'elle avait sur les pieds pour la ramener à la voiture. Elle criait encore lorsque Ruby passa en première pour démarrer en direction de la rue Nimitz. Une fois à Waikiki, elle s'arrêterait dans la première église qu'elle trouverait sur son chemin. Il n'y avait plus que les bons curés sur qui elle pouvait compter désormais.

Pourtant, un sentiment de culpabilité l'étreignit : elle se revoyait, dans le train de Washington, poussant du pied la Bible que lui avait donnée son père pour la dissimuler sous le siège. L'heure du châtiment avait-elle sonné ?

Martha dormait, maintenant, le pouce enfoncé dans la bouche, sa petite couverture ramenée sous son menton. Pauvre petite ! Elle n'avait déjà plus de toit !

Voyant un clocher blanc se dresser devant elle, Ruby s'arrêta net. Elle eut un pincement au cœur en lisant CATHERINE ST. ANDREW sur la façade. C'était une église épiscopale, mais elle s'en moquait. Ce nom lui apparut finalement comme un heureux présage – un signe qu'il fallait venir là.

Toute rouge, à cause de la chaleur mais aussi du poids de l'enfant qui se faisait de plus en plus lourde, elle contourna l'édifice pour entrer par-derrière, dans le prieuré. Elle prit un air suppliant quand l'ecclésiastique s'approcha d'elle en la fixant d'un œil interrogateur.

« Mon père, j'ai besoin d'aide », murmura-t-elle.

Le père Joachim fit asseoir Ruby sur une chaise et offrit de prendre l'enfant endormi. Ruby secoua la tête.

« Si elle se réveille, elle va se mettre à pleurer, expliqua-t-elle. Elle a toujours peur des endroits qu'elle ne connaît pas. »

Elle lui conta sa mésaventure et conclut :

« Ça ne me servirait à rien de retourner là-bas pour les supplier de me venir en aide. Ils finiront bien par trouver une solution, mais en attendant il me faut un toit pour Martha. Il faut que vous m'aidiez, mon père. Je ne sais plus à quel saint me vouer. Si vous m'autorisez à me servir de votre téléphone, je peux appeler ma banque à Washington pour lui demander de me faire parvenir un peu d'argent ; je n'en ai pas beaucoup, mais je peux vous le donner en attendant que les bureaucrates de l'armée me dénichent un autre logement. Et puis, la solde d'Andrew finira bien par m'être payée. Vous acceptez de m'aider ? » demanda-t-elle d'une voix mal assurée.

Il avait des yeux pleins de bonté et des mains usées par le travail. Il paraissait très doux et quand il souriait la salle du prieuré semblait s'illuminer.

« Bien sûr, mon enfant. Nous avons une petite maison pour les visiteurs. Vous pourrez y rester aussi longtemps que vous le souhaiterez. Mais il faudra participer aux travaux d'entretien, faire un peu de cuisine et de ménage. Nous avons quelques personnes âgées qui ont besoin d'aide, et j'ai l'impression que le petit ange que vous tenez dans vos bras va leur réchauffer le cœur. Bref, vous pouvez déjà considérer que vous avez trouvé une bonne demi-douzaine de grands-parents pour votre petite fille. »

Les yeux de Ruby se fermèrent de soulagement.

« Combien cela coûtera-t-il, mon père ?

— En dollars et en *cents* ? Rien du tout. En affection et en travail physique, beaucoup. »

Ses yeux soudain scintillant de gaieté, il conclut :

« Je suis sûr que vous vous plairez parmi nous. Voyez-vous, quelques paroissiens aisés nous soutiennent de leurs généreuses donations. Peut-être qu'un jour, quand vous aurez un peu d'argent, vous vous souviendrez de St. Andrew.

— Comptez sur moi, mon père. Je vous le jure... Enfin, je vous le promets.

— Très bien, Ruby Blue, j'accepte votre promesse. Pour moi, expliqua-t-il avec la même lueur de gaieté au fond des prunelles, une promesse engage plus qu'un contrat légal. Si vous êtes décidée, je vous montrerai le chemin. C'est juste une rue plus loin. »

C'était un long édifice à la façade ombragée par des frangipaniers luxuriants et d'énormes banians. Des fenêtres en forme de losange et une massive porte en chêne lui conféraient une allure de château de conte de fées. Partout, à perte de vue, s'étendaient des parterres de fleurs bien entretenus, parsemés d'hibiscus en pleine floraison. Les pelouses étaient tondues et plus vertes que des nappes d'émeraude. Un chien poussait des jappements assourdis.

Le prêtre sourit.

« C'est Joshua, le gardien de ce modeste établissement. Malheureusement, il n'est plus tout jeune, mais il adore les enfants. »

L'intérieur de la maison était aussi accueillant que l'extérieur, et plus spacieux que Ruby ne l'aurait cru, avec sa vaste cuisine, une salle aux amples proportions et trois chambres de style dortoir équipées de lits et de commodes. En revanche, il n'y avait qu'une salle de bains, et le prêtre s'en excusa.

L'ensemble ne manquait pas de couleurs, avec des reproductions de tableaux sur les murs, manifestement accrochées là par d'anciens pensionnaires. Les meubles en rotin étaient égayés par des coussins à fleurs. Un poste de radio gigantesque occupait tout un coin de la salle, et des lampes fabriquées avec des coquillages ou des flacons en verre trônaient sur les petites tables. Sur le sol carrelé, des tapis en fibre de coco formaient un quadrillage agréable à l'œil.

La cuisine était équipée d'appareils modernes, tout comme la salle de bains. Il y avait même un coin buanderie contenant une essoreuse et une machine à laver. Deux fils à linge couraient d'une extrémité à l'autre de la cour de derrière.

Pour Ruby, ce refuge était un véritable palais.

« Venez avec moi, Mrs. Blue, je vais vous présenter aux autres pensionnaires. En général, à cette heure de la journée, ils sont installés dehors à déguster le jus d'ananas qu'ils se préparent eux-mêmes. »

Joshua, l'épagneul jaune roux, trotta jusqu'à Ruby pour lui flairer les mollets. De grands yeux noirs se levèrent vers elle. Elle se pencha pour caresser les oreilles soyeuses de l'animal.

Le jardin lui apparut comme l'endroit le plus délicieux qu'elle eût jamais vu sur terre. Les fleurs faisaient des taches étincelantes autour d'elle. Elle inspira profondément, savourant leurs arômes exotiques. Un mur de parpaings blanchis à la chaux entourait cet espace privilégié, offrant un support idéal aux treillages, blancs également, que les vignes vierges avaient pris d'assaut.

Elle remarqua que les longues robes et les sandales des femmes étaient parées de vives couleurs. Les trois hommes portaient un pantalon de coton très ample et des chemises à fleurs. Tous avaient dépassé la soixantaine. Elle se demanda comment ils pouvaient avoir la force nécessaire pour s'acquitter des durs travaux exigés par l'entretien des locaux d'habitation et du jardin.

Ils lui souriaient avec bienveillance, et elle leur rendit leur sourire. Une dame qui paraissait avoir au moins quatre-vingts ans lui tendit un verre de jus d'ananas. Une autre ouvrit ses bras pour prendre Martha. Une troisième l'invita à s'asseoir en lui désignant un siège.

Le père Joachim annonça alors d'un air affable :

« Désormais, et pour un certain temps, ma chère enfant, c'est ici que vous trouverez votre vraie famille.

— Mon père, comment tous ces gens peuvent-ils entretenir à la fois la maison et le jardin ? Quand on atteint cet âge, il doit être très difficile de trimer ainsi !

— Je suis bien d'accord avec vous, mais ces gens, comme vous dites, refusent toute espèce de charité. Quand ils ne peuvent plus apporter leur contribution, ils s'en vont, c'est aussi simple que cela. »

Choquée, Ruby demanda :

« Mais où vont-ils donc ? »

Le père Joachim haussa les épaules.

« Je n'en sais rien, et personne ne me le dit jamais. Mais la plupart d'entre eux, ajouta-t-il en baissant la voix, meurent ici, pendant leur sommeil. »

Soudain, Ruby sentit que Martha lui échappait des bras. Instinctivement, elle chercha à la retenir, mais le prêtre lui fit comprendre d'un geste qu'il fallait laisser la femme qui l'appelait, une certaine Mattie, prendre l'enfant avec elle. Martha commença par se débattre en gémissant, jusqu'au moment où Mattie se mit à la chatouiller sous le menton. Les autres pensionnaires avaient fait cercle autour d'elles — sans trop s'approcher, toutefois, pour éviter d'effrayer la petite fille. Joshua aboya d'un air approbateur et passa quelques coups de langue sur ses jambes potelées. Martha gloussa de bonheur tout en tentant de toucher la langue qui la caressait.

« Je crois, déclara le pasteur d'un ton satisfait, que Joshua a fini par trouver une amie. Lui aussi est un exilé. Je l'ai recueilli ici alors qu'il était à demi mort de faim, il y a quelques années. Il est à la fois notre mascotte et notre protecteur. Il ne fera pas de mal à l'enfant, n'ayez aucune crainte. »

Ruby n'était pas vraiment tentée par le jus d'ananas, mais elle le but tout de même. Elle ne voulait surtout pas vexer ces vieillards au sourire si affable.

« Je vais vous quitter, maintenant. J'ai quelques tâches qui m'attendent. Si vous avez besoin de moi, envoyez Joshua. Il vous suffira de lui dire : " Va chercher le père Joachim. " Si surprenant que cela puisse paraître, il comprend parfaitement.

— Mon père, comment pourrai-je jamais... ?

— Chut, mon enfant. Vous n'avez pas à me remercier. Je suis simplement très heureux que vous nous ayez trouvés. Si vous avez envie de parler, venez au prieuré après le souper. Je serai toujours à votre disposition. »

Ruby prit place à table. Mattie tendit sa main et Ruby la saisit. Nelie, qui semblait du même âge que Mattie, avait les mains noueuses et déformées par l'arthrite. Rosie devait avoir quelques années de moins que Mattie et Nelie. Elle souriait, faisant briller au soleil les deux dents en or qu'elle avait sur le devant. Quand Martha chercha à les attraper, Ruby eut un air un peu gêné, mais Rosie partit d'un grand éclat de rire.

Martha s'amusait follement. Les hommes, qui étaient aussi âgés que les femmes, frappaient dans leurs mains en lui souriant. Simon, cassé en deux par les rhumatismes et la peau couleur d'une noix brune, lança d'une voix fêlée que Martha apprécia énormément :

« Bonjour, petit bout de chou ! »

Kalo, qui prétendait être le plus jeune car il n'avait que soixante-dix-neuf ans, applaudit avec ravissement. Manifestement, il était un peu simple d'esprit, mais il pointa le doigt vers les parterres de fleurs impeccablement entretenus et fit comprendre, par gestes, que c'était lui le responsable de leur entretien.

Soudain, il bondit de sa chaise et revint quelques instants plus tard avec une brassée de fleurs de frangipanier. Il les tendit vers Ruby pour lui indiquer qu'elles lui étaient destinées, puis les donna à Nelie qui se mit aussitôt à confectionner une couronne.

Peter, un vieillard édenté à la tête auréolée de cheveux blancs, s'inclina d'un air cérémonieux et demanda :

« Puis-je tenir votre enfant ? »

Ruby acquiesça d'un hochement de tête.

« Sa famille a été tuée quand les Japonais ont bombardé Pearl Harbor, expliqua Mattie à mi-voix. Il adore les enfants et nous aussi, d'ailleurs. Seulement, aucun d'entre nous n'a de famille. Peut-être nous autoriserez-vous à aimer votre enfant comme si elle était notre petite-fille.

— Puis-je être votre petite-fille, moi aussi ? » demanda Ruby d'une voix étranglée par l'émotion.

Les vieillards se regardèrent avec perplexité.

Ruby fit un large geste qui l'englobait avec Martha.

« Voyez-vous, nous n'avons plus de grands-parents, ni l'une ni l'autre. Même après que nous serons parties d'ici, je reviendrai en amenant Martha. Je vous le promets.

— Vous reviendrez vraiment ? »

Au bord des larmes, Ruby hocha la tête. Elle posa les coudes sur la table et les regarda tous avec un sourire épanoui. Elle avait fini par se trouver un asile et, tant que ses problèmes ne seraient pas résolus, elle ne voyait pas où elle pourrait être mieux qu'ici. Sa grand-mère affirmait toujours que, dans la vie, tout finissait toujours par s'arranger au mieux. Cette fois, le mieux en question était vraiment inespéré.

Les jours qui suivirent, Ruby travailla de l'aube au crépuscule : elle mania le balai et la serpillière, lava le linge et le repassa, et s'affaira dans la cuisine à la préparation des repas pendant que les grands-pères et les grand-mères s'occupaient de son enfant. Il lui arrivait souvent de somnoler à la table du souper. Mais Kalo, qui était assis à côté d'elle, la poussait du coude en lui montrant sa fourchette d'un signe du menton. Les autres souriaient avec indulgence.

Au début, ils avaient tous protesté en voyant qu'elle faisait le travail à leur place, mais elle leur avait expliqué que c'était pour elle une nécessité, sinon elle se sentirait obligée de partir. Ils avaient alors offert de garder l'enfant pendant qu'elle s'acquitterait des tâches ménagères.

Plus d'une fois, Nelie ou Rosie durent l'aider à se coucher dans son lit, où elle dormait d'un sommeil profond et sans rêves. Elle se sentait à sa place dans cette maison, et son enfant aussi, et c'était la seule chose qui importât à ses yeux.

Une fois par semaine, Ruby téléphonait au service d'hébergement pour demander si l'erreur dont elle avait été victime avait enfin été rectifiée. La réponse était toujours la même.

` Elle envisagea un moment de retourner à la base pour y demander son courrier; mais les lettres qui lui étaient adressées avaient sans doute été revêtues de la mention « Retour à l'expéditeur », c'est pourquoi elle ne jugea pas utile de faire un aussi long trajet en voiture. Elle avait d'ailleurs beaucoup trop de travail, et trop peu d'argent pour acheter de l'essence.

A son arrivée au refuge, elle avait eu l'intention d'écrire à tout le monde afin de donner sa nouvelle adresse; mais, en fin de journée, elle était trop lasse pour mettre ses projets à exécution. Elle avait tout de même prévenu Andrew qu'il devait envoyer ses lettres à St. Andrew, se disant qu'il serait sans doute heureux de la savoir hébergée dans une institution de ce type.

Un jour, Ruby compta l'argent qui restait dans son porte-monnaie et ne trouva que deux dollars. Elle réalisa qu'elle était à St. Andrew depuis six semaines. Il allait falloir téléphoner à sa banque de Washington : les deux dollars serviraient à payer la communication.

Le lendemain matin, à une heure où la rosée scintillait encore sur l'herbe de la pelouse, Ruby descendit l'avenue à la recherche d'une cabine téléphonique, tenant son porte-monnaie bien serré dans sa main. Tout en marchant, elle décida d'appeler sa banque en PCV pour que la communication soit payée par le destinataire. De cette manière, elle pourrait économiser ses deux dollars.

Dix minutes plus tard, Ruby ressortait de la cabine d'un air accablé. Il n'y avait plus que neuf dollars sur son compte. Il avait fallu acheter deux pompes de vidange pour la maison de Poplar Street, afin d'assécher le sous-sol envahi par les eaux après les fortes pluies qui s'étaient abattues sur Washington. En outre, le moteur du réfrigérateur ayant grillé dans la maison de O Street, il avait été remplacé d'urgence. Heureusement, la banque avait accepté son appel en PCV !

Arrivée au milieu de l'avenue, Ruby fit demi-tour pour appeler le bureau d'hébergement de la base. La situation demeurait inchangée, et il n'y avait pas de courrier pour elle. Elle avait gaspillé dix *cents*. Il ne lui restait plus qu'un dollar quatre-vingt-dix.

Pourtant, elle allait devoir faire bonne figure. Ses grands-parents adoptifs étaient toujours très sensibles à ses réactions et aux sentiments qu'elle laissait transparaître. Au moindre signe de lassitude ou de découragement qu'elle manifestait, ils clappaient de la langue et s'efforçaient de l'aider de toutes les façons possibles, en multipliant les sou-

240

rires. Trois jours plus tôt, Rosie l'avait surprise au moment où elle comptait ses dernières pièces de monnaie avant de régler au crémier le lait de Martha. Tout le monde savait donc qu'elle avait des soucis d'argent, et chacun partageait à présent son inquiétude.

Aujourd'hui était le jour de la lessive. En voyant la pile de draps qu'elle devait laver, Ruby fut prise d'un accès de découragement. D'autant qu'il lui faudrait aussi cuire le pain. Le mardi était son jour le plus chargé.

Si elle avait été plus vigilante et moins fatiguée, peut-être aurait-elle remarqué que Kalo s'absentait depuis quelques jours juste après le déjeuner. Sans doute aurait-elle remarqué également les mines satisfaites que ses amis ne pouvaient s'empêcher d'arborer, de temps à autre, quand ils la regardaient à la dérobée. En fait, elle s'inquiétait surtout de la nervosité de Martha, dont la dernière dent refusait toujours de percer.

Ruby essuya ses larmes en pliant les derniers draps. Après le dîner, elle ferait les lits, baignerait sa fille et irait se coucher de bonne heure. Elle était à la fois fatiguée physiquement et épuisée sur le plan mental. Quand elle n'aurait plus un sou, elle ne pourrait même plus payer le lait de sa fille.

Le père Joachim n'hésiterait pas à ajouter un litre de lait à la liste des provisions destinées au prieuré; mais Ruby se refusait à lui demander la charité. Elle était la mère de Martha, c'était à elle de nourrir sa fille, bien qu'elle eût été déjà contrainte de renoncer à lui acheter des vitamines. Elle-même avait grand besoin de chaussures neuves, mais l'état de ses finances lui interdisait évidemment d'envisager un tel achat.

Sur la table, il y avait les fleurs que Martha cueillait chaque après-midi. Ruby les mettait toujours dans un petit vase empli d'eau. Elle adorait voir Martha battre des mains en disant les « fleurs ». Ce soir-là, elle avait préparé du ragoût d'agneau, la viande ayant mijoté suffisamment longtemps pour que les « grands-parents » puissent la mastiquer sans difficulté. Ils aimaient beaucoup tremper ensuite leur pain dans la sauce bien épaisse. Martha ne dédaignait pas non plus de sucer une croûte de pain imprégnée de jus de viande.

Rassemblant son énergie, Ruby fit de son mieux pour créer une atmosphère de gaieté; mais elle s'aperçut qu'elle n'était pas parvenue à donner le change quand Peter se leva pour porter les assiettes dans l'évier. Les autres restaient assis, ce qui était inhabituel puisqu'il n'y avait jamais de dessert le jour où l'on cuisait le pain. Il se passait quelque chose d'anormal – elle s'en aperçut également aux regards complices qui s'échangeaient d'un bout à l'autre de la table. Sans doute s'apprêtait-on à raconter un haut fait dont Martha et Joshua avaient été les auteurs au cours de l'après-midi. Dans ce cas, Ruby réagissait toujours en applaudissant avec force rires, pour amuser sa fille.

« Nous avons un cadeau pour vous, miss Ruby, annonça soudain Rosie en faisant étinceler ses dents en or. Kalo, donne le cadeau à miss Ruby. »

Kalo se leva de sa chaise pour s'approcher de Ruby. Il sourit d'un air malicieux en fouillant dans ses poches pour en ressortir un petit sac en toile qu'il avait confectionné lui-même et qui tinta légèrement quand il le posa sur la table. Ruby regarda le vieil homme, le visage transfiguré par la joie.

« Pour moi ? »

Il sourit de toutes ses dents, imité par les autres. Martha, impressionnée par l'étrangeté de l'événement, en avait même cessé de taper sur la table avec sa cuiller. Ruby était persuadée que le sac contenait des pierres porte-bonheur. Elle avait raconté à Kalo qu'elle essayait toujours d'en trouver quand elle allait au bord de la rivière à Barstow. Chaque jour, donc, il venait la voir avec des petits galets bien ronds dont elle affectait de croire qu'ils lui porteraient chance.

Ruby vida le contenu du sac sur la table et fondit en larmes.

« C'est pour le lait de Martha, lança Simon d'un ton joyeux. Maintenant, vous allez pouvoir rester plus longtemps avec nous.

— Argent honnête, annonça Peter avec fierté. Pas charité. Cadeau pour Martha.

— Nous vieux, mais pas aveugles, expliqua Mattie en s'appliquant au maximum pour parler correctement. Nous voir que tu comptes ton argent. Assez pour essence aussi. Toi nous emmener à la plage pour marcher dans l'eau. »

Ruby se racla la gorge avec émotion.

« Oui, il y en a plus qu'assez. Mais je ne comprends pas. Où avez-vous trouvé tout cet argent ? demanda-t-elle en désignant l'amoncellement de pièces et de billets chiffonnés.

— Nous faire des couronnes et des poupées en paille. Kalo les emporter à Waikiki pour les vendre aux touristes. Ça être argent honnête. Tout pour vous, miss Ruby, expliqua Nelie non sans fierté.

— Mais comment a-t-il pu aller jusque-là ? C'est très loin, objecta Ruby d'un air stupéfait.

— Il a marché », déclara Rosie avec importance.

Ruby se sentit de nouveau envahie par l'émotion. Comment ce vieillard aux jambes torses avait-il pu marcher sur une telle distance ? Et, étant donné sa timidité foncière, comment avait-il réussi à vendre ces articles aux touristes ?

Elle se leva d'un bond et le serra dans ses bras avec effusion. Puis elle fit le tour de la table en les embrassant tous à tour de rôle.

« Combien il y a ? demanda Mattie.

— Suffisamment pour satisfaire un roi, répondit Ruby en riant. Ou une reine », corrigea-t-elle.

Elle disposa les pièces de monnaie en petites piles et défroissa les billets pour les mettre en tas.

« A mon avis, il y a quarante-deux dollars et vingt-cinq *cents*. Dieu du ciel, comment pourrai-je jamais vous remercier ?

— Vous rester ! Nous aller en voiture, d'accord ? répondit Rosie en riant.

— Alors là, vous pouvez compter sur moi. Demain, nous partons en promenade. Pas de ménage, pas de cuisine, aucun travail demain. Demain, ce sera la fête à St. Andrew. Ainsi en a décidé Ruby Blue. »

Ruby était occupée à essuyer les dernières assiettes quand le père Joachim entra dans la cuisine, une lettre à la main.

Les yeux du pasteur s'embuèrent d'émotion quand Ruby lui eut raconté comment les autres pensionnaires avaient trouvé de l'argent pour qu'elle puisse payer le lait de Martha.

« Je ne sais pas ce qu'ils feront quand vous partirez. Ils se sont tellement attachés à vous et à votre fille! J'étais au courant de leur petit complot et je leur ai donné ma bénédiction. Peut-être trouverez-vous dans cette lettre réponse à vos questions. Merci, Ruby, de vous montrer si gentille à l'égard de mon petit troupeau.

— Mon père, sans vous, Martha et moi coucherions sur la plage. Nous serions déjà mortes de faim. C'est moi qui vous remercie, et il faut me croire quand je vous dis que je n'oublierai jamais ce que je vous dois. Un jour, je m'efforcerai de payer ma dette envers vous. Cela prendra sans doute du temps, mais je le ferai.

— Je vous bénis, mon enfant. C'est l'heure du service du soir. Nous reparlerons de tout cela. J'espère que cette lettre contient de bonnes nouvelles. Dormez bien, ma chère petite. »

Ruby s'assit à la table de la cuisine pour lire la lettre de son mari.

Chère Ruby,

Mais qu'est-ce que tu fabriques avec notre fille dans ce foutu refuge pour gâteux du quatrième âge, nom de Dieu? Tu ne me feras jamais croire que tu n'as pas été capable de trouver une meilleure solution! Et ne viens pas me raconter, s'il te plaît, que les marines t'ont jetée à la rue avec un enfant en bas âge! Ce n'est pas dans leurs habitudes. Tu as certainement commis un impair quelconque, et c'est pour ça qu'ils t'ont virée comme une malpropre. Alors, quelle connerie as-tu encore été faire? Il a fallu que tu te fasses remarquer d'une manière ou d'une autre, n'est-ce pas Ruby?

En tout cas, je te préviens tout de suite que tu n'as pas intérêt à t'attarder dans ce foutoir! Non mais, de quoi je vais avoir l'air, moi? Il a vraiment fallu que tu en fasses de belles pour que Mrs. Frankel ne juge pas utile de me contacter. Et ne va surtout pas t'imaginer que je vais avaler cette histoire d'erreur dans l'attribution des logements. S'il y avait eu un cafouillage quelconque, tu penses bien qu'ils auraient rectifié le tir en un rien de temps.

Quand je reviendrai, tu auras drôlement intérêt à t'être trouvé une piaule, que ce soit dans la base ou ailleurs. Remue-toi un peu les côtelettes, Ruby! De mon côté, je vais voir ce que je peux faire.

Encore six semaines à me taper, et ensuite je rentre au bercail. Je suis vraiment déçu par la manière dont tu as mené ta barque, tu sais. Pourtant, au début, mis à part ton obstination à vouloir te mêler des affaires de Dixie, tu t'étais pas mal défendue, et j'étais persuadé que

243

tu ferais une mère tout à fait acceptable. Alors qu'est-ce qui t'a pris ?
Enfin, réfléchis donc un peu, et tu verras que tu accumules les gaffes !
Les marines n'ont pas la mémoire courte, tu peux me croire. Déjà,
l'affront que tu leur as fait en accouchant toute seule, ils l'ont pas
oublié, crois-moi. Et il a fallu que tu ailles déchirer sous leur nez ta
carte d'identité militaire et ton autorisation de circuler dans la base.
Non mais, t'es complètement inconsciente ou quoi ?

Et moi qui voulais être fier de toi ! Je ne sais plus où me fourrer,
maintenant !

Andrew

Ruby plia la lettre et la déchira en minuscules morceaux. Elle fit de
même avec l'enveloppe de papier mince. L'œil sec, elle regarda les
confettis virevolter en tombant dans la poubelle.

« Va te faire foutre, Andrew », fulmina-t-elle.

Il n'avait même pas demandé des nouvelles de Martha. C'était décidé,
elle ne bougerait pas de St. Andrew pour un empire. Elle y serait quand
son mari reviendrait, qu'on lui ait procuré un logement ou non.

C'est à contrecœur que Ruby, deux semaines plus tard, reprit le chemin de l'avenue pour essayer de téléphoner à Mrs. Frankel. On lui
répondit que les Frankel étaient rentrés aux États-Unis afin de rendre
visite à leurs enfants et qu'ils ne reviendraient pas avant la fin de
novembre.

Elle raccrocha en poussant un soupir de soulagement.

Oui, elle pouvait rester à St. Andrew. Elle avait renoncé à rappeler le
service d'hébergement. De toute façon, ils connaissaient son adresse
actuelle. Andrew n'aurait qu'à se débrouiller avec eux à son retour. Il
verrait bien comment les marines traitaient leur personnel.

Elle n'avait pas répondu à sa lettre et n'avait aucune intention de le
faire. Elle lui en voulait encore, et pour longtemps sans doute. Andrew
avait beaucoup de choses à se faire pardonner. Oui, vraiment beaucoup.

Ruby était occupée à laver le pavé de la cuisine quand elle perçut un
mouvement près de l'entrée. Levant les yeux, elle vit son mari qui la
dominait de toute sa hauteur. Il portait un uniforme si bien repassé
qu'elle dut se retenir pour ne pas lui jeter à la figure son seau empli
d'eau sale.

Elle s'assit sur ses talons, essuya sur son tablier ses mains savon-
neuses. Elle se rendait bien compte qu'elle était affreuse. Elle avait
besoin d'une permanente et sa peau était rêche, son nez tout rouge à
force de rester en plein soleil pour étendre le linge. Même ses oreilles
étaient écarlates.

Sa colère, qui n'avait cessé de grandir depuis le jour où elle avait reçu
la lettre, explosa soudain :

« Tu ne vois pas que tu me gênes ? Il faut que je finisse mon carrelage. Tire-toi !

— Comment ça, tire-toi ? Relève-toi, Ruby. Tu as l'air d'une femme de ménage.

— Tu te trompes, Andrew. Je n'ai pas l'air d'une femme de ménage, je suis une femme de ménage. Et quand j'aurai fini ce carrelage, il faudra que je décrasse la salle de bains. Ensuite, je décrocherai le linge pour le repasser. Et enfin, il me restera le repas à préparer. Allez, bouge-toi un peu, sinon je vais prendre du retard. Tu devrais comprendre ça, toi qui es un marine !

— Je t'avais ordonné de partir d'ici, lança-t-il d'un ton sec.

— Eh bien, je n'en avais pas l'intention. C'est pour ça que je n'ai pas jugé utile de te répondre. Tu nous as trouvé un logement ?

— Pour l'amour du ciel, je viens d'arriver ; y a pas trois heures que mon avion a atterri. Tu me prends pour un magicien ou quoi ? Nous allons nous installer à l'hôtel. Va chercher la gosse.

— La gosse s'appelle Martha, l'aurais-tu oublié ? Elle est en train de faire la sieste, et il n'est pas question de la réveiller. Va-t'en tout seul, Andrew ! Trouve-nous un logement, et qu'il soit confortable ! Après, je verrai si je peux m'en aller d'ici. Tu aurais quand même pu m'envoyer un peu d'argent, non ? Les occasions de dépenser ne devaient pas être tellement nombreuses en Corée, que je sache. Tu voulais me réduire à la mendicité ?

— Voyons, Ruby ! Je viens d'arriver. Laisse-moi le temps de respirer. Ça fait tellement longtemps que nous ne nous sommes pas vus. Je ne désire plus qu'une chose, vivre avec ma femme et ma g..., et Martha. Mon Dieu, qu'est-ce qui nous arrive ? Je croyais que tu serais heureuse de me voir.

— Pourquoi ? Pour t'entendre me dire que je te fais honte ? Non, merci. Tiens, tu ferais mieux de t'en aller tout de suite, avant que nous ne prononcions des paroles irréparables. Il faut que je finisse de laver ce carrelage.

— Je ne partirai d'ici qu'avec la gosse et toi. Allez, en route !

— Je viens de te donner mes conditions, Andrew. C'est à prendre ou à laisser. »

Elle se remit à genoux et plongea la serpillière dans le seau ; puis elle répandit de l'eau savonneuse sur le sol.

« Va-t'en de là, Andrew.

— Pas question, Ruby. Voilà assez de caprices ! »

Il tendit la main pour lui prendre le bras, mais Ruby se recula à temps. Les traits crispés par la fureur, Andrew partit vers la porte.

« Andrew, attends une minute ! »

Elle s'était levée tout d'un coup. Saisissant le seau des deux mains, elle en projeta le contenu vers lui, l'atteignant à l'épaule. Il s'écarta en poussant un cri, mais trop tard.

« Maintenant, tu peux partir. Mais je t'avertis que je pourrais fort bien décider de ne pas retourner avec toi. J'ai grande envie de rentrer à Washington avec Martha. Tu es prévenu. Ma décision dépendra de ton attitude, et j'espère, pour toi comme pour moi, que tu vas vite changer de comportement. Ne reviens pas ici... pour m'importuner avec tes exigences. Il faudra d'abord que tu présentes tes excuses, en ton nom propre et au nom des marines. Referme la porte en sortant.

— Mais enfin, tu pourrais au moins me donner les clés de la voiture. Je ne peux pas rentrer à la base dans cet état.

— La voiture ne marche pas. Comme tu le sais très bien, je n'ai pas d'argent pour la faire réparer. D'ailleurs, c'est ma voiture, ne l'oublie pas.

— Payée avec mon argent. Donc, elle est aussi bien à moi qu'à toi. Tu vas regretter ton attitude, Ruby. Et moi qui pensais que tu serais heureuse de me retrouver », lança-t-il par-dessus son épaule.

Ruby alla remplir son seau à la pompe. Le retour d'Andrew ne lui avait procuré aucune émotion. Elle n'avait pas eu envie de le toucher ou de l'embrasser. Et elle n'avait même pas songé à lui montrer Martha.

Andrew ne revint que deux semaines plus tard. Il en avait beaucoup rabattu, mais Ruby savait que cette humilité était temporaire. Il y alla presque de sa larme quand elle lui présenta Martha, mais la petite fille refusa obstinément de l'approcher. Elle courut vers Mattie qui la souleva de terre pour la serrer contre son ample poitrine.

Les adieux furent déchirants. Suffoquée par l'émotion, Ruby pouvait à peine parler.

« Je reviendrai vous voir tous les mercredis », promit-elle.

Ses paroles furent accueillies par des sourires tremblants et des regards mouillés. Joshua hurla de désespoir, la queue entre les jambes, flairant les mollets d'Andrew. Ruby se demanda un moment si le chien n'allait pas mordre son mari. Mais il se contenta, sous les yeux de toute l'assistance, de lever la patte pour arroser l'uniforme immaculé de l'officier. Ruby éclata de rire, les grands-parents sourirent et Martha pouffa, imitant sa mère ; le père Joachim fit de son mieux pour cacher l'amusement que suscitait en lui cette scène.

« Merci pour tout, mon père. Je reviendrai vous voir régulièrement. »

Une fois dans la voiture, roulant à vive allure en direction de Pearl, Andrew qui n'avait pas desserré les lèvres lança soudain :

« Je ne veux pas que tu retournes dans ce refuge. Tu m'entends ?

— Arrête, Andrew. Et ne commets plus jamais l'erreur de me dire ce que je dois faire ou ne pas faire. Nous sommes peut-être mariés, mais tu n'as aucun droit de propriété sur moi.

— Tu ne pourrais pas dire à cette gosse de la boucler un peu ? Depuis qu'on est montés dans la voiture, elle n'arrête pas de gueuler.

— C'est parce qu'elle ne te connaît pas, Andrew. Toutes ses habitudes sont bouleversées à cause de toi. Les bébés n'aiment pas le changement. Il va lui falloir quelques jours pour s'accoutumer. Tu pourrais faire preuve d'un minimum de compréhension, non ?

— Venant de toi, voilà qui ne manque pas de sel ! Quand je t'ai demandé d'être un peu plus compréhensive, tu m'as balancé un seau d'eau à la figure. De l'eau sale, par-dessus le marché !

« – Ça n'a rien à voir, et tu le sais très bien. Mais tu perds ton temps, Andrew, je n'ai aucune envie de me disputer avec toi ; alors, si ça ne te dérange pas, j'aimerais faire le reste du trajet en silence. J'ai encore les nerfs à fleur de peau.

– Ha ! » persifla-t-il.

Ruby poussa la même exclamation, par défi. Mais elle résolut de se comporter en épouse respectueuse une fois qu'elle serait installée dans leur nouvel appartement, car elle n'avait pas envie de compromettre leur entente. Martha avait besoin d'un père. Quant à elle, elle n'était plus tout à fait sûre de vouloir un mari ; mais, que cela lui plaise ou non, pour l'instant elle en avait un.

L'appartement de Pearl City était sombre et défraîchi, mais il paraissait plutôt propre. Tous leurs meubles étaient là, apparemment intacts.

Pendant que Ruby préparait le lit de Martha, Andrew se rendit à l'épicerie afin d'acheter quelques provisions. Incapable de s'endormir, Martha réclamait ses grands-parents, l'un après l'autre, à la grande consternation de Ruby qui ne réussit pas à la consoler en lui offrant des friandises.

C'est donc avec beaucoup d'appréhension qu'elle vit son mari franchir la porte de l'appartement, les bras chargés de victuailles. Il entra dans la chambre de Martha, le visage impénétrable, attrapa l'enfant qui venait de passer par-dessus les barreaux de son petit lit et la remit sur sa couche en lui administrant une tape sur les fesses.

« Il ne faudra plus jamais sortir de ton lit sans permission. Quand je te dirai que tu peux te lever, ta mère viendra te chercher. Tu as bien compris ? »

Comme l'enfant sanglotait, Andrew lui sortit le pouce de la bouche et lança :

« Dis : Oui papa. »

Secouée de hoquets, Martha tenta de libérer sa main de la poigne de son père.

« Quand tu auras dit : Oui papa, tu pourras dormir.

– Ça suffit, Andrew, intervint Ruby, elle est morte de peur, cette petite... J'ai dit : Ça suffit, répéta-t-elle en hurlant presque.

– Dis donc, tu ne m'as pas l'air très forte sur la discipline, toi. Avec moi, ça ne va pas marcher comme ça. Quand elle aura dit : Oui papa, elle pourra dormir, pas avant ! C'est maintenant qu'il faut la dresser – et lui faire perdre ses mauvaises habitudes, surtout. Tu t'y es prise comme un pied avec elle, Ruby. Va préparer le dîner, je m'occupe de la petite.

– Mais enfin, Andrew, ce n'est qu'un bébé. Elle ne comprend pas ce que tu attends d'elle.

– Elle comprend assez pour gueuler comme un âne à longueur de journée. Elle a été trop gâtée. Mais ne t'inquiète pas, maintenant, je prends les choses en main. »

Quelque temps plus tard, ou plutôt une éternité plus tard, Martha cessa de crier. Andrew revint dans la cuisine en arborant un air triomphant.

« Elle l'a dit. Il suffisait d'avoir un peu de patience. Encore quelques séances de ce genre et nous finirons par avoir la paix.

— Tes méthodes sont haïssables, Andrew. Tu peux vraiment être fier de toi ! Elle ne va pas se réveiller avant le dîner, et ce soir il n'y aura pas moyen de la faire dormir. Tu te conduis comme une brute.

— Mes enfants vont apprendre ce que c'est que le respect.

— Qu'est-ce qui t'est arrivé, Andrew ? Tu n'étais pas comme ça avant de partir pour la Corée. En tout cas, ma fille n'est pas un soldat, pas plus que moi. Ce n'est encore qu'un bébé. Je ne te pardonnerai jamais ce que tu lui as fait.

— Tu as tort. Et il ne m'est rien arrivé en Corée... Martha n'est plus un bébé. Elle marche et elle parle, ce qui fait d'elle une personne, et les personnes sont comme des soldats. Dans l'armée, on est tous comme ça avec nos enfants. Je parle très sérieusement, Ruby, alors ne t'avise pas d'essayer de saper mon autorité ; c'est l'enfant qui en subirait les conséquences. »

Ruby tourna le dos à son mari. Elle versa les œufs brouillés et le bacon dans l'assiette d'Andrew, mais ne toucha pas à la sienne. Quand il eut fini de manger, Andrew écarta sa chaise et dit :

« Bon, maintenant, au pieu ! Depuis le temps que j'attends ce moment ! »

L'estomac de Ruby se révulsa. Faire l'amour était la dernière chose dont elle avait envie. Surtout avec l'homme qui se trouvait à côté d'elle. Son dégoût avait dû transparaître sur son visage, car Andrew l'attrapa par le bras et l'entraîna de force vers le lit.

Une heure plus tard, Ruby sortit de la chambre pour prendre une douche. Elle avait l'impression de s'être fait violer. Elle s'était efforcée de coopérer, de sourire, de ressentir quelque chose. Mais comme elle n'avait pas réussi à faire revivre la passion qu'elle avait autrefois éprouvée pour son mari, elle avait fini par se résigner à subir ses caresses avides.

Et elle avait feint d'avoir un orgasme.

Au cours des jours qui suivirent, Ruby perdit toute sa liberté d'action. Andrew confisqua la voiture pour son usage personnel, lui interdisant par là de rendre visite aux « grands-parents » de St. Andrew. Une fois, elle lui demanda de la conduire à l'office religieux ; mais, devinant qu'elle avait une idée derrière la tête, il invoqua toutes sortes de prétextes pour lui refuser ce plaisir.

Décidée à renouer coûte que coûte avec ses vieux amis, elle y alla toute seule, changeant trois fois d'autobus, et ne revint pas avant huit heures du soir. Elle ne prêta aucune attention aux reproches dont son mari l'accabla.

Elle n'essayait même plus de le rendre heureux. Une semaine après leurs retrouvailles, elle savait déjà qu'elle n'y parviendrait jamais. Elle décida alors de partir, de rentrer à Washington avec Martha. Elle écrivit à la banque, demanda conseil à Rena et à Opal. Cette dernière lui offrit généreusement de lui envoyer l'argent qu'elle avait économisé en étant logée gratuitement, et Ruby accepta sa proposition. Elle avait assez pour se payer l'avion jusqu'à Washington. C'est alors qu'elle se découvrit de nouveau enceinte.

Elle porta le bébé jusqu'au septième mois, bien qu'elle fût persuadée qu'il se passait quelque chose d'anormal, car elle ne percevait aucun mouvement. Le bébé, un garçon, était mort-né. Elle sombra dans une profonde dépression qui se prolongea pendant trois mois. Renonçant à rentrer aux États-Unis, elle renvoya l'argent à sa sœur.

Chaque fois qu'elle en avait l'occasion, elle retournait à St. Andrew et faisait son possible pour aider ses amis; mais les scènes que lui infligeait Andrew à son retour gâchaient le plaisir qu'elle avait éprouvé au prieuré.

Dix-huit mois plus tard, elle découvrit qu'elle était de nouveau enceinte, juste après qu'ils eurent reçu notification d'un nouveau changement. Andrew était muté en Californie. Au moins, la Californie est plus près qu'Hawaii de Washington, se dit Ruby.

Elle versa des larmes amères en disant adieu à ses chers aïeuls de St. Andrew, car elle leur était profondément attachée. Elle leur promit de ne jamais les oublier et de faire le maximum pour leur venir en aide. Cette promesse, elle était bien décidée à la tenir!

Martha avait quatre ans à la naissance du bébé, un petit garçon potelé qu'on appela Andrew junior, nom vite abrégé en Andy. Andrew n'en eut bientôt plus que pour son fils, cessant de s'intéresser à Martha, au grand soulagement de Ruby. Heureusement, Andy ne posait aucun problème, il mangeait et dormait presque sans discontinuer.

Ruby adora la Californie, tout comme Martha. Il y avait toujours du soleil, ce qui rendait les journées nettement plus agréables.

Ce n'était pas vraiment le bonheur, mais Ruby éprouvait une sorte de contentement qui éclairait ce qu'elle considérait comme l'été de sa vie.

Andy avait deux ans quand Andrew monta de nouveau en grade, toujours sous les ordres du général Frankel. Maintenant qu'elle était épouse de commandant, Ruby était tenue d'avoir une vie mondaine. Mais elle pouvait payer des baby-sitters, s'offrir des vêtements neufs et avoir sa voiture pour elle seule. Ce n'était toujours pas le bonheur, mais les satisfactions ne manquaient pas.

Le jour du septième anniversaire de Martha, la sonnette de l'entrée tinta en plein milieu de l'après-midi. S'attendant à voir apparaître les bambins que sa fille avait invités, Ruby ouvrit de grands yeux étonnés en voyant Opal sur le seuil de sa porte.

« J'ai voulu te faire la surprise. Nous venons d'être mutés à Miramar. J'ai dit à mon mari que je faisais un saut jusqu'ici et qu'il devrait se passer de moi quelque temps. C'est un type formidable, Ruby; tu le trouveras très sympathique dès que tu le rencontreras! s'écria Opal avec enthousiasme. Bon sang, ce que ça me fait du bien de te revoir! Tu m'as vraiment manqué, tu sais. On a beau dire, les lettres, ça ne suffit pas... A propos de lettre, je n'ai rien reçu d'Amber depuis plus d'un an. La dernière fois qu'elle m'a écrit, c'était pour m'annoncer qu'elle avait sept gosses. C'est possible, ça, d'avoir sept gosses ? »

Ruby rit de bon cœur. Elle était heureuse.

« Personnellement, dans un cas pareil, je demanderais le divorce, plaisanta-t-elle. Mon Dieu, Opal, quelle joie de te revoir! D'ailleurs, puisque tu es là, tu vas peut-être pouvoir me donner un petit coup de main. Marty est morte d'impatience : elle s'attend à recevoir une multitude de cadeaux – les anniversaires, c'est fait pour ça, non ?

– Mais je ne suis pas venue les mains vides. »

Une fois les invités repartis, pendant que Martha s'amusait avec les jouets qu'on venait de lui offrir et qu'Andy tournait en tous sens dans la cour sur son petit vélo, les deux sœurs eurent tout le loisir de discuter ensemble, passant parfois du rire aux larmes.

« Comment va maman ? demanda Ruby après quelque hésitation.

– Je ne sais pas. Je les ai invités tous les deux à mon mariage, mais ils ne sont pas venus. Je voudrais que tu voies mes beaux-parents, Ruby. Ils sont merveilleux. De vrais parents. Ils rient, ils parlent, ils plaisantent sans arrêt. Mon beau-père n'arrête pas de donner d'affectueuses tapes dans le dos à son fils, et sa mère est toujours en train de l'embrasser. Lui, il fait semblant d'être gêné, mais au fond il est ravi. Quand il leur téléphone, il ne raccroche jamais avant d'avoir dit : Je vous aime tous les deux. Quand je pense à ce que nous avons vécu, nous autres, en comparaison !

– On n'a pas eu de veine, dit Ruby avec tristesse. Maman non plus, d'ailleurs.

– Bon, maintenant, tu vas me parler du commandant Blue et de Calvin, lança Opal d'un air gourmand. Je veux tout savoir, Ruby. Nous avons des années de retard à rattraper. Jure-moi de ne rien passer sous silence.

– D'accord. Assieds-toi donc confortablement. Eh bien, voilà... »

Trois heures plus tard, Opal s'exclama :

« Quoi! Tu n'as plus jamais eu de nouvelles de Calvin ? Comment est-ce possible ? Je croyais que tu l'aimais de toute ton âme! Et j'ai bien l'impression que tu ne connais pas un bonheur parfait avec Andrew Blue. Pourquoi n'essaies-tu pas de renouer le contact avec Calvin ? Ça mettrait un peu de piment dans ton existence. Moi, à ta place, c'est ce que je ferais.

– Vraiment ? demanda Ruby étonnée.

– Bien sûr. La vie est trop courte pour ne pas chercher le bonheur tant qu'il est encore à notre portée. Tout ce qui peut rendre heureux est sacré à mes yeux. Pense à toutes ces années de galère que nous avons eues chez nos parents. Ça mérite bien une petite compensation, non ?

– Oui, bien sûr, mais...

– Mais quoi ?

– Je suis une femme mariée..., hasarda Ruby d'une voix hésitante.

– Tu pourrais très bien divorcer si tu y tenais vraiment. Nous n'avons de comptes à rendre ni à maman ni à papa, désormais.

— Opal, je... j'ai peur de ne plus être capable d'entretenir la moindre relation avec qui que ce soit. Tout ce que j'entreprends se termine toujours en eau de boudin. Le seul endroit où j'aie vraiment été heureuse, c'est à St. Andrew, où je travaillais comme une forcenée. Comment ça se fait, à ton avis ? Juste au moment où je commençais à entrevoir enfin ma véritable nature, il m'a fallu partir, revenir à mes anciennes habitudes et retrouver la routine d'autrefois. Est-ce que tu comprends ça, toi ?

— Bien sûr. Ça veut dire que tu es complètement marteau. Nous le sommes toutes, d'ailleurs, répliqua Opal en s'esclaffant.

— On ne peut donc jamais parler sérieusement avec toi !

— A quoi cela t'avancera-t-il de tout prendre au tragique ? Les drames, j'en ai eu mon content quand j'étais à Barstow. Maintenant, je prends tout à la rigolade. Je suppose que je dois ça à Mac. »

Ruby regarda sa sœur avec une attention renouvelée. Elle était belle, d'une beauté toute simple, avec ses grands yeux bleus et ses boucles dorées et souples. De petite taille, elle paraissait fort nerveuse, ses mains étaient toujours en mouvement, ses pieds martelaient le sol comme pour rythmer le moindre de ses gestes. Elle fumait beaucoup trop et en était déjà à son quatrième verre de bourbon.

« Tu me fais l'effet d'avoir un esprit dégagé de toutes les contingences, remarqua Ruby.

— C'est exactement ça. Alors, qu'est-ce que tu décides pour ton Calvin d'amour ? »

Ruby éclata de rire.

« Euh... on verra. »

9

Quand Opal repartit, quatre jours plus tard, Ruby eut l'impression de subir un véritable déchirement. Elles avaient passé des heures tellement merveilleuses à parler de tout et de rien en échangeant leurs souvenirs!

Opal déclara que leur père urinait toujours à travers un tube ; quant à Grace, personne n'avait plus eu de ses nouvelles depuis qu'elle s'était installée à Pittsburgh. Rena avait maintenant quatre trous dans les oreilles pour y mettre ses pendentifs. Elle avait prospéré dans l'immobilier et se trouvait à la tête d'un patrimoine constitué d'une bonne douzaine de maisons.

Des trois sœurs Connors, c'est Opal qui s'en sortait le mieux : le bonheur se lisait sur son visage, et Ruby en avait parfois éprouvé un petit pincement d'envie. Elle ressentait aussi une certaine honte quand elle se rappelait la dureté avec laquelle elles avaient traité leur sœur Amber, qui n'avait pourtant pas été ménagée par leur père non plus!

Opal et Ruby se promirent de garder le contact, de se téléphoner une fois par quinzaine. Les larmes coulèrent à flots à l'aéroport quand Ruby, flanquée de ses deux enfants, regarda l'avion disparaître dans le ciel.

Sur le chemin du retour, Ruby déposa Martha chez une amie avant de rentrer au logis avec Andy qui dormait sur le siège arrière. Andrew ne serait pas à la maison ; il n'était jamais là le samedi ; le dimanche non plus, d'ailleurs ; ni la plupart des nuits.

Ruby menait maintenant une vie indépendante, une vie riche et pleine de satisfactions. Andrew et elle logeaient sous le même toit, mais ils ne mangeaient ensemble que de temps en temps et couchaient rarement dans le même lit. En bien des occasions, son mari la laissait parfaitement indifférente. Le reste du temps, elle lui vouait une haine cordiale.

Pour se conformer aux habitudes militaires telles que les concevait Andrew Blue, Martha, en dépit de son jeune âge, devait respecter des règles de vie très strictes, tant pour son travail scolaire que pour son hygiène personnelle et ses fréquentations. Et il en allait de même pour Andy – Ruby étant chargée de veiller à l'exécution de chacune de ces consignes.

Le samedi, avant d'aller jouer au golf avec des amis, Andrew distribuait les récompenses et les punitions en remplissant une fiche au nom de chacun des enfants. Martha s'alarmait quand elle voyait son père s'armer de son crayon. S'il ne traçait pas d'étoile en haut de sa fiche, en signe de satisfaction, elle se savait menacée d'une privation. La pauvre enfant se muait en une véritable boule de nerfs, tremblant de tous ses membres en présence de l'officier.

La récompense promise était actuellement une bicyclette, mais la fillette n'avait jamais réussi à l'obtenir, car, selon Andrew, il fallait avoir quatre étoiles d'affilée, soit un mois entier de conduite irréprochable. Jusqu'à présent, elle avait échoué six semaines de suite et le vélo lui paraissait de plus en plus inaccessible.

Le mois précédent, Ruby s'était insurgée contre l'intransigeance de l'officier : Martha n'avait pu obtenir sa quatrième étoile à cause d'une chaussette qu'elle avait laissé traîner sous son lit. D'un air triomphant, Andrew avait annoncé à sa fille qu'il lui faudrait tout recommencer à zéro. Exaspérée, Ruby avait fait mine de gifler son mari. Il s'était contenté de rire en récupérant ses clubs de golf, mais il n'était pas rentré au logis avant trois heures et demie du matin, l'haleine empestant l'alcool.

De temps à autre, Ruby se demandait encore pourquoi elle persistait à vivre avec un homme qu'elle n'aimait pas. Sans doute, comme elle l'avait dit à Opal, parce qu'elle ne voulait pas priver ses enfants de leur père... Opal avait répondu, avec une petite moue dégoûtée, qu'au fond, à sa manière, Ruby n'était pas plus courageuse que ne l'avait été leur mère. Ce qui n'était pas tout à fait inexact.

Andrew collectionnait les maîtresses, et Ruby avait souvent remarqué le regard apitoyé que lui adressaient les quelques amies qu'elle fréquentait. Mais elle se moquait bien de savoir avec qui il couchait, dans la mesure où il la laissait en paix.

Le courrier de l'après-midi contenait un certain nombre de lettres. Il y en avait deux qui provenaient de Washington : l'une, plutôt épaisse, était envoyée par la banque et l'autre portait l'écriture d'Amber. Que faisait donc Amber dans la capitale ? La troisième enveloppe fit battre à grands coups le cœur de Ruby : c'était Dixie Sinclaire qui lui écrivait. Le cachet de la poste indiquait que la lettre avait été expédiée plusieurs mois auparavant et s'était perdue à deux reprises.

Dans la première enveloppe, Ruby trouva plusieurs feuillets. Le premier indiquait que ses parents, George et Irma Connors, avaient contacté le directeur de la banque (dont ils connaissaient les coordonnées, car c'était de là que provenaient les mensualités payées par Ruby) pour faire demander à Ruby de leur trouver un logement en Floride, car Mrs. Connors souffrait d'arthrite et Mr. Connors avait cessé son activité à la fabrique de monuments mortuaires.

Ruby éclata de rire et roula le papier en boule pour le jeter à terre avant de prendre le feuillet suivant. Il portait l'en-tête de l'ambassade de France, laquelle lui offrait de racheter sa maison de Poplar Street à un prix qui était le triple de celui qu'elle l'avait payée. Le directeur de la banque, sur une feuille annexe, conseillait à Ruby de doubler le loyer et d'offrir une option d'achat moyennant une somme forfaitaire qui serait remboursée à l'ambassade si la vente ne se concluait pas. « Nous pou-

vons procéder à la même opération pour votre maison de O Street, pour-
suivait le banquier ; et si vous décidez de donner suite à la requête de vos
parents, les sommes ainsi dégagées vous permettront d'acquérir en Floride une maison que vous pourrez mettre à leur disposition. »

Ruby n'en croyait pas ses yeux. Elle avait fini de payer sa « dette »
envers eux l'année précédente et considérait désormais qu'elle ne leur
devait plus rien. Que diable avaient-ils donc pu faire de cet argent ?
Amber et elle-même leur avaient versé en tout dix-huit mille dollars.
Opal avait envoyé des chèques pendant quelques années, puis elle avait
cessé, Mac lui ayant interdit de payer un dollar de plus. Si ses parents
vendaient leur propriété de Barstow, ils auraient largement de quoi se
payer une villa en Floride, ou à tout le moins d'effectuer un premier
versement, le reste pouvant faire l'objet d'un crédit. Évidemment, si son
père ne travaillait plus, aucune banque n'accepterait de lui consentir un
prêt. Mais Ruby ne travaillait pas non plus, après tout ; alors, où
croyaient-ils qu'elle pourrait obtenir un emprunt ? Pourquoi est-ce à
moi qu'ils s'adressent ? se demanda-t-elle avec amertume.

Elle prit ensuite la lettre d'Amber. Sans doute sa sœur aînée avait-
elle reçu la même requête de leurs parents, et elle voulait certainement
savoir ce qu'elle devait faire.

Le message était aussi bref que clair. Ils avaient tout perdu à la suite
d'un typhon qui avait dévasté la région, Saipan ayant été pratiquement
rayé de la carte. Nangi avait appelé au secours Calvin, qui avait usé de
ses relations pour faire muter son cousin à Washington. Avec le peu
d'argent qu'ils avaient, ils louaient une maison dans la banlieue, à
Arlington ; mais, avec leurs sept enfants, ils manquaient cruellement de
place. Bref, ils avaient besoin qu'on leur avance cinq cents dollars. Calvin leur en avait déjà prêté deux cents pour les dépanner. Si elle trouvait
quelqu'un de sérieux pour garder les enfants, Amber comptait
recommencer à travailler. Quant à Nangi, il cherchait un emploi. Et la
vie coûtait fort cher dans la capitale.

« Je sais combien gagne un commandant, Ruby, et je n'ignore pas non
plus que tu n'es pas du genre à dépenser tout ce que tu gagnes. Tu es
donc sûrement à même de m'avancer ces cinq cents dollars. Tu n'en
mourras pas. »

Là encore, Ruby roula la lettre en boule et la jeta.

« Compte dessus et bois de l'eau », marmonna-t-elle entre ses dents.

A aucun moment, Amber n'avait parlé des parents, ce qui signifiait
sans doute qu'elle n'avait pas été sollicitée. Et dire qu'elle était allée
quémander auprès de Calvin ! Ruby préférait ne pas y penser.

Elle déplia enfin la lettre de Dixie et, d'une main tremblante, lissa les
minces feuillets.

Chère Ruby,

J'imagine sans peine la surprise que tu vas éprouver en recevant
cette lettre, et je tiens à te dire combien je suis désolée de la peine que
je t'ai causée. Si je savais où tu es en ce moment, je préférerais de

beaucoup te téléphoner ; mais, malgré les quelques recherches que j'ai tentées, je n'ai pas réussi à te localiser. Mon seul espoir, c'est que l'on fera suivre cette missive et je m'attends, connaissant les habitudes de l'armée, à ce qu'il faille au moins six mois pour que tu la reçoives et trouves le temps de me répondre.

Oui, Ruby, je suis désolée d'être partie sans te dire au revoir. Je le voulais pourtant, beaucoup plus que tu ne peux l'imaginer. J'ai voulu t'écrire aussi, mais j'avais trop honte. Il ne s'est pas passé une seule journée sans que je pense à toi. Je n'ai pas du tout été chic avec toi. Nous étions de si grandes amies !

Je suppose que maintenant tu as eu vent des bruits qui couraient sur Hugo. Eh bien, ils sont parfaitement exacts. Combien de fois j'ai voulu me confier à toi ! Mais j'étais trop fière. Je ne voulais pas voir la pitié au fond de tes yeux. Tu étais la sœur dont j'avais toujours rêvé !

Je ne t'en ai jamais voulu pour la promotion qui est passée sous le nez de Hugo, malgré le ressentiment qu'il a lui-même éprouvé. Quand j'ai su que c'était Andrew qui l'avait supplanté, j'en ai été très heureuse pour toi. J'ai voulu t'écrire aussitôt, mais Hugo ne m'a pas lâchée d'une semelle. Ce que j'ai pu avoir la frousse !

Hugo est passé capitaine et nous savons très bien, lui et moi, qu'il vient de décrocher son bâton de maréchal. Naturellement, il me met tout sur le dos ; mais il ne me tabasse plus parce qu'il sait que l'armée l'a à l'œil. Je ne l'aime plus ; j'ai trop peur de lui. J'aimerais pouvoir le quitter, mais je ne sais pas où aller.

Nous sommes actuellement stationnés à Quantico, et je crois que nous allons y rester jusqu'à ce qu'il ait fini ses vingt ans de service. Il dit qu'ensuite nous nous retirerons à Rumson, dans le New Jersey. L'année dernière, il a versé des arrhes sur un terrain qui était à vendre et il dit que nous y ferons construire une maison.

Grâce à toi, Ruby, j'ai un peu appris à me débrouiller seule dans la vie. J'ai réservé une boîte postale pour moi, et c'est là que je te demanderai de m'adresser ta lettre si tu décides de me répondre. J'ai aussi réussi à me dégoter un emploi à temps partiel. Remarque, ce n'est pas pour le profit que j'en tire : Hugo me pique mon argent à une telle vitesse que je n'ai même pas le temps de le compter. De temps en temps je me gendarme contre lui, rien que pour entendre le son de ma propre voix.

S'il est devenu ce qu'il est maintenant, je suis sincèrement persuadée que c'est à cause de la vie qu'il a menée dans l'armée, et surtout dans le corps des marines. Jamais je ne l'avais vu comme ça auparavant, avant qu'il soit soumis à ce bourrage de crâne dont on les abreuve. Je suis peut-être un peu sévère, mais il ne s'agit de rien d'autre que d'un lavage de cerveau, si tu veux mon avis.

Je t'en prie, écris-moi, Ruby. Envoie-moi une longue lettre et raconte-moi ce qui s'est passé depuis que nous nous sommes perdues de vue : ça me ferait tellement plaisir ! Est-ce que les autres t'ont parlé de moi, quelquefois ? Ce qu'on a pu s'amuser en remettant en état ce trou à rat où tu avais emménagé ! Tu te rappelles ? Moi, j'y pense tout le temps.

Il va falloir que je retourne au boulot, alors je vais te quitter. Tu te rends compte que j'ai fini par dégoter un emploi ! Dès que Hugo a compris qu'il n'aurait plus jamais de promotion, il a décidé que le moment était venu de me mettre au travail. Tu veux que je t'en dise une bien bonne ? J'en arrive à souhaiter qu'il me trompe avec une autre femme ; comme ça, au moins, il me ficherait la paix.

Là-dessus, je te dis au revoir.

Mille baisers,
Dixie

Ruby essuya une larme. Cette lettre lui avait vraiment mis du baume au cœur. Encore sept ans avant la retraite. Rumson, dans le New Jersey. Elle répéta ces noms maintes et maintes fois comme une litanie. Maintenant, elle savait où elle se retirerait ; et si Andrew refusait de l'accompagner à Rumson, elle irait seule. Encore sept ans ! Sept ans !

Elle se prépara un verre de thé glacé puis, attrapant son bloc de correspondance et son stylo, elle rejoignit son fils dans le patio.

Elle écrivit d'abord à Amber. Une lettre fort courte. Elle s'excusait de ne pas avoir d'argent à envoyer et souhaitait à sa sœur aînée beaucoup de bonheur dans sa nouvelle résidence, ajoutant qu'elle avait la certitude que tout se passerait très bien. Elle mit également dans l'enveloppe une photo récente de Martha et d'Andy.

Elle pesa soigneusement chacun des termes de la lettre qu'elle envoya à la banque, y joignant un mot destiné à ses parents et dont la formulation avait été l'objet de réflexions encore plus attentives. Elle avait décidé de vendre sa maison de Poplar Street et de payer comptant la villa qu'elle achèterait pour eux en Floride. Elle en serait la propriétaire exclusive, et ils lui verseraient un loyer de cent dollars par mois. C'était à prendre ou à laisser. Bien entendu, elle s'attendait à un refus, mais cela ne lui faisait ni chaud ni froid.

Elle eut un remords de conscience en mettant son courrier dans la boîte : elle aurait pu offrir sa maison de O Street à Amber pour lui permettre de se remettre à flot. Évidemment, Ruby était à même de lui avancer les cinq cents dollars demandés en les prélevant sur les sommes récupérées par la banque grâce à l'option versée sur la maison qui lui restait ; mais elle se dit qu'après tout elle ne devait rien à Amber. Mais alors, rien du tout. D'ailleurs, ne vouait-elle pas à sa sœur une haine irréversible ?

Tout l'après-midi, elle tourna et retourna ce problème dans sa tête. A six heures et demie, elle appela Opal, à San Diego, pour lui demander son avis.

Quand elle eut fini de lui lire au téléphone la lettre qu'Amber lui avait envoyée, Opal éclata de rire :

« Tu sais très bien que tu vas le lui allonger, cet argent, tu veux seulement que je te donne mon approbation. Si j'étais à ta place, je le ferais. Après tout, Ruby, tu es la seule de nous trois à être solvable. Bon sang, ce que tu as dû bicher en écrivant ta lettre à papa et à la banque! Enfin, tu lui as montré que tu étais parfaitement capable de mener ta barque comme un vrai chef. Ce qui est dommage, c'est que tu n'aies pas réclamé un loyer plus élevé.

— Mais où donc vas-tu chercher toutes ces idées, grands dieux ? » demanda Ruby, consternée.

Pour la seconde fois, le rire strident d'Opal retentit dans l'écouteur.

« C'est mon petit mari qui a fait mon éducation, figure-toi. Il n'est pas né d'hier, lui. Justement, quand on parle du loup... Je l'entends qui rentre. Dès qu'il se met au volant de sa voiture, on le croirait aux commandes de son chasseur, en train de décoller d'un porte-avions. Excuse-moi de te quitter si brusquement, mais dès qu'il a franchi le seuil il me veut toute à lui. Salut, je t'écrirai. »

Il fallut une heure à Ruby pour refaire sa lettre à Amber, et c'est sans enthousiasme qu'elle alla la poster. Apparemment, elle n'avait pas droit à plus d'une flambée d'exaltation par jour, et elle l'avait eue en lisant la lettre de Dixie.

Une semaine plus tard, elle reçut d'Amber un mot plein de hargne, qui lui reprochait de ne pas avoir expulsé les précédents locataires un mois plus tôt et s'insurgeait de devoir rendre des comptes à une bohémienne d'Égypte. Ruby lui répondit que c'était à prendre ou à laisser. Amber ne réagit pas, mais la banque informa Ruby par la suite que sa sœur et sa famille avaient emménagé dans l'heure qui avait suivi le départ des anciens locataires.

Huit jours après, elle recevait de la banque un télégramme l'avertissant que ses parents avaient accepté ses conditions. Le surlendemain, son père lui envoyait une lettre haineuse qu'elle déchira en mille morceaux.

Personne, pas même Andrew, ne pouvait gâcher sa joie d'avoir renoué avec Dixie. Elle lui écrivait deux fois par semaine et lui téléphonait dès qu'elle en avait l'occasion, d'une cabine publique exclusivement, car les deux femmes avaient décidé de garder secrète leur amitié. Selon elles, on ne pouvait ni se fier ni se confier aux hommes. Ruby riait encore en se remémorant leur dernière conversation, quand elle avait révélé à Dixie que depuis des années elle remplissait en secret sa déclaration de revenus pour qu'Andrew ne sache rien des maisons qu'elle possédait à Washington.

L'euphorie de Ruby avait atteint un tel point qu'elle en arrivait à supporter son mari, allant même jusqu'à se montrer accommodante et pleine de bonne volonté à son égard. Andrew en conclut aussitôt qu'elle s'était trouvé un amant et en profita pour prendre encore plus de recul par rapport à leur vie conjugale et familiale. Ruby s'en aperçut à peine.

Désormais, sa vie c'étaient ses enfants, Dixie et sa sœur Opal.

Ruby était de nouveau heureuse.

10

L'après-midi était sinistre et pluvieux. Des rafales subites secouaient les vitres, et Ruby jugeait ce bruit détestable. D'ailleurs, aujourd'hui, rien ne trouvait grâce à ses yeux. Le Dr Ainsley, le psychiatre de la base, venait de la convoquer pour lui rendre son verdict à propos de Martha après avoir suivi l'enfant pendant plus d'un an. Une psychothérapie ininterrompue lui semblait nécessaire, et encore ne pourrait-elle être efficace que si Andrew consentait à suivre les conseils que le docteur tenait à lui prodiguer; sinon, le traitement devrait se poursuivre pendant des années. Martha, en effet, souffrait de la désapprobation que lui manifestait son père; elle en souffrait même si cruellement que le praticien avait conseillé à Ruby, si Andrew refusait de fournir l'effort qu'on lui demandait, de se séparer de son mari et d'emmener les enfants avec elle.

Les conversations qu'elle avait avec le docteur avaient toujours le don de la démoraliser. Elle s'était vraiment dépensée sans compter pour son enfant, elle avait fait des pieds et des mains pour s'affirmer, pour prendre la défense de Martha et d'Andy face à Andrew qui répétait sans cesse qu'une bonne fessée de temps en temps suffisait pour régler tous les problèmes. Si quelqu'un avait besoin de consulter un psychologue, selon lui, c'était Ruby, parce qu'elle avait vécu toute son enfance en compagnie de parents complètement tordus.

« Va donc lui parler de ton père, à ce toubib, et tu verras si c'est encore sur moi qu'il rejette la responsabilité de ce qui se passe. »

Le visage ruisselant de larmes, Ruby avait alors raconté au docteur comment son père s'était conduit envers elle. Le psychiatre s'était cantonné dans un silence prudent, s'abstenant même de réclamer la présence d'Andrew. Cela s'était passé deux ans plus tôt.

Ruby s'était mise à fumer malgré toutes ses bonnes résolutions. Elle trouvait ainsi de l'occupation pour ses mains, et un palliatif pour ses nerfs surtendus. Pour elle, les cigarettes c'était comme le coin de couverture que Martha tripotait entre ses doigts quand elle avait besoin de consolation.

Ah, cette couverture! Andrew l'avait arrachée de force à la fillette la nuit où elle avait mouillé son lit pour la première fois, à l'âge de sept ans.

Ruby lui avait tenu tête avec la dernière violence, allant jusqu'à saisir un couteau de boucher qui traînait sur la table. D'une voix stridente confinant à l'hystérie, elle avait ordonné à son mari de laisser la couverture à Martha, et de ne plus jamais y toucher. Aurait-elle eu assez de cran pour mettre sa menace à exécution ? Elle se le demandait encore, mais pour Andrew il n'y avait aucun doute car il n'avait pas persisté dans son intention.

Elle s'était ainsi rendu compte qu'elle avait un certain ascendant sur lui, elle qui avait eu jusqu'alors l'impression de n'être qu'une chiffe molle entre les mains de son mari. Elle avait fini par prendre ombrage de ses aventures extramaritales, et comme il lui fallait quelqu'un sur qui rejeter le blâme elle s'en était d'abord prise à Calvin, l'accusant d'être à l'origine de ses problèmes actuels. Puis elle avait fini par assumer elle-même le poids de ses responsabilités.

Mais Martha et Andrew n'étaient pas les seuls à lui causer du souci. Depuis trois ans qu'Amber et sa famille s'étaient installés dans sa maison de O Street, elle avait eu deux fois de leurs nouvelles, sa sœur lui ayant adressé des lettres qui n'étaient qu'une longue liste de doléances. Récemment, c'était Rena qui lui avait écrit. La banque, qui ne recevait plus la moindre mensualité du fait qu'Amber ne payait pas de loyer depuis six mois, menaçait d'engager des poursuites. La maison, d'après Rena, était devenue une véritable porcherie, avec des trous dans les murs et des taches sur les moquettes que rien ne pourrait plus jamais enlever. Sans parler des déjections des chats et des chiens. La phrase avait été soulignée. Il y avait six fenêtres cassées, et la porte de la cave ne tenait plus sur ses gonds. On ne tondait jamais la pelouse, les fleurs et les arbustes d'ornement avaient disparu, et une odeur d'urine flottait dans toutes les pièces.

Ruby éclata en sanglots en lisant ces lignes, les épaules secouées par des contractions nerveuses. Soudain, elle sentit une petite main se poser sur elle.

« Qu'est-ce qu'il y a, maman ? » demandait Andy d'une petite voix tremblante.

Il avait peur, car c'était la première fois qu'il voyait sa mère pleurer.

« Est-ce que j'ai fait quelque chose de mal ? reprit-il. Il faut me le dire, et j'essaierai de réparer les dégâts que j'ai faits.

— Non, mon chéri. J'ai eu une mauvaise journée, simplement. Tu sais, parfois, les mamans se font du tracas mais ce n'est pas ta faute, ni celle de Martha. »

L'enfant n'était toujours pas satisfait.

« Alors, c'est papa ? Tu sais, maman, il y a des démons en lui. Pas des vrais démons, bien sûr... mais, quand on voit ce que papa fait, on s'aperçoit qu'il y a des choses qu'il ne peut pas maîtriser. J'ai appris ça au catéchisme. Il ne faut pas te laisser démoraliser par ce que fait papa. Au fond, il n'est pas méchant, tu sais. »

Ruby fixa un regard étonné sur son fils de sept ans. C'était un beau petit garçon avec ses boucles blondes et ses yeux d'un bleu incroyable. Un semis de taches de rousseur dansait autour de l'arête de son nez. Sa grande préoccupation, pour l'instant, c'était de savoir combien de temps il faudrait à ses deux dents de devant pour commencer à sortir.

« Comment fais-tu pour être aussi intelligent ? demanda-t-elle d'un ton enjoué. Et comment se fait-il que tu dises des choses aussi justes ? »

Le petit garçon réfléchit un moment, puis il haussa les épaules.

« C'est parce que tu es ma maman. Je ferai toujours ce qu'il faut pour que tu sois fière de moi plus tard.

— Mais je suis déjà fière de toi. Tu vois, je t'aime plus que la vie. Toi et Martha aussi, bien sûr. »

Le téléphone sonna et Andy se précipita pour répondre. L'appel était pour lui. Il se mit à expliquer avec enthousiasme à un petit camarade que l'on pouvait construire un téléphone avec des boîtes de conserve reliées par une ficelle, d'une maison à l'autre.

Souriant d'un air attendri, Ruby redressa le buste. Il était très bien, Andy, et elle veillerait à ce qu'il ne lui arrive rien de fâcheux. Quant à Martha, elle allait la soigner pour la guérir, quoi qu'il en coûtât. Mais pour l'instant, elle devait d'abord régler le problème posé par Amber.

Elle partit à sept heures, au moment où Andrew franchissait la porte d'entrée. Elle prétexta un problème familial urgent en évitant de le regarder en face, bien qu'il fût incapable de lire quoi que ce soit sur son visage : son haleine empestait l'alcool.

Il la suivit jusqu'à l'appentis sous lequel était rangée la voiture, en vitupérant tout le long du chemin : elle était complètement folle ou quoi ? Non mais, avait-on idée de partir par un temps pareil ?

Ruby ouvrit le coffre pour y mettre sa valise et le referma avec détermination. La face d'ivrogne qu'il tournait vers elle lui levait le cœur. Dieu merci, elle avait confié Andy à une amie pour la nuit. Martha, elle, resterait chez une voisine, car Ruby s'arrangeait toujours pour qu'elle ne soit jamais là le week-end, afin d'éviter toute confrontation avec Andrew.

« Non, Andrew, je ne suis pas folle. Je suis ta femme, tout simplement, bien que tu l'aies complètement oublié depuis quelques années. Je suis celle qui t'a donné les deux merveilleux enfants que tu n'as de cesse de chercher à détruire. Je suis la personne qui fait le ménage et la cuisine, et assiste à ces réunions où l'on meurt d'ennui pour que tu puisses continuer à monter en grade. Car, si tu en es arrivé là où tu es maintenant, c'est grâce à moi. Il n'y a pas longtemps que je le sais, mais ça ne fait plus aucun doute à présent. Tu veux savoir qui me l'a dit, Andrew ? C'est le docteur de Martha. C'est toi qui as un problème ; nous, nous sommes parfaitement normales, ma fille et moi. J'ai fait tout ce qu'il fallait pour que ça marche entre nous, Andrew, Dieu en est témoin. Je me suis donnée à cent dix pour cent, mais maintenant je jette l'éponge. Quand je reviendrai, nous aurons une longue conversation, toi et moi, et si nous n'arrivons pas à nous réconcilier tous les deux, dans notre intérêt et celui des enfants, eh bien je fiche le camp. Je veux que tu réfléchisses à ça pendant le week-end. Oui, penses-y tout le week-end, et ne te remets pas à boire, pour l'amour du ciel.

– Arrête donc tes sottises », protesta-t-il d'une voix pâteuse.

Mon Dieu, pourquoi perdait-elle son temps à tenter de raisonner cet ivrogne ? Il ne se souviendrait de rien une fois qu'il aurait cuvé son alcool.

« Pas question que tu me quittes, marmonna-t-il. Je suis inscrit au tableau d'avancement. Si tu fais mine de vouloir me plaquer, je te réduis en chair à pâté », menaça-t-il.

Elle se mit au volant et abaissa la vitre.

« N'essaie pas de me faire peur, Andrew. Et souviens-toi toujours de ce qui est arrivé à Hugo. Il peut se produire exactement la même chose pour toi, et je peux très bien m'y employer, crois-moi. »

Passant la tête par la portière, elle articula avec soin :

« Je ferai tout ce qu'il faudra pour que notre fille aille mieux. Elle guérira, avec ou sans toi. Maintenant, ôte-toi de mon chemin si tu ne veux pas que je t'écrase. »

La voiture bondit en arrière avec une telle force que Ruby craignit un moment de s'être fait le coup du lapin.

Tout en roulant sur la nationale 10, elle ne cessa de marmonner entre ses dents. Et elle parlait encore toute seule, plusieurs heures plus tard, en s'engageant sur la 95. Elle n'était pas fatiguée. En fait, elle avait l'impression de flotter sur un nuage. Elle roulait vitres baissées, la radio réglée au maximum.

A six heures le lendemain, elle garait la Pontiac dans une ruelle, derrière la maison de Rena qui donnait sur Monroe Street. Elle avait fait le trajet d'une seule traite. Elle sourit en voyant les poubelles toujours aussi colorées et décorées de rubans. Une longue Cadillac blanche témoignait de la prospérité des propriétaires de la demeure. Rena avait su faire fructifier son capital.

Cinq minutes plus tard, elle se serrait contre la poitrine de Rena, sous l'œil attendri de Bruno.

« Oh, ce que ça me fait plaisir de vous revoir ! Vous m'avez manqué, tous les deux. Tiens, de nouveaux diamants, ajouta-t-elle en s'esclaffant à la vue des doigts de Rena, encore alourdis de pierres précieuses.

– T'occupe pas. Rentre. Tu as l'air crevée. Quand es-tu partie ? questionna Rena en s'affairant dans la cuisine, ouvrant et refermant des tiroirs pendant que Bruno débouchait une bouteille de vin blanc.

– Vers sept heures et demie hier soir, mais il fallait que je vienne à tout prix, expliqua Ruby sur un ton d'excuse.

– Mais je comprends très bien. Ton espèce de frangine... elle est d'une ingratitude envers toi ! Et mal embouchée avec ça ! Ses enfants sont de vrais petits sauvages. »

La petite femme leva les mains au plafond pour montrer qu'il était impossible de les décrire.

« Mange, mange. Il ne faut rien laisser. Demain, nous irons chez toi et tu me mettras cette souillon à la porte. Et il faudra qu'elle paie la casse. Bruno établira la facture, moyennant une modeste rétribution. Pour la pisse de chat... je ne sais pas si tu arriveras jamais à t'en débarrasser... C'est une vraie infection.

– Ce que je regrette, c'est que tu ne m'aies pas prévenue plus tôt »,
murmura Ruby en mordant avec délices dans un sandwich au poulet.

Rena la força à accepter un second sandwich et versa un autre verre
de vin. Une tranche bien crémeuse de tarte à la banane encore tiède
compléta le repas.

« Qui habite au premier ? demanda Ruby en allumant une cigarette.

– Un couple de l'Alabama. Tu ne le croiras jamais, Ruby, ils ont eu
le culot de changer les serrures pour que je ne puisse pas voir ce qui se
passe chez moi. Ils m'ont traînée devant les tribunaux, et le juge a dit
qu'ils étaient tenus de me donner une clé. Je vais les virer un de ces
quatre ! La semaine dernière encore, ils m'ont prévenue qu'ils allaient
changer les papiers peints. Dès que le bail arrive à expiration, je les fous
à la porte ! »

Ruby poussa un soupir de fatigue. Elle avait à peine entendu ce que
Rena venait de lui expliquer.

« Tu dors debout, ma pauvrette. Viens, ton lit t'attend. Bruno t'a
même fait la couverture. »

Ruby partit en titubant dans le hall, heurtant à deux reprises les
larges épaules de Bruno. Elle s'assit tout habillée sur le lit. Bruno lui
ôta ses chaussures et la recouvrit doucement avec la courtepointe.

« Dors bien, Ruby, murmura-t-il. Demain, ma femme va t'aider à
régler tes problèmes. »

Malgré les descriptions de Rena, Ruby ressentit un choc pénible en
voyant l'état dans lequel se trouvait sa maison de O Street. La sonnette,
arrachée de son socle, ne tenait plus que par un fil ; la porte, tout écail-
lée, portait de nombreuses traces de doigts et même de coups de pied ; et
le heurtoir en cuivre n'avait pas été récuré depuis plusieurs mois.

Rena s'abstint de tout commentaire.

Ruby frappa à la porte et dut vite battre en retraite pour laisser le
passage à une horde de gamins surexcités qui sortirent en criant à tue-
tête. Puis un chien surgit, s'arrêta net, flaira les chaussures des visiteuses et dévala les marches du perron.

Rena poussa Ruby à l'intérieur. Une télévision à grand écran beuglait
dans le living-room tandis qu'une musique de jazz assourdissante émanait de la cuisine. Rena n'avait rien exagéré, se dit Ruby en se hâtant de
respirer par la bouche : l'odeur d'urine de chat était si forte qu'elle en
avait les larmes aux yeux. Elle slaloma avec précaution entre les jouets
et les vêtements épars sur le plancher.

Ruby contempla avec consternation les trous dans le mur, les rideaux
et les doubles rideaux crasseux, et les taches qui constellaient la
moquette beige. Les meubles maculés, les housses chiffonnées, les
tableaux accrochés de travers, tout contribuait à donner à cette pièce une
atmosphère de laisser-aller qui semblait autant due à l'ivrognerie qu'à
la paresse.

Quelque part à l'étage, un bébé vagissait. Les yeux de Ruby s'agrandirent. Amber ne lui avait pas dit qu'elle avait un nouveau-né.

« Et elle est encore enceinte », murmura Rena.

Ruby se contraignit à rester calme. Elle allait affronter ce problème de la même manière que ceux qu'elle avait déjà eu à résoudre.

Où était donc Amber ? Sûrement pas en train de faire le ménage, pensa-t-elle avec amertume. Le chien était revenu. Accompagné d'un chat, il tournait autour des visiteuses comme un vautour. Ruby n'osait plus faire un pas.

« Est-ce que Nangi travaille ? chuchota-t-elle.

— Oui, il travaille. Bruno est allé voir la maison où il est employé, au centre-ville. Ta sœur m'a dit qu'ils mettaient tout leur argent de côté pour rentrer à Saipan.

— Pas à mes dépens, en tout cas, grinça Ruby. Amber ! » cria-t-elle soudain à pleins poumons.

Ce ne pouvait pas être elle, cette souillon débraillée et enceinte jusqu'aux yeux qui venait vers Ruby, un torchon à la main. Qu'était devenue la jeune femme pimpante et méticuleuse, toujours tirée à quatre épingles, dont les toilettes ne comportaient jamais la moindre faute de goût ? Là-haut, le bébé pleurait toujours, mais Amber ne s'en souciait pas. Elle regardait Ruby d'un œil fixe.

Il n'y eut aucune salutation.

« Qu'est-ce que tu fais ici ?

— Cette maison m'appartient, que je sache. La porte était ouverte, nous sommes entrées. J'avais frappé.

— T'aurais pu refermer derrière toi », aboya Amber en rabattant le panneau d'un violent coup de pied.

Ruby sursauta.

A la limite de son champ visuel, elle perçut un mouvement dans l'escalier. Elle se retourna et vit Nangi impeccablement vêtu d'un complet bleu marine et d'une chemise blanche. Il portait un attaché-case en peau de lézard.

« Ruby ?

— Oui. Et je crois que tu connais Rena. Il faut que je vous parle à tous les deux. J'espère que cela ne te mettra pas en retard pour ton travail.

— Aucun problème. Y a-t-il quelque chose qui ne va pas ? Amber, offre du café à nos visiteuses. Je vous en prie, asseyez-vous donc », dit Nangi en montrant le canapé aux coussins fatigués.

Lui ne va sûrement pas s'asseoir là-dessus, songea Ruby avec amertume. Il se retrouverait avec des poils de chat et de chien sur son beau costume. Elle refusa l'invitation d'un signe de tête.

« Il n'y en a pas pour longtemps. Je suis désolée de ce qui se passe, mais la banque qui m'a prêté l'argent pour acheter cette maison me signale que vous n'avez pas payé le loyer depuis le début de l'année. Ils sont donc sur le point de résilier le contrat. Je ne vous ai demandé que deux cents dollars par mois, ce n'est vraiment pas excessif. Je voulais que vous puissiez tout de même mettre un peu d'argent de côté... Je ne savais pas qu'il y avait un autre bébé, ajouta-t-elle en levant la main au plafond, ni qu'Amber était de nouveau enceinte. En tout cas, comme je n'ai pas l'intention de renoncer à mes droits de propriété sur cette maison, il va falloir faire quelque chose.

– Quoi ? Tu veux nous mettre à la porte ? gémit Amber.

– C'est une solution que j'ai envisagée, en effet, à moins que vous ne payiez les loyers en retard et ne remettiez la maison en état. J'ai vendu mon autre maison pour que maman et papa puissent aller vivre en Floride, et je vous ai confié celle-ci en excellent état pour vous aider à vous tirer d'affaire. Regardez ce qu'elle est devenue ! Je ne veux plus de chat ni de chien ici. »

Il y eut un déclic : Nangi venait d'ouvrir son attaché-case.

« Je te présente toutes mes excuses, Ruby. J'étais persuadé qu'Amber te payait régulièrement. Tu as été plus que généreuse avec nous. Je ne sais pas ce que nous aurions fait sans ton aide. Il semble que personne ne veuille louer un appartement aux gens qui ont des enfants. Pas plus tard que l'autre jour, j'ai dit à Amber que nous devrions te payer au moins trois cents dollars par mois. Tes anciens locataires m'ont confié, le jour où ils ont déménagé, qu'ils t'en donnaient cinq cents. Cela m'a fait mesurer l'étendue de notre dette à ton égard. »

Ruby sentit que la tête lui tournait. Son cœur battait à grands coups. Elle regarda Nangi qui remplissait un chèque avant de le lui tendre.

« Je te présente mes excuses les plus sincères. A partir de maintenant, le loyer te sera versé ponctuellement et il s'élèvera à trois cents dollars. Cela te convient-il ? »

Ruby hocha la tête sans rien dire, regardant la somme inscrite sur le chèque : sept mille deux cents dollars. Grands dieux ! Elle n'en croyait pas ses yeux. La seule autre solution aurait été de vendre la bague de la tsarine !

Nangi s'inclina bien bas.

« J'ai été très heureux de te revoir, Ruby, je regrette simplement que ce ne soit pas dans d'autres circonstances. Je vais voir Calvin dans quelques semaines. Souhaites-tu que je lui transmette le bonjour de ta part ?

– Oui, c'est ça, dis-lui bonjour de ma part. »

Sa curiosité fut la plus forte. Il fallait qu'elle sache. Elle demanda : « Où est-il en ce moment ? Comment va sa famille ?

– Il a deux fils, de très beaux garçons. Il vient d'accéder au grade de colonel, ce qui est rare pour un officier aussi jeune. Il est stationné dans le Colorado. Il me demande toujours de tes nouvelles, mais je n'ai jamais rien à lui révéler. Amber me répète toujours que nous ne recevons plus de lettres de toi. »

Rena posa une main sur le bras de Ruby pour calmer la nervosité qu'elle devinait chez son amie.

« Dis-lui... dis-lui que je pense souvent à lui. Et tu peux ajouter que moi aussi j'ai deux enfants, et que nous sommes stationnés à Pensacola. Dis-lui que j'attends avec impatience l'occasion de le rencontrer un jour. Souhaite-lui tout le bonheur possible et félicite-le pour son grade. Mon mari est lui aussi inscrit au tableau d'avancement.

— Je ferai la commission sans faute, Ruby. Par hasard, tu n'aurais pas une photo de toi et des enfants ? »

Quelle bonne idée il avait eue là !

« Je crois que oui », murmura-t-elle en fouillant dans son sac.

Elle ne tarda pas à trouver un cliché qui la représentait assise avec ses enfants sur un canapé. La photo avait été prise plusieurs années auparavant, alors qu'ils étaient encore stationnés en Californie.

Dès que la porte se fut refermée derrière Nangi, Amber lança d'une voix cinglante :

« J'espère que tu es heureuse. Cet argent avait été mis de côté pour payer notre retour à Saipan ; décidément, tu n'as pas changé, tu es toujours aussi garce. Je te maudis, Ruby, tu peux aller en enfer. »

Ruby la fixa d'un regard meurtrier.

« Oui, eh bien, toi, tu as intérêt à nettoyer cette maison. Je vais demander à Bruno de venir faire les réparations nécessaires. Je veux que ce soit nickel ici, tu entends. Et pendant que tu y seras, fais un brin de toilette, toi aussi. Le savon et l'eau, ça ne coûte pas grand-chose ; mais si tu n'as pas assez d'argent pour t'en payer, je te donnerai le nécessaire. Et mets-toi bien ça dans le crâne, Amber : je ne te dois rien. »

D'un geste nerveux, Amber écarta les mèches éparses qui lui tombaient sur le visage, et Ruby lut tout à coup dans le regard de sa sœur une réelle détresse, une vulnérabilité dont elle ne l'aurait jamais crue capable. Voyant les yeux d'Amber se mouiller de larmes, elle sentit son cœur défaillir. Se tournant vers Rena, elle lança :

« Tu peux rentrer chez toi. Je vais rester ici un moment pour aider ma sœur. Je prendrai un taxi pour te rejoindre. »

Dès que Rena eut quitté la pièce, Ruby prit sa sœur par les épaules pour la mener doucement vers le canapé aux coussins fatigués.

« Que s'est-il passé, Amber ? demanda-t-elle d'un ton affectueux.

— Est-ce que je sais, moi ? Les gosses qui arrivent, les uns après les autres... Saipan... il fait tellement chaud là-bas... personne ne fait jamais le ménage... J'étais toujours fatiguée et toujours enceinte... Maman et papa... qu'il fallait aider financièrement. Je n'ai jamais pu réussir à joindre les deux bouts, et quand nous sommes arrivés ici ça a continué sur la même lancée. Écoute, je suis désolée d'avoir tout laissé aller à vau-l'eau... je trouverai un moyen de payer les réparations... Parole, Ruby. Seulement, je n'avais pas assez d'énergie pour discipliner les enfants, et Nangi travaille toujours très tard le soir. Ce n'est pas facile d'élever une famille nombreuse, crois-moi. Je ne sais même pas si nous aurons assez d'argent pour payer le docteur qui devait m'accoucher, maintenant que Nangi t'a remboursée. Remarque, il a eu raison de te donner ce chèque, Ruby, seulement je suis tellement fatiguée !

— Tu veux vraiment retourner à Saipan ? murmura Ruby.

— Nous sommes des étrangers à Washington. Tu as dû t'en apercevoir.

— Tu étais heureuse là-bas ? demanda Ruby avec curiosité.

— Beaucoup plus qu'ici. Nous n'étions soumis à aucune pression.

Nangi ne t'en a pas parlé mais, là où il travaille, il voit bien qu'on ne le traite pas comme les autres. C'est à lui qu'on donne les tâches les plus ingrates ; si quelqu'un doit partir après tout le monde c'est toujours lui – et pour les heures sup, tintin ! Tiens, tu vas bien rire : il a cru que j'étais une gestionnaire remarquable quand il a vu que nous avions réussi à économiser tout cet argent. Il n'a jamais soupçonné que je gardais pour nous le montant des loyers. C'est un mari merveilleux. Il ne s'est jamais plaint du laisser-aller qu'il y avait dans la maison. Je me demande ce que je vais lui dire quand il rentrera ce soir. Je n'ai aucune idée de la tournure que vont prendre les événements.

– Fais-moi confiance, dit Ruby. Je vais arranger ça. »

Ruby envoya Amber au premier étage pour qu'elle fasse sa toilette et s'occupe du bébé, puis elle se mit au travail comme une forcenée. Sans relâche, elle balaya, récura, frotta. A midi, elle avait fait le plus gros dans la cuisine. Le fourneau était dans un tel état qu'elle se rendit compte qu'il faudrait en acheter un neuf ; dans l'immédiat, elle se contenta de recouvrir les brûleurs avec du papier d'aluminium. En ouvrant la porte du four, elle sema la panique chez les cafards qui s'enfuirent en masse vers des lieux plus sûrs.

Elle s'attaqua ensuite au living-room et à la salle à manger, passant l'aspirateur après avoir ouvert toutes les fenêtres. Il lui fallut une bonne heure pour ramasser les détritus et les empiler dans un grand sac-poubelle. A une heure de l'après-midi, elle appela Amber et lui demanda de descendre.

Ruby examina sa sœur d'un œil dépourvu d'indulgence.

« Je regrette, énonça-t-elle, mais tu aurais pu mieux faire. Remonte te mettre un peu de poudre et enfile des bas. Et je suis sûre que tu as une robe de maternité plus seyante que celle-là. Il faudrait au moins la repasser ! »

Amber fondit en larmes.

« Bon, ça va. Ça ne sert à rien de pleurer. Écoute, tu peux prendre ton temps mais, pour l'amour du ciel, arrange-toi comme il faut. Moi, il faut que je sorte. J'ai à faire en ville. Quand je reviendrai, je veux te voir sourire. »

Ruby héla un taxi. Une fois installée sur la banquette arrière, elle se demanda si la décision qu'elle venait de prendre était vraiment la bonne. Elle avait emporté avec elle la bague de la tsarine : le moment était venu de la vendre. Avec un peu de chance, elle pouvait en tirer cinq mille dollars. En insistant, les bijoutiers en offriraient peut-être six mille cinq cents dollars. Elle serait alors à même de payer le retour d'Amber et de sa famille jusqu'aux Philippines, et il lui resterait suffisamment ensuite pour remettre la maison en état avant de la louer de nouveau.

La bijouterie resplendissait de l'éclat de mille pierres précieuses. L'homme qui s'avança vers elle avait une mine si austère et un visage si impressionnant que Ruby n'eut qu'une envie : tourner les talons et s'enfuir.

« Je peux vous aider ? demanda-t-il d'une voix nasillarde.

— Peut-être, dit Ruby sans se démonter. J'ai là une bague dont j'envisageais de me défaire.

— Nous n'achetons pas d'articles d'occasion, madame. Nous ne faisons que la vente. Allez plutôt chez un prêteur sur gages, déclara-t-il en l'examinant des pieds à la tête.

— Ma bague n'est pas du genre à échouer chez un prêteur sur gages », rétorqua Ruby.

Elle ouvrit son porte-monnaie et, s'approchant du comptoir, elle posa le bijou devant elle, sur un carré de velours noir. Elle sourit en voyant les yeux du joaillier s'agrandir. Du fond du magasin, deux autres hommes avaient surgi, fascinés par la beauté de la bague.

« Faites-moi une offre. Si elle est intéressante, je la prendrai en considération, sinon j'irai ailleurs. Je veux l'argent tout de suite. Un chèque bancaire me conviendra parfaitement. »

L'un des hommes saisit la bague et fit mine de se diriger vers l'arrière-boutique.

« Non, non, non, protesta Ruby. Je veux que vous la regardiez ici. Il n'est pas question que je perde cette bague de vue un seul instant. »

L'homme fit une moue de mécontentement, mais il obtempéra sans rien dire. Puis s'établit entre les trois commerçants un long conciliabule à voix basse que Ruby interrompit enfin avec impatience.

« J'ai besoin de savoir à quoi m'en tenir maintenant, dit-elle en tendant la main pour reprendre la bague.

— Vous en voulez combien ? » demanda le premier homme.

Ruby hésita. Elle n'osait fixer un prix de crainte qu'il ne fût trop bas. Et si elle demandait trop, elle allait passer pour une idiote.

« Je vous ai prié de me faire une offre. Si je la juge convenable, je vous le dis immédiatement.

— Six cinq. »

Elle secoua la tête. C'était le chiffre qu'elle avait espéré, mais elle préféra ne pas accepter tout de suite. Il fallait tenir bon, si elle voulait obtenir davantage.

« Sept. »

Elle fit de nouveau non de la tête.

« Quatre-vingts. »

La sueur perlait au front des trois hommes. Elle avança la main pour reprendre la bague.

« Quatre-vingt-dix. »

Elle secouait toujours la tête, machinalement, bien qu'elle se rendît compte soudain que l'homme avait dit quatre-vingts au lieu du huit qu'elle attendait, puis quatre-vingt-dix. Elle sentit le sang lui monter au visage.

« Cent mille. C'est notre dernier mot. »

Ruby vacilla sur ses jambes. On lui offrit un verre d'eau qu'elle avala avec avidité.

« Très bien, madame, notre offre définitive est cent vingt-cinq mille dollars. Je vais tout de suite à notre banque, juste à côté, pour faire certifier mon chèque, si vous préférez qu'il en soit ainsi.

— Je crois que ce serait une bonne solution, messieurs », dit-elle d'une voix qu'elle ne reconnut pas. Elle ne voulait pas penser à l'importance du chiffre. Pas encore. Elle faillit éclater de rire. Son petit étourdissement lui avait rapporté vingt-cinq mille dollars supplémentaires. Oh, Bubba, avais-tu la moindre idée de l'immense cadeau que tu me faisais?

Elle atteignit sa banque juste cinq minutes avant la fermeture.

« Donnez-moi dix mille dollars, non, dix mille cinq cents dollars. J'ai quelques courses à faire. Je reviendrai demain matin pour liquider l'hypothèque sur la maison. En attendant, prenez ça, dit-elle en donnant le chèque de Nangi, pour régler les mensualités en retard. »

Elle ressortit de la banque sans tarder.

Quand elle revint à la maison de O Street, il était près de cinq heures. Le chauffeur de taxi l'aida à descendre les paquets; elle prit personnellement le sac contenant la viande. L'argent était en sécurité dans son portefeuille.

Tout le monde l'attendait, les enfants alignés en rang d'oignons, solennels et concentrés, fixant sur elle un regard interrogateur. Il était difficile de croire qu'il s'agissait des petits démons qui s'étaient précipités à sa rencontre le matin même. Amber les présenta un à un, et Ruby leur serra la main à tour de rôle. A sa grande surprise, elle apprit qu'il y avait un George, une Irma et une Opal. Et le bébé s'appelait Ruby. Le chien qui s'était mis en bout de file tendit la patte. Ruby ne put s'empêcher de rire, imitée par les enfants.

Elle se dit avec regret qu'elle n'aurait jamais l'occasion de connaître ces bambins au teint de miel et aux yeux anthracite. Des milliers de kilomètres allaient bientôt les séparer, à jamais sans doute.

Elle s'adressa au plus âgé d'entre eux.

« Il faut que je parle à ta mère un petit moment, alors j'aimerais que tu emmènes tes frères et sœurs acheter des glaces et des bonbons. Voici dix dollars. Prends-leur aussi de la limonade. Allez, ouste! »

Elle s'esclaffa en voyant les enfants se précipiter vers la porte.

« Qu'est-ce qui se passe donc? demanda Amber en faisant passer le bébé de l'une de ses hanches sur l'autre.

— Dans l'un de ces sacs, il y a de quoi nous préparer un bon petit repas de fête. Ce qu'il y a dans les autres sera pour vous exclusivement. Tu y trouveras aussi des vêtements neufs pour toi, des sous-vêtements et des chaussures. Je connais bien ta pointure, pour t'avoir emprunté autrefois une paire de souliers. Et ceci, ajouta-t-elle en tendant une enveloppe à sa sœur, contient dix mille dollars. De quoi payer le voyage de retour à Saipan. Quand tout sera réglé, je t'enverrai cinq mille dollars de plus, comme ça tu auras un petit pécule. Et si tu te mets à pleurer, Amber, je m'en vais », lança-t-elle soudain en faisant mine de se fâcher.

Amber lui tendit le bébé pour pouvoir essuyer ses larmes.

« Où as-tu...? Comment...?

« — Oh, évidemment, je pourrais te raconter des balivernes, affirmer par exemple que c'est de l'argent que j'ai économisé, mais je n'ai jamais été douée pour le mensonge. Non, j'ai vendu la bague de la tsarine, celle que Bubba m'avait donnée quand je suis partie pour Washington. Elle voulait que ce soit moi qui l'aie, mais elle ne m'a jamais défendu de partager la somme que j'en tirerais en la vendant. Je vais donner aussi une partie de cet argent à Opal. Ce ne sera que justice. »

Pourvu qu'elle ne me demande pas combien j'ai pu en obtenir! pria-t-elle en silence.

« Combien valait-elle? demanda Amber.

— Ils m'ont offert sept, mais j'ai tenu bon et j'ai réussi à faire monter jusqu'à douze cinq. »

Dieu lui pardonnerait les zéros qui manquaient. Elle retint son souffle, se demandant comment Amber allait réagir; mais sa sœur se contenta de hausser les épaules.

« Ce qui m'étonne, c'est qu'on t'en ait donné tant. Je me suis toujours dit que cette bague était du toc. Pourquoi me donnes-tu la plus grosse part?

— Parce que c'est toi qui en as le plus besoin. Bubba m'a toujours dit que j'étais parfaitement libre de la vendre dès que je jugerais le moment venu. Je l'avais emportée avec moi, me doutant bien que ce serait la seule façon de nous sortir de nos difficultés financières. Disons donc que nous en avions autant besoin l'une que l'autre. »

Prenant sa petite nièce par le menton, elle s'exclama soudain :

« Elle a une frimousse marrante, la mouflette, dis donc, avec ses cheveux qui se dressent tout droit sur sa tête.

— Ah bon, dit Amber d'un air un peu vexé. Tu trouves que mes enfants ont une drôle de tête?

— Non, ils sont différents, c'est tout.

— Si tu avais épousé Calvin, tes gosses ressembleraient aux miens, tu sais.

— Oui, bien sûr, convint Ruby d'une voix soudain altérée par l'émotion. C'est drôlement chic de ta part d'avoir donné à deux de tes enfants le nom d'Opal et le mien. Bon, je m'occupe de Ruby pendant que tu te fais belle pour Nangi. Au fait, tu pourrais peut-être lui téléphoner pour lui demander de rentrer le plus vite possible. Tu en profiterais pour lui dire qu'il peut envoyer ses patrons sur les roses. Vous allez rentrer au pays maintenant. Vas-y, Amber, annonce-lui la bonne nouvelle.

— Il va être rudement content. Il est tellement gentil, Ruby. Jamais, jamais il n'élève la moindre plainte. Pour ça, il ressemble à Calvin comme deux gouttes d'eau. Tu sais, il n'est pas heureux, Calvin », lança-t-elle par-dessus son épaule en se dirigeant vers l'escalier.

Ruby mourait d'envie de la questionner davantage. Elle voulait tout savoir, dans le moindre détail, de l'existence que menait Calvin. Peut-être pourrait-elle relancer la conversation sur lui pendant le dîner...

Le repas du soir fut beaucoup plus calme que ne l'avait craint Ruby. En présence de leur père, les enfants avaient un comportement irréprochable, et ils ne prenaient la parole que lorsqu'on leur posait une question. Elle remarqua qu'ils avaient du mal à couper leur viande et que la pomme de terre cuite au four avait l'air de les intriguer.

Amber expliqua en riant :

« Nous ne mangeons pratiquement rien d'autre que du riz, mais tu ne pouvais pas le deviner. N'empêche que nous nous régalons, ce soir, Nangi et moi. Ça fait une éternité que nous n'avons pas eu de bifteck. »

Ruby ne pouvait s'empêcher de regarder Nangi à la dérobée. Il lui rappelait un peu Calvin. Elle espérait que quelqu'un allait prononcer au moins son nom, mais Nangi hésitait sans doute à le faire de crainte de la plonger dans l'embarras. Soudain, Amber déclara :

« C'est bien dommage que Ruby ne soit pas là quand Calvin viendra nous rendre visite. Il est toujours agréable de renouer avec de vieux amis.

— En tout cas, lui sera bien déçu de ne pas te voir, dit Nangi d'un ton placide.

— Pourquoi vient-il à Washington ? demanda Ruby d'une voix qu'elle espérait dépourvue d'émotion.

— Il faut qu'il aille au Pentagone pour avoir des renseignements sur sa nouvelle affectation. Je crois qu'il va assurer la formation des nouveaux pilotes, ou quelque chose de ce genre. Il restera environ une semaine. D'habitude, il vient loger chez nous, mais comme nous repartons à Saipan, on ne va pas s'attarder exprès pour l'attendre. Au fait, pourquoi ne lui téléphonerait-on pas tout de suite pour le prévenir ? Ça te ferait plaisir de lui parler ? »

Ruby sursauta violemment. Elle essaya de réagir, mais sa langue restait collée à son palais. Amber vola alors au secours de sa sœur avec un à-propos étonnant :

« Bien sûr qu'elle a envie de parler à Calvin ! Seulement, il ne faudrait pas que sa femme sache qui est à l'autre bout du fil, bien qu'après tout ce ne soit pas un crime d'échanger quelques mots entre vieux amis. »

Ruby se demanda si cette conversation serait vraiment aussi innocente que sa sœur le prétendait. Mais après tout, elle ne trahissait aucunement son mari : Calvin était dans le Colorado et elle à Washington. Pourtant, elle sentit un léger scrupule aiguillonner sa conscience.

« Eh bien..., balbutia-t-elle, je... euh...

— Tu en meurs d'envie, Ruby. Allez, il faut le faire tout de suite. Nous prendrons le dessert une fois que j'aurai débarrassé la table, ajouta Amber en distribuant des cornets de glace aux enfants qui s'apprêtaient à regarder des dessins animés avant d'attaquer leurs devoirs du soir.

— Nous téléphonerons de là-haut. Ce sera beaucoup plus calme. »

Ruby s'assit sur le bord du lit, ses mains nerveuses lissant les plis de sa jupe, pendant que Nangi discutait avec Calvin dans leur langue maternelle. Avec un sourire d'excuse, il gribouilla sur un bloc-notes posé près du téléphone : « Calvin utilise toujours notre langue quand il demande de tes nouvelles. »

Puis, posant la main sur le micro, il ajouta :

« Je vais lui dire qu'il y a ici quelqu'un qui veut lui parler. Moi, je descendrai dans la salle. »

Il dit encore quelques mots à Calvin, tendit l'appareil à Ruby et sortit en refermant doucement la porte derrière lui.

« Allô, Calvin ? C'est Ruby. Comment vas-tu ? »

Le silence qui s'établit à l'autre bout du fil amena une flambée de couleur sur le visage de Ruby. Les joues en feu, elle lança :

« Calvin ? Tu es là ?

— Oui, oui, c'est moi. »

C'était toujours la même voix, cette voix inscrite à jamais dans sa mémoire.

« Je n'arrive pas à le croire, reprit Calvin qui enchaîna avec une note soudaine de tristesse : Comment vas-tu, toi ?

— Je survis. Je pense souvent à toi, Calvin. J'ai essayé de te contacter. J'ai téléphoné, j'ai écrit... et puis Nangi m'a appris que tu étais marié. Moi qui avais tant attendu... »

Les larmes commençaient à couler. La voilà qui se comportait comme une collégienne éperdue d'amour.

« Tout est ma faute ! J'ai péché par excès de fierté. Nangi m'a expliqué ce qui s'était passé ce jour-là, mais il était déjà trop tard. J'ai essayé de t'appeler quand je suis rentré de permission... C'est ma faute.

— Et la mienne aussi, dit Ruby à mi-voix. Comment vas-tu ? Es-tu heureux ?

— Oui. Enfin, non. Et toi ?

— Oui. Enfin, non. Nous avons fait un fameux gâchis, Calvin. »

La voix de Calvin baissa d'une octave.

« J'ai pensé à toi tous les jours depuis... Même quand je pilote mon avion, je pense à toi. C'est tellement mieux, là-haut, quand je suis tout seul. Parfois, je rêve... Nangi m'a toujours tenu informé de ce que tu devenais. Je lui demande sans cesse de tes nouvelles. Et quand il m'a parlé de toi, ça me fait du bien pendant une bonne semaine. »

Ruby collait l'écouteur à son oreille ; elle ne voulait pas perdre un seul mot.

« Calvin, je... »

Les larmes ruisselant sur son visage, elle poursuivit d'une voix étranglée :

« Il va falloir que je raccroche, Calvin, je suis chez Amber. Je... Oh, Calvin, pourquoi as-tu refusé de me faire confiance ? Pourquoi as-tu refusé de me croire ? Et moi, j'ai fait tout ce que j'ai pu pour te chasser de mes souvenirs et ça n'a pas marché. J'ai tout essayé... Je me suis mariée, sans aucune raison valable, et maintenant je suis coincée. Et tout ça à cause de toi. »

Elle ne pouvait plus continuer, l'émotion lui coupait la parole. Elle raccrocha avec violence et sortit à regret, se demandant s'il n'allait pas la rappeler.

Dans la salle de bains, elle s'humecta le visage avec de l'eau froide et passa les doigts dans ses cheveux. Il fallait partir d'ici, le plus vite possible avant de se remettre à pleurnicher pour un oui ou pour un non.

« Merci, Ruby », lui dit Amber en l'embrassant sur la joue.

Nangi posa un bras sur son épaule et murmura :

« Tout finira par s'arranger, avec le temps. »

Elle hocha la tête d'un air malheureux, évitant de croiser son regard. Puis elle embrassa chacun des enfants qui lui souriaient d'un air timide.

« Ils sont superbes, Amber », affirma-t-elle avec la plus grande sincérité.

Une fois dans le taxi, elle se retourna pour voir la maison une dernière fois. Amber était heureuse, maintenant. Elle, Ruby, elle avait rendu le bonheur à Amber. Opal était heureuse elle aussi. Bon sang, elle n'allait pas pleurer. Il n'en était pas question.

11

Les lèvres plissées par un sourire narquois, Martha et Andy Blue observaient les piteux efforts de leur père au fourneau. Andy poussa sa sœur du coude et chuchota :

« Ça va faire trois jours qu'on ne mange que des œufs – et si la gelée de raisin tombe dessus, ils vont devenir tout verts. Moi, les œufs verts, ça me dégoûte, pas toi ?

– J'adore ça, ronronna Martha. Le pain grillé tout noir que nous fait papa, je l'adore aussi. Il a dit que je pourrais mettre la table », annonça-t-elle d'un air important.

Elle dévorait littéralement son père des yeux. Andy haussa les épaules. Depuis le départ de sa mère, il n'y en avait eu que pour sa sœur ; mais, comme il l'adorait, il s'en réjouissait sans en éprouver de jalousie. Il avait été heureux de voir son père l'embrasser sur la joue le soir même, après l'école, parce qu'elle avait eu un A en math. Elle était intelligente, la plus intelligente de sa classe, tout le monde s'accordait à le reconnaître.

« Continue comme ça et on te donnera une bourse pour étudier à Harvard ou à Princeton », avait dit papa.

Marty avait eu un large sourire, mais Andy avait ressenti un petit pincement au cœur. Si elle allait vraiment là-bas, il se retrouverait seul à la maison : il n'aurait plus de sœur !

Une fois à table, le petit garçon joignit les mains et attendit que son père récite le bénédicité, lorgnant sur les œufs et le monticule de gelée de raisin qui emplissaient son assiette. Les œufs étaient tout verts sur les bords, et il n'y avait ni bacon ni saucisses. Andy aimait le bacon et les saucisses, mais il détestait les œufs, surtout avec ces rôties noires comme du papier goudronné. Il inspira à fond et lâcha soudain :

« Je veux pas manger ça. J'aime mieux les œufs de maman. Pourquoi t'as pas appuyé sur le bouton du grille-pain ? Les tartines, elles auraient pas brûlé ! »

Andrew posa sa fourchette et fixa sur son fils un regard étonné.

« Ai-je bien entendu ? demanda-t-il d'un air conciliant, celui qu'il prenait avec Marty depuis le départ de Ruby.

– Oui, père, répondit Andy avec un air de défi.

– Si ta sœur trouve que c'est bon, ça devrait être bon pour toi aussi. Tu as quelque chose à redire aux œufs et au pain grillé, Martha ?

« — Oh non, père, dit la fillette. C'est meilleur qu'avec maman. »

Elle en voulait à son frère maintenant, ce frère qu'elle aimait pourtant de tout son cœur. A cause de lui, le papa si gentil et si tendre qu'ils avaient depuis le départ de maman allait se fâcher et redevenir comme avant.

« Il a mangé des biscuits tout à l'heure, lança-t-elle, se reprochant aussitôt la trahison qu'elle commettait envers son frère. Euh, il les a peut-être pas mangés, mais en tout cas il les regardait. Moi, j'en ai pris aucun.

— Andy, tu as mangé des biscuits avant le souper ? demanda Andrew.

— Oui, père. J'en ai mangé quatre. Et je ne le regrette pas puisque tu vas m'envoyer me coucher sans souper. Si je ne les avais pas mangés, je serais condamné à mourir de faim. De toute façon, ça m'est bien égal, ce truc-là me dégoûte, conclut Andy en plantant sa fourchette dans les œufs qui avaient maintenant refroidi.

— Tu peux me dire exactement ce que tu reproches à ce plat ? » interrogea Andrew avec le plus grand calme.

Andy avala sa salive avec effort.

« Maman nous donne toujours du bacon et des saucisses, et le pain grillé est marron et jaune ; y a pas des gros points noirs qui flottent dans mon lait. Et puis, j'aime pas qu'on mette de la gelée dans mon assiette. Et le dessert, où il est le dessert ?

— Pourquoi tu m'as pas dit tout ça tout à l'heure, quand j'ai commencé à préparer le repas ? Si je ne sais pas ce que fait ta mère, comment veux-tu que je vous prépare les plats que vous aimez ? »

Ses yeux se portèrent sur Martha qui avait terminé son assiette.

« C'est toi qui m'as... induit en erreur, Martha ? »

La fillette eut un air terrifié. Elle aurait mangé de la boue si son père le lui avait demandé, se dit Andy. Père ne s'en était-il pas aperçu ?

La cuisine retentit soudain du rire de leur père.

« O.K., les mouflets, nous allons voir si vous êtes capables de préparer un repas comme le fait votre mère. Martha, tu t'occupes du bacon ; Andy, tu casses les œufs. Je ferai la vaisselle. Martha, tu crois que tu vas encore pouvoir manger ou tu as déjà fait le plein ? »

Elle fixa sur son père un regard éperdu d'admiration.

« Je peux manger du bacon, et s'il y a du dessert je crois qu'il me restera encore assez de place.

— D'accord. Je compte jusqu'à trois et tout le monde se met au boulot. »

Décidément, se disait Andy en cassant les œufs dans un saladier, leur père était un chic type. Au fond, maman avait raison : quand on dit la vérité, personne n'a de motif pour vous punir... Il avait quand même hâte qu'elle revienne, sa mère !

« Papa, elle sera là quand, maman ?

— Elle va rentrer dans la nuit. Vous serez sans doute en train de dormir. Demain, c'est elle qui vous préparera le petit déjeuner.

— J'espère qu'elle ne nous fera pas des œufs », marmonna Andy entre ses dents.

Andrew fit tourner entre ses doigts la bouteille de bière Schlitz qu'il tenait dans sa main depuis plus de trois heures. Le breuvage était tiède et éventé, maintenant. Il aurait pu aller chercher une autre cannette au frigo, mais il avait la flemme de se lever. En outre, il ne tenait pas à ce que Ruby le trouve dans la cuisine au moment où elle rentrerait la voiture dans l'appentis. S'il restait où il était, il aurait au moins l'avantage de la surprise, car elle ne s'attendrait sûrement pas à le trouver encore debout.

Il fallait qu'il mette toutes les chances de son côté s'il voulait amener Ruby à faire ce qu'il attendait d'elle. En se mettant bien avec les enfants, il avait franchi la première étape. Il savait que Martha ne s'était pas encore endormie : elle attendait sa mère. Elle était allée aux toilettes trois fois en deux heures, mais cela valait mieux que de risquer de mouiller le lit.

Andrew sentait le sang battre dans sa nuque. Il fallait boire s'il voulait que ça cesse, et il commençait à se faire du tracas à l'idée qu'à présent c'était l'alcool et non l'aspirine qui calmait ses migraines. Était-il devenu alcoolique ? Il repoussa le mot avec horreur. Il n'avait rien bu de fort depuis au moins quatre jours. Une ou deux bières par jour, c'est normal pour un marine. Les marines ne sont pas des alcooliques.

Il se renversa contre les coussins du canapé. L'inquiétude le taraudait depuis une semaine déjà, depuis le jour où il avait appris que le vieux Frankel ne décrocherait pas sa troisième étoile ; le bruit courait en effet qu'on le jugeait trop vieux maintenant pour être nommé général de corps d'armée. Pour ne rien arranger, Andrew s'était également laissé dire qu'il allait passer sous le commandement d'un nouveau chef – enfin, relativement nouveau dans la mesure où Andrew avait déjà été sous ses ordres autrefois. Or, ce général était muté au Viêt-nam.

Andrew en avait assez de ces pourrissoirs asiatiques : il avait déjà donné, merci. Et puis, à quoi servirait d'avoir une femme qui avait des relations si ce n'était pas pour en profiter un peu ?

Ruby était copine comme cochon avec Arlene Frankel. Il suffisait qu'elle lui fasse un peu de lèche en lui demandant de faire pistonner Andrew par son général de mari – surtout si les Query y mêlaient leur grain de sel – pour qu'il évite d'aller au casse-pipe et conserve sa planque dans la mère patrie. Enfin quoi, elle pouvait bien lui rendre ce service ? Naturellement il faudrait qu'il y mette du sien. Quelques bonnes paroles, de belles promesses devraient suffire, surtout étant donné la façon dont il avait traité Martha. Martha, il fallait la ménager, celle-là, car Ruby ne jurait que par elle.

Il en était arrivé à cette conclusion cinq jours plus tôt, quand Ruby était partie pour Washington dans une rage folle. N'avait-elle pas menacé de le quitter ? Or, il savait que Ruby n'était pas du genre à lancer de telles paroles en l'air. Du coup, la sonnette d'alarme avait retenti en lui. Il avait poussé le bouchon trop loin, il importait d'opérer un prudent repli, sur des positions préparées à l'avance ; c'est pour cela qu'il avait changé son attitude du tout au tout avec les gosses. En particulier la môme Martha, car c'était elle qui allait jouer un rôle déterminant.

Il était minuit moins cinq quand Ruby arriva. Une lampe brûlait dans le salon, mais la cuisine était sombre.

Manifestement, tout le monde dormait. Elle en ressentit un certain soulagement. Au moins, elle ne serait pas tenue de parler à Andrew.

Une bonne douche chaude, voilà à quoi elle aspirait ; mais d'abord, il fallait aller voir les enfants. Oh, rien d'autre qu'un coup d'œil.

Elle était arrivée au milieu du couloir quand elle entendit son mari l'appeler du salon. Il l'avait donc attendue. Elle redressa le buste. Puisqu'il le fallait, elle lui parlerait. A quoi bon reculer, de toute façon ? ça ne servirait qu'à la rendre plus malheureuse encore. Elle repartit vers le salon.

« Pourrais-tu avoir l'amabilité de me préparer une tasse de thé ?
— Avec grand plaisir ! Tu veux manger quelque chose ? »

Elle aurait volontiers grignoté quelque nourriture mais, connaissant les talents d'Andrew pour l'art culinaire, elle préféra s'abstenir.

« Oh, un biscuit, peut-être », lança-t-elle par-dessus son épaule.

Andy dormait à poings fermés, étalé sur le lit, les jambes de son pyjama retroussées au-dessus du genou. Elle remonta le drap et il ne bougea pas quand elle l'embrassa sur la joue.

« Je t'aime », murmura-t-elle.

Martha avait sommeil, mais elle ne dormait pas.

« Maman, oh, ce que je suis contente que tu sois rentrée ! Attends que je te raconte. »

Avec force détails, elle énuméra toutes les gentillesses dont l'avait gratifiée son père.

« Il m'aime bien, tu sais, maman. Il m'a prise dans ses bras, il m'a embrassée en s'excusant d'avoir été dur avec moi autrefois. Il m'a promis qu'il ne me disputerait plus jamais. Sûrement qu'avec toi ça va être pareil, tu ne crois pas ? »

Ruby hocha la tête, ne sachant trop que dire.

« Ce que j'ai pu être heureuse, aujourd'hui ! reprit la fillette. Tout va très bien aller maintenant, hein, maman ?
— Bien sûr, ma chérie. Mais il est tard, il faut que tu dormes. Demain il y a l'école, tu sais. Nous reparlerons de tout ça au petit déjeuner.
— Surtout, tu ne nous fais pas des œufs ! Un peu de flocons d'avoine, ça suffira, recommanda Martha en se blottissant sous son drap, les bras autour de l'oreiller. Papa est venu me border et me souhaiter bonne nuit. Tu verras, je ne vais pas mouiller mon lit cette nuit, j'en suis sûre.
— J'en suis bien certaine aussi, ma chérie. »

Ruby repartit rejoindre son mari, l'épaule basse. Certes, elle n'avait jamais vu Martha si heureuse, mais elle se doutait bien qu'il faudrait payer pour ces quelques instants de bonheur. Elle se demandait quelle rançon on allait exiger d'elle.

« Alors, chérie, ça s'est bien passé, ce voyage ? Tu as l'air vannée, dis donc ! Tiens, ton thé est prêt ; ça va te requinquer un peu. Malheureusement, il n'y a plus de biscuits : les gosses ont mangé tous ceux qui restaient.

– Je suis fatiguée, mais le voyage s'est bien passé. J'espère que tu n'as pas eu de problèmes, dit-elle avec lassitude.

– Pas du tout. En fait, tu as eu une fameuse idée en entreprenant ce voyage. Ça nous a permis, à Martha et moi, de nous rapprocher l'un de l'autre et de mieux nous connaître. C'est une bien gentille gamine, tu sais, et Andy est un garçon charmant lui aussi. Bref, j'ai pris la décision de leur laisser un peu plus la bride sur le cou. Tiens, je suis prêt à te parier cinquante *cents* qu'elle ne va pas mouiller son lit cette nuit, ajouta-t-il d'un air enjoué. Et si tu veux, on conclut un marché : tu vas essayer de moins les materner, et moi je vais me montrer un peu plus coulant.

– Plus coulant ! Alors là, ça m'étonnerait, te connaissant comme je te connais ! »

Andrew prit un air offensé.

« C'est pas très sympa, ce que tu dis là. J'ai toujours été réglo avec Martha. Un peu dur, d'accord, mais il faut ça avec les enfants. Ils ont besoin d'être disciplinés. Toi, tu leur passes tout. Ce n'est pas en les chouchoutant que tu en feras des adultes.

– Et la tendresse, Andrew, qu'est-ce que tu fais de la tendresse ? A part ces trois ou quatre derniers jours, t'était-il jamais arrivé de t'intéresser vraiment à ta fille ? Jamais le moindre mot gentil, jamais la moindre caresse. Qu'est-ce que tu veux, au juste, Andrew ? Je sais que tu as une idée derrière la tête, alors autant me dire tout de suite de quoi il s'agit, sinon c'est encore cette pauvre Martha qui paiera les pots cassés. »

Andrew était vraiment mal à l'aise. Il avait horreur que Ruby le mette ainsi au pied du mur, mais il finit par décider qu'il valait mieux, tout compte fait, jouer la carte de la franchise.

« Eh bien voilà, lâcha-t-il enfin d'une voix âpre, il paraît que Frankel va passer aux oubliettes, ce qui signifie que je n'aurai pas de promotion. Et naturellement, je vais avoir un nouveau chef, ou plutôt retrouver celui que j'avais avant – un emmerdeur de première. Et un salaud, un pervers, qui a un faible pour les petites filles, les très jeunes, comme Martha. Je ne veux plus être sous les ordres de ce Lackland, sinon je finirai par le descendre, ce fumier. Bref, j'aurais bien voulu que tu ailles voir la femme du général pour plaider ma cause, et que tu relances les Query aussi. Je pourrais le faire moi-même, mais si c'est toi, ce sera encore mieux. Ils t'ont à la bonne et te considèrent comme une amie. Le vieux Frankel a beau être déjà sur une voie de garage, il a encore une certaine influence et il peut tirer bien des ficelles. Autrement, il faudra que j'aille au Viêt-nam avec Lackland. Tu te rappelles ce qui s'est passé quand j'étais en Corée, tous les ennuis qu'il t'a causés, profitant que j'étais à l'autre bout de la planète ? Maintenant que tu as deux gosses, il peut t'en faire baver encore davantage, crois-moi.

277

– Des petites filles comme Martha, murmura Ruby. Pourquoi ne le dénonces-tu pas ? Tu laisses commettre de tels crimes, toi ? Tu savais... Tu sais que ça continue et tu ne fais rien pour l'en empêcher ! Eh bien, moi, je vais le dénoncer, dit-elle en se débarrassant d'une secousse de la main d'Andrew qui cherchait à la retenir.

– Je m'en charge, laisse tomber, lança Andrew pris de panique. Ne te mêle pas de ce genre d'histoire, tu as vu ce que ça a donné pour Hugo et Dixie. Parce que si je suis allé bouffer de la vache enragée en Corée, figure-toi, c'est à cause de ça, parce que tu n'as pas su tenir ta langue. »

C'était faux, archifaux : elle ne pouvait laisser passer de tels mensonges.

« Je ne me suis jamais mêlée des affaires de Hugo et de Dixie, et tu le sais très bien. Seulement, là, ce que tu viens de me dire est tellement méprisable, tellement incroyable que je ne peux pas rester sans rien faire.

– Je t'ai dit que je m'en occupais, Ruby. Mais, pour l'instant, le problème est ailleurs : je te demande d'intercéder auprès de la femme du général et de contacter les Query. Acceptes-tu de le faire ?

– Je ne peux pas. Mrs. Frankel nous a toutes prévenues que nous ne devrions jamais intercéder auprès d'elle en faveur de nos maris. Sous aucun prétexte. Elle a même ajouté que celles qui enfreindraient cette règle nuiraient à l'avancement de leur conjoint. Estime-toi heureux qu'il ait déjà fait tout ça pour toi, Andrew ; en tout cas, il n'est pas question de revenir à la charge. Quant aux Query, l'amiral est à l'hôpital, il est très malade et je refuse de l'importuner avec nos problèmes. Tu n'as qu'à te débrouiller tout seul, conclut Ruby avec irritation.

– Tu tiens vraiment à ce que j'aille au Viêt-nam, c'est ça ? s'écria Andrew.

– Mais non, pas du tout. Va trouver le supérieur hiérarchique de Lackland et répète-lui ce que tu viens de me révéler. Si le corps des marines est aussi propre que tu le dis, ils vont lui régler son compte en douceur et tu n'auras plus rien à craindre. »

Andrew sentit une boule grossir dans son estomac. Un bon verre d'alcool, voilà ce qui lui ferait du bien, maintenant. A moins que Ruby ne se montre un peu plus coopérative.

« Je n'ai aucune chance de m'en sortir si tu ne me donnes pas un petit coup de main et tu le sais très bien. Allez, Ruby. Il le faut... Sinon, fais gaffe ! conclut-il d'un air menaçant en fixant la porte qui donnait sur la chambre de Martha.

– Espèce de monstre ! Mais c'est qu'il s'en prendrait à sa fille ! Je me doutais bien, aussi, qu'il y avait anguille sous roche. Monsieur préparait son coup en douce, à la sournoise. Eh bien, puisque c'est comme ça, débrouille-toi tout seul, mon vieux. Moi, j'en ai ma claque et je me tire.

– C'est ça, va-t'en ; et tu ne reverras jamais tes gosses. J'irai raconter à tout le monde que tu es une mère indigne, que tu couches avec le premier venu. Il y a cent types dans cette base qui sont prêts à témoigner en ma faveur, si je leur allonge cinq dollars. Alors, donnant donnant, toi et moi. C'est comme ça que ça marche.

– Tu es complètement malade, Andrew, et pourri jusqu'à la moelle. Comment ai-je pu être assez bête pour croire que tu étais... ?

– Un type bien ? C'est exactement le cas. Demande à n'importe qui.

– A qui ? A tes copains ? Il vaudrait mieux que j'interroge leurs épouses.

– Tu n'aurais que des compliments », rétorqua Andrew avec un large sourire.

Ruby n'insista pas davantage. A quoi bon ? Elle savait que son mari aurait toujours le dernier mot.

Pendant trois jours, Ruby essaya de joindre Arlene Frankel, mais chaque fois le planton de service lui répondit qu'elle était sortie, ce dont Ruby se félicita d'ailleurs. Chez les Query, à Chapel Hill, personne ne décrocha, et elle se refusa à appeler la maison de repos où l'amiral venait de commencer sa convalescence.

De son côté, Andrew, fidèle à sa parole, avait pris Martha sous sa protection et lui apprenait à se tenir en équilibre sur ses patins à roulettes, et sur la bicyclette qu'il venait de lui offrir pour la récompenser de ne pas avoir mouillé son lit quatre nuits d'affilée.

Le soir, il jouait au Monopoly avec ses deux enfants, pour le plus grand bonheur de Martha. Andy, lui, se montrait plus circonspect. De temps à autre, il coulait un regard soupçonneux en direction de sa mère et, quand il se couchait, il enfouissait la tête dans l'oreiller en murmurant :

« Ça ne va pas durer, tout ça ; et ça va même se terminer très mal. »

Le quatrième jour, Andrew perdit patience.

« Tu cherches à gagner du temps, ou quoi ? Dorénavant, je resterai à côté de toi quand tu téléphoneras. »

Comme Ruby n'obtenait pas davantage de réponse, il sortit du salon avec de grands airs offensés. Ruby poussa un soupir de soulagement.

Le sixième jour, elle en arriva à la conclusion que la femme du général l'évitait systématiquement, ainsi que Mrs. Query. Elle se garda bien d'en informer Andrew et, dans l'intérêt de Martha, elle continua d'appeler en espérant secrètement que le planton lui donnerait toujours la même réponse.

A la fin du dixième jour, Andrew était devenu invivable. Ruby avait renoncé à relancer qui que ce soit.

« Pourtant, elle y est, dans cette base. Je l'ai encore vue hier, explosa Andrew le matin du onzième jour.

– Alors, tu n'as pas encore compris ? Elle sait parfaitement pourquoi je l'appelle, et c'est sa manière à elle de répondre qu'elle n'a nullement l'intention d'intervenir. On va finir par passer pour de vrais imbéciles, tous les deux.

– Rappelle l'amiral », ordonna Andrew.

Ruby obtempéra et laissa sonner vingt-trois fois avant de raccrocher. Elle prit bien soin de garder un visage impassible.

Les jours s'écoulaient lentement. On arriva pourtant à la fin du mois.

Cela faisait maintenant plus de trois semaines que Ruby était rentrée de Washington.

A midi, Andrew entra en trombe par la porte de la cuisine en fulminant :

« Cette espèce de salaud, il est sorti de la caserne pour venir me dire au revoir. Et il a eu le culot de me souhaiter de monter bientôt en grade. Il s'en fout, lui, il s'en va et il sait très bien que c'est cuit pour moi. Quant à sa bonne femme, elle ne vaut pas plus cher que lui ; tu peux toujours crever, elle ne bougera pas le petit doigt. »

Ruby était devant l'évier en train de laver les légumes. Elle éprouva un tel soulagement qu'elle dut se retenir pour ne pas chanter.

« Je suis vraiment désolée que ça n'ait pas marché, Andrew. Mais l'amiral est trop malade pour t'aider, même si j'avais réussi à le contacter.

— Ah, ils sont chouettes, tes amis, persifla Andrew.

— Je ne juge pas mes amis en fonction de ce qu'ils peuvent faire pour moi. Tu devrais les remercier, de toute façon, car ils t'ont quand même bien rendu service. Sans eux, tu serais encore en train de croupir en attendant qu'on consente à te faire monter en grade. Tu pourrais au moins le reconnaître, non ?

— Pour toi, c'est facile. C'est pas toi qui vas y aller, au Viêt-nam. Alors, ce que tu peux en dire... »

Là-dessus, il sortit en claquant la porte de toutes ses forces.

Ruby enfouit son visage dans ses mains. Qu'allait-elle faire ? Partir immédiatement et risquer les pires ennuis, ou attendre le départ d'Andrew ? De toute façon, elle était incapable de prévoir la manière dont Andrew passerait sa colère.

Le soir même, et pendant les semaines qui suivirent, la maison des Blue fut un véritable champ de bataille – Andrew se révélant comme un adversaire impitoyable, acharné sur la proie qu'il s'était choisie, Martha.

Ruby se rendit alors compte qu'elle risquait à tout moment de sombrer dans la dépression. Incapable de rien avaler, elle perdit plus de sept kilos en trois semaines. Des poches noires se creusaient sous ses yeux, et elle ressemblait de plus en plus à un squelette ambulant. Sans cesse, elle se tordait les mains de désespoir, en se demandant comment elle avait pu faire pour en arriver là. A quel moment Andrew avait-il réussi à prendre un tel ascendant dans leur couple ? Quand il était revenu de Corée ? Peut-être avait-elle eu tort de réagir comme elle l'avait fait en allant se réfugier à St. Andrew. Pourtant, les contacts qu'elle entretenait avec les pensionnaires de l'institution lui procuraient de précieux instants de bonheur. S'il avait fallu refaire ce chemin, elle s'y serait engagée de nouveau, sans la moindre hésitation.

Maintenant, elle ne désirait qu'une chose : qu'Andrew parte le plus tôt possible, avant que Martha ne subisse les dommages irrémédiables que l'agressivité de son père ne manquerait pas de causer.

Enfin, la feuille de route arriva. Plus que douze heures à patienter !

Ruby décida d'éloigner Martha en l'inscrivant à un voyage organisé pour les girl-scouts. Quant à Andy, elle l'envoya à un stage de natation du YMCA.

C'était beaucoup mieux ainsi. Martha avait recommencé à mouiller son lit et elle passait beaucoup trop de temps seule à regarder fixement les murs de sa chambre.

Une fois de plus, Ruby allait tenter de raisonner son mari. Elle ne voulait pas le laisser partir la rage au cœur, bien qu'il eût refusé jusque-là d'entamer la moindre discussion, se contentant de répéter à satiété qu'elle avait refusé de lui rendre service au moment où il en avait le plus besoin.

Andrew entra dans la cuisine et se servit du café. Il s'assit à la table, à côté de Ruby, et resta à rêvasser, les mains crispées autour de sa tasse.

« J'étais en train de me demander ce qui avait pu se passer entre nous pour qu'on en arrive au point où nous en sommes, dit-elle à mi-voix.

— Et tu as trouvé la réponse ? demanda Andrew sur le même ton.

— Peut-être. Tu n'étais plus le même quand tu es rentré de Corée, et moi j'en ai beaucoup souffert. Je t'ai rendu responsable de tous les désagréments que j'avais subis. Cela n'a pas été facile pour moi, mais j'ai survécu, bien que tu n'aies rien fait pour que je puisse me rapprocher de toi et que tu aies obstinément refusé de t'intéresser à Martha. Je reconnais que ça n'a pas dû être facile pour toi d'assumer si brusquement ton rôle de père. Martha était une enfant très exigeante envers moi... envers nous. Je l'ai beaucoup trop maternée, sur ce point tu as parfaitement raison. Mais elle a été ma seule raison de vivre pendant si longtemps, tu comprends ? Seulement, toi, tu n'as jamais pu accepter les contraintes imposées par la présence d'un enfant, les couches, les cris, l'attention de tous les instants qu'il fallait lui accorder. Dieu sait que j'ai essayé de comprendre ton attitude ! Mais, maintenant, j'en ai assez de voir cette maison transformée en champ de bataille. S'il faut rejeter la responsabilité sur quelqu'un, je suis prête à l'assumer entièrement, car il faut avant tout sauvegarder les intérêts des enfants. Il est donc nécessaire de trouver un terrain d'entente entre nous, de mettre de côté les rancœurs pour nous tourner vers l'avenir. Moi, je suis prête à essayer, si tu es d'accord. Sinon, la seule solution sera le divorce », conclut-elle d'une voix désespérée.

Andrew rentra la tête dans les épaules. Il comprenait enfin l'absurdité de cette guerre qui l'avait opposé à son épouse. Il partait pour le Viêt-nam et il avait de fortes chances de ne pas en revenir. Pour la première fois de sa vie, il allait se trouver confronté à la mort. Et même s'il s'en sortait indemne, il n'avait pas envie de subir le même sort que certains, qui rentraient chez eux pour découvrir la maison vide, car la femme et les enfants étaient partis se réfugier sous d'autres cieux.

« Tu as raison, déclara-t-il d'un ton plein d'humilité. Si pénible que cela soit pour moi de le reconnaître, j'ai eu tort de te demander d'intercéder en ma faveur. Je me suis conduit comme un lâche. Vois-tu, la

Corée n'était déjà pas une sinécure, mais maintenant la perspective d'aller au Viêt-nam me fiche une frousse de tous les diables. Oh, je sais, venant d'un marine, ça paraît un peu bizarre d'entendre de tels propos, mais je peux t'affirmer que tous ceux qui prétendent ne pas avoir peur en allant là-bas sont de fieffés menteurs. En ce qui concerne Lackland, j'ai un peu exagéré l'autre jour en disant qu'il aimait les petites filles de l'âge de Martha. En fait, il préfère les adolescentes, vierges de préférence. Je l'ai aidé à en trouver quand j'étais sous ses ordres, c'est pour ça que je ne peux pas le dénoncer. Si je le fais condamner, je subirai le même sort que lui. »

Il avala sa tasse de café d'un trait, puis, prenant la main de Ruby, il ajouta d'un ton pressant :

« Dès que j'aurai terminé mes vingt ans de service, je me sors de ce foutoir. Si tu acceptes de rester avec moi, on repart de zéro. On ira s'installer dans une petite ville, on achètera une maison et je me trouverai un emploi. Avec la retraite qui me sera versée, surtout si tu retravailles, toi aussi, on n'aura aucun problème financier. Qu'est-ce que tu en dis ? »

Les larmes coulaient sur les joues de Ruby. Des promesses ! Elle en avait déjà tellement entendu !

« Et les gosses ?

– On va aller leur dire au revoir. Je sors la voiture et on commence par Martha ; ensuite, on fait un saut jusqu'au stage de natation pour voir si Andy commence à nager le crawl. »

Il serra la main de Ruby fortement dans la sienne.

Ruby ne savait trop si elle avait raison d'accepter, mais elle finit par se dire que pour les enfants cela valait mieux ainsi. Martha allait être tellement heureuse ! Quant à Andy, il se contenterait de sourire en agitant son petit poing en l'air. Oui, tout semblait préférable à une séparation ponctuée de propos haineux et suivie de plusieurs années de récriminations.

Finalement, la réconciliation proposée lui apparaissait comme un moindre mal ; pour elle-même, mais aussi pour l'ensemble de la famille.

12

Andrew Blue consulta son calendrier de poche et cocha la date. Encore trente-trois jours à tirer, et il en aurait terminé avec cet enfer. Tous les soirs, il remerciait Dieu de lui avoir préservé la vie. Sans cesse il pensait à Ruby et aux enfants, car chaque jour qui passait le rapprochait du moment où il reverrait sa famille.

Il pouvait dire qu'il en avait eu, de la chance! Deux fois il avait failli se faire descendre au cours d'une patrouille de nuit. Il avait perdu trois compagnons, des hommes qu'il considérait comme des amis, le genre de types avec qui on pouvait boire une bière sans se sentir obligé de mentir pour avoir l'air mieux que les autres.

Bien sûr, il avait eu tort de se lier d'amitié avec eux, car ils avaient disparu à jamais. Dave Harkness avait mis le pied sur une mine et on avait eu un mal fou à identifier son corps. Ensuite, Bic Nexus avait pris une balle en pleine gorge, tirée par un franc-tireur. Quant à Charlie Duvalier, Andrew l'avait tenu dans ses bras, vivant avec lui ses derniers instants. Il lui avait parlé sans cesse, de Ruby et des gosses, de l'époque où il avait joué au football au collège, et il avait pleuré comme un bébé quand Charlie avait poussé son dernier soupir. On avait dû lui arracher le cadavre des bras, et il avait conservé son sang sur lui pendant des jours et des jours. Si Charlie ne s'était pas trouvé devant, c'est Andrew qui serait mort. Bon sang, ce qu'il avait pu prier, après cela! Il avait multiplié les promesses à Dieu, aux saints, à tous les anges et à tous les prêtres dont il pouvait se souvenir. Et il était bien décidé à les tenir, ces promesses.

En tout cas, il y avait une chose qu'il était déterminé à faire : régler son compte à Lackland. Andrew revoyait sans cesse les yeux de Ruby quand il lui avait dit quel rôle il avait joué autrefois dans le passé de son supérieur hiérarchique. Quelles que puissent en être les conséquences sur sa carrière, il ne manquerait pas de tout révéler aux autorités compétentes dès qu'il aurait regagné la mère patrie. Il savait qu'il pourrait compter sur le soutien de Ruby de A jusqu'à Z.

D'une tape énergique, il chassa les bestioles qui lui suçaient le sang. Il en avait vraiment assez de ce maudit bled, avec cette puanteur, cette humidité, cette violence, ces morts. Charlie, Bic et Dave avaient donné leur vie, laissant chacun une veuve et des orphelins, pour défendre ce sale pays! Ce n'était pas juste!

Ce qu'il aurait aimé, c'est pouvoir aligner l'un à côté de l'autre tous ces salauds de Viets. Il aurait alors pris son M-16 et appuyé sur la détente, à fond, à s'en faire péter les phalanges, pour les exterminer jusqu'au dernier. Saleté de vermine !

Chaque jour qui s'écoulait, quand il n'était pas occupé à faire ce qu'il fallait pour sauver sa peau ou celle de ses hommes, il revoyait sa vie passée et les erreurs qu'il avait commises. Il pensait au jugement dernier, à la façon dont il répondrait de tous ses péchés. Il avait juré de mener une existence meilleure, désormais, de corriger les défauts dont il pouvait encore s'amender. Peut-être vivait-il présentement l'enfer auquel on l'avait condamné pour le mal qu'il avait fait dans sa vie ?

Lackland avait remarqué le changement qui s'était opéré en lui, et il en concevait une certaine inquiétude. La situation devenait dangereuse et Andrew commençait à surveiller ses arrières. Il avait confié ses craintes à un jeune lieutenant en consignant par écrit les diverses preuves qu'il avait pu rassembler, et lui avait demandé de se mettre en rapport avec Ruby pour qu'elle utilise les documents qu'il avait mis en sûreté dans une enveloppe cachetée et scellée, au fond d'un coffre. Il ne voulait pas risquer de quitter ce monde sans avoir réglé son compte à ce Lackland, ni avoir reconnu le rôle qu'il avait joué pour satisfaire les inclinations perverses de ce maniaque. La honte qui rejaillirait immanquablement sur lui ne pourrait pas vraiment éclabousser Ruby qui, de toute façon, l'aimait suffisamment pour faire face et sauver les enfants du déshonneur.

Quand il pensait à l'amour que lui vouait sa fidèle épouse, il ne pouvait s'empêcher de songer aux turpitudes dans lesquelles il s'était complu. Ah, il lui devait beaucoup, à sa femme, et pourtant il s'était comporté comme un beau salaud !

Andrew tapota la poche poitrine de sa vareuse épaissie par les dernières lettres qu'il avait reçues de sa famille. Il connaissait leur contenu par cœur et quand la peur le prenait, comme maintenant, il se les récitait l'une après l'autre.

Des coups de feu claquèrent dans l'air alourdi par la chaleur humide. Des tireurs embusqués les prenaient pour cible. Une détonation, puis deux, puis trois. Les feuilles des arbres tombèrent alentour quand ses hommes répliquèrent à l'arme automatique.

« Je l'ai eu, le salaud ! Il a pris une rafale en pleine poire ! »

C'était Stanapopolus qui exultait d'une voix hystérique.

« Toi, tu la veux, ta médaille, railla quelqu'un.

— Et comment ! Mais... ça, par exemple ! Mon colonel, il faut absolument que vous veniez voir ça. »

Andrew rejoignit ses hommes et regarda dans la direction indiquée par Stanapopolus.

« Il l'a eu au deuxième coup de feu, mon colonel.

— Lackland !

— Ouais. Une balle dans la nuque. Sans bavure. Il n'a pas souffert, mon colonel.

– C'est bien dommage, soupira Andrew.

– Pardon, mon colonel ?

– C'est bien dommage qu'il l'ait descendu. Il avait toute la vie devant lui, reprit Andrew d'un ton sec. Bon, tu connais la procédure, ajouta-t-il en prenant la plaque d'identité que son supérieur portait autour du cou.

– Il avait six gosses. Vous le saviez, mon colonel ?

– Non, non, je n'en savais rien. Je croyais qu'il était divorcé.

– Il l'a même été deux fois. Les gosses, il les a eus avec sa première femme. Il m'avait montré leurs photos. C'était un bon soldat. C'est important pour les gosses de savoir que leur père était un type bien. Vous allez écrire personnellement à la famille, mon colonel ?

– Tu es sûr qu'il avait six enfants ? demanda Andrew.

– Oui, mon colonel. Six blondinets. C'était une vieille photo. On les voyait tous sur leur trente et un, alignés comme à la parade. Il avait l'air vraiment fier d'eux. Qu'est-ce que je fais de ses lettres, mon colonel ? Il y en a deux dans sa poche. »

Andrew tendit la main. Par la suite, quand ce fut son tour de dormir, il en lut une. Elle commençait de la même manière que les siennes :

Cher papa,

Nous prions tous pour toi chaque soir. Maman nous a fait un calendrier spécial pour qu'on puisse cocher les jours au fur et à mesure jusqu'à ton retour chez nous. C'est mon tour d'écrire cette semaine, et tout le monde a quelque chose à me faire dire.

Jamie a eu deux étoiles à sa dictée. Abbie a réparé la roue de son vélo toute seule. Elle a dit qu'elle fait comme tu lui a appris. Carrie a fait un gâteau, comme tu les aimes, avec des pâtes de guimauve, des noix et du beurre de cacahuètes. Maman est en train de l'emballer pour te l'envoyer, comme ça tu pourras le partager avec tes amis. Stan fait de plus en plus de progrès au base-ball, et l'entraîneur a décidé de le prendre comme lanceur, surtout que tous les autres avaient la grippe. Mary Ann a trouvé du travail dans une boulangerie et elle nous rapporte des petits gâteaux tous les soirs. Moi, je viens en dernier, et c'est normal puisque je suis la plus vieille. Je vais finir troisième de ma classe. On m'a donné ma médaille la semaine dernière. J'aurais bien voulu que tu sois là pour la remise du diplôme, mais je comprends très bien que tu ne puisses pas. Nous te demandons tous de bien faire attention à toi et d'être très prudent. Tu nous manques beaucoup, tu sais, et nous t'aimons très fort.

La lettre avait été signée par tous les enfants. Andrew la replia avec soin et la remit dans l'enveloppe froissée et défraîchie. Elle serait rendue à la famille avec les autres objets personnels de Lackland.

Bon sang, il n'avait pas prévu une telle éventualité! S'il persistait dans son projet, il allait détruire la confiance de six enfants qui aimaient leur père et lui vouaient un véritable culte. Mieux valait laisser tomber. Il garderait le poids de sa propre faute sur la conscience, mais il aurait quand même la certitude d'avoir accompli une bonne action. Le sentiment de culpabilité qui l'habiterait désormais serait sa punition.

« Lieutenant!

— Oui, mon colonel.

— Lieutenant, nous allons oublier tout ce que je vous ai raconté. Il n'y a aucune raison de détruire la famille de cet homme. Je veux votre parole d'officier que l'affaire n'ira pas plus loin.

— Vous l'avez, mon colonel », dit le lieutenant en lui adressant un salut impeccable.

13

Quand Andrew Blue rentra du Viêt-nam, sa femme et ses deux enfants vinrent l'attendre à l'aéroport, arborant de larges sourires. Ils agitèrent les bras avec frénésie pour attirer son attention.

Il fallut à Andrew trois bonnes minutes pour apprécier la métamorphose de ses enfants. Martha était le sosie de Ruby. De là où il était, il avait l'impression d'avoir affaire à deux sœurs plutôt qu'à une mère et à sa fille. Quant à Andy, il était plus grand que Martha, bien qu'il n'eût que onze ans. Quelle maturité il avait ! Ruby avait écrit dans une lettre qu'il prenait très au sérieux le fait d'être le seul homme de la famille.

Ruby semblait avoir changé, elle aussi. Elle s'était un peu étoffée, mais restait quand même très bien proportionnée, avec des cheveux plus vaporeux, plus souples. Elle faisait plus femme, son côté jeune fille s'étant nettement estompé.

Sa famille ! Andrew en avait la gorge serrée. Tous étaient contents de le voir. Bon sang, il était heureux, lui aussi. Il se mit à courir, ses longues jambes martelant le bitume. Enjambant d'un bond la balustrade, il les prit dans ses bras.

Ces retrouvailles les réjouissaient tous. Andrew se félicitait maintenant d'avoir pris le temps de leur écrire souvent et régulièrement. Il les connaissait mieux, chacun lui ayant raconté sa vie dans les moindres détails – les enfants surtout, qui s'étaient confiés à lui comme seuls une fille ou un fils peuvent le faire. En revanche, il n'en savait guère plus sur Ruby que lorsqu'il était parti. Certes, elle lui avait écrit deux fois par semaine, mais les lettres ne contenaient rien sur elle. Elle terminait toujours en disant qu'il lui manquait beaucoup et qu'elle attendait avec impatience le jour de son retour. Jamais rien de plus intime.

« Nous allons manger de la dinde en l'honneur de ton retour, annonça Martha d'un ton réjoui. C'est moi qui ai fait la farce. Maman a dit que ça avait l'air très bon.

– J'ai hâte d'être à la maison pour y goûter, dit Andrew en la serrant dans ses bras. Et toi, l'athlète ? Qu'est-ce que tu nous as préparé de bon ? demanda-t-il à son fils en lui ébouriffant les cheveux. Une tarte aux pommes ?

– Voyons, papa, les garçons ne font pas la cuisine. Mais c'est moi qui ai mis la table, répondit-il avec un petit sourire gêné.

« – Parfait. Autrefois, c'était toujours moi qui la mettais aussi. »

Ruby leur adressa un sourire chaleureux. L'anxiété qui montait en elle depuis plusieurs mois commençait à s'estomper. Andrew faisait preuve de bonne volonté, et les enfants étaient contents. Ils formaient une vraie famille maintenant. Tout allait très bien se passer.

Elle se pencha vers Andrew, humant avec délices le parfum de sa lotion après-rasage. Il était toujours aussi séduisant. Elle sentit poindre en elle l'aiguillon du désir. Son regard dut la trahir, car Andrew lui chuchota à l'oreille :

« Moi aussi, je vais avoir du mal à attendre. »

Elle éclata de rire, en proie au ravissement le plus pur. Elle surprit le clin d'œil qu'il adressait à Martha et vit la tape affectueuse qu'il administrait sur l'épaule de son fils.

C'était merveilleux. Elle pria le ciel pour lui demander que leur bonheur se prolonge le plus longtemps possible.

Il se prolongea en effet. Un certain temps.

Deux ans et deux mois plus tard, les services de déménagement des marines emballaient tous les biens des Blue pour les expédier à Rumson, dans le New Jersey, où Andrew venait de se faire muter. Ruby était enchantée de revoir la côte Atlantique, et pendant le trajet en voiture Martha parla longuement de la bourse qu'elle était sûre d'obtenir pour aller à Princeton.

Quand elle s'arrêta pour reprendre son souffle, Andy se lança dans une longue digression sur les voitures. En aurait-il une dès qu'il aurait l'âge de conduire ? Andrew lui assura que oui tout en se concentrant sur la route sablonneuse. Le sable était aussi traître que le verglas, leur expliqua-t-il. Ruby sourit. Elle n'avait jamais été aussi heureuse.

Ils allaient acheter une vraie maison, avec un étage et un sous-sol, un garage et un jardin planté d'arbres, dans un quartier résidentiel et agréable, pas trop loin de là où habitait Dixie.

Les yeux brillants de joie, Ruby Blue pénétrait dans l'automne de sa vie. Elle était certaine que cette fois son bonheur durerait toujours.

TROISIÈME PARTIE

L'AUTOMNE

14
1975

Assis au volant de sa Buick Special, Andrew Blue regardait les vitres graisseuses de la brasserie où il avait pris son petit déjeuner. Depuis cinq ans déjà, il y venait chaque matin pour y commander le même menu. Les serveuses l'appelaient par son prénom, et le patron lui donnait immanquablement une petite tape sur l'épaule quand il allait à la caisse pour régler l'addition. Bref, il était plus qu'un simple client ; on le considérait presque comme un ami.

Qu'attendait-il donc pour démarrer ? Ce n'était pas dans ses habitudes de rester à traînailler sur le parking. Il savait que les serveuses l'observaient derrière les vitres embuées. Cette simple idée suffit pour l'amener à tourner la clé de contact. Il partit en marche arrière et fit le tour de l'établissement pour se garer par-derrière, là où les camions de livraison déchargeaient leurs marchandises. Il coupa le moteur et se renversa contre le dossier, la nuque calée contre l'appuie-tête.

Décidément, la journée s'annonce bien mauvaise, se dit-il d'une voix mal assurée.

Jusqu'à cet instant précis, il ne s'était pas rendu compte du froid qu'il faisait ; mais, après avoir vu la vapeur s'échapper de la bouche des camionneurs qui coltinaient les cageots de tomates et de laitues, il alluma le chauffage. Une bouffée d'air rance l'ayant frappé au visage, il éteignit aussitôt et baissa la vitre. Le contact de l'air glacé sur ses joues rasées de près lui parut agréable. Il sentait les gouttes de sueur perler à son front et une fois de plus, depuis qu'il avait sauté à bas du lit, il se demanda s'il ne couvait pas une maladie.

Il alluma une cigarette et souffla la fumée au-dehors. Bon sang, ce qu'il pouvait en avoir marre de ce New Jersey ! Et ce café pourri, quelle calamité ! Et ce magasin où il aurait déjà dû être en train de faire l'inventaire, il lui sortait par les yeux !

La cigarette calée au coin des lèvres, avec la fumée qui l'obligeait à cligner les paupières, Andrew passa en revue tous les motifs qu'il avait de haïr la journée qui s'annonçait : son boulot, sa vie de famille, la routine, le vieux tacot où il était maintenant assis, les serveuses de cette gargote, Ruby, Martha, son job de vendeur de motoculteurs, son patron qui lui rappelait son dernier supérieur hiérarchique dans les marines, le New Jersey, et en particulier Rumson, la maison de Ribbonmaker

Lane, son front dégarni, ses pattes d'oie, sa brioche plus que naissante, son âge et ses dettes de jeu.

Le pire de tout, c'étaient les dettes de jeu. Ruby demanderait immédiatement le divorce si elle apprenait qu'Andrew avait dilapidé l'argent du ménage. En revanche, le fait qu'il vieillissait n'avait pas l'air de la marquer beaucoup, et pourtant il frisait la cinquantaine! Un demi-siècle d'existence, et tout ça pourquoi? Pour avoir une maison hypothéquée à mort parce qu'il avait imité la signature de Ruby afin de bénéficier d'un second prêt. Et il avait perdu la totalité de l'emprunt sur les champs de courses!

Il fallait à tout prix trouver l'argent des remboursements, sinon on risquait de leur saisir la maison avant longtemps. Il avait même joué et perdu les sommes mises de côté pour payer les frais d'études d'Andy à l'université!

Dès le début du mois d'août, date à laquelle on lui présenterait la note, Ruby s'apercevrait qu'il n'y avait plus d'argent sur le compte de son fils. Andrew calcula avec ses doigts : sept mois et demi pour rassembler les fonds nécessaires.

Il sentit que la sueur lui coulait dans le dos et il se mit à frissonner, non à cause du froid mais parce que la peur montait en lui. Il devait trois mille dollars à Stan, et deux mille autres à un bookmaker d'Asbury Park. Et ses créanciers commençaient à proférer des menaces qui ne lui disaient rien de bon. Dans la jungle du Viêt-nam, il avait eu affaire à des gens moins féroces.

Il n'avait jamais joué sa solde, au Viêt-nam. Quelques dollars par-ci par-là, au poker — rien de comparable avec les sommes qu'il avait risquées ces derniers mois. Il ne se rappelait même pas comment ça avait commencé : un pari sur un match de football, puis deux, puis un autre sur le championnat de basket ou de base-ball. Et, pour finir, les chevaux. Trois mois plus tard, il pariait plus vite que son ombre et sur tout ce qui bougeait.

Il coula un regard vers la Rolex qu'il avait au poignet, le seul objet qui lui appartînt et qui eût de la valeur. Dans la mesure où il pouvait dire que cette montre lui appartenait, car en fait il ne l'avait jamais achetée ni même gagnée. Il l'avait piquée à un petit Vietnamien qui n'avait probablement pas soupçonné sa valeur. Parfois, il éprouvait quelque scrupule à porter la montre d'un officier mort, mais il faut dire que l'objet attirait l'attention et suscitait bien des commentaires quand il lançait les dés ou posait le bras sur un comptoir. Une fois astiquée, il pourrait peut-être la mettre au clou pour faire un peu lâcher prise aux requins qui le harcelaient, mais il se rendait compte que jamais la somme qu'il en tirerait ne suffirait pour payer les études d'Andy et rembourser la dette qu'il avait contractée en hypothéquant la maison.

Bon sang, quelle tête allait faire Ruby, quand elle s'apercevrait qu'il avait utilisé leur assurance vie pour emprunter de l'argent! Andrew se mit de nouveau à transpirer. Et maintenant, ses mains tremblaient quand il allumait ses cigarettes. Il devait avoir une de ces tensions!

Pourtant, il prenait des cachets pour ça chaque matin, en buvant son jus d'orange dans la gargote.

Il n'aurait jamais dû ajouter foi aux promesses de ce salaud d'Alvin Demster, qui l'avait engagé quatre ans et neuf mois plus tôt en lui faisant miroiter qu'il deviendrait le patron du magasin en moins d'un an.

« Vous commencerez au rayon des outils de jardin, et on vous donnera de l'avancement régulièrement tous les six mois. »

Alvin était un ancien marine, lui aussi, alors Andrew avait eu confiance. Les motoculteurs et les tondeuses à gazon, ça se vend comme des petits pains, avait déclaré Alvin, de même que la chaux et les engrais. Ce qui revenait à dire qu'il vendait de la merde par camions entiers. Il aurait dû rendre son tablier aussitôt, mais il n'était pas tellement facile de retrouver du travail, et finalement les commissions sur les ventes étaient plutôt juteuses.

Ruby mettait l'argent à la banque, payait les factures et parvenait à économiser suffisamment pour envoyer Martha à l'école de Rensselaer, d'où sa fille était sortie avec une mention très bien.

Andrew s'enfonça encore un peu plus sur le siège, désespéré par la gravité des problèmes qui le harcelaient de toutes parts. Vers qui pouvait-il se tourner ? Vers Ruby, bien sûr, il n'avait personne d'autre. Elle trouverait une solution pour le tirer du pétrin où il les avait tous mis. Et c'était normal. S'il n'y avait pas eu Ruby, ils ne se seraient pas enterrés dans ce maudit patelin, et il n'aurait pas cet emploi ridicule dans un magasin de dixième ordre !

Ah, il l'avait bien géré, le budget de la maison ! Ruby avait fait preuve d'une confiance aveugle. La seule chose qui comptait, pour elle, c'était qu'elle avait retrouvé son amie Dixie avec qui elle travaillait, à mi-temps, dans une boutique de cartes postales et de souvenirs. Et il y avait son fils aussi, naturellement, dont elle faisait le plus grand cas, Andy qui lui ressemblait trait pour trait, aussi pointilleux que sa mère sur les grands principes. Il avait tenu à se payer lui-même sa première voiture, à prendre à sa charge les primes d'assurances, à régler ses frais d'études ; pour cela, il avait travaillé pendant l'année scolaire dans un supermarché, et pendant les vacances dans une entreprise de bâtiment. Mais les quelques économies qu'il avait pu faire, son père les lui avait subtilisées. Le gosse lui pardonnerait, se disait Andrew avec agacement, parce qu'il avait la même nature que Ruby.

Cinquante balais ! Un demi-siècle ! Le commencement de la décrépitude.

Andrew refit une marche arrière pour se dégager des camions de livraison, et il se dirigea vers la rue qui menait au magasin où il travaillait. En faisant demi-tour, il pouvait gagner Asbury Park, où il trouverait une boutique de prêteur sur gages ou une bijouterie pour y mettre sa montre au clou. Il pouvait aussi traverser la grand-route et rentrer à la maison, où il avouerait tout à Ruby en espérant qu'elle lui pardonnerait. Il réfléchit pendant cinq bonnes secondes, le temps que les feux passent au vert et, finalement, optant pour la seconde solution, il traversa la grand-route. Il l'aimait trop, sa Rolex !

Ruby raccrocha son torchon et fit un pas en arrière pour admirer sa cuisine étincelante. Ce qu'elle aimait le plus, c'étaient les plantes vertes et leurs pots de cuivre. La table de chêne massif, qu'elle cirait quotidiennement, luisait comme un miroir. Les sets de table à carreaux rouges avec leur bordure délicate étaient parfaitement assortis aux rideaux de la fenêtre et de la porte de derrière. C'était elle qui avait tout fait. Quant aux appareils ménagers, ils avaient été achetés à prix réduits, grâce aux rabais consentis à Andrew dans le magasin où il travaillait, et elle se souvenait encore de leurs exclamations extasiées quand ils avaient calculé l'argent ainsi économisé.

Leur installation dans le New Jersey s'était faite sans aucun problème. Andrew avait trouvé un emploi presque immédiatement et il avait donné son accord pour que Ruby travaille dans la boutique de cadeaux, celle-là même où Dixie était employée. Ruby avait mis de l'argent de côté tout en réussissant à équiper la maison et à envoyer Martha à l'université de son choix. Et puis, la situation s'était peu à peu détériorée. Andrew s'était mis à se plaindre de son patron et de la longueur des journées de travail qu'il lui imposait.

Ruby avait senti qu'il s'éloignait d'elle, insensiblement. Le soir et le samedi, il sortait avec des collègues du magasin. Les dimanches, il les passait au lit, à moins qu'il n'aille rejoindre son patron quand celui-ci avait besoin de lui pour préparer les ventes de la semaine suivante. De temps à autre, ils faisaient l'amour, mais il apparaissait clairement que la passion avait disparu et qu'aucun d'eux ne cherchait à la ranimer. Ils entretenaient des rapports amicaux, s'embrassant sur la joue à l'occasion, la tendresse prenant progressivement la place de leurs amours d'antan.

Pour Ruby, il s'agissait d'une complicité pure et simple. Andrew, lui, n'y voyait qu'un ennui profond.

Ruby jeta un coup d'œil à l'horloge de la cuisine. Il lui restait exactement vingt-cinq minutes pour achever de se préparer et aller chercher Dixie, qu'elle devait emmener à la boutique où elles travaillaient. Elle mit la dernière touche à son maquillage, se brossa les cheveux et écrivit un mot à l'intention d'Andrew pour le prévenir qu'il y avait une cocotte pleine de ragoût dans le frigo, au cas où il rentrerait avant elle.

Elle constata avec satisfaction que la maison était bien rangée. Maintenant que les enfants ne logeaient plus là, il y avait peu de ménage à faire, une fois l'aspirateur passé et l'époussetage quotidien effectué.

Douze minutes après, elle s'apprêtait à fermer à clé la porte de la cuisine. Elle était en train de relever le store vénitien au-dessus de l'évier pour que ses plantes vertes, posées sur le rebord intérieur de la fenêtre, bénéficient un peu de la pâle lumière hivernale, quand elle vit la voiture de son mari s'engager dans l'allée de leur jardin.

Elle sentit son cœur battre à grands coups. Andrew ne revenait jamais en milieu de matinée. Et elle ne lui avait jamais vu le visage qu'il arborait maintenant, ces yeux hagards et ces traits tirés. Il devait être malade.

Les battements de son cœur redoublèrent d'intensité. Il se passait quelque chose d'anormal. D'instinct, elle comprit que les quelques minutes qui allaient suivre modifieraient inexorablement son destin. Dès qu'il s'agissait d'Andrew, ses pouvoirs de divination semblaient multipliés au centuple.

Elle ouvrit la porte de la cuisine juste au moment où il tournait la poignée.

« Qu'est-ce qui se passe ? demanda-t-elle avec anxiété.

— Est-ce qu'il reste du café ?

— Non. J'ai lavé la cafetière. Tu sais bien que le docteur ne t'en a autorisé qu'une tasse par jour, Andrew. As-tu une nouvelle poussée de tension ? Devais-tu voir le médecin ce matin ? C'est pour ça que tu es revenu ? »

Elle tourna son regard vers le calendrier mural, mais aucun rendez-vous n'avait été prévu pour cette date.

« Bon, je vais prendre un jus de fruits », déclara Andrew d'un air résigné.

Ruby avala sa salive avec effort.

« Tiens, dit-elle en posant un verre en face de lui sur la table. Excuse-moi, mais je ne peux pas m'attarder davantage ; cette semaine, c'est mon tour de prendre la voiture et il faut que j'aille chercher Dixie. Mrs. Harris déteste que nous arrivions en retard. »

Elle avait enfilé son manteau et posé la main sur la porte menant au garage quand Andrew parla, lui ôtant les illusions qu'elle avait pu nourrir en se persuadant qu'elle s'était inquiétée pour rien.

« J'ai besoin de te parler, Ruby. Et tout de suite, pas dans cent sept ans.

— Tu es sûr que ça ne peut pas attendre ce soir ? Mrs. Harris nous a bien précisé, à Dixie et à moi, que nous devrions arriver de bonne heure pour commencer l'inventaire du stock. Je le lui ai promis, et Dixie m'attend.

— Tu as toujours quelque chose à faire et jamais la moindre minute à me consacrer. Je peux avoir envie de discuter de la pluie et du beau temps, non ? ou de connaître ton opinion sur le prix des côtelettes de porc ? C'est ton boulot de m'écouter, que je sache. Si encore tu te faisais des mille et des cents dans cette boutique, mais tu vas t'échiner là-bas pour gagner des clopinettes ! Tu ne trouves pas qu'il serait temps que tu te mettes au boulot pour de bon, dans l'immobilier, par exemple, ou un truc de ce genre ?

— C'est pour me dire ça que tu es rentré en plein milieu de la matinée ? Tu veux que je prenne un travail à temps complet ? Ça peut attendre ce soir, Andrew. Maintenant, il faut absolument que je parte, je t'assure.

— Dixie n'aura qu'à s'y rendre toute seule à pied. Appelle-la pour la prévenir. D'ailleurs, quand tu auras entendu ce que j'ai à te dire, tu n'auras plus guère envie d'aller travailler, crois-moi. Et dis-lui de prévenir la vieille chouette que tu es malade. Elle n'en est pas à un mensonge près, Dixie, tu es bien placée pour le savoir. »

Inquiète du ton que prenait Andrew, Ruby appela son amie.

« Andrew vient de rentrer. Il veut me parler. Excuse-moi, Dixie. Préviens Mrs. Harris que je serai en retard. »

Elle ôta son manteau et le posa sur l'une des chaises en chêne massif. Puis elle s'assit, le dos raide, les mains croisées devant elle.

« Nous allons devoir rendre la maison. Nous n'avons pas assez d'argent pour payer les frais d'études d'Andy à la prochaine rentrée. Voilà ce que j'avais à t'annoncer, Ruby. »

Ruby sentit que le sang refluait de son visage. Elle ne demanda pas à son mari de répéter : elle avait reçu le message avec une parfaite netteté. Elle se demanda pourquoi elle demeurait si calme, si détachée. Elle savait qu'il fallait dire quelque chose, mais elle ne voyait pas quoi. Ils allaient perdre la maison, il faudrait partir. Comment avait-elle pu être assez bête pour s'imaginer que la vie qu'elle menait dans cette merveilleuse demeure de Ribbonmaker Lane durerait jusqu'à la fin de ses jours ?

Elle sentit une brûlure sous ses paupières quand elle se mit soudain à penser à Andy, aux efforts qu'il faisait pour réussir ses études. Tout l'argent qu'elle avait gagné, elle l'avais mis de côté pour lui.

Maintenant, elle ne voulait même pas savoir ce qu'était devenu cet argent. Elle se leva et enfila machinalement son manteau. Elle était déjà à la porte menant au garage quand Andrew lui demanda :

« Tu ne veux pas savoir pourquoi ?

Comme elle secouait négativement la tête, il la regarda, interloqué. Au moment où Ruby franchissait la porte, il cria :

« J'ai tout perdu au jeu. Nous avons dix mensualités de retard. J'ai reçu le dernier avertissement hier. J'ai pris l'argent d'Andy pour essayer de me refaire. Bon sang, Ruby, dis quelque chose à la fin ! »

Elle se mit au volant. Plongée dans un état second, elle redescendit, alla ouvrir la porte du garage et remonta dans la voiture. Elle partit vers la boutique de cadeaux, les joues ruisselantes de larmes. Elle se gara près de la vieille Mustang toute cabossée que Dixie utilisait pour se rendre au travail.

En l'espace de quelques secondes, la vie de Ruby avait été bouleversée : elle était passée du bonheur complet au désespoir le plus profond. On allait les expulser de chez eux, ils étaient sur le point de se faire déposséder de leur maison. Ils n'avaient pas d'argent pour payer les frais d'études d'Andy. Et tout cela à cause du jeu. Jamais, au grand jamais elle n'aurait cru son mari capable de se livrer à de telles turpitudes. Et il fallait que cela lui arrive à elle !

Mais qu'était-elle donc venue faire devant cette boutique ? Jamais elle ne serait capable de se concentrer sur l'inventaire prévu ce jour-là.

« Ça va être l'enfer », marmonna-t-elle en se mettant en marche arrière, dans un bruit de boîte de vitesses torturée, pour se dégager du parking.

Elle avait tellement hâte de rentrer au logis avant qu'Andrew n'ait eu le temps de repartir qu'elle prit son virage trop court et laboura une plate-bande de rosiers à laquelle elle tenait comme à la prunelle de ses yeux. Elle s'en aperçut à peine. En rentrant dans la cuisine, elle claqua la porte si fort que la vitre vola en éclats. Elle écrasa de la semelle des morceaux de verre en criant à pleins poumons le nom de son mari.

« Andrew! Espèce de monstre. Tu nous as volé notre argent! Tu as détourné l'argent de ton fils, lui qui s'est échiné pendant des semaines et des mois pour que tu n'aies pas à supporter toutes ses dépenses. Comment as-tu pu en arriver là? Cette fois, la coupe est pleine, Andrew, j'en ai assez de vivre avec un alcoolique et un égoïste! Je veux divorcer, et tout de suite. Je consulte un avocat. Fini! C'est fini, tu m'entends? » hurla-t-elle.

Andrew pâlit. A aucun moment, il n'avait envisagé de divorcer car un divorce n'arrangerait nullement ses affaires. Il rétorqua avec une onction qui le surprit lui-même :

« Voyons, Ruby, cesse de dire des sottises, nous ne divorcerons pas et tu le sais très bien. Assieds-toi. Nous allons nous concerter pour voir s'il y a un moyen de nous sortir de ce pétrin. Je te jure que je ne recommencerai plus jamais. Cette fois, j'ai compris. Dès que j'aurai payé ma dette envers ces bookmakers, je te jure que je ne ferai plus jamais le moindre pari. J'ai bien cessé de boire dès que tu me l'as demandé, non? Eh bien, je peux aussi cesser de miser sur les chevaux. Réfléchissons ensemble, Ruby. Intelligente comme tu l'es, tu vas sûrement trouver une solution. »

D'une voix glaciale, Ruby rétorqua :

« Tu te trompes, Andrew. Je demande le divorce. Tu as volé de l'argent à notre fils, tu as refusé de payer les sommes nécessaires pour envoyer Martha à Rensselaer. Tu ne l'avais même pas félicitée de sa réussite! Encore heureux que tu ne l'aies pas tapée de quelques centaines de dollars!... Quoi, tu as osé! Ne le nie pas, je le vois sur ta figure! Et l'argent destiné à payer la maison, tu l'as dilapidé au jeu, aux courses de chevaux ou de lévriers ou de je ne sais quoi d'autre. Pour rien au monde, je n'accepterai de passer l'éponge, car alors ça voudrait dire que je ne vaux pas plus cher que ma mère. Tiens, ta montre, qu'est-ce que tu attends pour la vendre? et tes clubs de golf qui nous ont coûté les yeux de la tête? Vends tout ce que tu as, ta voiture aussi. Tu n'auras qu'à aller travailler en vélo, avec le vélo d'Andy.

— On n'a pas d'argent pour payer le divorce, objecta Andrew d'un air piteux. Tu ne peux pas me quitter, tu ne saurais même pas où aller. »

Ruby éclata de rire, un rire qui fit dresser les cheveux sur la tête d'Andrew. Un rire qui se prolongea longtemps.

Et puis, elle lui expliqua. Elle lui dit qu'elle possédait une maison à Georgetown, une belle maison, en plein centre-ville, qui lui appartenait.

« Alors, tu vois, Andrew, je ne suis pas à la rue. Je peux y aller quand je veux. Il y a des années de cela, pour être sûre de ne courir aucun risque, je l'ai fait mettre au nom de Martha et d'Andy. La maison où habitent mes parents en Floride, elle est à leur nom, elle aussi. Et j'en suis bien contente, sinon tu aurais été capable de nous en déposséder d'une manière ou d'une autre. »

Les traits déformés par la rage, Andrew lança :

« Espèce d'hypocrite ! Tu m'as laissé m'échiner chez Sears & Roebuck alors qu'il t'aurait été si facile de mettre un peu de beurre dans les épinards ! Tu as donc dissimulé des revenus sur ta déclaration d'impôts. Je vais te dénoncer, moi ! Ce n'est pas légal, tout ça !

— Je n'ai rien fait d'illégal, Andrew. Nous n'avions pas besoin de cet argent pour vivre correctement : avec ta retraite de colonel, ton salaire et le mien, nous avions suffisamment. Quand c'était moi qui gérais le budget, j'arrivais même à faire des économies sans que personne en souffre le moins du monde. Et c'est moi qui ai toujours voulu travailler à plein temps. Je t'ai même supplié de me laisser prendre un emploi dans un cabinet d'affaires de la ville. Mais toi, tu préférais avoir une femme au foyer, pour que le ménage soit toujours impeccable et le dîner prêt quand tu rentrais. Alors, je t'ai obéi. Et maintenant, tu me reproches de ne pas en avoir fait assez ! Tu es vraiment de mauvaise foi, Andrew ! conclut-elle, le visage convulsé par la fureur.

— Bon, soyons sérieux, j'ai fait une bêtise, d'accord, mais ce n'est pas une raison pour te mettre dans un état pareil. A t'entendre, on croirait que j'ai tué quelqu'un. Tu es ma femme, non ? Tu ferais mieux de m'aider à trouver une solution au lieu de m'accabler d'insultes et de menaces. Puisque tu as des maisons, tu n'as qu'à les vendre et le tour sera joué. Avec cet argent, tu régleras mes dettes au lieu de payer un divorce qui ne nous avancerait à rien... Décidément, tu es bien la fille de ton père. Quand je pense que tu avais ces deux maisons et que tu ne m'en as jamais parlé, à ta place j'aurais honte », conclut Andrew d'un ton moralisateur.

Ruby renonça à justifier le secret qu'elle avait gardé au sujet de ces propriétés. Comprendrait-il seulement qu'après s'être fait traiter d'incapable pendant des années par un mari qui la considérait comme la dernière des gourdes, elle avait mis un point d'honneur à se prouver sa propre valeur ? Valait-il vraiment la peine de lui objecter qu'elle avait acheté ces maisons avant de se marier ?

Quelle importance cela a-t-il maintenant ? se demanda-t-elle. L'essentiel est que je dispose d'un petit capital dont Andrew ne doit pas profiter ; sinon, il partira sans se retourner, sans manifester le moindre remords, et moi je me retrouverai sans rien.

Non, elle avait d'autres projets, elle allait monter une affaire avec Dixie, mais elle n'en dirait rien à son mari, car si elle lui en parlait il s'empresserait de tout dénigrer, il s'arrangerait pour l'humilier en lui montrant qu'elle bâtissait des châteaux en Espagne et qu'elle ne parviendrait jamais à ouvrir un commerce rentable.

« Tu peux dire ce que tu veux, lança-t-elle avec hargne. Je veux divorcer, un point c'est tout.

— Pour quels motifs, hein, qu'est-ce que tu iras raconter au juste ?

— Je ne t'aime pas et tu ne m'aimes pas. Ça me paraît suffisant, non ?

— Pas pour un juge, affirma-t-il d'un ton péremptoire, mais sans être vraiment certain de ce qu'il avançait. Et puis, cette maison est autant à moi qu'à toi, tu ne peux pas m'obliger à en partir. D'ailleurs, je n'ai aucun endroit où aller et il ne me reste pas un rotin. Je suppose que tu vas payer les mensualités en souffrance et me verser une allocation, c'est ça, hein? »

Il avait ponctué son propos avec une moue méprisante. Comme elle ne répondait pas, il reprit :

« Tu penses pouvoir trouver l'argent dans combien de temps? »

Ruby tourna le dos à son mari et se dirigea vers la salle de bains. Elle claqua la porte derrière elle et la verrouilla. Puis elle s'assit sur le rebord de la baignoire et laissa tomber sa tête entre ses mains.

Elle se revoyait en train de dire à son mari qu'elle ne l'aimait pas. Elle avait enfin eu le courage de lui jeter la vérité au visage et elle en était contente. C'était bien fait pour lui!

Les larmes jaillirent soudain et elle pleura longtemps, passant en revue les occasions perdues, se demandant ce qu'il aurait fallu faire pour sauver ce qui pouvait encore l'être. Elle se passait de l'eau froide sur le visage quand elle entendit la porte de la cuisine s'ouvrir et se refermer. Elle se rapprocha du miroir, au-dessus du lavabo. Non, ça ne pouvait pas être elle, cette femme qui la regardait. Elle tourna les talons et revint s'asseoir sur le rebord de la baignoire, tapant du bout du pied sur le tapis gris perle qui recouvrait le sol.

Combien de temps allait-elle demeurer là, immobile comme une souche? Elle aurait dû crier sa colère, mais au lieu de cela elle restait accablée par le poids de sa honte et de sa culpabilité. Elle aurait dû se méfier, le jour où Andrew avait déclaré qu'il s'occuperait de la gestion des comptes du ménage. Mais non, elle s'en était remise à lui, trop contente d'être déchargée d'une corvée et de pouvoir faire des choses plus intéressantes.

Après s'être mouchée avec vigueur, elle rouvrit la porte pour retourner dans la cuisine. Il n'y avait plus trace du passage d'Andrew. Elle se prit à espérer qu'elle avait été la proie d'un simple cauchemar.

Elle était en train de faire du café quand le téléphone sonna. Elle décrocha machinalement, mais éclata en sanglots en entendant la voix inquiète de Dixie.

« J'arrive tout de suite, promit Dixie. Fais ton café et ne pense à rien d'autre tant que je ne suis pas à ton côté. Reste au point mort, Ruby, nous allons réfléchir ensemble à ce qu'il convient de faire. »

Ruby sanglota de plus belle.

Comment se fait-il, se demanda Ruby quand Dixie eut fini par l'apaiser en multipliant les marques de tendresse et d'affection, que seule une femme, que ce soit une mère ou une amie, soit capable de trouver les paroles qu'il faut pour rendre le malheur supportable? Les bras dodus de Dixie lui apparaissaient comme un nid douillet, et la voix douce de son amie lui mettait du baume au cœur. Ruby sécha ses larmes et but son café à petites gorgées.

« Écoute-moi, Ruby. Je viens de me faire mettre à la porte. Toi aussi, d'ailleurs, on est virées toutes les deux. Mrs. Harris m'a expliqué que ce qui comptait avant tout, c'était son inventaire, et moi je lui ai dit que je m'en moquais, de son inventaire. L'important, c'est toi; l'important, c'est moi. Tu me l'as tellement répété ces dernières années que ça a fini par se graver dans mon esprit. Bref, maintenant que tu as pleuré tout ton soûl, il est temps de penser à l'avenir. Il est complètement inutile de se complaire dans un passé auquel on ne peut plus rien changer. De toute façon, dis-toi bien que tu n'as absolument aucun reproche à te faire. Si Andrew avait su que tu avais ces maisons, il aurait trouvé un moyen pour dilapider ton patrimoine, sois-en persuadée. Les joueurs sont des malades, Ruby. Bref, maintenant il te reste des tas de possibilités, alors il faut essayer d'en tirer parti.

— Mais...

— Il n'y a pas de mais. Il faut prendre les mesures qui s'imposent et aller de l'avant, sans Andrew. Tu as du cran, Ruby, il faut le montrer. »

Ruby ouvrit le tiroir sous l'évier et en sortit un papier et un crayon.

« On va faire les comptes, dit-elle. A une centaine de dollars près, je crois que je vais pouvoir m'y retrouver. »

Il était quatre heures de l'après-midi quand Dixie se renversa contre le dossier de sa chaise et mordit à belles dents dans une pomme bien luisante et bien rouge.

« On ne peut pas t'enlever ça, Ruby : moi, je ne sais pas si j'aurais été aussi généreuse que tu l'as été avec tes sœurs. Ni avec tes parents.

— C'étaient des dettes d'honneur, murmura Ruby. La bague m'a été donnée en cadeau, mais ma grand-mère ne soupçonnait pas sa valeur exacte, sinon je suis persuadée qu'elle m'aurait demandé de partager avec mes sœurs. Elle voulait faciliter un peu mon démarrage dans la vie mais, finalement, comme je me suis débrouillée toute seule, je ne pouvais pas faire autrement que d'en donner un peu aux autres.

— Et Amber a eu la part du lion! Tu auras du mal à me persuader qu'il n'y a pas eu un peu de favoritisme de ta part. »

Ruby haussa les épaules.

« Ça revient cher d'élever des enfants, dit-elle. Amber en a eu onze, et Nangi ne touchait qu'un salaire modeste. Opal a une maison qui lui appartient en propre. Ma grand-mère disait toujours : " Quand on a, c'est pour donner; sinon, à quoi ça sert de vivre ? " Tu vois, il y a une chose dont je suis très fière, c'est d'avoir payé ma dette envers mon père et trouvé une maison pour que mes parents puissent y vivre leurs dernières années. Si tu ne comprends pas ça, ce n'est pas grave, parce que moi, je ne le comprends pas non plus. »

Dixie éclata de rire.

« C'est comme pour les saisons de ta vie, hein ? Alors, on est en quoi, maintenant ? »

Ruby posa son menton sur ses mains réunies. Elle réfléchissait avec intensité.

« Je dirais la fin de l'été. D'un jour à l'autre, l'automne va commencer. Le couple a atteint sa maturité, les enfants sont grands et tu peux te remettre à travailler afin de pourvoir aux besoins de la vieillesse. De grandes choses peuvent arriver en automne.

– Tu pourrais bien avoir raison, approuva Dixie avec une moue chargée de sous-entendus. Tu peux aussi avoir l'occasion de rencontrer l'homme de tes rêves. »

A peine avait-elle lâché ces mots que Dixie regretta de ne pas pouvoir les ravaler. Des larmes avaient jailli des yeux de Ruby.

« Ruby, excuse-moi. Je ne voulais pas... Excuse-moi. Une fois que tu seras libre, tu pourras faire ce que tu voudras.

– Il est marié, Dixie. Je ne peux pas... Je ne voudrais jamais... Ce n'est pas du tout mon genre. Au fond, tu vois, Calvin est de la même espèce que Nola. Ils ne sont pas du tout ce que je m'étais imaginé.

– Ah bon. Tu sais mieux que moi, après tout.

– Oui, Dixie, je le sais. »

Quelques instants plus tard, quand son amie fut partie, Ruby décida de prévenir ses enfants de ce qui était arrivé. Elle commença par Martha.

« Quelque chose ne va pas, maman ? demanda la jeune fille avec anxiété. D'habitude, tu n'appelles jamais à cette heure-là. Tu ne travailles donc plus ?

– En effet. Je me suis fait mettre à la porte aujourd'hui. Mais il y a autre chose, Martha, quelque chose de grave. Ton père et moi, nous allons nous séparer. Il ne s'agit pas vraiment d'un divorce pour le moment, du moins je ne le crois pas. Bref, j'ai pris moi-même la décision... Ton père ne le sait pas encore, mais je le préviendrai dès qu'il sera rentré.

– Est-ce que tu veux bien me dire pourquoi ? questionna Martha d'une voix hésitante.

– Bien sûr, Martha, mais je ne voudrais pas trop te perturber.

– Maman, quand il s'agit de papa, tu ne parviendras jamais à me perturber. Je ne suis plus une enfant. Dis-moi ce qu'il a fait pour que tu en sois arrivée à ce point. »

Ruby la mit au courant de la situation.

« Ça ne m'étonne pas, déclara alors Martha, figure-toi qu'un jour il m'a demandé si je pouvais lui avancer huit cents dollars. Il en avait un besoin urgent... Ne t'inquiète pas, maman, je ne les lui ai pas donnés. J'ai appelé Andy pour qu'il me dise s'il avait la moindre idée de la raison qui pouvait motiver un tel emprunt, et Andy m'a expliqué que papa jouait aux courses et faisait des pronostics sportifs. Et il m'a bien recommandé de garder mon argent pour moi.

– Martha, je suis désolée. Je ne savais rien de tout cela. J'en ai eu la révélation ce matin, et je suis tombée des nues. J'ai l'impression que je me suis trop longtemps cantonnée dans mon petit univers et dans mes rêves.

– Tu vas réussir à surmonter ça, m'man.

– Ça va aller, ma chérie. Ne t'inquiète pas pour moi.

– Tu veux que je te dise quelque chose, m'man ? Tu es la femme la plus attachante que j'aie jamais rencontrée.

301

— Merci, Marty, lança Ruby avec fierté.

— Écoute, maintenant, j'ai un rendez-vous mais je peux te rappeler plus tard dans la soirée; comme ça, nous aurons tout notre temps pour discuter. Si tu veux appeler Andy, c'est peut-être le moment. C'est l'heure du souper, il va sûrement être là. »

Ruby ne put s'empêcher de rire.

« C'est exactement ce que je voulais faire, annonça-t-elle. Même au téléphone, tu arrives à lire mes pensées!

— Autre chose, m'man. Ne te laisse pas monter le coup par papa. Tiens-lui tête. Je suis derrière toi, et Andy aussi. Je t'adore! Au revoir, maman. »

Ruby sourit. Elle était heureuse à l'idée qu'elle bénéficiait du soutien de ses enfants. Elle composa le numéro de son fils.

« Salut, m'man! Ça boume? s'exclama Andy.

— Ça pourrait aller mieux, mon chéri. J'ai décidé de me séparer de ton père et j'ai voulu te prévenir le plus tôt possible. Ton père va quitter la maison, ce soir probablement. Je prépare ses valises aussitôt après avoir raccroché ce téléphone.

— Qu'est-ce qu'il a fait, cette fois? »

Elle mit son fils au courant de la situation.

« Tu vas tenir le coup, m'man?

— Très bien, Andy. Enfin, je l'espère. Je me suis fait mettre à la porte de la boutique où je travaillais, mais Dixie et moi on va monter un commerce.

— Veux-tu que je rentre à la maison? Je peux y être en trois petits quarts d'heure.

— Surtout pas! Andy, promets-moi de ne plus prêter d'argent à ton père. Marty m'a dit qu'il avait l'habitude de jouer aux courses. Est-ce que c'est vrai?

— Je n'en suis pas absolument certain, mais à plusieurs reprises j'ai eu des soupçons en l'entendant téléphoner. Ça peut arriver à tout le monde de miser sur un cheval une fois de temps en temps, mais si on en vient à jouer l'argent de la maison c'est autre chose. Fais ce que tu as à faire, m'man, et si tu as besoin d'argent j'ai encore quelques petites économies...

— T'inquiète pas, mon grand, on va faire aller. Une fois que j'aurai vendu la maison de Georgetown, j'y verrai un peu plus clair. Promets-moi de ne pas te faire de souci.

— C'est promis, m'man. Je t'adore. Appelle-moi si tu as besoin de quoi que ce soit, ou si tu as seulement envie de parler un peu. Je sais écouter. Et ne te laisse pas faire. C'est le meilleur conseil que je puisse te donner.

— Je t'embrasse, Andy. Je te rappellerai un peu plus tard dans la semaine. »

C'est alors que Ruby regretta de ne pas avoir de chien, un petit animal chaud et caressant qu'elle aurait pu choyer. Les bêtes sont loyales, et elles vous aiment sans jamais poser de questions. Un jour, Ruby avait demandé un chien à Andrew, et Andy avait pleuré pendant des semaines parce que son père refusait de se laisser convaincre. Maintenant, elle regrettait de ne pas avoir insisté davantage.

Moins d'une heure plus tard, Ruby avait emballé avec soin les affaires de son mari. Tout était rangé dans les valises Gucci qu'il avait achetées, sans lui demander son avis, pour y mettre ses tenues et son matériel de golf quand il partait en déplacement, prétendument pour participer à des tournois qui lui rapportaient un peu d'argent. Ruby traîna le tout jusque dans le vestibule et revint dans la chambre qu'ils avaient partagée et où ils ne dormiraient plus jamais ensemble. Tout était impeccable, à croire qu'Andrew n'y avait jamais couché.

Elle descendit les valises une à une. Pour la première, elle avait la tête basse ; pour la deuxième elle redressa le menton ; quant aux deux dernières, elle les porta presque avec fierté, bien qu'une larme solitaire coulât le long de sa joue.

Andrew ne les verrait pas tant qu'il ne rentrerait pas dans le salon. Il ne saurait qu'il devrait aller coucher ailleurs que lorsqu'elle le lui aurait dit. Dès le lendemain, elle ferait changer les serrures sur toutes les portes.

Les minutes s'écoulèrent avec une lenteur exaspérante. Huit heures sonnèrent, puis neuf, puis dix. A onze heures, Ruby cessa de regarder la pendule et se mit à marcher de long en large dans la cuisine. Elle s'arrêta deux fois pour boire une tasse de thé. A une heure moins vingt, les phares de la Buick illuminèrent la fenêtre. Ruby inspira à fond et enfonça les mains dans les poches de son peignoir pour que son mari ne voie pas qu'elles tremblaient. Elle serra les poings et crispa les mâchoires. Elle était prête.

« Tiens, dit Andrew en jetant sur la table un sac en papier empli de factures. C'est tout pour toi.

— Je paierai, mais à une condition », annonça-t-elle d'une voix calme.

Andrew la fixa d'un œil moqueur.

« Tu n'es pas en position de discuter, railla-t-il. Tu as falsifié les déclarations de revenus, imité ma signature, gardé de l'argent qui aurait dû faire partie de la communauté, et versé à ton père des sommes qui auraient dû me revenir. Bref, tu n'as plus qu'à la boucler.

— Je n'ai jamais imité ta signature. Quant aux déclarations de revenus, ton avocat pourra les demander au mien quand il le voudra. Elles sont parfaitement en règle, répliqua Ruby sans se démonter le moins du monde. Je n'ai absolument rien à me reprocher et tu n'as donc aucune prise sur moi. Si tu veux payer un avocat pour t'apercevoir en fin de compte que ce que je dis est vrai, tu es libre. Tu peux faire ce que tu veux avec ton argent, je ne te demande rien. »

Andrew arpentait la cuisine en tempêtant :

« Tu ne me demandes rien ! Ça n'a pas toujours été le cas ! Rappelle-toi ! »

Ruby fit semblant de ne pas avoir entendu.

303

« J'ai une proposition à te soumettre, avança-t-elle. Tu veux bien m'écouter ?

— Cause toujours ! Moi, je ne te demande qu'une chose : rassemble les sommes que tu as dissimulées indûment et paie toutes ces factures avant qu'on ne nous confisque la maison. Vraiment, je ne t'aurais jamais crue aussi hypocrite, Ruby. »

Ne lui cède pas, avait dit Andy.

« Andrew, pour la dernière fois, je te demande si tu veux entendre ma proposition. Sinon, nous allons perdre cette maison. »

Alors, Ruby lui expliqua son idée. Il l'écouta, les yeux plissés, le visage passant du rouge au blanc pour virer de nouveau au cramoisi. Il leva la main. Pétrifiée, Ruby resta immobile. Sa mère avait dû éprouver la même impression. Ne cède pas, avait dit Andy.

« Si tu me frappes, je te jure devant Dieu que je te le ferai regretter. Andrew, ne fais pas comme mon père ! »

La main d'Andrew retomba. Il se mordit la lèvre. Ensuite, il donna un grand coup de poing dans le mur, geste qui eut l'heur de le soulager, surtout quand il vit des bribes de plâtre et de peinture tomber sur le sol.

« Tu as raison, Ruby. Comme toujours, reconnut-il avec amertume. Je signerai ce que tu veux, mais...

— Mais quoi ? demanda Ruby impavide.

— Il me semble que je te fais beaucoup de concessions, tandis que toi tu te ménages pas mal de portes de sortie... Comme tu le disais tout à l'heure, autant essayer de s'arranger à l'amiable quand on sait combien peuvent exiger les avocats pour qu'ils nous disent ce que nous savons déjà. Alors, voici mes conditions : tu me donneras une partie de ta maison de Floride quand tes parents décéderont. Je garde la totalité de ma retraite et Andy se paie lui-même ses études, sans que je sois mis à contribution. Enfin, conclut-il avec un sourire matois, si tu montes un commerce avec l'autre boiteuse, tu me verses un pourcentage sur les bénéfices. »

Ruby sentait que la tête lui tournait. Elle s'était attendue à bien des exigences ; mais là, vraiment, il dépassait les bornes. Pourtant, elle hocha la tête sans rien dire, sachant qu'elle était sans doute en train de commettre la plus grosse sottise de son existence.

« D'accord, dit-elle. Demain, je vais voir un avocat et je lui fais rédiger un accord en échange de ma demande de séparation. Je veux que tout se passe le plus légalement du monde. »

Andrew sourit. Maintenant, se dit Ruby, il va se montrer aimable, il va même déployer tout son charme.

La discussion se poursuivit jusqu'à plus de deux heures du matin, et ils finirent par se mettre d'accord sur des conditions qui les satisfaisaient l'un et l'autre. Andrew toucherait, chaque semestre, si le projet d'association commerciale aboutissait entre Ruby et Dixie, un et demi pour cent de leur chiffre d'affaires. C'est Ruby qui paierait les primes d'assurances pour les voitures ; et quand elle se débarrasserait de la maison de Floride, Andrew percevrait cinq pour cent du montant de la vente.

« Bon, maintenant, tu vas me faire quelques chèques, lança-t-il alors d'un ton sans réplique. Pour liquider mes dettes.

— Pas question, protesta Ruby. Tu les auras demain, quand tu auras signé notre convention devant notaire. Je veux avoir l'avis d'un homme de loi sur nos arrangements. Je passerai te prendre au magasin dans la journée, à moins que tu ne préfères me rejoindre directement à l'étude. Maintenant, file.

— Quoi! Mais il va être trois heures du matin. Où veux-tu que j'aille coucher à une heure pareille?

— T'as qu'à rester dans ta voiture, sur le parking de Sears; ou te réfugier dans un restaurant ouvert toute la nuit. Allez, dehors!

— Décidément, bon chien chasse de race! Tu es bien la fille de ton père! Attention, Ruby, sinon tu finiras comme lui!

— Que veux-tu dire par là, au juste? cria Ruby hors d'elle.

— Tiens, on dirait que j'ai touché une corde sensible, répondit-il en s'esclaffant. Eh bien, cherche, tu trouveras. »

Ruby sentit que sa gorge se serrait à l'étouffer. Quand elle réussit enfin à parler, elle eut du mal à reconnaître sa voix qui n'était plus qu'une sorte de croassement rauque :

« Andrew, pourquoi m'as-tu épousée?

— J'avais besoin d'une femme. Tu étais vierge. Tu étais libre. »

Si Ruby avait encore entretenu quelques illusions sur son mariage, cette fois elles étaient bien mortes. Les larmes brouillaient sa vue tandis qu'elle suivait du regard les lumières arrière de la voiture d'Andrew, juqu'à ce qu'elles ne fussent plus que de minuscules points rouges dans la nuit.

Quelques instants plus tard, elle vit des phares éclairer la rue et elle fronça les sourcils quand une voiture vira soudain pour s'engager dans l'allée de son jardin.

« Dixie! » s'écria-t-elle en se précipitant vers la porte d'entrée.

Dixie éclata d'un rire joyeux.

« Bon sang, je suis complètement gelée. J'attends dans la voiture depuis minuit. Je me suis dit que tu aurais sans doute besoin de moi. Hugo ronfle comme un bienheureux, et moi je n'arrivais pas à dormir. Alors, comment ça va?

— Euh... je ne sais pas..., commença Ruby avant d'éclater en sanglots.

— Assieds-toi là et ne bouge plus. Je vais monter le chauffage; il fait un froid de canard, là-dedans. Tu n'as pas mangé, naturellement! Je vais te faire frire des œufs et préparer du café. Pendant ce temps-là, tu me racontes par le menu tout ce qu'il a dit et tout ce qui s'est passé. Exactement comme c'est arrivé », insista Dixie.

Quand le soleil pointa à l'horizon, aucune des deux femmes n'y prêta la moindre attention. Le reste de la nuit, Ruby avait parlé et Dixie n'avait pas perdu une seule de ses paroles.

Soudain, Ruby regarda le sac plein de factures qu'Andrew avait laissé à terre. Elle commença par l'éloigner du bout du pied mais, se ravisant, elle se baissa pour le ramasser.

« Il va falloir que je regarde ça en détail. J'ai l'impression que je ne suis pas au bout de mes surprises. Il vaut mieux que tu rentres chez toi, Dixie, sinon Hugo va te faire une scène de tous les diables. Reviens quand il sera parti au travail. Moi, je vais prendre une douche et m'attaquer à ces factures. Je ne peux prendre aucune décision tant que je ne saurai pas exactement à combien se chiffrent les dettes contractées par Andrew.

— D'accord, dit Dixie avec tristesse, mais souviens-toi du conseil que t'a donné ton fils : Montre-toi intraitable. Je t'apporterai l'aide qu'il faudra. Ensemble, nous y arriverons. »

Ruby ne put contenir ses larmes en prenant sa douche et pendant qu'elle s'habillait. Puis elle réussit à se calmer suffisamment pour pouvoir donner quelques coups de téléphone. Elle prit beaucoup de notes et réfléchit ensuite à l'attitude qu'il lui faudrait adopter désormais.

Dès qu'elle aurait un peu d'argent, elle ferait une importante donation à l'institution de St. Andrew, à Hawaii. Elle irait d'ailleurs sur place, en emmenant Martha si celle-ci souhaitait l'accompagner. Ensuite, elle irait voir Mrs. Query à Chapel Hill. En somme, elle ferait tout ce qu'Andrew lui avait interdit de faire et qui était si important pour elle. Elle interrogerait le personnel de l'annexe de la Navy pour retrouver la trace de Mabel MacIntyre afin de lui faire un beau cadeau.

Ruby releva le store de la fenêtre dans la cuisine. Le mois de janvier était toujours aussi froid, et la journée s'annonçait encore maussade. Elle se demanda où Andrew avait passé la nuit.

« Bon, maintenant, à moi de jouer, murmura-t-elle. Le monde n'a plus qu'à bien se tenir. »

15

Il fallut à Ruby la totalité du mois de janvier et une partie de février pour se remettre à flot et commencer une vie nouvelle. Pendant ce laps de temps, elle s'était repliée dans sa coquille, et avait refusé de sortir de la maison plusieurs jours de suite, invoquant comme prétexte le froid qui s'était abattu sur la région. Quand la neige survint, elle prétendit qu'elle avait peur de prendre la voiture, et c'est Dixie qui dut faire ses commissions et effectuer les démarches qui étaient encore nécessaires.

La veille de la Saint-Valentin, une fois la neige fondue et les routes dégagées, Dixie fit une entrée en force dans la cuisine de Ruby et annonça d'un ton sans réplique que six semaines de quarantaine suffisaient largement. Le moment était venu de songer aux choses sérieuses.

« Ou bien tu sors de ta léthargie ou bien c'est moi qui m'en vais pour ne plus jamais remettre les pieds ici, lança-t-elle à Ruby qui en resta complètement interloquée. Je t'accorde juste le temps d'ouvrir ton courrier, et ensuite tu me dis ce que tu as décidé. »

Comprenant que son amie n'était pas disposée à s'en laisser conter, Ruby prit le taureau par les cornes.

« Bon, je suis prête à me jeter à l'eau, Dixie. D'ailleurs, en me réveillant ce matin, je me suis rendu compte qu'on était déjà à la mi-février et qu'il était grand temps de passer à l'action. »

Le téléphone sonna.

« Je réponds, s'exclama Dixie en se levant à demi de sa chaise. Oh, et puis zut, après tout, tu peux très bien prendre la communication toute seule. Moi, je vais me contenter de goûter à ces caramels que j'ai eu la gentillesse de t'apporter. »

Ruby revint au bout d'un moment et annonça d'un air triomphant :

« Je viens d'avoir une offre d'achat pour ma maison de Georgetown, émanant d'un diplomate brésilien. L'agent immobilier dit que ma maison lui a tapé dans l'œil et qu'il est prêt à l'acheter sur-le-champ. Rena me conseille de le faire attendre un peu, alors on va augmenter le loyer et lui donner une option d'achat. Ouf, j'ai enfin un peu de liquide qui va rentrer. Mon Dieu, je vais pouvoir respirer ! s'extasia Ruby en fourrant dans sa bouche un caramel enrobé de chocolat. Tu vois, Dixie, c'est comme si on venait de m'enlever une tonne de sur les épaules !

– Dois-je comprendre que nous sommes prêtes à échafauder des

307

plans concrets concernant le commerce que nous avions envisagé d'ouvrir ensemble ?

– Parfaitement, confirma Ruby en posant sur la table un gros calepin bourré de notes griffonnées à la hâte.

– Il y a une chose dont il faut bien nous rendre compte avant tout, c'est que nous ne connaissons absolument rien au monde des affaires. Nous n'avons aucun produit à vendre et ne disposons d'aucune clientèle. Et, pour ne rien arranger, nous n'avons qu'un capital très limité. Je ne pense d'ailleurs pas qu'une banque nous prêterait de l'argent puisque nous ne percevons aucun salaire et n'avons aucun bien qui pourrait garantir le remboursement. Le seul fait dont nous soyons certaines, c'est que nous avons besoin d'argent pour vivre. Moi, il me faut soixante-quinze dollars par semaine, comme à toi, ce qui signifie qu'à nous deux, quoi que nous vendions, il nous faudra un bénéfice d'au moins six cents dollars par mois.

– Mais on pourrait peut-être se contenter de moins, non ? demanda Ruby, le front plissé par l'inquiétude.

– Oh, moi, je n'ai besoin que de vingt-huit dollars par semaine, c'est ce que je gagnais à la boutique de cadeaux, et Hugo s'en contentait parfaitement.

– Bon, eh bien si je m'arrange pour tenir le coup avec soixante dollars par semaine, il ne nous faudra plus que trois cent cinquante-deux dollars par mois. Ce qui me paraît déjà plus réaliste. Pour le commerce que nous allons monter, il faudra éviter d'alourdir les frais généraux. Nous pourrions opérer ici même, soit dans la cuisine, soit dans le garage. Le seul problème, selon moi, c'est que nous ne savons rien faire. »

Comme son amie allait protester, elle expliqua :

« C'est vrai, Dixie, pendant des années et des années, nous n'avons rien fait d'autre que jouer notre rôle de mère et d'épouse, et ce n'est pas en travaillant à temps partiel dans une boutique de souvenirs que nous avons appris quoi que ce soit. Or, manifestement, l'idéal serait que nous vendions quelque chose que nous fabriquerions nous-mêmes. Seulement voilà, nous n'avons aucun don artistique ; et même si nous en avions un, les articles que l'on confectionne soi-même prennent beaucoup de temps. Or, les gens ne tiennent pas à mettre la main à la poche pour payer de la main-d'œuvre en veux-tu en voilà. Bref, je ne vois pas du tout vers quoi il faudrait s'orienter. »

Dixie haussa les épaules.

« En somme, si je résume la situation, nous ne savons rien faire et nous n'avons rien à vendre.

– Il ne faut pas être négative, Dixie. Si on commence par voir tout en noir, on sera battues avant d'avoir entrepris quoi que ce soit. Réfléchis... »

Le téléphone sonna de nouveau.

Ruby sourit en jetant un coup d'œil au calendrier.

« C'est sûrement Andy. Il m'appelle tous les lundis matin. Il doit avoir besoin que je lui envoie son petit colis habituel. Tu veux parier ?

– Je ne parie rien. Tu connais ton fils mieux que moi.

– Je te l'expédie dès aujourd'hui, lança Ruby avant qu'Andy n'ait eu le temps de s'annoncer.

– C'est ça que j'aime chez toi, m'man. Tu devines tout par avance. Écoute, la bouffe qu'on nous propose à la cafét est tellement mauvaise que je me suis dit que tu pourrais peut-être m'envoyer deux fournées de tes cookies. Ils sont tellement bons que je pourrai les vendre sans difficulté, et avec cet argent, je me paierai quelques repas en ville. Tu veux bien faire des affaires avec moi ? »

Le sang de Ruby ne fit qu'un tour.

« Tu peux me répéter ça, Andy ? demanda-t-elle d'une voix étranglée.

– Quoi ? Que je voudrais davantage de cookies ou que je vais aller manger en ville ? »

Ruby rit avec ravissement.

« Andy, tu crois vraiment que tu pourrais les vendre, ces cookies ?

– Naturellement. D'ailleurs, j'en ai vendu quelques-uns la semaine dernière, c'est pour ça que j'en voudrais bien un peu plus. Je les ai liquidés à dix *cents* pièce, ce qui m'a permis de me payer une tranche de pizza et un Coca. Ceux qui me restaient, je les ai mangés. Ah oui, une de mes copines m'a dit de te demander d'en faire avec du beurre de cacahuètes. Je lui ai répondu que ta spécialité, c'est les petits pains au raisin et les galets au chocolat. La prochaine fois, envoie-m'en au beurre de cacahuètes. Le père de la fille est toubib, et il lui donne tout l'argent de poche qu'elle demande. Bref, tu peux y aller, m'man, je suis sûr de les écouler... Bon, il va falloir que je te quitte, sinon je vais être en retard au cours. Au revoir, m'man, je t'adore.

– Oh, Andy, moi aussi je t'adore. Mais vraiment, hein ? Je te rappelle ce soir. Au revoir ! »

A peine avait-elle raccroché qu'elle répéta à son amie les propos que son fils lui avait tenus au téléphone. Les yeux de Dixie étincelèrent.

« J'adore faire des cookies. J'adore manger des cookies. C'est la recette de ta grand-mère, n'est-ce pas ? »

Ruby hocha la tête.

« Voyons, faisons nos comptes. L'investissement devrait être modeste. Il nous faut un peu de matériel, des réchauds, des saladiers pour la pâte et des plaques de cuisson ; mais Andrew nous procurera ça à prix réduit, chez Sears & Roebuck. On pourra faire cuire les cookies de bonne heure le matin ou très tard le soir et les livrer avant midi. Andy les vendra pour nous en attendant que nous nous soyons constitué notre propre clientèle. Les gosses adorent les cookies maison. A condition qu'ils soient à un prix raisonnable, bien entendu. Dixie, on a trouvé le bon filon, je le sens. Il a eu un sacré nez, ce gosse. S'il n'avait pas appelé, on serait encore en train de se ronger les sangs. Au fait, j'y pense : son meilleur ami, Jeff Larsen, est à Princeton. Je vais appeler sa mère, Jeannine, pour lui demander s'il pourrait nous rendre le même service qu'Andy. Princeton n'est pas loin de Rutgers. Nous pourrons les livrer juste après être allées à Rutgers. Et il y a Monmouth College qui n'est pas loin non plus. »

Dixie battit des mains avec ravissement.

« On va les mettre dans des sacs en papier, marron pour commencer, avec un ruban. L'emballage est aussi important que le produit lui-même. Quand on commencera à faire des bénéfices, on fera imprimer nos noms sur les sacs... Ce qui me fait penser que nous n'avons pas de nom.

— Mais si, on en a un. A Barstow, il y avait une femme qui s'appelait Constance Sugar. Elle faisait les meilleurs sablés au chocolat du monde. Sa fille les apportait à l'école le jour de son anniversaire, et l'institutrice nous en donnait un à chacune pour qu'on mette une bougie dessus. On les appelait les sablés de Mrs. Sugar. Nous, on pourrait baptiser nos productions les cookies de Mrs. Sugar.

— Oui, génial. Ça va marcher comme sur des roulettes, notre affaire !

— Bien sûr. On va faire fortune.

— Et si on s'y mettait dès à présent, pour voir ce que ça donne ? On en fera cuire toute la journée, et demain on se pointera à Rutgers avec notre cargaison. Ça nous donnera une idée du prix de revient.

— Je peux rentrer tout de suite chez moi pour les cuire dans ma cuisine, comme ça je les apporterai ici avant que Hugo ne revienne du travail. J'ai six plateaux et deux plaques de cuisson dans mon four, comme toi. Ça va nous prendre pas mal de temps. Et pour commencer, il faut acheter tous les ingrédients nécessaires. »

Elle baissa soudain les yeux, l'air embarrassé.

« Excuse-moi de te parler de ça, mais j'ai besoin d'argent. J'ai seulement trois dollars, et il faut que je les fasse durer jusqu'à jeudi, le jour de la paie de Hugo. J'ai du lait et du pain à acheter.

— Je n'ai pas beaucoup non plus — juste l'argent que j'ai mis de côté pour payer l'électricité. Mais je ne suis pas obligée de régler la note immédiatement. Je vais te faire un chèque.

— Combien de cookies crois-tu que nous pourrons cuire d'ici à demain matin ?

— Plusieurs centaines, mille peut-être.

— Bon sang ! On se lance dans le commerce de gros ! »

Les deux femmes se regardèrent pendant un moment. Toute parole était désormais inutile. Ruby ouvrit soudain les bras et Dixie vint se serrer contre elle.

« Tu es formidable, Dix. Merci pour tout. »

Deux heures plus tard, Dixie était de retour, fronçant les narines avec ravissement en percevant la bonne odeur de pâtisserie qui flottait dans la cuisine.

« Hmmm ! On en mangerait ! grommela-t-elle. Tu en es à combien ?

— Oh, à peu près dix douzaines. Je les ai faits un peu plus gros parce que nous allons les vendre à des jeunes, et il faut qu'ils en aient pour leur argent. La dernière série est dans le four. Il faudra en déduire cinq ou six. J'en ai mangé trois, et toi tu en es à ton troisième. Qu'est-ce que tu as fait de beau, de ton côté ?

— Je me suis renseignée. Le directeur du magasin A & P m'a dit où je pourrais avoir des ingrédients au prix de gros. Et j'ai demandé au caissier de Mrs. Harris où trouver des sacs en papier et des rubans. Il m'a promis de chercher dans les archives de Mrs. Harris – à l'insu de la vieille, évidemment –, quand elle sera rentrée dîner chez elle. Il nous appellera ce soir pour nous donner les noms et les numéros de téléphone des fournisseurs. J'ai bien fait, Ruby ?

– Formidable. Des sacs de couleur et des rubans assortis ! Tu t'es défendue comme un vrai chef, Dixie !

– Les sacs ordinaires, elle n'en avait plus, mais ceux-ci m'ont tapé dans l'œil. On dirait des petits cartables. Les filles vont adorer ça. » Dixie se rengorgea. « Le malheur dans cette histoire, grogna-t-elle, c'est que nous allons prendre quelques kilos.

– Quelle importance, du moment qu'on gagne de l'argent ! D'ailleurs, dans trois jours, nous n'aurons plus envie d'en avaler un seul. Tu peux me croire sur parole. »

Quand Dixie fut repartie chez elle avec la pâte prête à cuire, Ruby était si joyeuse que rien, pas même la visite d'Andrew, n'aurait pu l'inciter à se départir de sa bonne humeur.

« Oh, Bubba, ne cessait-elle de se dire, tu m'as encore rendu un fier service ! Si tu ne m'avais pas donné cette recette que l'on utilisait autrefois à la campagne, je serais incapable de me lancer dans ce genre de commerce. Tu dois être en train de veiller sur moi, en ce moment encore ! Eh bien, tu vois, continua-t-elle les yeux levés au plafond, c'est vraiment agréable de se savoir protégée et choyée. Surtout, ne t'arrête pas, je t'en prie. Continue encore longtemps de t'occuper de moi. »

Il était près de minuit quand Ruby et Dixie, ayant vidé le dernier récipient de pâte, se mirent en devoir de nettoyer la cuisine.

« Ouf, enfin terminé ! soupira Dixie. Bon sang, la journée a été épuisante mais je ne regrette rien, crois-moi. De toute mon existence, je ne me suis jamais sentie aussi bien. Dis donc, ça a une de ces gueules, tu ne trouves pas ? » demanda-t-elle soudain en pointant le doigt sur les sacs de biscuits impeccablement enrubannés et empilés sur le sol et sur le comptoir.

Ruby hocha la tête, l'air complètement épuisé.

« Tout est réglé comme du papier à musique. Si on part à six heures et demie, même s'il y a beaucoup de circulation, on pourra être à Rutgers à sept heures et demie. Andy commence ses cours à huit heures. On lui portera les cookies au dortoir et ensuite on ira à Princeton. Andy m'a dit qu'il les vendrait pendant les interclasses. Il prétend avoir une idée, mais il n'a pas voulu m'en parler avant d'être certain que ça peut marcher. Bon, maintenant, il va falloir faire nos comptes ; tu vérifieras derrière moi pour le cas où je me tromperais. »

A une heure et demie, les deux femmes, à bout de forces, échangèrent un regard désespéré au-dessus de leur cahier à spirale.

« Si on vend tous les cookies, ça va nous faire un bénéfice de... Bon sang, c'est pas vrai ! gémit Ruby. Tout ce travail pour quatorze dollars, et il faut que nous allions les livrer nous-mêmes ! En prenant sur notre temps et en brûlant notre essence ! Et en faisant ça tous les jours de la semaine, on se fera soixante-dix dollars, en se tuant littéralement au travail, c'est pas possible !

— C'est à cause des sacs et des rubans. Ils sont jolis, mais nous les payons au prix de détail. Demain, enfin aujourd'hui, au lieu de rester devant les fourneaux, on va faire le tour des maisons de gros pour essayer d'avoir des prix. En achetant par grosses quantités, on réduira les coûts et on augmentera les bénéfices, déclara Dixie après avoir bâillé à s'en décrocher la mâchoire. En tout cas, je crois que tu avais raison sur un point, Ruby : maintenant, je ne pourrais plus avaler un seul cookie.

— Je n'arrive pas à croire que l'emballage revienne plus cher que les ingrédients. Ah, il y a un autre problème, c'est celui des œufs. Il faut d'urgence contacter un éleveur de poules pour les prendre chez lui directement. Ça aussi, ça réduira les coûts.

— Tu verras, à force de diminuer nos frais, on va finir par faire des bénéfices mirobolants ! ironisa Dixie.

— N'empêche que, le vrai problème, ça va être de voir si ces cookies se vendent aussi bien que nous l'espérons. Bon, maintenant, il faut que tu rentres chez toi te reposer. Et comment vas-tu faire pour t'éclipser dès l'aube tout à l'heure ? Hugo va se demander pourquoi tu te lèves si matin — n'oublie pas qu'il faut que tu m'aides à charger la voiture.

— J'ai pris les devants tout à l'heure. Comme Hugo voulait savoir pourquoi je faisais tant de cookies, j'ai prétendu que c'était pour la fête de la paroisse et qu'on m'avait donné les ingrédients. J'ai même ajouté qu'ils devaient être arrivés au presbytère à l'heure du petit déjeuner pour qu'on les mette en vente. Comme il ne pénètre jamais dans une église, il n'a aucune raison de mettre ma parole en doute. T'inquiète pas, je serai à l'heure. Bonne nuit, Ruby.

— Ça va marcher, Dixie.

— J'en suis bien persuadée. A demain matin.

Longtemps après le départ de son amie, Ruby resta à regarder les sacs multicolores contenant les cookies. Que de travail ! Elle se demanda où elle allait trouver l'argent lui permettant de payer la matière première dont elle aurait besoin pour les prochaines fournées.

Regardant la pendule, elle calcula qu'il était minuit en Californie. Elle composa le numéro d'Opal, et s'aperçut soudain qu'elle avait retenu son souffle en attendant que la voix joyeuse de sa sœur cadette retentisse à l'autre bout du fil.

« Opal ? J'ai besoin de ton aide. J'en ai même un besoin urgent.

— Tu peux me demander ce que tu veux, c'est accepté d'avance. Ah, au fait, je suis désolée pour ce qui vous est arrivé, à Andrew et à toi ; mais quand on ne parvient pas à s'entendre, mieux vaut ne pas insister. Enfin, maintenant, tu vas pouvoir vivre ta vie et te trouver un nouveau mec. D'ailleurs, si tu veux, je peux te présenter à des copains de Mac. Des types sympa qui adorent s'éclater, et sacrément marrants avec ça ! Alors, tu voulais me demander quoi, au juste ?

– J'ai besoin d'argent. Un prêt. Pour un temps très limité. J'ai eu une offre pour ma maison de Georgetown, hier, et la vente devrait se conclure très bientôt, avant la fin mars. Je te rembourserai aussitôt après. J'ai besoin de trois cents dollars.

– C'est une sacrée somme ! s'exclama Opal d'une voix toute changée. Mac et moi, on arrive à peine à payer les factures en souffrance. Au maximum, j'arriverais peut-être à trouver cent dollars. Quand m'as-tu dit que tu pourrais me rembourser ? Je ne sais pas si Mac...

– C'est pas grave, l'interrompit Ruby avec une grande sérénité. Excuse-moi de t'avoir ennuyée à une heure pareille... »

La voix d'Opal avait retrouvé ses accents joyeux.

« Y a pas de mal. Désolée, Ruby. Je crois que, Mac et moi, il va falloir qu'on apprenne à mettre un peu d'argent de côté, hein ? »

Ruby ne se donna même pas la peine de répondre. Elle raccrocha sans autre forme de procès. Elle ne voulut pas penser à tout l'argent qu'elle avait donné à Opal pour lui permettre de s'acheter une maison. Pourquoi se mettre martel en tête pour si peu ?

Maintenant, elle ne se souciait plus de l'heure. Elle ouvrit son carnet d'adresses et appela tous ceux dont le nom lui tombait sous les yeux, gardant Rena pour la fin. Elle traça un grand zéro tout rond sur une feuille de papier quand elle eut composé le numéro de Rena et s'entendit annoncer que celle-ci avait quitté le pays. Une envie de pleurer la saisit à la gorge. Ah, ils étaient beaux les amis ! Elle s'apprêtait à refermer son agenda quand, sur la dernière page, elle vit un autre nom accompagné de ses coordonnées.

Grace Zachary. En composant le numéro indiqué, elle se félicita de ne pas avoir rompu tout contact avec ses anciens voisins de Barstow et d'avoir songé à leur envoyer des cartes aussi bien à Pâques qu'à Noël.

La voix ensommeillée de Grace s'excita soudain quand Ruby se fut identifiée.

« Ruby, c'est toi ? Paul, réveille-toi ! C'est Ruby ! Mais je me moque de l'heure qu'il est. Lève-toi. Prends l'écouteur. Alors, comment ça va, ma chérie ? Un problème ? Mon Dieu, mon petit, Paul et moi on parle de toi tout le temps. Alors, Ruby, qu'est-ce qu'on peut faire pour toi ? »

Le barrage qui endiguait l'émotion de Ruby céda soudain. En sanglotant, elle raconta son histoire, soulevant de la part de Grace des exclamations apitoyées. Quand elle en vint à dire qu'elle avait besoin d'argent, Paul et Grace s'exclamèrent à l'unisson :

« Combien ?

– Trois cents dollars. Cinq cents si vous le pouvez. Je vous signerai une reconnaissance de dette et vous paierai les intérêts que vous jugerez souhaitables.

– Il n'en est pas question ! se récria vivement Paul. Nous allons t'envoyer un chèque à la première heure demain et tu nous rembourseras quand tu le pourras. Sans intérêt. Maintenant, laisse-moi te dire où il faut que tu ailles pour trouver tes produits au prix de gros. Ne tiens aucun compte de ce que t'a dit le directeur de ton supermarché. Je suis le grand patron de la chaîne pour la côte Est. Tu vas rappeler ce type de ma part et voici ce qu'il va faire pour toi. Prends un crayon, mon petit, et note bien tout le détail. Si tu arrives à donner une impulsion suffisante à ton affaire, nous t'achèterons tes cookies. Tu ne pourras pas vendre éternellement tes productions à des étudiants, et d'ailleurs cinquante *cents* la douzaine, ce n'est pas assez. Demande un dollar, Ruby. Fais-moi confiance ! »

Ruby était tout ouïe. La conversation se prolongea pendant une heure.

« Écoute bien Paul, recommanda Grace. Il sait de quoi il parle.

— Ne t'inquiète pas, Grace. Je vous rembourserai dès que je le pourrai. Merci à tous les deux.

— De rien. A quoi servirait d'avoir des amis si on ne se dépannait pas une fois de temps en temps ? Maintenant, couche-toi et essaie de dormir. Nous reparlerons de tout ça très bientôt. »

En raccrochant le récepteur, Ruby s'appuya au dossier de sa chaise. C'était toujours quand elle était au bord du désespoir que des choses comme celle-là se produisaient. Traversée par une sorte d'éclair, elle comprit que ce n'était pas de sa grand-mère que lui venait une aide aussi providentielle. C'était quelqu'un d'autre qui se manifestait à elle. Un Être supérieur. Elle se rappela la façon dont elle s'était débarrassée de sa Bible dans le train. Et il y avait bien longtemps qu'elle n'avait pas mis les pieds dans une église.

Au lieu d'aller se coucher, Ruby monta l'escalier menant à la salle de bains. Elle prit une douche et se fit un shampooing. Elle n'avait jamais été plus réveillée qu'à ce moment.

Qui aurait jamais pu penser que ce seraient les Zachary qui lui viendraient en aide ? Si elle n'avait pas tourné la dernière page de son agenda, elle aurait sans doute renoncé à son projet. Elle poussa des cris de joie, l'épiderme transpercé par les mille aiguilles acérées que projetait la douche.

Elle se fit frire des œufs au bacon en souriant sans discontinuer. Elle attendait avec impatience l'arrivée de Dixie. Dire qu'elle allait pouvoir se procurer les ingrédients moins cher que le prix de gros ! Paul lui avait même donné le nom d'un fabricant qui pourrait lui fournir les emballages en papier. Et il avait précisé que l'homme ferait les sacs exactement comme on les lui demanderait, à condition toutefois qu'on lui en prenne plusieurs milliers à la fois.

Cette perspective ne la gênait nullement. D'ailleurs, ne devrait-elle pas acheter sa farine par sacs de cent kilos et la graisse pour la pâte par récipients de cinquante livres ? Elle n'aurait aucun problème d'approvisionnement puisque les grossistes la livreraient gratuitement à domicile, ce qui lui ferait incontestablement gagner beaucoup de temps. Le seul point délicat, c'était qu'il faudrait payer comptant, en liquide ou par chèque. « On ne fait jamais crédit aux nouveaux clients, surtout si ce sont des femmes », avait prévenu Paul. Mais Ruby n'était pas vraiment inquiète. Elle s'y ferait, voilà tout.

« Un jour, se dit-elle en versant les œufs dans son assiette, ce sont eux qui viendront me supplier de me fournir chez eux. »

Tout en mangeant, elle se remémora les propos que lui avait tenus Paul.

« Dans ce genre de commerce, les clients paient comptant, aussitôt après réception de la marchandise. Alors, ne cède pas à la tentation de minimiser tes revenus. Le fisc a horreur de ça. Tiens tes comptes avec la plus grande exactitude et ne prends jamais de personnel au noir, car les gens que tu emploieras devront eux aussi payer des impôts sur les salaires qu'ils recevront de toi. Ça ne va pas toujours être facile, Ruby, mais au moins tu seras ta propre patronne. Si je peux t'aider, n'hésite pas à m'appeler. N'importe quand. »

Elle était bien décidée à le prendre au mot. C'était tellement réconfortant d'avoir des amis sur qui compter !

Pendant tout le trajet jusqu'à Rutgers, Ruby et Dixie bavardèrent sans discontinuer. Andy émergea de son dortoir, les yeux encore ensommeillés, les jambes de son pyjama dépassant en bas de son jean. Des bras musclés enveloppèrent Ruby aux épaules. Il essaya de chuchoter, mais sa voix s'entendait jusqu'à l'autre bout de la rue.

« Je suis bien content de te voir, m'man. Attends, je vais prendre cette caisse. Vous deux, je vous laisse ces deux petits sacs. On va pouvoir tout emporter en un seul voyage.

— Ce gosse, il est toujours plus beau chaque fois que je le vois, murmura Dixie. Et il grandit à vue d'œil. Il mesure au moins un mètre quatre-vingt-cinq !

— Quatre-vingt-dix, corrigea Ruby avec un petit rire. Et ses yeux sont plus bleus que ceux de Paul Newman. Il dit toujours qu'on n'arrête pas de le mettre en boîte à cause de ça. Et c'est un brave gosse, ajouta-t-elle avec fierté. Il travaille comme un Dieu. Il va devenir un architecte de tout premier ordre.

— Parfait, m'man. On va laisser ça là, je viendrai les chercher un peu plus tard. Combien faut-il que je demande ?

— Un dollar le sachet », lança Ruby avec aplomb, se souvenant des recommandations de Paul.

Dixie s'apprêtait à protester, mais elle se ravisa.

« Envoie-nous un mandat. Je te préviendrai dès que nous serons prêtes à renouveler l'opération. Les petits sacs mauves, c'est des cookies au beurre de cacahuètes. Merci mille fois, Andy.

— De rien, m'man. Pour toi, je ferais n'importe quoi. Surtout, ne prends pas de risques au volant.

— Hé là, Blue, lança quelqu'un de l'autre bout du couloir, vous pourriez pas y mettre une sourdine ? »

Le ton était amical. Andy fit un large sourire.

« Ils ont fini par me prendre comme je suis », expliqua-t-il d'une voix qu'il avait bien du mal à contenir à un niveau sonore normal.

Ruby le prit dans ses bras.

« Combien j'ai le droit d'en manger ? chuchota-t-il de nouveau.

— Ceux qui sont dans le sac vert sont pour toi et pour tes copains de chambrée. Bon, il faut qu'on y aille, Andy. Tu me téléphoneras ? »

Andy hocha la tête.

Une fois qu'elles furent engagées sur la nationale 1, en direction de Princeton, Dixie s'exclama d'un air ravi :

« Nous avons doublé nos bénéfices. Comment se fait-il que tu lui aies dit un dollar le sac ?

— C'est ce que m'a conseillé Paul Zachary. Si c'est trop cher, nous ramènerons le prix à soixante-quinze *cents* pièce. Mais je préfère comme ça. Tu te rends compte, ça nous ferait vingt-huit dollars pour notre travail d'hier ! J'ai l'impression que ça va marcher, Dixie. »

Jeff Larsen, l'ami d'Andy, les attendait sur le trottoir, devant le dortoir, avec deux de ses camarades. En un tournemain, les sacs de cookies furent enlevés du siège arrière pour arriver sur leurs épaules. Comme Andy, il demanda :

« Lesquels sont pour moi ? Combien faut-il les vendre ? »

Une fois sur la route du retour, les deux femmes poussèrent un soupir de soulagement.

« Dès ce soir, nous saurons si nos cookies peuvent vraiment se vendre au prix que nous avons demandé, annonça Ruby. Selon moi, les gosses devraient les écouler sans difficulté.

— Je le crois aussi. A quelle heure crois-tu que nous pourrons rentrer, Ruby ? demanda soudain Dixie d'une voix anxieuse.

— Vers trois heures, si nous ne sommes pas trop retardées. As-tu peur d'avoir des problèmes ? »

Dixie haussa les épaules.

« Hugo a une attitude bizarre en ce moment. Il a l'air de se moquer complètement de ce que je peux faire, et pourtant il me questionne sans cesse sur mon emploi du temps. Et puis, il a parfois des réactions vraiment inhabituelles. Bref, je ne sais plus que penser.

— Et tu te plains ? Tu as toujours dit que tu aimerais bien qu'il te lâche un peu les baskets...

— Je sais, mais c'est sa façon de se comporter qui m'inquiète un peu. Oh, je me fais peut-être des idées, après tout. »

Ruby hocha la tête. Elle n'allait pas laisser Hugo lui gâcher sa journée, ni celle de Dixie, si elle pouvait faire autrement.

Abe Saltzer, de la société de grossistes H & R, était un véritable géant. Encore plus grand qu'Andrew, et plus musclé aussi, avec un ventre proéminent qui saillait sous une chemise malpropre à laquelle il manquait deux boutons. Il avait la barbe et les cheveux les plus roux que Ruby eût jamais vus. Le cigare malodorant qu'il mâchouillait entre ses dents lui fit venir les larmes aux yeux. Tout en dirigeant de ses mains énormes, qui ressemblaient à d'immenses battoirs, un gigantesque semi-remorque vers le quai de débarquement, l'homme essayait de concentrer son attention sur les propos que lui tenait sa nouvelle cliente.

« Vous avez vraiment l'intention de traiter des affaires sérieuses, ou vous venez simplement pomper l'air de ceux qui voudraient respirer ? » demanda-t-il soudain d'un air agacé.

Ruby tourna sa langue plusieurs fois dans sa bouche avant de répondre.

« Je suis venue ici pour passer commande. Paul Zachary m'a recommandé de m'adresser à Mr. Saltzer. Vous êtes bien Mr. Saltzer ?

— Je l'étais encore quand je me suis levé ce matin. Paul, dites-vous ? Vous connaissez Paul.

— Paul et Grace sont de bons amis à moi.

— Ma sœur a épousé le frère de Paul, annonça Abe en faisant passer le cigare d'un coin de sa bouche à l'autre.

— Oh, parfait. Je suis sûre que Paul a un frère qui est aussi gentil que lui.

— Ouais, ouais, ouais. Pourquoi Paul vous envoie-t-il ici ?

— Il m'a dit que vous m'accorderiez des conditions avantageuses. Avec mon amie, Dixie Sinclaire, nous voulons nous lancer dans le commerce des cookies et nous avons besoin d'acheter nos ingrédients en gros. Paul a dit que vous pourriez nous livrer à domicile. Voyez, j'ai noté ses recommandations noir sur blanc. Vous pouvez le rappeler pour vérifier, déclara Ruby en lui tendant sa feuille de papier.

— Il a dit tout ça à mon sujet ? demanda-t-il d'un air flatté.

— Vous voulez un cookie ? proposa Dixie. J'en ai quelques-uns ici... »

Elle fouilla dans la grosse sacoche qui pendait à son épaule et en sortit un petit sachet plein de biscuits assortis, expliquant à l'intention de Ruby :

« Je me suis dit que nous n'aurions sans doute pas le temps de nous arrêter pour manger, alors j'en ai pris deux de chaque sorte.

— La maison ne fait pas de crédit, expliqua Abe en mastiquant avec délectation. Nous livrons le mardi, à domicile. N'oubliez pas de donner un pourboire au chauffeur. Ça vous va ? »

Ruby hocha la tête.

« Où avez-vous eu cet emballage ? demanda Abe.

— Dans une boutique de cadeaux. On nous les a fait payer dix-neuf *cents* chacun.

— Ça ne vaut pas plus de deux *cents*. Allez plutôt chez le grossiste qui se trouve à trois cents mètres d'ici. Dites donc, ils sont fameux vos biscuits. Quand on viendra vous livrer, donnez-en donc un paquet au chauffeur, mais fermez bien le sac. Je préfère ceux qui sont au beurre de cacahuètes. Ça me rappelle ceux que ma mère me faisait quand j'étais gosse.

— Comptez sur nous, on pensera à vous.

— Bon, maintenant, on va entrer au bureau. Vous aurez un numéro de compte, et quand vous serez prêtes à commander vous me préviendrez par téléphone. Vous serez les premières servies et bien servies, croyez-moi, puisque vous m'êtes recommandées par le frère de mon beau-frère. Vous préférez commander tout de suite ou attendre un peu ?

317

— Nous ne savons pas encore quelles quantités il nous faudrait, et nous avons besoin d'un certain nombre de précisions. Par exemple, combien de temps peut-on garder la farine ?

— Si elle est bien enfermée, vous pouvez la conserver indéfiniment. Par contre, quand le beurre ou la graisse sont entamés, mettez-les au frigo. Achetez vos œufs chez un fermier du voisinage, moi je ne les livre pas. Dès qu'ils sont fêlés, personne n'en veut. Autre chose, mesdames ? Ah oui, il me faut quarante-huit heures pour honorer une commande, à moins qu'il n'y ait urgence. Remarquez, ça fait vingt ans que je suis dans le métier et ça ne m'est arrivé qu'une fois d'avoir une urgence : c'était pour la Croix-Rouge qui voulait venir en aide à des sinistrés. »

L'honnêteté foncière de Ruby l'incita soudain à s'inquiéter :

« Mr. Saltzer, si vous nous vendez vos marchandises à ce prix-là, vous ne ferez pas de bénéfice. Nous ne voulons pas qu'on nous fasse la charité, même si Paul est intervenu pour que nous ayons un traitement de faveur. »

Abe secoua la tête, faisant osciller le cigare dans sa bouche.

« Ma petite dame, une vraie femme d'affaires ne doit pas entrer dans ce type de considérations.

— C'est une question de principe.

— Eh bien, rassurez-vous. Même à ce prix-là, je ne suis pas perdant. Mais, pour l'amour du ciel, n'allez pas raconter ça à n'importe qui, d'accord ?

— D'accord. Eh bien, je vous téléphonerai dès que possible.

— Et n'oubliez pas : avec moi, on paie toujours comptant.

— Vous aurez votre argent. Et les biscuits.

— Ah oui, les biscuits aussi, bien sûr », lança-t-il par-dessus son épaule.

Quand Ruby se fut installée au volant de sa voiture, Dixie s'exclama :

« Tu te rends compte, à ce prix-là, c'est donné ! Et il prétend faire encore un bénéfice. Eh bien, on s'est drôlement fait avoir à l'épicerie, tu ne crois pas ?

— Il y a longtemps que je m'en suis aperçue », murmura Ruby.

Après avoir conclu un marché du même genre pour les sacs avec un grossiste nommé Petrocelli, elles rentrèrent au logis.

Quand Ruby s'engagea dans son allée, quarante-cinq minutes plus tard, elle écrasa à nouveau les rosiers qu'elle avait mutilés en janvier. Elle n'y prêta pas davantage attention. Elle n'avait plus qu'une envie : dormir. Elle ouvrit la porte comme une automate et Dixie l'aida à s'allonger sur le divan, allumant le chauffage et posant sur elle une couverture en tricot. Elle régla ensuite la sonnerie du téléphone au minimum, puis sortit par le garage pour laisser toutes les portes fermées de l'intérieur.

Le garage paraissait immense. Dixie ferma les yeux et essaya d'imaginer cet espace empli de milliers de sachets multicolores avec des cookies à l'intérieur. La vision était si agréable qu'elle ne put s'empêcher de sourire. Le succès lui paraissait de plus en plus certain, maintenant, et elle était heureuse d'y avoir sa part. Elle n'en éprouvait pas moins quelques scrupules à l'idée qu'elle toucherait la moitié des bénéfices bien qu'elle n'apportât aucun capital au départ.

Elle en conclut que, puisqu'elle n'avait pas d'argent à mettre dans l'association, il ne lui resterait plus qu'à travailler à tour de bras et de tout son cœur. Cela, elle savait le faire.

C'est sans le moindre enthousiasme qu'elle repartit chez elle. Elle appréhendait toujours le moment où elle se retrouvait attablée face à Hugo. Elle détestait ces repas où l'on ne se disait jamais rien et le silence qui régnait après manger, quand Hugo se carrait dans son fauteuil pour lire le journal, était insupportable.

Elle se demandait parfois si Hugo se comporterait de la même manière avec une autre femme. Elle était peut-être trop laide, ou trop ignorante ?

Et puis, cette infirmité aggravée par l'arthrose, qui la faisait souffrir au point que certains matins elle arrivait à peine à poser le pied par terre ! Elle faisait tout son possible pour la camoufler, mais se rendait bien compte que Hugo avait de plus en plus de mal à tolérer le spectacle qu'elle lui offrait. Que de fois il l'avait traitée de boiteuse d'un air méprisant !

Une flambée de colère illumina ses prunelles. C'était sa faute à lui, si elle avait la jambe déformée, et il avait le culot de prendre des airs dégoûtés !

« Si tu crèves, ne compte pas sur moi pour te pleurer ! » marmonna-t-elle entre ses dents.

Cette fois, elle n'éprouva aucune honte. Elle le pensait vraiment.

Hugo l'attendait dans la cuisine. Elle eut un mouvement de recul en voyant le regard qu'il dirigeait vers elle.

« Où tu étais ? » demanda-t-il d'une voix rogue.

Fallait-il mentir ou valait-il mieux dire la vérité ? Dixie avait l'impression d'être prise au piège. Était-il allé à l'église ou, pis encore, était-il passé à la boutique de cadeaux ? Elle eut la tentation d'aller se réfugier chez Ruby. Son amie pourrait la loger dans la chambre de l'un des enfants.

« Je suis sortie, répondit-elle d'une voix brève. Tu aurais pu commencer à dîner, non ? » ajouta-t-elle en se dirigeant vers le réfrigérateur.

Elle n'ôta pas son manteau. Elle sortit un bol contenant un reste de spaghettis et le posa sur le comptoir. Puis elle saisit, d'une main, un saladier où s'entassaient quelques feuilles de laitue et, de l'autre, un couteau de cuisine à la lame effilée. Elle se retourna alors, le couteau à la main.

Ça y est, se dit-elle. Il va m'annoncer qu'il sait très bien que je ne suis pas allée à l'église et qu'il a appris que je m'étais fait mettre à la porte. Il va m'interdire de retourner chez Ruby.

Instinctivement, ses doigts se crispèrent sur le manche du couteau.

« Quelque chose qui ne va pas, Hugo ? » demanda-t-elle d'un ton glacial.

Elle fut la première étonnée de s'entendre parler avec une telle fermeté. Hugo paraissait intimidé. A cause du couteau, sans doute.

Hugo Sinclaire était un homme d'une stature impressionnante. Assez séduisant de nature, il accusait cependant une certaine tendance à l'embonpoint, et son visage encadré d'une barbe noire et barré d'une moustache fournie avait un aspect plutôt sinistre. En dépit de sa grande élégance, il paraissait maintenant presque pitoyable. Jamais Dixie ne l'avait vu en proie à un semblable embarras, et le spectacle qu'il lui offrait la combla d'un plaisir qui lui fit presque tourner la tête.

« Tu as plus d'une heure de retard. L'église était fermée et la boutique aussi. Où donc étais-tu passée ? Tu sais pourtant bien que je n'aime pas attendre pour passer à table !

— Je t'ai dit que j'étais sortie. Et plus on va rester là à palabrer, plus tu vas attendre ton dîner. Tu veux un petit pain au lait ?

— Sortie, sortie, ça ne me dit pas où tu étais ! éclata Hugo sans quitter le couteau des yeux.

— En fait, je me suis baladée un peu en voiture. Je me suis arrêtée chez Ruby, mais elle était... occupée. Bon, alors, t'en veux des pains au lait, oui ou non ?

— Non. Une tartine me suffira. T'enlèves pas ton manteau ? »

Dixie réfléchit pendant une bonne demi-minute à la question qu'il lui posait.

« Non, répondit-elle finalement. Je vais te réchauffer ce dîner que tu aurais d'ailleurs très bien pu te réchauffer toi-même, et ensuite je vais ressortir. Est-ce que, demanda-t-elle en articulant bien chaque mot, est-ce que tu vois un inconvénient à ce que je ressorte après dîner ? »

Il allait forcément trouver à redire. Jamais encore elle n'avait quitté la maison, seule, après la tombée de la nuit. Du ton de l'écolier qui récite une leçon, il chantonna :

« Ça dépend où tu vas et pourquoi tu ressors. Personnellement, je ne vois pas du tout pourquoi tu aurais besoin de t'en aller à cette heure. Nous avons du lait et du pain, tu n'as donc aucune raison de passer à l'épicerie. Quant à l'église, elle est fermée et la poste aussi. De toute façon, je suppose que tu n'as pas de lettre ou de facture à mettre à la boîte. »

Dixie répondit sur le même ton que son mari :

« Je vais aller chez Ruby. Elle est en train de m'aider à faire un couvre-lit que je compte offrir à ta maman pour la fête des mères. »

Elle était stupéfaite de la facilité avec laquelle elle avait proféré ce mensonge.

« Désormais, continua-t-elle, je vais y aller souvent, chez Ruby. Il faut beaucoup de temps pour faire un couvre-lit. Naturellement, si tu préfères qu'on en achète un, je n'y vois pas d'inconvénient. En tout cas, ta mère a bien dit que c'était un couvre-lit qu'elle voulait. »

Elle ponctua ses propos en brandissant la lame devant elle.

« D'accord, d'accord ! Mets le souper sur la table et tâche de te remuer un peu », lança Hugo d'un air résigné.

320

Dixie se retourna, tenant toujours le couteau à la main.

« Tu peux très bien mettre la table toi-même, non ? Et faire la vaisselle aussi. Moi je n'ai pas le temps. »

C'est sans doute ce que Ruby voulait dire quand elle parlait de s'affirmer. Dixie frissonna de sa propre témérité. Depuis qu'ils étaient mariés, Hugo n'avait jamais mis la table ni lavé une seule assiette.

Pendant un moment, elle crut qu'elle n'allait pas tenir jusqu'au bout, mais elle se rappela un article qu'elle avait lu dans un magazine en attendant son tour chez le dentiste : « On n'est intimidé que lorsqu'on se laisse intimider. » Bon sang, je suis gonflée, se dit-elle. Depuis qu'elle s'était lancée dans les affaires, elle se sentait capable de tenir tête à n'importe qui, y compris Hugo.

Toujours vêtue de son manteau, mais après avoir déposé son arme, elle versa les spaghettis dans l'assiette de son mari. Puis elle lui emplit son verre de lait et mit la salade et le pain devant lui. Elle eut même la tentation de lui déplier sa serviette pour la lui attacher autour du cou.

« Te faudra-t-il autre chose, Hugo ? »

Elle n'attendit pas la réponse et sortit, sans trop savoir où elle irait.

Elle roula un moment au hasard dans les rues jusqu'au moment où elle aperçut un groupe de femmes qui se dirigeaient vers l'église catholique de St. Jude. Il y avait une séance de loto. Elle se gara sur le parking et misa l'argent qu'elle avait mis de côté pour acheter du pain et du lait. Quand elle ressortit des sous-sols de l'église à dix heures, elle avait sept dollars. Elle avait eu assez de chance pour gagner, mais avait dû partager ses gains avec les quatre femmes qui avaient fait équipe avec elle.

Dixie décida ensuite de passer devant la maison de Ruby. Voyant de la lumière dans la cuisine, elle en conclut que son amie ne dormait pas. Elle s'arrêta et donna un très léger coup de Klaxon. La lampe extérieure s'alluma en même temps que s'ouvrait la porte d'entrée.

« J'ai faim, annonça Dixie en se débarrassant de son manteau. Je vais t'en raconter une bien bonne. Imagine-toi que je lui ai rivé son clou, au bel Hugo. »

Haussant les épaules, elle ajouta :

« Tu vois, aujourd'hui, j'ai l'impression d'avoir fait un grand pas en avant. C'est peut-être grâce au couteau que je brandissais, mais Hugo a mis la table tout seul et je lui ai dit de faire la vaisselle. J'aurais voulu que tu voies le tableau, Ruby. J'ai enfin réussi à m'affirmer face à lui. Bon sang, ça m'a drôlement remonté le moral !

— Écoute, Dixie, j'aimerais autant que tu ne prennes pas de risques avec Hugo. Il peut avoir des réactions imprévisibles. Je t'en prie, sois prudente. Tu te rends compte de ce qui se passerait s'il t'interdisait de remettre les pieds chez moi ?

— Ne crains rien, Ruby. Je serai toujours ton amie, quoi qu'il arrive, et ce n'est pas lui qui pourra nous séparer. Tu es la sœur que je n'ai jamais eue et si un jour j'ai à choisir entre Hugo et toi, je...

— Non, non, arrête. De toute façon, ce n'est pas ce genre de choix qui se présente à toi, alors ce n'est pas la peine de dire des choses pareilles. »

Le téléphone retentit soudain.

« C'est Andy, lança Ruby en se précipitant pour décrocher.

— Salut, m'man. J'ai une bonne nouvelle. »

Ruby sourit en écartant le combiné de son oreille, et la voix puissante de l'adolescent retentit dans toute la pièce, saluée par le sourire amusé de Dixie.

« J'ai vendu tous les cookies, annonça Andy, sauf un sachet que mon camarade de chambre a mangé par erreur. J'aurais pu en écouler davantage. Zack et moi, on les a emportés au club des Étudiants, et une heure après on n'avait plus rien. Je t'ai envoyé un mandat cet après-midi. Ah, j'ai aussi appelé Jeff à Princeton, et il ne lui a fallu que quarante-cinq minutes pour tout liquider. Il enverra son mandat demain après-midi. Mais la bonne nouvelle, c'est autre chose. Tu es bien assise, m'man ?

— Je suis tout ouïe, Andy.

— Y a un gars de la Fiji House qui a acheté un sac de cookies. Sa copine était avec lui. La Fiji House, c'est une association d'étudiants qui dispose d'un vaste local et qui regroupe des dizaines et des dizaines de membres, garçons et filles. Bref, la copine a dit qu'elle pourrait en vendre tous les après-midi pendant trois heures — à condition que tu leur en fournisses des quantités suffisantes, bien entendu. Qu'est-ce que tu en dis, m'man ? C'est super, non ?

— Formidable, Andy. Quand veulent-ils que nous commencions à les livrer ?

— La semaine prochaine, ce serait parfait. On va faire un peu de pub dans le journal de l'école. Tu veux que je demande à Jeff d'en faire autant à Princeton ?

— D'accord. Mieux vaut battre le fer tant qu'il est chaud.

— Au fait, m'man, je connais deux filles qui sont à l'école de Douglass. Je suis sûr qu'elles seraient tout à fait d'accord pour marcher dans la combine, elles aussi. Tu veux que je les appelle ?

— Pourquoi pas, convint Ruby qui commençait à avoir le tournis tandis que Dixie, sans se démonter, alignait fébrilement des chiffres sur un papier. Mais j'ai l'impression qu'il va falloir qu'on te paie un pourcentage sur les ventes. Tiens, ce que tu pourrais faire aussi, c'est nous dessiner un plan des installations qu'il nous faudra pour fabriquer tous ces cookies. Tu y réfléchiras ?

— Sans problème, m'man. Bon, je vais appeler Jeff. Je te retéléphone demain. Je t'adore.

— Moi aussi, je t'adore, Andy. »

Il y avait des larmes dans les yeux de Ruby quand elle se tourna vers Dixie.

« Tu as tout entendu ?

— J'en ai encore les oreilles qui bourdonnent ! Il est formidable, ce gosse ! J'ai l'impression que notre petit commerce est parti du bon pied, non ?

— Ça m'en a tout l'air. Tu crois qu'on va pouvoir fournir la demande ?

— Avec un seul four, sûrement pas. Ni même avec deux. Il nous en faut trois, à moins de nous équiper avec un matériel de professionnels, et je n'ai aucune idée de ce que cela peut coûter. Une bonne pincée, sûrement.

— Demain on va aller faire un tour dans un magasin qui équipe les restaurants. On verra combien il faut compter. De toute façon, on ne va jamais y arriver si on fait tout toutes seules. Il faudra engager un chauffeur-livreur qui se chargera de la tournée à notre place, avec les frais que cela suppose. Je ne pensais pas qu'en nous établissant à notre compte on aurait tant de problèmes. Il est grand temps aussi que je me pose la question de l'assurance maladie. Andrew m'a prévenue que je ne pouvais plus compter sur lui pour me couvrir. Tu crois vraiment qu'on va y arriver, Dixie ? demanda Ruby avec anxiété.

— Mais oui. On en a déjà discuté plus de dix fois. Et je t'ai dit que j'étais prête à travailler vingt-quatre heures sur vingt-quatre s'il le fallait, tant que nous ne serions pas bien lancées. Ne t'inquiète pas, je ne te laisserai jamais tomber.

— Je le sais bien, Dixie. Seulement, tu vois, nous n'avons plus vingt ans. A l'époque où nous étions au Camp Lejeune, on pouvait rester sur la brèche jour et nuit sans faiblir. Mais nous avons quarante ans maintenant, et la fatigue vient vite à notre âge, pour toi comme pour moi. Il faut donc engager du personnel et nous n'avons pas d'argent. Aucune banque ne nous fera crédit, et les cinq cents dollars avancés par Paul et Grace ne vont pas durer autant que les contributions. Quant à prendre une hypothèque sur ma maison de Floride, il n'en est pas question : si jamais nous ne tenions pas le coup avec nos cookies, je ne serais même pas fichue de rembourser l'emprunt.

— Tu es sûre que tu ne pourrais pas trouver quelque chose à vendre aux puces ? Moi, j'ai pas mal de vieilleries dans mon grenier ; ça ne doit pas manquer chez toi non plus. On pourrait en tirer cinquante à soixante dollars qui nous serviraient à payer le chauffeur-livreur. Seulement, il faudra attendre un samedi, c'est le seul jour où le marché fonctionne. J'apporterai les marchandises ici pendant la journée, comme ça Hugo n'y verra que du feu.

— Pas bête, ton idée. Y a un tas de fourbi qui ne sert à rien et qui encombre. Si seulement ça pouvait nous payer l'essence et les péages ! Bon, là-dessus, il va falloir que je me remette au boulot.

Ruby passa plusieurs heures à aligner des chiffres sur des bouts de papier qu'elle froissait au fur et à mesure pour les jeter dans la corbeille. Finalement, dégoûtée de n'arriver à rien, elle décrocha le téléphone pour composer le numéro de son mari. Elle fut surprise d'entendre au bout du fil sa voix rendue pâteuse par le sommeil.

« J'ai besoin de te parler, annonça-t-elle d'un ton péremptoire. Réveille-toi, Andrew !

— Ruby ! Pour l'amour du ciel, il est deux heures moins le quart ! Si tu m'appelles pour me dire que la maison est en train de brûler, je te préviens tout de suite que je m'en moque. Il ne fallait pas me mettre à la porte, ma vieille. Sinon, si tu veux simplement me parler, demain je serai au magasin.

— Andrew, c'est très urgent. J'ai besoin d'un four de professionnels. Peut-être même de deux. Est-ce qu'on en vend chez Sears ? Sais-tu où je peux en trouver pour pas cher ?

— C'est pour me demander ça que tu me réveilles en plein milieu de la nuit ?

— Pense à la commission qui te reviendra, Andrew. Dixie et moi, on se lance dans la fabrication des cookies et j'ai besoin d'un four de professionnels.

— Quoi ? Qu'est-ce que tu racontes ?

— Tu as très bien entendu. Nous avons trop de commandes et il est impossible de les honorer avec le fourneau de la cuisine. Tu m'écoutes, Andrew ?

— T'es complètement cinglée, Ruby. »

Ruby serra les dents, puis croisa les doigts.

« J'ai reçu des tas de commandes.

— Je n'en crois pas un mot. »

Pourtant, il avait l'air intéressé.

« Ça va marcher, notre truc, Andrew. Pense au pourcentage qui va te revenir. Tu seras un homme riche.

— Quatre pour cent ! lâcha Andrew qui était bien réveillé maintenant.

— Deux, rétorqua Ruby d'un ton glacial. A condition que tu me trouves deux fours au prix de gros.

— Trois pour cent !

— Deux et demi. C'est mon dernier mot. Deux et demi, c'est pas mal, tout de même !

— Et je commencerai à toucher quand ? Quand est-ce que je pourrai lâcher ce boulot imbécile ?

— Quand je serai riche et célèbre. Mais ne lâche pas ton emploi, Andrew, je pourrais très bien échouer. Remarque que ça m'étonnerait. Je ne vais pas rester les deux pieds dans le même sabot, tu peux me faire confiance.

— Ah ! je reconnais la Ruby que j'ai épousée, la Ruby qui ne recule devant rien et qui sait tout faire. Elle ne rate jamais son coup. Tout lui réussit ! »

Ruby sentit que les larmes lui montaient aux yeux.

« Je n'ai jamais prétendu pareille chose. C'est toi qui te faisais des idées. Non, j'essaie simplement de me sortir de la médiocrité. Si je réussis, tu n'y perdras pas non plus. Je ne chercherai jamais à te faire d'entourloupettes. Tu dois déjà le savoir, d'ailleurs.

— D'accord. Dans combien de temps tu veux l'avoir, ton renseignement sur les fours ?

— Demain matin, avant dix heures. Appelle le directeur du rayon des appareils ménagers avant d'aller travailler et téléphone-moi aussitôt après. Au fait, Andrew, tu as laissé un tas de fourbi dans le garage : des outils, du matériel en tout genre. Si je vends tout ça aux puces, ça ne te dérange pas, hein ? J'ai besoin d'argent pour payer le chauffeur pendant un bout de temps. J'ai déjà emprunté partout où c'était possible.

— Tu ne signes rien en mon nom, hein ! s'exclama Andrew d'un air impérieux. J'ai pas envie d'avoir des histoires, moi !

— T'inquiète pas. Alors, je peux vendre oui ou non ?

— Combien crois-tu pouvoir en tirer ? Y a des outils vachement bien dans le tas.

— Ils sont tout rouillés, oui. Vingt-cinq dollars, peut-être trente. De quoi payer le chauffeur pendant quelques jours.

— Tu en es vraiment réduite à racler les fonds de tiroir ! Bon, O.K., mais si tu en tires davantage, je veux que tu m'en donnes une partie. Je te fais confiance, Ruby, ne cherche pas à me posséder.

— Je suis très flattée, Andrew. Bonne nuit.

— Ruby ?

— Quoi ?

— Tu ne me demandes pas comment je · vais ?

— Les enfants m'ont dit que tu étais en pleine forme. J'en suis très contente. Je te reparlerai de tout ça dans la matinée. »

Ce n'est que lorsqu'elle fut arrivée au milieu de l'escalier que Ruby se rendit compte qu'il ne lui avait même pas demandé si elle allait bien.

Décidément, il ne changera jamais, se dit-elle avec lassitude.

16

Les fours professionnels, des engins affreux mais flambant neufs, furent allumés pour la première fois, au 7 de Ribbonmaker Lane, à huit heures une minute du matin, la veille de la Saint-Patrick. Ils furent éteints quatorze minutes plus tard par l'inspecteur sanitaire de la ville. Un employé du gaz arriva à neuf heures vingt-cinq pour couper le compteur qu'il avait branché le jour précédent.

Consternées, Ruby et Dixie ne purent qu'assister à l'événement, écoutant bouche bée l'inspecteur des services d'hygiène expliquer que leur entreprise ne respectait pas les normes en vigueur.

« En outre, poursuivit-il, vous n'êtes pas titulaires de la licence permettant d'exercer une activité professionnelle à domicile. Vous êtes ici dans une zone résidentielle, ne l'oubliez pas. D'ailleurs, les règles les plus élémentaires de la sécurité exigent la construction d'un mur pare-feu derrière les fours et une porte blindée à l'entrée du local. Bref, conclut-il en appliquant un autocollant orange sur le mur du garage, tant que votre installation ne sera pas conforme aux normes, il vous sera rigoureusement interdit de poursuivre l'activité que vous aviez envisagée. A toutes fins utiles, je vous signale que le conseil municipal se réunit dans deux semaines : il serait sage que vous sollicitiez au moins une licence. Votre présence à la réunion sera nécessaire. En attendant, vous êtes passibles d'une amende pour avoir exercé sans autorisation une activité professionnelle dans une zone résidentielle. Le bureau des licences et des permis vous en indiquera le montant. A votre place, je l'acquitterais dès aujourd'hui, conseilla-t-il avec un petit sourire narquois. Au revoir, mesdames.

— Attendez, protesta Ruby d'une voix rauque qui trahissait son désarroi. Nous ne savions pas qu'il fallait une licence. Qu'est-ce que vous lui reprochez, à mon garage ? Il est propre. Je l'ai nettoyé moi-même.

— Nul n'est censé ignorer la loi. Décidément, il n'y a que les femmes pour faire des bêtises pareilles, marmonna-t-il entre ses dents.

— Eh là, revenez, vous! cria Dixie, émergeant soudain de la stupeur où elle était restée plongée. Ne seriez-vous pas en train de prétendre que, s'il y a eu des erreurs commises, c'est parce que nous sommes des femmes et que les femmes sont stupides?

— Vous m'avez très bien compris, lança l'inspecteur par-dessus son épaule tout en continuant de s'avancer vers la sortie.

326

— Vous n'avez pas le droit de dire des choses pareilles! renchérit Ruby.

— Tant pis! Nous prenons la loi très au sérieux dans cette ville », rétorqua l'inspecteur.

C'est l'instant qu'Andrew choisit pour faire son apparition par la petite porte latérale. Il battit des mains avec entrain en demandant qu'on lui montre les premiers cookies qui allaient sortir des fours.

« Tais-toi, Andrew, fulmina Ruby. Calme-toi! Nous sommes condamnées au chômage technique. »

Andrew se tourna vers la fenêtre pour regarder s'éloigner l'inspecteur sanitaire et l'employé du gaz.

« J'aurais bien dû me douter que votre projet ne tenait pas la route, tu n'es pas fichue de faire quoi que ce soit correctement, Ruby. Et moi, j'ai acheté ces fours à mon nom. Qui va les payer? Ils ne voudront jamais les reprendre. Ils ont été utilisés.

— Il n'y a pas une seule miette qui les ait salis. On les a allumés et éteints aussitôt après.

— N'empêche qu'ils ont servi! hurla Andrew, exaspéré. Et qui c'est, ce gamin? » demanda-t-il en pointant son doigt vers un jeune homme vêtu d'un costume trois-pièces et portant un attaché-case en simili cuir qui venait de s'engager dans l'allée. Dixie alla lui ouvrir la porte.

Ruby sursauta quand elle entendit l'adolescent demander Mrs. Sugar en retirant un sac rouge de son attaché-case. Dixie le fit entrer dans la cuisine pour en ressortir quelques minutes plus tard, les traits décomposés par la déception.

« Il vient commander un assortiment de cinquante grosses de cookies par semaine pour la cafétéria du collège de Monmouth. Combien ça fait, ça, cinquante grosses? »

Les yeux d'Andrew s'arrondirent de surprise.

« Ça en fait une tapée, vous pouvez m'en croire. Et vous n'avez aucune possibilité de satisfaire vos clients? Vraiment, Ruby, tu n'as pas ton pareil pour tout rater. Ce que j'ai pu être bête de te faire confiance! Mais tu as drôlement intérêt à les payer, ces fours!

— Je me souviendrai de ton attitude quand le moment sera venu de t'envoyer ton premier chèque, répliqua Ruby. Et maintenant, hors d'ici, Andrew! Je vais te casser un manche à balai sur le dos si tu ne fiches pas le camp immédiatement. »

Andrew se campa solidement sur ses jambes, après s'être adossé au mur.

« La maison ne t'appartient pas tant que tu n'as pas réglé les mensualités en retard. Et n'oublie pas que tu me dois de l'argent. Quand puis-je espérer le toucher? Hein? Quand? »

Ruby saisit la longue tige de bois qui devait servir à enlever du four les plaques métalliques chargées de cookies. Elle fit quelques moulinets menaçants.

« Ne me pousse pas à bout, Andrew. Dehors! Appelle ton avocat, appelle le mien, fais ce que tu voudras, mais va-t'en! »

La Buick Special d'Andrew démarra en trombe tandis qu'il agitait le poing en direction de Ruby.

Une fois entrée dans la cuisine où flottait une bonne odeur de pâtisserie, Ruby aperçut de nombreuses feuilles de papier étalées sur la table. Ces documents appartenaient au jeune homme. Sans doute s'agissait-il de projets de contrats. Leur propriétaire avait pris un air grave que Ruby s'empressa d'imiter, mais pas avant de lui avoir tendu la main en souriant :

« Je suis Ruby Blue, l'une des deux Mrs. Sugar. J'espère ne pas trop vous importuner en vous demandant de m'expliquer l'objet de votre démarche. »

Kevin Sandler remonta ses lunettes au sommet de son nez.

« Je suis le responsable de l'approvisionnement de la cafétéria de Monmouth College. Ma sœur, qui fait ses études dans cet établissement, a un ami à Rutgers. Ce dernier a récemment acheté un sac de cookies qu'il a partagé avec elle. Elle les a trouvés excellents, et maintenant que Mrs. Sinclaire m'en a donné un de chaque sorte à goûter, je peux vous dire que je les apprécie également beaucoup. Nous les paierons soixante-quinze *cents* la douzaine. Nous viendrons les chercher nous-mêmes. Vos sachets, quoique très jolis, ne sont pas nécessaires : comme nous les prendrons par grosses, vous pouvez les emballer dans des cartons de boulanger, que nous vous retournerons ; donc, il vous suffira d'en avoir deux jeux. Je vous signale que nous approvisionnons également les cafétérias de Rutgers, Princeton, Rensselaer, New Jersey Institute of Technology et un grand nombre d'autres universités ou grandes écoles.

— Quatre-vingt-dix *cents* la douzaine, lança Ruby sans hésiter.

— Soixante-quinze, trancha Kevin avec autorité.

— Quatre-vingt-cinq.

— Quatre-vingts. N'insistez pas, j'ai reçu l'ordre de ne pas monter plus haut.

— D'accord, déclara Ruby. Mais je vous préviens que nous ne pouvons rien vous livrer avant le 1ᵉʳ avril.

— Ce sera parfait. De toute façon, il nous faudra au moins ce délai pour régler les formalités administratives. Voici notre projet de contrat. Montrez-le à votre avocat. Je vous rappelle dès que possible. Au fait, vous n'auriez pas quelques cookies que je pourrais emporter ? » demanda-t-il en refermant son attaché-case.

Dixie lui en tendit deux sachets. Il la remercia poliment et s'en fut aussi discrètement qu'il était venu.

« Il m'a dit que nous allions avoir besoin de cartes de visite, murmura Dixie, et il m'a donné le nom d'un imprimeur. Qu'est-ce qu'on fait, Ruby ?

— Je n'en sais fichtre rien. Au fond, Andrew avait raison de me traiter d'idiote. Comment ai-je pu être assez bête pour oublier de demander une licence ?

— Alors, je suis aussi bête que toi, parce que je n'y ai pas pensé non plus, grommela Dixie.

– Et que va-t-on faire de toute cette pâte que nous avons préparée hier soir ? »

Ruby regarda les énormes bassines en inox pleines de pâte à cookies. Il leur avait fallu des heures pour la pétrir.

« Ce qui est sûr, c'est qu'on ne va pas la jeter. L'une de nous va rester ici à s'occuper de la cuisson pendant que l'autre ira chercher la licence qu'ils ne nous laisseront pas utiliser. Est-ce qu'il te reste de l'argent ? Moi, je n'ai plus que huit dollars.

– Ruby, tu sais bien que je n'ai pas un rotin.

– Arrête de seriner toujours le même refrain. Écoute, moi, je n'ai pas hésité à déshabiller Pierre pour habiller Paul. Eh bien, tu vas faire la même chose. J'ai frappé à toutes les portes et je ne peux plus mettre la main sur un seul dollar. Alors, c'est à toi de jouer, maintenant. C'est comme ça, Dixie, sinon il n'y a plus qu'à mettre la clé sous la porte.

– Mais... qu'est-ce que tu veux que je fasse ?

– Tu m'as bien dit que Hugo et toi vous aviez un compte commun ? Cela signifie donc que la moitié de l'argent figurant sur ce compte t'appartient en propre. Il suffit que tu effectues un retrait à ton nom. J'ai toujours espéré qu'on n'aurait pas besoin d'en arriver là, mais je ne peux pas tout financer toute seule. Je dois rembourser les fours à Andrew. J'ai emprunté à Paul et à Grace. J'ai reporté le règlement de mes factures personnelles pour payer celles de Mrs. Sugar ; et je t'ai versé le salaire que tu aurais touché si tu étais restée à la boutique de cadeaux, pour que Hugo ne s'aperçoive pas que tu n'y travaillais plus. Et maintenant, il va falloir que nous prenions un avocat.

– Bon, d'accord. Je vais essayer, annonça Dixie d'une voix tremblante. Combien est-ce que je retire ? »

Ruby hésita, la mort dans l'âme.

« Cent dollars. Nous trouverons un moyen de les restituer avant que la banque n'envoie le relevé trimestriel. Si Hugo s'aperçoit de quelque chose et te pose des questions, tu n'auras qu'à dire qu'il t'a fallu acheter pas mal de fournitures pour confectionner ce couvre-lit que tu destines à sa mère. »

Dixie essuya ses larmes. Ruby toussa pour s'éclaircir la voix et reprit :

« Bon, je vais voir l'avocat qui a son cabinet dans Main Street. Toi, tu retires l'argent et on se retrouve à la mairie dans une demi-heure. Pendant que je ferai le nécessaire pour obtenir la licence, tu reviendras ici pour emporter de la pâte chez toi et cuire le maximum de cookies. Moi, je ferai le reste ici. Ça te va comme ça ? »

Dès que Dixie fut sortie, Ruby s'effondra sur une chaise. La tête entre les mains, elle laissa couler ses larmes qu'elle ne parvenait plus à contenir. De quel droit avait-elle pu ordonner à Dixie de voler de l'argent à son mari ? Hugo n'allait-il pas chercher à se venger si jamais il découvrait le pot aux roses ?

Dans le silence de sa cuisine vide, elle resta longuement à méditer puis, n'y tenant plus, elle se précipita sur le téléphone. Au bout d'un moment, la voix essoufflée de Dixie s'éleva à l'autre bout du fil.

« N'y va pas, Dixie! implora Ruby. Je t'en prie, ne va pas à la banque. Je trouverai une autre solution. Excuse-moi, Dixie, je n'aurais jamais dû te demander une chose pareille. »

Le soulagement de son amie était évident.

« Merci, Ruby. Tu me retires une fameuse épine du pied. J'arrive tout de suite pour te prendre de la pâte, comme convenu. »

L'autre solution, Ruby la trouva après avoir longuement arpenté les pièces du rez-de-chaussée de sa maison.

Le marchand de meubles d'occasion auquel elle téléphona lui promit de venir avec son camion à quatre heures de l'après-midi.

« Il me faut cinq cents dollars, avertit Ruby. Pas un *cent* de moins. Si vous n'êtes pas intéressé, inutile de me faire perdre mon temps. Ce sont des meubles en merisier massif avec deux buffets, huit chaises et deux tables extensibles en parfait état. Paiement comptant. »

Il fallut beaucoup de temps à Ruby pour calmer les sanglots que versa Dixie quand elle eut mesuré l'étendue du sacrifice de son amie.

« Tu n'as pas besoin de moi, Ruby. Je ne suis qu'un poids mort dans notre association. Je t'ai fait défection au moment où j'aurais pu être le plus utile. Je suis désespérée.

— Tu avais accepté de tenter l'aventure, et c'est cela qui compte. Nous sommes amies, je croyais que tu en étais persuadée. Plus tard, quand l'argent commencera à rentrer, tu pourras en injecter dans l'affaire si tu en éprouves vraiment le besoin.

— Mais Ruby, tu y tenais tellement, à ta salle à manger!

— On a toujours tort de s'attacher aux biens matériels. En outre, maintenant on va disposer d'un local de douze mètres carrés pour y entreposer des cookies. On va pouvoir en mettre, tu ne crois pas? »

Elle s'empressa de rire, de peur de fondre en larmes.

Le reste de la journée, Ruby le passa dans un état second. On lui avait accordé une licence lui permettant d'opérer sous le nom de Mrs. Sugar's Cookies, mais il ne s'agissait que d'un permis provisoire, en attendant l'approbation définitive qui serait accordée par la municipalité. Elle avait payé cinquante dollars d'acompte au cabinet d'affaires Spitzer & Spitzer, qui devait défendre ses intérêts lors de la prochaine séance du conseil municipal, et elle avait en poche cinq cents dollars provenant de la vente de ses meubles.

Mais ce qui lui réchauffait le cœur, c'était de se dire que l'amitié avait plus d'importance que les objets matériels, ou même que la réussite de leur affaire. Elle sentait que désormais les liens qui l'unissaient à Dixie résisteraient à toutes les épreuves.

Les jours qui précédèrent la réunion du conseil municipal s'écoulèrent dans la fièvre. Ruby écuma le quartier pour faire signer une pétition en faveur de Mrs. Sugar afin d'obtenir l'autorisation d'exercer son activité professionnelle, car c'était là une des conditions imposées par le maire pour que la licence soit accordée. Personne ne souleva la moindre objection.

Pendant que Ruby arpentait le pavé, Dixie supervisa les travaux d'aménagement du garage. Le sol fut recouvert d'un carrelage blanc. La porte blindée et le pare-feu nécessitèrent deux jours de travail. Il fallut aussi passer deux couches de peinture fraîche sur les revêtements isolants des cloisons, et le réfrigérateur d'occasion dont elles venaient de faire l'emplette ne tarda pas à resplendir d'une pellicule d'émail étincelant. L'ensemble brillait d'un tel éclat qu'on avait de la peine à garder les yeux grands ouverts !

Ruby fit venir l'inspecteur dès le lendemain de la fin des travaux.

A son grand ravissement, le fonctionnaire apposa sur la porte un panonceau autocollant certifiant la conformité des installations aux normes exigées par la ville.

« Attention, crut-il bon de préciser, cela ne signifie pas que vous allez automatiquement recevoir l'autorisation d'entreprendre vos activités. Il s'agit uniquement de certifier que le local a été correctement aménagé. »

Apercevant les rideaux de cretonne qui encadraient la fenêtre et la porte du garage, il ne put s'empêcher de ricaner :

« Ah, les femmes ! Du moment qu'il y a des fanfreluches, elles s'imaginent que ça va résoudre tous les problèmes. »

Quand il fut parti, Ruby se tourna vers Dixie, l'air ravi :

« Plus que deux jours, et nous pourrons reprendre nos activités. D'après Mr. Spitzer, il ne devrait pas y avoir de problème. Il a un cousin au conseil municipal. »

Joel Spitzer se trompait : il y eut un problème. Les conseillers acceptèrent de délivrer la licence, mais pour dix mois seulement. Selon eux, expliqua Spitzer à Ruby le soir même, ce commerce était appelé à se développer, donc à provoquer des nuisances de toutes sortes, en particulier les allées et venues des clients et des camions de livraison.

« Mais ce n'est pas bien grave, Mrs. Blue, ajouta Spitzer. Ces hommes sont tous des chefs d'entreprise et s'ils pensent que votre affaire va se développer c'est plutôt bon signe. D'ailleurs, en dix mois, vous aurez largement le temps de trouver en ville un autre local beaucoup plus approprié, dans la mesure où il vous faudra un système de réfrigération plus important ainsi que davantage de fours et d'espaces de stockage. A mon avis, vous venez de marquer un point, Mrs. Blue, et j'espère que vous allez en profiter au maximum, d'autant que d'après ma femme qui se considère comme l'une des meilleures cuisinières de notre famille, vos cookies sont les plus succulents qu'elle ait jamais goûtés. Félicitations. »

Ruby transmit la nouvelle à Dixie avec délectation.

« Il a raison, Dix. Nous avons gagné la partie, et il est de fort bon augure que ces hommes soient persuadés de notre réussite. Nous pourrons chercher un nouveau local pendant les week-ends. Bon, maintenant, il va falloir préparer la pâte pour Monmouth College. Il ne nous reste plus que quatre jours avant la première livraison. Tu as trouvé un chauffeur pour nos autres clients ?

— Absolument. Un ancien militaire qui cherchait à arrondir ses fins de mois. Il a de sérieuses références. »

Le lendemain matin, les fours furent allumés cinq minutes après la venue de l'employé du gaz qui ouvrit le compteur pour la seconde fois. Les deux femmes travaillèrent comme des forcenées, pratiquement sans interruption, jusqu'au moment où le nombre de cookies souhaité par Monmouth College fut prêt à être livré.

Quand Ruby annonça qu'elle exigeait un paiement comptant, Kevin Sandler protesta avec véhémence au téléphone.

« Un chèque me suffira parfaitement, Mr. Sandler, mais comme je suis une femme personne ne veut me faire crédit pour la farine. Il faut donc que je sois payée cash. Croyez bien que j'en suis désolée, mais je ne peux pas faire autrement.

— C'est très embêtant, cela, Mrs. Blue. Vous auriez dû me prévenir à la signature du contrat.

— Je ne vois pas pourquoi, Mr. Sandler. Moi, je paie comptant ; vous, vous payez comptant. Les cookies, c'est un peu spécial, voyez-vous. Une fois qu'ils sont mangés, il ne reste plus rien. Si vous ne les avez pas déjà payés, vous n'avez plus envie de le faire après.

— D'accord, je vais le consigner dans mon rapport, et je passerai dans l'après-midi avec le chèque.

— Désolée, Mr. Sandler. Les cookies ne partiront pas d'ici tant que je n'aurai pas le chèque en main. Votre chauffeur attend. Qu'est-ce que je lui dis ?

— Dites-lui, concéda Sandler à contrecœur, qu'un messager spécial part d'ici avec le chèque. Il devrait être chez vous dans trente minutes. »

Mrs. Sugar connut un succès foudroyant avec ses cookies. Il fallut d'abord embaucher trois femmes à temps partiel pour les cuire : elles se relayaient devant les fourneaux toutes les quatre heures. Puis, au bout de trois mois, Dixie eut recours à une équipe de nuit pour réaliser la cuisson jusqu'au lever du jour. Trois chauffeurs supplémentaires assurèrent les livraisons, et il apparut bientôt qu'il n'y avait pas assez de fours ni de main-d'œuvre pour fournir à la demande.

Le cinquième mois, on acheta deux autres fours et le personnel s'agrandit encore. Ruby dut constituer une liste d'attente avec les noms des femmes qui voulaient venir travailler la nuit. Des retraités se présentaient sans cesse à sa porte pour solliciter un emploi de chauffeur à temps partiel.

A la fin du sixième mois, Mrs. Sugar fut contrainte de quitter un garage trop petit pour s'installer plus au large, dans le centre-ville. Ruby et Dixie se relayaient pour préparer la pâte, car elles ne voulaient pas divulguer la recette miracle provenant de la grand-mère de Ruby. Le plus clair de leur temps, elles le passaient dans un bureau pour tenir la comptabilité, consulter Joel Spitzer, répondre au téléphone et organiser les livraisons.

Grâce à Kevin Sandler, elles avaient maintenant l'exclusivité de l'approvisionnement en cookies de tous les établissements d'enseignement supérieur du New Jersey. Seulement, elles avaient dû réduire leurs prix de quinze *cents*.

A la fin de la première année, toutes les dettes étaient remboursées et Mrs. Sugar commençait à réaliser des bénéfices. Leur premier billet de cinq dollars, Ruby et Dixie l'encadrèrent pour l'accrocher dans la cuisine, au-dessus du fourneau, comme symbole de leur réussite commerciale, certes, mais aussi de la force d'une association fondée sur une inaltérable amitié.

Elles durent confier la gestion de leur entreprise à une firme prestigieuse : Freidman, Farren et Armenakis, étant donné l'extension prise par la société.

« Mais surtout, recommanda Joel Spitzer aux deux femmes, continuez de m'envoyer des cookies, s'il vous plaît. »

Elles ouvrirent des yeux tout ronds le jour où Friedman leur suggéra d'envisager un nouveau développement de leurs activités :

« Ne croyez-vous pas que le moment serait venu de vous lancer dans la franchisation de votre marque ? » proposa-t-il en leur tendant la liste des universités et des grandes écoles de New York.

Ruby ne savait que répondre. Dixie sourit d'un air ravi.

« Il faudra verser une avance, expliqua Friedman. Permettez-moi de vous présenter mon associé, Alan Kaufman. Il s'occupera de toutes les formalités, si vous n'y voyez pas d'inconvénient. »

Ruby examina le visage courtois de Kaufman et prit sa décision instantanément :

« D'accord, mais pas tout de suite. Je veux d'abord proposer ma marchandise à une chaîne de supermarchés. C'est un ami à moi qui la dirige. »

Après le service que lui avait rendu Paul Zachary, c'était bien le moins qu'elle puisse faire !

Les deux amies avaient maintenant fait l'acquisition de pétrisseuses mécaniques qui les libéraient de leur épuisant labeur nocturne. En un peu moins de deux heures, les machines effectuaient le travail qui leur avait demandé plus de huit heures à elles deux.

La veille de son second anniversaire, la société de Mrs. Sugar s'installa dans un ancien entrepôt d'Asbury Park qu'elle loua avec option d'achat. Mrs. Sugar employait maintenant près de cent personnes, presque toutes des femmes autrefois sans profession, et trois équipes se succédaient jour et nuit dans les locaux. Le « laboratoire » de mille deux cents mètres carrés était équipé d'un matériel ultramoderne composé de fours gigantesques, d'une section réfrigération et de vastes éviers à deux bacs.

Le papier d'emballage était stocké dans un local adjacent que l'on avait également pris en location avec option d'achat. Les camions réfrigérés transportaient la pâte de Mrs. Sugar jusqu'à New York, et même en Pennsylvanie.

« Ce soir, on va faire un tour en ville, annonça Ruby quand Dixie l'eut rejointe dans la maison de Rumson. On dîne à New York et c'est Mrs. Sugar qui régale. On va mettre les toilettes qu'on a achetées chez

Bloomingdale le mois dernier, à Manhattan. J'ai appelé le Four Seasons ce matin pour réserver une table. »

Les yeux de Dixie étincelèrent.

« Un vrai restaurant! A New York! Je n'y suis jamais allée.

— Moi non plus. Tu peux prendre la douche du bas; moi, je vais me laver là-haut. Tes affaires sont dans l'armoire de gauche.

— J'ai l'impression d'avoir deux personnalités. Je suis enchantée d'y aller, déclara alors Dixie avec découragement, mais il faudrait d'abord que je prépare le dîner de Hugo, ça me coupe toute envie de sortir ensuite. Désolée, Ruby. Ce sera pour une autre fois.

— Ah non, pas question! Tu veux sans doute que je te trouve une excuse ou une porte de sortie! Eh bien, cette fois, il faut que tu te débrouilles seule, Dixie. En tout cas, je te préviens, moi j'y vais, avec ou sans toi! Depuis deux ans, on n'a rien fait d'autre que trimer comme des bêtes de somme, vingt-quatre heures sur vingt-quatre! Un deuxième anniversaire, ça se fête... Moi, je veux le fêter, et ce soir même! » lança Ruby par-dessus son épaule en commençant à monter les marches.

Arrivée en haut de l'escalier, Ruby attendit... et poussa un long soupir de soulagement en entendant Dixie crier :

« D'accord, d'accord. J'y vais. Mais il faut que je passe quand même chez moi pour laisser un mot d'explication à Hugo. Je reviens dans dix minutes. Le temps de trouver un prétexte suffisamment plausible. »

« Dis-lui d'aller se faire pendre ailleurs », faillit répondre Ruby, mais elle se retint. Elle n'avait pas le droit de se mêler des affaires de son amie.

Cinq minutes plus tard, juste au moment où elle s'apprêtait à appeler Dixie pour lui dire qu'elle annulait la soirée, le téléphone sonna.

« Qu'est-ce que tu penses de ça? demanda Dixie en s'esclaffant. Écoute bien ce que je lui ai écrit : " Hugo, je vais dîner avec Ruby. Je rentrerai sans doute très tard car nous allons à New York. Si je reviens après minuit, je coucherai chez elle. Je suis désolée, mais il va falloir que tu te prépares toi-même ton dîner et, probablement, ton petit déjeuner demain matin. "

— Eh bien, cette fois, tu n'y vas pas par quatre chemins! reconnut Ruby.

— Exactement. J'en ai assez de toujours mentir. A tout de suite, je suis chez toi dans cinq minutes.

— Et moi qui m'apprêtais à te dire que je renonçais à t'emmener! Ça m'ennuyait de m'immiscer dans ton ménage, Dixie.

— Tu parles! Si tu croyais te débarrasser de moi à si bon compte! Pas question de fêter notre second anniversaire sans moi. Nous formons une équipe, ne l'oublie pas. »

Oui, nous formons une équipe, songeait Ruby en prenant sa douche. Et une équipe qui gagne, sur tous les tableaux.

Elles avaient maintenant de l'argent à ne savoir qu'en faire, au point qu'il allait falloir d'urgence consulter un conseiller en investissements.

En somme, tout le monde était heureux, même Andrew. Le jeune Andy, quant à lui, s'apprêtait à s'installer à son compte avec un ami. Avec l'approbation de Dixie, Ruby avait promis à son fils que ce serait lui qui dessinerait les plans du siège social de la société Mrs. Sugar.

17

Il fallut travailler sept longues années, de quatorze à seize heures par jour, pour que les cookies de Mrs. Sugar soient enfin vendus sur tous les campus des États-Unis. Vers le milieu de la sixième année, les franchises furent offertes au public à raison d'un demi-million de dollars chacune.

Deux semaines avant Noël, alors que s'achevait la septième année de leurs activités, Ruby et Dixie reçurent la visite de Marty Friedman, accompagné de son associé Alan Kaufman et du conseiller en investissements Silas Ridgely.

« Mesdames, annonça Marty avec un sourire rayonnant, toutes les franchises ont été vendues. Comme vous le savez, nous avons encore plusieurs candidats inscrits sur une liste d'attente. Bref, le dernier chèque de cinq cent mille dollars est arrivé hier, Silas vous le confirmera lui-même. Nous sommes donc venus vous présenter nos félicitations. Vous figurez sur la liste des cinq cents personnes les plus riches des États-Unis.

— C'est moi-même qui ai conclu le dernier accord de franchisation, expliqua Alan avec un grand sourire. Bravo, mesdames. »

Désireux de ne pas être en reste, Silas Ridgely crut bon de préciser d'un air satisfait :

« Naturellement, les placements que j'ai effectués en votre nom, avec vingt pour cent d'intérêts annuels, ont contribué à accélérer votre ascension. J'aimerais vous présenter mes compliments, moi aussi. Comme l'a dit Alan : bravo, mesdames ! »

Abasourdie, Ruby s'agrippa au bras de Dixie. Elle passa la langue sur ses lèvres desséchées par l'émotion.

« Je revois encore mon mari, debout devant moi, ici même, quand il disait : "Tu as deux chances de réussir : l'une est mince et l'autre inexistante ! " »

Silas Ridgely redressa le dos et dit d'un ton précieux :

« Si j'étais à votre place, je ne tiendrais aucun compte de ses commentaires. Et j'éviterais de lui envoyer le compte rendu financier du dernier trimestre. »

Les visiteurs prirent congé en échangeant avec les deux femmes des poignées de main franches et cordiales.

Ruby les accompagna jusqu'à la porte, puis revint vers son amie.

« Ho, Dixie, réveille-toi ! lança-t-elle en lui tapotant l'épaule. J'espère que tu as retenu tout ce qu'ils ont raconté, parce que moi je n'arrive pas à m'en rappeler la moitié. Mais qu'est-ce que tu as ? demanda-t-elle d'un air inquiet.

— Il va falloir que je prévienne Hugo. Je me demande encore comment nous avons pu lui cacher si longtemps que j'étais ton associée à part entière. Te rends-tu compte qu'il est toujours persuadé que je suis simplement ta comptable ? Il était tout content du chèque de cent dix dollars que je lui remettais chaque vendredi. Comment vais-je lui expliquer que je dispose de la moitié du capital alors que je n'ai jamais rien partagé avec lui ?

— Eh bien, le moment est venu de le mettre au courant. Il n'y a plus moyen de garder le secret. Avec le battage que vont faire les médias sur cette histoire de deux braves ménagères qui, à elles seules, ont réussi à... etc. Tu vois le topo. »

Toute joie avait disparu de son regard.

« Il faut que je rentre, Ruby. Ça va me faire du bien de rester un moment seule à réfléchir. Je t'ai gâché ta joie, hein ? Excuse-moi, Ruby. Seulement, vois-tu, je n'ai pas encore bien réalisé. Mais ne t'inquiète pas pour moi, savoure ton triomphe tranquillement. Tu veux bien me pardonner ?

— Il n'y a rien à pardonner. Nous sommes associées et amies pour toujours. C'est toi qui l'as dit la première, tu t'en souviens ? Si je peux t'être utile... Tu veux que je t'accompagne pour tout lui expliquer ? Tu crois pouvoir y arriver seule, Dixie ?

— Je l'espère, balbutia Dixie en se levant de sa chaise avec peine. Accorde-moi un petit répit, il n'y a rien de très urgent à faire au bureau en ce moment, n'est-ce pas ? Si je prends un ou deux jours de congé... »

Elle n'acheva pas, laissant Ruby lui répliquer sans la moindre hésitation :

« Prends autant de temps qu'il le faudra. Nous sommes les patronnes, nous avons le droit de nous absenter aussi longtemps que nous en avons envie. Après cela, il va falloir songer à nous développer en dehors des États-Unis, ainsi que l'a suggéré Marty. On va être amené à voyager beaucoup. Tu te rends compte, Mrs. Sugar en Grèce, en Angleterre, à Paris ! Ça alors !

— Et tout cet argent ! » s'exclama Dixie d'un air songeur.

Ruby lui tendit son manteau et l'aida à le passer.

« Tu me téléphones, d'accord ? »

Dixie hocha la tête.

Restée seule dans la maison silencieuse, Ruby songea à la crédulité de Hugo qui ne s'était jamais douté du rôle exact que sa femme jouait dans la société Mrs. Sugar. Il est vrai que Dixie avait fait preuve de beaucoup d'imagination pour lui cacher les motifs réels de ses nombreuses absences, allant même jusqu'à travailler chez elle pendant la nuit, quand Hugo dormait.

Heureusement, dans un sens, Hugo Sinclaire ne brillait ni par l'intel-

337

ligence ni par l'intuition. Aveuglé par son égoïsme, il s'était contenté d'encaisser les chèques que lui rapportait régulièrement sa femme sans poser la moindre question.

Seulement, maintenant, songea Ruby, l'heure de vérité a sonné. Dixie va devoir affronter son mari, et Dieu seul sait ce qui peut arriver.

Soudain, un sentiment de culpabilité l'envahit. Son désir de courir après Dixie fut si fort qu'elle dut s'agripper à l'évier de la cuisine pour ne pas y céder. Non, non et non! Il fallait que Dixie règle elle-même son problème. Elle en était parfaitement capable.

Il faut que je fasse quelque chose, se dit Ruby. Appeler les enfants, Grace et Paul, mes sœurs... peut-être même mes parents? Calvin? Andrew? Oui, tiens, Andrew!

Elle décrocha le téléphone. La voix d'Andrew retentit à l'autre bout du fil, alerte et pleine d'entrain bien que ce fût le milieu de la nuit à Hawaii. Ruby sentit presque la fraîcheur de la brise parfumée pénétrant par les fenêtres grandes ouvertes de l'appartement. Et elle revit St. Andrew comme chaque fois qu'elle pensait à Hawaii.

« Es-tu sur le balcon, en train de contempler l'océan?

Son ton était empreint d'une grande sérénité.

« Eh bien, oui, justement. Mais pourquoi m'appelles-tu à une heure pareille? demanda-t-il, soupçonneux.

— Parce que je veux que tu me reverses la moitié de ta retraite de l'armée », lança-t-elle.

Il faillit s'étrangler de surprise et de colère, mais Ruby n'en continua pas moins :

« En fait, Andrew, je t'appelle pour te demander quelque chose. Te rappelles-tu la fois où, debout en face de moi dans la cuisine, tu m'as dit que j'avais deux chances de réussir dans mon entreprise : une mince et une inexistante? Tu t'en souviens, Andrew? Eh bien, je t'appelle pour te remercier. Chaque fois que j'ai eu un pépin, chaque fois que je sentais le découragement monter en moi, j'ai pensé à ce que tu m'avais dit et ça m'a donné une espèce de coup de fouet. Oui, ça m'a dopée, Andrew, parfaitement. »

Ignorant la protestation indignée qu'il émettait à l'autre bout du fil, elle poursuivit sur le même ton :

« Tu te rappelles la fois où on avait fait quinze mille cookies, tout emballés et prêts à être livrés à Princeton et Rutgers? C'est alors qu'on s'est aperçu que les écoles étaient fermées à cause des vacances de Pâques qui venaient de commencer. Tu m'as dit que, si j'étais assez bête pour commettre de pareilles bévues, je méritais de faire faillite. Et tu m'as conseillé d'aller me planter sur le trottoir pour distribuer les biscuits aux passants. Eh bien, c'est ce que j'ai fait, Andrew, et tu sais ce qui s'est passé? Depuis lors, Rutgers, Princeton et les villes avoisinantes sont demeurés nos plus gros clients. C'est pour ça aussi que je veux te remercier, Andrew.

— Je ne comprends rien à ce que tu racontes là, aboya-t-il. A quoi riment tous ces remerciements?

– Je te remercie parce que c'est grâce à toutes tes réflexions méchantes que j'ai réussi à tenir jusqu'au bout, pour te prouver que j'étais moins sotte que tu ne le croyais. Et aujourd'hui, Mrs. Sugar figure sur la liste des 500 du magazine *Fortune*. »

Le silence qui s'installa à l'autre bout du fil amena sur le visage de Ruby le premier sourire de sa journée. Et elle souriait encore en raccrochant le téléphone.

« C'était vraiment sincère, Andrew, murmura-t-elle. Merci. »

L'appel suivant fut destiné à Opal qui décrocha dès la fin de la première sonnerie. Elle avait une voix ensommeillée – il était près de midi !

« Salut, Opal. Comment va ?

– Ruby ? Bon sang, qu'est-ce qui te prend de me téléphoner si tôt ? On s'est couchés au petit matin, Mac et moi. On a fait la fête toute la nuit.

– Oh, je voulais seulement t'annoncer une bonne nouvelle. Enfin, bonne pour moi et pour Dixie. On figure dans le *Fortune 500* qui a paru aujourd'hui. »

Elle a la gueule de bois. Elle a fait la fête toute la nuit.

Elle entendit Opal bâiller.

« C'est formidable, ça, Ruby. Mais ça veut dire quoi, au juste ? »

Après avoir tenté sans succès d'étouffer un nouveau bâillement, elle enchaîna :

« Tes cookies, on les voit partout, tu sais. J'en ai acheté l'autre jour. Ils ont exactement le goût de ceux de Bubba. Mac les trouve trop sucrés, mais il les a mangés quand même. Ah, au fait, Ruby, je voulais t'écrire pour te parler de ce type pour qui tu avais tant le béguin. Comment il s'appelle, déjà ? Tu sais bien, celui qui est un parent de Nangi. Mac et moi on était au club des Officiers, un soir, et il s'y trouvait justement. Il est général, maintenant. J'étais un peu pompette, alors, quand on nous l'a présenté, je n'ai pas réalisé tout de suite ; c'est seulement le lendemain que j'ai fait le rapprochement. Il n'a pas arrêté de me regarder toute la soirée en disant que je lui rappelais quelqu'un. Toi, probablement... Tu n'as rien d'autre à me dire, Ruby ? Je ne voudrais pas avoir l'air de te laisser tomber, mais il va falloir que j'y aille. Écris-moi. J'adore recevoir des lettres, et il n'y a que toi qui m'écrives.

– D'accord », murmura Ruby.

Elle avait les doigts aussi blancs que les draps de son lit. Ne pense pas à ce qu'elle vient de te dire, Ruby. Opère un blocage total. C'est une chose que tu sais bien faire. Oublie ce que tu as entendu et passe à l'appel suivant.

La voix de Nangi paraissait très lointaine – à croire qu'il parlait de l'intérieur d'un tambour. Il criait pourtant. Elle lui hurla la nouvelle.

« Ruby, c'est merveilleux ! Félicitations ! Je ne demanderais pas mieux que de vendre tes cookies à Saipan. Les enfants les adorent. J'en ai acheté pendant mon séjour à San Francisco l'année dernière. Si un jour tu décides d'ouvrir des succursales en Asie, tu peux compter sur moi.

« – Tu parles sérieusement, Nangi ?

– Bien sûr. Je ne rajeunis pas et j'aimerais travailler un peu à mon compte pour changer. Je crois qu'Amber ne demanderait pas mieux non plus que de s'y mettre elle aussi.

– Eh bien, je te prends au mot. Justement, pas plus tard que ce matin, mes hommes d'affaires m'ont conseillé de m'implanter à l'étranger. Ils ont parlé de l'Angleterre et de la France. Mais l'Asie, évidemment, ce ne serait pas mal non plus. Écoute, je vais vérifier une ou deux petites choses, et ensuite je ferai un saut jusqu'à Saipan. Je serai ravie de vous revoir tous.

– Ruby, je n'aurai pas l'argent pour payer la franchise, protesta Nangi.

– Aucun problème. Je te verserai une partie des bénéfices et tu pourras diriger les opérations, si on arrive à faire démarrer quelque chose. Je te rappellerai plus tard dans la semaine. Comment va Amber ?

– Très bien, seulement elle n'est pas ici en ce moment. Elle sera désolée de t'avoir ratée, mais ravie d'apprendre la bonne nouvelle. »

Le moment était venu de prendre congé. Mais une question lui brûlait les lèvres.

« As-tu eu des nouvelles de Calvin ? lâcha-t-elle soudain.

– Il aurait dû décrocher bientôt sa deuxième étoile, mais il n'est plus tellement certain de l'avoir. Une question de quotas, pour les minorités ethniques, tu vois ce que je veux dire. Il est venu nous voir il y a six mois. Amber ne t'a pas écrit ?

– Non.

– Comme toutes les autres fois, il a demandé de tes nouvelles. Je lui ai raconté tes exploits commerciaux. Il n'en revenait pas. Il a dit que sa femme achetait toujours tes gâteaux. Lui, il est encore au Pentagone. Je l'ai pris à part pour lui annoncer qu'Andrew et toi vous étiez séparés, et je lui ai suggéré de t'écrire. Il se reproche de t'avoir fait faux bond. Plus exactement, il a dit, de t'avoir *trahie*. Si tu veux vraiment le revoir, Ruby, il faudra que tu fasses le premier pas. Il me semble qu'il serait presque prêt à demander le divorce... Mais je suis peut-être un peu trop bavard, tu vas avoir une note de téléphone exorbitante, Ruby.

– Embrasse bien Amber de ma part. Merci, Nangi, merci pour tout. Je te rappelle dès que possible. »

Décidant une nouvelle fois de ne pas s'appesantir sur ce qu'elle venait d'entendre, Ruby composa le numéro de Grace Zachary. La conversation fut longue, et merveilleusement tonique. En raccrochant, Ruby était inondée de bonheur.

L'appel suivant fut pour Martha, qui était à son travail. Ruby dut attendre un moment pour l'avoir en ligne.

Soudain, la voix de sa fille tremblota à l'autre bout du fil.

« Un problème, maman ? Papa va bien ?

– Très bien, Martha. Je lui ai parlé il y a une demi-heure.

– Tu l'as appelé au milieu de la nuit ? Comment as-tu pu faire une chose pareille, maman ? Ce n'est pas parce que vous êtes séparés que... Et il n'était pas trop en colère ?

340

« — Pas du tout. En fait, il prenait le frais sur son balcon. J'ai même l'impression qu'il avait de la compagnie. Nous avons eu une conversation très agréable, et je lui ai annoncé la nouvelle que je vais également porter à ta connaissance : aujourd'hui, Mrs. Sugar figure dans les 500 de *Fortune*. Alors, qu'est-ce que tu penses de ta mère maintenant ? »

Martha répliqua d'une voix sans timbre :

« Je trouve ça formidable, maman. Et papa, qu'est-ce qu'il en a dit ?

— Il a pris ça très bien. Nous nous sommes parlé tout à fait gentiment. »

Ruby préféra ne pas trop broder sur ce thème. Et pourtant, elle en avait des choses à dire à Martha sur ce père dont elle recherchait tant l'approbation et l'amour ! Obtiendrait-elle un jour ce qu'elle attendait de lui ?

« Papa m'a invitée à Hawaii pour Pâques. Il a invité Andy aussi. Il a dit qu'il nous enverrait les billets d'avion. J'ai hâte d'y être ! Andy, lui, est moins emballé. Il a peur que ça te contrarie. D'ailleurs, s'il y va, il tient à payer son voyage lui-même, parce qu'il dit que finalement l'argent que papa a, c'est de toi qu'il le tient. Indirectement, bien entendu. Il veille toujours sur tes intérêts, Andy, tu sais, maman. Et pourtant, je ne cesse de lui répéter que tu dois être un vrai barracuda pour survivre dans ce monde des affaires, où tu nages comme un poisson dans l'eau.

— C'est vraiment comme ça que tu me vois, Martha, comme un barracuda ? se récria Ruby.

— En quelque sorte, oui. Mais, maman, c'est un compliment. Tu aurais préféré que je dise requin ?

— Non, merci beaucoup.

— On peut dire que tu lui as bien réglé son compte, à papa. Tu l'as viré proprement, sans bavure, et maintenant tu roules sur l'or. Mais je ne te critique pas, maman. Le monde des affaires est une vraie jungle, et tu as fait ce qu'il fallait pour survivre et réussir. Tu t'en es admirablement sortie et je suis fière de toi !

— Il va falloir que je te quitte, Martha. Je ne voudrais pas que tu aies des ennuis dans ton travail. Je te rappelle la semaine prochaine, d'accord ?

— Au revoir, maman. »

Piquée au vif, Ruby se mordit la lèvre au sang. Un barracuda ! Ce mot lui déplaisait souverainement. Oublie cette conversation ! Passe à la suivante. Vite !

La voix puissante d'Andy retentit à son tour.

« Salut, m'man. Qu'est-ce qu'il y a ? Quand tu m'appelles dans le courant de la journée, c'est toujours parce qu'il s'est passé quelque chose. Ça va ? »

Ruby sentit monter en elle une nouvelle bouffée de vigueur, comme toujours quand elle parlait à son fils.

« J'ai à t'annoncer une nouvelle qui va te faire grand plaisir. Mais assieds-toi d'abord.

– Je suis déjà assis. Vas-y, m'man. Annonce.

– Mrs. Sugar figure parmi les 500 de *Fortune*. »

Le hurlement triomphal poussé par Andy contraignit Ruby à écarter précipitamment l'écouteur de son oreille.

« Hé, les gars, écoutez-moi ça, l'entendit-elle crier à la ronde, ma mère et son amie se paient les 500 de *Fortune*! Tu te rends compte, m'man, tu vas finir par faire la pige à la General Motors! Bon sang! J'te paie le restaurant ce soir. Fais-toi belle. On ira au meilleur restau de la ville. Je vais même me raser en ton honneur. Et, si tu n'y vois pas d'inconvénient, je vais amener Nancy.

– D'accord. Elle m'est très sympathique, cette petite.

– O.K., mugit Andy. Ça boume. Je lui dirai de sortir de son boulot plus tôt, comme ça elle sera ici à sept heures. Ensuite, on passera te prendre. »

Andy se tire toujours des situations les plus délicates, se dit-elle en raccrochant. Sans lui, elle n'aurait jamais pu faire ce qu'elle avait fait. Jamais. Il ne fallait surtout pas qu'elle oublie le rôle prépondérant qu'il avait joué depuis le début de sa grande aventure commerciale.

Un dernier appel. Pour ses parents. Le plus triste, c'était d'être obligée de consulter son agenda pour retrouver leur numéro.

Elle retint son souffle quand la tonalité retentit. Son père décrocha à la fin de la quatrième sonnerie.

« Papa? C'est Ruby. Je voudrais parler à maman.

– Elle est en train de désherber le jardin. Qu'est-ce que tu lui veux? »

Le dos de Ruby se contracta.

« Je veux parler à maman. Et tout de suite. Je t'en prie, appelle-la.

– Rappelle tout à l'heure, quand elle aura fini. »

Ruby se campa solidement sur le carrelage de la cuisine.

« Non, je veux lui parler maintenant. Va la chercher, s'il te plaît.

– Aurais-tu l'intention de me donner des ordres, ma fille?

– Oui », lança Ruby.

Le déclic qui retentit à son oreille ne la surprit nullement. Elle attendit dix minutes, les yeux fixés sur la pendule, avant de composer le numéro une seconde fois. Ce fut encore son père qui répondit.

« Écoute-moi bien, papa : ou bien tu vas chercher maman, ou bien j'appelle la police pour qu'elle te foute à la porte de chez moi. C'est très sérieux, papa, je suis prête à le faire.

– Espèce de petite salope! Tu n'as pas honte de parler comme ça à ton père?

– Dépêche-toi, papa. Va vite chercher maman. »

Elle attendit longtemps. Un quart d'heure plus tard, elle entendit enfin la voix tremblante de sa mère.

C'est d'une voix altérée par les larmes que Ruby lui parla alors : « Maman, c'est Ruby... Je t'appelle pour te dire... »

Elle ne pouvait pas parler à sa mère des 500 de *Fortune* : la pauvre femme n'aurait rien compris et ce n'était pas cela qui était important, de toute façon.

« Maman, aimerais-tu venir habiter avec moi ? Ou alors, si tu penses que nous ne pouvons pas vivre ensemble, aimerais-tu aller t'installer à Hawaii avec papa ? J'ai une maison à Maoui et j'aimerais bien qu'il y ait quelqu'un dedans. Amber et Nangi pourront venir te voir ; ils n'habitent qu'à cinq heures d'avion de là. Mac et Opal te rendront également visite, et moi aussi. Tu pourras enfin voir tes petits-enfants. Maman, tout ce que tu voudras, je te le donnerai. Maoui est très belle et la maison est magnifique : elle donne sur le Pacifique. C'est comme un gros bijou serti au milieu des fleurs. Tu pourras jardiner. Je te trouverai une femme de ménage et tu n'auras plus rien à faire. Je te paierai une voiture, et tu auras quelqu'un qui t'apprendra à conduire – ou, mieux encore, tu auras un chauffeur qui t'emmènera où tu voudras... Maman, tu m'écoutes ?

– Oui, Ruby. Tu es très généreuse, mais ton père a besoin de moi ici. Si tu veux vraiment me rendre service, tu n'as qu'à faire en sorte que cette maison nous appartienne en propre. »

Ruby releva la tête d'un geste brusque. Il lui fallut une minute pour recouvrer l'usage de sa voix.

« Je ne peux pas, maman. S'il n'y avait que toi, il n'y aurait aucun problème, tu le sais bien.

– C'est ça que je veux, Ruby.

– Non. C'est papa qui le veut. Tu n'en as pas besoin, de cet acte de propriété. Je paie toutes tes factures, vous ne me versez plus de loyer depuis cinq ans. Et je vous envoie de l'argent, des montagnes d'argent. Je sais fort bien que c'est papa qui veut pouvoir disposer de cette maison ; mais ça, il n'en est pas question. Demande-moi n'importe quoi d'autre, maman, je te le donnerai. Si tu changes d'avis, rappelle-moi. C'est une offre qui restera toujours valable. Au revoir, maman. »

Cette conversation-là, elle allait s'efforcer de l'oublier aussi.

Elle composa le numéro de Dixie. Elle laissa le téléphone sonner dix-sept fois avant de raccrocher.

Elle vivait le moment le plus important de toute son existence, et elle n'avait personne pour le partager.

« Eh bien, non, ça ne se passera pas comme ça ! »

Elle attrapa l'appareil et appela les longues distances.

« Allô, mademoiselle, de la part de Ruby Blue, appelez-moi le général Calvin Santos au Pentagone, s'il vous plaît. C'est personnel. »

Elle versa le reste de café dans sa tasse. Il était noir comme du goudron. Elle l'avala d'un trait. Il avait un goût de cendres.

« Ruby, Ruby, c'est vraiment toi ? demanda Calvin à mi-voix.

– En chair et en os, Calvin. Écoute, cet appel peut te paraître surprenant, mais j'ai appris une bonne nouvelle aujourd'hui et j'ai téléphoné tous azimuts pour la partager avec quelqu'un. Nangi a été heureux pour moi, tout comme mon fils. Quant à mon associée, elle a des problèmes et elle a dû s'absenter... Oh, Calvin, j'ai vraiment besoin d'avoir quelqu'un à qui parler.

– Je t'écoute, Ruby », dit Calvin avec douceur.

Ruby parla et il écouta. Puis Calvin parla à son tour. Pendant une heure et demie. Et puis, elle promit d'aller le voir le vendredi suivant dans la matinée.

Le téléphone raccroché, elle écuma sa garde-robe avec une agitation frénétique. Elle n'avait rien de bien à se mettre. Quel genre de toilette fallait-il choisir ?

Elle fit une moue de dégoût en voyant le contenu de ses armoires, jetant à terre toutes ses robes, les unes après les autres. Bon sang, elle allait tout renouveler, des soutiens-gorge jusqu'aux manteaux ! Quel style adopterait-elle ? Elle se souvint alors que Calvin la complimentait toujours quand elle portait quelque chose de simple. Il aimait les robes aux couleurs fraîches, à la ligne bien nette. Eh bien, elle lui en donnerait, de la fraîcheur et de la netteté, de la douceur et de la féminité.

« Ça y est, je vais enfin le revoir ! »

Elle se roula sur le lit en poussant des cris de joie. Après tant d'années, elle sentait encore se consumer en elle un brasier qui ne demandait qu'à se réveiller. Et elle l'avait décelé aussi dans la voix de Calvin.

Plus que trois jours et elle reverrait Calvin – l'homme que, pendant vingt-huit ans, elle n'avait jamais cessé d'aimer.

« Oh, mon Dieu, gémit-elle avec délices. Nous allons enfin nous retrouver. »

Les 500 de *Fortune* et Calvin. Ruby en pleurait de bonheur.

Pendant que Ruby donnait libre cours à sa joie, Dixie arpentait en boitant la promenade en planches d'Absbury Park. Presque paralysée par le froid, la hanche endolorie, elle traînait la jambe à la recherche d'un banc pour s'asseoir.

L'océan roulait des vagues furieuses, un vent glacial balayait la promenade, mais elle ne voulait pas rentrer chez elle. Elle avait peur, oui, peur de rentrer. Pourtant, maintenant, elle n'avait plus aucune raison de craindre les brutalités de son mari, bien au contraire ; mais ce qu'elle redoutait désormais l'obsédait depuis bien longtemps déjà.

Une ou deux fois, elle avait essayé de se confier à Ruby ; mais quelque chose l'avait toujours retenue au dernier moment. Elle ne voulait pas gâcher la joie que leur succès avait suscitée chez son amie.

Et maintenant, elle se reprochait de ne pas avoir rompu leur association dès l'instant où elle avait acquis la certitude que désormais la réussite matérielle était assurée. Au lieu de cela, elle avait continué d'encaisser d'énormes dividendes sans jamais réussir à se confier à quelqu'un.

Elle savait exactement quels reproches son mari allait lui adresser. Il lui dirait qu'à cause d'elle il s'était tué à la tâche alors qu'il aurait pu prendre sa retraite depuis longtemps et couler des jours paisibles en goûtant un repos bien mérité. Il la traiterait d'infirme, de menteuse et de voleuse. A cause de ces mensonges, il avait dû se ruiner la santé en mangeant des hamburgers au lieu de savourer des gigots et des rosbifs. Et il ajouterait que tout cet argent lui revenait de droit, qu'il aurait dû être placé à son nom, puisqu'il avait la qualité de chef de famille...

Au-dessus de sa tête, une mouette s'abattit sur la grève rocheuse, bientôt rejointe par son compagnon qui voulait partager la proie qu'elle venait de happer en plein vol.

Et Dixie énonça alors la conclusion qui s'imposait à son esprit, à haute voix, comme si Ruby avait été auprès d'elle pour l'écouter.

« Je ne voulais pas être seule. Hugo me donnait quelque chose à faire, il me procurait des occupations. Il fallait que je prépare ses repas, que je lave son linge, que je fasse le ménage chez lui. Une femme ne se réalise vraiment que quand elle a un mari. »

Pourtant, Ruby n'avait jamais souffert de l'absence d'Andrew. Pendant trois ans, elle avait vécu dans une maison sans meubles. Après avoir vendu sa salle à manger, elle avait sacrifié son canapé, puis le poste de télévision. Et elle avait survécu. La rupture avec Andrew ne l'avait nullement affectée. Alors, si Ruby l'avait fait, pourquoi Dixie en était-elle incapable ?

Maintenant, elle ne pouvait plus quitter Hugo, il était trop tard. Ce serait ignoble. Hugo se mourait. Et elle savait qu'on doit donner tout ce qu'il désire à un homme qui n'a plus que quelques semaines à vivre.

« Oh, Ruby, je suis navrée. Vraiment désolée. »

Les mouettes avaient repris leur vol, leurs cris aigus se détachant sur le grondement sourd des vagues.

Il faisait presque nuit. Il était grand temps de rentrer... chez elle ou ailleurs. Et pourtant, elle n'avait pas envie de retrouver sa maison...

Le pavillon de Ruby était plongé dans l'obscurité quand Dixie passa devant. Elle regretta alors de s'être arrêtée dans ce restaurant où elle avait commandé un plat auquel elle n'avait pas touché. En revanche, elle avait bu cinq tasses de café et elle avait les nerfs à vif. Elle prit la clé sous le paillasson et se dirigea tout de suite vers la cuisine de son amie.

Rien n'avait changé depuis tant d'années ! Ruby avait remplacé les meubles qu'elle avait vendus, mais sans chercher à rendre le décor plus luxueux qu'il ne l'avait été auparavant. Pas plus elle que Dixie n'avaient voulu étaler un faste qui était pourtant à leur portée – elles avaient dédaigné les voitures puissantes comme les toilettes tapageuses. Attentive aux conseils de Silas Ridgely, Ruby avait placé son argent dans l'immobilier. Elle avait acheté deux appartements et une villa à Hawaii pour les donner en location. Elle avait également investi dans une station de sports d'hiver – à Vail, dans le Colorado –, sans oublier de se constituer un portefeuille d'actions et d'obligations qui lui rapportait un intérêt annuel de vingt-quatre pour cent.

Dixie, en revanche, s'était contentée de mettre son argent dans des certificats de dépôt que Silas renouvelait quand ils arrivaient à terme. Elle n'avait procédé à aucune diversification dans ses placements, ce qui lui attirait parfois la réprobation de Ruby.

« Dixie, tu n'es pas raisonnable ! Et si jamais Mrs. Sugar faisait faillite, qu'est-ce qu'il te resterait ? Il ne faut jamais laisser tous ses œufs dans le même panier ! »

Dixie était restée inébranlable. Néanmoins elle avait suivi le conseil de Ruby en contractant, au nom de son mari, une importante assurance sur la vie, six ans plus tôt. Ruby en avait déjà pris une pour Andrew, mais avec l'approbation de l'intéressé. Dixie, elle, avait dû payer une somme folle pour que Hugo ne soit pas obligé de subir un examen médical.

Maintenant, elle avait l'impression de s'être comportée avec la voracité d'un vautour. Cinq millions de dollars, c'était une somme! Qu'en ferait-elle, quand Hugo mourrait? Car il allait mourir. Un cancer du foie ne laisse pas une espérance de vie très longue. Avec un peu de chance, Hugo en avait encore pour quelques mois, avait dit le docteur.

Cette nouvelle l'avait tellement consternée qu'elle avait aussitôt reporté l'opération qu'on devait lui faire à la hanche, à la clinique Mayo. Elle n'entreprendrait rien pour améliorer son état de santé, sachant que celui de Hugo ne pourrait que se détériorer irrémédiablement.

Du bout des doigts, Dixie tambourinait sur la table de la cuisine de Ruby.

Elle regarda la pendule accrochée au mur. Il était huit heures et demie. Le moment était venu de rentrer pour parler à Hugo.

18

Le lendemain matin, Ruby se leva avec le soleil. Elle se prépara un petit déjeuner substantiel et pour la première fois de sa vie laissa la vaisselle sale dans l'évier sans la laver. Aujourd'hui, elle allait prendre la limousine de la société pour se rendre à New York et faire des achats à tout casser!

Sa bonne humeur s'assombrit soudain quand l'image de Dixie s'imposa à son esprit. Son amie était de plus en plus renfermée, depuis quelque temps. Leurs relations s'étaient modifiées parce que Dixie avait beaucoup changé. C'est Ruby elle-même qui avait pris la communication quand la clinique Mayo avait appelé. Elle avait parlé avec le chirurgien orthopédiste qui devait opérer Dixie. Il s'inquiétait parce que Dixie ne s'était pas présentée pour les analyses préliminaires.

Ruby avait promis de poser la question à son amie, mais avait préféré charger une de ses employées de transmettre le message, pour ne pas avoir l'air d'être au courant. Jamais elle ne se serait doutée que la claudication de Dixie pouvait se corriger grâce à une prothèse, et elle était peinée que son amie ne se soit pas confiée à elle. Pas plus qu'elle ne lui avait parlé de la maladie de Hugo. Ruby n'avait vu Hugo qu'une fois au cours des précédentes semaines, mais elle avait tout de suite compris qu'il était gravement atteint. Sa peau avait pris une teinte jaune et terreuse, et il avait tellement maigri que son visage était devenu squelettique. Ruby s'était alors souvenue d'une de ses employées qui avait présenté les mêmes symptômes et qui était morte peu après d'une tumeur maligne au foie.

Ruby poussa un grand soupir en remontant la fermeture à glissière de sa jupe en flanelle grise. Peut-être appellerait-elle Dixie dans la soirée, une fois rentrée de New York?

Elle se regarda dans la glace et fit une grimace dépitée. Mon Dieu, ce que je peux faire matrone respectable! se dit-elle, concluant aussitôt qu'à aucun prix elle ne devrait acheter quelque chose de gris ou de beige. De la couleur, des couleurs vives et gaies, voilà ce qu'il lui fallait. Il y avait suffisamment de temps qu'elle restait dans l'ombre. Le moment de se montrer au soleil était arrivé.

Ce soir-là, Ruby rentra chez elle avec une énorme pile de paquets venant de chez Bergdorf Goodman, Saks, B. Altman et Bloomingdale's.

Elle essaya d'appeler Dixie – elle avait pensé à elle toute la journée –, mais n'obtint pas de réponse.

Elle entra dans sa chambre et ouvrit les cartons, sortit ses emplettes et jeta les emballages dans le couloir. A bout de souffle, elle considéra la masse d'articles en tout genre empilée sur le lit. Partout alentour, ce n'étaient plus que foulards multicolores, sacs à main en croco, gants en pécari et robes de toutes les couleurs de l'arc-en-ciel. Treize paires de souliers étaient éparpillées sur le sol. Des bottines souples comme du velours trônaient sur la chaise.

Comment avait-elle pu vivre jusque-là sans jamais profiter de telles splendeurs? Elle sortit de la pile une robe en laine turquoise et la maintint contre elle, voltigeant sur ses talons en face du miroir. Le vêtement était si parfait, la coupe si réussie qu'elle en fut éblouie. A croire que cette robe avait été conçue spécialement pour elle. Malgré son prix exorbitant, Ruby ne pouvait que s'extasier d'avoir déniché une telle trouvaille.

Elle regarda l'étiquette pour voir quelle était la marque : Nq Ltd. Ses yeux s'agrandirent de stupéfaction. Non! Ce n'était pas possible. Et pourtant, ces étranges initiales ne pouvaient que désigner Nola Quantrell.

Prise de frénésie, Ruby passa en revue tous les vêtements qu'elle avait achetés. Tous portaient la même marque : Nq Ltd. Vite, elle composa le numéro des renseignements de New York et, quelques secondes plus tard, elle griffonnait un numéro sur le bloc placé à côté du téléphone.

Elle appela ledit numéro et attendit, retenant son souffle. Une opératrice à la voix nasillarde, un peu comme celle qui avait officié autrefois à Barstow, annonça soudain :

« Ici Nq Limited. En quoi puis-je vous être utile?

– Je désirerais parler à Nola Quantrell, déclara Ruby avec aplomb.

– Je suis désolée, mais miss Quantrell est très occupée en ce moment. Laissez-moi votre nom et votre numéro, et nous vous rappellerons dès que possible. »

Comprenant que si elle se présentait sous le nom de Mrs. Blue, les services du secrétariat ne prendraient pas cet appel au sérieux, Ruby opta pour une autre tactique.

« Il s'agit d'une affaire très importante, mademoiselle. Veuillez prévenir miss Quantrell que Mrs. Sugar, de la société Mrs. Sugar's Cookies, désire lui parler immédiatement. Et dites-lui que Ruby Blue se rappelle personnellement à son bon souvenir. Voici mon numéro, elle pourra me téléphoner à n'importe quel moment de la soirée.

– Êtes-vous vraiment la dame qui fait ces fameux cookies? demanda l'opératrice.

– Tout à fait. Nola me connaît très bien; alors, je vous en prie, dites-lui que j'attends son appel avec impatience.

– J'espère que vous dites la vérité, s'inquiéta la standardiste. Miss Quantrell nous a donné des instructions très strictes : il ne faut la déranger sous aucun prétexte. Je risque de me faire mettre à la porte. Vous savez, Nq est une très grosse maison. »

Et alors ?

« Mademoiselle, Mrs. Sugar, ce n'est pas de la roupie de sansonnet non plus, vous savez. Si vous vous retrouvez sans emploi, contactez-moi, je vous engagerai sur-le-champ. Vous avez mon numéro de téléphone. On marche comme ça ? »

L'opératrice émit un petit rire joyeux.

« D'accord, Mrs. Sugar. Si elle est déjà rentrée chez elle, je vous rappellerai moi-même. Il est tard, mais elle reste généralement jusqu'à neuf ou dix heures.

— C'est très gentil à vous. Je vous remercie beaucoup. »

Mrs. Quantrell n'avait jamais parlé des activités de sa fille sur les cartes qu'elle envoyait tous les ans à Ruby au moment de Noël. Ruby regretta de ne pas l'avoir appelée plus souvent au téléphone.

Quand la sonnerie retentit, quelques minutes plus tard, Ruby sourit d'un air ravi.

« Ne me dis pas que tu es la célèbre Mrs. Sugar ! s'exclama Nola d'une voix étonnée. Pour l'amour du ciel, Ruby, c'est vraiment toi ?

— Absolument, Nola. Et toi, je n'arrive pas à croire... quoique j'aie toujours eu la certitude que tu deviendrais un jour riche et célèbre. Et aujourd'hui, je t'ai rendue encore plus riche. Je crois avoir acheté un spécimen de tous les articles qui sortent de tes ateliers. Ainsi, tu as créé ta propre marque ! C'est formidable, ça ! Raconte-moi tout, mais pas avant de me confier pourquoi tu n'as jamais cherché à renouer le contact avec moi. Comment va ton fils ? Et Alex ?

— Alex et moi, on s'est quittés juste après notre arrivée en Europe. Je l'avais épousé uniquement à cause de maman et de papa. Ils ne voulaient pas que je vive dans le péché, dans l'intérêt du bébé. Mais il va très bien, Alex. En fait, il est devenu mon associé. Moi, je crée les modèles, et lui s'occupe de la branche commerciale. Au début, ça n'a pas été facile. J'étais complètement débordée. Il fallait que je travaille et que je fasse garder mon fils. Alex, lui n'avait pas la fibre paternelle. J'ai pris un peu de recul par rapport à mes parents parce que je les avais toujours sur le dos. J'ai travaillé un moment chez Dior, mais c'était vraiment un job sans avenir — et pour gagner des clopinettes, par-dessus le marché. Et puis, j'ai rencontré des gens qui m'ont offert de me commanditer, et c'est comme ça que tout a commencé. Tu ne me croiras sans doute pas, mais je suis cotée en Bourse.

— Eh bien moi, je te fais la pige, ma vieille. Depuis lundi dernier, Mrs. Sugar figure sur la liste des 500 plus grosses fortunes des États-Unis. »

Ruby feignit de ne pas remarquer la pointe d'envie qui perçait sous les compliments de Nola.

« J'ai décidé de me développer dans le monde entier. J'ai déjà établi des contacts sur le marché asiatique. Bon sang, Nola, je suis fière de toi, mais je ne te pardonnerai jamais de ne pas avoir gardé le contact. Et ta mère, comment va-t-elle ?

— Bien, je présume, répondit Nola d'un air insouciant. Elle a une femme de ménage, maintenant. J'y ai veillé personnellement. Elle prend toujours des orphelins sous son toit, du moins je le suppose. J'ai juste reçu une carte avec une simple signature cette année. Et moi, je n'ai pas remis les pieds là-bas depuis au moins cinq ou six ans.

— Tu lui téléphones, non ? »

L'indifférence de Nola à l'égard de sa famille peinait Ruby.

« Si tu crois que j'ai le temps ! objecta Nola. Mais dis donc, c'est un vrai interrogatoire que tu me fais subir là. Et toi, tu leur téléphones à tes parents ? Tu vas les voir ? Si j'ai bonne mémoire, tu les as bien laissés tomber, toi aussi. Et cette fameuse dette, tu as fini par la payer ?

— Ma situation était très différente. En tout cas, cette dette, je l'ai payée, rassure-toi. »

Curieuse de voir jusqu'où allait la sécheresse de cœur de son ex-amie, elle ne put s'empêcher de demander :

« Je suppose que tous ces petits orphelins sont habillés comme des princes, grâce à toi ?

— Euh, pas exactement. Les vêtements pour gosses, c'est pas mon truc.

— Alors, tu envoies le tissu, ou de l'argent pour en acheter ?

— Eh bien non, justement... Dis donc, tu ne serais pas en train de m'accuser de ne pas m'occuper de mes parents ni des mouflets dont ils croient bon de s'encombrer ? »

Le cœur de Ruby battait à tout rompre.

« Je croyais que tu les aimais, ces petits bouts de chou ! Qu'est-ce qui t'est arrivé, Nola ?

— Je suis devenue adulte, tout simplement. Je ne leur dois rien, après tout. Je leur envoie de l'argent, ça suffit, non ?

— Tu leur envoies de l'argent ? Tu en es bien sûre ? L'année dernière, ta mère m'a dit qu'elle n'avait rien reçu de toi. Et je te parie cinq dollars que si j'avais téléphoné sous le nom de Ruby Blue, tu n'aurais même pas pris la peine de me rappeler. Seulement, Mrs. Sugar, c'est autre chose, n'est-ce pas ? Eh bien, je suis très contente d'avoir pu parler avec toi, Nola. Au revoir ! »

Et elle raccrocha.

Encore un chapitre de ma vie qui se clôt pour toujours, se dit tristement Ruby en repliant les robes étalées sur le lit. Demain, elle demanderait à son chauffeur de tout remporter. Pour rien au monde elle ne consentirait à porter les modèles créés par Nola Quantrell.

« Devenue adulte, tu parles ! » maugréa-t-elle en empilant les vêtements dans un grand sac en plastique.

Soudain elle fondit en larmes, les épaules secouées par des sanglots qui lui déchiraient la poitrine. Elle pleurait cette merveilleuse amitié qu'elle avait chérie pendant tant d'années.

« Ça doit être ma faute ! gémit-elle. Je dois attendre trop des autres. »

A force de pleurer, elle finit par trouver le sommeil.

19

La nuit précédant son départ pour Washington, Ruby la passa à arpenter sa maison de Ribbonmaker Lane. Elle s'était couchée après les actualités de vingt-trois heures, mais n'avait pas réussi à s'endormir.

Elle était obsédée par ses prochaines retrouvailles avec Calvin, persuadée que cette rencontre marquerait un changement important dans sa vie.

Peu avant le lever du soleil, elle se prépara du café et mangea une ou deux tartines de pain grillé. Ses mains tremblaient si fort qu'elle pouvait à peine tenir sa tasse.

Ses yeux se portaient sans cesse vers la pendule. Elle sentait qu'elle allait vivre une journée mémorable que rien ne devait gâcher. Elle allait voir Calvin. Ils allaient s'asseoir l'un en face de l'autre et parler, parler sans discontinuer. Ils se regarderaient les yeux dans les yeux et se prendraient peut-être la main. De vieux amis se retrouvaient après une longue séparation.

Pas question de laisser la conversation dériver vers les remarques du genre : « Tu aurais dû », « Si j'avais su », « Pourquoi as-tu fait ci ou ça ? » Tout cela, c'était du passé. Il fallait que cette journée marque le début d'une nouvelle amitié avec Calvin. Ruby se savait plus mûre, plus expérimentée qu'autrefois. Elle était certaine de ne pas commettre d'impair.

Elle fut saisie d'inquiétude en appliquant son maquillage. Qu'allait-il penser d'elle ? Avait-elle beaucoup changé ? Quel âge lui donnait-on ? Certes, elle n'était plus une jouvencelle, mais après tout Calvin n'était plus un jeune homme non plus.

Son cœur se mit à battre plus vite quand elle imagina la réaction qu'aurait Calvin en la voyant. Il apprécierait sans doute qu'elle porte cet ensemble gris impeccable orné d'une broche en perle au revers. Son corsage en soie jaune cravaté de noir la faisait ressembler à une femme d'affaires – ce qui était normal, après tout. Les mèches grises qui striaient ses tempes dénotaient une certaine maturité, tout comme les minuscules rides qui entouraient ses yeux.

Heureusement, elle n'avait jamais eu de problèmes avec sa peau : pas la moindre de ces taches brunes qui flétrissent généralement l'épiderme des quinquagénaires ! « Dieu merci ! » murmura-t-elle.

Elle aimait bien son parfum, il s'appelait Nocturne et elle l'avait acheté à St. Croix quelques années plus tôt, quand elle s'était forcée à prendre des vacances.

Elle était prête, le billet d'avion dans son réticule et sa plus élégante toilette bien empaquetée dans le sac. Si Calvin l'invitait à dîner, elle avait une robe noire qui convenait à toutes les occasions – à condition, bien sûr, de l'égayer avec quelques bijoux et un foulard.

Elle se demanda si Calvin aurait grande allure dans son uniforme de général.

« Plus que quelques heures, et tu le sauras », dit-elle à mi-voix.

Elle n'avait plus rien à faire en attendant qu'Anthony, son chauffeur, vienne la chercher. A moins d'essayer, une fois encore, d'appeler Dixie.

Juste au moment où elle tendait la main vers le téléphone, le timbre de la porte d'entrée sonna.

Ruby alla ouvrir. C'était le chauffeur de la limousine.

« Une toute petite minute. J'ai un coup de téléphone à donner. »

Elle composa le numéro de Dixie. La ligne était occupée. Elle était donc enfin rentrée chez elle ! Ruby raccrocha et rappela, à plusieurs reprises. A qui donc Dixie pouvait-elle parler si tôt le matin ?

« Tant pis, décida-t-elle enfin, voyant qu'elle risquait de manquer son avion, je l'appellerai de Washington. Dès que je serai arrivée à l'hôtel. »

Calvin n'était pas dans le hall de l'hôtel. Ruby demanda à la réception s'il y avait un message pour elle et fut soulagée d'apprendre que non. Elle monta dans sa chambre et rafraîchit son maquillage, se vaporisant un peu de parfum derrière les oreilles. Elle était fin prête, maintenant.

Au moment où elle s'apprêtait à quitter sa chambre, elle se rappela qu'elle avait décidé de téléphoner à Dixie. Elle referma la porte, et appela la réception pour demander le numéro. Elle tapota le sol du pied avec impatience. Ses yeux piquaient et son nez la démangeait. Ses oreilles lui faisaient l'effet d'être rouges et brûlantes.

« C'est occupé, madame, dit soudain l'opératrice.

– Merci. Je ressaierai plus tard. »

Il était temps de descendre dans le hall pour y rencontrer Calvin. Elle avait près de trois quarts d'heure de retard. Mon Dieu, pourvu qu'il soit là ! pria-t-elle en s'engageant dans le long couloir recouvert d'une épaisse moquette. Son cœur s'arrêta quand elle s'aperçut qu'il n'y avait qu'un groom dans le hall. Calvin était donc en retard, tout comme elle.

Faute de se trouver une autre occupation, elle se dirigea vers la boutique de souvenirs. Tout en se promenant dans les rayons, elle pouvait sans mal apercevoir l'ensemble de l'entrée. Elle venait de payer à la caisse un cube en plastique transparent empli de pièces de monnaie et lisait les légendes rimées de cartes postales humoristiques quand elle remarqua, non loin de la réception, une haute silhouette enveloppée dans un pardessus marron et coiffée d'une chapka en fourrure. Était-ce Calvin ? Pourquoi n'était-il pas en uniforme ? Elle fut déçue, frustrée. Si seulement l'homme se retournait, elle saurait tout de suite à quoi s'en tenir !

Il se retourne ! Si lentement que Ruby a envie de crier. Son regard balaie le hall, puis dépasse le présentoir derrière lequel elle est en partie cachée et revient un peu en arrière pour s'arrêter sur elle. Ruby fait un pas en avant et lève la main discrètement. Leurs yeux se croisent. Elle le voit qui inspire profondément. Elle fait de même. Et puis elle sourit, elle fait un large sourire, un sourire de pur ravissement.

Il sourit aussi, avec une joie aussi intense. Elle se dirige vers lui. Ils se rejoignent à la porte de la boutique.

« Bonjour, je suis Ruby Blue, dit-elle à mi-voix.

— Je t'aurais reconnue n'importe où, Ruby. Je te jure que tu n'as pas changé d'un pouce. »

Ruby se recula un peu, ses yeux le fouillant d'un regard avide. Il paraissait nerveux, mal à l'aise. Elle, elle le trouvait changé, et pas en bien. Ce Calvin-là était gris, presque chauve et maigre, trop maigre. Le sourire de sa bouche ne se retrouvait pas dans ses yeux. Et pourtant, il aurait dû être délirant de joie. Calvin était donc toujours aussi impénétrable.

Ils partirent côte à côte en direction du salon de thé.

Une fois qu'ils furent installés dans le box tendu de cuir rouge, face à face, sous la lumière fluorescente qui donnait à Calvin une pâleur de spectre, Ruby sentit que son cœur battait à grands coups.

« Je suis vraiment heureux de te revoir, Ruby. »

Que son sourire est doux ! songea-t-elle. Mais pourquoi me fixe-t-il avec une telle intensité, comme s'il voulait inscrire mes traits dans sa mémoire ?

Une vague crainte la saisit soudain.

« Je n'aurais jamais cru te revoir un jour. J'ai tellement pensé à toi, Calvin ! Est-ce que tu vas bien ? »

Il rit. Du moins Ruby interpréta-t-elle comme un rire le son qui s'échappait de ses lèvres.

« Maintenant, ça va. Le jour où tu as appelé, je... je venais de reprendre le travail. Je sortais de l'hôpital. Pour un ulcère hémorragique. Tu te rends compte, moi avec un ulcère hémorragique. »

Ses yeux s'agrandirent comme s'il n'arrivait pas lui-même à croire ce qu'il venait de dire.

« La commission paritaire se réunit en mars. Je ne pense pas qu'ils me donneront de l'avancement. C'est toujours un handicap d'avoir des problèmes de santé.

— Si je comprends bien, tu t'inquiètes parce que tu ne bénéficieras sans doute pas de la promotion prévue à cause de ton ulcère à l'estomac ? Tel que je te connais, Calvin, tu devais être malade depuis longtemps ; seulement tu n'as pas voulu consulter un médecin. Tu aurais pu en voir un en dehors de tes heures de service pour que tes problèmes médicaux ne figurent pas sur ton dossier militaire, non ? »

C'était donc ça, leurs retrouvailles ? Elle qui avait rêvé de sourires, de regards fous de désir, face à lui, main dans la main !

Calvin hocha la tête.

« Je suis tombé dans les pommes au bureau, un jour, et on m'a emmené d'urgence à l'hôpital Walter Reed. C'est là qu'ils se sont aperçus qu'il fallait m'opérer. Mais je ne suis pas venu ici pour te parler de mes problèmes de santé, Ruby. Dis-moi plutôt comment tu vas, toi.

— Très bien, enfin pas trop mal. Mais ne te gêne surtout pas pour me dire ce que tu as sur le cœur, Calvin. Tu as besoin de parler et je suis là pour t'écouter. Alors autant vider ton sac tout de suite ; comme ça, après, on pourra redevenir simplement Ruby et Calvin, comme avant, même si c'est pour un tout petit bout de temps seulement. D'accord ? »

Calvin renversa la tête en arrière et éclata de rire. Cette fois, la gaieté se refléta dans ses yeux, juste au moment où il tendit le bras au-dessus de la table pour prendre la main de Ruby dans la sienne.

« Je ne comprends pas, avoua Ruby bien longtemps après, pourquoi tu ne démissionnes pas. L'armée t'a donné des ulcères, ta femme déteste l'armée de l'air, tes gosses refusent de s'intéresser aux problèmes des soldats, et pourtant tu t'incrustes. Était-ce important à ce point de devenir général, Calvin ? demanda-t-elle avec beaucoup de douceur.

— Pour moi, oui. Je savais que j'avais commis une erreur en épousant Eve. Je n'avais donc plus qu'une solution : canaliser toute mon énergie dans le travail. C'est la seule vie que j'aie jamais eue, Ruby.

— Et maintenant, l'armée te laisse royalement tomber. Tu as dit toi-même que tu ne décrocherais jamais une deuxième étoile, à cause des quotas que l'on applique pour les minorités ethniques. C'est ce que Nangi m'a rapporté, en tout cas.

— Il se peut que je me sois trompé. »

Ruby serra sa main très fort.

« Mais tu es assez lucide pour savoir que tu ne t'es pas trompé. Laisse tomber l'armée, Calvin, avant que ce soit elle qui te dise que tu n'es pas l'homme qu'il lui faut. Tu peux très bien réussir dans le privé, je te le garantis. Mais naturellement, tu vas t'obstiner, n'est-ce pas ? demanda-t-elle avec tristesse.

— Sans doute. Tant qu'on ne m'aura pas mis devant le fait accompli, je crois que je vais m'accrocher. Mais comment fais-tu pour si bien lire dans mes pensées ? questionna-t-il d'un ton enjoué.

— Quand on cuit des cookies, on a tout le temps de réfléchir. Et j'ai de longues années de pratique derrière moi. »

La voix de Calvin se fit soudain toute timide.

« Est-ce que tu as pensé à moi ?

— Plus que je ne l'aurais dû. Surtout quand il y avait des problèmes. Pourtant, j'en ai fait, des efforts pour t'oublier, ça oui ! Et quand je n'y parvenais pas, j'essayais encore plus fort — mais il n'y a jamais rien eu à faire. Ton image me hantait sans cesse. Nangi m'a dit que tu envisageais de demander le divorce. Tu le lui as confié, paraît-il. Est-ce que c'est vrai ?

— Je lui en ai parlé un jour où ça allait très mal. J'en avais vraiment par-dessus la tête. Eve... s'est convertie au catholicisme et elle prend notre religion très au sérieux. Je suppose que ce n'est pas blâmable en soi, mais ce qui l'est davantage, c'est qu'elle n'éprouve pas le moindre respect pour notre mariage. Elle l'a même pris en aversion dès le début. Les rapports sexuels lui font horreur, et elle déteste laver mon linge et préparer les plats que j'aime. Mais ce qu'elle hait par-dessus tout, c'est la vie militaire. Il y a quelques années, elle m'a dit que, si je ne sollicitais pas un emploi administratif au Pentagone, elle me quitterait en emmenant les enfants avec elle, tout en sachant très bien quelles conséquences désastreuses une telle séparation pourrait avoir sur le déroulement de ma carrière. Elle ne m'a jamais aidé, pas une fois. La seule chose qu'elle sache faire, c'est maugréer et gémir sans cesse, du matin jusqu'au soir. »

Ruby n'avait jamais entendu personne s'exprimer avec tant d'amertume.

« Mais si tu as supporté tout ça, c'est parce que tu l'as bien voulu, tout de même ! »

Cette Eve qu'elle ne connaissait pas lui apparaissait sous un jour déjà un peu moins odieux.

« J'ai mené une vraie vie de chien. Je voyageais beaucoup pour fuir la maison. Je détestais rentrer le soir, surtout l'hiver. Il n'y avait pas de chauffage, il faisait sombre et il n'y avait jamais rien de prêt pour manger. Eve adore sortir avec ses amies ; elle va à l'opéra, où elle apprécie particulièrement les ballets classiques. Elle a sa vie à elle, ne fréquente que les gens qui l'intéressent et gère son propre budget séparément. Pourtant, elle s'occupe bien des enfants, conclut-il bizarrement. Moi, je me fais ma cuisine, je lave mon linge et je dors dans un lit-cage, dans une partie du sous-sol que j'ai aménagée en bureau.

— Mais c'est horrible ! s'indigna Ruby, les yeux humides. Quel dommage que nous n'ayons pas eu l'idée de nous téléphoner avant. On aurait pu parler, se soutenir le moral... tu vois ce que je veux dire. »

Calvin sortit son portefeuille de sa poche.

« Tu vois ça, demanda-t-il en prenant une feuille de papier froissée et jaunie qu'il déplia soigneusement. J'ai noté là tous les numéros de téléphone que tu as eus depuis notre séparation. C'est Nangi qui m'a permis de tenir ma liste à jour. Eh bien, je n'ai jamais eu le courage de t'appeler. Ce n'est pas l'envie qui m'en a manqué – cent fois, mille fois ! Il m'arrivait même de demander le numéro au standard et d'annuler avant que l'opératrice ait pu établir la communication. J'avais trop honte. »

Il se racla la gorge avec embarras avant de poursuivre :

« Un jour, je suis resté devant ta maison de Pensacola toute la nuit. Je t'ai vue te disputer avec ton mari devant votre garage. Tu avais l'air vraiment furieuse. Tu es partie comme une folle, dans un grand crissement de pneus. Il pleuvait à verse. J'ai essayé de te suivre, mais j'ai fini par te perdre. Je suis retourné devant chez toi pour attendre, mais tu n'es pas rentrée de la nuit. Je suis reparti chez moi et le lendemain tu m'as appelé de chez Nangi. Je n'ai jamais réussi à comprendre ce qui s'était passé », conclut-il d'un air résigné.

Les larmes coulaient sur les joues de Ruby.

« C'est la fois où je suis allée à Washington. J'ai roulé toute la nuit et presque toute la journée du lendemain. Mais qu'est-ce que tu étais venu faire à Pensacola ?

— Oh, mettre au point des manœuvres aériennes. Je n'y suis resté que deux jours. J'avais projeté de passer te voir chez toi, mais... je n'en ai pas eu le courage. Je ne savais pas comment tu réagirais. Qu'est-ce que tu aurais fait, si tu m'avais eu devant toi ?

— Je n'en sais rien. Tu m'as brisé le cœur, Calvin. Pendant longtemps, je t'ai haï. Bon, à mon tour. Tu veux voir quelque chose ? »

Elle sortit de son sac la photo défraîchie et jaunie qu'elle avait gardée sur elle pendant vingt-huit longues années. Il renversa la tête en arrière et éclata de rire. Ruby sourit.

« Est-ce que j'avais vraiment cette tête-là ? J'ai été jeune comme ça, moi ? Tu étais tellement jolie, Ruby ! Tu l'es encore, ajouta-t-il en rougissant.

— Merci, Calvin, bredouilla-t-elle d'une voix timide.

— Écoute, il faut que je retourne au bureau, mais je peux revenir vers six heures. On dînera ensemble. Il y a un restaurant très bien dans cet hôtel. Je t'en prie, ne refuse pas.

— Bien sûr que non. J'accepte avec joie. Es-tu tenu de rentrer à une heure précise ?

— Eh bien, oui, si incroyable que cela puisse paraître. Eve aime bien savoir où je suis. Mais, ce soir, je me fiche de ce qu'elle pourra dire. Au bureau, on doit pouvoir me toucher vingt-quatre heures sur vingt-quatre, mais il suffira que je dise où je suis sur le répondeur qui est chez moi, dans mon bureau, et qui est programmable à distance. Eve n'y verra que du feu », conclut-il avec un clin d'œil malicieux.

En marchant à son côté dans le long couloir qui menait au hall, Ruby se demandait ce que Calvin ferait si elle cédait à sa folle envie de l'enlacer pour le couvrir des baisers les plus passionnés. Incapable de se maîtriser, elle finit par le lui demander. Calvin s'arrêta net.

« Voilà une question qui méritera d'être posée quand nous aurons fini de dîner.

— D'accord. »

Ruby sourit et ajouta :

« J'en profiterai pour t'en poser quelques autres.

— Bonne idée, approuva Calvin. J'aurai sans doute les réponses que tu attends. »

Ils étaient maintenant au milieu du hall, entourés de gens qui allaient en tous sens. Calvin tendit la main. Son visage impassible ne révélait rien de ce qu'il ressentait. Ruby le regarda d'un air incrédule. Cette froideur la déconcertait au-delà de toute expression. Désemparée, elle tourna les talons, les joues en feu, et partit en direction de sa chambre.

Une fois à l'abri des regards, elle se raisonna. Calvin ne pouvait pas se conduire n'importe comment en public. Un officier supérieur comme lui ne pouvait se permettre la moindre familiarité avec une femme. Si quelqu'un qui le connaissait l'avait vu l'embrasser, ou même simplement lui tapoter l'épaule, Calvin aurait risqué de se trouver dans une situation embarrassante.

Pourtant, elle ne put se défendre d'un certain sentiment de frustration. Tout en prenant une douche rapide pour enfiler ensuite sa robe noire, elle se dit que ces retrouvailles avaient singulièrement manqué de chaleur. Certes, Calvin avait des problèmes, mais elle se demandait si elle avait vraiment envie de les partager. Après tout, il était encore marié.

J'avais trop attendu de cette rencontre, conclut-elle.

Elle regarda dans le miroir de la salle de bains son image brouillée par la buée. Elle avait l'air de s'être habillée pour un enterrement. Comme pour défier le mauvais sort, elle prit un foulard rouge vif et une énorme broche en or sertie de perles fines. Elle choisit des boucles d'oreilles assorties et un large bracelet en or massif. Elle se sentait prête à affronter l'adversité. A Calvin de faire ce qu'il fallait, maintenant.

Bien qu'elle fût déjà en retard, elle décida de tenter une nouvelle fois de joindre Dixie.

« Dixie ? Ça fait plusieurs jours que j'essaie de te joindre. Je commençais à m'inquiéter. Tout va bien ?

— Bien sûr que tout va bien, répliqua Dixie d'une voix étranglée. J'étais juste occupée.

— Ça n'a pas l'air d'aller du tout.

— Si c'est pour me dire ça que tu m'as appelée, tu aurais pu économiser le prix de la communication. Maintenant, excuse-moi d'abréger, mais j'attends un autre appel.

— Tu ne m'as jamais parlé sur ce ton, même quand les choses allaient au plus mal. Tu dois avoir un problème grave. Tu devrais me dire tout de suite de quoi il s'agit. Vas-y, je t'écoute.

— Très bien. Je vais me faire opérer de la hanche, ce qui va m'obliger à m'absenter pendant un bon bout de temps. C'est donc Hugo qui va me remplacer. Je vais lui déléguer tous mes pouvoirs devant notaire. »

Ruby n'en crut pas ses oreilles.

« Mais il n'en est pas question ! protesta-t-elle. Ça n'a jamais été prévu dans notre contrat. Je suis très heureuse que tu te fasses opérer et je souhaite que tu prennes tout le temps qu'il faudra. Notre société peut très bien fonctionner sur sa lancée, et tu n'as donc nullement besoin de quelqu'un pour veiller sur tes propres intérêts. Nous avons suffisamment de gens qualifiés pour cela. A moins que tu n'aies pas confiance en moi, bien entendu. »

Elle retint son souffle, dans l'attente de la réponse de Dixie. Quand elle l'entendit, elle n'eut plus qu'une envie : tout laisser tomber.

« Hugo a son idée ; il veut opérer quelques changements.

— Pas question, Dixie. Tout baigne dans l'huile en ce moment, et Hugo n'a aucune idée des problèmes que nous avons à traiter. Demande-moi n'importe quoi, Dixie, mais pas ça. C'est notre affaire à nous ! Pourquoi me fais-tu une chose pareille, Dixie ?

– Pour protéger mes intérêts.

– Contre qui ?

– Contre les interventions extérieures.

– Il va falloir que tu trouves autre chose. A qui penses-tu, en fait ? Écoute-moi, Dixie. Je ne me suis pas éreintée pendant tant d'années seize à dix-huit heures par jour pour que tu me fasses un croc-en-jambe au moment où nous voyons enfin le bout du tunnel. J'ai pratiquement promis à Nangi qu'il aurait la franchise pour l'Asie. Les avocats étudient le dossier. Je n'ai pas l'intention de me laisser faire, Dixie. Si je n'ai jamais permis à mon mari de se mêler de nos affaires, ce n'est pas pour que le tien vienne y mettre son grain de sel. Si tu veux lui donner un pourcentage, on peut toujours s'arranger ; mais de là à en faire un associé à part entière, il y a une marge, crois-moi. Réfléchis à tout ça. Je te rappellerai aussitôt rentrée chez moi.

– Je vais faire geler toutes les opérations commerciales. De cette façon, rien ne pourra se faire sans mon accord.

– Tu me ferais ça, Dixie ? murmura Ruby d'un ton incrédule.

– Absolument, et sans la moindre hésitation. »

Ruby s'essuya les yeux avec un mouchoir en papier.

« Comme tu voudras. En tout cas, moi, je sais ce qui me reste à faire, dit-elle d'un ton glacial. Au revoir, Dixie. »

Elle avait la tête qui tournait. Elle se moucha, puis refit son maquillage, mettant une goutte de parfum derrière chaque oreille.

Elle avait tellement envie de respirer un peu d'air frais qu'elle saisit son manteau. Si Calvin ne voulait pas l'accompagner, elle sortirait sans lui. Peut-être valait-il mieux qu'elle reste seule un moment, d'ailleurs.

Arrivée dans le hall, ne voyant pas Calvin elle se dirigea vers la porte à tambour et s'engagea dans l'allée circulaire sans regarder ni à gauche ni à droite. Ce n'est que lorsqu'elle entendit son nom qu'elle se retourna.

« Je vais faire un tour. J'ai besoin de m'éclaircir les idées. Tu veux venir ? proposa-t-elle d'une voix enrouée.

– Qu'est-ce qui se passe ? » s'inquiéta Calvin.

Ruby le mit au courant, tout en marchant à pas pressés, emmitouflée dans son manteau.

« Je ne me laisserai pas faire, Calvin. Je lui tiendrai tête jusqu'au bout, déclara-t-elle avec amertume.

– Je ne comprends pas. Comment... Pourquoi agit-elle ainsi avec toi ? »

Il avait l'air très en colère.

« Comment veux-tu que je le sache ? Pourquoi t'es-tu conduit avec moi comme tu l'as fait ? Pourquoi Amber me traite-t-elle comme une pestiférée ? Pourquoi Nola m'a-t-elle laissée tomber ? Qu'est-ce que j'ai fait pour provoquer de telles réactions chez les autres ? Ça doit être ma faute, puisque c'est toujours à moi que tout le monde s'en prend. Et n'oublions pas Andrew ! Est-ce que c'est moi qui en fais trop, ou les autres qui n'en font pas assez ? La femme qui m'a parlé tout à l'heure au téléphone n'était pas la Dixie que je connais. C'était quelqu'un d'autre, quelqu'un que je ne connais pas. Ma Dixie à moi se serait coupé la langue plutôt que de me dire de pareilles horreurs. Mais enfin, qu'est-ce que j'ai pu faire au bon Dieu pour que tout le monde se retourne ainsi contre moi ?

— Ce n'est pas vrai, Ruby. Regarde-moi. Tu m'as choisi et, près de trente ans plus tard, je suis toujours à ton côté. Ça veut sûrement dire quelque chose, non ?

— Ah oui ? Et qu'est-ce que ça veut dire, Calvin ? Dis-le-moi. C'est de réponses que j'ai besoin. Les énigmes, je m'en passe très bien.

— Ça veut dire que, si nous sommes maintenant ici tous les deux, c'est parce que nous sommes faits pour être ensemble. Je veux t'emmener dîner, Ruby, je veux m'asseoir en face de toi, te regarder dans les yeux et te dire toutes les choses que j'aurais dû te dire il y a bien des années. Je veux te dire combien de fois j'ai pensé à toi, combien de fois j'ai rêvé de toi. Et je ne me lasserai jamais de te répéter à quel point je suis désolé de ce qui s'est passé, pour t'entendre me répondre que tu me pardonnes. Je veux que nous nous tenions la main et que nous nous souriions. Je veux rire avec toi, je veux être avec toi. »

Ruby se blottit dans ses bras. Elle se serra contre sa poitrine. Il se dégageait de lui une faible odeur de menthe et de lotion après-rasage. Elle ferma les yeux avec lassitude, oubliant qu'ils étaient debout au milieu d'une rue plongée dans l'obscurité. Elle avait l'impression d'avoir retrouvé sa vraie place, en sécurité dans les bras de Calvin. Elle repoussa l'image de Dixie et de Nola tout au fond de son subconscient.

« Et si quelqu'un nous voyait, Calvin ? murmura-t-elle.

— Nous reparlerons de ça tout à l'heure. Tu n'as pas envie de rentrer au chaud ? »

Elle aurait préféré rester un peu dehors, mais elle laissa Calvin la ramener à l'hôtel.

Une fois qu'ils furent installés à table, dans un coin du restaurant, leurs manteaux posés sur une chaise à côté d'eux, Ruby se pencha vers lui, le fixant d'un regard implorant.

« Qu'est-ce qu'on va faire, Calvin ?

— Je ne sais pas. Du moins, en cet instant précis. La seule chose que je sache pour le moment, c'est que je t'aime. Je n'ai jamais cessé de t'aimer. Eve a été... Eve est... quelqu'un qui vit chez moi comme une invitée dont la présence n'est pas désirée. Je suis d'ailleurs persuadé qu'elle pense la même chose de moi. Je ne peux pas te mentir. Je ne veux pas te mentir. Je ne prendrai aucune décision au sujet d'Eve tant que je ne saurai pas avec certitude ce que l'avenir me réserve. Il faut que les choses soient claires. Tu dois comprendre que, tant que je suis dans l'armée de l'air, je ne peux pas divorcer. Si on me refuse ma promotion, alors là je prendrai ma décision. Ce qui ne signifie pas nécessairement qu'Eve sera d'accord.

— Et tes enfants ? Si tu divorces, est-ce qu'ils vont comprendre ?

— Je ne sais pas. Ted est... Je crois que Ted comprendra. Pour Steve, ce sera autre chose. Il veut se lancer dans le commerce. Il prétend qu'il n'a rien à apprendre à l'université. Il s'est rafistolé une fourgonnette et il vit avec sa petite amie. C'est un contestataire et il fume du shit, j'en ai acquis la certitude. Je crois que j'ai été trop sévère avec eux. Sans doute parce qu'Eve était trop coulante. Bref, pour répondre à ta question, je ne sais pas comment ils réagiront et je ne pense pas qu'il faille s'en préoccuper pour le moment.

— Calvin, est-ce que nous allons... est-ce que tu envisages d'avoir des relations suivies avec moi ? » demanda Ruby d'une voix à peine perceptible.

Elle vit la pomme d'Adam de Calvin monter et redescendre au rythme des efforts qu'il imposait aux muscles de sa gorge. Au lieu de parler, il inclina la tête, ses yeux noirs brûlant d'un éclat intense. Ruby se sentit soudain toute faible.

« Je ne sais pas. Comment pourrions-nous y parvenir ? Washington par rapport au New Jersey, ce n'est pas la porte à côté. Il faudrait se cacher dans des chambres d'hôtel.

— Je ne crois pas qu'il soit possible d'avoir une liaison clandestine, Calvin. Je vivrais toujours dans la crainte que ta femme ou quelqu'un que tu connais ne surgisse soudain et ne vienne frapper à la porte.

— J'y ai pensé aussi. D'un autre côté, j'ai un métier qui m'amène à voyager beaucoup. Tu pourrais te déplacer, toi aussi, si tu le voulais. Tu pars du lieu A, moi je pars du lieu B et nous nous retrouvons en C. De cette façon, mon bureau saura toujours où je suis en cas de besoin. Et toi, il te suffira d'indiquer ton point de chute pour qu'on puisse te contacter facilement.

— Où vas-tu quand tu voyages ? demanda Ruby.

— Au Texas, en Californie, le désert de Mojave... Kansas City, St. Louis... Tu aimeras beaucoup, tu verras.

— A t'entendre, on croirait que tu as déjà tout organisé depuis longtemps, commenta Ruby en souriant.

— C'est le cas. Aussitôt après avoir raccroché, le jour où tu m'as appelé, je suis resté très longtemps à réfléchir au lieu de me coucher et j'ai tout arrangé. Tu veux voir mon planning ?

— Quoi ? Tu as fait un planning en disposant de moi sans me consulter ? demanda Ruby, les sourcils froncés.

— Mais non, Ruby, ne le prends pas ainsi. Ce n'est pas ce que je voulais dire. Mais comme je désire te voir le plus souvent possible, je m'arrangerai pour partir en voyage chaque fois que tu seras d'accord pour venir me rejoindre. Qu'en dis-tu ?

— Je crois qu'il vaudrait mieux que je voie ton planning, comme tu dis. »

Son regard s'étant posé sur le premier nom de la liste, elle demanda avec curiosité :

« Tu es déjà allé à Kansas City au moment de Noël ?

— Je crois que c'est une des plus jolies villes de la terre à cette époque de l'année. Il suffira que tu me suggères une date et je m'arrangerai pour tout organiser. »

Le cœur de Ruby se mit à battre.

« Je crois, dit-elle avec précaution, que ce serait une idée merveilleuse, mais je voudrais d'abord que nous refassions connaissance. On pourrait se téléphoner et s'écrire. Mais il faut avant tout que je règle mon différend avec Dixie. Et j'ai d'autres problèmes urgents à résoudre avant de... avant de pouvoir m'engager auprès de toi. Car il s'agit bel et bien de s'engager, Calvin, du moins en ce qui me concerne.

— Ruby et sa logique! Comment se fait-il donc que tu trouves toujours la réponse à tout? On a constamment l'impression que tu sais exactement ce qu'il faut dire au moment où il le faut. En faisant passer les amis d'abord, bien entendu. Je le comprends fort bien, d'ailleurs. Bon sang, comme je suis content que tu aies renoué le contact avec moi, Ruby! Maintenant, il n'est plus question que nous nous perdions de vue à nouveau.

— Tout à fait d'accord, Calvin.

— Et si nous concluions cet accord sans tarder. En montant dans ta chambre, par exemple? »

Un petit cri vite étouffé s'échappa des lèvres de Ruby. Calvin éclata de rire d'un air ravi.

« Puisqu'on finira par le faire de toute façon, autant y aller tout de suite, non? Regarde-moi bien dans les yeux, Ruby, et dis-moi que tu n'y as pas pensé, toi aussi. »

Il rit de plus belle, heureux de la voir rougir.

Elle y avait pensé, bien sûr; mais il n'était pas question qu'elle le reconnaisse aussi facilement. Elle n'hésita pas à mentir.

« Dans mon esprit, affirma-t-elle, il s'agissait uniquement de reprendre contact, dans un premier temps. D'ailleurs, il n'y a aucune raison de précipiter les choses. Et puis, cesse de présenter nos relations comme un... comme un simple accord commercial.

— Oh, Ruby, excuse-moi, dit-il d'un air sincèrement contrit, j'essayais d'apporter une note de légèreté pour détendre l'atmosphère, mais je vois que mon idée n'était pas aussi bonne qu'elle le paraissait. En outre, d'autres choses te tracassent en ce moment. Ton manque d'empressement est tout à fait normal. De toute façon, je suis ravi de t'avoir revue.

— Et moi, j'ai tout gâché avec mes histoires. Nous nous reverrons à Kansas City. Personne ne nous connaîtra, là-bas, et nous pourrons faire ce que bon nous chante. On s'écrit, d'accord? Ce serait peut-être plus prudent de louer une boîte postale.

— Très bonne idée, Ruby. Comme ça, ma secrétaire n'y verra que du feu. Tu peux aussi me téléphoner au bureau si tu veux, mais il faudra que tu prennes un nom d'emprunt. Voyons... Paul Farrano. J'ai connu quelqu'un qui s'appelait comme ça. Tu n'auras qu'à dire que tu es sa secrétaire. »

Ruby ne put s'empêcher de rire.

« Mais c'est qu'il est retors, l'animal! Pourquoi n'as-tu pas mis ton uniforme? Moi qui me faisais une joie de te revoir en militaire.

— La prochaine fois, d'accord. Je ne le mets que deux fois par semaine environ.

— Ah, au fait, Calvin, j'ai lu dans une revue médicale que le jus de choucroute est très bon pour les ulcères hémorragiques. Avant de te faire opérer, tu devrais essayer d'en prendre. Je peux t'envoyer l'article, si tu veux.

— Envoie-le toujours. Remarque, ajouta-t-il avec un sourire narquois, le jus de choucroute me semble avoir plus de chance de tuer le malade que de le guérir. »

Ruby posa les coudes sur la table.

« Qui préfères-tu croire, Calvin ? Moi ou le premier docteur venu qui aura usé ses fonds de culotte pendant douze ans dans une fac de médecine ? As-tu vu un spécialiste, à part le toubib de l'armée ?

— Ça fait partie du programme. Mais j'ai déjà vu trois médecins militaires différents : ils ont tous formulé le même diagnostic.

— Prends du jus de choucroute pendant quelques semaines, et ensuite va voir un spécialiste civil », suggéra Ruby.

Calvin acquiesça d'un hochement de tête. Puis, posant sa fourchette au milieu de son assiette, il demanda :

« Qu'est-ce que je vais faire de mes dix doigts, si on m'oblige à quitter l'armée ? Je ne suis plus un jouvenceau. Qui acceptera de m'embaucher à mon âge ? »

L'inquiétude se lisait de nouveau sur ses traits.

« D'abord, tu vas passer beaucoup de temps avec moi. Ensuite, tu peux faire toutes sortes de choses. Calvin, tu as tout Washington à ta disposition. Tu peux ouvrir un cabinet d'affaires, tu peux travailler comme consultant. Tu sais piloter les avions : tu pourrais essayer Lockheed ou Boeing ? Et une carrière politique, ça ne te tente pas ? En dernier ressort, tu pourrais te lancer dans la restauration rapide.

— Sans aucune formation préalable ?

— C'est comme ça que ça marche. Tu quittes l'armée et tu trouves un boulot. Qu'est-ce qu'elle en dit, ta femme ? »

Elle se demanda à quoi pouvait bien ressembler cette Eve qu'elle n'avait jamais vue.

« Nous n'avons jamais abordé le problème. Elle hait l'armée de l'air exactement comme tu haïssais les marines. En fait, elle ne se préoccupe guère que des enfants. Et même à leur propos, elle ne se fait pas vraiment de souci.

— Qu'est-ce qu'on fait demain ? demanda Ruby avec un grand sourire, pour changer de sujet.

— Demain ? répéta stupidement Calvin. Demain, c'est samedi.

— Oui, je sais. Tu ne travailles pas, n'est-ce pas ? Alors, qu'est-ce qu'on va faire ? J'aimerais monter jusqu'à Mount Pleasant, et peut-être passer voir Rena et Bruno. J'ai habité chez eux après avoir quitté la maison de Kilbourne Place. Pourquoi fais-tu cette tête, Calvin ? Tu ne te sens pas bien ?

— Si, si, ça va. Le problème, c'est que le samedi j'ai pas mal de choses à faire. Si je change quoi que ce soit à mon emploi du temps, Eve va avoir des soupçons. Et elle aussi, elle a ses habitudes. Je t'en prie, Ruby, essaie de comprendre.

362

– Oh, je comprends très bien, Calvin, dit Ruby d'une voix dangereusement calme. Est-ce que tu t'imagines que j'ai fait tout ce trajet jusqu'à Washington uniquement pour déjeuner et dîner avec toi ? Je ne me rappelle plus ce que tu as dit exactement au téléphone, mais il me semblait bien avoir compris que nous passerions le week-end ensemble. Manifestement, je me suis mis le doigt dans l'œil.

– Non, ce doit être ma faute, concéda Calvin, les lèvres serrées. J'ai pensé que tu venais juste pour la journée et que tu voudrais rentrer chez toi au plus vite pour reprendre tes activités. Dans mon idée, on allait parler et voir ensemble comment nous organiser. Excuse-moi, Ruby.

– Pour quelqu'un qui envisage de divorcer, il me semble que tu prends beaucoup de gants vis-à-vis de ton épouse. Vraiment, je ne comprends pas.

– Eve et moi, nous nous attachons à maintenir une certaine façade dans nos relations. Nous restons des semaines sans nous adresser la parole, mais nous sommes toujours chez nous le week-end, veillant au grain pour assurer la bonne marche de la maison. »

Ruby cligna les yeux. Réfléchissant à ce qu'elle venait d'entendre, elle songea que, pour la troisième fois de la semaine, elle venait d'essuyer un refus. Son sac et son manteau à la main, elle était déjà presque arrivée à la porte de la salle à manger quand Calvin se rendit compte qu'il avait dû dire quelque chose d'offensant. Il fixa le billet de vingt dollars qu'elle avait jeté sur la table.

« Pour mon repas », avait-elle déclaré avant de se lever.

Il la rattrapa juste au moment où elle s'engageait dans le couloir menant à sa chambre.

« Ruby, attends !

– Tu vas être en retard. N'as-tu pas dit que tu devais rentrer à l'heure ? Ta femme va envoyer quelqu'un à ta recherche. Va-t'en, Calvin. Je n'aurais jamais dû venir ici. Quand tu auras réglé tes problèmes, tu pourras me rappeler. Moi, je m'imaginais que tu avais ta vie à toi et que ta femme avait la sienne... En somme, tu cherchais juste à te payer une petite fantaisie. Je ne serai pas la cerise que tu voudrais mettre sur ton gâteau, Calvin. Bonne nuit. Je suis bien contente de t'avoir revu. »

Elle lui claqua la porte en pleine figure.

Elle se dirigeait vers la salle de bains quand elle entendit Calvin l'appeler à mi-voix tout en frappant des petits coups discrets à la porte de la chambre. Elle entrouvrit légèrement le battant, mais sans ôter la chaînette de sûreté qui l'empêchait d'entrer.

« Qu'est-ce que tu veux, Calvin ? demanda-t-elle d'un air malheureux.

– Seulement te prévenir que je viendrai te chercher demain matin pour que nous allions ensemble prendre le petit déjeuner. Neuf heures, ça ne sera pas trop tôt ? Je dirai à Eve que je passe la journée avec un vieil ami. Beaucoup de choses vont changer, Ruby, je t'assure. Nous en reparlerons demain. »

Ruby se mordit la lèvre. Elle ne tenait nullement à lui forcer la main, mais elle n'accepterait de passer la journée avec lui que s'il se résolvait à en finir avec Eve, de lui-même, sans qu'elle eût à intervenir en quoi que ce fût. C'était à lui et à lui seul de prendre la décision.

« D'accord, Calvin. Je prendrai le petit déjeuner avec toi, et si nous arrivons à nous mettre d'accord sur un certain nombre de points, nous pourrons passer la journée ensemble.

— A demain matin. Bonne nuit, Ruby. »

Il était dix heures et demie quand Calvin entra chez lui, par la porte de la cuisine. Il lui fallut beaucoup de temps pour insérer la clé dans la serrure, tant il faisait noir. Eve ne lui laissait jamais la moindre lumière. Il jura à voix basse.

Il alluma la lampe et jeta un coup d'œil alentour. La vaisselle sale encombrait le comptoir et des miettes jonchaient le sol. Le grille-pain était encore sorti. Si loin que remontât son souvenir, il ne se rappelait pas avoir vu Eve préparer un repas normal. D'habitude, c'était lui qui rangeait en rentrant, mais ce soir il n'en était pas question. Il éteignit la lumière.

Il traversa le salon, saisi de dégoût en voyant les meubles recouverts de leurs housses. Avec des poils de chat partout. Toute la vie de la maison tournait autour du chat d'Eve – lequel, à cet instant précis, était blotti dans un coin du canapé.

Calvin se dirigea vers la salle de séjour où sa femme regardait la télévision, un magazine ouvert sur ses genoux.

« Je suis rentré, annonça-t-il, plus pour entendre sa propre voix que pour toute autre raison.

— Moi aussi », rétorqua Eve.

Elle porta une poignée de cacahuètes à sa bouche. De là où il était, il vit les petits grains de sel qui maculaient le duvet ornant sa lèvre supérieure. Il se demanda s'il n'allait pas la prévenir qu'elle avait le dessous du nez tout blanc.

Elle raffolait des cacahuètes, qu'elle arrosait de boissons gazeuses pour soigner son régime. Les nuits où il ne dormait pas, il l'entendait qui allait à la salle de bains toutes les trente minutes. Eve ne dormait pas mieux que lui, mais il ignorait les raisons de ces insomnies...

« Un problème, Calvin ? » demanda-t-elle d'un air totalement indifférent.

Elle secoua la boîte de cacahuètes puis, ayant constaté que cette dernière était vide, tenta d'y récupérer quelques miettes.

« Non, je voulais simplement te prévenir que je ne serai pas là demain. Je vais prendre le petit déjeuner chez un vieil ami qui vient d'arriver en ville. Je passerai avec lui le reste de la journée. »

Eve haussa les épaules et changea de position dans le fauteuil, rajustant le peignoir délavé qu'elle avait revêtu pour la soirée. Calvin la considéra avec mépris : elle se moquait complètement de l'apparence qu'elle pouvait avoir et ne faisait jamais le moindre effort pour porter quelque chose de seyant. Évidemment, elle était plus vieille que Ruby.

Elle était même plus âgée que lui. C'était sans doute pour cela qu'elle jugeait inutile tout effort d'élégance.

« Eve, je voudrais te parler. Il y a bien longtemps que nous ne nous sommes pas trouvés ensemble à la maison. Il faut que nous discutions un peu.

— Ah oui ? Et de quoi donc ?

— Je ne vais sûrement pas être nommé général de division par le prochain comité de sélection. Je vais donc me retrouver sans emploi. Je peux démissionner tout de suite, ou attendre le mois de juin pour le faire. Qu'est-ce que tu en penses ? »

Eve haussa les épaules, le regard rivé sur l'écran de la télévision. Juste au moment où Calvin concluait qu'elle n'allait pas réagir, elle déclara :

« Je crois que tu as raison. On t'a déjà refusé cette promotion une fois, il n'y a donc aucune raison de penser qu'il en ira différemment en juin prochain. Il va falloir que tu te trouves un emploi car il n'est pas question que je retravaille. Et ce n'est pas avec ta retraite qu'on pourra faire face à toutes les dépenses.

— On sera sans doute obligés de déménager. Cette maison nous coûte très cher, et maintenant que les enfants sont partis nous n'avons plus besoin d'avoir tant de place.

— Calvin, je ne partirai pas d'ici. Je t'ai prévenu quand nous avons emménagé. Toute la vie, tu m'as traînée d'un bout du pays à l'autre, déracinant les gosses chaque fois que tu étais nommé ailleurs. Il faudra trouver un moyen de garder cette maison : même si ça nous amène à condamner les pièces que nous n'utilisons pas, ou à louer le sous-sol. Et ça, c'est ton problème », conclut-elle d'un ton sans réplique.

Le film venant de se terminer, elle se leva pour changer de chaîne puis vint se rasseoir, tirant sur son peignoir pour en aplatir les plis.

Calvin se pencha en avant.

« Eve, il faut que nous divorcions.

— Pas question. »

Calvin poussa un soupir.

« Tu n'es pas heureuse avec moi et je ne suis pas heureux avec toi. Tes parents sont morts, tu ne peux donc pas te servir d'eux comme prétexte à ton refus.

— C'est à cause de toi que je me suis convertie au catholicisme. Or, l'Église interdit le divorce.

— Je pourrais quitter la maison. Alors, que ferais-tu ? »

Cette fois, il avait réussi à capter son attention. Une grimace hideuse déforma ses traits.

« Ça fait quinze ans que tu me serines la même chose et tu ne l'as jamais fait. Ce n'est pas maintenant que tu vas passer à l'acte. D'ailleurs, le divorce est très mal vu dans ta chère armée de l'air.

— Oui, mais tu oublies que je vais probablement être amené à la quitter. De toute façon, j'en ai marre, Eve. J'en ai ras le bol de cette existence vide. Tu n'apportes rien au ménage, ni sur le plan financier ni sur le plan émotionnel. Tu n'as jamais rien tenté pour que ce soit vivable, nous deux.

– C'est toi, l'homme, non ? C'est donc à toi de pourvoir aux besoins du ménage, que je sache.

– Tu n'as jamais été une épouse pour moi !

– Et toi, tu n'as jamais été un mari. »

Il se leva, la toisant de toute sa hauteur.

« Est-ce que tu m'as jamais aimé ? T'es-tu jamais souciée de moi, aussi peu que ce soit ? »

Il attendit la réponse en retenant son souffle.

« Non.

– Alors, pourquoi donc m'as-tu épousé ? » tonna Calvin.

Eve éclata de rire.

« Parce que tu es le seul homme qui m'ait demandée en mariage. Je voulais m'éloigner de mes parents et de ma sœur avant de devenir comme elle. Une fille du Sud grandit toujours dans la croyance qu'elle ne sera jamais une vraie femme tant qu'elle n'aura pas de mari. Pour moi, tu as été le moyen de parvenir à cette fin. Tu le sais depuis toujours, je n'en ai jamais fait un secret. Alors, pourquoi faut-il remettre ça sur le tapis ? La seule chose que tu voulais, c'était un corps. Tu redoutais la solitude. Tu m'as choisie, et moi je t'ai choisi aussi.

– Et moi, je te dis que je veux divorcer. Je resterai jusqu'en juin et ensuite je consulterai un avocat. Nous vendrons la maison. On en aura chacun la moitié et on partira chacun de son côté. Tu pourras garder ton chat », ajouta Calvin en sortant de la pièce d'un pas raide.

Eve se retourna complètement dans son fauteuil, aperçut une cacahuète égarée sur le guéridon et la posa sur sa langue. Ses yeux s'étaient rétrécis de colère.

« Il n'y aura pas de divorce, marmonna-t-elle. Je ne t'ai pas supporté si longtemps pour en être maintenant réduite à aller à l'hospice. Il faudra trouver autre chose, Calvin. »

20

Le lendemain matin, après avoir déjeuné de jambon et d'œufs brouillés, Ruby Blue et Calvin Santos commencèrent une idylle qui devait se prolonger pendant cinq ans. Ils étaient redevenus jeunes dans l'une des villes les plus romantiques du monde, une cité où ils s'étaient rencontrés bien des années plus tôt et où ils avaient connu l'amour.

Ruby dévorait Calvin des yeux, le regard noyé; et Calvin arborait une expression identique. Ils parlèrent sans discontinuer jusqu'au moment où le serveur vint leur demander s'ils comptaient rester à cette table pour le repas de midi. Ils éclatèrent de rire comme des enfants et Calvin régla la note en laissant un généreux pourboire.

Quand ils furent sur le parking, Ruby se tourna vers Calvin et lui demanda d'un air grave :

« Qu'est-ce qu'on a mangé, Calvin ? Je veux me souvenir de ce petit déjeuner. Je suis tellement émue que je regrette de ne pas avoir pris de notes.

— Des gaufres et du bacon », répondit vivement Calvin en lui ouvrant la portière.

Elle s'installa sur le siège avant d'une Coccinelle verte qui avait connu des jours meilleurs.

Ruby inscrivit gaufrettes et bacon sur le dos de son chéquier, bien qu'elle fût persuadée qu'on leur avait servi des crêpes avec des saucisses.

Quand la voiture démarra, ils éclatèrent de rire, heureux comme des jeunes mariés.

Ils traversèrent tout Washington, jusqu'à Mount Pleasant, passant devant la maison de Kilbourne Place et dans la ruelle derrière la maison de Monroe Street pour voir si les poubelles enrubannées étaient encore là. Mais ils ne les virent pas, car Rena et Bruno habitaient maintenant dans une magnifique villa de style colonial à Arlington, en Virginie.

Ils longèrent le zoo. Le regard de Ruby s'embua, et Calvin dut se racler la gorge pour éclaircir sa voix qui commençait à s'enrouer sous l'effet de l'émotion.

« Allons faire un tour au parc, dit-il en opérant un brusque demi-tour. Je veux...

— Tu veux quoi ?

— C'est là que nous avons passé nos heures les plus heureuses. On y a pique-niqué en parlant de notre avenir, de nos projets, de la façon dont nous passerions ensemble le reste de notre existence. Tu te rappelles ? On disait qu'on allait vieillir ensemble.

— Mais nous sommes vieux, Calvin, rétorqua Ruby en riant. Oui, allons au parc. Tu aurais dû inscrire nos initiales sur un tronc d'arbre, comme ça on aurait pu essayer de les retrouver.

— Je regrette de ne pas l'avoir fait, dit-il à mi-voix en lui prenant la main. Je vais réparer cet oubli dès maintenant », ajouta-t-il en garant la petite voiture le long du trottoir.

Il descendit en trombe et, une seconde plus tard, il ouvrait la portière de Ruby.

Ils s'élancèrent sur le sol gelé en riant, criant leurs noms à perdre haleine. A bout de souffle, Ruby se serra soudain contre l'épaule de Calvin. Que c'est donc merveilleux, songeait-elle, de se trouver ici dans les bras de l'homme que j'aime !

Elle savait qu'il allait l'embrasser ; elle le voulait. Elle se délectait de la douceur de ses doigts qui lui entouraient le visage ; elle entendit qu'il poussait un soupir — à moins que ce ne fût elle qui soupirât ainsi — et sentit qu'il posait ses lèvres sur les siennes. C'était comme la première fois qu'il l'avait embrassée : un baiser doux et paisible. Elle en avait demandé un autre, autrefois. C'est ce qu'elle fit encore, et il réagit de la même manière que trente ans plus tôt.

Quand ils se furent séparés, Calvin lança en étouffant un éclat de rire :

« Si j'avais une tanière, je t'y entraînerais.

— J'en ai une, moi, chuchota Ruby.

— Je le sais bien. Bon sang, Ruby, je n'ai jamais rien désiré davantage de toute mon existence.

— Alors, qu'est-ce qu'on fait ?

— Pas grand-chose si on reste ici. On se les gèle pour rien. »

Ruby passa son bras sous le sien.

« Alors, mon général, à mon avis il faut tout de suite foncer à ma tanière et faire ce que la nature nous commandera. »

Elle souriait. Calvin avait le visage fendu d'une oreille à l'autre.

Calvin jeta son pardessus sur une chaise, le manteau de Ruby suivit la même trajectoire. Elle se débarrassa de ses souliers, les envoyant promener à l'autre bout de la pièce, pendant que Calvin retirait sa veste. Elle ôta ses bijoux, il enleva sa montre et elle dénoua son écharpe pendant qu'il desserrait sa cravate. Elle remarqua que c'était une jolie cravate. Il avait laissé tomber sa chemise sur le sol, elle laissa tomber sa robe autour de ses chevilles. Elle tendit les mains vers la boucle de la ceinture de Calvin au moment même où il allongeait les bras pour atteindre la fermeture de son soutien-gorge.

Il fut saisi d'un soudain respect en voyant les seins de Ruby. Elle se pencha vers lui, essayant d'une main d'ôter son jupon tandis que de l'autre elle continuait de s'acharner sur le pantalon de Calvin.

« Mon Dieu, murmura Calvin, aide-moi, Ruby. Pourquoi portes-tu tant de choses sur toi ?

– Pour que tu apprécies davantage quand tu auras enfin... »

Elle le renversa sur le lit, le souffle court. Elle avait la tête qui tournait. Le désir impérieux, violent, qui l'habitait se communiquait à Calvin, qui écrasa le corps de Ruby contre le sien. Comprenant qu'il avait peine à reprendre sa respiration, elle s'écarta pour enfouir son visage au creux de son bras, tandis que sa main s'affairait, caressant en tous sens le torse de Calvin. Elle écouta les battements de son cœur, se demanda s'il n'allait pas jaillir de sa poitrine, comme le sien semblait sur le point de le faire.

Calvin éprouvait un plaisir à peine supportable, surtout quand les mains de Ruby commencèrent à descendre au-dessous de la ceinture. S'enfonçant dans les oreillers, tout contre la tête du lit, il attendit l'apaisement ; mais en fait son désir ne fit que s'accroître. Les préliminaires achevés, elle se mit à le chevaucher, plongeant dans ses yeux un regard intense. Incapable de se contenir, il cria son nom, inlassablement.

Puis il l'attira contre lui, baisant son front moite, ses yeux, le bout de son nez, enfouissant ensuite son visage dans le creux de ses seins.

« Mon Dieu, comme je t'aime », gémit-il, tandis que les spasmes les secouaient de concert.

Il soupira de bonheur quand elle prononça les mêmes mots. Elle l'aimait, il en était sûr maintenant. Il regrettait qu'il ne fût pas possible de mesurer l'intensité de leur amour pour voir lequel des deux aimait le plus fort. Il le lui dit. Il sentit qu'elle souriait contre sa poitrine.

Il lui avoua alors sa vulnérabilité, raconta l'humiliation qu'il avait subie pendant sa nuit de noces, les essais infructueux auxquels il s'était livré par la suite, les rêves dont Ruby avait été à la fois l'instigatrice et l'héroïne. Voyant l'émotion qui s'était emparée d'elle, il chuchota en la serrant contre lui :

« Chut ! Ne pleure pas pour ça, Ruby. C'est du passé. Nous sommes ici, maintenant. Nous sommes ensemble.

– C'est plus fort que moi, Calvin. Personne ne devrait pouvoir compter sur les dix doigts de sa main le nombre de fois où il a fait l'amour pendant trente ans. »

Il lui essuya les yeux avec un coin du drap.

Ruby sourit.

« J'ai une idée, ronronna-t-elle. On va bien s'appliquer, tous les deux, et entre l'instant présent et le moment où je partirai demain, on va essayer de battre un autre record. »

Tout en lui suçotant l'oreille de sa langue douce et humide, elle le flatta de la main, explorant des régions secrètes, remportant de nouvelles victoires.

Ils dormirent, ils firent l'amour, ils prirent une douche et firent encore l'amour. Il faisait presque jour quand Calvin glissa à bas du lit, le lendemain. Il se sentait dans une forme éblouissante. Après s'être habillé, il griffonna quelques mots sur un papier qu'il posa près du téléphone. Il rentrait chez lui pour se changer et reviendrait pour dix heures. Il la conduirait à l'aéroport à cinq heures.

« Je t'aime », murmura-t-il.

Il se pencha au-dessus de Ruby pour l'embrasser sur la joue avant de s'éclipser hors de la chambre. Il sifflota gaiement jusqu'à sa voiture et pendant les vingt minutes que dura le trajet. Il sifflait encore en entrant dans la cuisine. La vaisselle sale était toujours là. En le voyant, le chat se hérissa de colère parce que son plat restait désespérément vide.

Calvin descendit en sifflotant l'escalier qui menait au sous-sol et faillit entonner une chanson en sentant sur sa peau les aiguilles tièdes projetées par la douche.

« Ce que tu peux avoir l'air bête avec cette moustache que tu laisses pousser ! » s'exclama Eve quand il entra dans la cuisine pour prendre une tasse de café.

Ruby l'avait aimée, cette fine moustache noire : elle trouvait que ça lui donnait un air distingué.

Calvin ne répondit même pas. Il ressortit aussitôt pour regarder un dessin animé à la télévision. Il riait à gorge déployée quand Eve entra dans le salon, revêtue de son manteau du dimanche pour aller à la messe.

« Je suis prête. Tu ne viens pas ? demanda-t-elle en lui fourrant le missel sous le nez.

— Non », répliqua Calvin. Sur l'écran, un quarteron de souris s'attaquait à un gros matou noir.

Eve parut scandalisée.

Ce qu'elle peut être mal fagotée ! se dit Calvin.

« Tu devrais te payer un manteau neuf, conseilla-t-il charitablement. Des pelures comme celle-là, on n'en voit plus nulle part. »

Ah, très bien, les souris du dessin animé avaient réussi à attacher le chat au pied de la table.

« Dépêche-toi, tu vas être en retard », ajouta-t-il.

Il avait hâte qu'elle s'en aille. Il avait tellement envie d'être seul !

Eve pivota sur ses talons.

« N'oublie pas que nous jouons au bridge chez les Oliver à quatre heures.

— Aujourd'hui, je ne peux pas, lança Calvin, qui se tapa sur la cuisse en voyant les souris coller une allumette sous la patte du chat. J'ai d'autres projets ! ajouta-t-il d'un ton sans réplique.

— Quels projets ? cria Eve. On joue toujours au bridge le dimanche après-midi ! Il a toujours été convenu que nous devions sauver les apparences.

— Je t'ai déjà dit qu'un ami est venu à Washington. Je vais prendre avec lui le petit déjeuner et le déjeuner ; et ensuite, je le conduirai à l'aéroport. Point final. »

Le chat avait réussi à se libérer. Maintenant, il se lançait à la poursuite des souris. Calvin but son reste de café et éteignit le téléviseur.

« Alors, je ne vais pas pouvoir jouer non plus. Pourquoi tu ne m'as pas dit ça hier soir ? Maintenant, il va falloir que je les appelle pour annuler.

– Eh bien, téléphone ! Tu dis toujours que je joue comme un pied. Toi qui joues si bien, tu n'as qu'à te trouver un autre partenaire. En fait, je crois que le bridge, c'est fini pour moi. Et quant à ma moustache, je la garde. »

Maintenant que Ruby était revenue dans sa vie, il trouvait enfin le courage de tenir tête à Eve. Bon sang, ce qu'il pouvait détester ces dimanches après-midi avec leurs sempiternelles parties de bridge !

« Mais enfin, tu ne vas quand même pas tout chambouler dans notre existence chaque fois que l'envie t'en prend ! s'écria Eve avec indignation.

– Ah bon ? Tu ne te souviens donc pas de ce que je t'ai dit hier soir ? Je n'ai pas changé d'avis depuis », déclara Calvin avec beaucoup de sang-froid.

Ruby et Calvin regardaient fixement l'horloge digitale avec ses chiffres rouges qui brillaient dans la pénombre. Calvin déplaça l'oreiller derrière sa tête. Ruby se blottit dans le creux de son bras.

« Il va falloir s'habiller, dit Calvin à mi-voix.

– J'ai le bourdon, lança Ruby en se serrant contre lui. Je ne veux pas rentrer chez moi. Personne ne m'attend là-bas.

– Moi non plus, je ne veux pas rentrer chez moi », murmura Calvin.

Il lissa doucement les mèches moites qui barraient le front de Ruby. Elle sentait bon – une odeur de musc, semblable à la sienne.

« Je t'appellerai demain, reprit-il, et tu me diras quand tu pourras partir, pour que nous nous retrouvions à Kansas City. A quelle heure préfères-tu que je téléphone ?

– Vers six heures, six heures et demie.

– O.K. Je demanderai une boîte postale pendant l'heure du déjeuner. Tu m'écriras tous les jours, même ceux où on se téléphonera.

– C'est promis. »

Trente-cinq minutes plus tard, la Coccinelle se rangeait le long du trottoir devant l'aéroport national de Washington.

« Il va falloir que tu coures, Ruby, il ne te reste plus que dix minutes. Ne me dis plus rien. »

Elle acquiesça d'un signe de tête. Une fois descendue de voiture, la valise à la main, elle se tourna vers lui.

« Tu as oublié de graver nos initiales sur un tronc d'arbre.

– Ne t'inquiète pas. En repartant, tout à l'heure, je repasserai par le parc. J'ai sur moi mon couteau de l'US Air Force.

– Il fait nuit, objecta Ruby en riant.

– Je prendrai ma torche de l'US Air Force. La prochaine fois que tu viendras, tu pourras jurer que ces initiales ont été tracées il y a vingt-sept ans. Va-t'en, maintenant, avant que l'un de nous deux ne se livre à un acte stupide et regrettable. »

Ruby partit en courant. Calvin repassa par Rock Creek Park et tint sa promesse.

Il était si absorbé dans ses pensées quand il rentra chez lui qu'il ne remarqua même pas que la lampe extérieure était allumée. Son couvert avait été mis et une casserole de spaghettis, son plat favori, chauffait sur le fourneau.

Il découvrit Eve installée dans le meilleur fauteuil, devant la télévision, dans le salon.

« Tu peux garder le fauteuil, annonça-t-il d'un air magnanime. En fait, tu peux garder tout le salon pour toi seule. »

Il eut du mal à se retenir de rire et de crier combien il était heureux. Ce week-end, il ne l'oublierait jamais.

Il sortit en refermant la porte derrière lui, puis entra dans sa chambre en tournant la clé dans la serrure. C'est bizarre, songea-t-il, depuis tant d'années que nous sommes mariés, c'est la première fois que je m'enferme dans ma chambre.

21

Ruby ressortit de son jardin en marche arrière avant d'allumer les phares de sa voiture. Dans vingt minutes, il ferait jour. Elle frapperait à la porte de Dixie jusqu'à ce qu'on vienne lui ouvrir. S'il fallait briser une vitre pour entrer, elle était prête à le faire ; mais elle n'attendrait pas une minute de plus pour savoir ce qui se passait dans la vie de son amie. Cinq jours sans nouvelles, cinq jours sans le moindre mot, ce n'était pas normal. Une explication se révélait nécessaire. D'urgence.

Le trajet fut court. Sept minutes à peine. Aussitôt arrivée, Ruby descendit de voiture et contourna la maison à pied, décidée à aller tambouriner à la porte de derrière.

La veilleuse restée allumée dans la cuisine de Dixie répandait une lumière jaunâtre. Pendant un moment, Ruby ne vit même pas son amie assise dans un coin, devant la table du petit déjeuner. Aux secousses qui agitaient ses épaules, elle comprit que Dixie pleurait, et ses yeux s'agrandirent d'effroi en voyant la bouteille de whisky et le verre posé en face d'elle.

Il se passait quelque chose d'anormal. Dixie n'avait pas l'habitude de boire ! Elle n'avait jamais pris plus de quelques gorgées de vin ou d'alcool. Hugo ne buvait pas non plus, d'ailleurs.

Ruby hésita un moment. Avait-elle le droit de s'immiscer dans la vie privée de son amie ? Pourtant, une certitude s'imposait à son esprit. Les épreuves que traversait Dixie n'étaient pas sans rapport avec les propos qu'elle avait tenus au téléphone quelques jours auparavant. Ruby avait donc le droit de savoir. Prenant résolument son parti, elle tourna la poignée et la porte s'ouvrit sans bruit. Elle entra dans la cuisine sur la pointe des pieds.

« Bonsoir, dit-elle doucement. Je passais dans le quartier et j'ai vu de la lumière. »

Dixie tourna vers elle un visage ruisselant de larmes.

« Je pensais justement à toi, gémit-elle. Ruby, oh, Ruby !

— Allons, allons, dit Ruby d'un ton apaisant en prenant Dixie dans ses bras ; ne t'inquiète pas, nous allons voir ensemble ce qui ne va pas. A deux, nous trouverons forcément une solution. Raconte-moi.

— Hugo va mourir. Il a refusé tout net de se laisser hospitaliser, et hier soir il est tombé dans le coma. Le docteur est venu. Il passe deux fois par jour. Je n'ai pas voulu t'importuner avec mes histoires, Ruby.

C'est à moi de faire face. Et quand je repense à ce que je t'ai dit au téléphone! Quelle horreur! »

Secouée par les sanglots, elle dut s'interrompre pendant que Ruby lui murmurait quelques mots compatissants. Puis, dans un sursaut, elle reprit :

« J'ai fini par lui dire que j'étais pour moitié dans la fortune de Mrs. Sugar. S'il n'avait pas été si malade, je crois qu'il m'aurait tuée à coups de poing. Lui qui n'avait plus d'argent depuis longtemps pour faire venir du Mexique des médicaments interdits chez nous! Notre compte commun était épuisé. Mais il faut dire aussi qu'il refusait de voir les docteurs de la marine, sans doute pour cacher la gravité de son état à ses supérieurs... Bref, quand je lui ai dit que j'étais riche, il est entré dans une fureur épouvantable. Il m'a dit qu'avec cet argent il aurait pu se faire soigner en Suisse ou en France. Il a décidé alors de se rendre à Lourdes, espérant une guérison miraculeuse. J'étais en train d'organiser le voyage quand tu as téléphoné l'autre jour de Washington.

— Et c'est lui qui a demandé à prendre en main ta part de responsabilités dans notre association?

— Tu ne connais pas Hugo! Il a commencé à me parler de sa famille, de ses frères qui le méprisaient, et il m'a avoué que s'il m'avait épousée c'était uniquement pour les faire enrager. »

Le cœur de Ruby battait très fort. Elle en voulait à Hugo, malgré sa maladie. Elle lui en voulait de tout ce qu'il avait fait subir à la pauvre Dixie.

« Et tu ne sais pas ce qu'il a fait, Ruby? Tu ne le croiras jamais. Il m'a obligée à signer une délégation de pouvoirs, devant notaire. Et il a téléphoné à ses parents... J'aurais voulu que tu entendes les propos qu'il leur a tenus. Il leur a raconté des histoires à dormir debout, prétendant que c'était lui qui détenait la moitié du capital de Mrs. Sugar. Il leur a soutenu que, finalement, il avait fait largement aussi bien que ses frères – le chirurgien, le juge, l'avocat et le célèbre antiquaire. Enfin, il a fini par leur avouer qu'il était mourant. Il avait une de ces têtes, à ce moment-là! Je crois bien que, pour la première fois, il se rendait compte qu'il n'y avait plus d'espoir. Mais le pire, c'est qu'il leur a dit qu'il allait faire un testament et qu'il laisserait à sa famille la moitié de la fortune de Mrs. Sugar. Tu te rends compte, Ruby, il va leur donner tout ce que j'ai eu tant de mal à gagner!

— Dixie, ne t'affole surtout pas. Nous allons arranger ça, ne t'inquiète pas. Nous trouverons un moyen. Ne pleure plus. Je vais nous préparer un bon petit déjeuner et nous verrons ensemble ce qu'il est possible de faire. »

Saisie d'un soudain élan de tendresse protectrice, elle prit Dixie dans ses bras comme elle l'aurait fait pour son propre enfant, et elle murmura des paroles apaisantes tout en lui caressant les cheveux et les épaules.

« Oh, Ruby, sanglota Dixie, qu'est-ce que je ferais sans toi? Tu es vraiment mon ange gardien. Comme je m'en veux de t'avoir causé ce chagrin, l'autre jour! Comment ai-je pu te tenir des propos aussi ignobles? Il y a des moments où je préférerais être morte. »

Ruby s'écarta soudain de son amie et, la fixant droit dans les yeux, elle lança :

« Ne redis jamais une chose pareille. Tu m'entends, Dixie ? Je te défends de prononcer de pareilles abominations.

— C'est une façon de parler, Ruby. Seulement, vois-tu, il y a des fois... Bon, écoute. On recommence tout à zéro. Je vais me passer un peu d'eau sur la figure, et toi tu prépares le petit déjeuner. J'ai une faim de loup. Je ne crois pas avoir mangé quoi que ce soit hier soir, je n'arrive pas à me rappeler. Mais tu ne me fais qu'un seul œuf, hein ?

— D'accord », dit Ruby, décidée elle aussi à tout faire pour reprendre le dessus.

Tout allait bien se passer. Elle en aurait presque mis sa main au feu.

Ruby changea de position dans le fauteuil en bois de séquoia qu'elle avait apporté près du lit du malade. Dixie dormait un peu, car les deux femmes se relayaient au chevet de Hugo : c'était vraiment trop dur de rester éveillée vingt-quatre heures sur vingt-quatre.

Elle essaya de penser à autre chose, de ne pas entendre la respiration bruyante et laborieuse du mourant, se demandant si ce n'était pas déjà un râle d'agonie qui s'échappait de sa poitrine. En remuant, elle fit craquer le cuir du siège et Dixie se réveilla en sursaut.

« Qu'est-ce qui se passe ? demanda-t-elle.

— Rien. Il faut que j'aille à la salle de bains et je voudrais boire quelque chose. On pourrait peut-être descendre à la cuisine un moment — il y fera moins chaud ? »

Dixie acquiesça d'un signe de tête. Elle s'approcha du lit, vérifia le goutte-à-goutte et rajusta le drap. Après s'être assurée que rien d'anormal ne s'était produit, elle suivit Ruby hors de la chambre.

Il faisait plus frais dans la cuisine grâce au souffle de la brise qui entrait par la fenêtre ouverte. Ruby se demanda alors pourquoi ni elle ni Dixie n'avaient fait installer l'air conditionné dans leurs maisons. De même qu'elles n'avaient jamais voulu déménager ni redécorer leur intérieur. Était-ce par superstition qu'elles avaient voulu garder tout tel quel ? Un jour, elle y réfléchirait sérieusement pour essayer de trouver une réponse à cette importante question.

« On aurait dû engager une infirmière, dit Ruby entre deux gorgées de boisson gazeuse prises directement à la bouteille. Si tu es seulement à moitié aussi fatiguée que moi... »

Elle laissa la fin de sa phrase en suspens.

« J'aime beaucoup cette heure de la soirée, fit Dixie à voix basse. La journée est finie, et tu te dis que tu l'as bien remplie ou que tu aurais pu en faire davantage. Le soleil descend vers l'horizon et les feuilles bruissent doucement. C'est agréable à l'oreille, le bruissement des feuilles, tu ne trouves pas, Ruby ? »

Ruby se tourna vers le fourneau. Elle hocha la tête en signe d'assentiment.

« Pourquoi parles-tu si bas ? chuchota-t-elle.

– Je ne sais pas.

– Hugo est dans le coma, il ne peut pas nous entendre, continua Ruby, chuchotant toujours. Mais enfin, pourquoi on n'a pas embauché une infirmière, Dixie ? Je suis tellement crevée que je n'arrive pas à me le rappeler.

– Parce que je suis stupide, tout simplement. J'ai complètement perdu les pédales. Et puis, quand Hugo sera mort, je veux pouvoir me dire que j'ai personnellement fait tout ce qui était en mon pouvoir pour rendre ses derniers instants plus supportables. Je n'ai pas voulu qu'une inconnue vienne faire la toilette de mon mari. Je me suis mariée avec lui pour le meilleur et pour le pire, jusqu'à ce que la mort nous sépare. Mais c'est complètement idiot de ma part, parce que je n'aurais jamais pu faire ça sans toi. Excuse-moi de ne pas t'avoir remerciée. »

Ruby alluma le four, sans trop savoir pourquoi, et l'éteignit aussitôt.

« Nous devrions manger quelque chose.

– Quoi, par exemple ?

– Des céréales, de la soupe à la tomate. Tu n'as rien d'autre. »

Dixie secoua la tête.

« Non merci, je préfère ne rien prendre. »

Elle resta songeuse un moment et reprit :

« Je ne pense pas que Hugo puisse encore tenir toute une nuit. Il a une respiration bizarre, tu ne trouves pas ?

– Vas-tu prévenir sa famille ?

– Non.

– Il va falloir préparer son costume. Et puis... appeler le prêtre, prévenir les pompes funèbres, et tout le reste... »

Les deux femmes se regardèrent d'un air désemparé.

« Où vas-tu le faire enterrer ? » demanda Ruby.

Elle redoutait les trois jours qui s'annonçaient, toutes les formalités dont il faudrait s'acquitter, sans compter la nécessité de veiller le défunt...

Dixie ouvrit une deuxième boîte de boisson gazeuse et se rassit à table. Il lui fallut un long moment avant de pouvoir répondre.

« Il n'y aura pas de sépulture, articula-t-elle enfin, l'œil farouche.

– P... Pardon ? bégaya Ruby.

– Je vais le faire incinérer. On te donne les cendres dans un vase, enfin dans un récipient quelconque, expliqua Dixie, les lèvres remuant à peine.

– Un récipient quelconque ? Et ensuite, qu'est-ce que tu vas en faire ? Les mettre au-dessus de la cheminée ? Mon Dieu ! Quand as-tu... pris cette décision ?

– Ce matin. Si on le met quelque part, au cimetière, je ne pourrai jamais y aller, tu comprends ? D'ailleurs, je ne garderai pas les cendres. Moi, j'ai toujours dit que la poussière doit retourner à la poussière.

– Mais concrètement, tu vas faire quoi, au juste ?

– Il n'y a qu'un moyen... Tu connais bien le pont sur la route de Point Pleasant ? J'irai en plein milieu de ce pont et je laisserai tomber, ou plutôt je jetterai les cendres dans l'eau. Le courant les emportera. De cette façon, Hugo sera... dans la nature, quelque part, partout. »

Quand le soleil se hissa enfin au-dessus de la ligne d'horizon, les deux femmes regardèrent Hugo Sinclaire qui, le visage torturé par la douleur, exhalait son dernier soupir. Ruby pleura, sans trop savoir pourquoi. De soulagement, peut-être.

« Je veux que tu rentres chez toi, maintenant, Ruby. J'ai besoin d'être seule avec Hugo pendant un petit moment... Ce sera horrible quand ils l'emporteront. Il ne faut surtout pas que tu voies ça. Moi, je vais commencer par donner quelques coups de téléphone et procéder à un certain nombre de formalités. Merci d'être restée à mon côté si longtemps ; jamais je n'aurais pu tenir le coup sans toi. Je t'appellerai plus tard, c'est promis, dès que j'en aurai fini avec certaines choses pour lesquelles tu ne peux pas m'être utile. Je suis la première à le regretter, d'ailleurs. »

Ruby embrassa son amie sans rien dire, puis elle reprit la direction de sa maison.

22

Quand la pendulette posée sur la cheminée sonna minuit, Ruby changea de position sous son cocon de couvertures pour s'installer plus confortablement. Elle se sentait toute ragaillardie, grâce à la bûche de cerisier qui flambait joyeusement dans l'âtre et qui dégageait un parfum rappelant les sous-bois en automne. La télévision diffusait un arrière-fond de voix assourdies dont Ruby ne cherchait même pas à distinguer les propos.

Elle sursauta soudain : la bûche venait de se casser en deux, faisant gicler contre le pare-feu une gerbe d'étincelles. Elle regretta que Calvin ne soit pas là, en sa compagnie. Elle savait qu'il dormait tout seul dans un canapé, comme elle. Décidément, la vie était bien cruelle.

Le téléphone posé sur un guéridon à l'autre bout du salon se mit à sonner.

« C'est Calvin », cria Ruby.

Dans sa précipitation, elle faillit s'étaler de tout son long en se prenant les pieds dans une couverture.

« Ruby, c'est toi ? Tu m'as l'air en pleine forme!

— Andrew ? Il est minuit ! Qu'est-ce qu'il y a ?

— Rien de spécial. J'avais simplement envie de discuter. Cela t'arrive parfois aussi, non ? et je ne te soumets jamais à un interrogatoire en règle. Ne t'inquiète pas, ce n'est pas parce qu'un mari jaloux a braqué un revolver sur moi. Ça, c'était la semaine dernière. »

Il rit, heureux de sa plaisanterie. Ruby fit une grimace à l'autre bout du fil.

« De quoi veux-tu parler ? » demanda-t-elle avec précaution.

Avec Andrew, on pouvait s'attendre à tout.

« Je suis contente que tu aies appelé, ajouta-t-elle aussitôt. J'avais prévu de te téléphoner cette semaine. Pour parler, moi aussi.

— De quoi ? questionna-t-il, soupçonneux.

— Dis donc, c'est toi qui m'as appelée. Alors, toi d'abord.

— Eh bien, voilà. Figure-toi que je suis allé à Maui la semaine dernière et j'ai discuté avec le propriétaire d'un grand hôtel qui loue des scooters des mers à ses clients. Il m'a dit qu'il pourrait m'en céder la concession. Je me suis renseigné : la location coûte soixante-cinq dollars la demi-heure, ce qui permet de réaliser de jolis bénéfices – surtout qu'il devrait être possible de conclure un marché identique avec la direction des autres grands hôtels du coin. Seulement, il faut que je me décide vite. Il me faudra des remorques, un camion ou une fourgonnette, et une ou deux cabanes sur la plage pour entreposer le matériel : quelque chose qui ait un peu de gueule, pour ne pas trop déparer, tu comprends ? Qu'est-ce que tu en penses, Ruby ?

— Tu me demandes un conseil ou de l'argent ?

— Les deux, rétorqua promptement Andrew. Alors ?

— Seras-tu le seul à proposer la location de scooters ? Si tu as l'exclusivité, ça pourrait être intéressant. Je suppose que tu t'es renseigné aussi là-dessus. Alors, combien te faut-il ?

— Je peux t'envoyer les devis. Mais c'est encore très approximatif. Il faudra peut-être que je fasse un stage de maintenance pour former les employés sur place. En général, les contrats de maintenance font monter bigrement l'addition.

— Et les assurances ? s'inquiéta Ruby à qui aucun détail pratique n'échappait jamais.

— Ce sont les hôtels qui paient puisque les installations sont situées sur leur terrain. Moi, je me charge uniquement de distraire la clientèle.

— Eh bien, ça m'a l'air d'une bonne idée. Cela voudrait-il dire que tu vas enfin te décider à te mettre au travail ? Ah, au fait, pourquoi ne te sers-tu pas de ton argent personnel ?

— Voyons, Ruby, tu sais bien que je vis au-dessus de mes moyens !

— Bon, tu vas dire que je ne te pose que des questions stupides, mais quel intérêt vais-je tirer, moi, de tout ça ?

— Tu es la bénéficiaire exclusive de mon assurance vie, ne l'oublie pas.

— Annule ton contrat, Andrew, c'est moi qui paie les primes. Bon, je m'apprêtais à vendre un paquet d'actions demain. Je vais me contenter de les faire mettre à ton nom. Tu puiseras dans cette réserve au fur et à mesure de tes besoins.

— Merci, Ruby. Et écoute-moi bien. J'ai autre chose à te dire, quelque chose que je n'oserai sans doute jamais te répéter. Quand tu m'as appelé pour m'annoncer que tu figurais sur la liste des 500 plus grosses fortunes des États-Unis, ça m'a vraiment coupé le souffle. Et j'ai été très sincèrement heureux pour toi. Mais quand tu m'as remercié de toutes mes méchancetés, j'ai compris que je m'étais vraiment mal conduit avec toi. Bref, si je t'ai appelée ce soir, ce n'est pas seulement pour te parler des scooters des mers. C'est aussi pour te dire combien je suis désolé de ce qui s'est passé entre nous. D'ailleurs, je veux que tu touches une part des bénéfices de mon affaire. Tout comme tu me donnes un pourcentage sur les profits que tu réalises. »

Non mais, je rêve, se dit Ruby. C'est vraiment Andrew qui me parle sur ce ton gentil et paternel ?

« Eh bien, merci, Andrew, lança-t-elle, incapable de trouver autre chose à dire.

— Je connais ce ton, répondit Andrew en s'esclaffant. Tu es en train de te demander ce que je mijote, mais tu te trompes. Naturellement, seul le temps te prouvera mon entière bonne foi; mais tu es une fille bien, Ruby, et je n'accepterai jamais que l'on soutienne le contraire.

– Merci, Andrew, balbutia Ruby, émue aux larmes.

– C'est à cela que servent les ex-maris, répondit-il d'une voix soudain enrouée.

– Nous ne sommes pas divorcés. A propos, quel effet ça te fait?

– Comme à toi. Repose-moi la question quand tu voudras vraiment savoir la réponse. Nous en rediscuterons.

– Bonne nuit, Andrew. Porte-toi bien, dit Ruby à mi-voix.

– Toi aussi, Ruby. Embrasse bien les enfants de ma part. »

Ruby remit une bûche dans le feu avant de retourner s'envelopper dans une épaisse couverture. « Embrasse bien les enfants de ma part. » Andrew avait été très gentil, et il lui avait réchauffé le cœur. Il paraissait heureux. Finalement, ces quelques années de séparation leur avaient été bénéfiques, à l'un comme à l'autre. L'animosité d'autrefois avait disparu. Ils étaient devenus de vrais amis.

D'instinct, elle savait qu'il réussirait dans son affaire de scooters des mers pour la simple et unique raison que l'idée était tout aussi farfelue que celle qu'elle avait eue en se lançant avec Dixie dans la fabrication des cookies. Et elle était heureuse de pouvoir lui mettre le pied à l'étrier.

Bien longtemps après, quand les bûches furent réduites à l'état de braises rougeoyantes, Ruby s'endormit, le sourire aux lèvres. Elle rêva d'une forêt dans laquelle Calvin courait d'un arbre à l'autre en gravant leurs initiales. Dans son rêve, elle souriait et frappait des mains avec ravissement dès qu'un arbre avait été marqué. Elle criait sans cesse, d'une voix claire et forte : « Je suis heureuse! Je suis heureuse! »

Et Calvin de graver de plus belle en murmurant : « Moi aussi! Moi aussi! »

Lundi! Une nouvelle journée, une nouvelle semaine! songea Ruby en garant sa voiture dans son parking privé. Elle resta un moment assise au volant, comme elle le faisait chaque matin, pour contempler l'édifice dont son fils avait dessiné les plans. Elle souriait toujours dans ces moments-là.

Le siège social de la société Mrs. Sugar, Inc., était un long édifice en brique qui ressemblait à une maison de conte de fées avec son mât surmonté d'un drapeau orné du logo imaginé par Andy : une toque de boulanger et un rouleau à pâtisserie. Andy avait même dessiné le parc et supervisé les plantations pour réaliser un ensemble cossu et de fort bon goût. Elle notait d'ailleurs souvent que les gens ralentissaient au passage pour admirer les installations.

Le parking était pratiquement vide, à l'exception des voitures du gardien de nuit et des portiers qui partaient à sept heures et demie, au moment où les employés de bureau arrivaient. C'est Dixie qui avait eu l'idée de commencer la journée de bonne heure, partant du principe que les gens aiment rentrer chez eux tôt l'après-midi, surtout l'hiver quand la nuit tombe à cinq heures. Ruby, qui avait toujours eu l'habitude de se lever de bon matin, avait adopté la suggestion de son amie avec enthousiasme.

William, le gardien de nuit, tint la porte ouverte pour Ruby.

« Vous êtes bien matinale, Mrs. Blue. Votre chauffage est allumé et le café est prêt. Pas chaud ce matin, n'est-ce pas ? ajouta-t-il en ôtant respectueusement sa casquette.

— Merci, William. Oui, plutôt frisquet, en effet ! Mrs. Sinclaire n'est pas là ?

— Vous êtes la première, Mrs. Blue. »

William referma la grille à clé derrière elle. Les bureaux n'ouvriraient pas avant une quarantaine de minutes.

Ruby s'engagea dans le couloir menant à la large porte centrale surmontée de l'écriteau : DIRECTION. Son bureau, à gauche, et celui de Dixie, à droite, étaient séparés par une jardinière en brique plantée de fleurs d'intérieur.

C'était un beau bureau et Ruby s'y sentait plus à l'aise que dans sa propre maison de Ribbonmaker Lane. Elle appréciait particulièrement la table de travail en chêne massif, la cheminée en pierre de taille, qui diffusait une chaleur douce et régulière, et l'énorme chaudron qui parfumait en permanence les alentours d'une suave odeur de cannelle et de vanille. Le long des murs, des jardinières en cuivre offraient aux regards des plantes vertes et des fleurs d'appartement aux couleurs les plus diverses. Dixie les arrosait elle-même tous les lundis matin. Dans une alcôve, sur la droite, il y avait un petit poste de télévision, une chaîne hi-fi et un distributeur à café, surmontant un bar portable et un réfrigérateur.

Le parquet de chêne, brillant comme un miroir, était partiellement recouvert d'un tapis au crochet qu'Andy avait fait confectionner tout spécialement par des artisans du pays des Amish.

Mais ce qui ravissait le plus Ruby, c'était le papier peint dont son fils avait conçu les motifs : des petits gnomes bien gras portant des tabliers et des toques de mitron qui gambadaient sur les murs, le visage éclairé d'un large sourire, en brandissant des plateaux chargés de cookies.

Ruby contourna la jardinière qui séparait son bureau de celui de Dixie et ne put s'empêcher de sourire, non sans mélancolie toutefois, en voyant le panier en rotin posé sur le sol, près de la cheminée. A l'intérieur était blottie toute une famille de chats mouchetés si parfaitement imités qu'elle s'était baissée pour en prendre un dans ses bras la première fois qu'elle les avait vus. Dixie avait éclaté de rire. Tous les visiteurs s'extasiaient immanquablement devant le réalisme de ces animaux empaillés.

Ce matin-là, Ruby céda de nouveau à la tentation et en porta un contre sa joue. Elle eut alors l'impression de respirer l'eau de toilette de Dixie. En le remettant dans son panier, elle lui tortilla la moustache en ravalant son envie de pleurer.

Puis elle regagna la partie de la pièce qui lui était réservée et s'assit dans le rocking-chair pour savourer une tasse de café et sa première cigarette de la journée. Elle voulait penser à toutes ces choses qu'Andrew avait partagées avec elle la nuit précédente.

La sonnerie de son téléphone privé – un carillon, qu'elle trouvait plus intime que le timbre impersonnel et bruyant réservé aux services commerciaux – retentit derrière elle. Elle tendit la main pour saisir le combiné accroché au mur, semblable en tous points à celui qu'avait utilisé autrefois sa grand-mère dans sa cuisine.

Certaine que c'était Andy ou Martha qui l'appelait, elle lança en souriant :

« Salut ! Désolée, je n'ai plus aucun cookie en stock !

– Ce n'est pas pour ça que je te téléphone, rétorqua Calvin d'un ton enjoué. Bonjour, Ruby. Je voulais commencer ma journée en entendant le son de ta voix.

– Calvin ! Quelle bonne surprise ! J'ai pensé à toi il n'y a pas plus d'une minute ! »

Baissant la voix, elle ajouta dans un murmure :

« J'ai rêvé de toi toute la nuit.

– J'espère que ce n'était pas un cauchemar. »

Ruby s'esclaffa.

« Ah, mon général, ce furent des instants bien plaisants. Mais où es-tu donc, Calvin ? J'entends un bruit d'enfer à l'autre bout du fil. »

Ce fut au tour de Calvin d'éclater de rire.

« Je suis au Marriott. C'est ma voiture qui m'y a amené tout seul. Mais je ne peux pas t'en dire davantage, Ruby, il va falloir que je reparte. Je te rappellerai vers cinq heures et demie. Je t'aime, Ruby.

– Moi aussi, je t'aime. Au revoir, Calvin. »

Voilà une journée qui commence merveilleusement bien, se dit-elle.

Sa secrétaire, Olga Peters, passa la tête par l'entrebâillement de la porte pour montrer qu'elle était arrivée.

« Vous avez vu tous les messages que j'avais déposés sur votre bureau, Mrs. Blue ?

– Je les ai vus, mais je n'ai encore rien lu. Y a-t-il quelque chose d'important ?

– Un certain Conrad Malas a téléphoné huit fois. Il n'a pas voulu me dire pourquoi : il prétendait que c'était personnel. Je lui ai dit que vous seriez au bureau aujourd'hui, alors il a fini par demander un rendez-vous. Il ne devrait pas tarder à arriver, mais si vous ne tenez pas à le rencontrer je pourrai lui dire que vous avez été obligée de vous absenter. Il prenait des airs mystérieux, alors j'ai hésité à lui accorder ce rendez-vous. Il n'a pas indiqué ses coordonnées. Ce doit être un monsieur âgé, il avait la voix qui tremblotait. »

Ruby hésita un moment. Ce nom, Conrad Malas, éveillait sa curiosité.

« Quand il arrivera, fais-le entrer tout de suite. Dixie a-t-elle appelé, Olga ?

– Oui, jeudi et aussi vendredi. Je lui ai dit que vous seriez de retour lundi. »

Assise à son bureau, Ruby feuilleta la pile de messages. Il n'y avait rien d'urgent. Elle avait hâte que Dixie revienne. Il s'était écoulé deux semaines depuis la mort de Hugo et son amie n'avait toujours pas reparu.

Elle tambourina du bout des doigts sur son bureau en regardant la petite aiguille de sa montre s'approcher lentement du chiffre neuf. Bon sang, elle avait oublié de demander à Olga à quelle heure était prévu le rendez-vous avec Mr. Malas.

Elle attendit encore une heure sans rien faire jusqu'au moment où Olga ouvrit la porte pour lui annoncer :

« Mr. Malas est ici, Mrs. Blue.

— Déjà ?

— Il paraissait très désireux de vous voir le plus vite possible. Il tient à la main un sac en papier, vous savez, une poche du genre de celles qu'on donne dans les boulangeries.

— Faites-le entrer », lança Ruby dont la curiosité avait été éveillée par ce détail.

Conrad Malas ressemblait à un Père Noël, en plus maigre, avec ses cheveux bouclés et sa barbe, si fine et si soyeuse, qui avait l'apparence de perles iridescentes. D'un geste, Ruby lui désigna l'un des rocking-chairs placés près du feu. Elle dut résister à l'envie de tendre la main pour toucher cette barbe.

« Autrefois, j'étais plus corpulent », dit Malas comme s'il avait lu dans les pensées de Ruby.

L'œil pétillant de malice, il ajouta :

« Les gens me prenaient constamment pour qui vous savez. Merci d'avoir bien voulu me recevoir. »

Elle lui offrit une tasse de café qu'il accepta sans façon.

« Ma femme, poursuivit-il, aurait bien voulu avoir un bureau comme celui-ci. Maintenant, elle est à l'hospice, près d'Atlantic City. Les docteurs me répètent sans cesse qu'elle a le cœur d'une jeune fille de vingt ans, et pourtant elle a complètement perdu l'esprit.

— Vous m'en voyez fort désolée, Mr. Malas. Voulez-vous que nous envoyions des cookies à cette institution ?

— Mon Dieu, ce n'est pas pour ça que je suis venu vous voir, Mrs. Blue. Mon intention était de vous offrir ceci, dit-il en tendant à Ruby le sac qu'il tenait à la main.

— Des cookies au chocolat ?

— En effet. Nous appelons ça des brownies. Je les ai faits moi-même à six heures ce matin. Ma femme et moi avons tenu une boulangerie à Atlantic City pendant quarante ans, mais il a fallu que je vende le fonds pour pouvoir assurer à mon épouse une vieillesse décente. Oh, c'était ce que vous pourriez appeler une boutique familiale. Mes deux fils m'aidaient, mais ils ont charge de famille et je ne pouvais pas leur donner l'argent dont ils avaient besoin. Maintenant, ils travaillent pour la société Nabisco », précisa-t-il d'un air chargé de sous-entendus.

Ruby mordit dans le brownie bien qu'elle eût pris pour règle de ne jamais goûter aux échantillons que des personnes inconnues pouvaient apporter dans son bureau. Depuis des années, en effet, beaucoup de visiteurs venaient avec des gâteaux ou des biscuits afin qu'elle juge de leur qualité ; mais elle avait toujours décliné ces offres, expliquant que Mrs. Sugar avait une fois pour toutes déterminé les normes des produits qu'elle fabriquait. Elle finit le brownie et en prit un autre dans le sac pour le proposer à Olga. Elle regrettait que Dixie ne soit pas là pour lui donner son avis.

« Mr. Malas, ces gâteaux sont délicieux, dit-elle avec la plus grande sincérité.

— Merci, Mrs. Blue. Au fond du sac, il y a un cookie normal. Je vous en prie, goûtez-le aussi. »

Ruby sortit un petit biscuit à la farine d'avoine piqueté de raisins secs et en prit une bouchée. Ses yeux s'arrondirent de surprise.

« Mais c'est un cookie de Mrs. Sugar.

— Oui, en quelque sorte. Mais, à Atlantic City, on appelle ça les cookies de Mr. Malas. C'est ma mère et celle de ma femme qui les cuisaient pour nous en Ukraine, quand nous étions petits. Une fois arrivés en Amérique, nous avons changé nos noms pour qu'ils aient davantage l'air américains ; mais, comme nous voulions garder quelque chose qui nous vienne du pays natal, nous avons fait démarrer notre petite boulangerie en appliquant les recettes de là-bas.

— Mon père a changé notre nom aussi, dit Ruby d'un air pensif tout en se demandant dans quel sens la conversation risquait maintenant de s'engager. Que puis-je faire pour vous, Mr. Malas ?

— J'aimerais vous vendre la recette de mes brownies. J'en ai parlé avec mes deux fils et ils sont d'accord. Maman... maman approuverait notre décision si elle était capable de formuler ses idées clairement.

— Je n'en doute absolument pas », murmura Ruby.

Mr. Malas attendait le verdict, l'œil brillant d'espoir.

Ruby sourit.

« Mr. Malas, cela vous ennuierait-il de me confectionner une fournée de ces brownies ici même, dans notre cuisine laboratoire ?

— Ce sera avec le plus grand plaisir. Quand vous dites une fournée, vous voulez parler d'une douzaine d'unités ou d'une douzaine de douzaines ?

— Et si vous en faisiez six douzaines ?

— D'accord, dit le vieux monsieur en la suivant hors du bureau.

— Eh bien, allez-y, déclara Ruby en montrant les installations d'un blanc immaculé. Mais, au fait, pourquoi vous êtes-vous tout spécialement adressé à moi, Mr. Malas ?

— Parce que les autres fabricants font des cookies secs et durs qu'ils conditionnent dans des sacs en Cellophane avant de les enfermer dans des boîtes. Mes fils travaillent chez Nabisco, et il y a dans leurs produits un tas de conservateurs et de colorants dont le nom m'échappe totalement. Ce que je ne peux pas prononcer, je ne veux pas le manger, et personne ne devrait y toucher, conclut-il d'un ton convaincu.

— Bien, vous allez pouvoir vous mettre au travail. Moi, je retourne à mon bureau pour que vous restiez seul. Au fait, disposerez-vous de suffisamment de temps libre pour aller à New York ? Une fois que les brownies seront terminés, bien entendu. Nous irons voir mon agent d'affaires pour qu'il vous propose une offre de rachat.

— Je comprends. Eh bien, oui, je pourrai y aller mais il faudra d'abord que j'appelle l'hospice pour prévenir qu'on ne me verra pas de la journée.

— Sans problème, Mr. Malas. Au fait, combien voulez-vous pour votre recette ? »

Le vieil homme rentra la tête dans les épaules, puis il leva les mains en l'air. Ruby ne put s'empêcher de sourire.

« Je suis sûre que nous ferons affaire, Mr. Malas. »

Les deux hommes de loi trouvèrent la proposition de Ruby trop généreuse.

« Un demi-million de dollars ! s'étrangla Alan.

— Vous avez perdu la tête ! s'indigna Marty.

— Vous avez probablement raison, convint Ruby. Mettons que j'aie voulu faire une B.A. Sérieusement, je ne suis pas si bête que vous le croyez. Les deux fils de Mr. Malas travaillent chez Nabisco. Si je ne lui avais pas offert assez, il aurait été proposer sa recette là-bas et, qui sait ? ils lui auraient peut-être donné davantage. Je n'ai pas voulu courir ce risque. Je veux la recette et je tiens expressément à ce que chacun des membres de cette famille signe un accord qui me reconnaisse tous les droits exclusifs d'utilisation de cette recette.

— Nous connaissons notre métier, lança Alan avec humeur.

— Exact, répliqua Ruby en s'esclaffant. Excusez-moi, mon intention n'était pas de vous dire quelles précautions il convenait de prendre. Moi, je me contente de confectionner les cookies. »

Ruby se servit un autre café, bien que ses mains fussent déjà agitées de tremblements après les six tasses bues auparavant. Dieu merci, la cafetière était vide.

Elle repensa au marché qu'elle venait de conclure avec le vieil homme et regretta une fois de plus que Dixie n'ait pas été là pour lui donner son avis. Mais où donc était-elle passée ?

Tous les nerfs de son corps vibraient lorsqu'elle décrocha le combiné pour composer le numéro des Sinclaire. Elle laissa la sonnerie tinter vingt fois avant de raccrocher. Où diable Dixie avait-elle pu aller ?

Soudain, une idée la frappa. Et si Dixie avait décidé de changer d'air pour mieux reprendre ses esprits à la suite de son deuil ? Elle appela aussitôt l'agence de voyages avec laquelle la société Mrs. Sugar traitait toujours pour organiser ses déplacements d'affaires. Après s'être nommée, Ruby enchaîna :

« Je vous appelle pour vous demander si Mrs. Sinclaire a bien retiré son billet. J'ai l'impression que la secrétaire a oublié de le faire.

– Oh oui, Mrs. Blue. Mrs. Sinclaire est passée chez nous vendredi après-midi. Son vol devait avoir lieu ce matin de bonne heure – à sept heures, je crois. Je peux vérifier, si vous le désirez.

– Non, je voulais seulement savoir si elle avait pensé à le retirer. Ah oui, pourriez-vous me dire si la date du retour était prévue ?

– Non. C'est un aller simple pour Rochester, dans le Minnesota. Y a-t-il un problème, Mrs. Blue ? »

Ruby eut un petit rire : c'était à Rochester que se trouvait la clinique Mayo.

« Je vais sans doute devoir la rejoindre là-bas. Je vous contacterai dès que j'aurai fixé la date de mon départ. Merci, Joan.

– De rien, Mrs. Blue. »

Dixie avait donc fini par se décider à se faire opérer ; sinon, pourquoi serait-elle allée dans le Minnesota ? Les deux amies en avaient discuté pendant de longues heures, en veillant Hugo. Ruby regrettait simplement que Dixie ne l'ait pas prévenue de son départ. Elle sentit une boule se nouer dans sa gorge. Pourvu que la prothèse réussisse !

Ruby flotta dans un demi-sommeil peuplé de rêves dont Calvin était le héros. Dans une heure, il allait appeler. Ensuite, elle rentrerait chez elle pour prendre un repas solitaire, tout comme lui. La vie était vraiment mal faite. Pourquoi ne pouvaient-ils pas vivre ensemble ?

Elle fut arrachée à sa somnolence par un coup discret frappé à la porte. Tenant à peine sur ses jambes, elle ouvrit pour trouver Conrad Malas qui lui tendait la main, le visage fendu par un large sourire.

« Je ne sais comment vous remercier, Mrs. Ruby.

– Ce n'est rien, Mr. Malas. Je me suis contentée d'acheter ce que d'autres se seraient empressés de vous prendre pour une somme équivalente. Je suis persuadée que Nabisco vous aurait offert autant. »

Malas secoua la tête.

« C'est une trop grosse maison, beaucoup trop impersonnelle. Ils auraient emballé mes brownies dans du plastique, après avoir ajouté à ma recette un tas d'additifs au nom imprononçable... Non, ça n'aurait pas du tout été la même chose. Ma femme aurait sûrement aimé vous rencontrer, Mrs. Blue. Elle aurait présenté les choses beaucoup mieux que moi. Elle a toujours eu le chic pour mener rondement ses affaires. Moi, je sais seulement faire la pâte et la mettre au four. »

Ruby feignit de ne pas voir les yeux bleu pâle qui se remplissaient de larmes.

« Mes hommes d'affaires vous ont tout expliqué ?

– Oh oui, et il y en a même un qui m'a dit que, si vous décidiez un jour de commercialiser mes brownies, je toucherais un et demi pour cent de commission. Je leur ai répondu que ce n'était pas nécessaire ; mais ils ont insisté, en précisant que s'il m'arrivait quelque chose, à moi ou à ma femme, ce sont mes deux fils qui les toucheraient à ma place.

– C'est tout à fait exact, Mr. Malas. Et ce n'est que justice.

– Vous êtes très généreuse. Demain, je raconterai tout cela à Inga et peut-être y aura-t-il dans ses yeux une lueur qui montrera qu'elle a compris. Ça se produit parfois.

« – Je l'espère. Mais je vois que la neige recommence à tomber. Allez-vous vraiment faire tout ce trajet jusqu'à Atlantic City ? Je crains que les routes ne soient pas bonnes.

– Le monsieur si gentil qui m'a emmené à New York a demandé à deux de vos employés d'installer des chaînes sur mes roues. Ça va aller. Merci pour tout, déclara Mr. Malas en s'inclinant de façon fort civile.

– Venez, Mr. Malas, je vais vous raccompagner. »

Quand Ruby eut regagné son bureau, la réceptionniste l'appela pour lui dire qu'un certain Paul Farano l'avait demandée.

« Qu'est-ce qu'il voulait ? A-t-il laissé un message ? »

Soudain, elle se rappela que Paul Farano était le nom de code adopté par Calvin.

« A-t-il dit que je devais le rappeler ?

– Non, Mrs. Blue. Excusez-moi, mais il va falloir que je parte – à moins que vous n'ayez encore besoin de moi.

– Bonne nuit, Maria.

– Bonne nuit, Mrs. Blue. »

Ruby sentit le découragement la gagner. Calvin ne la rappellerait plus maintenant. Mais elle se rasséréna en se souvenant qu'elle avait promis de lui écrire. Elle le ferait le soir même, après dîner. Elle allumerait un bon feu, se blottirait au fond du canapé et lui écrirait une longue lettre.

Regardant la neige tomber, Ruby se rendit compte qu'elle était plus que satisfaite. C'était presque le bonheur.

Après le dîner, Ruby prit une douche et passa une robe de chambre confortable. Puis elle appela la clinique Mayo. Se présentant comme la sœur de Dixie Sinclaire, elle demanda des renseignements sur son état de santé.

La jeune femme qui était à l'autre bout du fil l'informa que Mrs. Sinclaire avait subi tous les examens préliminaires. Le lendemain, les docteurs décideraient de l'opportunité d'une opération, qui pourrait avoir lieu mercredi.

« Voulez-vous laisser un message pour votre sœur, Mrs. Sinclaire ?

– Non, ce n'est pas la peine. Elle préfère subir cette épreuve sans avoir de contact avec le monde extérieur, alors je lui ai promis de ne pas l'importuner.

– Il y a des malades qui sont comme ça, en effet. Si vous voulez rappeler demain, vous n'avez qu'à demander Dawn Baker. Je serai très heureuse de vous tenir au courant.

– Merci, miss Baker. Je vous rappelle demain.

– Je serai de service le matin. »

Ruby regarda longuement la feuille de papier qu'elle avait préparée. Que pourrait-elle raconter à Calvin maintenant que Dixie occupait toutes ses pensées ? Dixie allait subir une grave opération, et elle n'avait à son chevet personne qui pût lui témoigner la moindre affection. Mais Calvin saurait peut-être ce qu'il fallait faire. Elle lui parlerait donc de son amie.

La plume de Ruby volait sur le papier. Il lui paraissait facile d'exprimer son angoisse et sa tendresse pour cette femme qu'elle considérait de plus en plus comme sa sœur. De temps à autre une larme tombait de ses paupières, maculant le papier jauni, mais elle n'en avait cure. Calvin comprendrait sûrement.

A neuf heures, juste au moment où elle venait de cacheter son enveloppe, le téléphone sonna. Une opératrice lui dit qu'elle était demandée personnellement en PCV par Mr. Paul Farano. Ruby ne put se défendre d'un mouvement de surprise. Un appel en PCV ? Elle n'en accepta pas moins la communication, lançant l'enveloppe encore vierge sur le guéridon en face d'elle.

« Excuse-moi de t'appeler en PCV, dit Calvin d'une voix à peine audible, mais je suis obligé de téléphoner de chez moi, car si je sors à cette heure Eve va se douter de quelque chose. Déjà, elle m'a regardé d'un drôle d'air toute la soirée. Je te rembourserai la communication la prochaine fois qu'on se verra.

— Je croyais que tu te moquais complètement de ce que pouvait penser ta femme, Calvin ? De toute façon, qu'est-ce qui t'interdit de téléphoner en longue distance ? Elle ne me connaît pas. Et tu n'étais pas obligé de me demander nommément. Il n'y a personne d'autre que moi ici.

— Écoute, Ruby, nous avons déjà discuté de tout ça. Je n'ai pas envie de compromettre des acquis qui ont été si difficiles à obtenir. Et je ne peux pas faire mieux. »

Il parlait si bas que Ruby avait toutes les peines du monde à saisir ses paroles.

« Il va falloir que tu parles plus fort, Calvin, je n'entends rien de ce que tu racontes, se plaignit-elle.

— Mais si je parle plus fort, Eve va m'entendre ! Tu n'as qu'à arrêter ton poste de télévision ou baisser le son !

— Il m'est impossible de te dire quoi que ce soit... si ta femme est dans le secteur. Si c'est le prix de la communication qui te fait peur, tu n'as qu'à aller dans une cabine publique, où je te rappellerai de chez moi... Bref, la question n'est pas là. Ce que je voudrais savoir, c'est pourquoi tu ne demandes pas une séparation à l'amiable, comme je l'ai fait ?

— Rien ne m'en empêche, en effet ; mais comme je te l'ai déjà expliqué, Eve n'acceptera jamais, pour des raisons religieuses. »

Ruby sentit que sa migraine allait la reprendre. Toute la journée elle avait attendu cette conversation avec impatience, mais jamais elle n'aurait pu prévoir qu'elle se déroulerait ainsi. Elle qui s'attendait à nager en pleine euphorie, à planer sur les ailes du bonheur !

« J'ai un mal de tête à hurler, dit-elle.

— Tu m'en veux, hein ? Et tu commences à te poser des questions ? Je le sens au son de ta voix, chuchota Calvin.

— Non, Calvin, je ne t'en veux pas ; mais je trouve que notre situation manque vraiment de clarté. Et je ne me pose aucune question. Comment pourrais-je le faire, puisque je t'aime ? Quand me rappelles-tu ?

– Vendredi, en sortant du bureau. Vers cinq heures et demie. Ça te va ? »

Ruby secoua la tête, puis se souvint que Calvin ne pouvait pas voir ses gestes. Elle grinça des dents.

« Je vais attendre ton coup de fil avec impatience, Calvin.

– D'ici là, j'aurai une idée plus précise de mon planning et nous pourrons commencer à organiser nos rendez-vous... Je t'aime, Ruby. Je t'aime vraiment, tu sais ? Alors, tu rêves de moi, d'accord ?

– D'accord, chuchota Ruby à son tour.

– Qu'est-ce que tu as dit ? Pourquoi parles-tu aussi bas ?

– Pour que tu voies quel effet ça fait. Allez, au revoir, Calvin. »

23

La première chose que fit Ruby le lendemain, aussitôt après s'être habillée, fut d'appeler la clinique Mayo. Elle ne comprenait toujours pas comment Dixie avait pu s'en aller ainsi sans prévenir personne. Sans doute avait-elle craint que le simple fait d'en parler ne ravive encore la peur qui la tenaillait à l'idée de cette opération.

« Miss Baker ? Ici Ruby Blue. Je vous appelle pour avoir des nouvelles de ma sœur, Dixie Sinclaire.

— Le chirurgien de Mrs. Sinclaire a décidé de l'opérer à huit heures demain matin, annonça l'infirmière d'un ton enjoué. C'est une très longue intervention, Mrs. Blue. Vous pourrez rappeler demain dans la soirée. Vous n'aurez qu'à demander qu'on vous passe l'unité de soins intensifs.

— Merci beaucoup. Je n'y manquerai pas. »

Dixie doit avoir une frousse de tous les diables, se dit Ruby après avoir raccroché. Il n'est pas question de la laisser seule là-bas.

En quelques secondes, Ruby venait de prendre la décision de se rendre dans le Minnesota en avion.

Elle appela les Northwest Airlines pour demander qu'on lui retienne une place sur le vol de dix-neuf heures à destination de Minneapolis, où elle prendrait ensuite un autre avion pour Rochester.

« Vous arrivez à destination à vingt-trois heures », lui dit l'employé préposé aux réservations.

Parfait. Elle pourrait travailler toute la journée au bureau et partir pour l'aéroport à l'heure où l'usine fermerait ses grilles.

Il était vingt-trois heures quinze quand Ruby descendit de l'avion à l'aéroport municipal de Rochester. Elle souffrait de brûlures d'estomac et d'une migraine affreuse. Et elle avait une envie pressante d'aller aux toilettes.

Cette dernière formalité accomplie, elle sortit pour prendre un taxi. Un froid sibérien la frappa de plein fouet. Elle crut qu'elle allait s'écrouler, terrassée par la congestion.

Le taxi surchauffé lui fit l'effet d'un véritable sauna.

« Emmenez-moi à l'hôtel ou au motel le plus proche, lança-t-elle dans un souffle.

— Vous ne trouverez aucune chambre nulle part, rétorqua le chauffeur en se penchant en arrière.

– Pourquoi ? Ne me dites pas qu'il y a un séminaire ou un congrès en ville, gémit Ruby.

– C'est pire que ça. Ici, il faut réserver plusieurs mois à l'avance. Les familles des malades hospitalisés à la clinique Mayo envahissent les hôtels en permanence.

– Alors, comment font les gens qui débarquent ici à l'improviste ? » demanda Ruby exaspérée.

Qu'elle avait donc été bête de ne pas penser à ça plus tôt !

« Il font le tour des pensions de famille, ou alors ils se font héberger chez l'habitant.

– Eh bien, emmenez-moi dans l'un de ces endroits.

– A cette heure-ci, il y a belle lurette que tout est occupé.

– Alors, conduisez-moi à la clinique. Je resterai dans la salle d'attente.

– D'accord », marmonna le chauffeur en s'engageant sur la route recouverte d'une croûte compacte de neige durcie.

Cette neige, Ruby ne pouvait plus la voir, tout comme elle détestait ce froid sibérien et cette sensation de fatigue qui l'accablait.

Le hall d'accueil de la clinique était chauffé, mais il n'y faisait pas aussi bon que dans le taxi. Ruby se laissa tomber dans l'un des fauteuils en similicuir. Elle ne voulait pas regarder les autres gens qui parlaient entre eux à voix basse quand ils n'étaient pas en train de pleurer. Certains avaient même l'air de prier !

Les yeux fermés, Ruby opéra un retour sur elle-même. Bien souvent, elle aussi, elle avait cru à l'existence d'un être supérieur qui lui indiquait la direction à suivre ou lui insufflait l'espérance aux moments où elle en avait le plus besoin. Et quand elle se trouvait aux prises avec de graves difficultés, elle n'hésitait jamais à Lui adresser la parole, se gardant toutefois de solliciter la moindre faveur.

Tu ne me dois rien, pensait-elle. C'est moi qui Te dois tout.

Depuis des années, elle tenait beaucoup à rembourser ce qu'elle considérait comme une dette d'honneur. Elle multipliait donc les dons en tous genres, que ce fût à des individus ou à des organisations caritatives. Les bourses d'études, les aides financières et les allocations aux pauvres ou aux sans-emploi grevaient le budget de la société qu'elle dirigeait avec Dixie. Elle versait également des sommes énormes à des organismes comme Greenpeace ou World Wildlife Fund. Et elle n'oubliait jamais d'envoyer à Mrs. Quantrell les fonds permettant de subventionner les études des nombreux orphelins que cette dernière recueillait chez elle. Ce n'était pas parce que Nola leur tournait le dos que Ruby allait faire de même. Elle avait même fait don aux Quantrell d'une fourgonnette à douze places pour transporter leurs petits pensionnaires ; et, deux fois par an, elle envoyait des camions entiers de jouets, de nourriture, de vêtements et de literie aux orphelinats du New Jersey.

Naturellement, chaque mois, elle faisait parvenir d'importants dons en espèces aux pensionnaires de St. Andrew. Tous les quinze jours, elle s'entretenait par téléphone avec le nouveau prêtre de la paroisse qui affirmait qu'il priait chaque jour pour elle.

Elle se sentait tellement bien, tellement au-dessus des contingences matérielles, quand elle donnait libre cours à sa générosité! Peut-être aurait-elle dû en faire davantage, donner encore plus qu'elle ne le faisait. Peut-être même aurait-il été préférable pour elle de reprendre sa place au sein de l'Église...

Peut-être, toujours des peut-être, songea-t-elle avec lassitude. Comment aurait-elle pu sonder les intentions du Seigneur? Si elle n'en avait pas fait assez, Il trouverait toujours un moyen de le lui signifier.

Elle se sentait à bout de forces. Peut-être faudrait-il retourner à l'accueil pour demander à l'employée où se trouvait la chambre de Dixie. Peut-être l'autoriserait-on à aller la voir? Mais non, il n'y fallait point songer! Pas au milieu de la nuit!

Promenant son regard alentour, elle vit une famille, le père, la mère et trois enfants, tous bien éveillés, qui égrenaient un rosaire entre leurs doigts. Elle ne put s'empêcher de se demander pour qui ils priaient. Un être cher, sans aucun doute. Il y avait des larmes dans les yeux des parents. Elle ferma les siens. Elle ne voulait pas savoir, elle ne voulait pas être mêlée à leur problème. Ils paraissaient pauvres, mais propres et très dignes. Cela, elle ne put faire autrement que de le remarquer.

Pourtant, qu'elle le voulût ou non, elle allait tout savoir de leur tragédie. Le couple de quinquagénaires assis derrière elle racontait ce qui s'était passé à leurs voisins immédiats.

« Les trois aînés des Denzel – ils ont douze, dix et neuf ans – étaient dans la grange avec leur grand-père. Les deux plus âgés trayaient les vaches pendant que le plus jeune ramassait des œufs. Le grand-père donnait du foin aux bêtes. Tout à coup, un énorme semi-remorque qui passait sur la route a dérapé sur le verglas et défoncé le mur de la grange. Ils sont tous les quatre dans un état désespéré. Et il n'y a pas d'assurance. »

Incapable d'en entendre davantage, Ruby bondit de sa chaise et partit au hasard, pour se réfugier finalement dans les toilettes. Entre ces murs blancs et stériles, elle trouva une tranquillité bienfaisante. Ne voyant pas de chaise, elle prit une poubelle, retira le sac en plastique qu'elle contenait, et la renversa pour s'asseoir dessus. Et elle resta là, adossée au mur carrelé, fumant cigarette sur cigarette, jusqu'à six heures du matin.

Elle s'aspergea la figure à l'eau du robinet, passa un peigne dans ses cheveux et, avant de remettre son manteau, débarrassa son sweater noir des peluches qui le salissaient.

Elle alla tout droit à la cafétéria où elle se commanda un petit déjeuner. Elle se demandait ce que les Denzel allaient faire. Les enfants devaient avoir très faim. Auraient-ils assez d'argent pour se payer de quoi manger? Rentreraient-ils chez eux pour prendre quelque nourriture?

Quand son plateau arriva, chargé de choses appétissantes, elle s'aperçut qu'elle ne pouvait rien avaler. Elle se contenta de grignoter les toasts en buvant du café.

La cafétéria se remplissait peu à peu. Le couple de quinquagénaires arriva dans les premiers, suivi d'autres personnes qu'elle avait entrevues la veille dans la salle d'attente. Les Denzel étaient restés à l'extérieur, blottis les uns contre les autres, les deux plus jeunes enfants juchés sur les genoux de leurs parents.

Impressionnée par tant de dignité, Ruby ne sut comment s'y prendre pour leur offrir le petit déjeuner.

Soudain, elle appela la serveuse et lui parla à voix basse. La jeune femme sourit et hocha la tête tandis que Ruby lui glissait un billet dans les mains.

Il était près de sept heures quand Ruby alla trouver les infirmières pour demander des nouvelles de Dixie.

« On vient de lui administrer un calmant, et maintenant on la prépare pour l'emmener au bloc opératoire. Je suis désolée, mais vous ne pourrez pas la voir tout de suite. Vous êtes de la famille ? »

Le mensonge sortit tout naturellement des lèvres de Ruby :

« Oui, je suis sa sœur.

— Mrs. Sinclaire n'a signalé à aucun moment que quelqu'un de sa famille risquait de lui rendre visite, dit l'infirmière en prenant un ton navré. Si j'avais su que vous viendriez, je l'aurais prévenue.

— Je n'étais pas certaine de pouvoir faire le déplacement, expliqua Ruby d'un air embarrassé.

— Il y a une salle d'attente au bout du couloir, avec la télévision et des magazines, et nous avons une cafétéria au premier étage. C'est une opération qui dure très longtemps. Il est bien dommage que vous ne soyez pas arrivée plus tôt. Mrs. Sinclaire avait tellement peur !

— Quand ils auront fini de la préparer, je pourrai la voir ? Peut-être que... Ou alors, dites-lui au moins que je suis ici. Si elle a encore toute sa conscience, je suis sûre que ça lui fera beaucoup de bien. »

Le cœur battant, elle guetta le visage de l'infirmière qui s'interrogeait visiblement sur l'opportunité de transgresser les ordres du médecin. Le respect du règlement finit par l'emporter.

« Je lui dirai que vous êtes ici. Mais il n'est pas question que vous lui rendiez visite. Vous m'en voyez désolée. »

En regardant l'infirmière s'éloigner dans le couloir, marchant sans bruit sur ses semelles de caoutchouc, Ruby se demanda où étaient les petits Denzel et leur grand-père. Elle n'osait pas imaginer le calvaire des autres membres de la famille. La prière les aidait-elle à tenir le coup ?

« Mon Dieu, si seulement je le savais », murmura-t-elle.

L'infirmière revenait, le sourcil froncé, l'air intrigué.

« Je suis désolée, annonça-t-elle. Pendant quelques secondes, j'ai cru qu'elle était éveillée et qu'elle me comprenait, mais elle était déjà inconsciente. Elle a juste dit, d'une voix à peine compréhensible, qu'il fallait que je vous donne son sac à main. Naturellement, il n'en est pas question ; vous le comprendrez sans peine, n'est-ce pas ? »

Ruby hocha la tête d'un air hésitant.

« De toute façon, reprit l'infirmière, il me semble bien qu'elle n'avait pas de sac à main quand elle est arrivée – ce qui me paraît plutôt étonnant, d'ailleurs. »

Ruby qui s'apprêtait à tourner les talons sursauta de frayeur. Une main venait de se poser sur son épaule.

Il était mince et grand : plus d'un mètre quatre-vingt-dix. Le chapeau texan, rejeté en arrière, laissait dépasser sur le devant des boucles vaporeuses, d'un blond roux, qui surmontaient un visage long et anguleux, recouvert de taches de rousseur. Il avait des yeux d'un brun doux, pleins de bonté, bordés de cils drus. Il portait un jean délavé, des bottes de cow-boy et un sweat trop grand qui avait vu de trop nombreuses lessives et qui le désignait comme un membre du club des Harley-Davidson.

Tant qu'elle ne vit pas ses mains, Ruby se demanda qui pouvait être ce hardi jeune homme. Et puis, elle comprit en apercevant les longs doigts, aux ongles coupés très court. Ce ne pouvait être qu'un pianiste ou un chirurgien.

« Excusez-moi, dit-il en reculant d'un pas. Je ne voulais pas vous effrayer. Je suis Kyle Harvey, le chirurgien de Mrs. Sinclaire. Vous ne vous appelleriez pas Ruby Blue, par hasard ? »

Il avait l'air très compétent, avec sa voix grave derrière laquelle pointait cependant un certain humour.

« C'est moi. Oui, oui, je suis bien Ruby Blue. Vous n'avez pas l'allure d'un docteur ! Quel âge avez-vous donc ? Vous avez déjà fait une opération de ce genre ? Combien de temps va-t-elle durer ? Dixie s'en sortira-t-elle bien ? Vous... vous ressemblez à Clint Eastwood. Oh, mon Dieu, excusez-moi. Ce n'est pas ce que je voulais dire, mais je suis à bout de nerfs, je n'ai pas fermé l'œil de la nuit. Tous les hôtels étaient pleins.

– Voyons si je peux répondre dans l'ordre. J'ai trente-six ans. J'ai déjà fait beaucoup d'opérations comme celle que va subir Mrs. Sinclaire. Ça va durer... mettons, dix ou douze heures. J'ai beaucoup de diplômes confirmant que je suis capable de tenir un bistouri, et ma mère est très fière de pouvoir affirmer que je suis le meilleur chirurgien de ma spécialité. Quant à ma ressemblance avec Clint Eastwood, eh bien j'en suis extrêmement flatté. J'ai été nourri de westerns pendant toute mon enfance. Enfin, quoique les docteurs, comme les avocats, détestent faire des pronostics, je crois tout de même être en mesure de vous déclarer que Mrs. Sinclaire ira très bien, dès qu'elle se sera remise du choc opératoire. »

Comme Ruby poussait un soupir de soulagement, il ajouta :

« En tout cas, elle a réussi à se détendre un peu et je peux vous garantir qu'elle s'est endormie avec le sourire, surtout après que l'infirmière est venue lui dire que vous étiez là. Elle m'a prié de vous remettre son sac à main, mais il va d'abord falloir que nous le trouvions. Ce sera la première chose qu'elle me demandera une fois réveillée, parce que c'est la dernière à laquelle elle a pensé avant de s'endormir. »

Les infirmières s'affairèrent un moment, à la recherche du précieux sac à main, et le docteur finit par le tendre à Ruby avec un grand sourire.

« Eh bien, vous voyez, on peut faire un tas de choses ici. Il suffit de le vouloir. Maintenant, je vous conseille d'aller dans la salle d'attente. J'irai vous y retrouver aussitôt que l'opération sera terminée. Allongez-vous sur le canapé et essayez de dormir. Moi, je me suis bien reposé ces jours derniers, alors je me sens en pleins forme. »

Il s'apprêtait à partir quand une idée subite parut lui traverser l'esprit. Il se tourna de nouveau vers Ruby.

« Je suis content que vous soyez ici, déclara-t-il. Mrs. Sinclaire aura besoin d'avoir quelqu'un auprès d'elle. Hier, je lui ai demandé de vous appeler, et vous savez ce qu'elle m'a répondu ? »

Ruby secoua la tête.

« Elle a dit que vous viendriez de vous-même, qu'il n'était pas nécessaire de vous téléphoner. Je me rendais bien compte qu'elle n'y croyait pas vraiment, que c'était plus un souhait qu'une certitude, mais enfin vous êtes là, c'est l'essentiel.

— Docteur Harvey !

— Oui ?

— La famille Denzel... j'ai appris... Comment vont les enfants ? Êtes-vous au courant ?

— Parfois, Ruby Blue, dit-il en posant une main sur son épaule, il se produit un miracle dans nos murs. En l'occurrence, ce sont quatre miracles qu'il nous faudrait maintenant. »

Tout son humour avait disparu, il n'y avait plus dans ses yeux qu'une expression d'impuissance.

« Eh bien, docteur Harvey, je vais prier pour qu'il y en ait au moins un.

— Merci beaucoup. A tout à l'heure. »

En fait, l'attente dura neuf heures, que Ruby passa à faire les cent pas, buvant d'innombrables tasses de café et fumant cigarette sur cigarette. Elle était complètement épuisée et regrettait de ne pas pouvoir au moins prendre un bon bain.

A deux reprises, elle alla dans le hall pour voir si la famille Denzel était encore là. Les enfants s'étaient allongés sur les divans en plastique et les parents se tenaient assis l'un à côté de l'autre, le bras du mari passé autour des épaules de sa femme. Ruby en fut émue aux larmes.

Elle se dirigea vers la chapelle. Quel silence à l'intérieur ! L'odeur des cierges la saisit à la gorge.

« Ou bien tu pries du fond du cœur ou bien tu t'abstiens. Et ne demande rien pour toi-même », murmura-t-elle.

Elle s'assit sur un banc en bois ciré et enfouit sa tête entre ses mains. Les mots ne lui vinrent pas facilement aux lèvres tout d'abord, parce qu'elle n'avait pas prié depuis bien longtemps.

« Écoute, chuchota-t-elle, je sais que Tu ne m'as pas entendue depuis belle lurette, et je ne peux pas Te promettre de recommencer de sitôt. Le docteur qui est là-haut m'a dit qu'il fallait quatre miracles. Les miracles, c'est pas mon rayon ; mais Toi, Tu peux en faire. Au début, je voulais prier pour Dixie, mais quelque chose me dit qu'elle s'en tirera sans problème. Et puis, elle me ressemble tellement que j'aurais l'impression de demander une faveur pour moi. Alors, j'aimerais bien que Tu fasses un effort pour cette petite famille qui a tant besoin de Ton aide. Je me charge de payer les soins si Toi, Tu y mets du Tien. »

Et ensuite elle se mit à prier, prononçant toutes les paroles qu'elle avait apprises dans son enfance et qu'elle n'avait jamais oubliées.

Bien longtemps après, le Dr Harvey la trouva endormie, la tête dans les mains, appuyée sur le prie-Dieu. Il lui secoua doucement l'épaule. Elle sursauta et faillit basculer sur le côté, mais il la retint de sa poigne solide et amicale.

« Comment va-t-elle ? demanda Ruby d'une voix assoupie.

– L'opération s'est bien passée. Elle est maintenant dans l'unité de soins intensifs, au bout du couloir où nous nous sommes parlé ce matin. Vous pourrez la voir demain matin, mais seulement à travers la cloison vitrée.

– Vous avez l'air épuisé, docteur, déclara Ruby d'un ton compatissant.

– Que voulez-vous, dans ce métier, il n'est pas question de s'arrêter dès qu'on sent les premiers signes de fatigue. Il faut tenir jusqu'au bout.

– Vous devriez aller vous coucher », dit-elle en posant une main sur son épaule.

Cette fois, elle était bien réveillée mais ne savait trop que faire dans cet hôpital, maintenant que la nuit était de nouveau tombée.

Son sac de voyage à la main, elle se dirigea vers les lavabos, au bout du couloir, et se passa de l'eau sur la figure. Elle changea de linge et de bas, et mit un corsage propre. Puis elle se brossa les dents à trois reprises.

Elle avait l'impression d'avoir fait peau neuve quand elle ressortit pour se mettre en quête d'une cafétéria ouverte où elle commanda un croque-monsieur et une tasse de chocolat chaud.

En attendant qu'on la serve, elle ouvrit le journal local que quelqu'un avait laissé sur une table à côté d'elle. L'accident qui avait décimé la famille Denzel y était raconté avec force détails et elle lut l'article de bout en bout.

Soudain, elle se rappela qu'elle avait toujours le sac à main de Dixie. Pourquoi son amie avait-elle voulu le lui confier ? Fallait-il l'ouvrir pour voir ce qu'il y avait à l'intérieur ?

Elle tira la fermeture Éclair. Qu'il était bien rangé, ce sac, comparé au sien – un véritable capharnaüm où s'entassaient les clés, les papiers, les produits de maquillage, la petite monnaie et les billets de banque ! Dans celui de Dixie, il y avait un portefeuille qui contenait deux cents dollars, un porte-monnaie plein de pièces de vingt-cinq *cents*, un peigne, du rouge à lèvres, un petit compact et une enveloppe scellée portant le nom de Ruby.

Ruby l'ouvrit avec son ongle et en sortit un billet de cinq dollars et une feuille de papier qu'elle dut lire trois fois avant d'en bien comprendre la teneur. Dixie lui avait vendu la totalité des parts qu'elle détenait dans leur affaire pour un montant de cinq dollars. Scrupuleuse jusqu'au bout des ongles, Dixie avait enlevé de son cadre, dans la cuisine de Ruby, le billet qui appartenait à cette dernière pour que le marché soit effectivement conclu; mais elle tenait maintenant à le lui restituer étant donné la valeur symbolique prise par ce rectangle de papier.

Ainsi, Dixie avait voulu protéger les intérêts de son associée de la seule manière qu'elle eût à sa portée, pour le cas où... où elle ne s'en sortirait pas vivante. Ruby refoula ses larmes. Elle ne voulait pas pleurer.

En arrivant dans l'unité de soins intensifs, Ruby fut impressionnée par le déploiement de matériel qui s'y trouvait. Deux des infirmières, les yeux sur les écrans de contrôle, dégustaient des chocolats fourrés aux cerises. Un sourire étira les lèvres de Ruby quand elle vit sur le bout d'une table un sac mauve contenant des cookies fabriqués par Mrs. Sugar. Elle toussa pour attirer l'attention des jeunes filles.

« Je peux voir Mrs. Sinclaire ? Je suis sa sœur. »

Le mensonge sortait de plus en plus facilement.

« Uniquement à travers la vitre. Elle est encore sous tranquillisants. Elle s'est réveillée il y a quelques instants. Mettez-vous juste en face de son lit et, si elle est réveillée, elle vous fera signe. Le docteur vient de passer et il l'a trouvée très bien. »

Ruby colla son visage à la vitre. Elle fut frappée par la pâleur de Dixie et par l'immobilité de ses mains. Elle avait les yeux fermés. Ruby risqua un œil par-dessus son épaule en direction des deux infirmières qui dévoraient maintenant le contenu du sac de cookies; ensuite, elle tapota doucement sur la vitre avec le bout de ses ongles. Les paupières de Dixie battirent et s'immobilisèrent; puis, comme le bruit persistait, Dixie s'efforça d'en localiser la provenance et finit par lever légèrement la main. Ruby faillit crier de joie mais se souvint à temps de l'endroit où elle était. Levant le pouce en l'air, elle articula silencieusement : « Tu vas très bien. »

Dixie agita la main une deuxième fois pour montrer qu'elle avait compris. Alors, Ruby sortit la lettre du sac de son amie et la leva en l'air en hochant la tête. Dixie sourit avant de refermer les yeux.

Ruby se rendit à la salle des infirmières et demanda si elle pouvait laisser une lettre, car elle devait repartir pour le New Jersey.

« Pourriez-vous la lui lire quand elle se réveillera ? Elle m'a vue, elle sait donc que je suis venue. »

L'infirmière accepta.

« Je vais également vous laisser ceci », ajouta Ruby en tendant le sac de son amie.

En se dirigeant vers l'ascenseur, elle vit les Denzel assis sur un banc dans le couloir. Elle eut envie de leur parler, de leur dire qu'elle savait combien étaient durs les moments qu'ils traversaient, mais elle n'osa pas. Elle se demanda où était le reste de leur famille, ce que faisaient leurs voisins et leurs amis. Sans doute avaient-ils pris les choses en main à la ferme. Il devait y avoir quelqu'un pour s'occuper des petites filles.

Elle se contenta de leur sourire, le regard embué par l'émotion.

Arrivée dans l'entrée, au rez-de-chaussée, Ruby chercha les panneaux indiquant la direction des services comptables et suivit les flèches.

Le carnet de chèques à la main, elle expliqua à l'employée ce qu'elle avait l'intention de faire.

« C'est très généreux de votre part, Mrs. Blue. Vous allez soulager d'un grand poids une famille méritante. Non que les problèmes financiers soient pour le moment au premier plan de ses préoccupations, cela va de soi. Oh, mais il y a là beaucoup plus qu'il n'en faut ! s'exclamat-elle en voyant le montant du chèque. Que voulez-vous que nous fassions du reliquat ?

— Donnez-le aux Denzel. Mais il faut que je parte tout de suite pour l'aéroport. Y a-t-il un moyen de savoir ce que... enfin, comment... ?

— Bien sûr. J'en ai juste pour un instant. »

Elle revint une minute plus tard.

« Pour le moment, il n'y a encore rien de précis, mais tous les espoirs sont permis.

— On m'a déjà dit la même chose hier. Je vais me contenter de cela », rétorqua Ruby en souriant.

Au fond de son cœur, elle avait la certitude que la situation évoluerait favorablement pour ces pauvres gens.

Arrivée à l'aéroport, Ruby appela le bureau de Calvin au Pentagone et se présenta comme la secrétaire de Paul Farano. La voix de Calvin se fit bientôt entendre.

Elle lui expliqua où elle était et lui donna les dernières nouvelles de l'opération subie par Dixie.

« J'attendais avec impatience le moment de te téléphoner, dit-il enfin. J'ai réussi à me libérer pour la deuxième semaine de février. Tu te rends compte qu'on pourra être ensemble pour la Saint-Valentin ?

— Ça me paraît formidable. Je vais faire ma réservation dès que je serai de retour au bureau. Tout devrait être réglé demain... Je suis complètement vannée, Calvin. J'ai l'impression que si je m'endormais je ne pourrais pas me réveiller avant une semaine. »

Il a une voix vraiment douce et apaisante, songea-t-elle. Elle lui parla du Dr Harvey, ce chirurgien qui avait l'air d'un cow-boy, avec sa chemise marquée Harley-Davidson.

« Il a réussi à faire rire Dixie avant l'opération, tu te rends compte ? Moi aussi, d'ailleurs, il m'a fait rire, bien que je n'aie pas le cœur à la plaisanterie. Tu devrais te décontracter un peu, Calvin. Détends-toi, ne sois donc pas toujours aussi sérieux ! Au fait, as-tu pris ton jus de choucroute ?

— J'en ai parlé à mon docteur qui m'a dit que c'était un vieux remède de bonne femme, rétorqua Calvin d'un air agressif.

— Oh, d'après ta voix, je dirais que tu es à cran, et que ton estomac est en train de te jouer un sale tour. Je me trompe ? Je parie que le docteur à qui tu as posé la question était un chirurgien. C'est bien ça ? »

Comme Calvin ne répondait rien, elle reprit :

« Eh bien, voilà, ce n'est pas la peine d'aller chercher plus loin. Il veut te faire passer sur le billard. Tu penses bien qu'on n'aurait jamais vanté les bienfaits du jus de choucroute dans un journal médical s'il n'y avait pas eu un fond de vérité! Pour moi, Calvin, tu n'es pas un malade, tu es l'homme que j'aime et je ne crois pas à la chirurgie tant que les autres possibilités n'ont pas été essayées. En outre, si tu te fais opérer, je resterai très longtemps sans te voir. Réfléchis bien à tout ça.

— D'accord, je vais acheter un flacon de jus de choucroute ce soir, en rentrant chez moi. J'ai bien reçu ta lettre, au fait. Je l'ai déjà lue cinq fois. Je t'en écris une aussi, je la posterai demain matin. J'ai passé la moitié de la journée et toute la nuit à penser à nous, Ruby. As-tu pensé à moi pendant que tu étais là-bas? »

Pouvait-elle lui avouer qu'elle n'en avait pas eu le temps?

« Bien sûr, répliqua-t-elle, ajoutant aussitôt : Il faut que je te quitte, Calvin, il y a plein de gens qui attendent pour téléphoner et je n'ai plus de pièces. Je te rappelle demain.

— Je t'aime, Ruby », murmura-t-il.

Mais pourquoi fallait-il donc qu'il lui parle toujours à voix basse? Elle qui avait horreur de ça!

24

Calvin Santos fut opéré de son ulcère à l'estomac une semaine avant le dernier week-end de mai : il avait fallu l'emmener d'urgence à l'hôpital de Bethesda, suite à un malaise qui l'avait terrassé au bureau. Il mit beaucoup de temps à se rétablir, à cause de la dépression dont il souffrait : il n'avait en effet pas eu droit à sa seconde étoile. L'infirmière et le docteur qui s'occupaient de lui trouvaient étrange qu'un homme de son rang ne reçoive pratiquement jamais de visites, mais ils ne firent part de leur étonnement à personne.

Le 1er juillet, le général Calvin Santos était admis à bénéficier de ses droits à la retraite. Sa femme et ses deux fils vinrent poser pour la photo qui serait publiée dans *Stars and Stripes*, le journal de l'armée : il fallait bien sauver les apparences !

La première chose que Calvin fit, une fois rentré chez lui, fut d'appeler Ruby en PCV à son bureau pour s'excuser de ne pas l'avoir autorisée à venir près de lui le jour où il avait dit adieu à la vie militaire – la seule qu'il eût connue pendant plus de trente ans. Il la supplia de comprendre, répétant sans cesse qu'il l'aimait encore, la suppliant de lui pardonner. Dorénavant, jura-t-il, il allait réfléchir sérieusement à son divorce. En septembre, ajouta-t-il, il se rendrait à Saipan et comptait bien y rencontrer Ruby.

« J'ai besoin de toi, Ruby », déclara-t-il d'une voix étranglée.

Ce jour-là, Ruby alla à l'aéroport de Newark pour accueillir Dixie. Malgré son anxiété, elle se sentait tout heureuse à l'idée de revoir son amie.

Elle l'attendit à la barrière, une rose dans une main, un sac de cookies de Mrs. Sugar dans l'autre, et le fameux billet de cinq dollars coincé entre les dents.

Ruby scruta les visages des passagers qui passaient devant elle. Dixie avait-elle raté l'avion ? Avait-elle modifié ses plans au dernier moment ? Peut-être avait-elle encore du mal à marcher et serait-elle la dernière à sortir de l'avion... En fait, Ruby savait fort peu de chose sur l'évolution de l'état de son amie.

« Ça va bien. Le docteur est content de mes progrès », lui avait écrit un jour son amie. Et cinq mois plus tard, Ruby n'avait toujours pas reçu d'autres nouvelles.

Soudain, elle l'aperçut. Elle était plus grande. Elle avait le dos bien droit. Ruby sourit d'une oreille à l'autre.

Dixie s'arrêta, le visage rayonnant de joie, et cria :

« Salut. Non, ne bouge pas, attends-moi là, Ruby. Tu es prête ?

– Oui, oui, je suis prête. »

Dixie inspira profondément et se mit à courir à travers le hall pour se précipiter dans les bras de Ruby, le visage ruisselant de larmes.

« Kyle a dit que je pouvais courir, mais j'avais peur de me lancer. J'ai l'impression que je ne suis pas près de recommencer ça !

– Bon sang, tu es superbe, Dixie ! Ce que je suis heureuse pour toi. »

Examinant son amie en détail, elle s'extasia :

« C'est du rouge que tu as sur les joues ? Tes cheveux sont plus clairs. Et j'adore ta robe ! Je ne savais pas qu'ils avaient du tissu comme celui-là dans le Minnesota.

– Cette robe, c'est Kyle qui m'en a fait cadeau au moment de mon départ. Il l'a choisie lui-même. Il m'a expliqué que c'était pour la nouvelle Dixie. Il est merveilleux... Non, ce n'est pas ce que tu penses ; mais je peux t'assurer que, des docteurs comme lui, il y en a très peu. Lui, au moins, il s'intéresse à ses malades... Il va se marier en septembre... Bon, eh bien, je suis prête. Je vais reprendre le travail. Tu vas simplement me mettre au courant de ce qui s'est passé pendant mon absence. Nangi a-t-il commencé les opérations en Asie ?

– Il a démarré ça comme un chef. Je vais aller là-bas en septembre. Tu veux venir avec moi ?

– Pas question. Je suis invitée au mariage de mon toubib, rétorqua Dixie en riant. Parle-moi de Calvin. Comment va-t-il ? »

Ruby lui résuma alors ce que Calvin lui avait dit au téléphone le matin même.

« Je te connais suffisamment, Ruby, pour voir que quelque chose te tracasse. De quoi s'agit-il ? demanda Dixie d'un air soucieux. Regrettes-tu d'avoir renoué avec lui ?

– Dixie, à ma place, tu ne croirais pas un mot de ce qu'il m'a raconté sur l'existence qu'il mène avec sa femme. J'ai l'impression qu'ils se détestent, mais il n'arrive pas à prendre la décision de divorcer.

– C'est terrible pour lui. Et pour toi aussi. Comment va-t-il ? Et comment a-t-il pris sa mise sur la touche après son opération ?

– A l'en croire, il a fini par reprendre le dessus. Mais j'aurais voulu être avec lui. Malheureusement, il n'ose pas affronter son épouse. Je n'aurais jamais cru qu'il était si... si...

– Si lâche ? » proposa Dixie.

Ruby approuva d'un signe de tête.

Roulant à vive allure sur l'autoroute, Ruby mit son clignotant pour passer sur la voie rapide.

« Ta voiture me plaît énormément. Je veux la même ! lança Dixie pour créer une diversion et chasser l'expression de tristesse qui avait envahi le visage de Ruby.

– La tienne, elle est garée sur le parking. Depuis trois jours. Je te l'ai prise jaune, ta couleur favorite. Et décapotable, bien entendu.

– Chouette ! Et j'ai droit à une plaque d'immatriculation personnalisée ?

« – Bien sûr : Sugar II. »

Dixie battit joyeusement des mains.

« Y a longtemps qu'on aurait dû se payer ça.

– Tu as bien raison, Dixie. Et aujourd'hui, on fait la fête. »

Vingt minutes plus tard, Ruby arrêtait sa voiture le long du trottoir, devant le bureau.

« Écoute, je vais garer ce bijou à l'autre bout du parking pour être sûre que personne ne viendra me l'emboutir. Toi, tu vas rentrer la première. Courage, Dix ! »

Dixie fit basculer ses jambes vers l'extérieur de la banquette.

« Il a fallu que je réapprenne à faire tout ça. »

Une fois debout sur le bitume, elle passa la tête par la vitre baissée de la portière avant.

« As-tu embauché des hommes pendant mon absence ?

– Un retraité de soixante-cinq ans qui pince mieux les fesses qu'un jeune de vingt ans, répondit Ruby en riant.

– Ça ne m'intéresse pas. Je veux un gars du genre Kyle Harvey.

– T'aurais dû lui mettre le grappin dessus pendant que tu en avais l'occasion, lança Ruby en redémarrant. Tant qu'il n'est pas passé devant M. le Maire, il est encore à ta portée. Tâche de ne pas l'oublier.

– Merci, Ruby.

– Et maintenant, vas-y. Ton public t'attend. Montre à tout le monde que désormais tu sais mettre un pied devant l'autre. »

Dixie s'avança vers la porte, d'un pas plein d'assurance.

En septembre, Ruby revint de Saipan dans une colère bleue. Calvin ne l'y avait pas rejointe, contrairement à sa promesse ; et elle avait une grippe tenace qu'elle tentait de faire passer à grands coups de fumigations, de grogs et de potages au poulet brûlants.

Il lui fallut sept jours pour retrouver son état normal. Elle somnolait devant sa cheminée quand on frappa à sa porte. Elle alla ouvrir, s'attendant à trouver Dixie ; mais c'était un employé de la Western Union qui lui apportait un télégramme. Elle signa le reçu d'un air intrigué. Qui envoie des télégrammes, de nos jours ? Aujourd'hui, les gens se téléphonent. Et puis, elle se souvint qu'elle avait débranché son téléphone et son répondeur quelques jours plus tôt.

Elle lut le message, les yeux agrandis par la stupeur ; puis marcha comme une automate jusqu'au téléphone pour composer le numéro d'Opal.

Son père était mort.

« Opal, c'est Ruby.

– Alors quoi, on ne peut plus t'avoir au téléphone, maintenant ? lança Opal d'une voix stridente.

– Je l'avais débranché, expliqua Ruby avec lassitude. Ça fait une semaine que je suis patraque et je ne voulais pas être dérangée. C'est arrivé quand ?

– En début de matinée. Écoute, je n'ai pas envie d'y aller – d'autant que je n'en vois vraiment pas la nécessité. Qu'est-ce que tu fais, toi ? »

Au lieu de répondre, Ruby posa à son tour une question.

« Qui est-ce qui s'occupe des formalités ? Maman ? Est-ce qu'elle va savoir se débrouiller toute seule ?

— Comment veux-tu que je le sache ? D'ailleurs, il serait peut-être temps que maman se décide enfin à faire face aux difficultés de l'existence, tu ne crois pas ?

— Écoute, Opal, maman s'attend certainement à ce que nous allions la rejoindre là-bas, et il est donc de notre devoir de nous y rendre. Oh, je sais ce que tu vas objecter, Opal : j'ai dit que je ne remettrais plus jamais les pieds chez eux. D'accord. Mais je n'ai jamais laissé entendre que je n'irais pas à leur enterrement.

— C'est de l'hypocrisie pure et simple. Tu détestais papa, et moi aussi. Pourquoi est-ce que j'irais à présent ?

— Tu n'as pas à te justifier auprès de moi, Opal. Tu fais à ton idée, un point c'est tout. Le fait que tu ne leur as pas remboursé ta dette... explique-t-il ton refus d'aller là-bas ? demanda Ruby d'une voix tranquille.

— Il n'y a aucun rapport. Si on est restés plus de vingt ans sans les voir, c'est uniquement parce qu'ils ne voulaient pas nous voir. Mac dit que, puisqu'ils me détestaient à ce point, je n'ai aucune raison de faire le déplacement. J'enverrai une carte de condoléances et Dieu me pardonnera. Quant à toi, tout ce que je te demande, c'est de m'envoyer ma part de l'héritage, conclut Opal d'une voix tranchante.

— Et moi qui m'imaginais que c'était Amber la plus dure de nous trois, marmonna Ruby. Au fait, tu l'as prévenue ?

— Et comment ! Même que j'en ai eu pour cinquante dollars de téléphone. Ça aussi, faudra me le rembourser en le prélevant sur l'héritage. »

Ruby faillit lui demander de quel héritage elle pouvait parler, mais elle se contenta de lancer :

« Si je comprends bien, je ne te verrai pas là-bas, alors ?

— Non, mais tu y vas vraiment, toi ? demanda Opal incrédule.

— Oui, j'y vais. Tu veux que je dise bonjour de ta part à Amber ?

— Ah, parce qu'elle y sera aussi ! Vous êtes vraiment aussi hypocrites l'une que l'autre, persifla Opal.

— Au revoir, Opal. »

Elle s'est sûrement mise à boire, songea Ruby. Depuis quelque temps déjà, elle se doutait que sa sœur était en train de sombrer dans l'alcoolisme. Elle avait d'ailleurs posé un jour la question à Opal, qui lui avait répondu de s'occuper de ses affaires. Ce penchant immodéré pour la boisson expliquait parfaitement les sautes d'humeur, les accès de bouderie et les propos inconsidérés de sa sœur.

Au fond, il n'y avait là rien de surprenant. Étant donné l'enfance qu'elles avaient eue toutes les trois, il était presque miraculeux qu'une seule d'entre elles s'adonnât maintenant à la boisson.

Ruby dut se retenir pour ne pas pleurer quand sa mère vint lui ouvrir la porte. Les mots se bousculaient dans son esprit, mais sa langue restait paralysée dans sa bouche. Elle ne savait pas ce que l'on attendait d'elle.

Sa mère resta immobile à la fixer. Ruby regarda sa mère sans bouger.

« Entre donc, Ruby. Il fait tellement chaud dehors ! J'ai fait de la citronnade et il y a du gâteau au chocolat. Tu en veux ? »

Ruby avala sa salive avec effort. Sa mère venait de prononcer quatre phrases complètes, qui lui étaient toutes destinées – ce qui en soi constituait une nouveauté extraordinaire. Elle se contenta de hocher la tête en guise de réponse, car elle n'était pas certaine que sa langue allait fonctionner.

C'était une jolie petite maison, d'une propreté irréprochable ; mais, comme pour celle de Barstow, on n'y voyait pas la moindre touche personnelle.

Irma s'assit en face de Ruby, après avoir posé devant sa fille un verre de limonade et une tranche de gâteau.

« C'est arrivé ce matin. Il est mort pendant son sommeil. Maintenant qu'il n'est plus là, tu n'as aucune raison de craindre quoi que ce soit. Nous le veillerons cette nuit. J'ai décidé qu'une seule journée suffirait largement pour nous tous.

– As-tu prévenu oncle John et oncle Hank ?

– Oui, mais ils ne viendront pas. Ils n'ont jamais aimé ton père, tu sais. Ils ont dit qu'ils enverraient des cartes de condoléances, par égard pour moi. Ce sont des hommes respectables. Dieu leur pardonnera.

– C'est exactement ce que m'a dit Opal », ne put s'empêcher de rétorquer Ruby.

Irma avala une bouchée de gâteau qu'elle fit passer avec une gorgée de limonade.

« Autrement dit, Opal ne va pas venir ? »

Ruby hocha la tête.

« Si tu fais la veillée cette nuit, Amber ne pourra pas y participer. A mon avis, tu ferais mieux d'attendre demain soir. Saipan, ce n'est pas la porte à côté.

– Tu as peut-être raison. Je n'y avais pas pensé. Pourquoi es-tu venue, toi, Ruby ?

– Je n'en sais rien. Et toi, pourquoi as-tu pris la peine de nous prévenir, de toute façon ? »

Elle alluma une cigarette et remarqua que sa mère fronça les sourcils quand elle souffla un nuage de fumée.

« Tu n'aurais pas un cendrier ? demanda Ruby.

– Je n'ai pas de cendrier dans la maison. Je vais te donner autre chose. Ton père n'aimait pas la fumée de cigarette... Je t'ai appelée parce que c'est ainsi que les choses doivent se faire, dit Irma en posant une soucoupe à côté de l'assiette à dessert de Ruby.

– Pour qui, maman ? Cela ne m'aurait nullement dérangée si tu m'avais écrit une fois que tout aurait été terminé.

– C'était mon devoir de chrétienne », dit Irma d'un ton pénétré.

Du bout de sa fourchette, Ruby émietta le gâteau tout en se remémorant le nombre de tranches de cette pâtisserie grasse et indigeste qu'elle avait dû ingurgiter durant tant d'années.

« Qu'est-ce que tu vas faire, maman ? demanda-t-elle avec curiosité.

– Mourir, rétorqua Irma d'une voix sans timbre.

– Non, je veux dire dans l'immédiat... après... après les obsèques.

– Qu'est-ce que je devrais faire, à ton avis ? »

Ruby regarda longuement sa mère. Elle avait été jolie autrefois. Elle l'était encore, d'ailleurs, mais une fille n'a-t-elle pas toujours tendance à admirer la beauté de sa mère ? Pourtant, il se dégageait de tout son être une impression de profonde lassitude, et Ruby se demanda si Irma allait être capable de continuer à vivre sans son mari. Elle exprima sa pensée à haute voix.

« Ce sera différent, très différent. »

Irma acheva son gâteau et porta l'assiette dans l'évier.

Elles se comportaient comme deux étrangères.

« As-tu parfois pensé à moi après mon départ ? demanda soudain Ruby.

– Tous les jours.

– Et Amber ? Et Opal, tu as pensé à elles aussi ?

– Tous les jours. »

Ruby s'était levée.

« Je ne peux pas croire, je ne pourrai jamais croire qu'il t'a toujours, en tous lieux et en toutes circonstances, été impossible de nous écrire, à l'une ou à l'autre de nous trois. Quand tu allais au marché, tu aurais tout de même pu nous appeler, nous dire n'importe quoi, pour nous montrer que tu pensais à nous. Je n'arrive pas à croire que tu nous aies jamais aimées.

– Je ne peux rien changer à ce que tu crois, Ruby. Veux-tu m'entendre dire que je suis désolée ?

– Seulement si c'est vraiment le cas. Je suis devenue tout à fait adulte maintenant, et je sais que " désolée " est seulement un mot que l'on emploie quand on n'arrive pas à trouver autre chose à dire. Dans notre cas, je ne pense pas qu'il pourrait arranger quoi que ce soit. Pourtant, j'ai essayé d'en établir, des contacts, et chaque fois tu m'as repoussée. Tu nous as toutes envoyées promener, l'une après l'autre. Quand je pense que tu ne sais même pas à quoi ressemblent tes petits-enfants !

– Tu te trompes. Tes oncles sont souvent venus me montrer leurs photos. Ton père ne les regardait jamais, mais moi je me suis beaucoup intéressée à eux. Je me rappelle même très bien leurs noms.

– Vraiment, quel exploit ! persifla Ruby.

– Nous ne devrions pas parler ainsi. Il y a eu un décès dans la famille. »

Ruby se racla la gorge avec mépris en poussant son assiette de l'autre côté de la table.

« J'en ai gros sur la patate, figure-toi. Et j'ai bien l'intention de vider mon sac.

– J'ai toujours eu la certitude que tu étais la plus forte des trois. Je savais que la rage qu'il y avait en toi te permettrait de survivre, et je ne me suis pas trompée. Chaque fois que tu te révoltais contre ton père, je t'encourageais mentalement. Quand je pense à toutes les sottises qu'il a pu nous dire sur la Bible ! C'est ce qui m'a ouvert les yeux. »

Ruby éclata de rire.

« Maman, tu as entendu ce que tu viens de dire ? »

Irma rit à son tour.

« J'ai toujours su que c'étaient des sottises. Pas la Bible elle-même, bien sûr, mais ce que ton père pouvait raconter à son propos. Mais maintenant, nous sommes ici, toutes les deux ; et lui, il est passé de l'autre côté. »

Elle se remit à rire.

Une impression étrange envahit Ruby. Il y avait quelque chose qui ne tournait pas rond.

« Vois-tu, Ruby, je comprends très bien ta rancune à mon égard. Tu ne pouvais pas savoir ce que j'éprouvais au fond de mon cœur, et je n'ai pas vraiment envie de parler de tout ça. Crois-tu qu'il serait possible que nous reprenions tout à zéro toi et moi ?

— Que veux-tu dire par là, maman ? En vingt ans, il s'en est passé, des choses, tu sais. Je ne te connais pas, et toi non plus tu ne me connais pas. Tu n'as jamais vu mes enfants. Il est impossible de ne pas en tenir compte. Ils auraient dû avoir des grands-parents. Tous les enfants ont des grands-parents, déclara Ruby d'une voix étranglée.

— Je ne peux pas changer le passé, Ruby. Mais aujourd'hui, c'est le début d'une période nouvelle, pour toi comme pour moi. Je voudrais que nous ayons une ou deux journées rien que pour nous. Je peux essayer d'être la mère que tu n'as jamais eue. »

Il y avait dans sa voix une telle tristesse que Ruby faillit fondre en larmes. Elle aurait voulu éprouver quelque chose pour cette femme qui se tenait debout près de l'évier, mais elle n'y parvenait pas. Se pouvait-il vraiment qu'elle n'ait jamais rien ressenti pour sa mère, même pendant sa tendre enfance ? A moins que ses sentiments ne se trouvent si profondément enfouis au fond d'elle-même qu'elle était maintenant incapable de les faire resurgir ?

L'espace d'un instant, elle fut tentée de lancer une pointe, une remarque méchante, pour faire mal ; mais elle fut aussitôt assaillie par la honte. Pas assez pourtant pour s'empêcher de déclarer :

« Mon mari et moi, nous sommes séparés. Et j'entretiens des relations avec un homme marié.

— Es-tu heureuse, Ruby ? demanda Irma avec anxiété.

— Je ne pense pas être capable de dire ce que signifie ce mot. Et je suis intimement persuadée que mon incapacité à éprouver le moindre sentiment est largement due à papa et à toi. J'ai tellement eu peur de finir comme vous que je n'ai jamais réussi à m'impliquer à cent pour cent dans la moindre relation. Et c'est à vous que j'impute la responsabilité de cet état de fait.

— Eh bien, d'accord, c'est ma faute, murmura Irma. Je suis prête à en assumer toute la responsabilité. Cela étant bien établi, crois-tu que nous puissions tirer le maximum de ces deux journées, Ruby ?

— Bien sûr, répondit-elle avec lassitude, pourquoi pas ?

— Je vais changer de robe et nous irons manger quelque part. J'ai toujours rêvé d'aller dans un restaurant du centre-ville. C'est moi qui paie. Il y avait de l'argent dans les poches de ton père. Nous nous en servirons. »

Ruby pensa alors à Hugo Sinclaire.

« Pourquoi le fais-tu embaumer ? Tu ferais mieux de demander qu'on l'incinère », lança-t-elle avec amertume.

Irma tourna les talons et s'approcha de Ruby, prenant dans ses deux mains noueuses le visage de sa fille.

« Ne pense plus à tout ça, Ruby. C'est fini, il est parti, il n'y a plus rien à y faire. »

A présent, Ruby comprenait ce que Dixie avait voulu dire en déclarant qu'elle ne souhaitait pas que Hugo reste à jamais dans un endroit précis. Elle hocha la tête d'un air désespéré.

Irma revint au bout de dix minutes, après avoir enfilé une robe si démodée que Ruby eut un mouvement de recul. Sa mère avait une apparence éthérée, comme si elle était à la fois vivante et désincarnée. Non mais, je deviens folle ou quoi ? songea Ruby.

« J'ai appris à conduire, annonça fièrement Irma en se mettant au volant d'une Ford Galaxy si propre qu'elle avait l'air neuve.

– C'est la voiture de papa ? »

Irma ayant fait oui de la tête, Ruby alluma une cigarette d'un air de défi et se réjouit intérieurement quand la cendre se détacha pour tomber sur le siège. Elle détestait cette voiture, elle ne pouvait supporter l'idée qu'elle était assise dedans, ni qu'elle était venue dans cette ville pour assister aux obsèques de l'homme qu'elle haïssait le plus au monde.

Irma conduisit avec beaucoup de dextérité, se faufilant adroitement entre les voitures jusqu'au restaurant.

Au cours du repas, alors qu'une grande feuille de fougère lui chatouillait le cou par-derrière, Ruby se pencha au-dessus de la table.

« Alors, quelles sont tes impressions maintenant que tu es libre et seule ? Je ne pose pas cette question par simple curiosité. J'ai vraiment besoin de le savoir.

– Je crois que je vais te demander une de tes cigarettes et me commander également à boire. Un double whisky, déclara Irma d'un air détaché, avant d'ajouter, en réponse à la question de Ruby : Je ne suis pas du tout rassurée. »

Elle souffla une bouffée de fumée dans la direction de sa fille, puis tira sur sa cigarette d'un air satisfait, en se renversant contre le dossier de sa chaise. Elle avait repris un air éthéré – on l'aurait dit recouverte d'un voile léger et transparent. Le verre collé à ses lèvres, elle buvait avec avidité, comme si on lui avait servi de la limonade. Ruby se demanda si toute sa vie sa mère n'avait pas bu et fumé en secret. Puis, sans aucune raison, un mot surgit à son esprit : Alzheimer.

« Est-ce que tu sais quand Amber va arriver ?

– Je ne suis même pas certaine qu'elle va venir. C'est toi qui me l'as affirmé. J'ai téléphoné à Opal parce que ton téléphone ne fonctionnait pas... D'après toi, donc, Opal n'avait pas l'intention de faire le déplacement ?

« — Peut-être changera-t-elle d'idée au dernier moment », hasarda Ruby avec embarras.

Irma tirait toujours sur sa cigarette, qui était déjà consumée presque jusqu'au filtre. Elle finit par écraser le mégot dans le cendrier, puis avala le reste de son verre. Ruby avait à peine touché à son vin blanc. Elle le poussa vers sa mère qui le but d'une seule traite.

« Nous avons suffisamment de place pour vous trois. J'ai mis des draps propres sur tous les lits aussitôt après le décès de ton père.

— Je suis désolée, maman, mais pour rien au monde je ne coucherai dans une maison où cet homme a vécu. Tout à l'heure, en venant ici j'ai repéré un hôtel de la chaîne Howard Johnson. J'irai y retenir une chambre. Tu pourras m'y déposer quand nous repartirons. Je louerai une voiture, et ensuite j'appellerai Nangi pour savoir à quelle heure Amber arrive afin d'aller la chercher à l'aéroport. Tu dois avoir hâte de la voir.

— Pas plus que je n'avais hâte de te voir toi.

— Amber, tu lui parlais autrefois. Moi, tu ne m'adressais jamais la parole. Tu ne m'as même pas dit au revoir quand je suis partie.

— Au fond de mon cœur, je t'ai dit au revoir. Au fond de mon cœur, j'ai pleuré. Ne sois pas cruelle, Ruby.

— D'accord. Je ne serai pas cruelle. Qu'est-ce que tu attends de moi, maman ? »

Irma se pencha au-dessus de la table.

« Rien, Ruby. La seule chose que j'aie jamais voulue, c'est revoir une fois encore mes trois petits joyaux. Je regrette que tu ne veuilles pas venir dormir à la maison. Elle t'appartient, après tout. Ce que ton père n'a jamais pu encaisser, d'ailleurs. Il aurait bien voulu avoir en sa possession le titre de propriété, et il a été furieux que tu refuses de le lui laisser. En revanche, je suis très contente que tu l'aies gardé pour toi.

— Pourtant, tu m'as demandé de le lui remettre. A t'entendre, c'était ton vœu le plus cher. »

Irma attaqua avec appétit le plat cajun qu'on venait de lui servir, les yeux soudain emplis de larmes sous l'effet des épices tropicales qui le pimentaient.

« Je mentais, affirma-t-elle sans se démonter. Que vas-tu faire de la maison, maintenant, Ruby ? »

Ruby cessa de manger et la regarda bien en face.

« Rien. C'est ça qui te tracassait ? Tu peux la garder aussi longtemps que tu en auras besoin. Je t'enverrai de l'argent. Si tu souhaites t'installer dans un appartement, c'est également possible, à moins que tu ne préfères vivre avec moi. C'est une offre qui restera toujours valable.

— Tu ne peux pas savoir à quel point j'ai été contente le jour où j'ai découvert que c'était toi qui te trouvais derrière l'appellation Mrs. Sugar. Ton père, lui, ça le contrariait. Je n'ai jamais été d'accord sur ce qu'il a pu dire à ton sujet. Je suis fière de ton succès. C'est normal : une mère est toujours fière de ses enfants. »

Ruby était atterrée. Elle n'éprouvait toujours pas le moindre sentiment pour cette femme assise en face d'elle. Malgré tous ses efforts pour faire naître en elle, ne fût-ce qu'une étincelle d'émotion, elle ne pouvait que constater la vanité de son entreprise. Elle décida pourtant de ne point se décourager.

« Je ne pense pas avoir besoin de ta maison longtemps. Je le saurai dans quelques jours et je te le dirai aussitôt. Ça ira comme ça, Ruby ? Bon sang, ce que c'est bon, ce truc ! C'est la première fois que je mange quelque chose d'aussi délicieux. »

Ruby reposa sa fourchette.

« As-tu pu venir à bout de toutes les formalités ? As-tu besoin que je fasse quelque chose pour toi, maman ?

— Grands dieux, non ! Je me suis débrouillée de tout. J'ai changé les draps dans tous les lits pour que vous puissiez y dormir. Mais je te l'ai peut-être déjà dit, non ?

— Oui, maman. Tu veux du dessert ?

— Oui, bien sûr. Du gâteau au chocolat. Et du café. »

Ruby regarda sa mère manger.

« As-tu jamais aimé papa ?

— Au début, oui. Et puis, je l'ai détesté. Pourquoi me demandes-tu ça ?

— Et maintenant qu'il est mort, tu le détestes toujours autant ?

— Bien sûr que non. Il n'est plus de ce monde. Il n'y a plus rien à détester. »

Elle acheva sa pâtisserie et but sa dernière gorgée de café.

« Combien faut-il que je laisse comme pourboire, à ton avis ? Ça fait des siècles que je n'avais pas mangé au restaurant. C'est plus de dix pour cent ?

— Laisse quinze », conseilla Ruby à mi-voix.

Elle regarda sa mère vérifier la monnaie qu'on lui rendait et en empocher scrupuleusement la totalité.

« C'est la première fois depuis des années que j'ai de l'argent dans ma poche », expliqua Irma d'un ton joyeux.

Ruby sentit une boule se former dans sa gorge.

Une fois dans la voiture, avant d'arriver à l'hôtel, Irma déclara avec autorité :

« Ruby, je ne veux pas que tu t'inquiètes pour moi ni pour la manière dont tu réagis à mon égard. Je comprends parfaitement ton désarroi et je ne te blâme nullement... Mon Dieu, nous voici déjà arrivées. C'est moi qui t'appelle demain ou j'attends ton coup de téléphone ? Il vaut mieux en décider à présent, sinon on ne saura pas à quoi s'en tenir. Et si tu venais prendre ton petit déjeuner avec moi ?

— Je t'appellerai dans la matinée, maman », dit Ruby d'une voix étranglée.

Irma lui adressa de grands signes joyeux en redémarrant sa voiture.

Pendant que Ruby broyait du noir dans sa chambre d'hôtel, Irma s'était garée devant la plage de sable que longeait la grand-route. Elle resta longtemps à regarder les vagues.

« Mon Dieu, pria-t-elle, donnez-moi simplement ces deux jours. Je ne Vous demande rien d'autre. Je Vous jure que je ne Vous demanderai plus rien après cela. »

Ses yeux se remplirent soudain de perplexité.

« D'ailleurs, à ma connaissance, je ne Vous ai jamais rien demandé. Il était entendu entre nous que Vous veilleriez sur mes petits bijoux. Je Vous les avais confiés. Pour Ruby, Vous avez très bien fait les choses, j'en suis vraiment contente. »

Une joyeuse bande de jeunes gens passa auprès d'elle en courant, les planches de surf sous le bras. Elle admira ces corps hâlés et robustes, regrettant de ne plus être comme eux. Avait-elle jamais ri de la sorte ? Avait-elle jamais ressemblé à ces adolescents ? Elle ne pouvait s'en souvenir, pas plus qu'elle ne parvenait à se rappeler si ses enfants s'étaient jamais comportés comme ces êtres insouciants.

Dans quelques instants, il allait faire nuit. Elle n'avait jamais conduit avec les phares allumés, George le lui interdisait, prétendant que c'était trop dangereux pour elle. En somme, il la prenait pour une demeurée. Elle n'était pas stupide, c'est George qui avait été stupide de la croire stupide.

Elle mit les feux de route, ravie de voir les faisceaux lumineux éclairer la chaussée. Tout se passerait à merveille. Les cigarettes posées sur le tableau de bord attirèrent son regard. Elle eut comme un étourdissement en prenant l'allume-cigares. Elle tira sur la cigarette, ainsi qu'elle avait vu Ruby le faire. Dès que la première fut terminée, elle en prit une autre.

« George, je me moque de ce que tu penses », murmura-t-elle en roulant lentement, un bras posé sur la portière.

Tout en manœuvrant adroitement pour entrer la voiture dans le garage, elle décida de ne pas se coucher de la nuit pour regarder à la télévision toutes les émissions que George prétendait immorales. Et pour le petit déjeuner... eh bien, elle n'en ferait pas, de petit déjeuner, tout simplement. Elle se paierait une bière... et une cigarette. La bière de George.

Ravie de la décision qu'elle venait de prendre, Irma entra dans la maison d'un pas incertain et se dirigea vers le réfrigérateur. Elle ouvrit une canette de bière et fit la grimace en avalant la première gorgée. C'était la première fois de sa vie qu'elle en buvait.

« A ta santé, George, lança-t-elle en brandissant la canette à bout de bras. A ta santé ! »

Ruby détestait le décor brun et orange de sa chambre. Les chambres de motel étaient toujours tellement impersonnelles, comme la maison dans laquelle ses parents habitaient.

Il ne lui fallut pas plus de cinq minutes pour ouvrir sa valise et disposer ses affaires de toilette sur l'étagère au-dessus du lavabo. Elle avait emporté deux robes, l'une en jersey, noire avec un col bateau ; l'autre en soie d'un rouge éclatant, avec un col mandarin et sans manches. A la dernière seconde, elle avait ajouté un châle en dentelle noire qu'elle pourrait se mettre sur la tête. Elle le sortit et le lissa avec énergie, du plat de la main, avant de l'accrocher au-dessus de la douche pour faire disparaître les derniers faux plis.

Il ne restait rien d'autre à faire qu'allumer la télévision et appeler ses enfants. Elle regrettait de ne pas leur avoir téléphoné avant son départ de Rumson.

Elle commença par Martha, à qui elle expliqua où elle était et pourquoi. Elle attendit longtemps la réaction de sa fille.

« Je peux prendre l'avion qui part de Philadelphie à sept heures du matin, maman. Ne te donne pas la peine de venir me chercher à l'aéroport. Je prendrai un taxi. Mais n'oublie pas de me donner l'adresse. »

Ruby sentit comme une brûlure au niveau des yeux. Si horrible que cela pût paraître, ses enfants ne savaient même pas où habitaient leurs grands-parents. Et c'était entièrement sa faute à elle. Elle s'empressa de donner les indications voulues, sans oublier le numéro de téléphone.

« Ça va bien, toi, maman ?

— Très bien, mais je suis encore sous le choc. Je devais m'imaginer que ton grand-père vivrait toujours. En vérité, je ne ressens rien, ni dans un sens ni dans l'autre. Et je m'en veux de cette indifférence.

— Alors là, je ne te comprends pas du tout. Peut-être qu'un jour tu prendras le temps de m'expliquer, en me traitant comme une adulte, dit Martha d'un ton où perçait une certaine réprobation.

— C'est promis, Martha. Eh bien, à demain matin. Je t'adore. »

Sa conversation avec Andy la déprima encore davantage. Il réagit de la même manière que Martha.

« Je prendrai le premier avion. Ne t'inquiète pas, je trouverai la maison, si tu me donnes l'adresse. »

Ruby appela ensuite la réception pour demander qu'on lui monte deux gin-tonic. Le coup de fouet procuré par l'alcool lui permettrait peut-être de voir plus clair en elle.

Finalement, elle téléphona à Saipan. C'est Calvin qui lui répondit. Il avait fallu qu'il s'arrange pour arriver là-bas juste après qu'elle en fut repartie !

Son cœur battait très fort en entendant sa voix. Il avait l'air tendu et un peu réticent. Elle se demanda si elle ne devait pas s'excuser d'avoir refusé les communications en PCV qu'il avait sollicitées récemment, puis se dit que maintenant tout cela n'avait plus guère d'importance.

« Je suppose que Nangi t'a expliqué ce qui s'était passé.

— Oui, et j'en suis navré. J'aurais aimé pouvoir faire quelque chose pour toi. Tu n'as pas voulu prendre mes appels, Ruby ! Pourquoi ? Qu'est-ce que je t'ai fait ? demanda Calvin d'un air malheureux.

— Je te l'expliquerai de vive voix quand on aura l'occasion de se revoir, Calvin, répondit Ruby avec lassitude. Mais il faudra surtout que tu me dises pourquoi tu n'as pas pu venir avec moi à Saipan, ainsi qu'il avait été convenu.

— Je n'ai pas pu. A cause de... A cause d'Eve... J'en suis désolé, Ruby. »

Elle se raidit. Mon Dieu, se dit-elle, rattrape-toi, Calvin. Si tu dois me parler d'Eve, que ce soit pour me dire que tu vas la quitter.

« J'ai une telle envie de te voir ! Je sais que ce deuil t'a bouleversée, mais il faut que nous parlions. Tu en as besoin autant que moi. Si nous ne prenons pas le temps de tirer tout cela au clair, les choses vont aller en empirant et nous finirons par nous perdre l'un l'autre.

— Nous sommes en septembre, Calvin, et tu m'avais promis que tu divorcerais en juillet, dès que tu aurais quitté l'armée. Où en es-tu ? As-tu commencé les démarches ?

— C'est de cela qu'il faut que nous parlions, Ruby. Écoute, tu vas en avoir pour une somme folle ! Ces communications intercontinentales sont si onéreuses !

— D'habitude, tu ne t'inquiètes pas de savoir combien ça va me coûter. Comment se fait-il que cela te prenne maintenant ?

— Ruby, je t'en prie... Attendons de pouvoir discuter de nos problèmes face à face. En ce moment, je sais que tu es bouleversée par la mort de ton père, et je le comprends parfaitement.

— Je ne suis pas bouleversée le moins du monde, Calvin. Comment va Nangi ? Et tu ne saurais pas par hasard à quelle heure l'avion d'Amber va arriver ?

— Attends, j'ai les horaires ici. S'il n'y a pas de retard, elle devrait atterrir à Fort Lauderdale à dix heures demain matin... Tu me manques beaucoup, Ruby, tu sais ? J'ai chargé Amber de te remettre quelque chose. J'espère que ça te plaira. J'ai une de ces hâtes de te revoir ! Je n'arrive pas à penser à autre chose. Mon Dieu, Ruby, si seulement tu pouvais savoir à quel point je t'aime ! »

Ruby sourit, pour la première fois depuis bien des semaines.

« Je suis vraiment contente de l'entendre, Calvin. Je t'aime aussi, tu sais. Je pense à toi quand je m'endors et je rêve de toi toute la nuit.

— Au revoir, Ruby.

— Au revoir, Calvin. »

Elle ne pensa pas à Calvin en s'endormant et elle ne rêva pas de lui non plus. Elle rêva de sa mère qui l'emmenait pique-niquer sous le prunier, dans le jardin derrière la maison. Sa mère lui chatouillait le menton avec un bouton d'or en lui disant qu'elle était jolie comme un cœur, et elle l'appelait sa précieuse petite Ruby. Dans son rêve, elle souriait et riait aux éclats. Sa mère aussi, jusqu'au moment où un voile noir s'abattait soudain sur elle.

Ruby s'agita, portant les mains à son visage pour se couvrir les yeux, et s'éveilla trempée de sueur. Les chiffres verts de sa pendulette indiquaient qu'il était trois heures vingt.

« Bon sang ! »

Elle détestait ce genre de cauchemars, qui se terminaient toujours à un moment crucial. Elle en avait déjà fait des centaines comme ça, des milliers peut-être. Elle n'avait pas besoin de consulter un livre sur les rêves pour savoir ce que signifiait celui-là. Ce voile noir, c'était son père qui le jetait. Il avait dû faire quelque chose d'horrible, commettre un acte si terrifiant qu'elle ne pouvait même pas le visualiser.

Quand elle se réveilla de nouveau, à sept heures et demie, il pleuvait. Elle avait espéré qu'il y aurait du soleil, sans doute pour compenser ce que cette journée pourrait avoir de déplaisant, malgré la présence d'Amber qui lui apportait quelque chose de la part de Calvin.

Elle appuya son visage contre la grande vitre. Il avait dû pleuvoir toute la nuit, car d'énormes flaques barraient la route. La plage était déserte, et Ruby voyait de lourdes nappes de brouillard s'avancer paresseusement vers l'intérieur des terres. Les gouttes de pluie lui rappelaient des larmes. Les siennes.

Elle s'éloigna de la fenêtre et alluma toutes les lumières de la pièce. Il ne faudrait pas oublier de retenir des chambres pour Martha et Andy. Amber resterait avec Irma dans la maison.

A huit heures et demie, Ruby avait pris place dans le restaurant du motel, devant un petit déjeuner dont elle n'avait aucune envie. Elle n'arrivait pas à se souvenir si c'était elle qui devait appeler sa mère ou l'inverse. Au fond, peu importait : elle prendrait un taxi pour se rendre à Sunrise. En calculant bien, elle pouvait faire coïncider son arrivée là-bas avec celle de ses enfants.

A neuf heures et quart, elle quitta le restaurant et retourna dans sa chambre pour se laver les dents et rafraîchir son maquillage. Elle arriva à Sunrise dix minutes avant sa fille. Ce n'est que lorsqu'elle se fut assise à la table de la cuisine qu'elle se rappela qu'elle devait louer une voiture pour aller chercher Amber. Elle haussa les épaules. Sa sœur était suffisamment grande pour se débrouiller seule.

« Maman, j'espère que tu ne fais pas frire ce bacon pour moi. J'ai déjà déjeuné. Tu sais, j'ai fait un rêve affreux cette nuit, lança Ruby à sa mère tout de go. C'est un rêve qui revient souvent, d'ailleurs. Est-ce que tu rêves, toi, maman ?

– Non. C'est du temps perdu. »

Les sourcils de Ruby se levèrent. Elle décida de ne faire aucun commentaire.

« Est-ce qu'il nous est arrivé d'aller pique-niquer sous le vieux prunier, autrefois ? Dans mon rêve, j'avais un service à thé en métal décoré de petites fleurs et une bouilloire assortie. »

Ruby vit les épaules de sa mère se contracter. Elle insista :

« Alors, maman ?

– Ça nous est arrivé une fois, oui. J'avais confectionné des petits sandwiches pour les mettre dans de minuscules assiettes. Et il y avait du vrai thé dans la théière. En effet, ton service était orné de fleurs. C'est l'oncle John qui te l'avait offert pour ton anniversaire. Je crois que c'est ta grand-mère qui l'avait acheté pour qu'il te le donne. Il y avait des cuillers aussi.

– Dans mon rêve, nous étions en train de rire. Tu me chatouillais le menton avec un bouton d'or. Tu disais que j'étais jolie comme un cœur et que j'étais ta précieuse petite Ruby, précisa-t-elle d'une voix étranglée.

413

« — Tu étais si belle ! C'est vrai que tu étais ma précieuse petite Ruby »,
dit Irma en s'essuyant les mains sur son tablier.

Ruby en était à sa troisième tasse de café quand sa fille arriva. Elle
resta muette de surprise en voyant Irma parler avec Martha comme si
elles s'étaient connues toute leur vie.

Andy débarqua dans la maison quelques instants plus tard, et se jeta
littéralement sur le petit déjeuner préparé par sa grand-mère. Puis il
repoussa son assiette vide et demanda un second verre de jus d'orange,
se renversant avec satisfaction contre le dossier de sa chaise.

« Je vais faire un petit tour dans le quartier pour digérer, annonça-
t-il. Ton petit déjeuner était fameux, grand-mère.

— Elle a toujours eu pour habitude de préparer des repas pantagrué-
liques, lança Ruby d'un air pincé.

— Je t'accompagne, Andy », déclara Martha, en décochant à sa mère
un regard étonné.

Amber fit bientôt son apparition, avec Opal dans son sillage.

— Regardez qui j'ai rencontré à l'aéroport, claironna Amber en montrant sa sœur cadette. Salut, m'man, enchaîna-t-elle. Comment vas-tu ?
Ça me fait rudement plaisir de te revoir. »

Elle saisit sa mère dans ses bras, posa la tête sur son épaule.

A la voir, on la croirait au septième ciel, songea Ruby. Opal emboîta
le pas à son aînée, embrassant sa mère avec effusion. Puis elle adressa
un signe de la main à Ruby.

« A quelle heure, la veillée funèbre ? demanda Amber. Et pour les
fleurs, comment ça se passe ? On paie chacun une partie ? Tu t'es
occupée de tout, m'man, ou tu as attendu que j'arrive pour que je le
fasse ? N'oublie pas que c'est moi l'aînée.

— Maman a voulu tout organiser elle-même », répondit Ruby.

Opal se servit une tasse de café.

« C'est à quelle heure, les obsèques ? Il faut que je... enfin, j'ai un truc
à faire demain soir. »

Irma s'affairait dans la cuisine, ouvrant et refermant le réfrigérateur.

« Je ne sais pas quoi faire pour le déjeuner, se lamenta-t-elle. Pour le
dîner, ce soir, il y aura de la dinde. Je l'ai mise à décongeler. Les enfants
vont se régaler.

— Pourquoi tu ne m'as pas dit que tu amenais tes gosses ? fulmina
Amber. J'aurais pu amener aussi les miens. »

Toujours la même, cette Amber ! Quand je pense, se dit Ruby, que je
m'étais imaginé que nos relations allaient enfin prendre un tour un peu
plus cordial. Elle sentit l'exaspération monter en elle.

« Que je sache, il ne s'agit pas vraiment d'une partie de plaisir. Pourquoi aurais-je dû te prévenir que les enfants seraient avec moi ? Tu es
assez grande pour savoir ce que tu dois faire. C'est toi leur mère, après
tout. D'ailleurs, les miens ont décidé eux-mêmes de l'opportunité de
leur présence ici !

— La veillée funèbre aura lieu à sept heures et l'enterrement à neuf
heures. Pas d'objection ? » demanda Irma en empilant des légumes sur
le comptoir.

Personne ne répondit.

« Papa a laissé un testament ? s'inquiéta soudain Opal.

– Grands dieux, comment veux-tu que je le sache ?... Vous voulez des carottes ou des petits pois ? »

Comme personne n'exprimait la moindre préférence, elle remit les carottes dans le bac à légumes.

« Mais enfin, il avait bien une assurance sur la vie, insista Opal.

– Je n'en ai aucune idée. »

Les carottes revinrent sur le comptoir.

« Au fond, les petits pois et les carottes, ça se marie bien. Je vais vous faire les deux. »

Au bout d'un moment, Irma parut saisie d'une idée subite.

« Tenez, les filles, je vais vous laisser discuter tranquillement entre vous. Pendant ce temps-là, je boirai une tasse de café dans le patio, comme ça je n'entendrai rien de ce que vous direz. Ça vous va ? »

Ruby voulut protester, mais elle laissa partir sa mère en rongeant son frein.

« Tu es quand même gonflée ! éclata-t-elle ensuite, en pointant un index vengeur en direction d'Opal. Il n'est même pas enterré, et voilà que tu t'avises de demander des comptes. Tiens, règle ça avec elle, toi qui es l'aînée, continua-t-elle en s'adressant à Amber.

– Pourquoi veux-tu que je l'empêche de chercher à se renseigner ? s'insurgea sa sœur. Moi aussi ça m'intéresse, figure-toi, de savoir s'il y a un héritage. Ce n'est pas parce que tu as de l'argent à ne savoir qu'en faire que nous sommes dans le même cas. »

Ruby était au comble de l'indignation.

« Tu pourrais au moins baisser la voix. Elle va vous entendre. Écoutez, maman a un comportement bizarre. Il faut que nous voyions entre nous ce que nous pouvons faire pour elle. Je me demande si on peut la laisser ici toute seule, étant donné son état de santé. A mon avis, elle présente les premiers symptômes de la maladie d'Alzheimer.

– Moi, je n'ai pas de place chez moi, prévint Opal avec aigreur. Et en plus, si je la prends, je n'aurai plus aucune raison de refuser de faire venir aussi le père de Mac, qui commence à être complètement gâteux.

– Moi, je veux bien prendre maman, si elle accepte d'aller à Saipan, proposa généreusement Amber ; mais il faudra que vous participiez financièrement toutes les deux. Il n'y a qu'à vendre cette maison et partager le montant obtenu... Je suis d'accord pour trouver qu'elle ne doit pas rester seule. Elle a toujours vécu avec papa. En ce qui concerne ce que tu disais tout à l'heure, je n'ai pas l'impression qu'elle soit très malade.

– Je vais la prendre, moi, et ça ne vous coûtera pas un centime, dit Ruby avec calme. Mais ça m'étonnerait qu'elle accepte. Je le lui avais déjà proposé en janvier, et elle a refusé. Je lui ai aussi demandé si elle voulait s'installer dans l'appartement de Maui, et elle n'a pas voulu non plus. Naturellement, elle peut vivre ici aussi longtemps qu'elle le voudra et si un jour, pour une raison ou pour une autre, elle a besoin de quelqu'un, nous lui trouverons une dame de compagnie ou une garde-malade. Les gens âgés aiment bien conserver un minimum d'indépendance.

— S'il faut payer une infirmière, ne comptez pas sur moi. Je n'en ai pas les moyens, annonça Opal sans ambages.

— Tu n'arrêtes pas de te plaindre, Opal. Mais figure-toi que je sais combien gagne un aviateur et je connais le grade de Mac. Ce n'est sûrement pas toi la plus à plaindre.

— Mais ça coûte la peau des fesses de vivre en Californie, geignit Opal. Vous savez bien que nous vivons au-dessus de nos moyens. Moi, je dis qu'il faut vendre la maison et que maman doit aller s'installer chez Ruby. Je ne sors pas de là », conclut-elle d'un ton sans réplique.

Ruby inspira à fond.

« Hier, tu m'as dit au téléphone que tu ne viendrais pas aux obsèques. Tu pourrais me dire pourquoi tu as changé d'avis ?

— Eh bien, Mrs. Sugar la Friquée, je n'avais pas envie de me faire rouler dans la farine. Je voulais m'assurer de visu que notre monstre de père était bel et bien mort, et faire le nécessaire pour qu'on me paie mon dû. Le vieux a fait un testament, j'en mettrais ma main au feu. Eh bien, je veux ma part.

— Ta part de quoi ? demanda Ruby.

— Ma part sur la vente de cette maison, ma part sur l'argent qu'il peut avoir sur son compte à la banque et ma part sur ce que versera la compagnie d'assurances. Tout ça devrait atteindre un total plutôt rondelet, non ? D'autant plus que toi, tu n'as pas vraiment besoin de cet argent. Tu peux donc nous faire cadeau de ce qui te revient, à Amber et à moi. Ça sera une petite compensation pour tout ce qu'on a pu en baver quand on était mômes.

— Alors, toi, tu peux te vanter d'avoir un sacré culot, fulmina Ruby.

— Attends une minute, intervint Amber. Figure-toi que je ne suis pas en désaccord avec ce que dit Opal. De son vivant, il ne nous a jamais rien donné, à part les torgnoles et les humiliations en tout genre ; alors, maintenant qu'il est mort... eh bien, nous avons des droits. Je veux ce qui me revient, et rien de plus.

— Vraiment, je n'en crois pas mes oreilles ! lança Ruby en tapant du poing sur la table. Je n'ai pas gardé de mon enfance un souvenir plus idyllique que le vôtre, mais ce n'est plus de notre père qu'il s'agit maintenant ; c'est notre mère qui est là, dans le patio, et non une quelconque marâtre. Vous me dégoûtez autant l'une que l'autre.

— Je me doutais que ça finirait comme ça ! hurla Opal.

— Moi aussi ! renchérit Amber. Aussitôt que tu fourres ton nez quelque part, Ruby, tu ne réussis qu'à tout compliquer. »

Les lèvres de Ruby se crispèrent. Elle avait atteint la température d'ébullition.

« Pour autant que je me souvienne, quand je mettais mon nez dans vos affaires, c'était parce que tout allait à vau-l'eau. C'est ça que vous appelez " tout compliquer " ? Toi, Opal, si je n'avais rien fait, en ce moment tu vivrais dans un taudis. Tu me dois tellement d'argent que j'ai renoncé à calculer le total. Alors, ne venez pas me dire que j'ai tout compliqué. Faites ce que vous voudrez, ça m'est bien égal ; mais rappelez-vous bien ceci : ne comptez pas sur moi pour vous aider à mener à bien vos sales manigances. »

Opal s'approcha de sa sœur et la saisit par le bras.

« Quoi ? Tu me reproches d'avoir accepté l'argent que tu m'as donné pour acheter une maison ? Tu veux que je te le rende ? Parfait ! Dès que la succession aura été réglée, je te rembourserai. »

Ruby referma la porte du réfrigérateur, une bouteille de soda à la main. Elle décocha à ses deux sœurs un regard assassin.

« La succession va être réglée tout de suite, annonça-t-elle. D'abord, il n'y a rien à liquider. Cette maison m'appartient. Ni l'une ni l'autre, vous n'avez voulu participer quand nos parents ont émis le désir de venir vivre ici ; et j'ai dû hypothéquer ma maison de Georgetown pour acheter celle-ci. C'est moi qui l'ai payée, oui, moi seule, Amber. Et le titre de propriété est à mon nom. Quant à l'assurance, elle se monte à mille dollars – une somme qui ne suffira même pas à payer les frais d'obsèques. Et le compte en banque s'élève à six cent quarante-trois dollars. Vous voulez en toucher un tiers ? C'est maman qui y a droit, à cet argent, pas nous. Alors, mettez-vous bien ça dans la tête, il n'y a pas d'héritage. Pour personne. »

Hors d'haleine, Ruby fit un pas en arrière. Amber resta bouche bée, regardant tour à tour chacune de ses sœurs. Pour une fois, elle se trouvait à bout d'argument.

Opal se dirigea vers la table en chancelant, l'œil hagard. Le temps s'était arrêté pour Ruby. Elle avait vu ce regard tant de fois qu'elle n'avait aucun mal à le reconnaître : c'était son père tout craché.

Amber s'était fait la même réflexion. Elle poussa un gémissement en s'accrochant au bord de la table pour y trouver un point d'appui.

Quand Opal eut recouvré l'usage de la parole, elle marmonna :

« Eh bien, si j'avais su, je n'aurais pas dépensé mille quatre cents dollars pour venir jusqu'ici. Il faut que je récupère cet argent. Je le veux.

– Cause toujours », railla Ruby.

Elle se retourna tout d'une pièce en entendant la voix de Martha derrière elle.

« Je croyais que tu avais dit que cette maison avait été achetée à mon nom et à celui d'Andy. Comment peux-tu tenir un pareil langage à tes sœurs ? C'est comme ça que tu t'y es prise avec papa ? Dans ces conditions, je commence à comprendre.

– Tais-toi, Martha, ordonna Andy.

– Tu prends sa défense, évidemment, fulmina Martha, il a toujours été le chouchou à sa maman. Tu ne vois donc pas ce qu'elle a fait ? Pendant vingt ans, elle nous a répété que ses parents ne voulaient pas de nous. Et elle, pendant vingt ans, peut-être même plus, elle a refusé de les voir. Voilà grand-père qui meurt, et elle n'en fait pas plus de cas que d'une guigne ! Vingt ans ! Tu peux expliquer ça, toi ? »

La mêlée fut bientôt générale, chacun s'en prenant à un autre – le frère à sa sœur, la sœur à ses autres sœurs. Ce ne fut plus que cris, clameurs, jurons et insultes de plus en plus corsées.

Andy, excédé, finit par attraper la cuvette d'eau glacée où trempaient les légumes de sa grand-mère et en jeta le contenu sur les belligérantes. Un silence consterné s'ensuivit.

« Ça suffit ! » vociféra-t-il.

Profitant de la stupeur générale, il aida sa mère à sortir tout en lui essuyant le visage avec un torchon. Ils rejoignirent Irma qui se balançait placidement dans le rocking-chair en aluminium. Martha resta dans la cuisine avec ses tantes.

Il n'y avait pas de vainqueurs. Que des victimes.

« Alors, vous vous êtes mis d'accord sur le menu de ce midi ? » gazouilla Irma d'un air candide.

Andy et Ruby la fixèrent bouche bée.

« Oui, on voudrait des haricots verts », suggéra enfin Andy, se rappelant à temps ce qu'il avait fait des petits pois et des carottes.

Puis il se pencha vers sa mère et lui chuchota à l'oreille :

« Marty disait n'importe quoi, maman, il ne faut pas prendre ses paroles au sérieux. Bon sang, j'ai eu peur, moi aussi ! Mais ne t'inquiète pas pour Marty. Je la ramènerai à la raison.

— Non, Andy, laisse Martha tranquille. Elle est assez grande pour dire ce qu'elle a sur le cœur. Si c'est ainsi qu'elle voit les choses, elle a parfaitement le droit de s'exprimer. Et maintenant, va-t'en, Andy. Il faut que je parle à ta grand-mère.

— Tu ne veux pas que j'entende, c'est ça ? Tant pis, dans la cuisine je resterai près de la fenêtre. »

Il repartit à contrecœur vers cette pièce où il se mit en devoir d'essuyer par terre.

« Maman, je suis désolée, dit Ruby. Tu as tout entendu, n'est-ce pas ?

— Mais voyons, tout le quartier a entendu. Vous auriez pu discuter plus calmement, tout de même. Et il n'était vraiment pas nécessaire de tout balancer par terre pour montrer que vous ne vouliez pas de mes carottes et de mes petits pois. »

Ruby se laissa tomber à genoux, comme elle le faisait avec sa Bubba quand elle était petite.

« Maman, déclara-t-elle à mi-voix, ne me dis pas que tu n'as pas vu pourquoi nous nous sommes disputées ainsi. Je sais que c'est encore un peu tôt pour en discuter, mais il va falloir que tu dises où tu veux aller. »

Irma se balançait toujours.

« Ici, je resterai ici.

— Bien, maman, c'est bien ; tu ne reviendras pas sur ta décision, alors.

— Non. Je veux rester chez moi.

— Maman ! »

Ruby humecta ses lèvres desséchées.

« Maman, tout à l'heure, dans la cuisine, juste l'espace d'une seconde, j'ai cru voir... enfin bref, Opal avait exactement la même tête que papa...

Comment ça se fait ? Et je suis sûre qu'Amber l'a vu aussi, ajouta Ruby d'un air désespéré.

— Je sais, répondit doucement Irma. Il faut qu'elle s'en aille. Pourras-tu arriver à la décider, Ruby ? As-tu assez d'argent pour acheter son départ ? Moi, il me reste vingt dollars de l'argent que George avait dans sa poche. Tu peux les prendre si tu en as besoin. »

Sans mot dire, Ruby regagna la cuisine où Andy l'attendait patiemment. Il la suivit dans la salle. Il n'y avait aucune trace de Martha ni de ses deux tantes.

« Tu as vu mon sac, Andy ?

— C'est pas ça, là ? dit-il en pointant un doigt vers le portemanteau qui se dressait près de la porte d'entrée.

— Va me le chercher, s'il te plaît », demanda-t-elle d'un ton las.

Andy demeura à l'écart, l'inquiétude au fond des yeux, tandis que sa mère fourrageait dans son sac pour y trouver son carnet de chèques. Il la vit qui rejetait les épaules en arrière tandis qu'elle montait les marches. Il voulut la suivre, mais elle lui fit signe de rester en bas.

Vingt minutes plus tard, le défilé commençait dans l'escalier, jusqu'à la porte. Consterné, Andy vit sa sœur descendre et sortir, à la suite de ses deux tantes. De la fenêtre, il les vit monter toutes les trois dans un taxi. Que se passait-il donc ? Mais qu'est-ce que c'était donc, cette famille de cinglés ?

« Le déjeuner est prêt », annonça Irma derrière lui.

Sa grand-mère l'avait saisi par le bras et l'entraînait dans la cuisine.

« Salade aux œufs, branches de céleri et thé », ajouta Irma d'un ton enjoué.

Andy regarda la table et déclara en hésitant :

« Ah, il faut que... que j'aille me laver les mains, grand-mère. Tu... tu m'attends ici ? »

Il monta l'escalier quatre à quatre.

« Maman, où donc es-tu ? demanda-t-il d'une voix rauque.

— Ici, dit Ruby, dans la salle de bains.

— Maman, elles sont parties en taxi ! Cela veut-il dire qu'elles n'assisteront pas aux obsèques ?

— Exactement, articula Ruby, les dents serrées. Est-ce que ta grand-mère est au courant ?

— Bah, je ne sais pas trop. Tu les as payées pour qu'elles s'en aillent, c'est ça ?

— Oui. Je leur ai donné de l'argent. Sauf à Martha. Elles étaient venues rien que pour ça. Je leur ai proposé la somme qu'elles voulaient. Je leur ai aussi demandé de rester, mais elles ont refusé. »

La mère et le fils repartirent vers la cuisine. Si Andy n'avait pas eu une poigne solide, Ruby n'aurait pas pu rester debout.

« Vous arrivez bien tard, les enfants, protesta Irma en agitant un doigt vers eux, comme on le fait pour morigéner des écoliers désobéissants.

— Excuse-moi », murmura Ruby en s'asseyant à table.

Elle regarda longuement le service à thé orné de fleurs bleues et les assiettes garnies de sandwiches minuscules.

« Du thé ? proposa Irma avec un sourire.

— Volontiers », dit Ruby en levant sa tasse.

Il y avait de petites taches de rouille près du bord. Elle commença à mastiquer un sandwich grand comme un timbre-poste.

« Maman, Amber et Opal sont parties, bredouilla enfin Ruby d'un ton désespéré.

— Oui, je sais. Tu trouves ça dramatique ?

— Euh, non.

— Moi non plus. Quant à ton père, ça ne lui fait ni chaud ni froid, chantonna la vieille femme.

— Je voudrais bien que tu viennes chez moi, avec Andy, demain... après les obsèques, en attendant que tu prennes une décision sur ce que tu veux faire.

— D'accord, dit Irma d'un ton conciliant.

— Super, grand-mère ! s'écria Andy.

— Je crois que je vais sortir pour marcher un peu, murmura Ruby.

— Va te promener avec ta mère, Andy. J'en profiterai pour ranger un peu et commencer à préparer la dinde. »

Ils marchèrent longtemps en silence, cheminant au hasard dans les rues, puis ils traversèrent la grand-route qui longeait la plage pour gagner le bord de l'eau. Ruby ôta ses souliers, imitée par Andy.

« Je ne sais vraiment pas quoi faire, déclara Ruby.

— Tu me dis toujours que, quand on ne sait pas, le mieux est de ne rien faire, murmura Andy.

— Je suppose que tu veux savoir ce qui s'est passé... Remarque bien que je n'ai guère envie d'en parler. »

Les mots si longtemps refoulés jaillirent enfin. Andy écouta sans montrer la moindre émotion.

« Alors ? demanda-t-elle quand elle eut terminé.

— Tu veux un conseil ou une opinion ? s'inquiéta Andy en se laissant tomber sur le sable.

— Non, rien de tout ça. Je ne pense pas avoir fait quoi que ce soit de répréhensible. Intentionnellement, du moins. Opal a raison, dans un sens : il y a une certaine hypocrisie de ma part à assister à l'inhumation de papa. En fait, c'est pour ta grand-mère que je suis venue. Et pourtant, je ne savais pas qu'elle était... patraque. Je ne regrette pas d'avoir effectué ce déplacement. Je participerai à la veillée et j'irai aux obsèques parce que je ne peux pas faire autrement. Je l'ai détesté toute ma vie, et je le déteste encore. Je ne cherche nullement à le cacher. »

Laissant couler rêveusement une poignée de sable entre ses doigts, elle ajouta :

« Quand on s'est chamaillées tout à l'heure dans la cuisine, toute cette agressivité n'était pas dirigée contre nous-mêmes mais contre notre père. C'est à lui que nous en voulions, et c'était à lui que nous cherchions à faire du mal. On n'a jamais pu lui dire ce qu'on avait sur le cœur, vois-tu ; il est mort avant que nous en ayons eu l'occasion. Pourtant, nous l'avons toutes attendu, cet instant où il viendrait à nous pour nous demander pardon ! Maintenant, en ce qui concerne Marty, elle avait l'air vraiment remontée ! J'ai essayé de lui expliquer... mais elle s'est butée. Ça, vois-tu, j'ai du mal à l'encaisser. Comment a-t-elle pu se dresser ainsi contre moi ?

— Tu sais, Marty, elle est tellement soupe au lait, celle-là ! expliqua Andy d'un ton conciliant. Elle peut se conduire comme une vraie petite garce à certains moments, et à d'autres elle vient te manger dans la main. Elle en rabattra, t'en fais pas pour ça, m'man.

— Je suis contente que tu sois ici, Andy, vraiment contente. Et tu as eu une idée de génie en leur balançant le... »

Andy éclata de rire.

« N'empêche que ça a rétabli le calme en moins de deux. Un engin balistique intercontinental n'aurait pas été plus efficace.

— Il va falloir rentrer. Prenons un taxi, j'ai les jambes en capilotade.

— Moi aussi. Et en plus, j'ai une de ces faims !

— Alors, tu ne t'es pas trompé d'adresse en venant ici. S'il y a une chose que ma mère sait faire, c'est bien la cuisine. Elle est en train de nous préparer une dinde avec tout ce qu'il faut pour l'accompagner. Et après ça, on aura droit à un gâteau au chocolat, tu verras ce que je te dis. »

Pendant qu'Andy payait le taxi, Ruby contourna la maison pour entrer par-derrière. Elle s'arrêta en entendant des rires provenant de la fenêtre de la cuisine qui était restée ouverte. Y avait-il de la visite chez sa mère ?

« Dixie ! Mon Dieu, mais c'est Dixie ! s'écria-t-elle soudain. Oh, que je suis contente de te voir ici ! Comment... quand... ? »

Pleurant de bonheur, elle serra son amie dans ses bras.

« Andy m'a appelée, dans le courant de la matinée. Comment je suis arrivée ici ? J'ai affrété un avion privé. Ça m'a fait tout drôle d'expérimenter le pouvoir de l'argent.

— Le pouvoir de l'argent, ne m'en parle pas, rétorqua Ruby avec amertume.

— Ta mère et moi, nous nous entendons à merveille. J'ai épluché les légumes et elle a préparé la farce pour la dinde. Tout devrait être bientôt prêt.

— Eh bien, je crois que je vais vous laisser, les jeunes, il faut que je me prépare pour la veillée de ce soir. Je vous préviens tout de suite que je ne mets pas de robe noire, annonça Irma d'un air décidé.

— Moi, je m'habille en rouge, la rassura Ruby en souriant.

— Et moi, j'ai apporté une robe jaune », ajouta Dixie en pouffant.

Quand elles entendirent le gargouillement de l'eau dans les canalisations au premier, Dixie se pencha vers son amie et lui glissa :

« J'ai discuté un moment avec ta mère. Elle m'a raconté ce qui s'était passé ce matin, ici même.

— Ne m'en parle pas. Si Andy ne nous avait pas balancé une cuvette d'eau froide à la figure, je crois que mes sœurs et moi on en serait venues aux mains. Quant à ma fille, elle m'a dit des choses terribles.

— Ça ne m'étonne pas. Elle te rend responsable de l'échec de ton mariage avec Andrew. Mais tout cela s'arrangera avec le temps. Il suffit de faire preuve d'un peu de patience.

— J'ai drôlement accusé le coup, n'empêche!

— Bah, dans cent ans d'ici, tout cela sera oublié.

— Dans cent ans, nous serons tous à cent pieds sous terre.

— Tu l'as dit! »

Dixie se tapa sur la cuisse en partant d'un grand éclat de rire.

« Tu ne sais pas le coup que j'ai fait? hoqueta-t-elle entre deux accès d'hilarité. J'ai demandé au pilote de l'avion privé de nous attendre jusqu'à l'heure du retour.

— Non!

— Ouais! Une fortune, Ruby, ça va nous coûter une fortune. C'est la première fois de ma vie que je fais une chose aussi extravagante, mais je te jure que je ne l'ai pas regretté une seule minute. Tu ne trouves pas ça formidable d'avoir assez d'argent pour se permettre pareille folie? »

Ruby hocha la tête. Tout était rentré dans l'ordre. Dixie se trouvait à son côté avec Andy, et elle-même s'était réconciliée avec sa mère. Maintenant, elle allait pouvoir affronter les heures à venir sans rien perdre de sa sérénité ni de son équilibre.

Les obsèques de George Connors ne furent émaillées d'aucun incident notable. Quatre personnes y assistèrent, dont aucune ne versa la moindre larme.

Sur le chemin du retour, Irma se tourna vers Ruby.

« A ton avis, ton père est-il en enfer?

— Voilà qui ne me surprendrait en aucune façon, répondit Ruby.

— C'est exactement ce que je pense aussi », confirma Irma avec entrain.

Dixie regarda Ruby qui hocha la tête. Andy passa un bras autour des épaules de sa grand-mère.

« On va se prendre un petit café, lança Ruby quand tout le monde se fut rassemblé dans la cuisine. Je me charge de le préparer, maman, tu n'as qu'à aller t'asseoir dans le patio. Dixie et moi, on ira te le servir.

— Je te rejoins, grand-mère, aussitôt que je me serai changé, affirma Andy.

— D'accord, à tout de suite. Ruby, tu me mettras un peu de cannelle dans le café?

— Sans problème.

— Et un soupçon de crème fraîche?

— O.K.

— Prends un plateau.

— Bien sûr.

— Et n'oublie pas d'y ajouter quelques cookies pour Andy.

— Naturellement. »

Irma s'installa dans le rocking-chair en aluminium. C'était un joli jardin, malgré la présence de ces cactus qui paraissaient omniprésents en Floride.

Elle se balança avec satisfaction. Un moment, elle leva les yeux en l'air et secoua la tête. Puis elle répéta ce geste une seconde fois, et ses lèvres se mirent à remuer.

« Non, je ne crois pas. Ton impatience m'étonne, George. Tu viens d'arriver. Donne-moi une seule bonne raison de le faire, soupira-t-elle. D'accord, George, mais attention : je monte, moi, je ne descends pas. »

Andy entra en trombe dans la cuisine.

« A quelle heure c'est, le décollage, tante Dixie ?

— Ce sera quand on voudra, répondit-elle d'un air insouciant. Aujourd'hui, demain, à l'heure qui nous conviendra.

— Donne-moi ça, je vais le porter, dit-il en s'empressant de lui prendre le plateau. Et n'oublie pas la cafetière. »

Le cri qu'il poussa en voyant sa grand-mère semblait venir d'un autre monde. Dixie et Ruby se précipitèrent vers la porte quand elles entendirent le tintamarre créé par le plateau en rebondissant sur le béton du patio.

Ruby porta la main à sa bouche pour étouffer ses propres cris. Le visage de Dixie était devenu exsangue et Andy, aussi livide qu'elle, secouait la tête d'un air incrédule.

Les obsèques d'Irma Connors se déroulèrent dans la plus grande simplicité en présence de trois personnes, qui versaient toutes des larmes profondément sincères.

« Il aurait dû y avoir davantage de choses. La vie d'un être humain, ça doit laisser plus de traces que ça », énonça Ruby en regardant la boîte en carton posée à ses pieds. Il ne lui avait fallu que vingt minutes pour emballer les affaires de sa mère : outre quelques bibelots, il n'y avait que le service à thé en étain.

Andy fit un signe de tête au steward pour lui indiquer qu'il pouvait embarquer le carton avec leurs autres bagages.

Avant de monter dans l'avion, Ruby se retourna pour fixer un point de l'horizon.

« Heureusement que tu es dans un endroit bien précis. Je reviendrai te voir, maman. Le plus souvent possible. »

25

Dixie leva les yeux vers le calendrier fixé au mur. Cinq années s'étaient écoulées depuis la mort de Hugo.

Comment est-ce possible ? se demanda-t-elle.

Où étaient passées toutes ces années ? Et pourquoi restait-elle assise là, à attendre le lever du jour ?

Parce que, se répondit-elle, tu as pris cette habitude après sa mort ; et les vieilles habitudes, on a du mal à s'en défaire... Mon Dieu, venez à mon secours, pria-t-elle.

La cuisine était plongée dans l'obscurité, mais elle n'en avait cure. Même si la maison avait explosé pendant qu'elle se trouvait à l'intérieur, Dixie serait restée parfaitement indifférente.

Elle leva la tête pour regarder la petite veilleuse fixée au mur, au-dessus du fourneau. L'ampoule avait vacillé avant de s'éteindre complètement. Dixie n'avait donc aucune idée de l'heure qu'il pouvait être.

Elle se renversa contre le dossier de sa chaise. Devant elle, il y avait une tasse de thé refroidi. Elle n'aimait pas vraiment le thé – surtout le thé parfumé qu'elle s'était servi ; mais Ruby disait toujours qu'il n'y avait rien de tel qu'une ou deux gorgées de ce breuvage pour se remonter le moral quand on était déprimé.

Eh bien, cette fois, Ruby s'était trompée.

Dixie allongea vers la table des mains qui ne tremblaient pas et qui se dirigèrent tout droit sur la terrible feuille de papier qu'on lui avait remise au début de l'après-midi : un bulletin d'admission à l'hôpital.

Elle détestait ce terme de biopsie. Le mot lui-même et tout ce qui allait avec. Mon Dieu, pourquoi fallait-il qu'on lui inflige de telles épreuves ? D'abord cette infirmité, qu'elle avait traînée comme un boulet pendant des années ; et puis, après une opération miraculeuse, cette nouvelle et terrible menace.

Elle ne se faisait pas d'illusions. Quoi qu'on pût lui dire, quand elle sortirait du bloc opératoire, un de ses seins lui aurait été enlevé.

Cette époque de sa vie aurait pourtant dû être la meilleure de toutes, c'était ce que lui avait promis Ruby. Elle se souvenait encore des paroles de son amie :

« Nous allons entrer dans l'hiver de notre existence, et cette fois c'est la vraie vie qui va commencer. On va la vivre intensément, Dix. On pourra faire tout ce qu'on voudra. Plus de soucis, plus de tracas, c'est ça

424

l'hiver de l'existence. Tu commences à prendre la vie comme elle vient, tu ralentis le rythme, tu as le temps de savourer le parfum des roses et de voyager. Tu n'attrapes plus jamais de rhume et, pour une raison inconnue, tu cesses d'avoir mal aux pieds. »

Elle avait ri comme une folle en entendant Ruby tenir des propos aussi insensés.

Elle avait bien de la chance, Ruby, avec ses deux enfants, des enfants merveilleux ! Et elle avait Calvin – bien que Dixie se demandât quelle place Ruby pourrait occuper dans la nouvelle existence de l'ex-général, depuis qu'on avait publié les résultats des élections.

Une lueur rose pâle apparut à l'horizon, éclairant faiblement l'intérieur de la cuisine. Je suis restée debout toute la nuit, songea Dixie. Où était Ruby ? Allait-elle décrocher son téléphone pour demander à lui parler ?

Demander, là était le problème. Dixie ne voulait pas demander quoi que ce soit à qui que ce soit. Une question de fierté, tout simplement. Et pourtant, au fond d'elle-même, une voix lui disait que l'orgueil est un péché capital. Tu as besoin d'elle, Dixie. Ruby comprendra très bien que tu fasses appel à elle, étant donné la situation dans laquelle tu te trouves.

Certes, mais depuis la mort de Hugo leurs relations n'avaient plus jamais été les mêmes. Dieu sait pourtant si elles avaient fait des pieds et des mains pour que leur amitié reste intacte, au point que parfois ces efforts pesaient à l'une comme à l'autre. Mais c'était toujours Dixie qui restait en retrait ; elle n'allait plus au bureau, ne répondait plus au téléphone, n'ouvrait pas sa porte quand quelqu'un venait sonner. Elle avait beaucoup peiné Ruby, et désormais plus rien ne serait comme avant. De toute façon, Dixie était trop lasse, trop malade pour amorcer la moindre tentative de réconciliation.

Maintenant qu'il faisait grand jour, Dixie regarda les papiers empilés sur la table de la cuisine. Toute sa fortune se trouvait là, une fortune accumulée au fil des années, grâce à Ruby. Elle approcha d'elle une épaisse liasse de titres de rente. Un relevé disposé sous l'élastique qui les retenait indiquait qu'il y en avait pour dix millions de dollars. Ce qui en ferait vingt millions, quand ils seraient arrivés à échéance. Outre les certificats de dépôt, en papier pelure ultrafin, qui se montaient à cinq millions de dollars, les décomptes des maisons de courtage s'élevaient à treize millions – un nombre qui paraissait de mauvais augure à Dixie, d'ailleurs –, sans compter l'assurance de cinq millions de dollars qu'elles avaient contractée l'une et l'autre au bénéfice de celle des deux qui mourrait la dernière.

Dixie apercevait maintenant la pendule accrochée au-dessus du fourneau. Où était donc Ruby ? Il suffirait de l'appeler tout de suite pour qu'elle arrive moins de sept minutes plus tard.

« Pas cette fois, murmura Dixie, pas cette fois. »

On lui avait vite trouvé un lit, à l'hôpital... C'est sûrement parce qu'ils pensent que je risque de mourir. D'abord l'opération, ensuite la chimiothérapie et pour finir, sans doute, les rayons. Ça dépendra, avait dit le docteur, sans préciser de quoi cela dépendrait au juste.

Elle devait se présenter à dix heures du matin. On procéderait à diverses analyses, et après quelques piqûres de tranquillisants, le lendemain matin à sept heures, elle ferait son entrée dans le bloc opératoire. Elle regarda de nouveau la pendule : dans vingt-quatre heures exactement, elle serait entre les mains du chirurgien.

Tu mourras pendant l'hiver de ton existence. Tu n'as donc aucune raison de te plaindre. Tout se passera conformément à l'ordre établi.

« Ne croyez surtout pas, Dixie, que vous pouvez vous dispenser de cette opération », l'avait prévenue le docteur.

Elle revoyait la scène avec une netteté parfaite. Le choc avait été rude, et elle s'était lancée dans de longues considérations sur les différentes saisons de la vie, sous l'œil effaré du docteur. Et puis, une des expressions favorites de Ruby lui était revenue à la mémoire :

« Docteur, s'agit-il d'une de ces opérations où mes chances de survie sont minces ou inexistantes ? »

Il avait répondu qu'on ne pouvait jamais rien garantir, en multipliant les explications embrouillées dont Ruby aurait dit qu'elles sortaient de la bouche d'un charlatan, bardé de diplômes mais totalement incompétent.

Minces ou inexistantes. L'hiver de ma vie. Ruby, où es-tu donc ? Nous qui avons toujours vécu en symbiose, comment peux-tu ignorer quelles épreuves je suis en train de traverser en ce moment ?

Appelle-la. Tout de suite. Tu as besoin d'elle. Décroche donc ton téléphone.

« Non, pas cette fois. »

Si Ruby ne s'est pas manifestée d'elle-même, c'est sûrement parce que le destin en a décidé ainsi. J'ai sans doute épuisé mon crédit auprès d'elle. J'ai dû recourir à son obligeance une fois de trop. »

Ruby avait bien le droit, après tout, d'aborder l'hiver de sa vie sans songer à venir au secours de son amie. Elle avait déjà assez de problèmes à résoudre de son côté.

Pourtant, affronter une opération, défier la mort, toute seule, c'était là quelque chose dont Dixie se sentait tout à fait incapable. Combien de fois Ruby l'avait-elle répété : « Quand tu ne sais pas quoi faire, ne fais rien » ?

Pour Dixie, ne rien faire ne pouvait signifier qu'une seule chose : la fuite. Partir en courant, le plus loin possible, le plus vite possible.

Elle monta d'abord au premier étage, puis descendit au sous-sol, où se trouvait son coffre-fort. Elle en sortit tout l'argent qu'il contenait : soixante mille dollars en liquide. Ensuite, elle cacha tous ses titres de propriété dans les coussins d'un vieux rocking-chair et revint dans la cuisine où elle resta un moment à regarder la convocation envoyée par l'hôpital. Elle jeta alors un coup d'œil à la pendule : dans deux heures, elle devait entrer dans le service du chirurgien. Elle déchira la convocation en mille morceaux minuscules qu'elle jeta à la poubelle. Puis elle vida le réfrigérateur et étala quelques draps sur les meubles.

Enfin, elle appela la compagnie aérienne, la société du téléphone et le bureau de poste.

Ruby ne se fait aucune illusion. Ce qu'elle éprouve en ce moment, ce n'est rien d'autre que du chagrin. Elle a ressenti exactement la même chose à la mort de sa mère. Pourtant, cette fois-ci, il n'y a personne à enterrer. Elle n'a aucune raison de se rendre en un lieu où il faudra prononcer des paroles profondes du genre : « Ici repose », « A jamais », « C'est fini, et bien fini »...

Il fait si bon au coin du feu ! Elle a voulu faire une flambée bien que la température extérieure ne soit pas descendue au-dessous de dix degrés. Ce qu'elle aime par-dessus tout, c'est regarder les flammes jaillir des bûches de cerisier, danser et vaciller de côté et d'autre. Une fois les lumières éteintes dans le salon, les flammes bondissantes créent toutes sortes de formes sur les murs.

Mais Ruby les regarde à peine. En fait, si elle reste à veiller ainsi, c'est parce qu'elle n'arrive pas à dormir. Depuis des mois, elle ne peut pratiquement plus passer des nuits normales.

La liste des choses qu'elle n'a pas faites depuis des mois est d'ailleurs interminable. Elle n'est pas allée une seule fois au bureau. Ce n'est plus nécessaire. Elle n'a pas repris contact avec Dixie depuis... elle ne sait combien de temps. Elle ne sait même pas où Dixie se trouve en ce moment.

Elle ferme les yeux très fort, essayant de se rappeler quand elle lui a parlé pour la dernière fois. Il y a au moins un mois de cela. Une fois, elle a appelé en laissant un message, mais Dixie n'a pas donné suite. Alors, Ruby n'a pas jugé utile de rappeler. Cela s'est passé quand ? Impossible de s'en souvenir.

Les yeux de Ruby tombent sur le bloc-notes qu'elle a posé au bout de la table. Elle le garde toujours auprès du téléphone pour le cas où elle aurait envie d'écrire quelque chose. Au fond, c'est peut-être une bonne solution : noter tout ce qui lui trotte par la tête, de cette manière elle réussira sans doute à se débarrasser de ses obsessions.

Quand elle lira ces quelques lignes, au matin, elle haussera les épaules en se disant que rien de tout cela n'a la moindre importance.

Blottie dans sa robe de chambre, les jambes repliées sous elle, elle sentit des larmes perler sous ses paupières. A cause de la fumée, bien entendu, se dit-elle. Une bûche s'effondra, envoyant une gerbe d'étincelles qui lui rappela le sillage laissé par une étoile filante. Elle sourit avec tristesse en se rappelant une soirée qu'elle avait passée avec Calvin dans un chalet de montagne de Poconos. Ils avaient entassé des bûches pendant deux heures parce que Calvin avait prétendu qu'ils ne bougeraient pas de là avant trois jours. Ce qui ne les avait pas empêchés de jouer dans la neige comme des gosses. Ils avaient sillonné les vastes étendues neigeuses juchés sur les snow-mobiles de Martha et d'Andy, se poursuivant en riant jusqu'au moment où les deux engins étaient tombés en panne d'essence. Et il avait fallu rentrer à pied, en riant et en plaisantant tout le long du chemin. Ils s'étaient régalés de côtelettes d'agneau trois fois par jour, parce que c'était le plat favori de Calvin. En dehors du temps passé à cuisiner, manger ou chahuter dans la neige, ils avaient fait l'amour, paresseusement allongés sur un amoncellement moelleux de couvertures jaunes.

Elle avait gardé de ces journées un souvenir merveilleux que rien ne pourrait jamais égaler.

Les cinq années pendant lesquelles ils s'étaient aimés lui paraissaient toujours aussi féeriques, d'ailleurs. Elle avait visité la planète entière en compagnie de Calvin : la Terre sainte, l'Égypte, la Grèce, la plus grande partie de l'Asie. Ils avaient skié en Autriche, roulé à toute allure, malgré sa frayeur, sur les *Autobahn* – et elle lui avait montré deux banques de Zurich dans lesquelles elle avait des comptes numérotés. Quand Calvin avait voulu savoir comment le système fonctionnait, Ruby était entrée dans la banque pour prendre du liquide. Ils l'avaient dépensé immédiatement. Calvin avait été si impressionné qu'il n'avait plus parlé que de cela pendant plusieurs jours.

Ils étaient allés à Paris pour y faire tout ce qu'y font les amoureux. Il lui avait acheté des fleurs, des marguerites aux pétales larges comme des chrysanthèmes, et le marchand ambulant leur avait souri parce qu'ils étaient amoureux. Elle avait encore une de ces fleurs desséchées entre deux pages de son passeport.

Ils avaient fait l'amour à La Nouvelle-Orléans, à San Francisco et sur l'île de Maui, à la belle étoile.

A l'issue de ces cinq années, elle croyait tout savoir du caractère de Calvin Santos.

Toutes ces escapades avaient été rendues possibles grâce à un petit tour de passe-passe, réalisé avec l'accord de Dixie, permettant à la société Mrs. Sugar d'employer Calvin comme consultant aux relations extérieures. Un titre non officiel, bien entendu, dont la comptabilité de la société ne portait aucune trace.

Ruby avait toujours réussi à justifier la situation aux yeux de Dixie et aux siens propres, en affirmant qu'elle ne voulait rien prendre de ce que Calvin consacrait à sa femme et à ses enfants. En revanche, pour ce qui était de sa personne, son amour, sa passion, elle pouvait en user, sans le moindre scrupule, puisque son épouse n'avait rien à en faire.

Ruby disposa une grosse bûche dans la cheminée. Maintenant, elle n'aurait plus rien à y mettre jusqu'au lendemain matin. Elle jeta également sur la braise, pour faciliter l'allumage du rondin, un carton ayant contenu du jus d'orange.

Elle était retournée s'asseoir sur le canapé, l'esprit encore plein de l'image de Calvin. Il avait tenté de se faire élire sénateur à Washington, mais il avait échoué, faute d'avoir minutieusement organisé sa campagne, tant sur le plan psychologique que dans le domaine financier. Elle l'avait à peine vu cette année-là, entouré comme il l'était par des conseillers qui n'avaient pas su gérer cette candidature improvisée. D'ailleurs, Calvin avait refusé de les écouter.

A présent, il se lançait dans une seconde tentative. Ruby avait décidé de mettre la main à la poche pour contribuer dans une large mesure au financement de sa campagne. Elle avait prêté à Calvin d'énormes sommes d'argent. Pourtant, elle savait, sans qu'on le lui eût jamais dit, que les nouveaux conseillers de Calvin la considéraient comme un obstacle à la réussite de leur poulain.

Il l'appelait de temps en temps, mais il avait toujours l'air de se sentir coupable. Il lui promettait qu'ils sortiraient bientôt ensemble, aussitôt qu'il aurait un moment de libre.

Elle fut soudain saisie du désir de lui téléphoner, à l'instant même, mais elle se demanda ce qu'elle lui dirait. Qu'il lui avait brisé le cœur ? Qu'elle avait eu foi en lui, et qu'il avait trompé sa confiance ? Elle fit une grimace de dégoût. Elle lui avait déjà adressé ces reproches, dans une lettre – en vain. Il avait sûrement trop de travail pour prendre son courrier à la poste. Il y avait maintenant trois semaines qu'elle ne lui avait rien envoyé, elle qui autrefois lui écrivait tous les trois jours, parfois davantage; mais il est vrai qu'il ne répondait plus à ses lettres depuis plusieurs mois.

Elle se mit à pleurer, les épaules secouées par les sanglots. Elle qui, un jour, s'était dit qu'il n'y avait rien qu'elle regrettât dans sa vie, elle trouvait maintenant qu'il y avait au contraire beaucoup de choses à déplorer.

Tous ses amis d'antan avaient disparu. Grace et Paul Zachary étaient morts à quelques mois d'intervalle. Paul était parti le premier d'un arrêt cardiaque. Complètement déboussolée par le décès de l'être aimé, Grace avait réussi à tenir un moment, mais elle avait fini par succomber à une overdose de somnifères.

Mabel McIntyre n'était plus de ce monde, pas plus que les Quantrell. Le jour où les cadeaux de Noël préparés à l'intention de leurs orphelins lui furent retournés, faute de destinataires, Ruby ressentit un choc dont elle eut beaucoup de mal à se remettre. Cette famille si chère à son cœur avait fini par faire partie intégrante de son univers. Et voilà qu'elle avait été, elle aussi, rayée de la liste des vivants!

Rena et Bruno, elle les avait appelés un an plus tôt pour s'entendre dire qu'ils liquidaient tous leurs biens afin de retourner en Égypte. Rena avait écrit du Caire, six mois plus tard, pour annoncer que Bruno était décédé. A la fin de sa longue lettre, un peu décousue, elle laissait entendre qu'elle se mourait elle aussi, qu'il ne lui restait plus que trois mois à vivre. Ruby l'avait appelée aussitôt, mais on lui avait appris que Rena était déjà morte.

Ses oncles n'étaient plus de ce monde non plus. De sa famille immédiate, il ne lui restait que son fils, car ni ses deux sœurs ni sa fille n'avaient opéré le moindre rapprochement avec elle, quatre ans et demi après la mort de George et d'Irma Connors.

Trahie par sa propre fille! Ruby n'aurait jamais cru qu'une telle situation pourrait la faire souffrir autant. L'intervention d'Andrew et ses confidences n'avaient rien pu faire pour ébranler les convictions de Martha.

« Elle a exactement ton caractère, Ruby. Têtue comme une mule. Même quand je lui ai expliqué que je t'avais trompée et que j'avais dilapidé au jeu tout l'argent du ménage, elle m'a dit que je lui racontais des histoires pour essayer de me faire bien voir auprès de toi. »

Quant à ses sœurs, la seule source d'information dont elle disposait était Andy, à qui Martha faisait parfois des confidences. Amber était toujours la même, et Opal avait dû subir une cure de désintoxication, ce qui ne l'avait d'ailleurs pas empêchée de se remettre à boire.

Bref, il ne lui restait que Dixie, dont le comportement, ces derniers temps, n'avait pas laissé de la surprendre. Mais elle n'avait pas cherché à savoir de quoi il retournait. Son amie avait tout de même le droit d'avoir sa vie à elle !

Saisie d'un brusque besoin d'activité, Ruby prit un stylo et se mit à écrire fiévreusement :

« Transférer papa et maman dans le cimetière de Barstow. Voir s'il est nécessaire d'obtenir pour cela l'approbation d'Amber et d'Opal. Retourner à St. Andrew, à Hawaii. Monter dans le Michigan pour voir la ferme des Quantrell. »

La liste se prolongea encore un bon moment.

Un pèlerinage, voilà à quoi elle allait se livrer. Elle allait partir en pèlerinage.

Demain, elle irait dans une agence de voyages pour demander qu'on lui organise son itinéraire. Ensuite, elle se rendrait chez Nick Palamo, un ami de son fils, afin qu'il procède à un examen médical approfondi sur sa personne. Peut-être même pourrait-il lui donner un remède pour ses bouffées de chaleur. A cinquante-deux ans, bientôt cinquante-trois, le moment était venu de prendre soin de soi. Elle allait perdre les dix kilos qu'elle avait en trop et s'arrêter de fumer. La mort commençait à l'inquiéter. Peut-être le moment était-il également venu de retourner à l'église ?

Elle finit par s'endormir, mais son sommeil, agité et torturé par les cauchemars, ne se prolongea pas au-delà de quatre heures du matin. Alors elle se leva, s'habilla et monta dans sa voiture.

La maison de Dixie était plongée dans une obscurité totale bien que, d'habitude, une lampe brûlât en permanence dans la cuisine. Ruby souleva le pot de fleurs trônant à côté de la porte d'entrée, mais la clé n'était pas à sa place habituelle. Elle sonna à plusieurs reprises, puis tenta d'ouvrir par-derrière, mais sans succès. Par deux fois, elle lança des petits cailloux contre la fenêtre de la chambre de Dixie.

Elle finit par briser une vitre de la cuisine avec une pierre ramassée dans le jardin, et réussit à ouvrir la fenêtre de l'intérieur. *Entrée par effraction.* Tant pis ! Si la police venait, elle expliquerait la situation.

La veilleuse était grillée. Ruby fourragea un moment dans un tiroir et en sortit une lampe qu'elle vissa à la place de l'autre. Une clarté jaune se répandit dans la pièce.

Le réfrigérateur était vide, le freezer aussi. Il lui fallut une minute pour se rendre compte que les deux appareils avaient été débranchés.

Dans les placards, il n'y avait plus rien, à part quelques boîtes de soupe. Le reste, farine, corn-flakes et café, tout avait disparu.

La maison avait été vidée de tout ce qui avait appartenu à Dixie : plus un seul ruban à cheveux, pas même un flacon de talc, rien. Les armoires avaient été mises à nu et les meubles recouverts de housses.

Ruby s'assit sur le canapé tendu d'un drap blanc semblable à un linceul. Pourquoi ce départ précipité ? Et comment Dixie avait-elle pu s'en aller ainsi sans prévenir personne ?

Dixie avait disparu, mais le courant n'avait pas été coupé. Ruby courut au téléphone de la cuisine et le décrocha : il n'y avait pas de tonalité. De là où elle se trouvait, elle apercevait le thermostat placé dans le couloir ; il était réglé au minimum pour que le gel ne fasse pas éclater les canalisations.

Ruby se dit qu'il allait falloir appeler un vitrier pour remplacer le carreau qu'elle avait cassé. Que se passait-il donc ? Où était Dixie ? Elle commença à s'inquiéter pour de bon.

Tremblant de tous ses membres, Ruby rentra chez elle. Elle mit aussitôt une autre bûche dans la cheminée. Puis elle s'assit sur la pierre de l'âtre en attendant que jaillissent les flammes.

Elle avait la tête tellement douloureuse qu'elle ne pouvait réfléchir. Elle prit une douche pour essayer de voir plus clair en elle. Elle avait perdu pratiquement tout le monde – même Calvin, si elle considérait les choses honnêtement. Et maintenant, c'était le tour de Dixie, qui s'était évaporée dans la nature, sans préavis, sans prendre congé de qui que ce fût. Ce qui était bien dans le style du personnage : quand quelque chose ne tourne pas rond, tu tires ta révérence. Dixie détestait se colleter avec les problèmes. Dixie haïssait toute forme de changement. Ruby avait-elle trop négligé son amie ? Pas plus que Dixie ne l'avait négligée elle-même !

En fait, en dépit des efforts qu'elles avaient multipliés pour sauver les apparences, leur amitié avait cessé d'être inconditionnelle depuis la mort de Hugo. Au début, Dixie s'était comportée comme un prisonnier à qui on vient de rendre la liberté, se lançant dans un tas d'entreprises plus ou moins aventureuses ; mais, au bout de quelques semaines, elle était retombée dans la routine d'antan. Dixie ne s'était jamais vraiment remise de la mort de Hugo. Tel était le fond du problème.

Ruby sortit de sous la douche et s'enveloppa dans un peignoir après avoir noué une serviette de toilette autour de ses cheveux.

Un peu plus tard, elle s'asseyait devant une table chargée de jambon, d'œufs et de pain grillé, avec des montagnes de croissants et une impressionnante réserve de café additionné de crème fraîche. Elle savait bien qu'elle mangeait trop, et des choses trop nourrissantes, mais elle paraissait incapable de s'en empêcher. Que me reste-t-il d'autre ? se demandait-elle avec amertume.

De ses doigts effilés, elle tapota le dessus de la table. Il n'était plus question de passer les examens médicaux projetés. De toute façon, il aurait fallu qu'elle prenne rendez-vous et qu'elle reste à jeun. D'ailleurs, la veille, elle se souvenait d'avoir englouti la moitié d'une tarte au fromage.

Non, mieux valait organiser un voyage, et tâcher de savoir ce qu'était devenue Dixie. Quoi qu'elle ait pu penser auparavant, Ruby ne pouvait tout de même pas partir sans s'inquiéter du sort de son amie.

Elle laissa la vaisselle sale dans l'évier, avec d'autres assiettes qui attendaient depuis plusieurs jours d'être mises dans le lave-vaisselle. L'avantage de vivre seule, c'était qu'on pouvait faire ce qu'on voulait, au moment où on en avait envie.

Quand Ruby revint chez elle, vers quatre heures, elle était si contrariée qu'elle se précipita sur l'autre moitié de la tarte au fromage, l'engloutissant en six bouchées. Elle s'affaira dans sa cuisine, en claquant les portes sans ménagement pour donner libre cours à sa mauvaise humeur, furieuse contre Dixie et furieuse contre elle-même.

Une fois dans le salon, elle s'avisa que la seule chose concrète qu'elle eût réalisée avait été de faire remplacer la vitre cassée. A l'agence de voyages, ou ne lui avait rien proposé d'attrayant. Et elle n'avait pas eu plus de succès en essayant de retrouver la trace de Dixie. Au bureau de poste, on lui avait dit qu'aucun ordre de faire suivre le courrier n'avait été notifié et qu'on continuait de le distribuer à la même adresse. Passant ensuite chez Dixie, elle n'avait trouvé dans la boîte aux lettres que des prospectus et des circulaires, ce qui signifiait sans aucun doute que son amie avait informé directement ses éventuels correspondants de sa nouvelle adresse.

En désespoir de cause, elle appela la clinique Mayo et demanda à parler au docteur qui avait opéré Dixie.

« Je suis désolé, déclara Kyle Harvey quand elle lui eut exposé l'objet de son coup de fil, mais il y a des années que je n'ai pas eu de nouvelles de Dixie. Elle est revenue deux fois, comme vous le savez sans doute, pour des examens de contrôle ; mais je ne l'ai pas revue depuis, l'ayant recommandée à un médecin de New York. »

Prise d'un accès de découragement rageur, Ruby attrapa la vaisselle sale et la jeta dans la poubelle. Puis elle se lava les mains et téléphona aux notaires de New York. Dixie ne les avait contactés ni l'un ni l'autre. Silas Ridgely, interrogé à son tour, lui fit la même réponse.

Elle prit une barre de Milky Way et commença à mâchonner nerveusement, puis fondit soudain en larmes. Dans le tréfonds de son subconscient, une sonnette d'alarme venait de retentir :

« Tu te surmènes, Ruby. N'en fais pas trop, tu risques de craquer ! »

Surmenée ou non, il y avait pourtant encore une chose qu'elle voulait faire. Une chose qu'elle aurait dû tenter plusieurs semaines plus tôt, mais le courage lui avait manqué.

Les épaules raides, les mâchoires serrées, elle décrocha le téléphone et composa le numéro du bureau politique de Calvin Santos, à Washington D.C.

« Ici le Bureau ovale de la Maison Blanche, annonça-t-elle d'une voix autoritaire. Passez-moi le général Santos, je vous prie. »

432

Elle entendit à l'autre bout du fil un conciliabule de gens affolés.

« Le Bureau ovale... il s'agit donc du Président en personne, n'est-ce pas ? » couina une voix de fausset.

Bonne chance, Calvin. Comment peut-on être battu quand on est secondé par des gens de cette envergure ?

« Ici le général Santos, déclara Calvin d'un ton empressé.

— Désolée de te décevoir, Calvin, ce n'est que Ruby.

— Oh !

— C'est ça. Oh !

— Eh bien, je...

— Souviens-toi que tu es censé parler au Président. Je vais te poser quelques questions, et il faut que tu répondes par oui ou par non.

— Mais, parfaitement, monsieur le Président.

— Je t'ai envoyé plus de douze lettres, et tu ne m'as jamais répondu. Alors, tu vas m'écrire, oui ou non ?

— C'est que j'ai eu beaucoup de travail, monsieur le Président.

— Calvin, installe-toi dans une autre pièce, là ou personne ne pourra t'entendre. Moi, je ne quitte pas avant que tu aies répondu à ma question. Et ne t'avise pas de me raccrocher au nez, parce que si tu me fais ce coup-là je te jure que je fais une descente dans tes bureaux.

— Ce n'est pas possible. Il n'y a pas d'autre local que celui-ci. »

Le volume de sa voix baissa soudain au point que Ruby dut tendre l'oreille pour l'entendre.

« Tout le monde sera parti dans une demi-heure. Tu n'auras qu'à me rappeler à ce moment-là.

— Calvin.

— Oui ?

— Si j'avais dit à ta secrétaire qui j'étais en réalité, aurais-tu répondu à mon appel ?

— Je n'aurais pas pu, monsieur le Président. Pas à cette heure-ci. J'avais prévu de rester ici encore une heure, monsieur le Président. »

Les épaules de Ruby s'affaissèrent.

« Au revoir, Calvin. »

La petite voix intérieure avec laquelle elle avait déjà souvent discuté revint à la charge.

Tu en as fait assez comme ça, Ruby, et tu sais très bien que si tu le rappelles il ne te répondra pas.

Si je le rappelle.

Oh, tu le rappelleras. Tu as besoin qu'on te mette les points sur les i. La vérité a beau faire mal, il n'y a que les imbéciles pour vouloir l'ignorer. Ton seul problème, c'est que tu refuses d'admettre que tu as commis une erreur en te rabibochant avec Calvin. Au début, tu as eu des doutes, que tu t'es d'ailleurs empressée de dissiper. Tu savais pourtant bien que Calvin n'était pas l'homme que tu aurais voulu qu'il soit. Il est faible, il ment, il est égoïste et sournois. Il a trompé sa femme et tu l'y as encouragé. Allons, Ruby, un peu de clairvoyance et souviens-toi qu'il n'a jamais été là quand tu as eu besoin de lui, alors que, toi, tu étais toujours prête à l'aider à se relever et à le consoler de ses déboires. Sans toi, il n'aurait jamais pu se présenter au Sénat, mais maintenant il est tout disposé à te renier parce que c'est son intérêt qui l'exige. Il va donc t'ignorer par égoïsme et par lâcheté. »

Mais Ruby n'allait pas se contenter de ne voir qu'un seul aspect des choses.

« Je ne suis pas irréprochable non plus, murmura-t-elle. Si Calvin est sournois, et s'il a trompé sa femme, c'est aussi ma faute. Je suis tout aussi coupable que lui. »

Un jour, Andrew lui avait dit :

« Tu n'es pas Dieu, Ruby, tu n'es même pas une sainte, alors n'essaie pas de rejeter le blâme sur les autres quand c'est toi qui as tout gâché! »

Elle ne se rappelait pas à quelle occasion il lui avait tenu ce genre de propos, mais il y avait là tout de même un fond de vérité. Elle prenait les choses en main, donnait des ordres comme un général et restait toujours persuadée qu'elle était la seule à détenir la vérité. Et si Calvin, ou les autres, ne se conformaient pas à ses directives, c'était eux qu'elle blâmait, jamais elle-même.

Tel était le message qu'Andrew avait tenté de faire passer.

Les larmes ruisselaient sur son visage tandis qu'elle écoutait la sonnerie du téléphone retentir à Washington. Elle laissa sonner vingt-six fois avant de se décider enfin à raccrocher.

Jamais encore Ruby n'avait eu autant conscience de sa solitude. Toutes ses réserves étant épuisées, elle n'avait plus rien sur quoi elle pût compter.

Elle sanglota, le visage enfoui dans ses bras.

Elle pleurait sur le passé, sur le présent et sur tous les lendemains encore à venir.

26

6 novembre 1984. La date est entourée de rouge sur le calendrier de Ruby.

Ce n'est que poussée par une curiosité morbide qu'elle reste devant son poste de télévision pour regarder les résultats des élections. Demain, elle va subir ce fameux examen médical qu'elle aurait dû passer il y a près d'un an. Ensuite, elle va personnellement, avec un gros marteau, planter devant la porte du jardin l'écriteau annonçant que sa maison est à vendre.

Il y a plusieurs mois déjà qu'elle a décidé de renoncer à ce pèlerinage à St. Andrew, ainsi qu'aux autres voyages qu'elle avait projetés. Elle se sentait trop fatiguée, et finalement plus rien ne paraissait avoir désormais la moindre importance à ses yeux. La seule chose à laquelle elle tenait vraiment, c'était d'arriver à Barstow en même temps que l'entreprise de pompes funèbres qui allait ramener les corps de ses parents dans la ville où ils étaient nés et où ils s'étaient mariés.

Ensuite, Ruby partira au hasard, au volant de sa voiture, et là où elle tombera en panne d'essence, elle élira domicile. Dans cinquante-trois heures, approximativement, elle sera partie de chez elle, comme Dixie l'a fait avant elle.

A la simple évocation de ce souvenir, elle sent les larmes lui monter aux yeux. Elle ne sait pas de quoi elle souffre le plus, de la perte de son amie ou de la trahison de Calvin. Quant à la façon dont Martha l'a laissée choir, elle ne s'en est pas encore remise non plus.

Pour l'instant, sa seule préoccupation, c'est de se maintenir en vie. En s'installant ailleurs, ce qu'elle cherche surtout, c'est un moyen de survie. Il y a déjà beaucoup trop longtemps qu'elle reste sur une corde raide au-dessus du précipice.

Elle a fini son bol de pop-corns. Le présentateur annonce que Calvin Santos, candidat démocrate au Sénat des États-Unis, vient de l'emporter sur ses adversaires.

« Bravo, Calvin », murmure-t-elle en éteignant son poste.

Les yeux brillants de larmes, Ruby monta dans sa chambre et fit ses bagages de façon méthodique : deux énormes valises et un long sac pour les vêtements. Elle fut surprise de constater qu'elle avait finalement bien peu de choses en sa possession. Andy était passé la voir dans le courant de la journée et il n'avait pu cacher sa tristesse quand elle l'avait mis au courant de ses intentions, l'invitant à prendre dans la maison tout ce qui pouvait lui faire plaisir. Le reste, elle le donnerait à l'Armée du Salut.

S'efforçant de lui parler d'un ton maternel et enjoué à la fois, elle lui avait promis qu'il serait la première personne qu'elle appellerait dès qu'elle aurait trouvé un endroit où planter sa tente.

« Tu as discuté de tout ça avec papa ?

— Pendant des heures. Tu sais ce qu'il m'a dit ? »

Andy ayant secoué négativement la tête, elle enchaîna :

« Il m'a dit : Si tu en as envie, ne te prive surtout pas. Tu as déjà suffisamment donné à tout le monde, Ruby, et tu ne dois rien à personne. Mets la clé sous la porte et va au gré de ta fantaisie. Pour une fois, ne tiens compte que de tes propres désirs. »

A ce moment précis, elle éclata d'un rire joyeux qui surprit Andy autant qu'elle-même.

« Il m'a tout de même demandé de dire à mes comptables de continuer à lui verser ses mensualités comme par le passé !

— Et Marty, tu l'as prévenue ?

— Bien sûr. Elle s'est indignée à l'idée que j'allais vendre la vieille maison familiale. Elle m'a aussi débité un tas de bobards que j'ai l'intention d'oublier le plus vite possible, dit Ruby d'une voix étranglée.

— Elle finira par s'amadouer, un jour ou l'autre, tu verras.

— Elle m'a trahie, Andy, au moment où j'avais le plus besoin du soutien de tous, mais cela n'a plus d'importance. Ton père a raison : elle est aussi têtue que moi. Qui sait, après tout, peut-être qu'un jour ou l'autre rien de tout cela n'aura plus la moindre importance.

— Et les affaires ?

— Ça marche comme sur des roulettes. Ma secrétaire m'a dit le mois dernier que ma présence la gênait dans son travail. D'après elle, je ne fais que mettre la pagaille.

— Et tante Dixie ? »

Ruby haussa les épaules.

« Elle n'est pas du tout celle que je m'étais imaginée. Ce n'est pas plus difficile que ça.

— Vous étiez pourtant comme deux sœurs... Ah, les femmes ! »

Ils s'étaient dit au revoir, et au prix d'un gros effort avaient réussi, l'un comme l'autre, à ne pas pleurer. Ruby regarda s'éloigner la jeep de son fils jusqu'au moment où celle-ci disparut à sa vue.

Le lendemain matin, elle arrivait à la clinique privée dirigée par Nick Palomo pour y subir des examens qui allaient durer sept heures.

« Vous me faites la totale, même si on doit y passer la journée, lança-t-elle. Oui, je suis à jeun, naturellement ! »

Une fois sortie de la clinique, elle reprit sa voiture pour aller se garer un moment devant chez Dixie. Mais elle n'arrêta pas le moteur. Elle resta cinq bonnes minutes à regarder la maison, puis repartit.

Rentrée chez elle, elle enfonça en terre, devant la maison, le poteau portant la pancarte À VENDRE, tout en espérant qu'Andy ne serait pas submergé par les propositions d'acheteurs éventuels. Elle réalisa alors que le quartier s'était bien amélioré depuis qu'elle s'y était installée, mais qu'en fait elle n'y connaissait plus personne. De temps en temps, elle adressait à ses voisins immédiats un salut ou un petit signe de la main, mais elle aurait été bien incapable de mettre un nom sur un seul de ces visages.

Après un dîner rapide, elle tria les papiers dont elle pensait avoir besoin dans ses pérégrinations. Les autres, elle les empila dans d'énormes cartons qu'Andy viendrait chercher après son départ pour les entreposer dans son propre grenier.

Dans la poche à glissière de son sac, elle enfouit son carnet de chèques et une épaisse liasse de travellers. Ses cartes de crédit étaient à leur place dans les compartiments qui leur étaient réservés. Avec le liquide qu'elle emportait en plus, elle avait sans doute suffisamment pour vivre dans le luxe le reste de son existence.

A neuf heures et demie, Ruby monta se coucher, et elle dormit d'une traite toute la nuit. C'était la première fois que ça lui arrivait depuis plus de cinq ans.

Comme il n'y avait plus rien à manger dans la maison, elle prit son petit déjeuner dans une cafétéria et s'attarda un moment à discuter avec le patron. Puis elle se promena dans le centre commercial, où elle fit du lèche-vitrine pendant près de deux heures ; elle s'acheta deux livres, l'un de Helen MacInnes et l'autre de William Goldman. Elle déambula dans un magasin à prix unique, s'émerveillant de la variété des bijoux bon marché d'où émanait une odeur de pop-corn brûlé.

Elle tua ensuite une heure de plus en dégustant un hot-dog italien et un milk-shake. En rentrant chez elle par le chemin des écoliers au lieu de prendre la voie rapide, il ne lui resterait plus qu'une heure à attendre pour avoir les résultats de ses analyses. Elle en profiterait pour lire l'un des deux livres qu'elle avait achetés.

Il était près de quatre heures quand elle décrocha le téléphone. Elle parla de choses et d'autres pendant quelques minutes avec Nick, puis il changea soudain de ton pour déclarer :

« J'aimerais que vous vous asseyiez, maintenant, Mrs. Blue. »

Ruby obéit, le cœur battant. Si elle s'était sentie si mal, dernièrement, ce n'était donc pas sans raison. Il y avait autre chose qu'une simple histoire de nervosité ou d'émotivité exagérée.

Elle inspira un grand coup et garda son souffle un long moment pendant que l'ami de son fils lui exposait la situation.

Impressionnée par la gravité du propos, elle se demanda si on n'allait pas lui annoncer qu'une opération s'imposait de toute urgence ou que ses jours étaient comptés.

« Pour commencer, Mrs. Blue, votre tension sanguine est très élevée. Je vous envoie une ordonnance en vous demandant de suivre les instructions à la lettre. En outre, vous pesez trente livres de trop. Il faut absolument maigrir. Ensuite, les urologues qui vous ont fait les analyses des reins et de la vessie affirment que vous souffrez d'une lésion rénale depuis très longtemps sans avoir bénéficié du moindre traitement. Le médicament qu'il vous faut va également vous être adressé. Enfin, j'ai noté un début d'ulcère. Un régime alimentaire est donc tout indiqué, accompagné d'un traitement médical. Tout cela constitue ce que j'appellerai volontiers les bonnes nouvelles. »

Ruby leva les yeux au plafond ; elle inspira de nouveau à fond pour se calmer les nerfs. Comment allait-elle réagir à ce qu'elle entendrait maintenant ?

« La mauvaise nouvelle provient des résultats de votre analyse de sang... Écoutez-moi, Mrs. Blue. Vous courez un risque majeur et imminent d'infarctus du myocarde, ou d'embolie cérébrale ou vasculaire. Vous savez ce que c'est que le cholestérol, n'est-ce pas ?

— Plus ou moins, chuchota Ruby dont les yeux papillotaient à un tel point qu'elle n'y voyait pratiquement plus rien.

— Eh bien, vous en avez un taux tellement élevé que je me demande comment vous arrivez encore à mettre un pied devant l'autre. Avec les médicaments, je vous envoie quelques brochures médicales que je vous conseille vivement de lire. Votre HDL tout comme votre LDL doivent être l'objet d'une surveillance constante ainsi que votre taux de triglycérides, d'ailleurs. Vous savez de quoi il s'agit ? »

Ruby secoua la tête, puis se rendit compte que Nick ne pouvait pas voir ses mimiques.

« Non, répondit-elle alors.

— Dès ce soir, si vous lisez les documents que je vous ferai remettre, vous saurez tout. Vous êtes une femme raisonnable, Mrs. Blue, et vous prendrez au sérieux les recommandations qui vous seront faites. Je vous ai établi un régime alimentaire tout à fait adapté à votre cas, et je veux que vous vous y conformiez à la lettre. Et surtout, il faut que vous fassiez de l'exercice.

— Attendez une seconde, Nick. J'ai quelqu'un à ma porte. »

Sur des jambes qui la soutenaient à peine, Ruby se dirigea jusqu'à l'entrée où avait sonné le commissionnaire venu de la clinique. Il lui fallut près de cinq minutes pour extraire de son porte-monnaie la somme réclamée et le pourboire qu'elle voulait donner. Puis, tenant le sac entre le pouce et l'index comme s'il avait contenu du poison, elle reprit sa place auprès du téléphone.

« C'était le garçon de courses de la clinique, murmura-t-elle.

— Parfait... Je n'en avais pas terminé, Mrs. Blue.

— Est-ce que je vais mourir, Nick ? » demanda-t-elle d'une voix à peine audible.

Il y eut un silence à l'autre bout du fil.

« Il y a toujours cette possibilité, Mrs. Blue. En fait, tout dépend de vous. Vous ne pourrez pas tricher, Mrs. Blue. Vous n'en avez pas les moyens. Naturellement, si vous avez besoin de quelque chose, n'hésitez pas à me demander.

— D'accord. Surtout, ne dites rien de tout ça à Andy.

— Non, bien sûr. Êtes-vous seule, Mrs. Blue ? Voulez-vous que je passe vous voir ?

« — Je crois bien que j'ai été seule toute ma vie, Nick, répondit Ruby avec tristesse. Non, ce n'est pas la peine de venir. Je ferai ce que vous dites. Merci, Nick. »

Ruby fixa longuement le calendrier accroché au mur. Sans trop savoir pourquoi, elle trouva qu'il avait un aspect menaçant. Les dates, les nombres. Elle touchait à l'hiver de sa vie. Elle eut envie de pleurer.

La mort. Mourir. Tout le monde en passait par là. Quand on est trop vieux, on meurt. Combien de temps me reste-t-il à vivre ? Est-ce que je vais tomber tout d'un coup, ou est-ce que la mort me prendra dans mon sommeil ? Faudra-t-il que je lutte pour respirer ? Mon visage deviendra-t-il bleu ?

Le sac envoyé par la clinique pesait très lourd. D'après Nick, il contenait aussi des brochures et des articles de presse. Les flacons de médicaments lui parurent légers, en revanche.

Mourrait-elle si elle allait se chercher un verre d'eau ? Elle avait peur d'accomplir le moindre geste. Aurait-elle l'audace de se lever ? Peut-être valait-il mieux ne pas faire d'efforts ! *Quand tu ne sais pas quoi faire, ne fais rien. Il n'arrivera rien de fâcheux.*

Si je meurs ici, dans la cuisine, combien faudra-t-il de temps pour qu'on me trouve ? Tout le monde croit que je pars demain, et je ne peux même pas appeler Andy pour le prévenir... Il faudrait sans doute des semaines. Et ils seraient obligés de démolir la maison, faute de pouvoir en chasser l'odeur de son corps décomposé.

Ruby frissonna. Agitée de tremblements, les jambes en coton, elle gagna la cuisine à petits pas pour y prendre un verre d'eau qu'elle rapporta avec le sac de médicaments dans le salon. Si elle devait mourir, autant que ce soit dans un fauteuil confortable. En passant devant le poste de télévision, elle le mit en marche. Elle avait besoin d'un fond sonore.

Elle lut les instructions de Nick Palomo avec attention, en s'efforçant désespérément de ne pas faire bouger ses yeux. Il ne fallait pas remuer. Une fois les pilules avalées, elle se blottirait sur son siège pour ne plus jamais le quitter. Jamais.

Une embolie. Elle serait réduite à l'état de légume. Et un infarctus l'emporterait tel un fétu de paille. Sa vie défila devant elle, comme on le dit dans les livres. Elle fit des efforts désespérés pour ne pas pleurer. Elle ne voulait pas pleurer. Dans sa poche, elle n'avait qu'un mouchoir en papier, déjà utilisé.

Elle se demanda qui assisterait à son enterrement. Andrew, naturellement. Et Andy, bien sûr. Mais Marty, se dérangerait-elle ? Dixie ne serait même pas prévenue, pas plus que Calvin.

Malgré ses efforts, les larmes menaçaient de couler à flots. Andrew ferait sûrement bien les choses : un cercueil haut de gamme, une cérémonie à tout casser. Il prononcerait certainement l'éloge funèbre.

« Ne dis pas trop de vacheries, Andrew », geignit-elle.

Et soudain, elle eut un sursaut de révolte : est-ce pour ça que j'ai trimé toute mon existence, pour mourir au moment où j'atteins le sommet ? Oh, mon Dieu, je ne veux pas mourir, songea-t-elle en pleurnichant dans la manche de son pull.

Il ne lui restait qu'une chose à faire : prier. Prier pour ne pas mourir ou prier pour vivre ? Elle regretta alors de ne pas avoir la Bible qu'elle avait laissée dans le train trente ans plus tôt. Un rosaire, voilà ce qu'il lui fallait pour prier. Elle n'avait que ses doigts. Cela ira quand même, Ruby. Ne serait-ce que pour réciter un acte de contrition, si tu te souviens des paroles.

Sa voix fut d'abord faible et grêle quand elle commença à prier, mais elle prit de la force à chaque « Je vous salue Marie ». Elle s'assoupit légèrement au cours de la quatrième dizaine, entre le quatrième et le cinquième « Je vous salue Marie ».

Elle s'arracha à son demi-sommeil quelques instants plus tard, crut-elle, et promena des yeux hagards dans le salon. Le téléviseur était toujours allumé et le jour s'était levé. Elle était encore vivante ! Elle avait réussi à passer la nuit sans encombre : cela devait vouloir dire quelque chose. Peut-être disposait-elle de suffisamment de temps pour réparer les dégâts qu'elle avait infligés à sa personne.

Elle finit son chapelet, récita l'acte de contrition, se signa, et parvint à s'extraire de son fauteuil. Puis elle leva les yeux au ciel.

« Je n'ai rien demandé. J'ai seulement prié. Je prendrai ce qui viendra, c'est tout. Si Tu as le temps, veille sur moi, d'accord ? La nuit dernière... hier soir, il fallait que je fasse vraiment table rase. J'avais besoin de voir clair en moi. Je crois que j'ai quand même un peu paniqué. Mais maintenant, je suis prête à accepter ce qui viendra, quoi que ce soit... »

Ruby se doucha et mit les vêtements qu'elle avait étalés sur le canapé l'après-midi précédent. Elle se prépara une tasse de thé uniquement pour avoir quelque chose à faire et, tout en sirotant le breuvage brûlant, elle relut les instructions de Nick Palomo avec une attention encore plus grande, pendant plus d'une heure. Quand tous les renseignements furent enfin gravés dans son esprit, elle replia les papiers et les fourra dans son sac à main.

« Je vais réussir à m'en sortir », murmura-t-elle en faisant descendre les pilules avec un grand verre d'eau.

Dès qu'elle serait arrivée à Barstow, elle irait à la bibliothèque pour photocopier tous les articles jamais écrits sur l'hypertension, le cholestérol et toutes ces choses auxquelles elle ne connaissait rien. Elle laissa un sourire étirer ses lèvres tandis qu'elle regardait les trois flacons de pilules. La veille, elle n'avait pas remarqué que l'un d'entre eux portait l'étiquette « œstrogène ».

« Enfin quoi, s'insurgea-t-elle, je suis encore vivante, que je sache ! Eh bien, je vais faire l'impossible pour le rester. »

C'est à Rumsom, dans le New Jersey, que Ruby laissa l'automne de sa vie derrière elle. Elle ne voulait plus entendre parler de la menace qui pesait sur elle. L'hiver de son existence lui appartenait. Elle était libre d'en faire ce que bon lui semblait. Le moment était venu de jeter quelques regards en arrière, mais elle avait aussi la possibilité de choisir de nouvelles options, si elle en avait envie. En s'accommodant des divers impératifs dictés par cette vie qui ne tarderait plus à s'achever. Bref, un nouveau commencement, ou un renouveau. La dernière saison de son existence.

En s'éloignant de sa maison de Ribbonmaker Lane, elle ne se retourna pas une seule fois.

QUATRIÈME PARTIE

L'HIVER

Lords Valley, Pennsylvanie

C'était un bureau miteux, poussiéreux et vétuste, dont les murs couleur moutarde étaient parsemés ici et là d'estampes délavées, accrochées de guingois, sur un papier peint galeux, décollé dans les coins. L'écriteau apposé sur la porte annonçait que le local était occupé par Angus Webster, agent immobilier.

Angus Webster avait l'aspect d'un vieil homme. En le voyant, le seul qualificatif qui surgit à l'esprit de Ruby fut « parcheminé ». Des yeux bleu pâle se cachaient derrière des lunettes aux verres troubles. C'était un homme menu, dont les joues se gonflaient spasmodiquement quand il parlait, un peu à la manière d'un écureuil qui grignote des noisettes. Il portait une casquette de base-ball qui le proclamait ardent supporter de l'équipe de Colombus. Elle dissimulait imparfaitement une tignasse filandreuse et blanche comme ses sourcils, dont l'un semblait plus tombant que l'autre. Une dent en or scintillait entre ses lèvres chaque fois qu'il ouvrait la bouche pour parler.

« Nous sommes loin des sentiers battus, ici, dans Lords Valley. Ça m'intéresserait fort de savoir comment vous avez fait pour arriver jusque-là », énonça-t-il d'une voix rocailleuse. Ruby se renversa contre le dossier de sa chaise branlante.

« Dois-je comprendre que vous ne traitez guère d'affaires avec les gens venus de l'extérieur ?

— Exactement, marmonna-t-il. D'ailleurs, je n'ai pas grand-chose à vous offrir – à part une ou deux possibilités, éventuellement.

— J'aimerais les voir... tout de suite, si ce n'est pas abuser de votre temps. »

Angus hocha la tête, faisant tressauter sa casquette de base-ball sur son front. Sur la visière encrassée par la sueur était collée une minuscule feuille d'arbre qui devait être là depuis fort longtemps.

« Vous ne m'avez pas dit comment vous aviez trouvé Lords Valley », insista-t-il.

Il se leva de sa chaise avec effort, en la faisant craquer de manière inquiétante. A moins que le grincement ne provînt des articulations d'Angus Webster lui-même.

« J'ai eu des problèmes de voiture. C'est le garagiste de la station Mobil, non loin d'ici, qui a réparé la courroie de mon ventilateur.

— Vous avez là une limousine de star, Mrs. Blue. Chez nous, vous n'en verrez jamais de pareilles. Nous sommes des gens simples. Nous, nous avons des quatre-quatre. Ce qu'il vous faudra, c'est une automobile tout terrain. »

Ruby hocha la tête, reprit son sac et s'installa au volant de sa voiture. Elle attendit cinq bonnes minutes que Webster parvienne à faire démarrer son véhicule. Elle remarqua que sa torpédo était pourvue d'un marchepied.

Le trajet jusqu'à la première « affaire », une maison dont il n'était pas vraiment certain qu'elle fût effectivement à vendre, dura une demi-heure : un parcours accidenté, avec des montées et des descentes abruptes et des virages en épingle à cheveux. Un moment, il fallut même quitter la route pour couper à travers champs – sans doute pour prendre un raccourci.

Ruby suivait son guide, sautant et bondissant sur le siège. A deux reprises, sa tête cogna contre le pare-soleil au moment où elle franchissait des ornières assez profondes pour y enterrer un ours.

Quand l'antique véhicule s'immobilisa soudain, Ruby dut freiner à mort pour ne pas l'emboutir, Mr. Webster n'ayant pas jugé utile de prévenir qu'il s'arrêtait...

« C'est là », lança l'agent immobilier.

Le cœur battant, Ruby regarda alentour.

« Un régal pour un bricoleur, caqueta Webster.

— En effet, convint Ruby. Et si nous allions voir l'autre ?

— L'autre ? Quelle autre ?

— Vous m'avez bien dit que vous en aviez deux à me montrer, non ?

— Ah, non ! Ce que j'ai dit, rectifia Webster en agitant l'index, c'est que j'en aurais peut-être une ou deux, mais finalement il n'y a que celle-ci. Pour l'autre, l'acte de propriété n'a jamais été clairement établi, et il ne le sera sûrement jamais, de mon vivant du moins. Bref, c'est celle-ci ou rien. Remarquez qu'il y a un sacré terrain : quarante hectares, et il n'y a pas beaucoup d'impôts. La fosse septique est derrière, et il y a un étang très poissonneux. Les cerfs viennent se promener jusque-là. »

Ruby écarquilla les yeux : la demeure ressemblait à un manoir de l'époque coloniale qui n'avait jamais dû bénéficier des moindres travaux d'entretien depuis sa construction.

« Mais il y a un trou dans la toiture », bredouilla-t-elle.

Webster émit un petit ricanement méprisant.

« Si on va par là, il y en a un aussi sur l'arrière, qui est encore plus grand. Quant au plancher de la terrasse, il est complètement pourri, sur le devant comme sur l'arrière. Je vous ai bien dit que c'est un truc pour bricoleur. Le prix a été fixé en conséquence. »

Durant sa période de splendeur, la demeure avait dû être très belle, avec la galerie qui en faisait le tour et les hautes fenêtres montant du sol au plafond. Au-dessus de la porte d'entrée, en chêne massif selon Webster, s'ouvrait un vasistas en forme d'éventail garni de vitraux.

« Sept cheminées, toutes équipées de manteaux en chêne massif. L'escalier a besoin d'être revu, mais c'est du chêne aussi. Le chêne, ça coûte une fortune de nos jours. Le prix demandé est tout à fait intéressant, marmonna-t-il.

— Qui c'est, le propriétaire ?

— Des gens du coin, répondit laconiquement Webster.

— Pourquoi vendent-ils ? Depuis combien de temps est-elle à vendre ? »

Il haussa les épaules.

« Peut-être cinq ans, peut-être un peu plus.

— Je n'ai pas besoin de quarante hectares. Il n'y a que des bois et des collines.

— Ça va avec la maison. Et le prix est intéressant.

— Il faudra compter deux fois le prix de la maison pour la remettre en état... Cela ne veut pas dire que j'envisage de l'acheter, s'empressa de préciser Ruby.

— Il y a une grange, un poulailler, une remise à outils et des abreuvoirs.

— Mais je n'ai pas besoin de tout ça, protesta Ruby d'une voix mal assurée. Vous êtes certain de n'avoir rien d'autre à me proposer ?

— Absolument. Vous voulez voir l'intérieur ?

— Bah, puisque j'ai fait le déplacement jusqu'ici, pourquoi pas ?

— Il y a seize pièces.

— Seize ! » Ruby s'étrangla.

« Sans compter l'arrière-cuisine, le garage, la cave et le grenier.

— Et pour le chauffage ? demanda Ruby uniquement afin d'entendre le son de sa voix.

— Y en a pas, du moins pas de chauffage central. Des poêles Franklin. Et ça chauffe rudement bien, surtout que les cheminées tirent à la perfection... Vous marchez là où je marche, sinon vous risquez de passer à travers le plancher. »

Mais c'est complètement dingue, cette histoire ! se dit Ruby. Je ne vais quand même pas acheter ce taudis, Andy ne me le pardonnerait jamais. Maintenant, je ne risque rien à y jeter un coup d'œil...

Les pièces étaient hautes de plafond, environ quatre mètres, et les murs tachés d'humidité. Des lustres rouillés pendaient, menaçant de s'abattre sur la tête des visiteurs.

Les salles de bains ne manquaient pas d'originalité, ne fût-ce que par leurs dimensions, plus imposantes que son salon de Ribbonmaker Lane.

En pénétrant dans la pièce que Webster présentait comme la chambre des maîtres, Ruby ferma les yeux pour essayer d'imaginer des bûches flambant dans la cheminée seigneuriale. Un lit à colonnes trônait, majestueux, recouvert d'un édredon piqué, flanqué d'une coiffeuse et de descentes de lit posées sur un parquet en chêne, tandis que, dans un coin, une chaise à bascule rembourrée de coussins rouges semblait lui adresser une invitation tacite. Tout à fait le genre de chambre qu'elle s'était promis d'avoir un jour.

Non. Pas question. Je ne vais quand même pas acheter cette horreur.
« Je veux voir la cuisine », décréta alors Ruby.

Ils s'engagèrent dans le long escalier. Elle aima beaucoup la rampe sculptée et le pilastre qui se dressait au bas des marches.

« Elle ne vous plaira pas. Y a trop de travail à y faire. »

Il a raison, se dit Ruby avec effarement en s'avançant sur le linoléum crevassé. Le fourneau était immonde, et l'évier un cauchemar. Les étagères alignées sur les murs ne tenaient plus que par miracle et offraient un spectacle désolant.

« C'est quoi, ça ? demanda Ruby en montrant des tuyaux rouillés surmontant l'évier.

— Une pompe. L'eau provient d'un puits. Il faut l'amorcer avant l'utilisation.

— Oh, mon Dieu ! » murmura Ruby.

Elle ferma de nouveau les yeux et imagina une cuisine comme en présentaient les catalogues actuels. Une fenêtre en saillie, avec un siège au pied. Elle mettrait un fauteuil à bascule près de la cheminée et un panier plein de bûches dans l'âtre gigantesque. La pierre de taille, on ne faisait rien de mieux.

Il faudrait être fou pour acheter un tel trou à rats.

Elle poussa un cri en percevant un mouvement juste à la limite de son champ visuel.

« Oh, ce n'est qu'une simple souris, la rassura Webster. Un ou deux chats vous en débarrasseraient en un clin d'œil.

— Le plancher est pourri, gémit Ruby.

— Ouais, et les fenêtres aussi. »

Rien ne pourrait jamais l'inciter à se rendre acquéreur d'une telle monstruosité. Absolument rien. Andy la ferait enfermer chez les fous.

« Vous voulez voir le verger ?

— Non.

— Il y a des pêchers, des pommiers et quelques poiriers.

— Moi, ce que j'aime, c'est les pruniers. Ceux qui donnent des prunes vertes et sucrées.

— Y en a peut-être un ou deux. Je ne peux pas le dire avec certitude... Vous voulez voir les dépendances ?

— Bah, tant qu'on y est. »

Elle aurait pu s'en dispenser. La grange n'avait plus que le toit et les murs. Il subsistait toutefois des traces de stalles pour les chevaux. Le garage n'avait pas de toit, mais il restait deux côtés à peu près intacts et une partie du troisième. La porte tenait on ne savait comment ; Ruby était sûre qu'une simple poussée la ferait tomber.

Le poulailler paraissait encore intact, pour une raison mystérieuse, mais il offrait le même spectacle désolant que le reste.

« De toute façon, je n'ai pas besoin de quarante hectares, lança de nouveau Ruby d'un air obstiné. Où est la pièce d'eau ?

— Par ici, Mrs. Blue, dit Webster en montrant un point dans le lointain. Elle est alimentée par une source naturelle. Vous pouvez vous y baigner. Mais vous n'avez pas les chaussures adéquates pour aller jusque là-bas.

– Il y a des charpentiers dans le secteur ? Des gens qui peuvent se charger de ce genre de restauration ? demanda-t-elle par simple curiosité.

– Les frères Semolina. Ils travaillent comme des dieux. De véritables artistes. De nos jours, les gens comme ça sont de plus en plus rares. »

Il prit un air profondément dégoûté pour ajouter :

« Et eux, au moins, ils ne s'affublent pas de casques de chantier jaune canari.

– S'ils travaillent si bien que ça, ils doivent être très demandés. »

Elle était complètement folle ! A quoi rimait cette conversation puisqu'elle n'avait aucune intention d'acheter une telle abomination ?

« Ils prennent leur temps. Pour les jeunes, il faudrait que tout soit fini avant d'être commencé. Avec les frères Semolina, il faut savoir être patient.

– Mais je n'ai pas besoin de quarante hectares, dit-elle alors pour la cinquième fois – à moins que ce fût seulement la quatrième, elle ne savait plus au juste.

– Je sais. Cinquante mille dollars.

– Non.

– Quarante-cinq.

– Vingt-cinq. Attendez, je n'ai pas dit que je voulais l'acheter. Cette baraque, il faudrait la raser pour la refaire entièrement.

– Avec les frères Semolina, tout sera remis en état impeccablement. Vous en avez envie de cette maison, n'est-ce pas ? »

Ruby voulait dire non. Elle voulait dire non, mais finalement elle déclara :

« Je la prends, mais seulement avec dix hectares. »

On allait l'enfermer entre quatre murs, et jeter la clé au loin pour ne plus jamais l'en faire sortir. Et pourtant, elle éprouvait une incroyable sensation de légèreté.

« A condition, précisa-t-elle, que les frères Semolina me la remettent en état et que la cuisine vienne de chez Sears-Roebuck.

– Ça ne va pas leur plaire que Sears-Roebuck fasse leur travail. »

Webster émit un jet de salive qui atterrit à un mètre. Il se pencha en avant pour voir s'il avait atteint sa cible puis, satisfait du résultat, grimpa à bord de son véhicule.

« Montez avec moi. Il fera plus chaud à l'intérieur pour discuter.

La tête de Ruby se mit à bourdonner pendant qu'elle tentait de se rappeler combien d'argent liquide il lui restait encore.

« Alors, quelle est votre offre ?

– Mon offre ?

– Oui, jusqu'à combien voulez-vous que je descende ? »

Ruby avança un chiffre qui était de quinze mille dollars inférieur au prix demandé.

« D'accord. »

Webster griffonna quelques mots au crayon sur un morceau de papier tout chiffonné. Le crayon avait à peine cinq centimètres de long et la gomme, à l'autre bout, était usée jusqu'au métal.

« On n'établit pas un contrat ? Je n'ai rien à signer ?

— Pas besoin. Je suis un homme de parole, et vous m'avez l'air d'une personne en qui on peut avoir confiance. Nous pouvons faire affaire ensemble. Je l'ai vu tout de suite quand vous avez fermé les yeux dans la chambre au premier étage. C'était la chambre de ma mère.

— C'est vous, le propriétaire ? demanda Ruby avec surprise.

— Ouais. Moi et mon frère, mais lui est complètement gâteux, alors c'est moi qui m'occupe de tout.

— J'ai besoin d'emménager tout de suite. Je peux vous payer un loyer en attendant la signature de l'acte.

— Pas la peine. On signera dès que nous arriverons au bureau. Moi je vends, et vous vous achetez. Ce n'est pas plus compliqué que ça. Demain, vous aurez l'acte de propriété. Comment comptiez-vous me régler, Mrs. Blue ?

— Comptant et en liquide.

— Voilà une bien agréable manière de traiter des affaires. J'accepte.

— Et les frères Semolina, ils peuvent commencer quand ? »

Tout allait beaucoup trop vite pour elle. Jamais encore elle n'avait conclu une affaire de manière aussi démentielle. Pourtant, aucun signal d'alarme ne retentissait dans sa tête, c'était donc qu'il n'y avait pas de piège. Mais elle n'annoncerait la nouvelle à personne tant que l'acte de vente ne serait pas signé officiellement.

Elle avait l'impression de se lancer dans une aventure. C'est ainsi qu'elle voyait les choses.

« Les frères Semolina se présenteront chez vous demain matin, à la première heure. Vous pouvez emménager dès aujourd'hui. »

Ruby acquiesça d'un signe de tête. Elle n'avait besoin que de quelques provisions, d'un sac de couchage, et d'une ou deux caisses de produits d'entretien.

« S'il faut que je revienne ici ce soir, j'aimerais autant que vous me fassiez un plan. Sinon, je vais être incapable de retrouver mon chemin. »

Webster cracha par la vitre de son véhicule vers une cible invisible.

« Pas besoin. Vous tournez deux fois à gauche, vous montez la côte, une fois à droite, une autre fois à gauche, et vous y êtes.

— Et le champ ?

— C'est le dernier virage à gauche. Vous ne pouvez pas le manquer, il faudrait être aveugle. »

Elle le manqua pourtant, et il était plus de six heures quand elle parvint enfin à sa nouvelle maison d'Orchard Circle. Il n'y avait pas la moindre habitation à cinq kilomètres à la ronde.

Elle resta longtemps dans sa voiture, laissant tourner le moteur pour avoir du chauffage. Une fois dans la maison, il lui faudrait trouver du bois et le monter dans la chambre du haut, si elle voulait dormir à l'étage. A moins d'allumer le feu dans la cuisine pour dormir à même le sol, dans son sac de couchage neuf.

Elle garda son manteau pour préparer les bûches. Dès que les premières flammes jaillirent, irradiant un peu de chaleur alentour, elle l'enleva pour chercher quelque chose à manger dans ses sacs à provisions. Elle mastiqua deux pommes, puis une orange, et se fit chauffer une infusion qu'elle avait prise à la pharmacie et qui lui tint lieu de café. Elle avait tellement faim qu'elle faillit en pleurer ; mais elle s'imagina allongée dans un cercueil, et la frayeur lui permit de tenir. Elle mangea quand même une autre pomme.

Dans son vaste sac de voyage, elle avait mis tous ses livres sur les problèmes cardio-vasculaires. Elle savait qu'elle devait se nourrir surtout de poisson, de haricots et de brocolis. Le seul plat sucré autorisé était le gâteau de Savoie. Elle était décidée à observer strictement le régime que Nick lui avait prescrit, sachant que c'était pour elle une question de vie ou de mort. La seule chose qu'elle n'avait pas respectée jusqu'alors était la nécessité de prendre de l'exercice, mais ce n'était que partie remise. Elle allait monter et redescendre plusieurs fois l'escalier, pour commencer ; et demain, après l'arrivée des frères Semolina, elle ferait une grande promenade sur son terrain de dix hectares. S'ils arrivaient à remettre en état le vieux fourneau, en attendant qu'elle s'en procure un neuf, elle pourrait sans doute refaire un peu de cuisine.

Une aventure ! Andy va sûrement piquer une crise, se dit-elle en commençant ses allers et retours dans l'escalier. Au bout de dix minutes, elle se réfugia dans son duvet. Elle pensa aux souris juste au moment où elle s'endormait, mais les lampes de poche qu'elle avait disposées sur le sol les effraieraient sans doute. Pour l'instant, son unique préoccupation était son état de santé, et elle était heureuse d'avoir suivi les prescriptions du docteur pendant trois jours entiers. Elle trouvait déjà qu'elle allait mieux. Simple effet de l'autosuggestion, sans doute, mais elle s'en satisfaisait amplement pour l'instant.

Elle dormit d'un sommeil profond et sans rêve auquel elle fut arrachée à sept heures par de violents coups frappés à la porte d'entrée.

Les frères Semolina n'étaient pas disposés à y mettre les formes, si tôt le matin. A bout de patience, ils finirent par ouvrir la porte et par entrer d'autorité, pour se présenter ensuite à la nouvelle propriétaire des lieux. Laquelle les regarda bouche bée : ils étaient aussi âgés qu'Angus Webster, sinon plus.

« Moi c'est Dick, et lui c'est Mick, mon frère. Dites-nous ce que vous voulez qu'on fasse. »

Ruby leur exposa son problème, et ils opinèrent du bonnet sans soulever la moindre objection, jusqu'au moment où elle leur annonça son intention de faire installer une cuisine de chez Sears-Roebuck.

« Alors là, ça ne sera pas la peine, ma petite dame. Nous, on peut vous la faire, votre cuisine, en deux jours de temps. Et elle jettera un sacré jus, vous verrez. Votre pompe, on va vous l'amorcer, et elle fonctionnera dans une demi-heure. Pour l'électricité, en attendant que la compagnie vous rebranche le courant, Dick va vous bricoler un groupe électrogène qui vous dépannera efficacement. On peut aussi faire marcher les poêles Franklin, si vous avez du bois.

« — D'accord, s'exclama Ruby avec enthousiasme. Je veux que vous me remettiez tout en état, en commençant par la toiture. »

Bon sang, elle espérait qu'ils vivraient assez longtemps pour venir à bout d'une pareille tâche.

« Pour le moment, reprit-elle, je peux très bien me débrouiller avec une cuisine, une chambre et une salle de bains en état de fonctionnement. Est-ce que... est-ce que ça vous va, messieurs ? »

Les deux hommes opinèrent du menton. Elle se demanda s'ils étaient jumeaux, et même si elle n'avait plus eu que cinq dollars en poche elle aurait été prête à parier qu'ils étaient plus ou moins parents avec Angus Webster.

« Nous connaissons cette maison comme notre poche. On y a joué avec Angus quand on était gosses. C'est notre cousin. Nous savons très bien ce qu'il faut faire pour rendre cet endroit habitable, mais on ne s'imaginait pas qu'il existait quelqu'un d'assez fou pour l'acheter. Ça va vous coûter une fortune, ma petite dame.

— Il faudrait peut-être... s'entendre sur le prix que vous allez me demander.

— Vous inquiétez pas. Nous, on achète le bois comptant chez le grossiste et on vous donne les factures. On ne va pas s'amuser à rouler une gentille petite dame comme vous, même si vous avez été assez bête pour acheter cette masure... Remarquez, c'était chouette, là, autrefois. C'était même vachement super.

— Vous allez... vous allez faire une pièce à la fois.

— C'est exactement ce qu'on allait vous suggérer, m'dame. Ce qu'on va faire pour commencer, c'est rafistoler les marches du perron, derrière, pour que vous ne risquiez pas de vous casser une jambe. On a déjà le bois dans le camion. Vous, pendant ce temps-là, vous n'avez qu'à aller chercher des bûches et vous verrez qu'il fera bon chez vous avant longtemps. »

Quand Ruby eut charrié sa dernière brassée de rondins, elle n'éprouva pas le besoin de faire davantage d'exercice.

Elle annonça qu'elle se rendait à Port Jervis pour commander des choses dont elle avait besoin pour la maison, mais les frères Semolina continuèrent de s'activer sans lui répondre.

Il lui fallut le plus clair de la journée pour choisir quelques meubles. Elle opta pour un ensemble de cuisine qui, selon le propriétaire du magasin, avait été conçu et fabriqué par les frères Semolina, et qui paraissait assez robuste pour durer toute une existence. Il y avait une table ronde, avec de grands pieds de griffon qui partaient du centre du plateau. Les chaises, lourdes et massives, avaient un dossier finement ciselé.

Ruby eut alors la certitude qu'elle avait eu la main heureuse en se confiant à des artisans aussi compétents.

Elle fit ensuite l'emplette d'un superbe lit à colonnes sans oublier le tabouret qui lui permettrait d'y monter. Le matelas était ferme et confortable, mais le lit était si haut que si jamais elle en tombait elle risquait de se briser l'échine et les membres. Elle acheta enfin deux doubles coiffeuses et deux rocking-chairs, un pour la chambre et un pour la cuisine, ainsi qu'une machine à laver faisant également office de sèche-linge, un réfrigérateur et un fourneau fonctionnant au propane.

Elle était si heureuse de ses achats qu'elle se rendit ensuite au restaurant le plus proche, où elle commanda un filet de saumon grillé, du riz, des brocolis et une énorme salade assaisonnée au jus de citron. Puis elle prit une chambre dans un motel pour se doucher et se changer avant de rentrer chez elle. C'est alors que l'image de Dixie et celle de Calvin revinrent à sa mémoire. Ses problèmes de santé se mirent également à la tourmenter, mais elle avait déjà compris que le meilleur moyen d'échapper à ces obsessions était de se lancer à corps perdu dans des occupations qui ne laissaient pas le temps de penser.

Quant aux frères Semolina, qui mesuraient l'ampleur de la tâche qu'on leur avait confiée, ils avaient décidé de faire venir du renfort pour être bien sûrs d'avoir terminé dans les délais impartis. Ils ne consacraient en effet que deux semaines par an aux travaux de rénovation, le reste du temps étant réservé à la fabrication des meubles. Elias, Eggert et Eustace, leurs cousins, furent donc recrutés pour la réparation du toit, la mise en place des fenêtres et du parquet, et la réparation de la terrasse de devant.

Soucieuse de fournir leur soutien logistique à l'opération, les femmes de la famille, Hattie, Addie, Erline et Delphine, se chargèrent d'apporter à leurs hommes des paniers remplis de victuailles. Puis, afin de rentabiliser encore mieux leur déplacement, elles décidèrent de désherber les parterres de fleurs, de ratisser la cour et d'empiler des bûches pour que Ruby puisse faire du feu.

Pendant que tout ce monde s'affairait chez elle, Ruby faisait la navette entre Orchard Circle et Port Jervis, achetant tout ce qui lui passait par la tête. A chaque commerçant, elle disait la même chose : livraison dans deux semaines. Elle était persuadée que la maison ne serait jamais terminée dans un délai aussi court, mais les commerçants semblaient rassurés dès qu'elle leur disait qui effectuait les travaux chez elle.

Elle attendait avec impatience le jour où on lui livrerait tout ce qu'elle avait commandé. Ce serait la première fois qu'elle assumerait à elle seule la responsabilité d'aménager une maison qui lui appartenait exclusivement. Elle ne dépendait de personne.

Elle inviterait Andy pour pendre la crémaillère le week-end suivant. Andy serait le juge suprême.

Le toit réparé, elle avait maintenant l'électricité et une pompe, ainsi qu'un groupe électrogène pour le cas où le courant viendrait à manquer – ce qui, d'après Mick, se produisait assez souvent. Elle avait le téléphone et un répondeur accrochés dans l'une des pièces vides.

Ruby s'étonnait constamment de la rapidité avec laquelle les frères Semolina avançaient dans leur travail : en une journée, le toit était refait ; le lendemain, la cuisine restaurée à neuf. Il ne fallut pas plus de dix heures pour raboter les parquets, et les nouvelles fenêtres furent installées si rapidement qu'elle en resta éblouie. Eggert expliqua alors que, quand on savait ce qu'on faisait, tout se passait toujours beaucoup mieux.

Les cousins, qui reconnaissaient eux-mêmes que leurs soixante-dix ans approchaient à pas de géant, accrochèrent les lustres neufs, grimpant aux échelles comme de vrais écureuils. Elias expliqua qu'ils avaient le pied sûr.

Eustace, le seul cousin marié, était le plombier du groupe. Avec l'aide de Hattie, qui lui tendait les outils, il remit en état toutes les canalisations et rendit les toilettes utilisables.

Sa femme et lui se querellaient souvent, à grands cris. Eustace l'avait surnommée « bouton d'or », mais il était facile de voir qui portait la culotte dans le couple.

« M'dame, dit Mick le matin du treizième jour, vous n'allez pas pouvoir rester dans la maison aujourd'hui. Nous vernissons tous les parquets et nous posons le nouveau revêtement de sol dans la cuisine. Demain après-midi, vous pourrez revenir. Nous vous demanderons alors de nous payer.

— Sans problème. A quelle heure ?

— Au début de l'après-midi, précisa Mick.

— Il faudra qu'on parle de la grange et des dépendances », intervint Dick.

Ruby attendit la suite.

« On pourra le faire l'année prochaine. Ça prendra deux semaines. » Ruby hocha de nouveau la tête.

« Votre maison, elle est comme neuve.

— Elle est belle, confirma Ruby avec sincérité. Vous avez fait un travail formidable.

— Nous le savons. C'est une bien grande maison pour une dame vivant seule.

— Je crois que je vais m'acheter un chien.

— On dansait le quadrille dans le grand salon, autrefois. »

C'était la première fois que Mick se lançait dans les confidences. Le grand salon occupait toute la longueur de la maison. Huit cents mètres carrés de surface habitable ! Qu'allait-elle faire de cette vieille et gigantesque demeure après l'avoir meublée ? Et qui allait la lui nettoyer ? Ruby exprima son inquiétude à haute voix, mais n'obtint aucune réponse.

« Eh bien, je vais prendre mes affaires. Je serai à l'Holiday Inn, si vous avez besoin de moi.

— Pourquoi aurait-on besoin de vous ? demanda Dick.

— On ne sait jamais, répliqua Ruby sans grande conviction.

— Alors, à demain après-midi, à quatre heures précises, dit Mick.

— D'accord, comptez sur moi, j'y serai. »

Quand Ruby revint le lendemain à quatre heures précises, toute la famille Semolina, y compris les cousins, l'épouse d'Eustace et Angus

Webster, l'attendait sur la terrasse nouvellement refaite. Elle se demandait avec curiosité à combien tous ces travaux allaient s'élever, et depuis quelques jours elle évaluait le montant de la facture à un minimum de cent mille dollars. Elle ignorait d'ailleurs dans quelle mesure on lui ferait une facture. Ne travaillaient-ils pas comme Angus Webster, sans jamais établir le moindre document écrit ?

Elle remarqua tout de suite quelque chose de différent dans leur apparence. Ils ne portaient pas leur tenue de travail. Hattie avait même mis une robe.

Mon Dieu, pensa-t-elle, il y en a au moins pour cent cinquante mille dollars !

Mick lui tendit trois jeux de clés neufs.

« Le devant, le côté et l'arrière, expliqua-t-il

— Le bois pour le reste de l'hiver est empilé derrière, sur la petite terrasse, et recouvert d'une bâche. Avec ce qu'il y a dans votre chambre, vous pourrez la chauffer pendant une semaine, enchaîna Dick.

— Tous les poêles sont allumés. J'ai fait un feu d'enfer dans la cuisine, murmura Eustace.

— Et moi, je vous ai apporté de quoi pique-niquer, continua Hattie. Il y a aussi un saladier plein de citrons.

— Vous voulez jeter un coup d'œil sur la maison avant de nous payer, m'dame ? » demanda Mick.

Ruby hocha la tête. Elle enfonça la clé de bronze étincelante dans la serrure de la lourde porte en chêne. Elle cligna les yeux en voyant les planchers luisants et le paillasson aux bordures passementées qu'elle foulait aux pieds.

« C'est moi qui ai confectionné les paillassons, confia Addie. Il y en a un près de chaque porte.

— Merci, merci beaucoup. »

Pendant une bonne vingtaine de minutes, elle ne dit rien d'autre que merci en passant d'une pièce à une autre. Elle avait gardé la cuisine pour la fin.

Elle resta sans voix, les larmes au bord des paupières, puis battit des mains de ravissement. La fenêtre en saillie avait été aménagée à la perfection : l'une des cousines, probablement Erline, celle qui disait avoir la main verte, avait suspendu une énorme fougère en plein milieu. Des coussins vert vif garnissaient les banquettes.

Ruby disposait maintenant d'un comptoir en chêne massif et d'éléments de rangement en chêne également, qu'elle trouvait absolument superbes. Elle les toucha d'un doigt respectueux.

« C'est beau, murmura-t-elle.

— Nous n'avons jamais dit que nous travaillions à la va-comme-je-te-pousse.

— Ce n'est certes pas le cas, approuva-t-elle à mi-voix.

— Et ça, c'est un cadeau que je vous fais, ma petite dame, annonça Angus en désignant un rocking-chair en chêne massif. Il appartenait à ma mère. Mick et Dick l'ont remis en état, et maintenant il est à vous.

Elle se mettait toujours là où il est en ce moment. Addie a refait des coussins. Il vous plaît ? demanda-t-il d'un ton bourru.

– S'il me plaît ? Mais je l'adore ! Comment pourrais-je vous remercier ?

– En nous payant », répliqua Mick.

Manifestement, les mondanités tiraient à leur fin ; on allait parler affaires.

« Il n'y a aucun problème, lança Ruby en ouvrant son sac à main. Combien est-ce que je vous dois ? »

Dick lui tendit une feuille de papier.

« Ça, c'est le montant à reverser au fournisseur du bois. Il accepte les chèques. »

Stupéfiée par la modicité de la somme, Ruby établit un chèque de dix-sept mille dollars.

« Et ça, ajouta Dick en lui donnant une seconde facture, c'est ce que vous nous devez à nous. Naturellement, nous ne vous faisons pas payer les cadeaux que nous avons apportés. Ils sont gratuits. »

Ruby n'en croyait pas ses yeux. Huit mille dollars. Il y avait sûrement une erreur. Il avait oublié un zéro.

« Vous êtes sûr de votre chiffre ?

– Ma petite dame, nous n'avons pas l'habitude de marchander. C'est notre prix, ferme et définitif. Pas un dollar de moins.

– Ce n'est pas ce que je voulais dire. Je trouvais au contraire que...

– ... que nous ne sommes pas chers ? Eh bien, c'est comme ça, avec nous. Nous effectuons un travail de qualité à des prix imbattables. Il y a quelque chose qui vous chiffonne, ma petite dame ?

– Non, monsieur, pas du tout. Je pensais que vous me demanderiez plus.

– Combien ? » s'enquit Eggert, l'œil chafouin.

Ruby haussa les épaules sans répondre.

« Nous n'avons pas pour habitude d'estamper nos clients, reprit Dick avec autorité. Maintenant, ma petite dame, ça nous arrangerait si vous nous régliez tout de suite. »

Ruby compta dix mille dollars et les lui tendit. Mick s'humecta les doigts avec sa salive et vérifia derrière elle.

« Vous nous donnez trop, m'dame. »

Il lui rendit deux liasses de mille dollars.

Ruby regarda partir ces gens qu'elle considérait presque comme des amis d'un œil chargé de mélancolie.

Andy ne croirait jamais une chose pareille. Elle-même devait se pincer pour s'assurer qu'elle n'était pas en train de rêver.

Elle alluma toutes les lumières de la maison et passa de nouveau les pièces en revue. Elle détermina l'emplacement de chacun des meubles qu'elle venait d'acheter.

C'est seulement une fois qu'elle se fut installée dans son duvet, devant le feu qui brûlait dans la cuisine, qu'elle se demanda ce qu'elle allait faire de son temps dans cette monstrueuse demeure.

« Comme le disait Scarlett dans *Autant en emporte le vent,* demain est un autre jour », murmura-t-elle d'une voix endormie.

Ruby fut réveillée par le chant du coq. Elle rechargea tous les feux, disposant les bûches avec des pincettes, puis refit le plein dans les vieilles bouilloires en fer qu'elle avait mises sur tous les poêles pour humidifier l'atmosphère. En attendant que la température s'élève un peu dans la salle de bains, elle prépara son bol quotidien de céréales au son. Elle les accompagna d'une banane et d'une pomme, faisant passer le tout avec deux verres d'eau. Après avoir avalé ses pilules, elle se balança un moment dans son rocking-chair pour laisser à la salle de bains le temps de se réchauffer.

A sept heures et demie, elle était prête à commencer une nouvelle journée dans sa maison rénovée. Dès huit heures et quart, les premiers livreurs arriveraient. Sa chambre était la seule pièce dans laquelle elle faisait poser un tapis, une haute laine vert foncé. Les décorateurs étaient prévus pour onze heures, avec les rideaux sur mesure qui garniraient les fenêtres de sa chambre. Ils avaient également confectionné le couvre-lit agrémenté de volants assortis. Les rêves les plus romantiques de Ruby se réalisaient enfin. Elle aurait une pièce bien à elle, féminine à souhait, comme elle l'avait toujours désiré. Elle la méritait bien.

Toute la journée, Ruby eut l'impression de ne rien faire d'autre que morigéner les livreurs. « Attention, vous allez rayer le plancher ! » Et elle courait d'un étage à l'autre, vérifiant l'agencement de sa chambre, puis veillant à ce que l'on place au bon endroit les meubles des autres pièces.

A trois heures et demie, une fois le dernier camion de livraison parti, Ruby battit des mains avec enthousiasme. Maintenant, la maison était vraiment sa chose. Il y avait même plusieurs postes de radio et de télévision. Son dîner, un poulet basquaise, mijotait dans le four. La musique créait une ambiance joyeuse ; et la table, mise pour une personne, resplendissait, avec la vaisselle et l'argenterie étincelantes disposées sur une nappe d'un vert éclatant. Et Ruby appréciait la bonne température qui régnait chez elle.

Maintenant que l'installation était terminée, comme allait-elle occuper son temps ? Les jours étaient longs et les nuits plus longues encore. Son regard s'attarda sur le panier d'osier posé près du feu. Il y en avait un dans chaque pièce de la maison, empli de tous les livres qu'elle n'avait pas eu le temps de lire depuis tant d'années.

Dormir, manger, prendre de l'exercice et lire. On aurait dit l'emploi du temps d'un prisonnier. Peut-être pourrait-elle se lancer dans quelque activité caritative ? Au printemps, elle s'occuperait de son jardin, elle avait toujours aimé bêcher la terre. Elle savait tailler les arbres fruitiers. Peut-être planterait-elle des rosiers ? Oui, elle allait faire un jardin, un vrai potager, avec toutes sortes de légumes, puisque son régime exigeait désormais qu'elle en consomme en quantité.

Elle pensa alors à la petite pièce qui jouxtait sa chambre. Elle avait recouvert le sol d'une moquette, mais n'y avait mis aucun meuble. Demain, elle irait en ville pour commander du matériel de gymnastique : un vélo d'appartement et un tapis roulant pour commencer.

Elle chercherait aussi à savoir s'il y avait dans les parages une communauté religieuse à laquelle elle pourrait se joindre. Un renseignement n'engage à rien... Et ainsi, elle se trouverait une occupation qui lui fournirait également matière à réflexion.

Ruby eut l'impression d'être une très vieille femme lorsqu'elle s'installa de nouveau dans le rocking-chair.

« Mais non, je ne vais pas me balancer là-dedans toute ma vie, marmonna-t-elle. Juste le temps d'y voir un peu plus clair. Je n'ai pas l'intention de mener une vie de recluse. Je vais commencer par une petite existence bien tranquille pendant un moment, jusqu'à ce que je me sente tout à fait en forme, et ensuite je me relancerai dans la vie active. »

En fait, il n'en fut rien. Elle acheta un énorme congélateur, qu'elle installa dans son arrière-cuisine, et le bourra de poissons, de poulets et de légumes. Au bout d'un an, elle congela les fruits et les légumes de son jardin, et se dit avec fierté qu'elle produisait elle-même la base de son alimentation, ce qui lui évitait l'obligation de se rendre constamment en ville.

Les seuls organismes auxquels elle adhéra furent trois clubs de lecture, et elle commanda à chacun une douzaine d'ouvrages par mois. Pendant des heures, elle regarda à la télévision les émissions présentant les articles que l'on pouvait se procurer par correspondance et acheta presque tout ce qu'elle voyait à l'écran. Le reste du temps, elle lisait à s'en user les yeux. Et elle dormait.

Elle utilisait également, dès son réveil, les appareils de sa salle de gymnastique, faisant cinq kilomètres au petit trot sur le tapis roulant et huit kilomètres en pédalant sur le vélo d'intérieur. De temps à autre, elle partait en promenade dans sa propriété; mais, après s'être foulé la cheville à deux reprises dans des ornières, elle conclut que le tapis roulant était vraiment la meilleure solution pour marcher sans risques.

Le docteur que Nick Palomo lui avait conseillé se déclara satisfait du résultat de ses analyses, mais lui rappela qu'elle n'était pas encore tirée d'affaire. Pourtant, convaincue qu'elle ne risquait plus de mourir, elle se lança dans de nouvelles expériences culinaires pour rendre sa nourriture plus goûteuse et plus appétissante.

Ruby Blue n'était ni heureuse ni malheureuse. Elle existait. Sans plus.

Le jour de son cinquante-quatrième anniversaire, après avoir éclaté en sanglots sans raison apparente, elle décida qu'elle devait faire quelque chose.

Le mot *dépression* s'imposa à son esprit. Elle n'avait aucune responsabilité, aucun but dans la vie. Grands dieux, comment avait-elle pu se laisser aller à ce point ? Une année entière venait de s'écouler, et maintenant, quand elle faisait le bilan, elle ne voyait que quelques centaines de livres et une cave bourrée de marchandises qu'elle n'avait même pas déballées. Et aussi, sur la table de sa salle à manger, une pile de courrier qu'elle n'avait pas ouvert depuis six ou sept mois.

Cette année, elle fêterait son anniversaire dans la solitude. Andy était parti en vadrouille Dieu sait où et Marty, eh bien oui, Marty était encore fâchée avec sa mère. Andrew l'appellerait peut-être pour lui souhaiter un bon anniversaire, s'il s'en souvenait.

Ruby se dressa sur son lit et posa deux pieds à terre.

« Je vais me faire un gâteau et descendre en ville pour m'acheter un cadeau. Pourquoi pas, après tout ? »

Elle éclata en sanglots. Elle était bien partie pour pleurer toute la journée.

Maintenant, c'était contre elle-même qu'elle était en colère.

Plantée au milieu de sa salle de séjour, les mains sur les hanches, elle cria à pleins poumons :

« Joyeux anniversaire, Ruby ! »

Et elle pleura de plus belle, s'essuyant les yeux avec un mouchoir en papier.

Vers le milieu de l'après-midi, au moment où elle s'apprêtait à sortir, le téléphone sonna. Elle resta si longtemps à se demander si elle allait répondre que la sonnerie s'arrêta juste au moment où elle soulevait le combiné. Elle haussa les épaules, se félicitant d'avoir débranché son répondeur.

A Port Jevis, elle s'arrêta dans une pâtisserie et acheta le gâteau le plus crémeux et le plus nourrissant qu'elle put trouver. A la droguerie, elle fit l'emplette de deux paquets de bougies. Comme il y avait un magasin de sport tout près, elle s'offrit des tennis Reebok : son cadeau d'anniversaire. Elle feignit de ne pas voir le regard étonné que lui lança le vendeur quand elle eut demandé qu'on lui fasse un paquet cadeau.

Sa dernière étape fut chez le libraire, à qui elle acheta des livres pour soixante-douze dollars.

Pendant le trajet du retour, dans la Range Rover qu'elle s'était offerte quelques mois plus tôt, elle décida que le moment était venu d'appeler les frères Semolina pour leur demander de restaurer les dépendances. Avec un peu de chance, elle parviendrait sans doute à les persuader de lui installer quelques rayonnages dans les pièces du bas afin d'y ranger ses livres. Elle avait suffisamment d'ouvrages pour se constituer une véritable bibliothèque, réalisant ainsi un très vieux rêve.

En traversant le pré, Ruby se remit à s'apitoyer sur son propre sort. Ses yeux se remplirent de larmes. Certes, elle avait elle-même déclaré qu'elle voulait qu'on lui fiche la paix ; mais maintenant, un an plus tard, elle mourait d'envie d'avoir quelqu'un à qui parler. Elle avait besoin d'un ami, d'un confident.

Tout cela était sa faute. C'est elle qui avait voulu mener une vie de recluse, au risque de sombrer dans la dépression. Et maintenant, la plupart du temps, elle tournait en rond dans le brouillard, comptant sur le Valium pour atténuer un peu le chagrin qui la minait.

459

A tout moment, la peur de la mort obscurcissait son horizon. Et cela, c'était dur à gérer. Elle pouvait mourir d'une minute à l'autre au milieu de ces bois, et elle n'aurait personne pour l'assister dans ses derniers instants.

Ruby passa la première vitesse pour franchir les ornières qui sillonnaient le pré. Elle détestait la femme qu'elle était devenue, elle s'en voulait de sa veulerie. Autrefois, elle avait du cran. Qu'en était-il advenu ? Qu'avait-elle fait de son esprit de décision ? L'échine endolorie, elle négocia les dernières bosses de son parcours.

Cette fois, c'en était trop, elle allait reprendre du poil de la bête. Finies les jérémiades, le moment était venu de passer à l'action.

Elle s'arrêta si brutalement que le gâteau posé sur le siège à côté d'elle glissa à terre. De toute façon, elle n'avait jamais eu l'intention de le manger, alors quelle importance ?

Elle serait restée assise sur sa chaise de cuisine jusqu'à la tombée de la nuit si le téléphone ne s'était pas mis à sonner.

« Ouais ! hurla-t-elle dans le combiné.

— Eh bien, Ruby, c'est comme ça que tu réponds au téléphone maintenant ? se plaignit Andrew.

— Qu'est-ce que tu veux ? demanda-t-elle d'une voix maussade.

— Mais quelle mouche t'a donc piquée ? Tu préfères que je te rappelle à un autre moment ? Je voulais simplement te souhaiter un joyeux anniversaire.

— Ah bon, c'est tout ?

— Que veux-tu qu'il y ait d'autre ? Comment vas-tu ? As-tu des nouvelles des enfants ? Tu dois recevoir du courrier, dans ta lointaine cambrousse, non ? Écoute, tu m'avais dit de ne pas te téléphoner, alors j'ai évité de t'appeler. C'est pour ça que tu es à cran, ou c'est parce que tu as pris un an de plus ?

— Je t'en prie, Andrew, j'ai eu une journée vraiment affreuse.

— Tu veux en parler ? demanda Andrew d'un ton compatissant. Tu as toujours prétendu que le simple fait de parler pouvait arranger bien des choses.

— Non... Oui... Peut-être. Je n'en sais rien. C'est vraiment insensé. Moi, une femme riche comme Crésus, je vis seule dans une ferme, en plein désert, à des kilomètres de toute habitation. La seule chose que je fasse, c'est manger, dormir, lire et commander des trucs sans intérêt vantés à la télévision. Ah, je prends de l'exercice aussi. J'ai perdu quinze kilos. Je suis complètement décharnée, à présent. J'avale du Valium comme si c'était de l'aspirine. Je n'ai aucun ami. J'ai tout bousillé, Andrew. Et dans les grandes largeurs. Je ne sais plus que faire. » Elle sanglotait. « Tu as eu raison pour tout et je ne t'en déteste que davantage, Andrew », hoqueta-t-elle.

C'est avec douceur, d'un ton chargé d'inquiétude, qu'Andrew répliqua :

« Il y a des fois, Ruby, où il faut se prendre par la main et aller de l'avant. Ça a toujours été ton fort, pourtant, de ramasser les morceaux pour repartir du bon pied. Eh bien, c'est ça qu'il faut faire à présent, Ruby. Passe la première et démarre. Ce sont les autres qui sont vaincus par l'adversité. Toi, tu es dans le camp des vainqueurs... Écoute, je te souhaite un merveilleux anniversaire. Bye bye, ma chérie. »

Ma chérie! Jamais, de toute son existence, Andrew ne l'avait appelée « ma chérie », et c'était maintenant.... Hélas, il était trop tard.

Ruby s'attabla pour le dîner. Le corps rigide et la bouche amère, elle vint à bout de son filet de sole agrémenté de choux de Bruxelles. Puis elle attaqua son courrier accumulé sur la table de la salle à manger.

Elle avait vécu en vase clos pendant six mois. Comment avait-elle pu ignorer toutes ces lettres ? Il fallait vraiment qu'elle soit devenue folle !

Au bout de quelques instants, elle avait fait son tri : le courrier personnel posé devant elle formait un petit tas bien net. Les publicités jonchaient le sol.

La maison de Rumson était vendue, mais Ruby le savait déjà. Ce qu'elle ignorait, en revanche, c'est qu'un chèque de deux cent soixante-quinze mille dollars attendait dans une enveloppe, sur sa table, depuis plus de trois mois.

Il y avait sept avis, émanant de l'American Express, qui la menaçaient de poursuites judiciaires pour refus de paiement. Elle sentit ses yeux s'humecter en apprenant qu'elle avait acheté pour seize mille dollars d'articles au téléservice. Faisant un tri rapide dans les relevés envoyés par les sociétés de crédit, elle constata que toutes réclamaient le retour de leurs cartes par envoi recommandé, les comptes de Ruby se trouvant depuis longtemps insuffisamment approvisionnés.

Après avoir écarté les factures d'électricité, les appels à sa générosité lancés par Greenpeace et autres organisations d'intérêt public, elle trouva avec un certain étonnement un bristol à liséré doré, émanant de la société dirigée par Nola Quantrell, qui l'invitait à une présentation de mode à New York. Ruby regarda la date : le lendemain en huit. Elle retourna le carton ; au dos, elle lut :

Je serais très heureuse si tu pouvais venir, Ruby. Je voudrais te présenter mes excuses, j'en ressens le besoin impérieux. J'aimerais que nous dînions ensemble pour pouvoir parler. Je crois avoir souffert d'une dépression l'année dernière et je me suis retrouvée en proie à un total désarroi pendant au moins sept mois. Je ne suis pas encore tout à fait rétablie, mais il faut bien que la maison continue de tourner. Tu ne peux pas imaginer à quel point ça me ferait plaisir de voir un visage ami au sein de mes invités.

Crois-le bien, je suis sincèrement désolée des propos que je t'ai tenus au téléphone et je tiens beaucoup à m'en expliquer avec toi. Je réside au Dakota, à Manhattan. Quoi que tu décides, peux-tu me passer un coup de fil ?

Nola

Le mot « ami » tourna et retourna longtemps dans l'esprit de Ruby. Elle regarda le numéro de téléphone. Allait-elle s'aventurer à prendre de nouvelles initiatives ? Finalement, elle posa le carton sur la pile « A répondre ».

D'un coup d'ongle, elle ouvrit ensuite l'enveloppe en provenance de Saipan. Elle y trouva un message, écrit par Nangi, qui ressemblait beaucoup plus à une invitation qu'à une lettre.

Chère Ruby,

Amber se joint à moi, à l'occasion de la présente, pour t'inviter à venir fêter à Saipan notre prochain anniversaire de mariage. Tous nos enfants seront là et nous serions ravis si tu pouvais nous rejoindre en compagnie d'Andy et de Martha.

Calvin et Eve seront là également. Ils se sont plus ou moins invités eux-mêmes. Si leur présence te pose un problème, nous le comprendrons très bien, Amber et moi.

Je profite de cette occasion pour te dire combien je déplore la façon dont Calvin s'est comporté à ton égard. Je lui ai signifié que je ne pourrai jamais lui pardonner sa goujaterie. J'ai cessé toute correspondance avec lui et, quand il m'appelle au téléphone, je lui tiens des propos qui ne laissent planer aucun doute sur mes sentiments à son égard. Il n'est pas heureux, et Eve ne le lâche plus d'une semelle. Il me demande de tes nouvelles chaque fois qu'il m'appelle, mais je n'ai plus aucune confiance en lui. Tu ne peux pas savoir ce que je m'en veux de m'être trompé à ce point sur son compte !

Porte-toi bien, Ruby, et donne-nous vite de tes nouvelles. Amber et moi, nous t'embrassons bien fort.

Nangi

Ayant jeté un coup d'œil à la date figurant sur l'enveloppe, Ruby haussa les épaules avec dédain. Trop tard pour assister à cet anniversaire de mariage : la lettre avait été envoyée quatre mois plus tôt.

Quand elle n'eut plus que deux lettres devant elle, Ruby retint son souffle et croisa les doigts. Mon Dieu, faites que l'une d'elles soit de Dixie ou de Calvin ! Naturellement, il n'en était rien. Il s'agissait d'une demande de subvention émanant du corps des pompiers volontaires de Rumson et d'une carte de sa secrétaire qui lui souhaitait un bon anniversaire.

Ruby passa l'heure suivante à remplir des chèques et à réapprovisionner ses différents comptes. Puis elle écrivit une courte lettre à Nangi, laissant de côté l'invitation de Nola pour y répondre le plus tard possible. Lui répondrait-elle d'ailleurs ?

Une voix intérieure lui conseillait la plus grande prudence. Si tu hasardes la tête au-dehors, ils vont te trancher le cou.

Mais je peux toujours me contenter d'écouter, je ne suis pas obligée de me compromettre. Les amis sont trop précieux pour risquer de les perdre, rétorquait-elle.

Nola n'était pas une véritable amie. Et elle l'a bien prouvé.

Elle a été mon amie. Ça ne va pas me tuer de la rencontrer de nouveau et de dîner avec elle. Je partirai aussitôt après.

Ce n'est pas ton genre, Ruby. Il faut toujours que tu t'impliques à fond dans tes relations. Tu attends beaucoup trop des autres et tu ne sais plus quoi faire quand ils finissent par te décevoir. Rappelle-toi comment ça s'est passé avec Dixie.

Non, non, ne pense pas à Dixie. Fais quelque chose, agis sans te laisser le temps de réfléchir.

Pour commencer, elle irait voir Angus Webster, suite à une remarque que lui avait faite Andy quand il était venu chez elle quelques mois plus tôt.

« Ils sont formidables, les Semolina, maman. Moi, je suis prêt à les embaucher tout de suite, et à leur payer le prix qu'ils voudront. Bon sang, je n'ai jamais vu personne travailler aussi bien. Tu sais combien on paierait cette maison, par chez nous ? »

Ruby avoua qu'elle n'en avait aucune idée.

« Un demi-million de dollars, facile! Avec dix hectares. Et tu m'as dit que tu avais payé combien ? »

En entendant la réponse de sa mère, il était resté sans voix.

« J'ai des clients, dit-il enfin, qui paieraient une fortune pour avoir une retraite comme celle-là. »

En voyant la pièce d'eau, il avait ouvert de grands yeux admiratifs, puis avait donné quelques conseils sur la façon de mettre le site en valeur.

« Il faudrait enlever toute cette broussaille, mais en laissant l'impression que l'agencement des lieux est exclusivement dû aux caprices de la nature. »

Se rembrunissant soudain, il avait ajouté :

« Tu as quand même fait une erreur, maman, vois-tu. A ta place, moi, j'aurais pris les quarante hectares. Mais ce n'est peut-être pas trop tard. Tu dois pouvoir rattraper ça. »

Elle avait toujours eu l'intention de tenter une démarche dans ce sens, aussitôt après le départ d'Andy; mais le téléservice, un roman particulièrement prenant ou le confort douillet de sa cuisine l'en avaient empêchée.

Il était près de midi quand Ruby serra la main d'Angus Webster avant de repartir chez elle. Andy allait être content. Pour la première fois depuis bien longtemps, elle avait mené à bon terme une de ses initiatives. Que ferait-elle de ces quarante hectares de forêts ? Elle n'en avait aucune idée; mais, si son fils lui soutenait qu'elle en avait besoin, il n'était pas question de discuter le bien-fondé de cet achat.

Si elle n'avait pas pensé aussi fort à Andy, elle aurait sans doute fait plus attention à la route. Vers midi et demi, elle eut la nette impression qu'elle s'était trompée de chemin.

Elle roulait sur une voie étroite, bordée de fossés profonds surmontés de buissons broussailleux. Impossible de faire demi-tour, tant qu'elle ne parviendrait pas à un carrefour ou à une bifurcation. Elle regarda son tableau de bord : le réservoir à essence était presque plein, Dieu merci. Elle poussa un soupir de soulagement.

Huit kilomètres plus loin, elle aperçut un écriteau annonçant : REFUGE POUR ANIMAUX. L'idée lui parut lumineuse : elle allait prendre un chien. Enfin, elle aurait un être avec qui elle pourrait partager son existence, qui la contemplerait d'un œil plein de tendresse, qui l'aimerait de manière inconditionnelle, qui l'écouterait sans jamais la contredire. Le meilleur ami de l'homme !

Naturellement, elle n'ignorait rien des servitudes auxquelles elle se trouverait astreinte, mais elle était prête à tout. Enfin, elle aurait des responsabilités. Le chien l'obligerait à se lever de bonne heure, à s'occuper de lui, à sortir plus qu'elle ne le faisait maintenant.

Allez, vas-y, lui souffla une voix intérieure.

« Cette fois, je ne peux plus reculer », murmura Ruby.

Elle lança sa Rover sur un raidillon abrupt, en direction du refuge.

Arthur Bidwell, Biddy pour les gens du coin, regarda la Rover émeraude s'arrêter en patinant dans un jaillissement de graviers. La propriétaire de la voiture avait l'air décidée à acheter un animal. Ceux qui n'avaient pas encore franchi le pas arrivaient plus lentement, trahissant ainsi la crainte qu'ils éprouvaient encore devant une telle responsabilité.

Biddy ressemblait à un gnome, avec sa petite taille qui faisait de lui une sorte de boule aussi large que haute. Le shérif avait dit que Biddy lui rappelait une pleine lune, car tout était rond en lui : le visage, les yeux, la bouche et même le nez, à son extrémité. Quant à ses oreilles, elles ressemblaient à des demi-lunes collées de chaque côté de sa tête.

Tout le monde aimait Biddy, en dépit de son caractère fantasque et de son ton bourru. Et on savait bien, en ville, qu'avec lui les animaux étaient en de bonnes mains.

Ruby lut d'un coup d'œil le papier collé sur le bureau : « Arthur Bidwell. »

« Monsieur Bidwell ? » demanda-t-elle d'une voix hésitante.

Biddy hocha affirmativement la tête.

« Je veux un chien, lâcha Ruby tout de go.

– Pourquoi ?

– Pourquoi ? Eh bien, j'en ai envie, c'est tout. J'ai toujours voulu un chien, mais ce n'était jamais le bon moment. Cette fois, je ne veux plus attendre. Vous en avez à me proposer ?

– Ouais, j'en ai pas mal. Vous avez une préférence ?

– Eh bien... je ne m'y connais guère. Peut-être une chienne. Comme ça, elle... elle s'attachera à moi. »

Biddy prit un air soupçonneux.

« Un chien, c'est une lourde responsabilité, madame. Il faut s'en occuper sans cesse. Vous êtes prête à nettoyer ses saletés, à lui lancer des bouts de bois pour l'amuser, à le promener soir et matin ? Vous êtes bien certaine de vouloir faire tout ça ?

— Naturellement, j'en suis certaine. Vous voulez aussi mon numéro de Sécurité sociale, peut-être ?

— Moi, madame, je ne donne jamais un animal à qui que ce soit tant que je ne suis pas convaincu qu'il sera dans une bonne maison. Une dame comme vous, voyez-vous, ça m'inspire des doutes. Vous allez naviguer par monts et par vaux, et faire un tas de trucs à l'extérieur en laissant votre chien tout seul chez vous. Qui va s'occuper de lui ?

— Eh bien, moi ! s'indigna Ruby. Je n'ai pas l'intention de l'abandonner. Je croyais que ça vous arrangerait de vous débarrasser d'un de vos pensionnaires.

— Eh bien, vous vous êtes trompée, rétorqua Biddy d'une voix rogue. Je les aime, moi, ces braves bêtes, affirma-t-il avec véhémence.

— Moi aussi, je peux en aimer une. Alors, qu'est-ce que vous avez à me proposer ? répliqua Ruby sur le même ton.

— On va essayer de trouver quelque chose qui vous convienne. Mikey, lança-t-il à l'intention d'un adolescent à l'air souffreteux, va me chercher Sam.

Mikey revint peu après avec un superbe épagneul anglais. Non sans étonnement, Ruby vit le jeune garçon tomber à genoux pour frotter le ventre du chien tout en émettant des sons étranges dans les oreilles de l'animal. Elle adressa un regard interrogateur au maître des lieux.

« Les chiens sont affamés, madame, expliqua ce dernier, et nous n'avons pas suffisamment de nourriture pour les rassasier. Mikey leur frotte le ventre pour qu'ils oublient la faim qui les tenaille.

— Vous n'avez rien à leur donner à manger ? Mais ce n'est donc pas un établissement d'intérêt public ? Enfin... la ville ne vous paie pas pour subvenir aux besoins de ces animaux ?

— Non, madame. Il s'agit d'un établissement privé qui ne peut attendre d'aide de personne. »

Il promena Ruby d'un bout à l'autre du chenil, appelant chaque animal par son nom et, à l'instar de son employé, il s'arrêta pour leur frotter le ventre.

« Je ne sais pas ce que vont devenir ces pauvres bêtes », se lamenta-t-il soudain.

Il lui raconta que le propriétaire des lieux voulait récupérer son terrain, ce qui allait l'obliger à partir avec tous ses animaux. Et pour ne rien arranger, Mikey, l'adolescent qui travaillait chez lui, souffrait de la maladie de Down et d'un grave handicap mental.

Prise de pitié, Ruby sortit son carnet de chèques pour lui faire un don.

« Tenez, dit-elle, portez ça à la banque dès que possible. De quoi subvenir aux besoins de vos pensionnaires. »

Biddy lui raconta alors qu'il était obligé de donner à Mikey de la viande destinée aux chiens. Ruby rajouta aussitôt un zéro au chiffre inscrit sur le chèque.

« Je prends le chien, annonça-t-elle d'une voix émue.

— Écoutez, Mrs. Blue, il y a quelque chose que je ne vous ai pas dit.

Voyez-vous, si on sépare Sam de ses compagnons, il va en mourir, ce chien. Ils ont été élevés ensemble chez une dame, Mrs. Agatha Penny, qui a été obligée de me les confier, et ils... ne supporteront jamais de se trouver séparés...

— Combien y en a-t-il donc? demanda Ruby avec anxiété.

— Eh bien, il y a Fred. Fred, c'est une femelle; et Sam c'est un mâle. Et puis, il y a aussi Doozie qui est un chat, et Charlotte qui est une perruche; elle chante. Sur commande, précisa-t-il avec fierté.

— Qu'est-ce!... qu'est-ce qu'elle chante? s'enquit stupidement Ruby.

— En premier lieu, l'hymne américain. Parfois aussi *Quatre-vingt-dix-neuf bouteilles de bière*. Y a des moments où elle fait un boucan de tous les diables. Mais il suffit de recouvrir sa cage... Ils adoraient tous leur ancienne maîtresse. »

Ruby sentit le doute s'insinuer en elle.

« Dans ce cas, ils ne vont jamais s'habituer à moi. Il vaudrait peut-être mieux que je prenne un animal qui n'a jamais eu de maître.

— Ne craignez rien, ma petite dame. Ces bestioles vont vous adopter en moins de deux, du moment que vous leur témoignez de l'affection. Ils ont faim d'amour beaucoup plus que d'autre chose, affirma Biddy avec emphase. Mikey, va chercher les autres », lança-t-il d'une voix impérieuse.

Ruby se mit à genoux et frotta le ventre de Sam ainsi qu'elle avait vu Mikey le faire. Elle fut immédiatement conquise par ce chien aux yeux gris tout tristes. Il lui lécha le visage et elle éclata de rire.

Fred était une boule de fourrure maculée de taches de crasse. Elle se serra contre Mikey qui lui frottait le ventre et poussa un grognement furieux quand Ruby tendit la main pour la gratter derrière les oreilles.

« C'est parce qu'elle a faim. Dès qu'elle sera rassasiée, elle ne jurera plus que par vous. Une fois que vous donnez à manger à un animal, il vous appartient corps et âme. »

Le chat la considéra avec dédain, comme pour lui dire :

« Toi, tu vas me nourrir? Je voudrais d'abord voir ce que tu vas m'apporter. Ensuite, peut-être, je consentirai à ronronner pour te faire plaisir. »

La perruche battait furieusement des ailes dans sa cage en faisant voler les plumes de tous côtés. Elle ne chantait pas. Ruby demanda pourquoi.

« C'est parce qu'elle est dépaysée. Une fois que vous lui aurez trouvé un coin, près d'une fenêtre par exemple, elle chantera toute la journée pour vous. J'ai des graines pour elle. Elle ne mange pas beaucoup. »

Ruby repartit du refuge avec les deux chiens, le chat et l'oiseau qui, selon Biddy, chantait sur commande.

Une fois que les animaux furent installés dans la Rover, Biddy vint s'accouder à la portière. Il voulait savoir. Il ne pouvait pas la laisser partir sans être certain de ce qui allait se passer.

« Continuerez-vous de nous aider? »

Ruby réfléchit pendant trente secondes.

« Oui, oui, d'accord, Mr. Bidwell, déclara-t-elle enfin. Je vous enverrai un chèque le premier de chaque mois. Ça vous va ? »

Le malheureux n'en croyait pas ses oreilles. Les yeux aussi humides que ceux de ses chiens, il regarda Ruby s'éloigner. Passant un bras autour des épaules de Mikey, il annonça :

« Ce soir, je vais nous faire des hamburgers et des macaronis au gratin. Tu restes là à veiller au grain, Mikey ; moi, je reviens dans un petit moment avec de la nourriture pour tous nos amis. Tu n'as qu'à leur frotter le ventre en attendant. Après, on fera la fête. »

Et Mikey sourit.

Ruby décida de rentrer d'une traite, malgré les animaux qui sautaient en tous sens sur les sièges arrière. Dans sa cage, Doozie sifflait et crachotait pour bien montrer sa colère. De temps à autre, un embryon de mélodie s'élevait qui ressemblait à *Quatre-vingt-dix-neuf bouteilles de bière sur le mur...*

Avait-elle eu raison de s'encombrer de ces quatre compagnons ? Quoi qu'il en soit, elle avait en signant ce chèque éprouvé un plaisir immense, plus grand encore que celui qu'elle avait ressenti en payant à Conrad Malas la recette du brownie au chocolat.

Bien que Ruby roulât à une allure fort modérée sur la route de campagne, les chiens glissaient à terre chaque fois qu'elle appuyait sur l'accélérateur. De temps en temps, ils poussaient un aboiement furieux pour manifester l'aversion que leur inspirait cette voiture infernale. D'un instant à l'autre, ils allaient commencer à se battre. Le chat se hérissait d'un air hostile en poussant des miaulements agressifs ; mais la perruche chantait sans discontinuer. Pour ne pas être en reste, Ruby joignit sa voix à celle de l'oiseau, ce qui eut pour effet de calmer immédiatement les chiens, qui s'allongèrent sur le siège arrière. Le chat se tut lui aussi. Ruby chanta de plus belle, accompagnée par l'oiseau et ravie d'avoir découvert le moyen de faire régner le silence. La tension qui lui avait crispé les épaules s'apaisa aussitôt.

Quand elle donna le dernier coup de volant pour s'immobiliser dans l'allée devant chez elle, Sam fut propulsé sur le siège avant, et Fred se coinça la patte entre l'appuie-tête et le haut du dossier. Ruby la dégagea et fut récompensée de ses charitables efforts par un coup de griffe qui lui laboura le poignet. Le chat se mit à siffler et à cracher avec fureur quand elle saisit le panier, et l'oiseau battit frénétiquement des ailes.

Me voilà bien partie, avec cette ménagerie ! songea Ruby après avoir libéré le chat. Désemparée, elle resta plantée au milieu de sa cuisine pendant que les bestioles s'ébattaient d'un bout de la maison à l'autre. Son sentiment d'impuissance se mua en horreur quand Sam leva la patte à quatre reprises contre plusieurs pieds de table. Si Arthur Bidwell avait été à sa portée, Ruby l'aurait volontiers étranglé.

Il lui fallut une bonne demi-heure pour décongeler suffisamment de poulets pour les deux chiens. Elle y ajouta de la sauce et les légumes provenant d'un reste de ragoût qu'elle avait conservés au frigo. Elle coupa soigneusement la viande en petits morceaux et écrasa les légumes en purée.

Les bestioles l'observaient comme des vautours. Elle sentit une boule se nouer dans sa gorge tandis qu'elle se demandait quand ils avaient pris leur dernier repas. Une fois la pâtée des chiens terminée, elle la mit de côté. Elle ouvrit une grande boîte de thon dont elle émietta le contenu du bout des doigts, ajoutant de la sauce de ragoût et des légumes avant de réchauffer le tout.

Les chiens faillirent lui arracher le bras lorsqu'elle déposa le plat sur le sol ; et Charlotte se mit à chanter à tue-tête, pendant que ses compagnons engouffraient leur pitance. Quand ils eurent tout lampé, ils reculèrent un peu et fixèrent sur elle des regards ardents.

« Ça veut dire quoi, ça ? marmonna-t-elle. Vous en voulez encore ? »

Elle remplit leurs plats une seconde fois. Et, pendant ce temps-là, Charlotte chantait toujours.

Ruby commençait à avoir mal à la tête. Au bout d'une heure, elle jeta un torchon sur la cage de l'oiseau. Installée au coin du feu, à demi vautrée sur Sam, Fred dressa une oreille. Sam se tortilla d'un air satisfait. Doozie s'était nichée entre les jambes de Fred. A eux trois, ils ressemblent à un gigantesque bretzel, se dit Ruby.

Un sourire étira ses lèvres. Combien de temps faudrait-il pour que ces animaux soient enfin à elle ? Quand se précipiteraient-ils vers elle pour lui lécher le visage et les mains ? Quand la considéreraient-ils comme leur maîtresse ? Arriverait-elle jamais à occuper dans leur cœur la place prise par celle qui s'était dévouée pour eux autrefois ?

Maintenant qu'ils ont le ventre plein, ils vont sûrement dormir un moment, pensa-t-elle. J'ai largement le temps d'aller faire un tour en ville.

Son premier arrêt fut dans une animalerie où elle acheta le matériel nécessaire pour loger ses nouveaux pensionnaires, ainsi que des colliers, des jouets, une brosse à poils durs et du shampooing.

Au supermarché, elle se procura pour cinquante dollars de boîtes de ragoût ainsi que deux grands sacs de nourriture pour animaux. Elle y ajouta pour vingt dollars de pâtée à chats.

En faisant la queue à la caisse, Ruby examina le contenu de son chariot. Le mot *famille* surgit alors dans son esprit. Elle avait une nouvelle famille. Des responsabilités. De l'amour. Les animaux allaient l'aimer. D'un amour inconditionnel. Pour toujours. Toute leur existence. Et, en retour, elle allait les chérir, elle aussi. Ils étaient à elle. Ils ne s'en iraient jamais, personne ne les lui enlèverait jamais.

Les humains... Les humains vous piétinent. Ils vous déçoivent. Ils ne vous apportent que du chagrin et ne savent que vous briser le cœur. Je te honnis, Dixie, tu peux bien rôtir en enfer. Et toi aussi, Nola ; et toi aussi, Calvin. Qui a besoin de vous ?

Elle se rendit ensuite dans une librairie et fit l'emplette de deux livres sur les chiens et sur les chats. Quand le vendeur lui eut demandé de quelles races il s'agissait, elle haussa les épaules. A la dernière minute,

468

elle acheta aussi un ouvrage sur les oiseaux. Si elle voulait faire le maximum pour sa nouvelle famille, un minimum de préparation se révélait nécessaire.

Une fois rentrée chez elle, un quart d'heure plus tard, elle dut se rendre à l'évidence : il ne faut jamais laisser des animaux seuls à la maison. Il s'était produit un incident fâcheux dans chacune des pièces, tant au rez-de-chaussée qu'au premier étage de la maison. Quand elle eut enfin réussi à localiser ses pensionnaires, elle ne put que pousser un soupir de consternation. Sam avait roulé en boule le dessus-de-lit et s'était installé sur l'un des oreillers, Fred ayant décidé de se vautrer sur l'autre. Quant au chat, il dormait sur le dessus de la cheminée, entre une photo d'Andy arborant fièrement le premier poisson qu'il venait de pêcher et celle de Marty juchée sur une bicyclette à laquelle on avait ôté pour la première fois les stabilisateurs.

Aucun des trois ne lui prêta la moindre attention.

Les poings crispés, les pouces tournés vers le sol, elle cria :

« Dehors ! »

Le chat siffla. Les chiens aboyèrent. Tous restèrent à leur place.

« Écoutez, je ne veux pas savoir si votre ancienne maîtresse vous laissait dormir sur son lit ; mais, sur le mien, il n'en est pas question. Fichez-moi le camp ! »

Cette vigoureuse injonction demeurant sans effet, elle tourna les talons et descendit l'escalier à pas pesants.

Manifestement, elle s'y prenait mal – à moins que ces piètres résultats ne fussent dus à l'antipathie qu'elle inspirait à ces bêtes. Mais elle n'en était qu'à son premier jour. Il faudrait peut-être tout de même qu'elle change d'attitude à leur égard, qu'elle fasse preuve d'un peu plus de patience...

Pour la première fois de sa vie, elle eut l'impression que la réponse à ses problèmes ne tenait qu'à elle-même, que la solution se trouvait à portée de sa main. Qu'il lui suffirait de s'ouvrir, de tendre les bras. Mais cette sensation disparut bien vite. Son cœur se mit à battre très fort sans qu'elle sût exactement pourquoi.

Pendant cinq journées, Ruby recourut à tous les stratagèmes possibles pour mettre des colliers et des laisses à ses pensionnaires. Ils refusaient de la laisser approcher à moins d'un mètre. Elle étala des journaux par terre un peu partout, dans l'espoir qu'ils y feraient leurs besoins au moins une fois de temps en temps. Peine perdue. Elle avait déjà vidé deux bouteilles de désinfectant et près de quatre litres d'eau de Javel. Les couches qu'elle leur avait préparées étaient restées inoccupées, et les jouets pour chiens et pour chats n'avaient encore servi à rien. La seule chose que les animaux acceptaient, c'était de manger la nourriture qu'elle leur présentait.

Elle avait lu tous les livres, appliqué tous les conseils, rien ne marchait. Elle appela Arthur Bidwell.

« J'ai tout fait, Mr. Bidwell, expliqua-t-elle, mais ils ne veulent rien savoir. Et j'en ai plus qu'assez de nettoyer leurs saletés. Si vous n'avez aucune solution à me proposer, je vous demanderai de les remporter. »

A l'autre bout du fil, Biddy secoua sa tignasse poivre et sel.

« Ce n'est pas normal, ils devraient déjà être familiarisés avec leur nouvel environnement. Ils adorent qu'on les emmène promener, surtout Fred. Elle allait décrocher elle-même sa laisse quand elle avait besoin de sortir. Ils ont peut-être peur que vous ne les rameniez ici. Ils détestent rester enfermés – comme tous les animaux, d'ailleurs... Attendez, il me vient une idée. Je crois me rappeler qu'Agatha, leur ancienne maîtresse, leur avait donné à chacun un nom particulier. Voyons... Ah oui, Fred c'était Bouton de miel ; elle appelait Sam Bouquet de miel, et Doozie, était surnommé Doux miel. Essayez d'en faire autant, ma petite dame, ça peut très bien marcher. A mon avis, ces bêtes sont mortes de frousse, j'en mettrais ma tête à couper.

– J'ai l'impression qu'ils ne m'aiment pas. »

Ruby était au bord des larmes. Personne, à part son fils, ne lui témoignait plus la moindre affection.

« Ce n'est pas le problème, Mrs. Blue. Les animaux sont intelligents, vous savez. Je crois qu'ils ont peur que vous ne les abandonniez. Sinon, pourquoi auraient-ils choisi votre lit pour s'y installer ? Il y en a d'autres dans la maison. S'ils se sont mis justement sur le vôtre, c'est pour une raison bien précise. »

Ruby se rasséréna soudain.

« D'accord. Je vais faire une nouvelle tentative.

– Et Charlotte, comment va-t-elle ?

– Grâce à elle, je connais presque toutes les paroles de l'hymne national. Qu'est-ce que vous en dites ? »

Biddy se permit un petit rire amusé en raccrochant le combiné.

Ruby n'était pas très à l'aise en remontant dans sa chambre qui, désormais, échappait totalement à son contrôle. D'ailleurs, les animaux ne lui prêtaient plus la moindre attention. Elle alla jusqu'au milieu de la pièce pour que tous puissent bien la voir et les appela par les noms que Mr. Bidwell avait indiqués. Fred ouvrit un œil, sans plus. Sam agita la queue, mais resta la tête tournée de l'autre côté, et Doozie releva le museau puis se rendormit. L'opération avait échoué.

Ruby prit un ton suppliant. Les yeux emplis de larmes, elle lança :

« Et moi qui m'imaginais que nous pourrions être les meilleurs amis du monde, que vous m'accorderiez un peu de tendresse. Vous ne comprenez donc pas ? Personne ne m'aime, et vous non plus. Mrs. Penny, votre ancienne maîtresse, est morte, je sais que vous l'aimiez. Alors, moi, vous ne pourriez pas m'aimer un peu aussi ? demanda-t-elle d'une voix implorante. Mr. Bidwell n'a pas pu vous garder. Vous aviez faim et vous étiez sales. Vous dormiez dans des cages. Maintenant, vous dormez sur des oreillers, vous mangez du steak et du poulet. Il me semble que j'ai fait un effort, non ? »

Elle s'interrompit un moment, puis reprit avec amertume :

« Toute ma vie, j'ai essayé de faire plaisir à tout le monde, et qu'est-ce

470

que ça m'a rapporté ? On m'a tourné le dos, et vous, vous faites la même chose. »

Les chiens la regardaient fixement. Le chat sauta sur le dossier du rocking-chair, sans quitter Ruby des yeux. Le panache de sa queue balaya l'air.

« Il me semble tout de même que ce n'est pas trop vous demander. Je n'ai jamais eu d'animaux auparavant, alors peut-être que je manque un peu d'expérience. Vous ne comprenez donc pas ? J'ai besoin de quelqu'un qui m'aime, de quelqu'un qui accepte de s'intéresser à moi. Je n'arrive pas à comprendre pourquoi, mais tout m'a claqué entre les doigts. Vous voulez que je vous dise ? Maintenant, je me moque de tout. Et pour vous, c'est pareil ; je me fiche de ce que vous pouvez faire. »

Elle s'essuya les yeux avec la manche de son chemisier.

Sam s'approcha de Fred et enfouit son museau dans la fourrure de son cou. Doozie fixa sans cligner les yeux la femme désespérée qui se lamentait devant elle.

Ruby appela de nouveau les trois animaux en leur donnant les surnoms utilisés avant elle par Mrs. Penny. Elle répéta l'expérience pendant près d'une heure. Finalement, ses épaules se redressèrent et ses yeux lancèrent des éclairs.

« Je n'arrive pas à croire que c'est moi qui suis ici à vous parler, vous supplier, vous implorer comme si ma vie dépendait de vous. »

Les deux chiens s'étaient roulés en boule, les yeux tournés vers le chat dont la queue s'agitait de plus en plus frénétiquement.

« Bon, eh bien en voilà assez, vous m'entendez ! »

A pleins poumons, elle cria :

« J'ai fait tout ce que j'ai pu, je vous ai préparé des petits plats, comme si vous étiez des humains. Je vous ai acheté des jouets, des cadeaux et des laisses. Et vous, qu'est-ce que vous faites ? Vous couchez dans mon lit et vous m'obligez à dormir dans la chambre d'amis. Rien que ça ! Alors, vous allez foutre le camp de ce lit. Vous retournez chez Mr. Bidwell, espèces de sales bêtes ! Je vous déteste. Moi, je vous donne tout ce que j'ai et vous prenez tout sans manifester la moindre gratitude. Foutez-moi le camp, je ne veux plus vous revoir, vous m'entendez ? Dégagez, et en vitesse ! »

Prenant à peine le temps de retrouver son souffle, elle enchaîna :

« Vous êtes comme Dixie, comme Nola et comme Calvin. Ils m'ont laissée tomber, moi qui aurais tout fait pour les rendre heureux ! Ils n'ont jamais cessé de me décevoir. Moi qui attendais tant d'eux. Oui, Dieu sait si j'en attendais de leur part. Ah ! là ! là ! ce que je leur en ai voulu de ne pas répondre à mon attente ! Eh bien, avec vous, c'est exactement pareil ! »

Ruby tomba à genoux et continua ses supplications, les épaules secouées par ses sanglots. Elle avait réussi à capter l'attention des animaux, mais elle ne s'en apercevait pas. Fred s'était glissé jusqu'au bord du lit, suivi de Sam. Les deux chiens se regardèrent, puis se tournèrent vers Doozie qui s'était dressée sur le rocking-chair. Soudain, avec un

471

ensemble parfait, ils bondirent à terre, s'élançant vers Ruby qui faillit perdre l'équilibre, et ils se mirent à la lécher, à passer leurs pattes sur elle, se frottant contre elle, cherchant ses bras et ses mains pour qu'elle les caresse.

Saisie d'une joie sans mélange, Ruby plongea avec délices ses doigts dans leur pelage soyeux. Doozie se mit à ronronner tandis que les chiens poussaient de petits jappements. Ruby versa encore quelques larmes; et les trois bêtes qui, déconcertées, s'étaient un peu écartées, s'approchèrent davantage, plus doucement cette fois, et léchèrent le visage humide qui s'offrait à elles.

« D'accord, je vous garde », hoqueta Ruby.

Elle se moucha bruyamment. Ils s'étaient assis sur leur derrière, maintenant, alignés comme des petits soldats.

Ça doit vouloir dire quelque chose, se dit Ruby avec affolement. Mais quoi ?

« Vous voulez sortir en promenade ? Moi, j'en ai grande envie. Allez chercher les laisses. »

Doozie partit la première et revint avec la laisse entre les dents. Fred, elle, parut avoir du mal à choisir entre la rouge et la verte. Elle finit par opter pour la rouge. Sam n'eut plus que la verte qu'il prit à son tour. Une fois de plus, ils se mirent en rang d'oignons.

« Espèces de petits démons, murmura Ruby. Vous m'avez bien fait marcher, hein ? Vous avez fait exprès de m'en faire voir de toutes les couleurs pendant toute une semaine! »

Telle une grande bourgeoise de Park Avenue paradant sur le trottoir avec ses chiens au pedigree irréprochable, Ruby franchit la porte de la cuisine avec ses deux bâtards et son chat de gouttière. Les trois bêtes arpentèrent les alentours de la demeure avec une sagesse exemplaire et firent tout ce qu'elles avaient à faire en un temps record. Après quoi, avec un bel ensemble, elles repartirent dans l'autre sens. Elles voulaient revenir au logis.

« D'accord, on rentre tout de suite. Vous avez été parfaits. On refera la même chose après le souper. Et ce soir, on va mettre les petits plats dans les grands. Au menu : du vrai foie et du bacon. Toi, Doozie, je te donnerai une partie de mon filet de saumon. »

Elle eut la nette impression que Fred avait hoché la tête.

« Alors là, j'en reste comme deux ronds de flan », murmura Ruby en regardant chacun des animaux s'approcher du panier rouge pour y prendre un jouet et un objet à mâcher qu'ils allèrent ensuite porter sur leur petit lit. Elle fut prise d'un accès de franche gaieté en voyant que Doozie et Sam attendaient que Fred ait choisi sa couche.

« C'est donc toi la patronne, remarqua-t-elle en s'esclaffant. Maintenant, je saurai à qui je dois m'adresser en premier. »

D'un geste large, elle enleva le linge qui recouvrait la cage de la perruche.

« Quatre-vingt-dix-neuf bouteilles...

Ruby remit vite le torchon.

« Demain, dit-elle, ou tu apprends un nouveau refrain, ou tu retournes là où tu sais. »

Et Ruby chantonna joyeusement tout en préparant un dîner de fête pour sa nouvelle famille.

Le lendemain matin, Ruby appela son avocat au téléphone.

« Alan, je veux que vous contactiez la meilleure agence de détectives privés du pays. Le prix ne m'importe en aucune façon. Je veux qu'elle retrouve Dixie. Dites-lui d'affecter toute son équipe à cette mission.

– Ruby, je croyais... Êtes-vous bien certaine que c'est ce que vous souhaitez ?

– Sûre et certaine. Je vous expliquerai pourquoi un jour, mais pas tout de suite... Autre chose, Alan : ce chèque que ma sœur Amber avait renvoyé après la mort de mes parents, déposez-le à la banque. S'il est périmé, écrivez à ma sœur pour lui demander d'en faire un autre. J'ai l'impression que ce chèque représentait quelque chose d'important pour elle et qu'il faut donc y attacher le plus grand prix. Je lui écrirai moi-même une lettre aussitôt que j'aurai, de mon côté, fait le point sur pas mal de choses.

– On dirait que vous avez décidé d'éclaircir un certain nombre de problèmes restés en suspens. »

Le visage de Ruby s'épanouit.

« C'est exactement mon intention, Alan. Merci d'avoir exprimé à voix haute ce que je pensais tout bas.

– Alors, quels sont vos projets immédiats ?

– D'abord, m'habiller de neuf pour aller assister au défilé de mode le plus sensationnel de l'année. Une très vieille amie à moi m'a envoyé une invitation personnelle.

– J'en suis ravie pour vous, Ruby. Je ferai ce que vous m'avez demandé... Au fait, je vous suggère de rebrancher votre répondeur. Les détectives voudront sûrement vous tenir au courant de leurs recherches, et je suppose que vous regretteriez de ne pas recevoir leurs messages.

– Excellente remarque, Alan. Merci pour tout. »

A mesure que la date de la présentation de mode approchait, Ruby hésitait de plus en plus à accepter l'invitation que lui avait envoyée Nola. Finalement, le désir de revoir son amie l'emporta.

Elle avait tourné le dos au monde pour s'enfuir, croyant d'abord qu'il était préférable de partir seule pour tenter de panser ses blessures, sans soumettre les autres à ses accès de mélancolie et au spectacle de son désespoir. Maintenant, elle n'en était plus aussi sûre.

En tout cas, elle avait refait surface et recouvré la santé. Bien qu'elle ne tînt pas outre mesure à redevenir la Ruby d'antan, en revoyant Nola elle aurait peut-être encore davantage l'impression de retrouver une seconde jeunesse.

Elle s'assit à sa table de cuisine pour rédiger sa réponse. Après avoir gribouillé avec ardeur, elle relut plusieurs fois son texte afin d'être bien certaine qu'il contenait exactement le message qu'elle voulait transmettre.

Chère Nola,
Il va de soi que je me ferai un plaisir d'assister à cette présentation de mode. Tu me reconnaîtras tout de suite en voyant un visage amical, au premier rang, surmontant une robe bleue dessinée par Nq et cousue par Hattie Semolina. Je t'expliquerai après.

Tu m'as beaucoup manqué, Nola, mais ne te crois surtout pas obligée de me donner la moindre explication sur ce que tu m'as dit au téléphone la dernière fois que nous nous sommes parlé. C'est à moi de me justifier, si tu as le temps de m'écouter, bien sûr.

Bonne chance, Nola, mais il vaudrait peut-être mieux que je te dise les cinq lettres, comme aux acteurs avant d'entrer en scène. Tu choisiras.

J'ai hâte de te serrer dans mes bras, Nola.

Bien affectueusement,
Ruby

Elle avait également projeté de mener à son terme une autre démarche qui lui tenait à cœur. Elle prit donc une seconde feuille de papier.

Le message fut court. Elle demandait à ses avocats de porter plainte contre Calvin Santos pour non-remboursement d'une somme qu'elle lui avait prêtée. Il avait emprunté beaucoup d'argent à Ruby, au fil des années, surtout pour financer sa campagne électorale, et il ne lui avait jamais rien reversé. Elle mit également dans l'enveloppe des photocopies de documents prouvant le bien-fondé de son argumentation, y compris deux lettres où Calvin mentionnait son intention de rendre l'argent qu'il lui devait.

« Tu mérites d'être traîné devant les tribunaux, Calvin, murmura Ruby, mais je n'irai tout de même pas jusqu'à te loger une balle entre les deux yeux. »

Puis, après de multiples tentatives, elle réussit à mettre au point la lettre qu'elle lui destinait.

Cher Calvin,

J'ai demandé à mon avocat de t'intenter un procès pour non-remboursement des sommes que je t'ai prêtées. J'avais espéré pouvoir éviter d'en arriver là, persuadée que tu me paierais aussitôt que tu redeviendrais solvable. Je suis certaine qu'il s'agit juste d'un simple oubli de ta part. Si d'ici à un mois tu consens à me rembourser, cela mettra fin aux poursuites judiciaires.

Je regrette ce qui s'est passé, Calvin, mais je suis prête à en assumer toute la responsabilité. J'attendais beaucoup trop de notre relation. Quand tu m'as fait faux bond, trahissant mon attente, j'ai réagi avec trop de violence. Il faut dire aussi que tu as franchi les limites du supportable en me brisant le cœur à deux reprises : d'abord à Washington, et ensuite quand tu m'as laissée tomber une fois ton élection assurée.

En fait, nous avons eu tort de renouer, mais là je ne suis pas disposée à en assumer toute la responsabilité. Tu m'avais promis que tu divorcerais. Je sais maintenant que c'est toujours ce que disent les hommes quand ils commencent une liaison extramaritale, et je suppose que les femmes ne demandent pas mieux que de les croire.

J'aimerais que tu paies tes dettes envers moi, Calvin, pour que nous puissions nous regarder bien en face la prochaine fois que nous nous rencontrerons. Je suis convaincue que c'est la seule solution honorable.

Il y a une partie de moi qui t'aimera toujours, Calvin, et c'est pourquoi je te souhaite de connaître enfin le bonheur. Mon fils m'a donné une plaquette à accrocher dans la cuisine, et je voudrais que tu en connaisses le texte, Calvin. Il résume très bien la philosophie de l'existence. A condition d'avoir l'esprit ouvert, bien entendu. « Le succès se mesure à l'intensité avec laquelle on apprécie la paix, la santé et l'amour. »

Toi, Calvin, tu es quelqu'un que j'ai cru connaître autrefois.

Ruby

Elle relut la lettre à deux reprises, puis inscrivit son numéro de téléphone en bas de la feuille ainsi que sur l'enveloppe.

Elle appela les bureaux de Federal Express pour demander qu'on vienne chercher les trois lettres et on lui promit qu'elles seraient distribuées dès le lendemain avant dix heures du matin.

Ensuite, elle composa le numéro de Martha, mais on lui répondit que sa fille était partie sur un chantier. Comme on lui proposait de laisser un message, Ruby déclina l'invitation sans hésiter.

Décidée à régler toutes les questions en suspens sans exception, elle appela enfin son fils et sourit comme elle le faisait toujours chaque fois qu'elle entendait la voix de stentor d'Andy à l'autre bout du fil.

« Alors, où en es-tu avec ta ménagerie ? demanda-t-il avec un petit rire.

— Nous faisons équipe, maintenant. Pas un seul accident, et Charlotte est en train d'apprendre une nouvelle chanson. »

Andy éclata d'un rire joyeux, non à cause de l'oiseau, mais plutôt parce que sa mère avait un ton guilleret. Elle avait fini par reprendre le dessus. Il regretta de ne pas être auprès d'elle pour pouvoir la serrer dans ses bras.

« Écoute, Andy, à propos du terrain : j'ai une idée. Crois-tu qu'on pourrait aménager une voie d'accès depuis le sommet de la colline jusqu'à l'arrière de la propriété ?

— Je ne vois pas pourquoi ce serait impossible. Pourquoi ?

— Crois-tu pouvoir venir le week-end prochain pour y jeter un coup d'œil ? Les frères Semolina travaillent à la réfection des dépendances. Ils devraient en avoir terminé d'un jour à l'autre. J'ai pensé faire construire un grand refuge pour pouvoir y accueillir de nombreux animaux et aménager un parc zoologique. Avec un pavillon pour le gardien. Enfin, les gardiens, car il en faudra plusieurs.

— Ça va te coûter une petite fortune, maman. Tu veux avoir vraiment beaucoup d'animaux ?

— Le plus possible. Je vais demander à Mr. Bidwell et à Mikey, son assistant, de passer pendant que tu seras là. Ils auront peut-être des idées. Je veux faire une sorte de sanctuaire pour les animaux abandonnés par leurs maîtres.

— Je comprends très bien, m'man, dit Andy à mi-voix. Samedi, ça ira ? Et tu me ferais une tarte aux ananas ?

— Tu penses bien ! Il y aura même de la crème fouettée dessus.

— Ça, c'est une bonne idée. Eh bien, c'est entendu, à samedi.

— Andy, tu auras assez de temps pour te charger d'un projet de cette envergure ?

— Je le prendrai, le temps, m'man. Je suis à mon compte, ne l'oublie pas. Au fait, puisqu'on parle affaires, comment est-ce que ça va pour toi ? »

Ruby rejeta la tête en arrière et éclata de rire.

« Je n'en ai aucune idée. Pas trop mal, je suppose.

— Aucune nouvelle de Dixie ?

– Aucune. Mais j'ai engagé un détective privé pour la retrouver.

– Formidable. Ah, on m'appelle sur une autre ligne. Au revoir, m'man. Je t'adore.

– Moi aussi, je t'adore, Andy. »

Pendant que ses petits compagnons faisaient la sieste, Ruby prit le classeur où elle avait rangé le dessin de robe que Nola lui avait donné bien des années plus tôt. Ses yeux s'embuèrent à l'évocation des souvenirs qui affluaient.

Le passé resurgissait à sa mémoire.

Deux heures plus tard, Hattie Semolina prenait les mesures.

« Ça sera prêt dans une semaine ?

– Je ne vois pas pourquoi ce ne serait pas possible, marmonna Hattie, la bouche pleine d'épingles.

– Ce sera une création ?

– Tout ce que je couds est toujours une création.

– Croyez-vous que le tissu est... Il faut un tissu très spécial. C'est très important. Il est essentiel que l'on réalise un modèle unique en son genre, ajouta Ruby avec anxiété.

– Ce sera un modèle unique en son genre. Je n'en ferai qu'un. Ne bougez pas comme ça, Mrs. Blue. »

Ruby ne parvint pas à obtenir plus de détails de Hattie Semolina. Elle avait déjà la main sur la poignée de la porte quand Hattie déclara :

« Miss Quantrell ne trouvera rien à redire à la qualité de ma couture.

– Vous connaissez Nola ? demanda Ruby interloquée.

– Je sais lire », rétorqua Hattie en pointant le doigt en direction de la signature figurant en bas du dessin.

Ruby sourit. Le modèle imaginé par Nola était en de bonnes mains.

Ruby saute à bas de son lit. C'est aujourd'hui qu'elle part pour New York en voiture. Elle a réservé une chambre au Plaza. Elle la mettra là-bas, la robe créée par Nola, une fois qu'elle se sera douchée et remaquillée. Il faudra qu'elle soit la plus belle possible quand elle reverra son amie d'antan. Mon Dieu, qu'elle a hâte d'être à cet après-midi !

Elle accélère le mouvement. Elle sort les chiens, leur donne à manger et prend son petit déjeuner, vêtue d'un pantalon léger et d'un pull. Elle est suffisamment élégante ainsi pour traverser le hall du Plaza. Elle a même loué une limousine pour aller de l'hôtel jusqu'au lieu où se déroulera la présentation de mode.

A quatorze heures pile, Ruby pénètre dans le salon d'exposition de la 7e avenue. Elle se dirige vers le premier rang, conformément aux instructions envoyées par Nola. Un jeune homme montre du doigt le fauteuil du milieu et murmure :

« Nola a dit qu'elle voulait vous avoir directement dans son champ de vision... Je ne sais pas ce qu'il faut admirer le plus, vous ou la robe », ajouta-t-il d'un ton respectueux.

Ruby se sentait tout à fait rassurée, maintenant. Elle promena son regard autour d'elle. Si l'affluence dans la salle pouvait être considérée comme un signe de succès, alors, incontestablement, Nola allait faire un tabac.

« Et maintenant, mesdames et messieurs, voici Miss Nola Quantrell », annonça soudain le jeune homme.

Tout le monde applaudit, Ruby plus fort que les autres.

Et Nola apparut, les cheveux ornés de plumes et de peignes multicolores. Sa robe, confectionnée avec des pièces de tissu ressemblant à des mouchoirs assemblés selon les angles les plus biscornus, parut superbe aux yeux de Ruby.

Le défilé se déroula à un rythme rapide, Nola assurant elle-même la présentation de chaque modèle. Les acheteuses prenaient fiévreusement des notes : c'était bon signe ; elles étaient prêtes à passer commande. Ruby adressa à son amie un signe de triomphe, le pouce en l'air, que Nola lui envoya en retour.

« Et maintenant, mesdames et messieurs, mon dernier modèle. J'avais prévu de vous montrer tout autre chose... jusqu'au début de cette présentation, mais... Veuillez patienter une petite minute, mesdames et messieurs. »

Ruby fronça les sourcils en voyant Nola descendre du podium. Se passait-il quelque chose d'anormal ?

Elle sentit sur son bras un contact qui avait la légèreté d'une aile.

« Viens avec moi, Ruby, lui dit Nola à mi-voix. Je n'arrive pas à croire que tu avais conservé... Mon Dieu, Ruby, je sens que je vais me mettre à pleurer comme un veau, d'une minute à l'autre.

— Tu en as vraiment l'air », marmonna Ruby en suivant Nola vers les coulisses de la scène improvisée.

Un bras passé autour des épaules de Ruby, Nola amena son amie au centre du podium.

« Mesdames et messieurs, voici Ruby Blue. Pour ceux d'entre vous qui ne connaissent pas Ruby Blue, sachez qu'elle représente la moitié de Mrs. Sugar, les célèbres fabricants de cookies. »

On aurait entendu une mouche voler dans la salle.

« Il y a des années de cela, à une époque où je rêvais de devenir grand couturier, j'ai rencontré Ruby Blue. Ou plus exactement Ruby Connors. Je travaillais comme une forcenée, mais je ne parvenais à rien. En fait, j'étais dans une misère noire, et Ruby... Ruby m'a donné tout l'argent qu'elle possédait pour que je puisse rentrer chez moi. Comme je refusais de la dépouiller complètement, elle m'a demandé de lui dessiner une robe. Elle m'a dit qu'elle était certaine que je deviendrais un jour un couturier célèbre. Elle croyait en moi à une époque où tout le monde m'ignorait. Eh bien, mesdames et messieurs, vous pouvez voir Ruby Blue dans cette robe que j'ai conçue pour elle il y a plus de vingt ans. Je me souviens de lui avoir dit alors que, si elle la réalisait un jour, il faudrait à tout prix qu'elle utilise de l'étoffe bleue. »

Nola chuchota alors à l'intention de Ruby :

« Marche un peu, en virevoltant plusieurs fois. Et, dès que tu te seras arrêtée, croise les chevilles. »

Les spectateurs applaudirent longuement Ruby et Nola, debout côte à côte. Comme déjà des doigts se levaient, Nola sourit à Ruby avant de déclarer :

« Désolée, cette robe n'est pas à vendre. Elle est unique en son genre, un modèle exclusif de Nola Quantrell ; et cette dame, qui est mon amie, mérite de conserver le meilleur de ce que je peux donner. Merci à tous d'être venus aujourd'hui. »

Soucieuse de frayer un chemin pour Ruby, Nola écarta les mannequins et les curieux qui s'empressaient autour d'elles dans les coulisses.

« Suis-moi, dit-elle, on s'en va d'ici. Mon secrétaire va s'occuper de tous ces gens. On va aller discuter dans un endroit tranquille ; on a tellement de choses à se raconter, depuis le temps ! Bon sang, ce que je suis contente de te revoir. »

Au milieu de la 7e avenue, entourées par des manutentionnaires poussant des petits chariots de vêtements et par des camions de livraison qui se frayaient un passage dans la foule, les deux femmes se retrouvèrent dans les bras l'une de l'autre, les joues ruisselantes de larmes.

« Je crois bien que c'est la deuxième fois que je suis aussi heureuse, lança Nola d'un ton larmoyant.

– Moi aussi, c'est la deuxième fois », enchaîna Ruby.

Aucune des deux ne chercha à savoir quelle était l'occasion où l'autre avait connu son plus grand bonheur. Cela n'avait absolument aucune importance.

Dans l'appartement de Nola, un verre de vin à la main, les deux femmes s'étaient installées sur des piles de coussins.

« Raconte-moi tout, demanda Nola. Je n'étais pas certaine que tu allais venir, alors j'ai beaucoup prié, Ruby, j'ai prié pour que tu fasses le déplacement.

– Mon premier mouvement a été de refuser ton invitation. Plus exactement, il y avait en moi quelque chose qui me poussait à l'accepter, mais je ne pense pas que je serais venue. J'étais très différente de ce que je suis maintenant : j'attendais beaucoup trop des autres, je me laissais rebuter par leurs faiblesses. Ils n'étaient jamais assez forts, assez courageux, assez généreux. Ils n'en faisaient jamais assez pour me prouver qu'ils m'aimaient réellement. Tout cela était très confus en moi, mais j'ai fini par y voir un peu plus clair. En fait, mon attitude s'expliquait par l'enfance que j'ai vécue ; et quand je l'ai compris, ça m'a beaucoup aidée. »

Ruby prit une petite gorgée de vin, qu'elle dégusta lentement, et ajouta :

« Au fond, les seuls moments où je suis heureuse et en paix avec moi-même, c'est quand je fais quelque chose pour les autres. En revanche, si j'insiste pour que les autres me rendent la pareille, tout se gâte. J'exige de leur part les mêmes preuves d'affection que celles que je leur ai prodiguées, et comme ce n'est pas toujours possible je leur en veux de ne pas répondre à mon attente. C'est ce qui m'est arrivé encore tout récemment avec des animaux que j'avais recueillis chez moi. Grâce à eux, j'ai compris qu'il faut toujours donner sans jamais rien attendre en retour. Un peu comme quand j'envoyais des dons aux orphelins qui étaient chez tes parents. J'étais obsédée par la crainte de finir comme mon père, détestée de tous et incapable de témoigner la moindre affection à qui que ce soit. Et toi, quand j'ai vu que tu avais l'air de mépriser ta famille, Nola, je ne t'ai pas comprise. Mais maintenant, je veux que nous soyons amies, Nola, des amies véritables, comme autrefois. Il suffit de le vouloir, et j'espère ardemment que tu le désires autant que moi. »

Nola hocha la tête, les yeux brillants. Ruby sourit avec un soulagement visible.

« Maintenant, déclara-t-elle, parle-moi de Nola Quantrell.

— Nola Quantrell est une menteuse, Ruby. Elle t'a menti sans discontinuer depuis le début. La Nola que tu croyais connaître détestait en fait les orphelins qui vivaient chez elle ; elle haïssait la vie à la campagne, les privations et la nécessité où elle s'est trouvée de rentrer à la maison après s'être fait faire un enfant. Car mes parents n'étaient pas des plus accommodants : ils ne m'ont jamais pardonné de m'être retrouvée enceinte sans être mariée. C'est mon père qui a déniché et contacté Alex, ce sont mes parents qui m'ont pratiquement obligée à l'épouser. Ils voulaient faire de moi une honnête femme, sinon il ne me restait plus qu'à partir avec le bébé. Je n'ai pas eu le choix, à l'époque. Du moins je ne le croyais pas. J'ai appris depuis que l'on a toujours le choix, à condition d'avoir assez de cran pour aller jusqu'au bout de sa décision.

Des années plus tard, quand j'ai commencé à gagner de l'argent, j'en ai envoyé à la maison. A contrecœur, je le reconnais, car, chaque fois qu'une fournée d'orphelins quittait notre maison, une autre arrivait. Un moment, il y en a eu jusqu'à vingt et un. Je ne comprenais pas ce qui poussait mes parents à agir ainsi, comment ils pouvaient trouver leur bonheur dans la présence de cette marmaille. Tu es comme eux, Ruby ; et moi, je suis une égoïste. Je le suis encore et je le serai toujours, conclut Nola d'un air malheureux.

— Ce n'est pas vrai. Je ne suis pas du tout d'accord ; si tu n'avais cherché que ton intérêt, tu aurais vendu la robe que j'ai sur le dos, objecta Ruby.

— Tu as drôlement intérêt à t'y cramponner, n'empêche, dit Nola en essuyant ses larmes.

— On s'est vraiment fourvoyées, l'une comme l'autre, Nola...

— Comment va Andrew ?

— Très bien. Nous sommes devenus très amis. Avec lui, on sait toujours à quoi s'en tenir. Maintenant, j'ai acquis la certitude qu'il se mettrait la tête sous le couperet pour me tirer d'affaire si j'en avais besoin. Pendant longtemps, c'est une chose que j'ai ignorée. Et nous ne nous cachons absolument rien. Et Alex, comment va-t-il ?

— Il est mort. J'ai beaucoup pleuré en apprenant la nouvelle. Nous n'aurions jamais dû nous marier. Notre union était uniquement fondée sur le sexe : on aurait bien mieux fait de rester chacun de son côté. Mon fils est formidable, et nous sommes de très bons amis. Il est en Californie. C'est pratiquement lui qui dirige la boîte Nq Ltd.

— Et ta dépression nerveuse ?

— Un jour, je n'ai pas réussi à me sortir de mon lit. J'avais en moi cette culpabilité qui a fini par être trop pesante pour que je puisse la porter. Je consulte régulièrement un psy, depuis longtemps déjà. Vois-tu, Ruby, j'ai besoin de partager un secret avec toi. C'est une chose que je n'ai jamais dite à personne, même pas à mon psy, et je me rends très bien compte que c'est la dernière des sottises. Voilà... je suis moi-même une orpheline. Je n'ai jamais été une véritable Quantrell, car mes parents d'adoption n'ont jamais eu d'enfants. Je l'ai appris quand ils sont morts. Il y a eu soixante-douze enfants aux obsèques de ma mère adoptive. Bref, j'ai eu l'impression qu'on m'avait trompée, Ruby. Je n'étais plus moi-même. Moi qui avais tellement cru que j'étais leur enfant ! »

Ruby tendit les bras et Nola posa la tête sur l'épaule de son amie.

« Je vais en informer mon psy ; il faut à tout prix que je résolve mon problème exactement comme tu as résolu le tien. Crois-tu que nous pourrons nous appeler de temps en temps pour nous tenir au courant des progrès que nous aurons faits ? Tu m'écouteras, hein, Ruby ?

— Seulement si tu m'écoutes, toi. »

Elles restèrent longtemps enlacées, souriant à travers leurs larmes.

« Je savais bien que nous étions de vraies amies. Nous nous sommes trouvées séparées par la vie pendant un moment, mais je suis sûre qu'à présent tout va s'arranger », conclut Ruby d'un air confiant.

29

Installé dans la caravane de chantier qui lui avait servi de quartier général pendant la construction du sanctuaire pour animaux, Andy regardait la liste des invités à la soirée-surprise organisée à l'occasion de l'anniversaire de sa mère, qui coïncidait justement avec l'achèvement des travaux. Tout le monde serait là : les avocats de New York, Silas Ridgely, Nola, Andrew, l'ensemble du personnel de Mrs. Sugar et toutes les personnes dont le nom figurait sur le carnet d'adresses qu'il avait subtilisé à sa mère. Il avait hésité à inviter Martha, mais son père l'y avait poussé sans la moindre hésitation.

« Il faut le faire, Andy », lui avait-il dit.

Pourtant, il se demandait encore si c'était une bonne idée. Pour ses deux tantes, il s'était posé la même question, et il avait fini par les appeler au téléphone. Aucune d'elles n'avait confirmé sa venue – sans refuser sa participation, toutefois. Quant aux frères Semolina et à leurs cousins, y compris Angus Webster, leur présence ne faisait aucun doute.

Son plus grand problème, maintenant, c'était de tenir sa mère éloignée de la maison pendant quelques jours avant la soirée, pour avoir le temps de décorer la grange ; mais Andy ne manquait pas d'imagination et il se faisait fort de trouver à temps un prétexte plausible.

De ses longs doigts effilés, il tambourina sur le dessus en Formica du bureau qu'il s'était aménagé dans la roulotte de chantier. Il avait peine à croire qu'un an déjà s'était écoulé depuis que sa mère lui avait pour la première fois parlé de son projet de refuge.

Il pensa à la réaction de Biddy et de Mikey quand ils avaient vu, la semaine précédente, le pavillon qui leur était destiné. Biddy avait failli pleurer et Mikey avait versé de véritables larmes : le jeune garçon ne parvenait pas à croire qu'il allait avoir sa chambre à lui, une chambre que Ruby avait tenu à décorer elle-même.

La maisonnette comportait également une petite cuisine pourvue de tout le confort, avec chaîne hi-fi, télévision, magnétoscope et un assortiment de cassettes vidéo, rien que pour Mikey et Biddy.

Il y avait des vêtements neufs dans les placards. Pour l'hiver, des anoraks en duvet véritable, des chemises de flanelle, des caleçons longs, des bottes fourrées et de solides brodequins. Pour les tenues d'été, Ruby avait choisi des ensembles bigarrés aux couleurs vives, se conformant ainsi aux goûts de ses deux futurs gardes.

Andy ne put s'empêcher de rire. Quand sa mère entreprenait quelque chose, elle allait jusqu'au bout. Il regarda sa montre. C'était l'heure de se rendre au cottage. Il avait en effet demandé à Biddy et à Mikey de l'y retrouver à midi. Il avait hâte de voir la tête des deux hommes quand il leur remettrait une fourgonnette neuve qui avait été livrée quarante minutes plus tôt.

Il y eut beaucoup d'émotion, à n'en point douter. Portant Sam sous son bras gauche, Fred sous son bras droit et Doozie sur son épaule, Mikey arpenta son nouveau domaine en jetant alentour des regards incrédules. Ils le virent de la porte s'asseoir sur son lit neuf, toucher d'un doigt timide la robe de chambre accrochée à côté et ses pantoufles posées près de la table de nuit. Ils rirent de bon cœur quand il se regarda dans son miroir, puis pointa un doigt vers l'image qu'il lui renvoyait en déclarant :

« J'suis morfidable.

— Bien sûr que tu es formidable, approuva Ruby en souriant.

— C'est pour ça tout moi ?

— Oui, tout est pour toi. »

Désignant alors Sam, Fred et Doozie, il demanda avec un sourire espiègle :

« A moi aussi ?

— Pas question, dit Ruby en souriant.

— C'était pour de rire, répondit Mikey en se laissant tomber sur le lit, entraînant les chiens dans sa chute.

— Remarque bien qu'ils ne demanderaient pas mieux : ils t'aiment beaucoup, ils t'adorent. Ils se rappellent très bien que tu leur frottais le ventre quand ils avaient faim. Ils ne t'ont pas oublié, Mikey.

— Pas oublié. »

Le jeune homme avait prononcé si distinctement ces deux mots que Ruby leva soudain les sourcils.

Elle se pencha vers lui et lui déposa un baiser sur la joue en lui ébouriffant les cheveux d'un geste amical.

« Personne n'oublie jamais ce qui est important, Mikey. »

Il se redressa sur le lit.

« Imp'tant. P'us jamais de cages.

— Plus jamais, mon petit. Des cages, il n'y en aura pas chez nous », dit Andy en donnant une tape dans le dos de Mikey qui la lui rendit aussitôt en riant.

Se tournant ensuite vers sa mère, Andy ajouta à mi-voix :

« Tu as fait un sacré boulot, m'man.

— Alors là, je suis bien d'accord, approuva Biddy de sa voix bourrue. Je ne sais plus quoi dire, moi. C'est comme si un rêve impossible venait soudain de se réaliser.

— Vous êtes vraiment content, Mr. Bidwell ? demanda Ruby avec une pointe d'anxiété.

— Tout à fait, Mrs. Blue. Mais vous m'appelez toujours Mr. Bidwell alors que pour tous les autres je suis Biddy. Vous ne trouvez pas que le moment est venu de m'appeler Biddy, vous aussi ? »

Ruby s'apprêtait à accepter, mais elle vit soudain les yeux du brave homme.

« Oh, je ne le pourrai jamais, Mr. Bidwell. J'ai trop de respect pour vous. »

Elle savait parfaitement que personne ne l'avait jamais appelé Mr. Bidwell. Elle n'en reprit pas moins :

« J'espère que cela ne vous offense pas.

— Pas du tout, Mrs. Blue. J'aime assez, au contraire », rétorqua le petit homme en souriant.

Ruby sourit elle aussi, puis elle prit soudain un air affairé.

« Bon, il va falloir que je rentre. Je veux mettre un rôti au four pour vous, les hommes, et j'ai promis à ma ménagerie de faire des cheeseburgers pour le dîner.

— M'man, tu n'oublies pas quelque chose ? murmura Andy. La grange, ajouta-t-il ensuite à voix basse.

— Ah oui, c'est vrai. Mr. Bidwell, il y a dans la grange quelque chose que vous aimerez sans doute ramener au refuge avec vous.

Pendant que Biddy ouvrait la porte de la grange, elle se tourna vers son fils d'un air anxieux.

« Tu crois qu'il va aimer ? demanda-t-elle.

— Bien sûr, m'man. Surtout avec ce qu'il y a d'écrit sur la portière. Tu peux te vanter d'avoir eu là une excellente idée. »

A peine entré dans la grange, Biddy ressortit aussitôt, regardant fixement Andy et Ruby.

« Ce véhicule est pour Mikey et moi ? demanda-t-il d'un air incrédule.

— Exactement, Mr. Bidwell. Je trouve qu'il va très bien avec ces installations toutes neuves, n'est-ce pas votre avis ? comme aucun d'entre vous ne connaît le nom de famille de Mikey, j'espère que vous ne vous formaliserez pas qu'on ait mis son prénom en premier.

— Ça me plaît beaucoup. Et je suis sûr que Mikey apprécierait aussi, s'il savait lire. Surtout que ça sonne rudement bien : Refuge pour animaux Mikey/Bidwell, Lords Valley, Pennsylvanie. »

Andy lui tendit les clés.

« On a bridé l'accélérateur, le temps du rodage, expliqua-t-il.

— Ça me fait le même effet qu'un gosse à qui on vient d'offrir un vélo neuf. Amène-toi, Mikey », lança-t-il d'une voix tonnante.

Andy et Ruby suivirent du regard la fourgonnette rutilante jusqu'au moment où elle disparut à leur vue, masquée par le sommet d'une montée.

« Je me suis avisé d'une chose, tout récemment, confia Andy à sa mère. La plupart des gens se montrent généreux parce qu'ils obtiennent quelque chose en retour. Mais toi, tu n'auras rien, pas même un reçu, rien du tout.

— Alors là, tu te trompes, Andy. J'ai ma petite satisfaction personnelle. »

30

Ils étaient tous rassemblés, tous ces amis que Ruby pensait ne plus avoir. Les quatre musiciens se tenaient prêts à attaquer *Happy Birthday*, et les traiteurs attendaient derrière les longues tables surchargées de canapés en tous genres et de plats préparés, chauffés à la vapeur. Une armée de serveurs et de serveuses circulait dans l'immense grange, avec des plateaux offrant aux invités quelque chose à boire ou à grignoter.

Andy était content de lui en regardant cette grange qu'un fleuriste local avait décorée avec des fleurs d'été et des banderoles multicolores.

Près de la porte, une table croulait sous les cadeaux fort joliment emballés.

« Les chiens commencent à s'énerver. Ça veut dire que m'man n'est plus très loin, confia Andy à son père. Elle va sûrement se mettre dans une fureur folle, tu ne crois pas ?

— Seulement pendant une seconde, mais dès qu'elle aura vu tout le monde ce sera fini. Ta mère...

— ... a un caractère un peu spécial, c'est ça, p'pa ?

— Exactement. Je le lui dis tout le temps. J'ai même espéré récemment qu'elle allait commencer à me croire.

— Elle va être bigrement surprise de te voir. Je ne pensais pas que Marty viendrait, mais elle est ici, et les tantes aussi. »

Voyant soudain Fred et Sam se mettre à gratter une petite porte latérale, Andy leva la main.

« Silence, tout le monde ! Je crois qu'elle arrive, déclara-t-il. Je vais la faire entrer par la grande porte, préparez-vous. »

Il se précipita dans la direction des chiens et sortit avec Fred, Sam et Doozie sur les talons.

« Salut, m'man. Ça s'est bien passé, là-bas ? » demanda-t-il nerveusement.

Pour éloigner sa mère, il lui avait raconté que les employés de la société s'étaient mis en grève et que sa présence à l'usine était indispensable.

« Ils veulent un syndicat, non mais, tu te rends compte ? explosa Ruby. Ils n'ont même pas accepté de me parler. Ils étaient déjà tous partis et je me suis retrouvée seule, fulmina-t-elle. C'est le pire anniversaire que j'aie eu de toute mon existence.

– D'accord, d'accord. Écoute, ça m'embête un peu, mais pourrais-tu m'accorder une minute de ton temps ? Il y a dans la grange quelque chose que je voudrais te montrer. J'ai l'impression que les frères Semolina ont mal ajusté une poutre et que le toit... est en train de s'écrouler.

– Quoi !

– Ils vont venir voir demain, mais il vaudrait mieux que tu te rendes compte toi-même auparavant. Tu les connais, ils seront là dès le lever du soleil.

– Mais je suis épuisée. Ça peut sûrement attendre demain.

– Non, viens tout de suite. Il y en a pour une minute.

– D'accord, mais pas plus d'une minute. Tu verras toi-même avec les Semolina ; moi, j'ai cette histoire de syndicat à régler... »

« Joyeux anniversaire ! »

Ce fut la plus belle fête de sa vie, et Ruby pleura de joie à maintes reprises. Elle y alla de sa larme en dansant le quadrille avec son mari, en valsant avec Mick et Dick Semolina, et aussi quand elle embrassa Mikey, resplendissant dans son costume neuf. Mais ce furent vraiment les grandes eaux quand sa fille, la regardant droit dans les yeux, lui déclara :

« Je te demande bien sincèrement pardon, maman. »

Elle fut également émue quand Nangi la prit dans ses bras et quand Amber lui tapota affectueusement les cheveux. Mais elle resta de glace quand Opal tenta de croiser son regard sans y parvenir. Ruby lui donna tout de même une petite tape sur l'épaule avant d'aller se réfugier dans les bras d'Andrew.

« Joyeux anniversaire, Ruby.

– Merci, Andrew. Merci d'être venu. Ça me fait plaisir de te voir. Je t'assure, je suis vraiment heureuse que tu sois là.

– Dois-je en conclure que tu as fini par y voir un peu plus clair en toi ?

– Y parviendrai-je jamais ? répliqua Ruby en gloussant. Tu as une allure folle, Andrew. As-tu toujours autant de succès avec les femmes ?

– Faut pas se plaindre, répondit-il avec bonne humeur.

– Quel âge a la dernière en date ? »

Sans la moindre hésitation, Andrew répondit :

« Trente-trois ans. Une blonde à taille de guêpe. Et toi ?

– C'est le calme plat, Andrew.

– Dommage. »

Il baissa soudain la voix pour ajouter d'un ton confidentiel :

« Je connais un ou deux types qui pourraient lui faire passer un fort mauvais quart d'heure. Il n'avait pas le droit de te traiter comme il l'a fait.

– Je savais parfaitement à quoi je m'exposais en renouant avec lui. Je me suis conduite comme une collégienne, et je mérite amplement ce qui m'est arrivé. Au fait, je lui intente un procès pour non-remboursement de l'argent que je lui avais prêté.

– Quoi, il *nous* doit de l'argent ? rugit Andrew au comble de l'indignation.

— On peut le dire de cette façon, si tu veux... Oui, il me doit une assez forte somme. Mais je me charge de mener à bien cette affaire. »

Andrew était vraiment superbe avec son teint bronzé, et il n'avait pas grossi d'un gramme depuis son départ de Rumsom. Ses cheveux grisonnaient aux tempes, augmentant encore son pouvoir de séduction.

« Je rêve ou quoi ? Tu portes une moumoute, Andrew. Je ne te croyais pas coquet à ce point-là.

— Ce n'est pas une moumoute. Ce sont mes cheveux naturels. On me prend ceux qu'on coupe dans la nuque pour me les tresser sur le devant. Ça coûte la peau des fesses », expliqua-t-il en riant.

Reprenant son sérieux l'espace d'un instant, il ajouta :

« Je voudrais tellement que tu sois heureuse, Ruby. C'est vrai, je te jure.

— Je suis heureuse, Andrew. Tiens, mon air favori. On danse ? »

Ils évoluèrent sur la piste aux accents de *Blue Moon*. Ils se souriaient, étroitement enlacés. Maintenant, nous sommes amis, songeait Ruby, des amis qui peuvent s'accepter tels qu'ils sont vraiment.

Tout le monde avait déserté la piste, mais ils ne s'en aperçurent qu'à la fin de la musique, quand une salve d'applaudissements retentit à leurs oreilles. Andrew inclina le buste, Ruby fit la révérence.

« On se retrouve tout à l'heure, lui chuchota Andrew à l'oreille.

— Pas question. Mes petites bêtes à quatre pattes ne laissent personne, je dis bien personne, pas même Andy, franchir la porte de ma chambre. Mais je te verrai au petit déjeuner si tu y tiens. Merci de m'avoir fait danser, Andrew. »

Elle s'était à peine éloignée de lui de quelques pas qu'un parfum familier vint effleurer ses narines.

« Nola, s'écria-t-elle. Ma parole, je suis vraiment gâtée, ce soir.

— C'était la moindre des choses, dit Nola. J'ai comme l'impression que la moitié de la planète se trouve rassemblée ici ce soir.

— Il y en a deux qui manquent à l'appel, mais ce n'est pas grave. Je m'en accommode sans mal. Ça se passe bien pour toi ?

— Formidable. Malheureusement, il faut que je prenne un avion pour la France tout à l'heure, alors je suis obligée de repartir bientôt... Je suis désolée, Ruby, mais le devoir m'appelle. J'envisage de vendre les intérêts que je détiens dans la société et je voudrais voir combien les Français m'en offriront. Quand la date du rendez-vous a été prise, je ne savais pas encore qu'il y aurait cette soirée... Je te souhaite un joyeux anniversaire, Ruby, et tout plein de bonnes choses. J'ai laissé mon cadeau sur la table. J'espère qu'il te plaira.

— Du moment que ça vient de toi, ça me plaira forcément, répondit Ruby avec sincérité. Merci d'être venue, Nola.

— Tu diras au revoir à Andrew de ma part. Il m'a annoncé tout à l'heure que pour une vieille peau j'avais encore de beaux restes. J'ai pris ça pour un compliment. »

Ruby serra son amie dans ses bras.

« Fais bon voyage et appelle-moi aussitôt que tu le pourras.

— C'est promis. »

La porte venait de se refermer sur Nola quand Ruby sentit que quelqu'un lui touchait le bras.

« Bon anniversaire, Ruby. »

C'était Amber.

« Il serait encore meilleur si ton souhait était sincère, déclara Ruby sans ambages.

— Je me rappelle t'avoir dit une fois, à Washington, que toi et moi nous ne serions jamais amies. J'étais sincère à l'époque et, malgré tous mes efforts, il est bien vrai que je n'arrive pas à ressentir la moindre amitié pour toi, Ruby. Mais j'essaie de sauver les apparences, pour ne pas décevoir Nangi qui te tient en très haute estime. S'il y avait des psys à Saipan, j'irais sans doute en voir un, bien que je connaisse parfaitement les raisons de cet état de choses. Et ce n'est pas en allant consulter Pierre, Paul ou Jacques que je résoudrai des problèmes qui remontent à la plus tendre enfance. Je ne voulais pas te gâcher ton anniversaire, mais il m'a semblé qu'il fallait que je te dise ces choses. D'après Nangi, je suis jalouse de toi. C'est peut-être vrai, bien que personnellement je ne le croie pas.

— Moi non plus. Tu es ce que tu es et je suis ce que je suis. Sache pourtant que j'apprécie ta franchise. Je suppose que nous continuerons de vivre chacune de notre côté. Nous sommes dans l'hiver de notre vie, maintenant, tu sais.

— Mais ça ne veut rien dire, ça, Ruby, répliqua Amber avec une grimace.

— C'est parce que tu ne veux pas l'admettre. Mais il n'y a plus personne avant nous, Amber. Maman et papa sont morts ; la prochaine fois, ce sera notre tour. Ça ne sert à rien de s'enfoncer la tête dans le sable.

— Et si je préfère la mettre dans le sable, moi ? lança Amber sur un ton de défi.

— D'accord, répondit Ruby d'un ton insouciant. On s'embrasse ou on se serre simplement la main ? »

Amber se pencha vers sa sœur et lui déposa un baiser sur la joue.

« Ça, c'est pour Nangi. Pour avoir été très chic avec lui. Et lui avoir donné une chance. J'ai beaucoup apprécié.

— Eh bien, tant mieux, Amber. Je suis heureuse que nous ayons eu cette petite conversation.

— Moi aussi. Ta soirée a été très réussie. Que des bonnes choses à manger et une excellente musique, affirma Amber.

— Eh bien, tu as encore le temps d'en profiter », dit Ruby en souriant.

L'orchestre jouait de nouveau : *Happy Birthday*. Ruby s'approcha de l'estrade au pied de laquelle son fils la rejoignit. Elle demeura un peu à l'écart pendant qu'Andy demandait à l'un des musiciens d'annoncer l'ouverture des cadeaux.

Ruby regarda tous ces visages souriants. Elle était la reine de la soirée. Elle remarqua que Mikey et Biddy ne quittaient pas Andy d'une semelle.

Déballant les paquets un à un, elle souriait et pleurait tour à tour en remerciant chacun de sa délicate attention. Elle s'apprêtait à se relever de la caisse à oranges sur laquelle elle s'était assise quand Mikey s'approcha, tenant dans ses bras une boîte qu'il tendit à Ruby en inclinant la tête.

« Pou' toi. »

Ruby souleva le couvercle. Une fois de plus, les larmes lui montèrent aux yeux.

« Un chiot égaré, hein ? s'exclama-t-elle en serrant le jeune homme dans ses bras. Comment s'appelle-t-il ? »

Comme Mikey secouait la tête dans un geste d'ignorance, elle reprit :

« D'accord. Demain, nous lui trouverons un nom. »

Mikey eut un sourire rayonnant quand Ruby l'embrassa sur les deux joues. Ensuite, elle donna l'accolade à Biddy.

Quand il ne resta plus que la famille proche, Ruby revint dans la grange. Tous étaient rassemblés autour de la table, une coupe de champagne à la main. Andrew en tendit une à Ruby.

« Ça a été très chic de votre part de venir, déclara Ruby. Je suis vraiment heureuse que vous soyez là, de nouveau rassemblés. La dernière fois... c'était dans des circonstances beaucoup plus tristes. Aucun d'entre nous ici n'a personne à choyer, sauf Amber, avec toute sa nichée. »

Quelques rires fusèrent.

« Ce qui s'est passé autrefois... c'est de l'histoire ancienne. Nous ne pouvons pas refaire le passé. Si je me suis mal conduite, croyez bien que j'en suis désolée. Et si c'est encore possible, j'aimerais que nos relations repartent du bon pied.

Ho là ! Les musiciens sont en train de remballer leurs instruments. Retiens-les, Andy. Je veux que nous restions à chanter à danser, entre nous. Rien que nous. »

Le soleil pointait à l'horizon quand ils repartirent tous vers la maison. Ruby tenait par le bras son fils d'un côté et son mari de l'autre. Martha marchait à reculons devant eux, jacassant et riant de tout son cœur.

Pendant que les autres montaient au premier pour prendre leur douche, Andrew et Ruby s'installèrent à la table de la cuisine, en attendant que le café soit prêt.

« Alors, Ruby, s'inquiéta Andrew, as-tu l'intention de passer le reste de ton existence ici, en pleine cambrousse, avec tes chiens et tes chats pour toute compagnie ? »

Il avait l'air fatigué et les traits tirés. C'était sans doute à cause des effets combinés du décalage horaire et de sa consommation inhabituelle de boissons alcoolisées.

« Je ne vois pas ce qu'il y a de mal dans le genre de vie que je mène actuellement, rétorqua Ruby sans se démonter. Après tout, c'est ainsi que je conçois l'existence. Je suis bien libre de vouloir demeurer au calme.

— Oh, mais tu es libre, marmonna Andrew. Du moment que c'est vraiment ce que tu veux. C'est marrant, je croyais bien te connaître. J'avais toujours vu en toi une vraie battante, une lutteuse infatigable. J'ai du mal à... me faire à cette nouvelle image de toi. Es-tu heureuse ?

— Si tu peux me donner une définition du bonheur qui corresponde à la mienne, je pourrai sans doute te répondre. Mais une telle sollicitude de ta part me touche énormément ; dommage qu'elle se manifeste un peu tard, tu ne trouves pas ?

— Je me suis toujours fait beaucoup de souci pour toi – bien que je ne l'aie pas souvent montré, il est vrai, reconnut Andrew avec lassitude. Mais, après tout, c'est à toi de juger. Chacun voit midi à sa porte, c'est mon grand principe.

— Et c'est le mien aussi, approuva Ruby avec un grand sourire. Tiens, une douche vient de se libérer, j'entends l'eau qui gargouille dans les tuyaux.

— Tu es quand même vachement bien installée, admit Andrew un peu à contrecœur. Tu ne pourrais pas me préparer un breakfast vite fait ? J'ai horreur de ce qu'on nous sert dans les avions.

— Tu t'en vas déjà ? » demanda Ruby avec un étonnement peiné.

Andrew se tourna vers elle d'un air surpris.

« Eh oui ! On s'en va tous. Martha est... Je repars avec elle, elle me déposera à l'aéroport de Newark. Quant à tes sœurs... je crois qu'Andy va les reconduire jusqu'à Kennedy. Tu pensais que nous allions rester ?

— Vous venez de si loin que je m'attendais à vous garder au moins une journée ou deux.

— Mes employés vont me piquer toute la recette si je ne rentre pas par le premier avion. Mais si tu préfères que je reste, je peux encore changer mes plans.

— Non, ça ne fait rien... Des œufs et du bacon, ça te va ?

— O.K. Je reviens dans un petit quart d'heure », lança Andrew par-dessus son épaule.

Marty ne tarda pas à entrer dans la cuisine. Elle embrassa sa mère avant de se baisser pour gratter l'oreille du chien.

« Tu m'as beaucoup manqué, tu sais, maman.

— Toi aussi, tu m'as manqué, Marty, répondit Ruby en cassant des œufs dans un grand saladier jaune.

— Est-ce que tu pensais vraiment ce que tu as dit dans la grange, que le passé était de l'histoire ancienne et tout ça ?

— Bien entendu. Tu devrais savoir que quand je dis quelque chose c'est que je le pense.

— Alors, comment se fait-il que nos rapports soient encore aussi tendus ?

— Il y avait tellement de temps que nous ne nous étions pas vues, Marty ! Les gens changent. Mais je t'aime, et ça, ça ne changera jamais, dit Ruby le cœur battant à grands coups.

— Tu m'as pardonné ? demanda Martha d'une voix tremblante.

— Bien sûr. Mais ce n'est pas la peine de remettre tout ça sur le tapis. Ça ne sert à rien.

« — Ce que je t'ai dit dans la maison de grand-mère, je ne le pensais pas vraiment, tu sais, affirma Martha en sanglotant.

— A ce moment-là, tu le pensais. Tu as dit ce que tu ressentais. Et moi... pendant très longtemps j'ai considéré que tu m'avais trahie. Maintenant, j'ai surmonté tout ça. Je ne veux pas te voir pleurer, Marty. Je t'en prie. »

Ruby prit sa fille dans ses bras.

« Je pourrai revenir ici ?

— Chaque fois que tu le voudras. Je n'ai pas l'intention de partir où que ce soit. Je serai toujours ici pour te recevoir.

— Préfères-tu que je téléphone d'abord ?

— Mais non, ce n'est pas la peine. Tu n'as même pas besoin de clé, je ne ferme jamais aucune serrure. »

Ruby savait fort bien que Martha n'arriverait jamais à l'improviste. Elle prendrait toujours la précaution de téléphoner d'abord. Ruby hésita un moment : n'allait-elle pas confier à sa fille que la blessure infligée à son cœur n'était toujours pas guérie ? Mais elle préféra s'abstenir. Un jour viendrait où elle connaîtrait la guérison, elle n'en doutait pas un instant.

« Je voudrais décider papa à passer avec moi quelques jours. Tu crois que ça pourra marcher ?

— Les chances sont faibles, voire nulles, rétorqua Ruby en riant, reprenant la formule si chère à Andrew. Il croit que ses employés vont détourner toutes les recettes, à Hawaii, s'il s'attarde ici trop longtemps. Il a sûrement raison. Quand on se fait payer uniquement en liquide, on est à la merci des autres. Seulement, avec ton père, on ne peut jamais rien prévoir. Tu veux que je lui en parle ?

— Tu accepterais de le faire, maman ?

— Naturellement. Tu n'as qu'à sortir les chiens, j'en profiterai pour lui poser la question. Tu es sûre que tu ne veux pas déjeuner ?

— Certaine, maman. »

Elle saisit pourtant deux tranches de bacon, qu'elle partagea avec les chiens avant de sortir de la cuisine.

« Tu arrives pile, Andrew, dit Ruby en versant les œufs battus dans la poêle. Écoute, je voudrais que tu me rendes service. Remarque bien que je ne t'ai jamais rien demandé de vraiment... important. Je veux que tu me dises oui tout de suite, avant de savoir de quoi il s'agit. »

Andrew feignit de réfléchir.

« D'accord. Je reconnais volontiers que je te dois bien ça. J'espère que tu ne vas pas me demander de renoncer aux femmes !

— Je voudrais que tu passes quelques jours avec Marty. Tu acceptes ?

— Si tu me paies tout le manque à gagner que ça va entraîner pour moi, c'est d'accord.

— Je te paierai tout ce que tu voudras... Alors, tu acceptes ?

— Ouais, ce n'est pas un problème. Et tu n'as pas besoin de me payer. C'est notre gosse, tout de même.

491

– Merci. »

Elle posa devant son mari l'assiettée d'omelette.

« Tu vois, Andrew, en ce moment, je serais capable de tuer quelqu'un pour manger ces œufs.

– Prends-en la moitié, proposa-t-il après avoir avalé sa première bouchée.

– Tu as envie de me voir entre quatre planches ? Quel genre d'enterrement envisagerais-tu pour moi ? Première, deuxième classe ? »

Andrew fronça les sourcils.

« Qu'est-ce que tu racontes là ? Tu ne pourrais pas t'exprimer plus clairement, non ? »

Elle lui exposa alors en détail ses problèmes de santé et la nécessité où elle se trouvait de suivre un régime très strict. Andrew l'écouta avec un étonnement non dissimulé.

« Et c'est maintenant que tu le dis, Ruby ! Pourquoi ne m'en as-tu jamais touché le moindre mot ? Et Andy, et Martha ? Ils ne savent rien, eux non plus ? »

Ruby s'esclaffa avec une gaieté sincère.

« Ils se seraient inquiétés inutilement. J'ai préféré me prendre en main, c'est tout. »

Andrew se remit à manger avec appétit.

« Quand as-tu subi ton dernier examen médical ? Tu vas bien, à présent ? »

Il repoussa son assiette. Il avait l'air si inquiet que Ruby ne put s'empêcher de rire.

« Ça va presque bien. Encore six mois de ce régime, et je pourrai de nouveau mener une vie normale. Alors, tu comprends, Andrew, pourquoi je préfère être ici. C'est l'endroit idéal pour résister à toutes les tentations.

– Tu aurais pu m'en parler avant. Mais qu'est-ce que tu peux bien fabriquer ici pour tuer le temps ?

– Viens avec moi, tu vas comprendre. »

Elle l'emmena dans l'une des pièces du rez-de-chaussée qui donnaient sur le jardin et désigna les rayonnages garnissant les murs.

« Ces livres, je les ai tous lus, annonça-t-elle. Mais j'ai encore autre chose à te montrer. Il faut le voir pour le croire. Fais bien attention, les marches sont un peu glissantes, ajouta-t-elle en allumant les lampes de la cave.

– Mais enfin... ? »

Ruby fit un grand geste de la main.

« Voilà ce que j'ai fait pendant les huit ou neuf premiers mois, annonça-t-elle. Je n'ai regardé qu'une seule chaîne de télévision, celle des achats par correspondance. Et j'ai acheté tout ça, expliqua-t-elle, penaude.

– On se croirait dans un entrepôt d'hypermarché. Mais tu n'as même pas ouvert les colis !

– Je sais. Chaque fois qu'un paquet arrivait, je l'expédiais d'un coup

492

de pied au bas des marches. Pour moi, c'était une sorte de thérapie. Ça m'a coûté dix-sept mille dollars. American Express m'a supprimé ma carte, et les banques aussi. J'étais restée six ou sept mois sans ouvrir mon courrier. Maintenant, personne ne consent plus à me faire crédit, ajouta-t-elle.

– Sans blague !

– Et toutes les sociétés qui m'avaient délivré des cartes de crédit m'ont intenté un procès. Ce sont mes avocats qui s'en occupent. Vingt procès, qu'en dis-tu, Andrew ?

– Je n'en reviens pas. »

Andrew partit d'un grand éclat de rire, et ils se mirent à se donner de grandes tapes sur les épaules. Puis, saisis d'une sorte de frénésie, ils se précipitèrent sur les paquets dont ils déchirèrent l'emballage, crevant les cartons à grands coups de poing ou de pied. De temps à autre, l'un d'eux lançait une plaisanterie, et ils s'esclaffaient.

« Il y a là plein de trucs que tu pourrais offrir à ta nana de Maui. »

Ils s'affalèrent sur une pile de cartons en se tenant les côtes. Ni l'un ni l'autre n'avait aperçu, en haut des marches, leurs enfants, qui, imités par Amber et Opal, fixaient les deux déments d'un regard éberlué.

Épuisé par tous ses efforts, Andrew passa un bras autour des épaules de sa femme.

« Il va falloir que je fiche le camp d'ici, sinon je vais devenir complètement dingue. Tu as très bien réagi, Ruby, déclara-t-il en lui déposant un baiser léger sur la joue. Bon sang, ça fait des années que je n'avais pas ri comme ça. Je suis rudement content d'être venu.

– Moi aussi, je suis contente, Andrew. On va organiser une soirée, nous aussi, pour fêter tes soixante-cinq ans.

– D'accord. Mais on fera ça chez moi.

– Tu es prêt, papa ? demanda soudain Marty.

– Au fait, Marty, ça te dirait de passer quelques jours avec ton vieux ?

– J'en serais ravie, répondit-elle avec un sourire radieux.

– Seulement, annonça Andrew en levant la main, je tiens absolument à conduire cette Testarosa.

– C'est d'accord, papa.

– Au revoir, maman. Au revoir tout le monde. »

Ruby lui ayant adressé un clin d'œil complice, Martha courut vers sa mère.

« Merci, maman. »

Quand le bruit de la Ferrari se fut éteint, Andy attira sa mère à l'écart.

« Tu es formidable, maman. »

Un peu plus tard, quand Amber vint lui dire au revoir, Ruby songea : *C'est la dernière fois que je la vois. Et ça m'est bien égal. Elle me dit « au revoir », mais elle pense « adieu ».*

« Au revoir, Amber ; au revoir, Nangi », dit-elle en prolongeant l'étreinte avec son beau-frère peut-être un peu plus longtemps qu'il n'était nécessaire.

Une minute plus tard, Opal franchissait la porte en adressant à Ruby un petit signe de la main.

« Merci pour cette agréable soirée, Ruby », se contenta-t-elle de déclarer.

Ruby resta au sommet du coteau, les chiens à ses pieds, jusqu'au moment où la voiture que Nangi avait louée disparut de sa vue.

« Voyez-vous, annonça-t-elle aux chiens, qui cessèrent de se chamailler juste le temps de l'écouter, voyez-vous, je me trompe peut-être, mais je crois bien que je viens de franchir un nouvel obstacle. »

D'un geste théâtral, elle se frotta les mains pour montrer ce qu'elle pensait de sa dernière performance.

En repartant vers la grange, Ruby continua de converser avec ses chiens.

« C'est pas formidable, ça, quand la fête a lieu en votre honneur et que c'est vous qui vous tapez la corvée de nettoyage une fois tout terminé ? »

Soudain, elle se mit à courir, se rappelant le chiot enfermé dans la boîte à chaussures.

« Mon Dieu, comment ai-je pu l'oublier ? » gémit-elle.

Il dormait, la tête entre les pattes de devant. Ruby sourit avec attendrissement.

Le téléphone sonnait. Ruby, occupée dans la cuisine, s'essuya les mains en hâte avant de décrocher. Elle entendit une voix inconnue annoncer »

« Je suis Eve Santos. »

Ruby aspira l'air goulûment, tout en tirant frénétiquement une chaise de sous la table.

« Oui ?

— J'ai appris que vous nous intentiez un procès, déclara Eve Santos d'un ton glacial. Eh bien, moi, j'ai en ma possession toutes les lettres que vous avez écrites à Calvin. Je les porterai à la connaissance du public si vous persistez dans votre intention de faire tout ce... tout ce cirque. Qu'espérez-vous obtenir ? Nous n'avons pas d'argent. En tout cas, pas assez pour payer ce que demande votre avocat. »

Les chiens étaient au garde-à-vous à ses pieds, Doozie allongée sur ses genoux. Tous trois scrutaient le visage de Ruby d'un œil agrandi qui ne clignait pas.

« Le dossier n'est plus entre mes mains, Mrs. Santos. Vous ne devriez pas me contacter ainsi. Si vous avez quelque chose à dire, il faut que votre avocat s'adresse à mon avocat.

— C'est mon mari que vous voulez, n'est-ce pas ? C'est la seule idée que vous ayez derrière la tête, insista Eve d'un ton hargneux.

— Où avez-vous eu mon numéro de téléphone ?

— Dans une lettre que vous avez écrite à Calvin. Il ne sait même pas que vous l'avez envoyée. C'est moi qui ouvre son courrier au bureau.

— Pourquoi donc, Mrs. Santos ? De quoi avez-vous peur ? Pas de moi, tout de même !

— Je sais très bien à quoi m'en tenir sur votre compte, et ce depuis fort longtemps. J'ai dit à Calvin que j'étais au courant. Je l'ai bien mis en garde : s'il fait la moindre incartade, je préviens ses enfants. »

Ruby s'était enfin ressaisie.

« Ne cherchez pas à m'intimider, Mrs. Santos. Personnellement, je me fiche complètement de ce que vous pouvez faire et de ce que vous pouvez dire. A qui que ce soit. Je ne vois aucun inconvénient à ce que toute la lumière soit faite, si l'affaire est portée devant les tribunaux. Tout ce que je sais sur votre compte sera également divulgué. Alors, souvenez-vous-en avant de me menacer. Mais c'est avec Calvin qu'il faut discuter de tout cela, ce n'est pas avec moi. La seule chose que j'exige, c'est que me soit restitué l'argent qui m'appartient. Soit dit en passant, dans une de ses lettres en ma possession, Calvin reconnaît me devoir une forte somme que je lui ai avancée.

— Je vous rendrai vos lettres si vous me donnez celles que Calvin vous a écrites. »

Mon Dieu, Calvin, qu'est-ce que c'est que cette harpie ?

« Je suis désolée, Mrs. Santos, mais je n'accepte aucun chantage, de la part de qui que ce soit.

— Je sais fort bien qui vous êtes. Vous êtes persuadée que l'argent peut tout acheter. Eh bien, il ne vous permettra pas d'acheter Calvin.

— Je sais fort bien à quoi m'en tenir sur votre compte, moi aussi, Mrs. Santos. Et je n'ai jamais essayé d'acheter votre mari. Je voulais l'amour de Calvin, c'est vrai, parce qu'il me disait qu'il était prêt à me le donner. Mais je ne l'ai jamais acheté. Maintenant, je vous serais très reconnaissante de bien vouloir raccrocher, Mrs. Santos.

— Je ne lui accorderai jamais le divorce. Vous ne l'aurez jamais. JAMAIS ! vitupéra Eve avec hargne.

— Voulez-vous que je vous dise, Mrs. Santos ? Je crois que, vous et votre mari, vous vous méritez l'un l'autre. Faites ce que vous voulez. Nous nous verrons au tribunal. Et ne me rappelez plus jamais. Au revoir. Ah, au fait, transmettez toutes mes amitiés à Calvin. »

Ruby raccrocha violemment le combiné. Doozie émit un sifflement rageur.

Tout au long de la promenade qu'elle fit avec ses chiens, Ruby rumina sa rancœur contre Eve Santos. Se remémorant la conversation qu'elle venait d'avoir avec cette mégère, elle imagina des répliques qui ne lui étaient pas venues à l'esprit. Elle aurait dû lui rétorquer ceci ou cela... lui river son clou en lui disant...

« Oh, et puis laisse tomber », marmonna-t-elle en retournant vers la maison.

Calvin et Eve Santos appartenaient désormais à un passé révolu.

Ruby eut l'impression que les années passaient au-dessus d'elle comme si elles avaient joué à saute-mouton. 1986 ne lui laissa qu'un vague souvenir, et pour 1987 ce fut encore plus imprécis.

Les chrysanthèmes étaient maintenant défleuris, et le houx prenait le relais, annonçant l'hiver. Dans une dizaine de jours, ce serait Noël.

Qu'avait-elle donc pu faire pendant ces deux années pour qu'elles s'écoulent aussi vite ? Par moments, Ruby avait la sensation de se trouver sur un tapis roulant qu'elle n'arrivait plus à contrôler, lancée dans une course folle vers une destination dont elle n'avait aucune idée. La seule chose qu'elle sût avec certitude, c'était que les journées n'avaient pas assez d'heures : elles s'écoulaient d'un trait, du matin jusqu'au soir.

Il régnait une bonne chaleur dans la cuisine déjà ensoleillée, malgré l'heure matinale. Chaque jour, le même spectacle s'offrait aux yeux de Ruby : les citrons étaient sur la table ; le feu crépitait gaiement ; les chiens dormaient ; Charlotte chantait de tout son cœur ; Doozie montait la garde, assise sur le dessus du réfrigérateur.

Et elle, Ruby Blue, elle n'avait pas changé non plus.

En revanche, Dixie n'avait toujours pas été retrouvée. Quant à Calvin, après avoir réussi à retarder le procès, il avait fini par céder et payer la somme réclamée. Ruby se demandait souvent s'il lui redonnerait jamais de ses nouvelles, mais elle en doutait fort. Et cela ne l'empêchait pas de dormir.

Ce jour-là, Ruby sentait comme une sorte de menace dans l'air, bien qu'elle fût incapable d'expliquer cette impression. Installée devant la fenêtre de la cuisine, elle regarda la neige qui s'était soudain mise à tomber tout en envisageant d'appeler Nola pour l'inviter à passer là les fêtes de Noël avec son fils. Peut-être ce dernier trouverait-il la compagnie de Martha agréable et, qui sait... ? Mais Ruby n'avait pas envie de se lancer dans une longue conversation, fût-ce au téléphone.

Les affaires d'Andy allaient bien : il supervisait la construction d'une patinoire qu'il avait conçue pour un joueur de hockey habitant à une trentaine de kilomètres de là. Ruby n'avait jamais vu son fils aussi heureux : le hockey avait toujours été son sport favori. Marty allait bien elle aussi. Ruby l'avait appelée récemment pour lui demander de ses nouvelles.

Tout était donc pour le mieux dans le meilleur des mondes, et pourtant elle éprouvait un réel malaise. Un drame se préparait. Et elle s'y trouverait mêlée d'une manière ou d'une autre.

Ne sachant que faire, Ruby appela Andrew. Elle entendit au loin le bruit des vagues – Andrew transportait partout son téléphone portable.

« Andrew, c'est moi, Ruby. Écoute, j'aimerais bien que tu viennes passer les fêtes de Noël chez moi. Il n'y aura que nous quatre, avec peut-être aussi Nola et son fils. Qu'en dis-tu ?

– Envoie-moi un billet d'avion et je suis à toi. En première classe. Ouais, tiens, ça me ferait plaisir de revoir la neige. Merci pour l'invitation. Ça me séduit tout à fait. Ça va, toi ?

– Oui, bien sûr. Très bien.

– Tu as l'air un peu bizarre.

– Je ne sais pas... aujourd'hui je me sens un peu drôle. Comme si quelque chose allait arriver. Il neige en ce moment, certes, mais c'est pas à cause de ça, j'adore la neige. Peut-être que...

« — C'est l'âge qui te fout le cafard, affirma Andrew en s'esclaffant. Sers-toi un bon verre de remontant et envoie balader toutes ces idées noires. C'est ce que je fais dans ces cas-là... Faut que j'y aille, Ruby, j'ai des clients qui m'attendent. Merci pour l'invitation.

— Tout le plaisir est pour moi, Andrew. »

Elle n'avait pas envie de raccrocher. Elle avait besoin de continuer à parler, d'entendre une autre voix ; mais Andrew était déjà parti. Elle appela alors le bureau de sa propre société, mais la secrétaire était trop occupée pour pouvoir s'attarder au téléphone.

Ruby adorait la neige, elle l'avait toujours aimée. Peut-être qu'en marchant seule dans la nature elle parviendrait à chasser de son esprit ces pressentiments funestes ? A moins de retourner au salon pour finir d'emballer les cadeaux de Noël ? Elle opta pour la promenade.

Elle revint deux heures plus tard, les jambes endolories mais la tête légère. Elle accrocha son manteau dans l'entrée et décida de se faire du café aux noisettes et à la vanille. Elle raffolait de ces parfums.

Dès que le moulin à café eut commencé à vrombir, les chiens se dressèrent sur leurs pattes. Quelques minutes plus tard, elle emporta sa tasse fumante dans la salle, les chiens sur ses talons. Le sapin de Noël était déjà en place, mais vierge de tout ornement. Ruby sortit les guirlandes et les décorations diverses.

A cinq heures, tout était terminé. Les bûches flambaient dans l'âtre, les lumières du sapin scintillaient ; le gui et l'énorme guirlande, avec son nœud de velours rouge, proclamaient que les fêtes de Noël allaient commencer à Orchard Circle.

Ruby s'essuya les mains d'un air satisfait après avoir refermé la dernière boîte d'accessoires. Elle avait tout fait elle-même. Pour la première fois depuis bien des années, son état d'esprit s'était mis au diapason des fêtes de Noël.

Elle chantonna pendant qu'un disque égrenait des cantiques. Les chiens s'amusaient avec les papiers et les rubans qu'elle avait laissés par terre. Doozie cherchait désespérément à se débarrasser de l'écheveau de fil rouge dans lequel il s'était empêtré.

Des cadeaux aux emballages multicolores s'empilaient en demi-cercle autour de l'arbre. Il y en avait aussi sur la table, sur les chaises et sur le canapé. D'autres s'entassaient dans les coins, au pied de l'escalier et dans l'alcôve, ainsi que de chaque côté de la porte d'entrée où ils avaient l'air sentinelles en train de monter la garde.

Il y en avait également dans la salle à manger et dans la pièce que Ruby avait baptisée bibliothèque. Des dizaines et des dizaines de cadeaux, des centaines peut-être, car elle ne s'était pas donné la peine de les compter. Elle avait couru les magasins dans la journée, faisant ses emballages cadeaux la nuit. Il y en avait pour tout le monde : Mikey, Biddy, les frères Semolina, les cousins des Semolina, ses enfants et Andrew. Les chiens avaient leur petite pile à eux, ainsi que Doozie.

Elle confectionnait des gâteaux depuis plusieurs jours, et les odeurs qui envahissaient la maison étaient si délectables qu'elle ne cessait de passer d'une pièce à l'autre le nez en l'air, un large sourire sur les lèvres.

Charlotte était en train de chanter le refrain d'un cantique de Noël quand Ruby entra dans la cuisine pour aller jeter une boule de papiers chiffonnés dans la poubelle. La sonnette de la porte d'entrée retentit juste au moment où elle sortait l'aspirateur du placard. Doozie s'arc-bouta sur le dessus du réfrigérateur. Sam montra les dents et traversa d'un bond le salon pour se précipiter vers la porte. Fred émit un grondement guttural. La seule personne qui se servît jamais de la sonnette était Rob Frazier, le bûcheron.

Mais il ne pouvait pas s'agir de Rob. Surtout par un temps pareil!

La sonnette retentit une seconde fois.

« D'accord, d'accord, j'arrive. Une petite minute! Et vous, on se calme », lança Ruby en direction des chiens.

Elle ouvrit la porte.

« Dixie! »

La réaction de Ruby fut de refermer la porte d'un coup sec. Doozie émit un sifflement en s'agrippant aux jambes tremblantes de sa maîtresse. Fred continua de grogner, et les oreilles de Sam se rabattirent sur sa tête tandis que Number Five, le chiot que Mikey avait offert à Ruby, piétinait rageusement un papier d'emballage cadeau.

La sonnette retentit de nouveau. Plusieurs fois de suite.

Ruby rouvrit la porte.

« Je t'en prie, Ruby! Je peux entrer?

— Pourquoi?

— Parce que j'ai besoin de te parler.

— En ce moment, tout le monde a besoin de me parler. Eh bien, moi, je n'en ai nullement besoin. Va-t'en, Dixie. Je ne veux pas te voir et je ne veux pas te parler non plus. »

La colère et le chagrin qui s'étaient accumulés en elle pendant si longtemps remontaient à la surface. Elle avait complètement oublié qu'elle avait recouru aux services d'un détective privé et perdu tout souvenir des questions qu'elle s'était posées au sujet de son amie.

« Tu veux donc que je reste dehors à geler? Parce qu'il n'est pas question que je reparte avant de t'avoir parlé.

— Fais à ton idée », dit Ruby en claquant de nouveau la porte.

Au fond d'elle-même, elle avait toujours espéré que Dixie reviendrait; mais, à force de raisonner logiquement, elle avait fini par se convaincre qu'elle ne reverrait jamais son amie. Que de scénarios elle avait imaginés, pourtant! Tantôt elle prenait Dixie dans ses bras en lui disant : « Je ne veux rien savoir, tu es pardonnée »; tantôt elle lui lançait : « Disparais de mon existence, je ne veux plus jamais te revoir. » Le côté mesquin et vindicatif de son caractère lui soufflait que Dixie devait payer pour toute la souffrance et toute la colère dont elle avait été la cause. Même en la laissant attendre dans le froid, sous la neige, elle était loin de trouver une compensation suffisante aux chagrins qu'elle avait endurés.

Ruby écarta le mince rideau qui recouvrait la vitre de la porte. Dixie s'était assise sur les marches, entourant ses genoux avec ses bras. Quelle entêtée! elle allait prendre racine devant la porte, quitte à mourir de froid. Ruby se répéta qu'elle ne devait rien à Dixie. Mais alors, pourquoi avait-elle contacté un détective privé?

Et puis, Noël était proche, non? Dixie aurait tout de même pu attendre que les fêtes soient finies pour venir mettre la pagaille dans l'existence tranquille que menait Ruby.

Mais la situation n'était-elle pas différente maintenant? Le moment n'était-il pas venu de passer l'éponge et sur la colère et sur la souffrance?

Un vertige saisit Ruby. Ses pensées tourbillonnaient. Elle s'assit, et les animaux s'installèrent à côté d'elle. Elle respira l'air embaumé, l'œil fixé sur le sapin de deux mètres dont les lumières scintillaient de tous leurs feux. Des larmes lui montèrent aux yeux quand elle vit les montagnes de cadeaux. Il n'y en avait pas un seul pour Dixie.

« Oh, non, Dixie. Je ne suis pas du tout disposée à entrer dans ton jeu! »

Combien de temps Dixie allait-elle rester sous la neige? Ruby savait la réponse. Dixie ne décollerait pas de là. Elle ne bougerait pas d'un pouce. Ruby sentit son cœur se serrer. Mais enfin, pourquoi était-elle revenue maintenant, après une si longue absence? Elle devait vouloir quelque chose.

Tu es vraiment dure, songea Ruby. Ouvre-lui la porte. Dixie est une sœur pour toi. Plus qu'une sœur, même. Tu l'aimes. Ce qui s'est passé autrefois n'a plus aucune importance. C'est le présent qui compte.

Ruby gratta Sam derrière les oreilles, puis regarda sa montre. Vingt minutes s'étaient déjà écoulées. Et Dixie n'était pas chaudement vêtue, loin s'en fallait. Ruby déplaça doucement Fred qui était sur ses genoux et se dirigea d'un pas incertain vers la porte. Elle écarta les rideaux. Dixie était toujours blottie sur le seuil, entièrement recouverte par la neige maintenant.

Les lèvres étirées en un mince sourire, Ruby ouvrit brusquement la porte.

« D'accord. Je te donne dix minutes. Je n'ai pas envie d'avoir ta mort sur la conscience. »

Dixie se mit péniblement debout. Ruby remarqua alors qu'elle ne portait pas de gants.

Dixie s'ébroua comme un chien mouillé et battit la semelle pour débarrasser ses chaussures de la neige. Et quelles chaussures! Des espèces de sandales ouvertes sur le devant!

Ruby n'offrit pas de lui prendre son manteau, mais elle invita son amie à entrer sur un ton dépourvu d'agressivité.

« Viens te mettre auprès du feu.

— C'est joli chez toi, commenta Dixie en jetant un regard alentour. Et ça sent bon. Tu as toujours eu le chic pour embaumer les maisons. Je suis morte de froid, Ruby. Crois-tu que je pourrais avoir une tasse de café ?

— D'accord, mais ce sera décompté sur tes dix minutes », marmonna Ruby.

Une fois dans la cuisine, elle emplit une tasse et la mit dans le four à micro-ondes. En attendant, elle redisposa ses citrons. Quand le café fut chaud, elle y ajouta une cuillerée de sucre supplémentaire. Enfin, elle se pencha pour prendre les pantoufles au pied du rocking-chair.

« Mets ça. Quand on a froid aux pieds, on n'arrive jamais à réchauffer le reste.

— Merci, Ruby, fit Dixie avec gratitude. Elles sont à toi, toutes ces bêtes ?

— Oui. Et elles sont bien mieux que beaucoup de gens. »

Number Five, le chiot, était allongé aux pieds de Dixie. Il se trémoussait en agitant la queue. Elle lui frotta le ventre.

« Abordons le vif du sujet, les mondanités sont terminées. Qu'est-ce que tu veux ? Je sais que tu veux quelque chose, sinon tu ne serais pas ici. Pour mémoire, je dirai que tu m'as brisé le cœur et, juste au moment où je commençais à récupérer, tu arrives comme marée en carême. Tu ne fais plus partie de mes amies, Dixie.

— On ne pourrait pas faire comme si rien ne s'était passé ? demanda Dixie à mi-voix.

— Pour moi, c'est impossible. Alors, si tu n'as rien d'autre à me dire, passe ton chemin. Tu peux garder les pantoufles.

— Ruby, je t'en prie. J'ai besoin de te parler. Je veux essayer de t'expliquer...

— Tiens, j'ai déjà entendu ça quelque part. Nous n'avons plus rien à nous dire, Dixie. Pour moi, tu es purement et simplement rayée de mon existence.

— Comment as-tu pu devenir aussi amère ?

— Quoi ? C'est toi qui as le culot de me le demander ! Toi qui m'as laissée tomber comme une vieille chaussette ! Vraiment, je ne comprends pas. Je n'ai jamais compris, d'ailleurs.

— J'ai eu des problèmes. Il m'a fallu faire face... Je ne sais pas, j'ai perdu la tête. C'était ça ou te demander de prendre mon destin en main, et ça je n'ai pas pu m'y résoudre.

— Alors là, elle est bonne, celle-là ! En somme, ce qui est arrivé, c'est encore ma faute ! » fulmina Ruby en se mettant à faire les cent pas dans la pièce.

L'odeur du gui lui montait à la tête, elle en avait presque le vertige.

« Personne ne t'a jamais forcé la main, que je sache. Tu as toujours été libre. Et tu as choisi de disparaître dans la nature, de m'ignorer complètement. Je ne veux pas entendre tes raisons. Tout ça c'est du passé, de l'histoire ancienne. Maintenant, je veux vendre ma part de l'affaire, bien qu'il ne reste plus grand-chose à vendre. La faillite nous menace. Nos concurrents veulent la peau de Mrs. Sugar, on aurait dû les étouffer dans l'œuf, mais je n'ai rien pu faire parce que tu n'étais pas là pour donner ton accord. Comment s'appellent-ils ? Ah oui, Mrs. Field et David ? ? Ils se sont assuré les meilleures parts de marché, et ils veulent nous acheter. Il a fallu que je tienne tête à moi toute seule.

— Il me semble qu'autrefois j'ai largement fait ma part aussi, répondit Dixie en sanglotant.

— Tu as fichu le camp. Tu as vendu ta satanée baraque alors qu'il te suffisait de décrocher ton téléphone ou de m'envoyer une lettre pour me dire que tu allais bien, même si tu avais un problème à résoudre. Ça t'aurait pris cinq minutes de ta vie; mais l'effort était trop grand pour toi, hein ? Disparais de ma vue, Dixie, je suis lassée de toi et de tes excuses. Tu prétendais que nous étions des sœurs, que nous faisions équipe. Et que nous vieillirions ensemble, confortablement installées dans un rocking-chair en échangeant nos souvenirs. Tout ça, c'était du baratin de la pire espèce et tu savais très bien que tu mentais. Et moi qui croyais en ton amitié! Ah, tu peux dire que tu m'as bien eue! »

Ruby s'assit sur le canapé et enfouit sa tête dans ses mains. Elle ne pouvait plus endiguer le flot de ses larmes. Les chiens se rapprochèrent d'elle, fixant Dixie d'un œil circonspect. Juchée sur le manteau de la cheminée, Doozie observait la scène.

Dixie traversa la pièce et tomba à genoux à distance respectable de Ruby, craignant que les chiens ne se jettent sur elle.

« C'est le succès qui m'a tourné la tête, Ruby. C'est du moins ce que m'a expliqué mon psy. Après la mort de Hugo, j'ai complètement perdu les pédales. Tout juste si j'arrivais à survivre. J'ai tourné en rond, un point c'est tout. Même quand je suis tombée malade, je n'ai pas pu me résoudre à aller à l'hôpital. Pendant deux ans, je me suis fichue de tout. Je ne voulais pas affronter la réalité, ni me colleter avec les problèmes. Quand on ne sait pas quoi faire on ne fait rien, pas vrai ? J'en avais tellement assez d'être un fardeau pour toi et pour moi-même. »

Ruby releva la tête, les joues ruisselantes de larmes.

« Et tu crois que je vais avaler ça ? Que tu as tourné en rond pendant ces cinq années ? Je ne suis pas naïve à ce point! Tu m'as laissée en plan, un point c'est tout. Va-t'en. Je te jure que je te serai reconnaissante au plus haut point si tu t'en vas à présent », dit Ruby avec lassitude en s'essuyant les joues.

Malade ? que voulait-elle dire par là ? ?

« Je n'ai jamais été aussi solide que toi, Ruby, reprit Dixie avec tristesse. Moi, je n'ai jamais pu braver l'adversité ni ignorer les obstacles.

— Je t'aurais aidée. C'est à ça que ça sert, les amis. Et pourquoi viens-tu maintenant, si longtemps après ?

— Eh bien, je me suis dit que si je venais à cette époque de l'année tu serais peut-être plus disposée à l'indulgence envers moi. Enfin, je l'espérais. Parce que j'ai besoin de toi. J'ai besoin que quelqu'un s'occupe de moi. Je vais mourir, Ruby. J'ai un cancer du sein. On m'a fait une mastectomie il y a trois ans, mais la tumeur est revenue. »

Ruby fut prise de vertige. Vidée de toute force, elle sentit la nausée monter en elle.

« Qui t'a dit que tu allais mourir ?

– J'ai été voir cinq spécialistes différents. Le mal n'est pas seulement en train de s'étendre, Ruby, il galope d'un bout de mon corps à l'autre. Chaque jour... Je n'en ai plus pour longtemps à vivre, Ruby. Un mois tout au plus. Je prends des doses massives de... Écoute, je ne veux pas mourir seule, et tu es la seule personne au monde à laquelle je tienne vraiment. Mais ne crois surtout pas que j'ai eu l'intention de venir ici pour te gâcher tes fêtes de Noël ! Ruby, je suis vraiment navrée. »

Dixie était mourante et elle s'en excusait ! Ruby regarda sa vieille amie ; elle la fixa longuement, puis elle ouvrit ses bras et Dixie vint s'y réfugier. Toutes les rancunes étaient dissipées, les années de souffrance balayées.

« J'ai tellement de choses à te dire, Dixie ! A mon sujet et à propos de nous, de notre amitié. J'ai voulu éliminer tout ce qu'il pouvait y avoir de négatif dans mon existence. Pendant très longtemps, je t'en ai voulu. Les raisons qui m'ont poussée à venir ici n'ont guère d'importance ; mais cette maison, les animaux qui m'y tiennent compagnie et quelques personnes formidables, tout cela m'a aidée à me remettre sur les rails. Et Andrew a été merveilleux, lui aussi. Difficile à croire, hein ? Et toi, tu peux compter sur moi, mon Dieu. Je vais prendre soin de toi. Je ferai de mon mieux. Mais tu ne crois pas que tu serais mieux dans un...

– Non, Ruby. Je préfère rester – si ça ne dérange pas, naturellement. Mais je peux partir, tu sais. Comme tu le dis si justement : partir sans prévenir personne a toujours été mon fort. Seulement, promets-moi une chose. Je ne veux pas qu'on m'enterre à un endroit précis. Il faut que tu en prennes l'engagement.

– Pas de sépulture ! Oh non, Dixie ! Je ne peux pas être d'accord avec une chose pareille !

– Pas de sépulture, répéta Dixie d'un air obstiné. Je te connais. Tu t'y rendrais à tout bout de champ pour gémir et pleurer, et en un rien de temps tu finirais par te croire responsable de ma mort. Pas de tombe. Promets-le-moi. »

Ruby ravala ses larmes et hocha la tête à regret.

« Tout a été réglé, Ruby. Ne te tracasse pas, mes affaires sont en ordre. Vois-tu, je t'aime plus que quiconque en ce monde. Et je ne te dis pas ça parce que... Je le dis parce que c'est vrai. Crois-tu que je vais pouvoir m'allonger un moment ?

– T'allonger ? répéta Ruby d'un air absent. Oh, tu veux te coucher ? Oui, oui, bien sûr. Arriveras-tu à monter l'escalier ? Je peux t'aider. Appuie-toi sur moi, Dixie. »

Une fois dans la chambre d'amis, Ruby brancha la couverture électrique.

« Assieds-toi là et ne bouge plus. »

Ruby courut à sa chambre pour y prendre une longue chemise de nuit en flanelle et une paire de chaussettes de laine bien épaisse. Quelques minutes plus tard, elle avait déshabillé son amie pour l'aider à se coucher, chaudement enveloppée sous les couvertures. En voyant ce corps qui n'avait plus que la peau sur les os, elle avait de nouveau fondu en larmes.

« Ne pleure pas à cause de moi, Ruby. J'ai déjà assez pleuré sur nous deux... Ça m'ennuie de te demander ça, mais pourrais-tu me donner quelque chose de tiède à boire ? Il faut que je prenne des cachets et ça descend mieux avec un peu de thé, par exemple.

— Oui, tout de suite. Dis-moi simplement ce que tu préfères et je te le ferai. Je t'ai allumé du feu, dans quelques minutes il y aura une bonne chaleur dans la pièce. Le bois est très sec. C'est du cerisier, ça dégage une odeur merveilleuse. Regarde, les bûches crépitent déjà. Oh, Dixie, je voudrais tant faire le maximum pour toi ! Quel dommage que tu ne sois pas venue plus tôt ! Bon, je t'apporte du thé tout de suite. Ça ne te dérange pas qu'il soit aromatisé ? Je n'en ai pas d'autre.

— C'est parfait, Ruby. De l'eau tiède aurait suffi, de toute façon. »

Dans le couloir et en descendant les marches, Ruby pleura en se remémorant le passé, et elle versa encore des larmes en attendant que l'eau commence à bouillir. Sans réfléchir, elle décrocha soudain son téléphone et appela Andrew. D'une voix entrecoupée par les sanglots, elle lui raconta ce qui était arrivé.

« Andrew, il faut que tu viennes tout de suite. J'ai besoin d'avoir quelqu'un à mon côté, quelqu'un sur qui je puisse compter... pour me remonter le moral si... si je ne peux pas tenir le coup. Je sais que ce n'est pas drôle pour toi. Tu pourras aider Andy à réaliser le projet de patinoire sur lequel il travaille pour le joueur de hockey. J'ai besoin d'un ami, Andrew.

— J'ai déjà commencé à faire ma valise. Seulement, je ne pourrai pas avoir d'avion avant demain matin, à moins que tu ne préfères que je prenne un vol spécial. Comme tu veux, Ruby.

— N'attends pas demain. Viens le plus tôt que tu pourras. »

Le lendemain matin, Andrew arrivait dans la cuisine de Ruby, les traits tirés, la mine défaite.

« Bon sang, tu aurais pu me dire qu'il y avait soixante centimètres de neige », bougonna-t-il avec un demi-sourire.

Les animaux faisaient cercle autour de lui, quémandant des caresses. Il s'exécuta, l'œil fixé sur Ruby.

« Tu veux du café ?

— Ce n'est pas de refus. Et de quoi manger, aussi. »

Ruby s'effondra, le visage ruisselant de larmes. Andrew la prit dans ses bras.

« Voyons, Ruby, qu'est-ce que je peux faire ?

— Je ne sais pas, Andrew. Rien sans doute. Être là, simplement, à mon côté. Et si tu vois se manifester le moindre signe de défaillance de ma part, tu me donnes un bon coup de pied dans les tibias, par exemple, pour me ramener à la réalité. Il faut que tu m'aides, Andy. Je compte sur toi.

— Tu sais bien que je ne suis qu'un vieil égoïste, alors épargne-moi simplement le compte rendu de tes démêlés avec ta copine. Il me suffit de savoir que tu lui as pardonné. Pour le reste, je ferai ce que je pourrai. »

Au bout d'un long moment, Ruby dit d'un air pensif :

« Bientôt Noël. Crois-tu que les fêtes vont être réussies, cette année ?

— Ça dépend uniquement de toi. J'espère que tu m'as acheté un chouette cadeau.

— Et toi, quel cadeau envisages-tu de m'offrir ?

— Quelque chose que tu vas apprécier jusqu'à la fin de tes jours. Tu verras, tu ne pourras plus t'en dispenser. »

Ruby eut un geste incrédule.

« Je le croirai quand je le verrai. Marty m'a dit que tu t'étais mis à regarder la chaîne des services achat, toi aussi. Tu n'as pas intérêt à me donner quelque chose que tu as vu à la télé, Andrew.

— Ce sera un cadeau très utile », affirma Andrew.

Sam choisit cet instant pour apparaître dans la cuisine. Il vint tirer le bas du pantalon de Ruby avant de se précipiter dans l'escalier.

« Dixie est réveillée. Jusqu'ici, elle a surtout dormi. Et il y a des fois où... elle ne réalisait pas très bien... Elle se croyait en train de revivre des épisodes de sa vie passée. Ce matin, elle est restée un bon moment sans me reconnaître. J'ai appelé le docteur du village et il est venu tout à l'heure. Il a dit qu'il m'enverrait un médicament plus efficace pour lutter contre la douleur. Je me sens tellement impuissante ! J'ai besoin de me sentir utile auprès d'elle.

— Tu lui rends un immense service. Grâce à toi, les derniers jours de son existence seront aussi vivables que possible. Parce que c'est toi qui la soignes, au lieu de lui avoir imposé une étrangère, une quelconque garde-malade professionnelle.

— Viens avec moi, Andrew. Je suis sûre que Dixie sera heureuse de te voir. Nous dirons que tu es arrivé un peu plus tôt que prévu pour passer les fêtes de Noël avec nous. »

« Regarde qui est ici, Dix ! lança Ruby, d'un ton guilleret en entrant dans la chambre de son amie.

— Dixie, je suis rudement content de te voir ! s'exclama Andrew en se penchant au-dessus de la malade pour lui embrasser la joue. Je suis désolé de te voir un peu patraque.

— Andrew, quelle bonne surprise ! Tu es venu pour les vacances ?

— Ouais. Tu n'as pas fini de me voir. Mais pour l'instant, les filles, je vais vous laisser parler entre vous. Moi, j'ai l'impression que, si je veux qu'on me donne à manger, il faut que je manie la pelle pour déblayer la neige. Tu as bien une pelle, Ruby ?

— Elle est dans l'appentis, derrière la maison.

« — Je pourrais avoir les nouvelles pilules ? demanda Dixie quand Andrew fut parti.

— Je ne les ai pas encore, Dixie. Il a beaucoup neigé, et je ne sais même pas si les routes principales ont été dégagées.

— Alors, tu peux me donner les autres, les roses ? Il m'en faudrait deux.

— Bien sûr. »

Tout ce que tu voudras, se dit Ruby. Quelle importance cela pouvait-il bien avoir, maintenant, si Dixie prenait deux pilules au lieu d'une ?

« Veux-tu que je te trouve un livre ou préfères-tu regarder la télé ? As-tu assez chaud ?

— Tout va bien, Ruby. Si tu pouvais me passer un peu de musique, ce serait parfait.

— D'accord. Je vais t'apporter mon transistor. »

Un instant plus tard, Ruby était de nouveau dans la chambre surchauffée, s'efforçant d'installer Dixie le plus confortablement possible.

« Ruby, chuchota soudain Dixie, parle-moi. Raconte-moi tout ce qui est arrivé depuis le moment où... je suis partie. Ne passe rien sous silence. »

Ruby parla longtemps, si longtemps que sa voix finit par s'enrouer.

L'après-midi tirait à sa fin quand Dixie lui demanda :

« Que feras-tu si tu vends l'affaire ?

— Je n'en sais rien. J'y réfléchirai le moment venu. Il y a une chose dont je suis sûre, pourtant : je ne partirai jamais d'ici. Je me sens chez moi dans cette maison. L'argent n'est pas un problème pour moi, ni pour mes enfants. Enfin, j'en ai gagné suffisamment pour les deux générations qui viennent. Si je te disais que je me lancerai dans des bonnes œuvres, te moquerais-tu de moi ?

— Non. Je dirais que tu as raison, Ruby. Surtout que, quand tu en auras assez de te dévouer pour les autres, tu pourras toujours exploiter la recette des brownies. Tu en tireras sûrement quelque chose. J'aurais bien voulu y goûter, à ces brownies. »

Ruby s'effondra soudain, incapable de dominer davantage son chagrin.

« Ce n'est pas juste ! s'exclama-t-elle avec une certaine violence. Pourquoi faut-il que ce soit toi et non un quelconque criminel ou une personne qui mérite de... Pourquoi toi ? Tu n'as jamais fait de mal à une mouche. Tu es une fille bien. Ce n'est pas possible que ton heure soit déjà arrivée. J'avais encore besoin de passer beaucoup de temps avec toi, moi. »

Au rez-de-chaussée, Andrew en renversa sa tasse à café de saisissement, puis il se précipita dans l'escalier, grimpant deux marches à la fois.

Dans la chambre, il vit Ruby en train de sangloter.

« Mais enfin, que...

– Tais-toi, Andrew, je t'en prie, tais-toi! » gémit Ruby.

Andrew vit alors Dixie réconforter son amie, utilisant des mots que Ruby avait autrefois prononcés à l'intention de leurs enfants. Et sa femme s'apaisa presque immédiatement sous l'effet des caresses de Dixie.

Pour la première fois de sa vie, Andrew assistait au spectacle d'une amitié tendre, véritable et dévouée. Une amitié comme il n'en avait jamais connu et n'en connaîtrait jamais, quoi qu'il pût faire. Une amitié semblable, on ne la vivait qu'une fois dans une existence.

« Maintenant, Andrew, tu peux parler, dit enfin Ruby en glissant à bas du lit.

– Bon. Eh bien, l'employé de la pharmacie a apporté les médicaments de Dixie.

– Tu peux aller les chercher? demanda Ruby qui était maintenant calmée.

– Certainement. J'ai fait du café. Je vous en apporte aussi?

– Oui, ce serait sympa. Tu en veux, Dixie?

– Je veux bien, merci. Mais une demi-tasse seulement.

– Dixie, excuse-moi, mais je ne voulais pas me laisser aller comme ça.

– Ce n'est rien, Ruby. Tu te sens mieux maintenant, n'est-ce pas?

– Tout à fait.

– Pour répondre à ta question, puisque Dieu n'est pas là pour le faire, je crois que mon heure est arrivée .

– Je sais, fit Ruby en se mordant la langue.

– J'ai pris une décision aujourd'hui, déclara Dixie. J'ai pris le parti d'avoir une sépulture. Promets-moi de m'organiser des obsèques à tout casser.

– On te commandera un enterrement de première classe, promit Ruby. Mais j'espère que ce n'est pas à cause de moi que tu as changé d'avis.

– Non, j'ai pris cette décision uniquement pour ma satisfaction personnelle, mentit Dixie. Je t'en donne ma parole.

– Eh bien, voilà qui me facilitera grandement la tâche, mentit Ruby à son tour.

– Tous les grands problèmes sont donc résolus, tu vois, conclut Dixie avec lassitude.

– J'en suis persuadée. Parfait, tu peux ouvrir le flacon, voici tes nouvelles pilules. N'oublie pas de boire une petite gorgée de café pour les faire passer. »

Dixie laissa retomber sa tête sur les oreillers.

« Ruby, raconte-moi encore une fois l'histoire de Biddy et de Mikey. Et redis-moi comment le refuge a été construit. C'est la chose la plus merveilleuse que j'aie jamais entendue. Tu devrais en faire construire un autre, dans le New Jersey, au milieu des forêts de pins, par exemple. Si tu fais tout ça, c'est pour manifester ta gratitude envers le Seigneur, n'est-ce pas? Dans ces conditions, il va sans dire que je tiens à apporter ma contribution. Tu ferais d'ailleurs bien de prendre ta décision tout de suite, pour le refuge du New Jersey, comme ça je pourrais signer immédiatement. N'attends pas que je n'en sois plus capable.

— C'est une très bonne idée que tu as eue là. Dès qu'Andy en aura terminé avec sa patinoire, fin janvier, je le lance dans la foulée sur ce nouveau projet. J'ai l'impression qu'il a de la veine que je sois là pour lui donner du travail. Sans moi, il ne ferait pas beaucoup d'affaires. »

Ruby ne pouvait rien refuser à cette femme qui était de loin sa meilleure amie.

« Parle-moi de Biddy et de Mikey, reprit Dixie.

— Eh bien, voilà, tout a commencé comme ceci... »

Sitôt après l'arrivée de Dixie, de nouvelles habitudes s'étaient instaurées dans la ferme de Ruby Blue. Andrew s'était vu confier la mission de sortir les animaux et de les nourrir. Il faisait la cuisine, sans grandes fioritures il est vrai, pour lui-même et pour Ruby, et passait même le balai et la serpillière sur le carrelage de la cuisine. Quant à Ruby, elle devait s'occuper de Dixie, lui faire sa toilette, la coiffer et changer ses draps ; de temps à autre, elle chantait à son amie des chansons d'autrefois qui la faisaient sourire.

Installée près de Dixie dans un grand fauteuil très confortable qu'Andrew avait monté à l'étage, Ruby parlait d'abondance en tenant la main desséchée de la malade. Elle évoquait ses tout premiers souvenirs, puis elle déroulait le fil de son existence sans jamais chercher à se donner le beau rôle. Andrew restait souvent à la porte à l'écouter avant d'entrer avec du café ou une tasse de thé. Plus d'une fois, il redescendit au rez-de-chaussée, les yeux mouillés de larmes, saisi d'une tristesse dont il tentait ensuite de se défaire en maniant la serpillière ou le chiffon à poussière. Il cassa tellement d'assiettes qu'il dut aller acheter un nouveau service.

Ruby vouait à son amie une attention de tous les instants, sans jamais la moindre défaillance.

Les fêtes de Noël et du nouvel an se déroulèrent dans le calme. Dixie s'affaiblissait chaque jour davantage, et elle fut bientôt incapable de soulever sa tête de l'oreiller. Le dixième jour de la nouvelle année, une main dans celle de Ruby, l'autre dans celle du docteur accouru à son chevet, Dixie Sinclaire rendit son dernier soupir.

L'œil sec, Ruby descendit à la cuisine, le bras d'Andrew passé autour de ses épaules.

« Je vais m'occuper des obsèques, Ruby.

— Il faut que je le fasse, Andrew. Merci tout de même de m'avoir offert ton aide.

— Ça va, toi ? » s'inquiéta-t-il.

Elle se le demandait elle-même. Retrouverait-elle un semblant d'équilibre un jour ? A la longue, peut-être.

« Dixie ne méritait pas de souffrir un tel martyre. Ce qui lui est arrivé est d'ailleurs un peu ma faute, et tout le reste de mon existence je vais avoir ce fardeau sur la conscience. Elle était beaucoup mieux que moi, tu sais. Elle va énormément me manquer, Andrew. Elle a formulé le souhait d'être enterrée en Pennsylvanie pour que je puisse aller la voir plus facilement. Ce que je ne manquerai pas de faire, bien entendu.

– Je l'imagine sans peine, Ruby », dit Andrew en la serrant dans ses bras.

L'entreprise de pompes funèbres Oliverie and Son était un édifice à deux étages en brique rose pâle, avec quatre colonnes blanches soutenant un portique d'un blanc immaculé lui aussi. De petits parterres de fleurs, vierges de plantation en cette saison, parsemaient la pelouse, hérissée de place en place de bouquets de houx et de quelques buissons que l'on aurait dit taillés avec des ciseaux de manucure.

Deux corbillards, un blanc et un noir, attendaient dans l'allée.

Les mouvements de Ruby étaient ceux d'une vieille femme lorsqu'elle parvint à s'extraire de la Range Rover. Andrew lui emboîta le pas d'une démarche hésitante. Ensemble, ils se dirigèrent vers la porte blanche.

A l'intérieur régnaient une fraîcheur et une obscurité inattendues. Ruby distingua vaguement des murs sombres et des objets en cuivre aux tons mats, le tout baignant dans une odeur de fleurs qui montait à la tête. De la musique douce s'élevait dans le lointain. Mais peut-être n'était-ce pas vraiment de la musique : plutôt un gazouillis d'oiseaux sur un fond de chute d'eau évoquant sans doute le paradis ou l'éternité.

Une femme vêtue d'un ensemble trois-pièces attendait les clients derrière le bureau le plus impeccable que Ruby eût jamais eu l'occasion de voir. Elle se leva pour les accueillir. Ruby se dit qu'elle ressemblait aux clients d'Oliverie, avec son fond de teint cireux et les cercles rouges qu'elle avait peints sur ses joues. Elle ébaucha un sourire qui étira à peine ses muscles faciaux.

« Je suis Ruby Blue.

– Oui, bien sûr. Nous vous attendions. Suivez-moi, s'il vous plaît. »

Elle pivota sur ses talons, le bas de sa jupe grise virevoltant au-dessus de ses genoux avec un crissement un peu métallique, vraisemblablement dû à l'électricité statique. Ruby résista avec peine à l'envie de prendre ses jambes à son cou pour s'échapper de ce lieu maudit.

« On se calme, Ruby, chuchota Andrew, devinant son malaise.

– Et voici notre salle d'exposition », annonça l'hôtesse d'une voix mélodieuse.

Dès qu'elle eut refermé la porte, les oiseaux cessèrent de gazouiller et la chute d'eau se tut pour laisser la place aux sons d'une flûte. Ruby frissonna.

« Mr. Oliverie sera avec vous dans quelques instants. »

Il ne fallut qu'une trentaine de secondes, en effet, pour que Pasquale Oliverie en personne vienne allumer les lampes fluorescentes qui projetèrent dans la salle une vive clarté.

« Mrs. Blue, croyez en ma profonde sympathie en ces circonstances douloureuses, déclara-t-il sur le ton lugubre qu'exigeait sa profession. Jetez un coup d'œil alentour, Mrs. Blue, et prenez votre temps. Posez-moi toutes les questions que vous voudrez, je serai ravi d'y répondre. Dans cette rangée, vous avez les modèles haut de gamme, tandis qu'au fond là-bas, se trouvent les plus simples et les plus économiques. »

Sa voix indiquait clairement que personne, absolument personne n'allait jamais chercher quoi que ce soit dans la dernière rangée.

Ruby avala sa salive avec effort. Elle regarda Andrew qui montrait du doigt, sans grand enthousiasme, le second cercueil de la rangée haut de gamme.

« Tous mes compliments, vous faites preuve d'un goût extrêmement raffiné, Mr. Blue. Ce modèle a beaucoup de succès auprès de notre clientèle. Il est totalement hermétique grâce à ses doubles parois. J'aime aussi beaucoup les poignées et les fermetures en bronze. Quant à la garniture en crêpe de Chine, c'est une véritable œuvre d'art. Remarquez bien que l'oreiller est tout en duvet. Avec ce modèle, Mrs. Sinclaire paraîtra très à son avantage. »

Ruby hocha la tête sans mot dire.

« Vous serez enchantée. J'ai toujours répété que le dernier voyage doit se faire en grande pompe. Maintenant, si vous voulez bien me suivre jusque dans mon bureau, nous allons pouvoir mettre la dernière main à ces pénibles formalités. »

Quand le trio eut pénétré dans le bureau de Pasquale Oliverie, Ruby remarqua une table roulante garnie de vaisselle richement décorée. On leur offrit le thé dans un service en porcelaine, et Ruby tendit une main tremblante pour prendre une tasse. Elle essaya de la poser en équilibre sur son genou, mais les vibrations s'accrurent encore. Elle la donna alors à Andrew qui la reposa sur le plateau.

« J'ai l'impression d'être venue ici par erreur, Andrew », chuchota-t-elle.

Andrew eut un hochement de tête compatissant.

« Bien, Mrs. Blue, en ce qui concerne la présentation du corps, intervint Oliverie d'un air affairé, je propose demain à deux heures, puis de nouveau à sept heures. Pour un laps de temps de trois heures chaque fois.

— La présentation ? s'étonna Ruby.

— Oui, la présentation. Vos amis voudront lui rendre un dernier hommage. En général, on répète l'opération pendant trois jours.

— Non, trancha Ruby d'une voix qu'elle ne reconnaissait pas. Pas de présentation du corps.

— Comme vous voudrez, lança Oliverie avec humeur. Vous avez apporté la toilette ?

— Quelle toilette ?

— La toilette qui vous paraît convenir le mieux pour votre amie, expliqua patiemment Oliverie.

— Elle arrivera ici tout à l'heure par Federal Express. »

Il était onze heures quand Ruby et Andrew repartirent de chez Oliverie and Son.

« Ça coûte cher de mourir, murmura Ruby.

— Plutôt, convint Andrew. Bon, qu'est-ce qu'on fait maintenant ?

— Comment ça, qu'est-ce qu'on fait ?

— Eh bien oui : qui s'occupe des fleurs, qui contacte les prêtres ?

— N'est-ce pas Oliverie ?

— Je n'en ai pas l'impression.

— Ma mère, elle, avait tout prévu : les fleurs qu'elle voulait, les noms de ceux qui porteraient les cordons du poêle, l'endroit où elle tenait à être enterrée. Elle avait même acheté la concession à l'avance.

— Eh oui, il y a des gens qui font ça.

— Quoi qu'il en soit, conduis-moi à l'église, ensuite on passera chez le fleuriste. »

La fosse béait devant elle. Ruby ferma les yeux, derrière ses épaisses lunettes noires.

Qu'étaient devenues ses larmes ? Elle aurait dû être consumée par le chagrin et non paralysée par cette panique muette. Mais c'était peut-être cela le chagrin, cette impression d'avoir les membres lourds et engourdis ?

Elle regarda les formes sombres dressées de gauche à droite. A qui appartenaient toutes ces chaussures ? A ses enfants, à ses amis, aux reporters ?

L'homme au col blanc ne disait rien des choses qu'elle avait notées. Elle avait pourtant dressé une liste longue et minutieuse des qualités de son amie. C'était une femme généreuse ; une femme douce et attentionnée ; une femme qui pouvait rire d'elle-même ; une femme dont les yeux s'emplissaient de larmes chaque fois qu'elle voyait les boîtes placées par la Humane Society sur les comptoirs des boutiques pour que chacun puisse y mettre son obole. Une cuisinière hors ligne, une merveilleuse amie, une amie pleine d'indulgence et de générosité. Voilà ce qu'elle voulait que l'on dise, et cet imbécile marmonnait des choses idiotes sur les vertus du bon voisinage et les mains que l'on tend pour aider son prochain.

Elle releva lentement la tête et regarda fixement le cercueil qu'elle avait choisi. Cinquante mille dollars, c'était le moins qu'elle puisse faire.

« Les cendres à la cendre et la poussière à la poussière... » Terminé, fini ! Dans une minute, les invités défileraient devant le cercueil, une rose à la main, la même que celle qu'elle tenait en cet instant précis pour rendre à la défunte un dernier hommage. Elle laissa tomber sa rose et la piétina, tant ce dernier hommage lui paraissait dérisoire.

Le cercueil était-il vraiment hermétique ? Les vers et les larves. Qu'attaqueraient-ils en premier ? Les orteils, les chevilles ? La cendre à la cendre et la poussière à la poussière... et le squelette ?

Ruby ouvrit brusquement les yeux. Elle se demanda si elle allait bouger, mais finalement n'en fit rien. Tout le monde la regardait, toutes les paires de chaussures attendaient qu'elle s'avance vers le cercueil.

510

Ils allaient être déçus. Six cachets de Valium en six heures ne permettaient pas les déplacements soudains. Une main se posa sur son coude.

« Vous n'êtes pas obligée de partir, mais il faut que vous vous mettiez par là. »

Le prêtre montrait le chemin pavé de briques, sur la gauche.

« Vous n'avez rien dit de ce que je vous avais demandé. J'avais pourtant tout écrit noir sur blanc...

— Ma chère enfant, ce n'était pas du tout approprié, affirma le prêtre à mi-voix.

— Révérend, rétorqua Ruby à voix basse elle aussi, je ne vous demande pas votre opinion. J'ai payé cet enterrement ; et tout ce que vous avez réussi à faire, c'est à donner l'impression que mon amie était une femme quelconque, une femme que je ne connaissais ni d'Ève ni d'Adam. J'ai parfaitement le droit... Écartez-vous de moi... Je vais prononcer ces quelques paroles moi-même. Vous devriez avoir honte, révérend.

— Ma chère enfant, le chagrin vous égare... C'est bien naturel..., dit gauchement le prêtre, réalisant tout à coup qu'il ne toucherait pas les honoraires convenus.

— Arrêtez vos salades, ce n'est pas le moment », coupa Ruby d'un ton glacial.

Finalement, elle se révéla incapable d'articuler les mots qui se pressaient dans sa tête. Elle chercha ses enfants du regard, espérant qu'ils ne se conformeraient pas aux instructions qu'elle leur avait données avant la cérémonie :

« Quand ce sera fini, laissez-moi seule », avait-elle dit.

Malheureusement, ils lui obéissaient à la lettre. Ils partaient dans leurs voitures.

Elle était seule maintenant.

Ruby attendait le printemps. Elle souhaitait ardemment sa venue, mais le printemps prenait son temps et, malgré toutes ses prières, rien ne le ferait arriver un jour plus tôt que le 21 mars.

Le temps était froid et humide, avec des plaques de neige qui s'attardaient sur le sol. Ruby en vint à cocher les jours sur le calendrier de la cuisine. Encore une semaine. Elle se demanda si les fleurs pointeraient, comme par magie, leur nez au-dessus du sol durci dès le matin du 21. Cela tiendrait du miracle, à moins qu'il n'y ait un réchauffement soudain de la température.

Le calendrier annonçait que l'on était en 1989, ce qui signifiait que Ruby n'avait pas encore atteint ses soixante ans. Il s'en fallait de deux ans et demi ! La perspective de devenir sexagénaire ne la déprimait d'ailleurs pas le moins du monde. Dans l'ensemble, elle était satisfaite de l'existence qu'elle avait vécue.

L'année précédente, elle avait enfin réussi à élargir le cercle de ses amis et connaissances. Elle s'était affiliée au club de Jardinage, fréquentait assidûment la bibliothèque, donnait quelques cours à l'école du dimanche, et assistait régulièrement à l'office religieux dans la petite église blanche qui se dressait sur la place du village.

Elle s'intéressait activement aux problèmes d'environnement et écrivait très souvent ses réflexions et ses suggestions à la presse locale. Elle ne perdait jamais une occasion d'intervenir lors des réunions du conseil municipal, à propos du recyclage des emballages en plastique.

Ruby Blue avait épousé une cause, et elle la défendait avec vigueur et efficacité.

Elle fut fort déçue, le matin du 24 mars, en rentrant dans sa cuisine après avoir promené les chiens : elle n'avait pas vu le moindre bourgeon ni le moindre brin d'herbe annoncer l'arrivée du printemps.

Elle resterait au chaud toute la journée, pour soigner un rhume persistant qui lui ôtait toute envie de rechercher la compagnie de ses voisins ou amis. Elle préférait souffrir dans la solitude.

Elle était en train de se faire une inhalation quand la télévision de la cuisine annonça un bulletin d'information. Ruby ôta la serviette qui lui recouvrait la tête.

Ses yeux s'agrandirent lorsque le présentateur annonça une marée noire en Alaska. Cinquante millions de litres de pétrole! Un supertanker, l'*Exxon Valdez*, s'était échoué sur un rocher dans le détroit du Prince-William.

Ruby essaya d'imaginer dans quel état allait se trouver la région. Cinquante millions de litres de pétrole, c'était difficile à visualiser. Ce qu'elle comprenait fort bien, en revanche, c'est que cette catastrophe aurait des conséquences désastreuses pour l'environnement de la région.

Elle avait oublié son rhume. Elle resta rivée à l'écran de télévision toute la soirée et ne manqua pas un seul journal télévisé au cours des dix jours qui suivirent. Puis elle prit une décision.

Ayant nourri ses chiens et nettoyé sa cuisine, elle appela Nola.

Son amie parut heureuse d'avoir de ses nouvelles.

« Comment vas-tu, Ruby? Je pensais justement venir te voir ce week-end. Ça te dirait d'avoir de la visite?

— En temps ordinaire, j'aurais sauté de joie à l'idée que nous allions nous retrouver; mais je ne serai pas chez moi. Je m'en vais. C'est pour ça que je te téléphone. Et je me demandais si ton emploi du temps te permettrait de m'accompagner.

— Des vacances! Ça me plaît tout à fait. Où veux-tu aller?

— Ce ne sont pas exactement des vacances. Je vais en Alaska pour aider ceux qui combattent la marée noire. Et je serais contente si tu acceptais d'y aller avec moi.

— Tu parles sérieusement?

— Je n'ai jamais été plus sérieuse de toute mon existence. J'y réfléchis depuis plusieurs jours. J'éprouve le besoin de me rendre utile, Nola, de faire quelque chose en remerciement de tout ce qui m'a été donné dans la vie. Ce n'est pas plus compliqué que ça. Et ça, j'ai envie de le faire, j'en ai même besoin. Crois-tu que ce soit quelque chose que tu pourrais vouloir faire, toi aussi? »

Ruby retint son souffle dans l'attente de la réponse de son amie.

« Tu veux que je te dise, Ruby? A mon avis, c'est la meilleure idée que tu aies jamais eue. Moi aussi, j'ai regardé régulièrement la télévision pour me tenir au courant de ce qui se passait là-bas. Le seul problème, c'est mon chien.

— Saute dans ta voiture, s'écria Ruby, et amène ton chien! Mikey et Biddy vont s'occuper de mes bêtes, je suis sûre qu'ils ne seront pas à un fauve près. Je t'attends de pied ferme. Je peux donc m'occuper des formalités dès à présent?

— Vas-y. Moi aussi, j'ai besoin de me rendre utile. Merci, Ruby, d'avoir pensé à moi.

— Je pense toujours à toi, Nola. Tu es mon amie.

— Dans deux heures, je suis à ton côté. Bon sang, Ruby, ça va être merveilleux. Rien que toi et moi, comme au bon vieux temps. Formidable.

— Ouais, formidable », murmura Ruby en raccrochant le combiné.

Le lendemain, Ruby et Nola se trouvaient devant le numéro 1436 de U Street, à Washington. Ruby poussa la porte du siège de l'association Greenpeace.

Un homme au visage fatigué leva les yeux vers elle.

« Je m'appelle Ruby Blue. Voici Nola Quantrell. Que pouvons-nous faire pour vous aider ? »

ÉPILOGUE

Ruby sourit en tendant à une autre bénévole le bébé loutre de mer qu'elle venait de nettoyer.

« Nous en avons sauvé un de plus », dit-elle d'une voix lasse, mais heureuse.

Bon sang, qu'elle était fatiguée! Il y avait des semaines qu'elle était là, avec les autres volontaires, dormant une heure par-ci par-là, mangeant un morceau de temps à autre, tout en se reprochant sans cesse de s'accorder de tels répits. Elle était venue pour se rendre utile et elle était bien décidée à rester aussi longtemps qu'on aurait besoin d'elle.

Elle était sale, elle ne se rappelait même pas quand elle avait pris un bain pour la dernière fois. Elle s'en moquait, personne n'avait l'air d'y attacher la moindre importance.

« Tiens, lança une voix derrière Ruby. Voyons si on peut en sauver encore un autre. »

Ruby se retourna pour prendre la loutre que Nola lui tendait.

« Ça va, Ruby?

— On fait aller. C'est bien la première fois que je me sens à la fois aussi fatiguée et aussi heureuse. Nous sommes vraiment sorties des sentiers battus, Nola. C'est ça qui est merveilleux. Ce que je regrette, c'est qu'il n'y ait pas davantage de gens qui fassent comme nous.

— Je ne me rappelle même plus à quoi ressemble la 7e avenue, répondit Nola d'un air ravi. Et, de toute mon existence, je n'avais jamais rien fait d'aussi formidable. Chaque jour, je remercie Dieu de t'avoir donné l'idée de me proposer de t'accompagner.

— Et moi, je le remercie chaque jour parce que tu es venue.

— Et quand on aura fini ici, qu'est-ce que tu feras?

— Je travaillerai au projet du Parc naturel " Dixie Sinclaire ", et je fabriquerai des brownies. Tu accepteras de te joindre à moi?

— Tu penses bien! Merci de me l'avoir proposé.

— C'est moi qui te remercie.

— Mesdames, mesdames, relevez la tête, s'il vous plaît. Je voudrais prendre une photo, déclara un reporter fort élégamment vêtu.

— Ils feraient mieux de mettre la main à la pâte au lieu de prendre des photos, ces gommeux! grommela Ruby. Attends, on va se marrer. Regarde-moi bien. »

Ruby s'écarta du groupe au sein duquel elle travaillait pour s'approcher d'un autre photographe.

« Je voudrais que vous preniez une photo juste au moment, où je vous ferai signe. Votre journal va adorer ça. »

Elle revint se placer devant la table, le bébé loutre dans une main, un chiffon imbibé de pétrole dans l'autre.

« Je te parie cinq dollars que j'enroule cette loque autour du cou de cet abruti. Depuis le temps que je jette des bouts de bois aux chiens, j'ai acquis un sacré entraînement.

— Pari tenu », répliqua Nola en s'esclaffant.

Deux jours plus tard, dans l'île de Maui, Andrew Blue montrait le journal à son fils qui lui avait rendu visite. Il lut à haute voix la légende de la photo :

« *Deux bénévoles bombardent un reporter qui les prend en photo au lieu de les aider.* »

« Bien joué, Ruby ! s'exclama Andrew avec fierté. Je dirais même : Bien envoyé ! »

Cet ouvrage a été réalisé par la
SOCIÉTÉ NOUVELLE FIRMIN-DIDOT
Mesnil-sur-l'Estrée
pour le compte des Éditions Belfond
en novembre 1994

Imprimé en France
Dépôt légal : novembre 1994
N° d'édition : 3229 — N° d'impression : 28454